Jutta

Anne Nørdby

Kalter Fjord

Thriller

Anne Nørdby

Kalter Fjord

Thriller

GMEINER

Immer informiert

Spannung pur – mit unserem Newsletter informieren wir Sie regelmäßig über Wissenswertes aus unserer Bücherwelt.

Gefällt mir!

Facebook: @Gmeiner.Verlag
Instagram: @gmeinerverlag
Twitter: @GmeinerVerlag

MIX
Papier aus verantwortungsvollen Quellen
FSC® C014496

Besuchen Sie uns im Internet:
www.gmeiner-verlag.de

Im Ehnried 5, 88605 Meßkirch
Telefon 07575/2095-0
info@gmeiner-verlag.de

1. Auflage 2022

Lektorat: Katja Ernst
Herstellung: Mirjam Hecht
Umschlaggestaltung: U.O.R.G. Lutz Eberle, Stuttgart
unter Verwendung der Fotos von: © Mikhail Varentsov / Shutterstock; ingrid-martinussen / unsplash; Jonas Brodd / stock.adobe.com; benjamin davies / unsplash
Druck: GGP Media GmbH, Pößneck
Printed in Germany
ISBN 978-3-8392-0143-5

Personen und Handlung sind frei erfunden.
Ähnlichkeiten mit lebenden oder toten Personen
sind rein zufällig und nicht beabsichtigt.

1

Ein seltsames Licht liegt über dem Lysefjord. Bleich und tot, ohne Energie. Als hätte der Morgen keine Lust gehabt aufzustehen.

Arvid Solhaug kratzt sich unter seiner Wollmütze am Kopf und legt die Hand zurück aufs Steuerrad seines Kutters. Das Boot, das schon sein Vater durch diesen Fjord gesteuert hat, macht halbe Fahrt voraus, sein Bug durchschneidet das dunkle Wasser, das ansonsten glatt daliegt. Wie schwarzer Lack. Nirgendwo kräuselt eine Böe die Oberfläche. Selbst der Wind scheint lustlos. Zusammen mit der Sonne versteckt er sich hinter den Bergrücken, die sich an Backbord über den Fjord erheben. Es ist Herbst, aber solch einen trostlosen Morgen hat Arvid schon lange nicht mehr erlebt. Eine Welt so leer wie die Netze, die sein Sohn und er vorhin eingeholt haben, bevor sie sich auf den Heimweg nach Forsand gemacht haben.

An Steuerbord zieht eine durchgehende Mauer aus schroffem Granit vorbei. An manchen Stellen fallen die mächtigen Felswände senkrecht ab. Deshalb kann er auch so nah an sie heranfahren, denn unter der Wasseroberfläche reichen die Wände weiter hinab, viele Hundert Meter, wo normalerweise alles voller Fische ist. Doch nicht heute, heute ist es nur dunkel und kalt.

Arvid zündet sich eine Zigarette an und zieht den Rauch tief in seine Lungen. Von seinem geschützten Platz im Steuerhäuschen aus blickt er nach vorn aufs Deck. Dort steht sein Sohn Kyrre an der Reling und betrachtet die vorübergleitenden Klippen. Er hat bis eben die Netze sortiert und raucht nun ebenfalls. Der bläuliche Qualm wird vom Fahrtwind mitgenommen. Kyrre wirkt mit seinen hängenden Schultern genauso deprimiert wie Arvid selbst. Mit leeren Händen heimzufahren ist kein schönes Gefühl.

Der Kutter passiert den Fuß des berühmten Preikestolen. Arvid blickt hinauf zu der viereckigen Felskanzel, die 600 Meter über dem Fjord aufragt. Widernatürlich und gegen jede Vernunft, als hätte der Teufel bei ihrer Erschaffung die Finger im Spiel gehabt. Dem Leibhaftigen, dem Gammel Erik, dürfte es auch zu verdanken sein, dass der Preikestolen heutzutage von wahren Touristenhorden erdrückt wird. Irgendwann würde das Ding einfach abbrechen und die Urlauber mit in den Fjord reißen. Dabei würde der Gammel Erik beelzebübisch lachen.

Arvid läuft bei dem Gedanken eine Gänsehaut über den Rücken, und er schüttelt sich. Als junger Bursche war er oft auf dem Preikestolen, bevor die Wanderwege ausgebaut wurden. Zu Zeiten, in denen man auf der Kanzel häufig noch ganz allein war. Aber die sind lange vorbei. Jetzt teilt man sich den Felsen mit Kreuzfahrttouristen aus aller Welt, Outdoorfreaks und Verrückten, die sich mit Fallschirmen in die Tiefe stürzen. Oder jenen armen Seelen, die müde sind vom Leben und einfach so hinabspringen …

Arvid will nicht daran denken. Er drückt seine Zigarette in dem festinstallierten Aschenbecher aus und zieht eine neue aus der Packung. Seine Finger zittern, als er sie sich anzündet. Warum er dieses untergründige Kribbeln spürt, weiß er nicht. Vielleicht liegt es am Wetter. Oder an dieser unheimlichen, starren Welt da draußen, in die sich keine andere Menschenseele gewagt hat. Nicht ein einziges Boot ist unterwegs, obwohl ihnen um diese Uhrzeit normalerweise der erste Ausflugsdampfer aus Stavanger entgegenkommen müsste.

Kyrre hat sich ins Heck zurückgezogen, wo er wahrscheinlich die Bojen sortiert. Der tuckernde Schiffsdiesel übertönt sein Gepolter.

Die Granitwand an Steuerbord kommt näher, doch Arvid behält den Kurs unbeirrt bei. Er weiß, dass das Wasser an dieser Stelle tief genug ist. Die Felsen wirken zum Greifen nahe. Er sieht kleine Birken und Gräser, die in den Nischen wachsen. Die Pflanzen halten sich an den Steinen fest, wie auch der Mensch sich an seine jämmerliche Existenz klammert.

Arvids Gedanken kehren zu jenen Unglücklichen zurück, die mit Absicht loslassen. Die sich an die Kante stellen und nach unten blicken, die keine Angst mehr haben und einen Schritt nach vorne wagen … in die Erlösung.

Unwillkürlich duckt Arvid sich und versucht, an etwas Nettes zu denken. Leere Netze und Selbstmörder, dazu noch der Teufel – in seinem Kopf hat sich zu viel Finsteres ausgebreitet. Dagegen sollte er etwas tun.

Sobald er zu Hause angekommen ist, wird er sich einen Kaffee aufbrühen und im Garten die Zeitung lesen. Die Katze wird sich zu ihm gesellen und sich schnurrend auf seinen Schoß legen, während seine Frau ihre Morgendusche nimmt. Hinterher wird sie sich eingehüllt in den Duft ihres Shampoos zu ihm setzen und mit ihm Kaffee trinken. Arvid seufzt. Ja, darauf freut er sich. Wenigstens eine Sache, die so sein wird wie immer.

Müde lächelnd sieht er nach vorn. Der Bug des Kutters steuert unbeirrt auf den Ausgang des Fjords zu, wo der kleine Leuchtturm auf der Insel Bergsholmen auf ihn wartet. Der erste Willkommensgruß auf dem Weg zum Heimathafen, der zweite stammt von der Brücke, die den Fjord überspannt. Danach käme der Ort Forsand in Sicht, und sie wären fast da. Arvid vertäut in Gedanken schon das Boot an der Mole …

Ein Schatten fliegt durch sein Blickfeld, und fast im selben Moment erfolgt ein harter Schlag vorne an Deck. Vor Schreck fällt Arvid die Zigarette aus dem Mund. Fluchend sucht er den Boden ab, wo der glühende Stummel bis zur Wand gerollt ist. Schnell tritt er die Zigarette aus. Als Arvid den Kopf hebt, beobachtet er, wie Kyrre zum Bug eilt und auf etwas blickt, das von der Winde vor der Kühlluke verdeckt wird. Im nächsten Moment stolpert sein Sohn zur Reling und übergibt sich.

Das Kribbeln in Arvids Beinen wächst zu einem mächtigen Zittern an. Dennoch behält er die Nerven, steuert das Boot von den Felsen weg und stoppt den Motor. Erst als der Kutter in der Mitte des Fjords zum Stillstand kommt, verlässt er das Steuerhäuschen und läuft zu Kyrre, der zusammengesunken an der Reling kauert. Erbrochenes hängt in seinem Bart und sein Gesicht ist so bleich wie der Morgen.

»Was ist los?«

Kyrre hebt den Arm und zeigt auf das, was sich keine zwei Meter von ihm entfernt auf dem Deck befindet. Arvid dreht sich um und seine bebenden Glieder füllen sich schlagartig mit Kälte, als ob seine Kleidung sich mit Fjordwasser vollsauge.

Neben der Winde liegt eine unförmige Masse aus Stoff und Körperteilen. Sie ist gerade so als Mensch erkennbar. Der Schädel ist aufgeplatzt, und Blut und rosafarbene Gehirnmasse bilden einen sternförmigen Kranz, von dem aus dünne Fäden über das grüngestrichene Deck zum Speigatt laufen.

Arvid muss sich an der Reling abstützen, denn es fühlt sich plötzlich an, als befände sich das Boot inmitten einer stürmischen See, die das Deck unter seinen Füßen schwanken lässt.

Wie in Trance starrt er auf den Haufen, der vor wenigen Minuten noch ein lebender Mensch gewesen ist.

Hinter ihm würgt Kyrre von Neuem. Sein Sohn ist mit seinem eigenen Elend beschäftigt, von ihm kann er keine Hilfe erwarten. Arvid muss die Polizei rufen. Selbst wenn dies ein Selbstmord war, sollte es untersucht werden. Auch seine Frau würde er benachrichtigen, um ihr zu sagen, dass es später würde und sie schon mal ohne ihn mit dem Frühstück anfangen könnte. Verdammt! Warum passieren solche Sachen ausgerechnet ihm?

Arvid greift in seine Hosentasche, in der sein Handy steckt, dabei fängt sein Blick ein Glitzern an der Kleidung des Toten auf. Ein kleiner, runder Gegenstand, der im matten Licht des Tages schimmert.

Davon angezogen beugt Arvid sich vor und ignoriert den Geruch nach Blut. Es ist eine Anstecknadel aus Emaille und Silber. So groß wie eine Fünf-Öre-Münze. Die Schrift darauf versteht er nicht. Die Worte scheinen deutsch zu sein.

»Internat Hamburg Falkenstein –
20-jähriges Abiturjubiläum«.

Arvid richtet sich auf. Runzelt die Stirn. Dann zieht er das Handy aus der Tasche und wählt die Nummer der Polizei. Das Zittern in seinen Beinen hat sich gelegt. Im Grunde hat er ja den ganzen Tag geahnt, dass etwas passieren würde.

ZWEI TAGE ZUVOR

2

Was mache ich hier?

Das ist das Erste, was Philipp Jaeger denkt, als er den Kopf in den Nacken legt und die schwarze Bordwand hinaufblickt. Seine Frau Franziska, die neben ihm in der Schlange der wartenden Passagiere steht, ist total aufgeregt. Seit sie in Oslo am Flughafen gelandet sind, plappert sie ununterbrochen darüber, wie sehr sie sich auf die Reise mit diesem Schiff gefreut hat. Im Gegensatz zu Philipp, den es ein wenig davor gruselt, mit knapp 700 Urlaubern auf diesem Pott zehn Tage lang eingepfercht zu sein. Und 50 davon kennt er auch noch! Also »kennen« im Sinne von »eigentlich nicht kennen wollen«.

Aber es ist ein Jubiläum, und das muss gefeiert werden. So will es die Tradition. Seit 1983 spendiert der große Hans Peter Larsen, für dessen Reederei dieser Kreuzfahrtdampfer namens MS Norsk Sol fährt, eine Jubiläumsfahrt für die Ehemaligen.

»Ist das nicht cool?«, fragt Franzi neben ihm. »Endlich geht es los. Ich kann es gar nicht erwarten. Ich bin wahnsinnig gespannt darauf, die anderen zu treffen.«

Philipp schweigt. Die anderen zu treffen, davon ist er gar nicht begeistert. Es hat seinen Grund, warum er seit 20 Jahren keinen Kontakt zu ihnen hatte. Und eigentlich hatte Franzi das auch nicht, bis auf ihre ehemalige Zimmergenossin vom Internat, Lea Yosef, mit der sie sich sporadisch über Facebook austauscht. Warum freut sie sich so sehr darauf? Was findet sie daran, Menschen zu begegnen, die einem fremd geworden sind? Mit denen man vielleicht nie wirkliche Gemeinsamkeiten hatte außer dieselben Lehrer?

»Was wohl aus ihnen geworden ist? Ob CeeJay auch da ist? Und Sascha?«

Philipp brummt etwas Unverständliches vor sich hin. Er hat die Teilnehmerliste studiert. Sie sind fast vollzählig, nur einige Wenige fehlen.

»Was glaubst du? Ist Henning immer noch ein Nerd? Und David ein Grufti?« Franzi wirft lachend ihren Kopf zurück, wobei eine ihrer blonden Locken Philipps Wange streift. »Und bestimmt sind wir das einzige Paar, das von damals übrig geblieben ist. Mensch, was für ein Glück, außer uns müssen alle ohne ihre Partner kommen. Hoffentlich haben wir eine nette Kabine. Mit Blick aufs Wasser. Das wird superromantisch.« Sie zwinkert ihm zu.

Philipp seufzt innerlich. Ihm drängen sich bei dem Gedanken ganz andere Bilder auf. Er war noch nie auf einem Schiff, deshalb weiß er nicht mal, ob er seekrank werden wird. Er zieht es vor, seine Urlaube auf festem Boden zu verbringen. Außerdem ist er kein Freund des Kreuzfahrttourismus, weshalb Franzi und er im Vorfeld eine Diskussion über dieses Thema hatten. Doch als seine Frau ihm erklärt hat, dass sämtliche Schiffe der Reederei Larsen mit Biodiesel fahren, es an Bord kein Wegwerfgeschirr gibt und auf Nachhaltigkeit geachtet wird, war er ein wenig besänftigt.

In der Schlange geht es ein Stück vorwärts, und sie nähern sich dem Eingang in der Bordwand. Obwohl Philipp es nicht will, muss er an seine alte Clique denken. An Matthias, Nadine, Katharina und Christian.

Bei dem Gedanken an Letzteren stellt sich sofort ein ungutes Gefühl bei ihm ein, als würde sein Magen schlagartig mehr Säure produzieren, was ihn aufstoßen lässt. Unauffällig hält er sich eine Hand vor den Mund. Obwohl Christian Landgraf und er in derselben Stadt wohnen, ist Philipp das Kunststück gelungen, ihm nie zu begegnen. Um das zu bewerkstelligen, musste er dafür sorgen, dass ihre Lebenswelten einander nicht berühren. Das war nicht sonderlich schwer. Während Philipp sein eigenes Unternehmen gründete, absolvierte Christian sein Mathe- und Wirtschaftsstudium mit Bestnoten und bekam anschließend einen Posten als Investmentbanker bei einer in Hamburg ansässigen Bank. Christian war schon immer ein Gefahrensucher und Risiko sein zweiter Vorname. Philipp hätte Hamburg damals gerne verlassen, aber Franzi wollte nicht weg aus ihrem schicken Haus in Klein Flottbek und der Radiologiepraxis der Eltern, in die sie eingestiegen ist. Die Vorstellung, mit Christian zusammen auf einem Schiff zu sein, bringt seinen Magen enorm in Aufruhr. Erneut presst er eine Hand auf seine Lippen.

»Geht es dir gut?«, fragt Franzi. Natürlich weiß sie seine Verhaltensweisen zu deuten.

»Alles okay«, lügt er trotzdem.

»Quatsch. Du bist nervös, das sehe ich doch.« Sie stößt ihm scherzhaft mit dem Ellenbogen in die Seite. »Hast du etwa Schiss? Vor dem Mein-Haus-mein-Auto-mein-Pool-Bingo? Das brauchst du nicht. Du hast viel erreicht. Jeder fünfte Deutsche trägt deine Klamotten. Und bestimmt jeder zweite Lehrer.« Franzi lacht laut auf, und langsam glaubt Philipp, dass sie in der Lounge am Flughafen zu viel Champagner getrunken hat.

»Das ist es nicht«, entgegnet er grimmig.

»Was dann? Raus damit.«

Er hat keine Lust, es ihr zu erzählen. Er will es vergessen, aber leider kommen immer mehr Erinnerungen hoch. Zehn Tage, seufzt er, wie soll er das schaffen?

»Ach, das wird cool, deine alten Kumpels wiederzutreffen. Matthias, Christian und die beiden anderen. Die freuen sich sicher auf dich.«

Du hast ja keine Ahnung, denkt er und beißt sich auf die Lippen. Sein Blick flackert unruhig über die Reisenden in der Warteschlange hinweg. Zum Glück ist unter ihnen niemand, den er auf Anhieb erkennt. Das dürfte bei manchen nach 20 Jahren auch nicht einfach sein.

»Ist das dort nicht Herr Roth?« Franzi deutet auf einen grauhaarigen Mann am Ende der Schlange unten an der Gangway. Zu einer grünen Stoffhose trägt er eine knallgrüne Big-North-Funktionsjacke. Er hat einen riesigen Rollkoffer dabei und unterhält sich mit einer untersetzten Frau mit rabenschwarzer Mähne und einem gepunkteten Kleid. »Frau Schaber, Kunst und Religion«, flüstert Franzi. »Und im Fall von Herrn Roth hatte ich recht: Jeder zweite Lehrer trägt deine Klamotten.«

Plötzlich ertönt vor ihnen lautes Gelächter, das Philipp zusammenzucken lässt. Eine wilde Mischung aus Gänsehaut, Erinnerungen und Widerwillen schwappt über ihn hinweg und versucht, ihn mit in die Vergangenheit zu reißen. Doch Philipp lässt es nicht zu und ist froh, dass er seine Emotionen im Griff hat, auch wenn Franzi ihn sich manchmal gefühlsbetonter wünscht. Er reckt den Hals und entdeckt mehrere Reihen vor sich den Hinterkopf der Person mit dem dreckigen Lachen. Dieser eierförmige Schädel und die markanten Segelohren, von denen nur der obere Teil absteht, können nur einem gehören: Matthias Nossak. Seine rötlich braunen Haare sind licht geworden, und er trägt jetzt einen hippen Vollbart. Erneut dröhnt sein Lachen durch den Eingangsbereich, und Philipp kann den Blick nicht von ihm lassen, während sich die Schlange weiter voranschiebt. Schließlich gelangen sie in das Innere des Schiffes, und vor ihnen öffnet sich eine mit Teppich ausgelegte Empfangshalle, die der Rezeption in einem Hotel gleicht. Der Stau ist entstanden, weil die meisten Passagiere direkt in ihre Kabinen einchecken wollen.

Philipp beobachtet, wie Matthias an den Tresen tritt und mit der Frau dahinter spricht.

Nun bemerkt auch Franzi ihn. »Hey, das ist ja Matthias. Willst du nicht hingehen?«

»Nein, dann würden wir uns vordrängeln.«

»Ich halte uns den Platz in der Schlange frei. Nun mach schon. Ihr wart doch Kumpels.«

»Ich sagte, nein!«, zischt Philipp.

Franzi sieht ihn genervt an. »Mein Gott, was sind wir wieder gut gelaunt. Entspann dich mal.«

Einfacher gesagt als getan, wenn man sich an einem Ort befindet, an dem man nicht sein will. Was tut man nicht alles für seine Frau. Ohne Franzi hätte er gekniffen wie die paar anderen, die nicht dabei sind. Aber weil er so viele Tage im Jahr geschäftlich unterwegs ist, hat er ihr versprochen, dass diese Reise nur für sie beide sein soll.

Plötzlich schallt ein Ruf durch den Raum, und Philipp wendet den Kopf. Eine kleine Frau mit platinblondem Bob läuft auf Matthias Nossak zu und fällt ihm um den Hals. Philipp erkennt sie sofort. Es ist Nadine Valetta.

»Wow! Ist das schön!«, hört er sie vor Freude quietschen. »Gut schaust du aus. Immer noch so sportlich wie früher!« Sie boxt Matthias spielerisch in den zugegeben sehr flachen und wahrscheinlich muskulösen Bauch. Er war schon damals ein begnadeter Sportler, ein guter Fußballer und Ruderer. Philipp beobachtet, wie die beiden sich angeregt unterhalten. Dann wandert sein Blick weiter über die restlichen Wartenden, aber Christian ist nicht darunter. Möglich, dass er gar nicht kommt. Investmentbanker haben ja stets viel zu tun, und vielleicht ist ihm ein Treffen mit den alten Schulkameraden nicht wichtig genug.

Philipp spürt Franzis Blick auf sich lasten, und das saure Brodeln in seinem Magen verstärkt sich. Wieder muss er aufstoßen. Er denkt darüber nach, wie er es vermeiden könnte, allzu viel mit den anderen zu tun zu haben. Vielleicht sollte er von Anfang an Seekrankheit vortäuschen?

»Hallo, willkommen auf der Norsk Sol. Was kann ich für Sie tun?« Die Rezeptionistin lächelt Franzi und ihn an.

»Herr und Frau Jaeger. Wir gehören zu den Jubilaren«, erklärt Philipp.

»Ah, wie schön. Wir haben Ihre Reisegruppe auf Deck 7 untergebracht. Natürlich mit Seeblick. Hier sind Ihre Cruise-Cards, damit checken Sie bitte bei jedem Landgang ein und aus. Sie dienen außerdem als Zahlungskarten für die Getränke, Ihre haben kein Limit, Herr Larsen lädt Sie zu allem ein. Fühlen Sie sich also absolut frei, sich an den Bars zu bedienen. Auch das Spa steht Ihnen jederzeit zur Verfügung, nur anmelden sollten Sie sich vorher. Die nötigen Informationen dazu finden Sie in der Broschüre in Ihrer Kabine.« Die Frau schiebt die Keycards über den Tresen. »Und dann habe ich noch das Veranstaltungsprogramm für Sie. Der Jubiläumsempfang findet um 15 Uhr in der Fjord-Lounge auf dem oberen Panoramadeck statt. Wir wünschen Ihnen einen schönen Aufenthalt an Bord und ... Ach, das hätte ich beinahe vergessen. Ihre Anstecknadeln, bitte schön!« Sie legt zwei kleine runde Broschen aus dunkelblauer Emaille auf den Tresen. Darauf steht in silberner Schrift: »Internat Hamburg Falkenstein – 20-jähriges Abiturjubiläum«.

Philipp nimmt seine und lässt sie in der Hosentasche verschwinden.

»Willst du sie nicht anstecken? Dann erkennt jeder sofort, dass wir zur Gruppe gehören.«

»Mache ich später. Ich will zuerst aufs Zimmer.« Er bedankt sich bei der Rezeptionistin und greift nach seinem Koffer, da kracht von hinten eine Hand auf seine Schulter.

»Hey, Lippy! Lange nicht gesehen, Digga!«

Lippy, denkt Philipp düster. Diesen Spitznamen hat er schon damals gehasst.

Tief atmet er ein und dreht sich um. Hinter ihm steht der Mann, den er mehr als alles andere verabscheut.

»Hallo, Christian«, sagt er kühl und streckt die Hand aus.

3

»Wo sind die Zielpersonen?«, kommt die Stimme des Einsatzleiters über Funk.

»Sie gehen gerade in die Halle, fünf Männer. Zwei davon sind offen bewaffnet mit Pistolen. Bei den anderen kann ich es nicht erkennen, aber sie tragen mit Sicherheit Waffen unter ihrer Kleidung«, antwortet Kommissar Tom Skagen und späht durch das Fernglas. Sie befinden sich im Containerhafen von Tjora in der Nähe von Stavanger, und die Halle soll in Kürze gestürmt werden.

»Der Deal da drinnen läuft bestimmt schon.« Erling Øksnes, der Leiter der norwegischen Polizeitruppe, klingt gereizt.

»Das glaube ich nicht, sie waren noch gar nicht am Container, um die Ware zu überprüfen. Ohne Ware kein Deal. Was sagt die Kameraüberwachung in der Halle?«

»Negativ. Die Zielpersonen befinden sich nicht im Erfassungsbereich.«

Skagen wendet sich seinem Kollegen Jens Fram zu, der im Schutz eines Haufens alter Stahlträger hockt und mit den Schultern zuckt. Beide sind sie Teil von Skanpol, einer Unterabteilung von Europol, die sich mit grenzübergreifender Verbrechensbekämpfung zwischen Deutschland und Skandinavien befasst und ihren Sitz in Hamburg hat. Kurz kommen in Skagen Zweifel auf, dass alles laufen wird wie geplant. Seit drei Jahren arbeiten sie an diesem Fall, einer Kooperation zwischen norwegischer Polizei, Skanpol, Interpol und den deutschen Behörden. Die Operation trägt den Namen »Nordvei«, »Nordweg«, was auf die Route der Waffenschmuggler anspielt, die sie überwachen. Und heute sollen endlich ihre Zielpersonen festgenommen werden. Wenn etwas schiefginge, wäre ihre ganze Vorarbeit umsonst gewesen.

Er späht durchs Fernglas. Vor der Halle rührt sich nichts. Die fünf Männer befinden sich nach wie vor im Innern. Drei davon sind Waffenhändler aus Norwegen, denen eine Verbindung zu der rechtsextremen Gruppierung »Åsgards Sønner Norge« nachgewiesen wurde, bei den anderen handelt es sich um zwei Waffenschieber aus Berlin. Sie stammen aus dem deutschen Chapter von »Åsgards Söhnen«, das unter anderem mit der Reichsbürgerbewegung sympathisiert. Beide Gruppen horten Waffen für den Umsturz. Auch die Berliner Prepperszene steckt mit drin, die sich in Norwegen Unterschlupf erhofft, falls der »große Knall« kommt.

Wer hier den großen Knall hat, ist für Skagen klar, denn beim Handel von gestohlenen Waffen hört der Spaß auf. Er schwenkt das Fernglas in Richtung des rostroten Containers, der von außen unauffällig wirkt. Tatsächlich befinden sich darin Maschinengewehre des BKA sowie Handgranaten und Panzerfäuste der Bundeswehr. Über Jahre hinweg entwendet von Polizisten und Mitgliedern des KSK. Waffen, mit denen der Umsturz herbeigeführt werden soll, mit denen die Rechtsextremisten die Demokratie abschaffen wollen.

Skagen lässt das Fernglas sinken. Die Sonne blendet. Es ist ein kühler Herbsttag. Keine 200 Meter vom Containerterminal entfernt liegt der Kai, an dem die Autofähren aus Dänemark und Nordnorwegen anlegen. Hoffentlich gibt es keine Schießerei bei dieser Nähe zu Zivilisten. Skagen atmet tief ein, doch das Ziehen in seinem Bauch breitet sich aus, anstatt zu verschwinden. Er will gerade einen Lagebericht an den Einsatzleiter durchgeben, da stößt Jens Fram einen verhaltenen Laut aus und zeigt hinüber zu dem Container.

Skagen hebt das Fernglas, braucht es aber eigentlich gar nicht, um zu sehen, dass sich ein Sattelzug nähert. Im nächsten Moment ertönt das Motorengeräusch eines Containerstaplers, der sich durch die Reihen schiebt. »Scheiße, die verladen das Ding!«

Jens nickt.

Rasch informiert Skagen Øksnes über die neue Entwicklung, woraufhin der Norweger einen Fluch ausstößt. Danach erteilt er seinen Leuten den Befehl, sich für eine etwaige Planänderung bereitzuhalten. Nämlich dafür, dass der Laster mit dem Container das Gelände verlassen und sich aus dem Staub machen könnte.

Skagen, dessen Zwicken im Bauch ihm keine Ruhe lässt, beobachtet, wie der Stapler den Container binnen weniger Minuten auf den Anhänger des Lastzugs verlädt und sich im piependen Rückwärtsgang entfernt.

»Erkennt ihr den Fahrer des LKW?«, fragt er über Funk die Kollegen auf der anderen Seite des Areals, die für einen Blick ins Führerhaus die bessere Position haben.

»Negativ, er trägt Sonnenbrille und Mütze.«

»Ich wette trotzdem, dass er zu der Gruppe der Zielpersonen gehört«, zischt Jens Fram.

Skagen brummt zustimmend. Mit bloßem Auge verfolgt er den Weg des Trucks.

»Er fährt zum Tor«, ertönt die Stimme des Einsatzleiters. »Er will das Gelände verlassen, ohne dass wir die Übergabe beobachtet haben! Mist! Wissen die womöglich, dass wir hier sind?«

»Ich denke nicht«, antwortet Øksnes. »Wenn sie etwas ahnen würden, hätten sie den Deal an einem anderen Tag oder einem anderen Ort durchgeführt.«

»Aber wir müssen sie bei der Übergabe erwischen, sonst ist alles sinnlos! Dann können sie behaupten, damit nichts zu tun zu haben.«

Das pneumatische Pfeifen der Bremsen dringt an seine Ohren, und Skagen beobachtet, wie der LKW vor dem Tor hält. Eine orangefarbene Signallampe am Zaun springt an. Gleich würde sich das große Stahltor öffnen.

Skagen sieht Jens an. Sein langjähriger Freund und Kollege scheint unsicher, doch dann nickt er entschlossen. Sie haben nicht drei Jahre an diesem Fall gearbeitet, um die Ladung nun davonfahren zu lassen.

»Holen wir sie uns?«, fragt Skagen Øksnes durchs Mikro.

Ein kurzer Moment des Schweigens, schließlich antwortet der Einsatzleiter: »Nicht jetzt. Der Truck soll erst das Gelände verlassen. Team drei wird ihn am nächsten Kreisverkehr abfangen. Gleichzeitig stürmen wir in die Halle.«

»Verstanden. Wir machen uns bereit.« Skagen wirft einen letzten Blick auf den Laster. Das Tor ist bereits halb geöffnet. Gleich wird der LKW sich in Bewegung setzen. Sobald er die Straße erreicht hat, werden sie zu dem großen Gebäude hinüberlaufen. Er gibt Jens ein Signal, und sie ziehen ihre Waffen.

Das Tor schiebt sich weiter auf. Über Funk verfolgt Skagen, wie Team drei sich in Stellung bringt. Seine Aufmerksamkeit springt zwischen dem Tor und der Hafenhalle hin und her. Die Signallampe hört auf zu blinken, der Weg für den Laster ist frei. Der Fahrer löst die Bremsen und gibt Gas.

Skagen lässt die Hand sinken, und die Männer und Frauen des Spezialkommandos, die hinter ihnen gewartet haben, machen sich in Formation auf den Weg zur Halle, dabei nutzen sie den Schutz von Containern, Fahrzeugen und Materialstapeln. Sie erreichen die Wagen der Waffenschleuser – einen Land Rover mit norwegischem und einen Porsche Cayenne mit deutschem Kennzeichen. Kurz verharren sie bei den Autos und sondieren die Lage. Alles ist ruhig. Skagen wundert sich, dass die Kerle in der Halle sich noch immer nicht regen. Der Deal ist gelaufen, der LKW mit den Waffen ist weg. Worauf warten die?

Sie erreichen die Wellblechwand des Gebäudes. Keine zehn Meter von ihnen entfernt liegt der Zugang. Das hintere Tor und den Seiteneingang nimmt sich Team zwei vor. Als alle Kollegen in Stellung sind, schickt Skagen kurz den Wunsch gen Himmel, dass der Einsatz gutgehen möge, und umfasst seine Waffe fester. In seinem Bauch wütet die Unruhe, und unter der schusssicheren Weste läuft ihm der Schweiß über den Rücken.

Gleich würden sie erfahren, was die Männer in der Halle treiben. Gleich wären sie schlauer.

Über Funk erreicht sie die Information, dass sich der LKW mit dem Container kurz vor dem Kreisverkehr befindet, an dem der Zugriff stattfinden soll. Auch dort sind die Kollegen bereit.

Skagen nickt dem Squadleader zu, der sich mit seinem Trupp auf den Eingang zubewegt, schnell und effektiv. An der Tür halten sie an. Ein Beamter der Spezialkräfte legt eine Hand auf die Klinke und ein zweiter bringt sich in Position, um mit erhobenem MG hineinzustürmen.

Was, wenn die da drinnen nur darauf warten, sie niederzuschießen? Was, wenn es eine Falle ist?

Skagen will gerade seine Bedenken äußern, da erhält er das Signal, dass Team eins und zwei jetzt reingehen und das dritte Team den LKW stoppt. Die nächsten Minuten werden beherrscht von lautem Stimmengewirr, Türen werden aufgerissen und Polizisten stürmen die Halle. Befehle ertönen und es fallen Schüsse. Skagen und Jens, die den SEK-Leuten folgen, verschaffen sich hastig einen Überblick. Niemand von den Zielpersonen scheint mehr in dem Gebäude zu sein. Im Dämmerlicht bemerkt Skagen einen Tisch mit mehreren Stühlen, einige davon sind umgefallen, daneben liegt einer der Waffenschieber am Boden. Er wird gerade von den SEK-Leuten festgenommen. Wo sind die restlichen vier?

Geduckt dreht Skagen sich um. Schräg hinter ihm wird eine weitere Person von Polizisten zu Boden gedrückt. Sie blutet aus einer Wunde an der Schulter und stößt immer wieder Flüche auf Norwegisch aus.

Fehlen noch drei.

Die SEK-Leute dringen tiefer in die Halle vor, in der unzählige Fässer und Paletten mit in Plastik eingewickelter Waren stehen, daneben ein paar Gabelstapler und andere Verladegeräte. Skagen hört ein lautes Klirren, als die Wodkaflasche, die auf dem Tisch stand, zu Boden fällt und zerschellt. Haben die Kerle hier gesessen und gebechert, während draußen der Laster mit den Waffen davonfuhr, ohne dass sie einen Blick darauf geworfen haben? Skagen kann das nicht glauben. Oder war der Zweck des Treffens womöglich gar nicht die Übergabe der Waffen und die Verbrecher haben sie verarscht?

Während das Sondereinsatzkommando damit beschäftigt ist, jeden Winkel abzusuchen, dreht Skagen sich suchend im Kreis. Wo sind die anderen Kerle?

Plötzlich hört er einen Ruf und wendet den Kopf. Einer der

Waffenschmuggler ist auf einen Gabelstapler geklettert und fährt los, direkt auf die Polizisten zu. Dabei feuert er mehrere Schüsse ab. Er will sich seinen Weg freischießen und mit dem Stapler durch die Reihen brechen. Doch die SEK-Leute erwidern das Feuer und erwischen den Kerl. Der Stapler rollt noch ein paar Meter und kracht dann in einen Haufen Paletten. Drei Beamte eilen zum Fahrzeug und zerren den Angeschossenen aus der Kabine. Der Mann scheint bewusstlos zu sein. Über Funk verfolgt Skagen, wie nach einem Krankenwagen verlangt wird. Auch der LKW mit den Waffen befindet sich mittlerweile in der Kontrolle der Beamten. Der Fahrer hat keinen Widerstand geleistet und sich festnehmen lassen. Die Durchsuchung des Containers hat ergeben, dass er enthält, was sie vermutet haben: die Waffen.

Gut, denkt Skagen. Immerhin ein Teil der Razzia, der erwartungsgemäß verläuft.

Als er sich zu Jens umdreht, gibt dieser einen erstickten Laut von sich.

Skagen starrt auf zwei Männer, die hinter seinem Freund stehen. Es sind die beiden deutschen Waffenschieber. Der jüngere hat einen Arm um Jens' Hals gelegt und drückt eine Pistole an seinen Kopf, während der ältere mit der Glatze keine Waffe zu haben scheint und sich im Schatten seines Kompagnons verbirgt.

Langsam hebt Skagen seine Pistole und zielt auf den Verbrecher, der Jens in seiner Gewalt hat. »Waffe fallen lassen!«

»Nein. Sie legen Ihre Pistole weg! Dann passiert Ihrem Kollegen nichts«, antwortet der Geiselnehmer. Er hat dunkle Haaren und einen Dreitagebart.

Skagen hält seine Heckler & Koch unbeirrt auf ihn gerichtet. Er kann die Angst in Jens' Augen lesen. Stumm verflucht er sich dafür, dass er sich von dem Spektakel mit dem Gabelstapler hat ablenken lassen.

»Ich verhandele nicht mit Verbrechern«, entgegnet er mit harter, aber ruhiger Stimme. »Wenn Sie die Waffe runternehmen, kommen Sie heil aus der Sache raus. Wenn nicht, schieße ich.«

Der Kerl bleckt die Zähne. Seine Pistole an Jens' Kopf zittert. Er wird doch nicht abdrücken, verdammt!

Unwillkürlich bricht in Skagen Panik aus. Jens ist sein Freund, er würde es nicht ertragen, wenn ihm etwas passierte. Seine Arme beginnen zu beben, und er spannt sie noch mehr an. Es ist nicht wie damals auf dem Schiff, sagt er sich. Das ist nicht dieselbe Situation, das hier ist ganz anders als auf der Signe Merkur. Du bist nicht hilflos. Du hast eine Waffe, und in deinem Rücken befinden sich mindestens zwei Dutzend Kollegen vom SEK. Du hast die Lage im Griff.

Doch das Zittern breitet sich immer weiter unkontrolliert in seinem Körper aus. Verdammt! Nicht jetzt!

Um entschlossener zu wirken, schiebt sich Skagen einen Schritt vor. »Waffe runter!«, brüllt er. Über Funk hört er, dass die Kollegen mitbekommen haben, was los ist. Doch so sehr er sich auch bemüht, er bekommt das Zucken seines Körpers nicht unter Kontrolle. Die Muskeln in seinen Armen verkrampfen sich, er atmet schnell, und unerträgliche Hitze breitet sich in ihm aus. Jens scheint inzwischen bemerkt zu haben, dass mit ihm etwas nicht stimmt, denn der Ausdruck in seinen Augen verwandelt sich von Angst in blanke Furcht.

»Ich sage es zum letzten Mal«, stößt Skagen aus, und er ist froh, dass wenigstens seine Stimme nicht an Härte verloren hat, »Waffe weg!«

Der Kerl funkelt ihn an. Sein Gesicht ist vollkommen starr, und Skagen fragt sich, was in ihm vorgeht. Wird er schießen? Wenn er Jens tötet, wird das SEK ihn durchsieben. So verrückt wird er nicht sein. Oder doch?

Der Ältere der Waffenschieber rührt sich nicht. Er hält sich nach wie vor hinter seinem Komplizen versteckt.

Skagen presst die Lippen aufeinander. Der Lauf seiner Pistole bebt. Das muss dem Kerl auffallen. In seinem Rücken hört er knirschende Schritte, die Kollegen vom SEK nähern sich. Skagen lässt den Typen nicht aus den Augen.

Wenn du Jens umbringst, töte ich dich!

Der Geiselnehmer grinst. Ohne sich umzudrehen, ruft er seinem glatzköpfigen Kumpan zu: »Los, hol dir die Waffe des Polizisten. Keine Angst, der wird nicht schießen, solange ich seinen Freund habe!«

»Marcel, lass das. Ich denke, wir sollten das hier beenden.«

»Scheiße, nein! Das werden wir nicht. Ich will nicht in den Knast! Und jetzt beweg deinen Arsch und nimm dem Bullen die Waffe weg!«

Der Ältere tritt an dem Geiselnehmer vorbei. Sein Blick wirkt unsicher. Langsam nähert er sich Skagen. »Geben Sie mir Ihre Waffe.«

»Bleiben Sie stehen!«, befiehlt Skagen ihm, aber der Glatzkopf setzt seinen Weg fort.

»Seien Sie vernünftig«, sagt der Mann. »Ihrem Kollegen wird nichts geschehen, wenn Sie …«

»Ich sagte, stehen bleiben!«, wiederholt Skagen mit Nachdruck.

Der Glatzkopf folgt seiner Anweisung. Er befindet sich nun genau in der Schusslinie zwischen ihm und dem Geiselnehmer. Fuck, denkt Skagen, doch bevor er dem Kerl sagen kann, er soll zur Seite gehen, fallen drei schnell aufeinanderfolgende Schüsse. Erschrocken zucken alle zusammen.

Jens! – schneidet es wie ein Messer durch Skagens Hirn. Bitte nicht Jens!

Es ist nicht sein Freund, der mit einem erstickten Stöhnen vor ihm zusammenbricht und auf dem Bauch liegen bleibt, sondern der Glatzkopf. Drei Einschusslöcher prangen in Thors Hammer, der seine Lederjacke auf dem Rücken ziert.

Hastig hebt Skagen den Kopf.

Jens steht allein da. Kreideweiß wie der Skanpol-Schriftzug auf seiner schusssicheren Weste. Wo ist der Geiselnehmer? Skagen wendet sich um. Doch der Mistkerl ist weg. Er entdeckt eine Stahltür in der Wand hinter Jens, die sich bewegt.

»Hinterher!«, ruft er den Männern des SEK zu und läuft zu Jens. Er legt ihm eine Hand auf die Schulter. »Alles in Ordnung?«

Jens reagiert nicht. In seinen Augen glänzt Furcht, er atmet hektisch. Skagen kennt diesen Zustand. Er nimmt Jens' Gesicht in beide Hände. »Hej. Schau mich an. Es ist alles gut. Du bist in Sicherheit. Der Kerl ist weg.«

Erst jetzt bewegen sich Jens' Augen. Er blinzelt und fokussiert sich auf Skagen. Im Hintergrund stürmen die SEK-Kollegen durch die Tür nach draußen.

Schließlich findet Jens seine Stimme wieder. »Mann, das war nicht gut. Scheiße, noch mal!« Zitternd beugt er sich vor und stützt sich mit den Händen auf den Oberschenkeln ab. »Ist der Kerl wirklich weg?«

»Ja, aber unsere Jungs verfolgen ihn. Sie werden ihn kriegen. Ganz sicher!« Skagen klopft seinem Freund auf die Schulter, und sie atmen beide tief durch. Plötzlich hört er jemanden hinter sich rufen.

»He! Kommt mal schnell!« Es ist Erling Øksnes. Er kniet neben dem glatzköpfigen Waffenhändler, der gerade von einem Kollegen ärztlich behandelt wird. »Der Mann sagt etwas auf Deutsch, keine Ahnung was!«

Skagen und Jens eilen zu Øksnes hinüber und hocken sich hin. Der Schwerverletzte liegt jetzt auf der Seite und keucht schwer, während der SEK-Kollege dabei ist, die Wunden auf dem Rücken erstzuversorgen.

Der Mann dreht den Kopf und sieht Skagen an, er blinzelt

angestrengt. Seine Lippen bewegen sich. Blut tropft von seinem Mundwinkel auf den schmutzigen Betonboden.

»Wie? Ich verstehe dich nicht«, sagt Skagen. Er nimmt sich den Stöpsel mit dem Funk aus dem Ohr und beugt sich tiefer hinab. »Sag es noch mal.«

»Ich ... einer von euch.«

Skagen runzelt die Stirn. »Einer von uns – was meinst du damit?«

Der Mann hustet, sein Atem setzt für einen Moment aus. Dann holt er röchelnd Luft. »Ich ... ich bin ein Kollege ... von euch. Undercover.«

»Du meinst ein verdeckter Ermittler?«

Der Verletzte nickt, seine Hand bewegt sich schwach in Richtung seiner Jackeninnentasche. Er scheint große Mühe zu haben, Luft zu bekommen. Seine Augen verdrehen sich, wieder setzt sein Atem aus.

»Verdammt, hilf ihm!«, ruft Skagen dem Kollegen zu, der sich um die Wunden kümmert.

Der hebt beide blutverschmierten Hände. »Ich versuche es ja! Aber dazu bräuchte ich einen Notarzt. Die Kugeln sitzen in seiner Lunge. Der Kerl ersäuft an seinem eigenen Blut!«

Verflucht! Skagen sieht den Sterbenden eindringlich an. »Verdeckter Ermittler?«, fragt er ihn. »Von wem kommst du? Hörst du mich? Aus welcher Abteilung bist du?«

Doch der Mann rührt sich nicht mehr. Sein Gesicht hat jede Farbe verloren. Skagen fühlt nach seinem Puls. Langsam schüttelt er den Kopf.

»Du kannst aufhören«, sagt er zu dem Kollegen. »Trotzdem danke für deine Hilfe.«

Der SEK-Mann nickt und zieht sich die blutigen Handschuhe aus. Skagen verharrt einen Moment über dem Toten, anschließend greift er in dessen Jackentasche und ertastet eine Brieftasche. Als er sie rausholt und öffnet, stößt er einen Fluch aus.

»Was ist?«, fragt Øksnes.

Skagen hält ihm den Ausweis hin, der in dem Klarsichtfach der Brieftasche steckt. »Oberkommissar Peter Sobek, LKA Berlin. Der Mann war tatsächlich einer von uns.«

»Mist! Warum wussten wir nichts davon?«, fragt Øksnes. Seine Miene zeigt wachsende Irritation, aber auch Verärgerung.

»Keine Ahnung«, entgegnet Skagen. »Mir ist nichts von einer verdeckten Ermittlung von dritter Seite bekannt.« Er richtet sich auf und streicht sich die Haare aus der Stirn. Das ist wieder mal typisch, denkt er. Die mangelnde Vernetzung der deutschen Polizeibehörden würde ihn noch mal in den Wahnsinn treiben. In diesem Fall hat sie das Leben eines Polizisten gekostet. Ein Verlust, der hätte verhindert werden können.

Skagen will sich wegdrehen, da bemerkt er, wie Øksnes sich an das Headset fasst und konzentriert lauscht. Der Leiter der norwegischen Truppe verzieht den Mund. »Scheiße! Das war Team eins. Der Schütze ist uns entwischt. Er hat den Zaun überwunden und ist über die Straße geflohen. Dort war gerade viel Verkehr, weil eine Fähre angekommen ist. Als die Kollegen endlich die andere Straßenseite erreicht hatten, war der Kerl weg.«

Skagen fängt Jens' Blick auf. Der sagt alles.

Jetzt ist ihr Problem nicht mehr allein ein toter deutscher Polizeibeamter, sondern auch noch ein skrupelloser Mörder auf der Flucht. Was für ein Desaster!

4

Philipp muss aufstoßen. Er würgt den sauren Geschmack herunter und blickt aus dem Panoramafenster. Die Norsk Sol steuert durch den Oslofjord nach Süden. Dabei durchqueren sie den Schärengarten, der aus Hunderten kleiner Inseln besteht. Idyllische Miniparadiese mit roten oder gelben Holzhäusern darauf, mit vertäuten Motorbooten an Privatstegen und einer Aura des uralten Privilegs und des Geldes. Wer hier ein Haus besitzt, hat es entweder geerbt oder über eine lange Warteliste erworben.

Norwegen, das Land der Ölmillionäre – zumindest, solange das Öl noch fließt, denkt Philipp sarkastisch. Danach würden die Karten neu gemischt werden, und es würde sich zeigen, was von Norwegen neben seiner tollen Landschaft übrig bliebe. Aber zumindest ließen sich in den Fjorden und auf den Fjells weiterhin prima Werbefotos für seine Outdoormarke schießen.

Vielen aus dem Abijahrgang ist aufgefallen, dass er die Kleidung aus seinen Katalogen selbst nicht trägt. »Stehst du nicht hinter deiner Marke? Schämst du dich für das biedere Image von BigNorth? Gibt es eigentlich Kinderarbeit in deinen Nähfabriken? Ist deine Firma auch nachhaltig genug? Machst du Charity?« Immer dieselben dämlichen Fragen. Vielleicht sollte er sich statt dieses albernen Abi-Ansteckers einen Button anheften mit »Fuck your FAQ«. Er trägt sein Zeug halt nicht und fertig. Warum muss man sich immer rechtfertigen?

Philipp stürzt den Rest seines Champagners hinunter, den jeder von ihnen zur Begrüßung gereicht bekommen hat, und stellt das Glas auf einen der Stehtische in der Fjord-Lounge ab. Draußen gleiten die vorbeiziehenden Inseln dahin – gediegenes Ambiente für ein gediegenes Event. Unauffällig schielt Philipp zu der Bar hinüber, hinter der eine Dame in typischem Barkeeperlook den Gästen Drinks serviert. Er hätte jetzt gerne etwas Stärkeres. Doch leider muss er warten, bis Herr Dröhmer mit seiner Jubiläumsansprache fertig ist. Wie oft er die wohl schon gehalten hat? Als Schuldirektor jedes Jahr die Herbstferien auf diesem Schiff zu verbringen, muss eine wahre Tortur sein. Das einzig Gute an Dröhmers hochtrabendem Gelaber über die »mannigfaltigen Vorzüge der Falkensteiner Privatschule« ist, dass die restlichen Anwesenden währenddessen die Klappe halten.

Ungeduldig verlagert Philipp sein Gewicht von einem Bein aufs andere. Dabei kneift ihn Franzi von hinten in die Seite als Ermahnung, sich zusammenzureißen. »Versau mir bloß nicht die Reise«, zischt sie ihm zu. Als ob sie sich eine solche Fahrt nicht selbst hätten leisten können, dann wären sie wenigstens alleine gewesen und hätten das Ganze vielleicht genossen. So aber ist es der reinste Spießrutenlauf zwischen »Ach, wie geht's dir?« und »Du hast dich echt kaum verändert!«. Immerhin beginnt die Tablette zu wirken, und sein Magen beruhigt sich allmählich.

»Und daher freue ich mich, dass Sie so zahlreich an Bord dieses wundervollen Schiffes gekommen sind und unserer Schule Ihre Treue zum Ausdruck bringen. Ich wünsche Ihnen viel Freude, interessante Gespräche und ein gutes Networking auf dieser nunmehr 31. Jubiläumsfahrt. Natürlich ganz besonders im Namen unseres großzügigen Gastgebers Hans Peter Larsen, der leider nicht persönlich anwesend sein kann. Er ist einer von unzähligen Ehemaligen, die unserer Schule all die Jahre über gewogen geblieben sind. Lassen Sie uns auf ihn und die wunderbare Gemeinschaft des Falkensteiner

Internats anstoßen, die über die Generationen hinweg das Versprechen weitergibt, dass ein Falkensteiner dem anderen jederzeit die Hand reicht.«

Wer's glaubt, denkt Philipp. Und was ist mit denen, die nicht hier sind? Den Gescheiterten? Denn auch die existieren am ehrenwerten Falkensteiner Internat. Die Loser, die Kaputten, die Versager, die Ausgestoßenen. Wer reicht denen die Hand? Philipp erinnert sich daran, die Namen jener nicht auf der Teilnehmerliste gelesen zu haben, denen das Schicksal weniger hold gewesen ist. Hat man ihnen ebenfalls angeboten, die Reise zu bezahlen? Oder blieb die Einladung bei ihnen bewusst aus? Vielleicht hatten die angeblichen Versager auch einfach nur keinen Bock auf diese scheinheilige Veranstaltung. Recht haben sie!

Philipp beobachtet, wie Herr Dröhmer sein Glas hebt und allen zuprostet. »Einmal Falkenstein, immer Falkenstein!«

Ein einheitliches »Zum Wohl!« schallt von den Anwesenden zurück, die daraufhin den Rest des Champagners aus ihren Gläsern saugen und sich nach Nachschub umsehen. Die Begrüßung ist beendet, und man geht zu lockeren Gesprächen über, kleine Grüppchen bilden sich. Es sind genau dieselben wie damals. Durchmischung, neue Konstellationen? Fehlanzeige! Selbst nach 20 Jahren scheint man nicht gewillt zu sein, alte Vorurteile über Bord zu werfen.

Philipp lässt Franzi stehen und geht zur Bar, wo er leider nicht der Erste mit dem Wunsch nach härterem Stoff ist. Er stellt sich in die Schlange und wartet geduldig. Neben ihm reiht sich eine Frau ein. Es ist Katharina Rabusch, die früher zu ihrer Clique gehörte. Sie sieht immer noch umwerfend aus mit ihrem brünetten Haar, das ihr leicht gewellt über die Schultern fällt, den grünen Augen und den Sommersprossen auf der Nase. Sie trägt ein bordeauxfarbenes Businesskostüm, kein Kleid wie die Mehrheit der Frauen.

»Hi«, grüßt Philipp sie verlegen und denkt daran, wie sie einmal miteinander geknutscht haben. Eigentlich hat sein Herz zuerst für Katharina geschlagen, nicht für Franzi. Leider hat sie ihn nie näher als bis zu diesem Kuss an sich herangelassen – wie im Übrigen auch keinen anderen Jungen aus dem Jahrgang. Es ging damals das Gerücht um, dass sie mit einem viel Älteren von extern zusammen war. Trotzdem oder vielleicht gerade deswegen ist Katharina in der Clique aufgenommen worden. Der »In-Crowd«, wie sie sich genannt haben, nach dem gleichnamigen Song von Bryan Ferry. Schon ziemlich spleenig. Aber jeder von ihnen hatte etwas Spezielles an sich. Nadine war die heißeste Braut an der Schule, Katharina die kühle Unnahbare, Matthias der Sportlerkönig, Philipp der Macher und Christian der …

»Hey, alles klar mit dir?«, fragt Katharina.

»Ja, warum?«

»Weil du den Eindruck machst, als wärst du lieber woanders.« Sie wirft ihm ein schiefes Lächeln zu.

Philipp zuckt mit den Schultern. »Ist das so offensichtlich?«

Katharina saugt an dem Strohhalm, der in ihrem Gin Tonic steckt. Die Eiswürfel klirren, ihr Lipgloss glänzt und ihre grünen Augen sagen wie damals: »Küss mich«.

Philipp läuft ein Schauer über den Rücken.

»Was darf's für Sie sein?«, unterbricht die Barkeeperin seine wiedererwachten Teenagerträume.

Er räuspert sich. »Einen Wodka auf Eis, bitte. Einen doppelten!«

»So schlimm?«, fragt Katharina laut lachend.

Philipp schaut kurz zu Franzi hinüber, die sich mit ihrer früheren besten Freundin und Zimmergenossin Lea Yosef unterhält. Deren kupferfarbener Teint und die dunklen Locken verraten ihre Herkunft aus Nahost. Leas Eltern sind von Tel Aviv nach Deutschland eingewandert. CeeJay steht auch dabei. Er sieht adrett aus in seinem violett karierten Sakko. Es passt gut zu seinen pechschwarzen Haaren. CeeJay, eigentlich Cho Jun Bergmann, stammt ursprünglich aus China, wo er mit einem Jahr zum Waisen wurde. Ein betuchtes Unternehmerehepaar aus Lübeck hat ihn adoptiert. Mit zwölf kam er auf das Falkensteiner Internat, wie alle, die heute hier versammelt sind. Philipp hat sich mit ihm vier Jahre lang ein Zimmer geteilt. CeeJay war ein cooler Typ, hoffentlich ist er das geblieben.

»Hast du schon mit den anderen gesprochen?« Katharinas dunkle Stimme ist wie ein Geist aus der Vergangenheit, der ihm eine Gänsehaut über den Rücken jagt.

Es ist klar, wen sie mit »den anderen« meint.

»Ja«, entgegnet Philipp kurz angebunden. »Vorhin beim Einchecken.«

Katharinas Blick wandert hinüber zu Matthias, Nadine und Christian, die ein Grüppchen gebildet haben und eine Atmosphäre der Exklusivität verbreiten. Das hatten sie schon früher gut drauf. Der Club der Coolen. Jeder wollte Mitglied sein. Die Wenigsten haben es geschafft. In Wahrheit war es eine äußerst zweifelhafte Ehre, das weiß Philipp heute.

»Wollen wir?« Katharina zeigt auf die Clique.

Philipp verzieht das Gesicht. Eigentlich will er nicht. Aber es ist unausweichlich.

Sie nehmen ihre Drinks mit zu dem Stehtisch neben dem Panoramafenster, an dem sich die drei Kernmitglieder der In-Crowd versammelt haben. Natürlich haben sie sich wie immer die beste Aussicht gesichert.

Philipp nickt seinen ehemaligen Freunden zu, und Christian grüßt ihn mit seinem typisch gönnerhaften Lächeln zurück, in dem stets Überlegenheit mitschwingt. Seine Hand landet wieder auf Philipps Schulter und zieht ihn zu sich heran, um ihn kumpelhaft zu drücken. »Nice to see ya, Lippy!«

Philipp lässt es über sich ergehen und macht gute Miene zum bösen Spiel, indem er die alberne Ghettofaust erwidert. Danach gibt Christian Katharina einen übertriebenen Handkuss, wobei es in seinen Augen lüstern aufblitzt. Philipp muss sich Mühe geben, sich seinen Abscheu nicht anmerken zu lassen. Christian soll nicht merken, was er über ihn denkt.

»Wie geht es dir, Chris?«, fragt Katharina. »Wie läuft's an der Börse?«

Mit einer großspurigen Geste winkt Christian ab. »Ich habe meine Milliönchen gemacht, wenn du das meinst. Da kann man sich zurücklehnen und die Kröten für sich arbeiten lassen. Und wie ist es bei dir gelaufen?«

»Nun, ich habe es nicht so weit geschafft wie du. Bin angestellt bei einer Versicherung. Schadensabteilung.«

»Versicherung, how avant-garde.« Er wendet sich an Philipp, als wäre Katharina plötzlich unter seiner Würde. »Und du, Lippy? BigNorth, Alter! Fett! Ein Unternehmen mit über 400 Franchise-Filialen weltweit und Dutzenden Fabriken in Asien und Südamerika. Und das innerhalb von 15 Jahren. Hut ab! Kraxelst du eigentlich noch fleißig auf den Eisbergen oder dem Mount Everest rum?«

Philipp ist überrascht, dass Christian so gut über seine Firma Bescheid weiß, aber am Ende kann man all die Informationen im Internet nachlesen. Dass Christian mit seiner letzten Bemerkung auf die PR-Fotos in Philipps Katalogen anspielt, auf denen er in BigNorth-Kleidung beim Extremsport abgebildet ist, irritiert ihn da schon mehr. Ahnt Chris, was dahintersteckt?

Rasch sucht Philipp nach einer unverfänglichen Antwort. »Solange Franzi mir den Rücken freihält, ist manchmal Zeit für solche Aktionen. Weißt du, ich brauche das als Abwechslung. Die Natur und die Ruhe.«

»Aha.« Christian wirft einen abschätzigen Blick zu Franzi hinüber. Für ihn war sie schon zu Schulzeiten der Inbegriff der Spießigkeit, weil ihr Weg vorgezeichnet war: Medizinstudium, Doktorarbeit, Übernahme der elterlichen Praxis, Heirat, Haus, Kinder. Und Christian hasst das Vorhersehbare. Für ihn gibt es nichts als das Extreme, den Tanz am Abgrund.

»Ihr habt Kinder, nicht wahr?« Christian mustert ihn.

»Ein Junge und ein Mädchen. Sie sind gerade bei den Großel…«

»Also hat es dich erwischt!« Christian verpasst ihm einen freundschaftlichen Boxhieb gegen die Brust. »Das Programm! Das ist echt traurig, Mann. Du warst mal cool und anders als die anderen.«

Philipp fängt Nadines mitleidiges Lächeln auf und spürt, wie er rot wird. Leute, die sich vom »Programm« – sprich dem Hamsterradleben mit Job, Hausbau, Hund und Kindern – einfangen lassen, waren damals ihr Feindbild. Er guckt Matthias an, der ebenfalls dünn lächelt. Nur Katharina rührt sich nicht.

»Ich liebe meine Familie«, sagt Philipp.

Christian lacht. »Na, dann ist ja gut, dass du trotz Anhang noch was gebacken bekommen hast. Nicht wahr, mein Lieber?« Seine Hand schnellt vor und packt Philipp am Nacken. Für die Umstehenden wirkt es, als schüttele er ihn scherzhaft, in Wahrheit bohren sich Christians Finger fest in seinen Hals.

»Da drücken wir alle mal ein Auge zu, was?« Er lässt Philipp los und reißt grinsend beide Arme in die Luft. »Und jetzt: Partytime!«

Sehnsüchtig wandert Philipps Blick nach draußen auf die vorbeiziehenden Schären. Die unberührte Natur, ein Refugium der Ruhe – so nah und doch so fern. Vielleicht sollte er auf das Außendeck gehen und frische Luft schnappen? Er stellt sein leeres Glas auf den Tisch und will zu einer Entschuldigung ansetzen, da zeigt Christian in Richtung eines Mannes mit kahl rasiertem Kopf und sehr attraktiven Gesichtszügen. »Ist das nicht Sascha? Hey, One-hand-man!«

Der Angesprochene wendet sich um. Ein leicht irritierter Ausdruck verdunkelt seine Miene, doch dann hellt sie sich wieder auf. Ob es eine echte Regung ist, kann Philipp nicht beurteilen. Jedenfalls kommt Sascha Böttcher mit einem jovialen Grinsen auf sie zu.

»Hallo, Chris«, sagt er. »Du hast dich kaum verändert!« Sie klopfen einander auf die Schultern. Danach begrüßt Sascha die Restlichen der Gruppe mit einem Handschlag seiner Linken, was keinen von ihnen wundert, denn sie wissen, dass seine Rechte nicht mehr existiert. Er hat sie in der zwölften Klasse beim Basteln mit Feuerwerkskörpern verloren. Damals haben alle gedacht, er würde wegen der vielen Operationen und der Reha die Schule verlassen oder zumindest um ein Jahr zurückfallen, aber Sascha war ein Kämpfer und hat das Abi trotzdem mit ihnen durchgezogen.

»Ist das eine Hightech-Prothese?«, fragt Matthias. »Zeig mal!«

Mit einem stolzen Gesichtsausdruck schiebt Sascha den Ärmel seines Jacketts hoch und präsentiert sein künstliches Körperteil. »Das ist eine myoelektrische Prothese. Sie wird durch die elektrischen Impulse in meinen Unterarmmuskeln gesteuert.« Er öffnet und dreht die Hand. Sie hat einen Roboterlook, aber die Bewegungen sehen ganz natürlich aus.

»Cool!«, entfährt es Nadine ehrfürchtig.

»Nettes Gimmick«, kommt es von Christian. »Kannst du dir damit einen von der Palme wedeln?«

Matthias lässt sein dreckiges Lachen ertönen, aber keiner stimmt mit ein. Philipp ist peinlich berührt, doch Sascha scheint die Bemerkung nicht zu kümmern. Vermutlich kennt er schon jeden Spruch, den die Leute über seine Prothese machen.

»Klar«, sagt er, »dafür gibt es einen speziellen Aufsatz. Nennt sich: Taschenmuschi.«

Nadine prustet los und Matthias wiehert, seine Segelohren glühen mit seinem roten Bart um die Wette. Nur Katharina verzieht keine Miene. Das konnte sie schon immer. In den absurdesten Situationen ihren eiskalten Pokerblick aufsetzen.

Die anderen scherzen noch eine Weile über Saschas Hand. Philipp nutzt die Gelegenheit, sich von der Gruppe abzuseilen. Doch kurz bevor er seine Frau und ihre Gesprächsrunde erreicht, die sich um ein paar Ehemalige erweitert hat, hört Philipp seinen verhassten Spitznamen durch die Lounge schallen.

»Lippy! Heute Abend lassen wir es so richtig krachen. Wie in guten alten Zeiten. Nicht wahr? Lippy-Boy? Wie in guten alten Zeiten!« Christian streckt einen Arm aus und prostet ihm durch den Raum zu. Alle glotzen ihn an.

Am liebsten würde ich ihn umbringen, denkt Philipp, während Christian ihm zuzwinkert.

Er beißt sich auf die Lippen und ignoriert die unterschwellige Botschaft, die er sehr wohl verstanden hat. »Du entkommst mir nicht«, lautet sie. »Dies ist ein Schiff und nicht Hamburg, wo du dich in deinem festungsartigen Firmensitz und der videoüberwachten Villa in Klein Flottbek verschanzen kannst. Das hat vielleicht geholfen, mich physisch von dir fernzuhalten, aber in Wahrheit bin ich immer bei dir. Habe ich recht? Ich bin immer in deinem Kopf, Lippy.«

Philipp würgt die plötzlich wieder aufsteigende Magensäure zurück. Zehn Tage, denkt er, zehn verdammte Tage.

5

Skagen sitzt im Polizeiwagen und holt tief Luft. Er versucht, seinen noch immer trommelnden Puls zu beruhigen. Die Aktion ist nicht so gelaufen wie erhofft. Ein toter verdeckter Ermittler, ein toter norwegischer Waffenhändler und ein Mann auf der Flucht, der nicht davor zurückschreckt, einem Komplizen kaltblütig in den Rücken zu schießen. Und obendrein hat sich Jens in der Gewalt dieses Irren befunden. Bei diesem Einsatz ist viel aus dem Ruder gelaufen.

Skagen rieselt es kalt den Rücken runter. Auch weil er an seine eigene emotionale Überreaktion denken muss. Ein Flashback, der beinahe einen Totalausfall in seinem Kopf verursacht hätte. Die Geiselnahme hat sein eigenes Trauma getriggert, und er war kurz davor gewesen, die Kontrolle zu verlieren. Ein besorgniserregender Rückfall, mit dem er sich dringend auseinandersetzen muss, aber im Moment hat alles Vorrang, was mit der vermurksten Razzia zu tun hat. Seine Aufgabe würde es sein, an Informationen über den verdeckten Ermittler vom LKA zu gelangen, während Øksnes und Jens die Fahndung nach dem Mann einleiten, der den Undercover-Beamten erschossen hat. Die beiden stehen draußen vor dem Wagen und koordinieren über Funk die Einheiten.

Skagen holt sein Handy hervor und wählt die Nummer auf dem Ausweis des toten Oberkommissars. Wenig später hat er eine Dame aus der Telefonzentrale des LKA Berlin am Apparat und fragt nach dem Vorgesetzten des erschossenen deutschen Kollegen, Peter Sobek.

»Sie meinen sicher Hauptkommissar Alexander Gielow

aus der Abteilung 5 – Polizeilicher Staatsschutz. Ich leite Ihren Anruf weiter.«

Skagen wartet und lauscht dem Tuten. Nach einer halben Ewigkeit wird abgenommen und er stellt sich vor. Kurz berichtet er, was passiert ist, doch anstatt der erwarteten Betroffenheit schlagen ihm Empörung und Feindseligkeit entgegen.

»Was soll das?«, blafft ihn der Mann durch das Telefon an. »Warum zum Teufel mischen Sie sich in unsere Operation ein? Sind Sie bescheuert? Sie haben die ganze Aktion versaut. Unsere jahrelange Arbeit ist für den Arsch!«

»Entschuldigen Sie bitte«, unterbricht Skagen den wütenden Wortschwall. »Ein Kollege von Ihnen ist tot, er wurde vor unseren Augen hingerichtet. Und Sie regen sich über die fehlgeschlagene Aktion auf?«

»Sie kapieren gar nichts, oder? Was berechtigt Sie überhaupt zu der Festnahme meiner Leute in Stavanger? Scheiße noch mal!«

»Unsere Aktion war eine langgeplante Kooperation zwischen Skanpol, Europol und den norwegischen Behörden. Wir beobachten diese rechtsradikale Gruppierung schon seit Jahren. Åsgards Söhne schmuggeln im großen Stil Waffen nach Norwegen. Wir gehen davon aus, dass sie für einen möglichen Anschlag auf norwegischem Boden genutzt werden sollen. Es tut mir leid, dass Sie davon keine Kenntnis haben. Umgekehrt wäre es natürlich hilfreich gewesen, von Ihrer Operation zu wissen. Dann würde Ihr Mann noch leben.«

Hauptkommissar Gielow stößt gereizt Luft aus. »Und was ist mit dem anderen?«

»Sie meinen den deutschen Waffenschieber, der Peter Sobek ermordet hat?«

»Ja, das ist Kommissar Marcel Walka. Der gehört zu uns.«

Skagen hebt überrascht die Brauen. Das hat er nicht erwartet. Er hat angenommen, der Kerl gehöre zur Berliner Prepperszene und hätte Sobek erschossen, weil er ihn als verdeckten Ermittler enttarnt hat. Aufgrund ihrer vorangegangenen Überwachung war dieser Walka ihnen unter einem anderen Namen bekannt. Genau wie Peter Sobek. Falsche Identitäten, wie Skagen inzwischen weiß. »Und warum erschießt dieser Marcel Walka seinen Kollegen?«, fragt er mit beabsichtigter Schärfe in der Stimme.

»Woher soll ich das wissen, verdammt?«, poltert Hauptkommissar Gielow. »Er sollte uns zusammen mit Sobek zu den Hintermännern der norwegischen Gruppe führen.«

»Und wir sind am Kopf des deutschen Chapters von Åsgard interessiert. Er wird ›der Onkel‹ genannt. Schon mal von ihm gehört?«

»Natürlich!«

»Und?«, fragt Skagen, nachdem Gielow nichts weiter sagt. »Können Sie uns etwas über ihn erzählen? Vielleicht wäre es klug, wenn wir unsere Erkenntnisse miteinander austauschen würden. Dann kommen wir womöglich beide ans Ziel.«

»Ich kann Ihnen keinerlei Informationen geben«, entgegnet Gielow abweisend. »Die unterliegen der Geheimhaltung. Sie müssen sich erst von oberster Stelle autorisieren lassen.«

Skagen seufzt. Die Bürokratie würde ihnen noch mal das Genick brechen. Missmutig stimmt er zu, sich die Genehmigung zu beschaffen, und bittet Gielow, ihm wenigstens die nichtklassifizierten Daten zu Marcel Walka und Peter Sobek zuzusenden.

»Mache ich. Und was ist mit den Waffen?«

»Wir haben alles aus dem Container beschlagnahmt«, erklärt Skagen.

»Geben Sie die Waffen frei, die brauchen wir zurück. Sie sind aus unserer Asservatenkammer und dienten als Lockmittel.«

»Tut mir leid, darüber habe ich keine Entscheidungsgewalt, das regeln die norwegischen Kollegen. Sie müssen warten, bis das Verfahren abgeschlossen ist.«

»Wollen Sie mich verarschen?«

»Keineswegs. Sie sind Polizist, Sie dürften wissen, wie das Prozedere ist.«

»Und ob ich das tue. Und ich weiß noch etwas: Sie haben dilettantisch gearbeitet und unsere Operation zerschossen. Das wird ein Nachspiel haben, Herr Skagen. Ihren Namen habe ich mir notiert.«

»Nur zu. Aber denken Sie daran, mir trotzdem die Unterlagen zuzuschicken.«

»Zur Hölle mit Ihnen!«

Skagen legt auf, bevor ihm noch eine Bemerkung herausrutscht, die er bereuen würde. Gereizt zerrt er am Kragen seiner Kevlarweste. Fuck! Er muss dieses schwere Mistding schleunigst loswerden, sonst bekäme er noch einen Anfall!

Zwei Stunden später sitzen die rund drei Dutzend Kolleginnen und Kollegen, die an der Operation »Nordvei« beteiligt sind, zur Nachbesprechung zusammen. Der Raum im dritten Stock des Polizeipräsidiums in Stavanger ist viel zu warm und zu eng für all die Personen. Leider erbarmt sich niemand, eins der Fenster zu öffnen, vor denen bereits herbstliche Dunkelheit herrscht.

Skagen, der von dem unerfreulichen Telefonat berichtet hat, atmet flach die überhitzte Luft ein und dreht Peter Sobeks Ausweis zwischen den Fingern. Wider Erwarten hat Hauptkommissar Gielow die geforderten Daten per Mail geschickt. Damit können sie jetzt wenigstens ihre Fahndung nach Marcel Walka präzisieren. Er ist deutscher Staatsbürger, wohnhaft in Berlin-Marzahn, Polizeibeamter seit 15 Jahren, sechs davon beim LKA Berlin. Seit zwei Jahren ist er als verdeckter Ermittler im Einsatz gegen die rechte Gruppierung »Åsgards Söhne« in Deutschland und deren norwegischen Dachverband »Åsgards Sønner Norge«. Bei den Unterlagen war auch ein brauchbares Foto von Walka dabei. Dass sich das LKA während der gesamten Planung seiner Aktion nie an Skanpol gewandt hat, ist nicht nachzuvollziehen. Skagen vermutet, dass die in Berlin mal wieder ihr eigenes Süppchen kochen, was gründlich in die Hose gegangen ist und mit dem Leben von zwei Menschen bezahlt wurde. Wer hier dilettantisch gearbeitet hat, würde noch zu klären sein. Bei Nordvei müssen sie sich jedenfalls keinen Vorwurf machen. Oder doch? Haben sie bei der vorangegangenen Beschattung Fehler gemacht? Haben sie gewisse Zeichen übersehen?

Øksnes' Stimme holt ihn aus seinen Grübeleien. »Das Gute ist, dass wir die Waffen haben und diese nun nicht mehr für einen etwaigen Anschlag benutzt werden können. Diese Aktion vonseiten Åsgards Sønner Norge wurde also erfolgreich vereitelt. Und das ist euer Verdienst, Leute. Ich danke euch für euren Einsatz.«

Ein wohlwollendes Raunen geht durch den Raum, und Øksnes lächelt kurz. Er ist ein drahtiger Kerl mit tiefblauen Augen und schwarzen Haaren, die er zu einem Igelschnitt frisiert hat. Die Zusammenarbeit mit ihm funktionierte bisher hervorragend, was gemäß den Erfahrungen, die Skagen in diesem Job gesammelt hat, nicht immer so ist. Wie oft hat er sich in den vergangenen Jahren mit nervigen Alphatierchen rumschlagen müssen? Dagegen ist der ruhige und geradlinige Erling Øksnes eine wahre Wohltat. Vermutlich, weil er echtes Selbstbewusstsein besitzt.

Der Ermittlungsleiter wendet sich an Skagen. »Und jetzt wird euch Tom über die Schritte informieren, die für die Fahndung nach Marcel Walka auf internationaler Ebene eingeleitet werden.«

Skagen spürt, wie sich sämtliche Blicke der versammelten Kolleginnen und Kollegen auf ihn richten – mit Ausnahme von Jens. Sein Freund hockt reglos neben ihm und starrt auf den Tisch. Skagen räuspert sich und zieht seine Notizen heran. »Also«, beginnt er auf Schwedisch, seiner zweiten Muttersprache neben Deutsch. Da die meisten Norweger ein langsam gesprochenes Schwedisch problemlos verstehen und umgekehrt auch, muss er sich nicht umständlich in einer anderen Sprache ausdrücken. »Die Grenzbehörden auf dem Landweg und an den Flughäfen in Skandinavien und Deutschland sind informiert. Gleiches gilt für die Fährgesellschaften und Brückenbetreiber. Für den Fall, dass Marcel Walka aus Norwegen raus will, sind wir vorbereitet. Zusätzlich werden wir in Deutschland seinen Background checken. Der Antrag zur Akteneinsicht beim LKA Berlin läuft. Aber eine Frage sollte uns am meisten beschäftigen: Warum hat Marcel Walka seinen Kollegen Peter Sobek erschossen? Aus welchem Grund tötet ein Polizist einen anderen, während sie in einer gemeinsamen polizeilichen Aktion unterwegs sind?«

Zuerst herrscht nachdenkliches Schweigen, dann meldet sich einer der Kollegen zu Wort: »Vielleicht hat Walka sich so sehr an die Rechten angepasst, dass er zu ihnen übergelaufen ist? Das würde auch erklären, warum er sich uns gegenüber nicht als verdeckter Ermittler zu erkennen gegeben hat.«

»Ja, das könnte sein. Ich hatte zwischendrin kurz das Gefühl, Sobek hätte vorgehabt, sich zu offenbaren und Walka zu stoppen«, antwortet Skagen. »Natürlich ist es immer schwierig, seine Tarnung auffliegen zu lassen. Erst recht, wenn man sich für die jahrelange Undercover-Arbeit aufgeopfert hat. Wir wissen alle, was diese Kollegen auf sich nehmen, wenn sie sich in solche Milieus begeben. Quasi mit Haut und Haar. Und wir wissen, dass gerade Åsgards Sønner eine besonders harte Truppe mit ziemlich heftigen Aufnahmeritualen ist. Wer da reinwill, hat einiges durchzustehen.« Skagen denkt an die Tätowierungen und kultischen Narben, die die Mitglieder dieser rechtsradikalen Vereinigung tragen. Diese erhalten sie jedes Mal, wenn sie in der Hierarchie aufsteigen und am Ende den Eid schwören – ein martialisches Ritual, bei dem der Vereidigte sich mit dem Messer Runen in die Haut ritzen und hinterher die Asche eines zuvor geopferten Hundes in die Wunde reiben muss, was eine wulstige Narbenbildung verursacht. Im Falle der ÅS sind es zwei gekreuzte Y- oder Eihwaz-Runen, die in dieser Konstellation einem Hakenkreuz ähneln. Der zu opfernde Hund muss vom Eidschwörer eigenhändig gefangen und getötet werden. Das Tier steht für den Fenriswolf, der in der nordischen Mythologie eine dauerhafte Bedrohung für die Götterriege darstellt und deshalb zu bekämpfen ist. Bei manchen Mitgliedern symbolisieren diese Hunde auch ihren ärgsten Gegner in dieser Welt: die Polizei.

»Wenn Walka zu der ÅS übergelaufen ist, kann es gut sein, dass er gar nicht nach Deutschland will, sondern in Norwegen bei seinen Gesinnungsgenossen Unterschlupf findet«, merkt eine Kollegin an.

»Ja, und genau das bringt uns zu den Maßnahmen auf norwegischer Seite zurück«, ergänzt Skagen und gibt das Wort wieder an Øksnes.

»Danke, Tom.« Der Ermittlungsleiter erhebt sich. »Zurzeit suchen wir die Gegend um das Hafenareal ab. Bisher erfolglos. Die Möglichkeiten, sich zu verstecken, sind einfach zu zahlreich. Deshalb haben wir jetzt auch einen Hubschrauber mit Wärmebildkamera in der Luft. Wir gehen allerdings davon aus, dass sich Walka längst mithilfe eines vorbeifahrenden LKW aus dem Staub gemacht hat. Als er vom Containerhafenareal floh, ist gerade eine Fähre aus Dänemark angekommen, und eine durchgehende Autoschlange schob sich die Straße entlang. Darunter viele Lastwagen. Wir glauben, dass Walka sich an einen von ihnen drangehängt hat und sich in Richtung Stadtgebiet hat mitnehmen lassen. Dort hat er alle Möglichkeiten unterzutauchen.«

Einige der Anwesenden verziehen enttäuscht das Gesicht.

»Eine Ortung seines Handys ist veranlasst«, fährt Øksnes fort. »Aber ich habe keine große Hoffnung, dass sie etwas bringt. Der Mann ist Polizist und weiß, welche Schritte bei einer Fahndung eingeleitet werden.«

Die Kollegen und Kolleginnen nicken betroffen. Erneut senkt sich Schweigen über die Versammlung.

»Wir müssen ihn finden!«, platzt es aus Jens heraus. »Der Kerl ist gefährlich, ein eiskaltes Arschloch! Wenn es seinem Zweck dient, knallt der alles über den Haufen.«

»Ja, das ist wohl richtig«, pflichtet Øksnes ihm bei. »Und daher müssen wir überlegen, mit welchen Informationen wir an die Öffentlichkeit gehen. Wir dürfen Walka nicht in die Ecke treiben. Aufgrund seiner Unberechenbarkeit ist nicht vorherzusehen, was er tun wird, wenn wir zu viel Druck auf ihn ausüben. Aus diesem Grund schlage ich vor, dass wir die Presse zunächst außen vor lassen. Die Fahndung geht lediglich an die nationalen Ermittlungsbehörden und Personenbeförderungsunternehmen raus. Walka ist zu Fuß unterwegs, er braucht dringend ein Transportmittel, wenn er längere Strecken überwinden will.«

»Und was, wenn er trampt?«, fragt die norwegische Kollegin von vorhin. »Oder einfach jemanden erschießt und dessen Auto klaut? Woher sollen die Bürger wissen, für wen sie da anhalten? Er stellt auch für die normale Bevölkerung eine Gefahr dar.«

»Das ist in der Tat ein Problem«, bestätigt Skagen und wendet sich Øksnes zu. »Deshalb sollten wir zusätzlich zur Fahndung eine Warnung über das Radio laufen lassen, keine Anhalter in Süd- und Westnorwegen mitzunehmen.«

»Okay, das machen wir«, willigt Øksnes ein. »Ich gebe entsprechende Anweisungen raus. So, und jetzt schicke ich euch in den Feierabend. Wir hatten alle einen anstrengenden Tag.« Er schiebt die Papiere vor sich auf dem Tisch zusammen. »Ich möchte, dass ihr euch erholt und morgen wieder frisch zum Dienst erscheint. Es liegt viel Arbeit vor uns. Wer psychologische Hilfe in Anspruch nehmen will, unsere Therapeutin weiß Bescheid, ihre Tür steht für euch jederzeit offen. Auch die unseres Polizeiseelsorgers. Ich danke euch für eure Arbeit.« Damit löst Øksnes die Runde auf und verlässt den Raum.

Skagen erhebt sich und streckt seine müden Glieder, dabei vermeidet er es, Jens anzusehen. Er spürt, dass sein Freund das dringende Bedürfnis hat, mit ihm zu reden. Sicher wegen der Geiselsituation. Aber ein solch emotionales Gespräch wäre für ihn eindeutig ein zu großer Trigger, und er hat keine Ahnung, wie seine Reaktion darauf ausfallen würde. Rasch steckt er seine Hände in die Hosentaschen und verbirgt, dass sie schon wieder zu zittern beginnen. Mit dem fürchterlichen Gefühl in der Brust, gleich die Kontrolle über sich zu verlieren und obendrein seinen Freund im Stich zu lassen, verabschiedet er sich von den Kollegen und macht sich schleunigst auf den Weg zum Hotel.

6

Der mehrstöckige nüchterne Bau des Radisson Blu Hotels liegt nur wenige Straßen vom Präsidium entfernt neben dem Hauptbahnhof von Stavanger. Dort angekommen durchquert Skagen schnellstmöglich die Lobby, fährt mit dem Aufzug in die siebte Etage und betritt sein Zimmer. Um seinen mörderischen Hunger zu stillen, bestellt er sich ein Sandwich, das er in großen Happen auf seiner Matratze sitzend verschlingt. Danach stellt er das Tablett auf den Boden und lehnt sich mit dem Rücken gegen die Kopflehne des Bettes. Erst jetzt lässt er die unter der Oberfläche lauernden Gedanken zu und die Geschehnisse des Tages Revue passieren.

Mit geschlossenen Augen lauscht er dem Film, der in seiner Erinnerung abläuft, und spürt tief und gründlich in sich hinein. Ein paarmal läuft ein Zittern durch seinen Körper, beginnend von den Händen bis in seine Füße, aber er bekommt jedes von ihnen in den Griff.

Nach einer Weile öffnet er seine Augen und blickt hinüber zum Fenster, von dem aus er normalerweise eine schöne Aussicht über den Stadtpark mit dem See hat. Nun hängt dort nichts als die Schwärze des Abends. Er fühlt sich erstaunlich ruhig, obwohl ihm zuvor schreckliche Bilder durch den Kopf gegangen sind. Das liegt sicherlich an der geschützten Atmosphäre des Hotelzimmers. Hier kann er seine Reaktionen ungehindert zulassen, ohne Angst haben zu müssen, dass jemand Zeuge davon wird. Bisher hatte er seine Posttraumatische Belastungsstörung einigermaßen im Griff, was auch das Ergebnis der jahrelangen Betreuung durch eine Therapeutin ist. Doch ab und zu gerät sein Schutzwall ins Wanken. Und heute war so ein Tag. Die Geiselnahme von Jens in der Hafenhalle hat ihn kalt erwischt. Der Zitteranfall war ein deutliches Zeichen. Eine Warnung.

Skagen beißt sich auf die Lippen und fragt sich, ob Jens etwas davon mitbekommen hat. Oder war sein Freund zu sehr in seine eigene Angst verstrickt? Skagen ahnt, dass irgendwann der Moment käme, an dem er sich verriete. An dem seine Schwäche deutlich für alle sichtbar zutage träte. Doch bis dahin würde er versuchen, sie geheim zu halten. Vor Jens, vor seiner Chefin Jette, den restlichen Kollegen bei der Polizei und vor seinen Freunden. Im Grunde wissen nur zwei Menschen Bescheid. Seine Therapeutin und seine Lebensgefährtin Maja, die jedoch weit weg im schwedischen Karlskrona lebt. Nicht einmal seine Familie kennt das Ausmaß seiner traumatischen Erlebnisse auf See. Jener schicksalhaften Zäsur, die sein Leben gewaltsam zerteilt hat. In ein Davor und Danach.

Die Signe Merkur, das letzte Schiff, auf dem er als Erster Offizier angeheuert hat, bevor seine Welt zerbrochen ist – und er mit ihr.

Er blickt auf seinen Unterarm mit dem tätowierten Ankerherz und den vier Namen. Sie stehen da als Mahnung. Weil er noch am Leben ist und die anderen nicht.

Alfred, Julia, Sam, Xaashi.

Sie waren mit ihm auf der Signe Merkur. Eingesperrt. Vollkommen hilflos. Der Gewalt skrupelloser Menschen ausgeliefert.

Skagens Hände beginnen zu zittern und schnell wandert das Beben seine Arme hinauf. Auch diesmal hält er es nicht auf. Die angestaute negative Energie muss raus. Er schließt erneut die Augen und holt tief Luft. Alles ist gut … du schaffst das.

Blau auf Blau. Himmel über dem Meer.

Seine Hände umfassen das von der afrikanischen Sonne aufgeheizte Metall, die Farbe blättert unter seiner Berührung ab. Die Reling ist die letzte Grenze vor dem Wasser.

Nein, das ist nicht ganz richtig. Zuerst käme der Abgrund, die gesamten 30 Meter hinab, entlang der hellblauen Bordwand, danach würde ihn der harte Kuss des Meeres in Empfang nehmen.

Tom blickt in die Ferne auf den Horizont. Ein glatter Schnitt, der die Welt waagerecht in zwei Hälften teilt. Blau auf Blau. Ein Davor und Danach, ein Gestern und ein Morgen. Unter seinen Füßen ist es still, die Maschine des Containerfrachters wurde gestoppt. Der stählerne Leib vibriert nicht mehr, liegt wie tot in der langen Dünung.

Tot.

Wie Alfred, der Zweite Offizier.

Er hat es hinter sich, muss nicht länger Angst haben.

Tom schluckt. Sein Mund ist trocken. Er selbst hat alles noch vor sich.

Es ist seine Schuld.

Dass der Tod aufs Schiff kam.

Träge legt sich der mächtige Rumpf der Signe Merkur in der Dünung quer und wird angehoben. Auf und ab, auf und ab. Ein sanftes Schaukeln.

Toms Blick fällt nach unten auf das graublaue Wasser. Sein Herz klopft, und der Abgrund lockt mit dem Versprechen, ihn zu erlösen. Hinter ihm Schreie in einer fremden Sprache. Sein Herz schlägt schneller.

Nein, es ist nicht sein Herz …

Skagen wendet den Kopf. Schmerzen schießen durch seinen Hals, und er öffnet die Augen, aber alles ist dunkel. Ist der zähe Traum auf der anderen Seite geblieben, oder befindet er sich noch mittendrin? Er blinzelt und merkt erst jetzt, dass in der Brusttasche seines Hemdes das Handy vibriert.

Mühsam fischt er es heraus. »Ja?«, krächzt er mit einer Stimme, die noch nicht richtig da ist. Er braucht dringend etwas zu trinken. Blind tastet er im Dunklen nach dem Nachttisch, findet ihn jedoch nicht.

»Tom!«, hört er jemanden durchs Telefon rufen. »Wo bist du? Es ist halb neun. Wir warten auf dich!«

Verdammt, denkt Skagen, ich habe verschlafen. Wo ist das Licht? Seine Hand greift wieder ins Leere. Das kann doch nicht sein!

»Tom! Hörst du mich?«, fragt Jens.

Ja, zum Teufel, denkt Skagen, aber wo bin ich?

Er entschuldigt sich bei seinem Freund und legt auf, benutzt die Taschenlampenfunktion seines Handys, um sich Orientierung zu verschaffen. Überrascht stößt er Luft aus.

Was in aller Welt macht er in der Abstellkammer?

7

Seit den frühen Morgenstunden liegt die MS Norsk Sol am Skagenkai in Stavanger. Das Schiff überragt die bunten Holzhäuser der Altstadt um einige Meter, und an Bord hat man das Gefühl, als gucke man den Leuten direkt in ihre Schlafzimmer. Viele der Passagiere befinden sich auf Landgang in der Stadt, die einen netten Eindruck macht. Gerne hätte sich Philipp in eines der Restaurants am Hafen gesetzt und den herrlich sonnigen Herbsttag mit Kaffeetrinken und Leutebeobachten verbracht. Doch leider wartet auf ihn ein anderes »Vergnügen«.

Er seufzt und denkt an seine Strichliste, die er innerlich führt. Eine Nacht hat er hinter sich. Bleiben noch neun.

Gestern Abend ist es ihm recht gut gelungen, Christian und der Clique aus dem Weg zu gehen. Er hat Unwohlsein vorgeschützt und sich in die Kabine zurückgezogen. Aber diese Nummer kann er nicht ewig durchziehen. Erst recht nicht bei dem verdammten Gruppenausflug, den sie heute unternähmen. Franzi zuliebe hat er sich bereit erklärt, an der Tour teilzunehmen. Sie möchte einen ungetrübten Urlaub verbringen, ohne Streitereien. Und wenn die Kinder schon nicht dabei sind, auch mit einer gewissen Portion Romantik. Gestern war Franzi zu aufgekratzt, um Sex zu wollen. Das kam ihm gelegen. Diese Reise verdirbt ihm die Stimmung.

Die Busse warten bereits am Anleger. Es sind vier, denn nicht jeder der 700 Kreuzfahrtgäste will oder kann diesen anstrengenden Trip mitmachen. Der Ausflug führt sie hinauf zum Preikestolen, jener berühmten Klippe über dem Lysefjord.

Für die Abi-Jubilare steht ein eigener Bus zur Verfügung. Philipp und Franzi setzen sich ganz nach hinten, und kaum haben sie sich niedergelassen, steuert Christian auf sie zu und schwingt sich auf den Sitz vor Philipp. Nadine hockt sich daneben und grinst ihn kaugummikauend an.

»Na, du Drückeberger, wo warst du denn gestern?«, fragt Christian. »Wir haben dich an der Bar vermisst.«

»Seekrankheit«, erklärt Philipp einsilbig.

»Dagegen gibt es Pillen«, erwidert Nadine. Sie bläst eine Kaugummiblase auf und lässt sie platzen.

»Ich weiß.«

Der Bus fährt los und taucht nur wenige Minuten später in einen Tunnel ein. Blaues Licht umhüllt sie, und Philipp lässt sich von der Stimme des Reiseführers einlullen, die die technischen Daten des fünftlängsten Autotunnels der Welt runterleiert. Eigentlich ist es gut, vom Schiff runter und raus in die Natur zu kommen. Wenn sie dort einträfen, könnte er sich vielleicht ein bisschen von der Gruppe absetzen, das würde in dem unübersichtlichen Gelände kaum auffallen.

Versunken blickt er auf die hypnotisierende Tunnelbeleuchtung. Es führt wohl kein Weg daran vorbei, dass er zusammen mit den anderen den beschwerlichen Aufstieg zu der Klippe auf sich nimmt. Immerhin hätten sie bei dem tollen Wetter heute eine schöne Aussicht.

»Wisst ihr, dass vom Preikestolen immer mal wieder ein dämlicher Tourist beim Selfiemachen abstürzt?«, fragt Nadine. »Weltweit sterben inzwischen mehr Leute bei Selfies als bei Haiangriffen. Abgefahren, nicht? In manchen Ländern gibt es sogar No-Selfie-Zonen, um die Menschen vor ihrer eigenen Dummheit zu schützen. Kleiner Funfact am Rande. Die Quote ist fünf zu eins. Die armen Haifische müssen leider verhungern.«

Na, wie lustig, denkt Philipp.

»Nicht zu vergessen die vielen Selbstmörder, die sich da runterstürzen«, fügt Christian mit dunkler Stimme hinzu. »Manche verabreden sich sogar dazu. Gab es nicht mal zwei Teenager, die zusammen gesprungen sind?«

»Ja, eine Österreicherin und einen Norweger«, weiß Nadine zu berichten. »Sie haben eine Nacht dort gezeltet und sind am nächsten Morgen über die Kante gehüpft. Kennengelernt haben sie sich über das Internet. Ganz schön spooky.«

»Besonders für die armen Bergretter, die die Leichen von den Felsen kratzen müssen«, sagt Philipp ernst. Er will von solchen Dingen nichts hören.

Christian öffnet den Mund, um etwas zu entgegnen, doch in diesem Moment verlässt der Bus den Tunnel und helles Sonnenlicht blendet sie. Alle müssen blinzeln, und so verstreicht der Moment und niemand erwidert etwas auf Philipps Aussage.

Eine Stunde später befinden sie sich auf dem Wanderpfad zum Preikestolen zusammen mit gefühlt tausend anderen Touristen von weiteren Reiseveranstaltern. Auffällig ist, dass die meisten deutschen Touristen Philipps Outdoorkleidung tragen. Statt mit Stolz erfüllt ihn das mit Unbehagen. Nicht zum ersten Mal schämt er sich dafür, mit einem solch billig hergestellten Produkt so reich geworden zu sein. Vielleicht ist es an der Zeit, seine Firma zu verkaufen und sich stattdessen in der Entwicklungshilfe zu engagieren. Irgendetwas Sinnvolles zu tun.

»Ey, Digga, wenigstens heute hättest du mal deine eigene Kollektion tragen können. Oder willst du keine Werbung für deine Marke machen?« Seit sie ausgestiegen sind, klebt Christian an ihm wie einer dieser lästigen Journalisten, die ihm oft vor seiner Firma auflauern, um ein Statement zu ergattern.

»He, Leute. Seht mal her!«, ruft Christian den vorbeiwandernden Menschen zu und zeigt mit dem Finger auf Philipp. »Das hier ist Mr. BigNorth. Solltet ihr Reklamationen haben, könnt ihr sie direkt bei ihm loswerden.«

Mehrere der fremden Touristen drehen sich zu ihnen um, und Philipp wäre am liebsten im Boden versunken.

»Halt die Klappe«, zischt er und sieht sich nach Franzi um, doch die ist nirgendwo zu finden. Na, herzlichen Dank! So viel zu: Wir bleiben beim Ausflug zusammen.

Um von Christian wegzukommen, beschleunigt Philipp seinen Schritt. Doch als der steinige Pfad anzusteigen beginnt, merkt er schnell, dass er nicht sonderlich fit ist, und muss anhalten, um zu verschnaufen. Während er seinen Durst mit großen Schlucken aus der Wasserflasche stillt, bleibt CeeJay bei ihm stehen und verzieht angestrengt das Gesicht.

»Wenn ich gewusst hätte, was für eine Schinderei das ist, wäre ich auf dem Schiff geblieben!«, sagt er und keucht theatralisch.

»Ich auch. Aber nicht nur wegen meiner schlechten Kondition.«

CeeJay bedenkt ihn mit einem wissenden Grinsen. Für ihn scheint die Reise ein ähnlich zweifelhaftes Vergnügen zu sein wie für Philipp. Sie gehen ein Stück gemeinsam weiter und unterhalten sich darüber, wie es ihnen in den letzten Jahren ergangen ist. Dabei finden sie heraus, dass sie beide oft geschäftlich unterwegs sind. Philipp als CEO seiner Firma und CeeJay als Sales Manager bei der Airbus-Sparte Corporate Jets.

»Du glaubst kaum, welch enormen Bedarf die Chinesen an Privat- oder Firmenflugzeugen haben«, raunt CeeJay bedeutungsvoll. »Ich muss immer häufiger zwischen China und Hamburg hin- und herreisen.«

»Und was sagt deine Frau dazu, dass du so oft weg bist?«

»Mein Mann«, entgegnet CeeJay und zwinkert ihm zu. »Der hat keine Probleme damit.«

Philipp merkt, dass er seine Mimik nicht im Griff hat, denn CeeJay stößt ein herzhaftes Lachen aus.

»Mach dir keine Sorgen, damals, als wir uns ein Zimmer geteilt haben, habe ich dir nichts weggeguckt.«

Philipp schmunzelt.

»Das war schon eine Zeit, was? Und das trotz der schrägen Leute auf der Schule.« CeeJay stößt einen Seufzer aus. »Ich war echt gern mit dir auf einer Stube.«

»Dito«, entgegnet Philipp und erinnert sich daran, dass es zu Beginn tatsächlich ziemlich cool gewesen ist, auf das Falkensteiner Internat zu gehen. Ganz besonders wegen ihrer eingeschworenen Gemeinschaft, der nichts und niemand etwas anhaben konnte. Externe hatten es schwer, diesen Zusammenhalt zu verstehen, geschweige denn, ein Teil davon zu werden. Selbst die Lehrer hatten dieses bedingungslose Prinzip verinnerlicht. Stets haben sie die Schule und ihre Schüler nach außen hin verteidigt. Falkenstein, das war nicht bloß eine Bildungsanstalt, es war eine Lebenseinstellung. Eine, die man für seine Zukunft mit auf den Weg bekommt. Eine, die auf ewig verbindet. Aber auch eine, die andere ausschließt und auf Minderprivilegierte hinabblickt. Das findet Philipp heute mittlerweile recht zweifelhaft.

Er muss erneut anhalten und Wasser trinken. Der Aufstieg schafft ihn. Vor allem die steilen Steinstufen, an denen es oft eng wird, weil ihnen viele Leute entgegenkommen. Vermutlich sind das jene fitten Frühaufsteher, die vor Morgengrauen losmarschiert sind, um oben ein menschenleeres Foto machen zu können. Im Gegenzug quälen sich jetzt Menschen jeden Alters den Berg hinauf. Entweder in unpassendem Schuhwerk wie Sandalen oder Turnschuhen oder ausgestattet wie für eine Bergbesteigung mit fettem Trekkingrucksack und Axt am Gürtel.

Franzi und die In-Crowd sind nach wie vor nirgendwo zu entdecken. Offensichtlich haben sie ihn längst abgehängt.

»Was ist denn los mit dir?«, scherzt CeeJay. »Warst du nicht gerade erst für deine Herbstkollektion in Nepal? Ich habe ein Foto von dir auf einem Werbeplakat gesehen mit den schneebedeckten Gipfeln des Himalaya im Hintergrund.«

»Das ist ein Fake.«

»Was?« CeeJay reißt die Augen auf.

Philipp winkt ihn zu sich heran. »Das verrate ich nur dir. Diese Fotos, auf denen ich auf irgendwelchen Bergen herumklettere, durch ein Meer voller Eisberge segele oder die Sahara durchquere: Das ist Photoshop!«

»Ist nicht wahr?«

»Doch. Ich war nur bei ein paar Shootings wirklich dabei, und zwar nur bei denen, die nicht zu weit weg waren und zu denen ich Lust hatte. Denn ich hasse fliegen.«

CeeJay kichert. »Geil, Mann. Die Illusion ist perfekt! Der Selfmadeunternehmer, der seine eigenen Klamotten persönlich in extremen Gegenden testet. Das Image ist dir auf jeden Fall gelungen. Soll ich dir auch was verraten?«

Philipp nickt.

»Ich …«

»Na, ihr beiden Hübschen!«

Es ist Christian, der mitten in ihre Unterhaltung platzt. Er, Nadine und Matthias bleiben bei ihnen stehen und versperren den Weg. Ein Mann und zwei Frauen schieben sich mürrisch an der Gruppe vorbei, und Philipp zieht Christian von den Steinstufen auf einen grasbewachsenen Absatz daneben. Erst jetzt bemerkt er, dass Christian eine Wodkaflasche in der Hand hält.

»Scheiße, ist das voll hier. Ist ja die reinste Autobahn!«, beschwert sich Matthias und wischt sich den Schweiß aus seinem rot angelaufenen Gesicht. Danach streicht er übertrieben sorgfältig seinen Bart glatt, als habe er Angst, durch die Anstrengung derangiert zu wirken.

»Und Herr Roth ist genauso unentspannt wie früher«, fügt Nadine hinzu und sieht ihrem ehemaligen Deutsch- und Erdkundelehrer hinterher, der sie eben angemeckert hat. Unbeirrt schleppt er sich die Stufen hoch, die knallige BigNorth-Jacke hat er sich um seine Hüften gebunden.

»Nun, er dürfte ja auch immer noch dasselbe Problem haben wie früher, oder?«, scherzt Christian leicht lallend. »Scheint nicht darüber hinwegzukommen. Hat jemand von euch ihn schon danach gefragt?«

Alle schütteln den Kopf.

»Apropos Loser!«, tönt Christian viel zu laut. »Was ist eigentlich mit Heiko?«

»Heiko, dem Schwabbel?«, ergänzt Matthias mit alberner Stimme, und Nadine kichert.

Philipp spürt, wie sein Abscheu gegen die drei wächst. Er weiß nicht, was aus Heiko geworden ist, hat lediglich gesehen, dass sein Name nicht auf der Teilnehmerliste steht.

»Keine Ahnung«, antwortet er daher kurz.

Christian nimmt einen Schluck aus der Wodkaflasche und hält sie Philipp hin, doch der hebt abwehrend die Hände. Die Flasche schwenkt hinüber zu CeeJay.

»Nein danke«, sagt dieser und setzt seinen Weg fort.

»Da geht er, unser Quoten-Schwuler. Ist ein hübsches Kerlchen geworden, was?«, spöttelt Matthias untermalt von seinem dreckigen Lachen. »Wenn er sich damals schon geoutet hätte, wäre ich glatt schwach geworden.« Er macht laute Knutschgeräusche.

Wieder kichert Nadine. In ihrer pinken Leggins und der neongelben Steppjacke wirkt sie in der rauen Natur um sie herum völlig fehl am Platz. Einfach nur grell und aufdringlich. Angewidert wendet Philipp sich ab und folgt CeeJay den steilen Pfad hinauf.

»He, Lippy! Warum weißt du eigentlich nicht, was mit Heiko ist?«, ruft Christian ihm hinterher. »Du warst doch schließlich mit unserem Schwabbel befreundet. Hast du nichts von ihm gehört?«

Philipp tut so, als habe er die Frage nicht wahrgenommen, und kämpft sich die Steinstufen nach oben. Sich gegen

Christian und seine beiden Hyänen, Matthias und Nadine, zur Wehr zu setzen, brächte nichts ein außer Ärger. Deshalb lässt er es.

Dennoch spürt Philipp Christians Blick in seinem Nacken und kann nicht verhindern, dass eine gewisse Angst in ihm aufsteigt. Es ist wie früher. Christian dominiert sie alle. Er ist ein Manipulator und treibt seine Spielchen. Aber er, Philipp, ist nicht mehr 17, er ist erwachsen und steht mit beiden Beinen fest in der Welt. Er würde sich nicht davon beeinflussen lassen.

Als er endlich das Felsplateau erreicht, ist er vollkommen aus der Puste und schwitzt fürchterlich. Erschöpft setzt er sich auf einen Felsen und lässt den Blick schweifen. Die Aussicht auf den Fjord, auf dem ganz weit unten Schiffe im Miniaturformat vorbeifahren, ist grandios. Philipp atmet die frische Luft ein und beruhigt sich ein wenig. Natur hat seit jeher einen besänftigenden Einfluss auf ihn, und plötzlich ist er froh, sich hier hochgequält zu haben. Er hat sich den Frust von der Seele gelaufen und sogar Christians Gehässigkeiten ignoriert.

Er holt eine Wasserflasche sowie einen Energieriegel aus dem Rucksack und lehnt sich an den Felsen. Befreit vom Groll der letzten Stunde beobachtet er belustigt das Treiben auf dem viereckigen Granitplateau, wo sich eine lange Schlange von Selfiewilligen gebildet hat. Das Herumgepose, wenn sie an der Reihe sind, ist zu schön mitanzusehen. Dann entdeckt er Franzi unter den Wartenden. Sie scherzt mit Lea herum. Die beiden wirken wie ein Herz und eine Seele, und Philipp spürt einen Stich in der Brust. Eigentlich sollte er jetzt mit seiner Frau ein Erinnerungsfoto machen. Ihn überkommt das dumpfe Gefühl, dass ihre Beziehung irgendwie in Schieflage geraten ist. Viel zu oft fühlt er sich überflüssig. An den Rand gedrängt und nur bei Gelegenheit wieder hervorgeholt. Wenn Franzi abends aus der Praxis kommt und sich um die Kinder kümmert, ist da kein Platz für ihn. Und wenn sich noch ihre Mutter dazugesellt, die im Haus nebenan wohnt und eigentlich ständig bei ihnen ist, dann gibt es nur noch Familie Tillmann, und Herr Jaeger wird zu einem hübschen und recht manierlichen Anhängsel, das man bei offiziellen Anlässen gerne vorzeigt. Der Selfmadeunternehmer und die angesehene Arztfamilie, deren Vorfahren schon im 16. Jahrhundert in der Hansestadt praktizierten.

Philipp merkt, wie er mit den Kiefern mahlt, und versucht, sich zu entspannen. Franzi kann nichts für seine Minderwertigkeitskomplexe gegenüber ihrer altehrwürdigen Familie. Den Schuh zieht er sich selbst an.

Franzi ist an der Reihe. Sie geht nach vorn und bleibt gefährlich nahe am Rand der Klippe stehen. Philipps Herz schlägt schneller, während sie die Arme ausbreitet, ein Bein hebt und über das ganze Gesicht strahlt. Lea knipst mehrere Fotos, danach reicht sie das Handy an ihren Hintermann und posiert neben Franzi. Nun blödeln beide in der Nähe des Abgrunds herum, obwohl es dort 600 Meter senkrecht in die Tiefe geht.

Philipps Aufmerksamkeit wird von einer Bewegung hinter der Selfieschlange abgelenkt. Dort tanzen drei Leute direkt an der Kante: Christian, Nadine und Matthias. Sie lachen und singen, als verhöhnten sie die Gefahr. Nadine macht merkwürdige Verrenkungen, und Christian tut so, als würde er Anlauf nehmen und springen, was Matthias laut johlend mit seinem Handy filmt. Die Wodkaflasche ist fast leer.

Ein Schaudern packt Philipp.

Als er sich abwendet, entdeckt er Katharina, die nicht weit von ihm entfernt auf einem Felsen hockt und ebenfalls das Schauspiel betrachtet, das die Clique liefert. Auf ihrem

Gesicht liegt ein Ausdruck, den er schwer deuten kann. Aber er glaubt, dass es dieselbe Regung ist, die auch er empfindet.

Hass.

8

»Sorry für die Verspätung«, entschuldigt sich Skagen zerknirscht und lässt sich neben Jens am Tisch nieder. Im Besprechungsraum sind noch eine Handvoll weiterer Kollegen, die schweigend vor Computern hocken und ihrer Arbeit nachgehen. Vom Ermittlungsleiter Øksnes keine Spur. Wahrscheinlich, weil das Morgenbriefing längst durch ist.

»Walka wurde gesichtet«, erklärt Jens. Sein Blick fragt jedoch: Was ist los? Du siehst beschissen aus.

Skagen weicht dieser stummen Frage aus und erkundigt sich nach dem Ort, an dem der Flüchtige aufgetaucht ist.

»Vor dem Hauptbahnhof in Stavanger. Nachdem heute früh unsere Suchmeldung rausging, hat sich ein Taxifahrer gemeldet. Er hat eine Person, auf die Walkas Beschreibung passt, in die Innenstadt gebracht und vor der Sentralstasjon abgesetzt. Dort hing eine sehr gut versteckte Kamera, die Walka offensichtlich nicht bemerkt hat. Wir haben das Videomaterial angefordert, und tatsächlich ist er darauf zu sehen, wie er um 2 Uhr morgens vom Bahnhof in Richtung Altstadt geht.«

»Muss er da nicht direkt an unserem Hotel vorbei?«, fragt Skagen.

»Ja. Beschissen, nicht? Wir liegen in unseren Betten und der Typ läuft unter unseren Fenstern entlang.«

Nicht ganz richtig, denkt Skagen. Du hast in deinem Bett gelegen, ich habe die Nacht offenbar in der Putzkammer auf dem Flur verbracht. Noch immer ein wenig verwirrt aufgrund dieser Tatsache fährt er sich durch die Haare und versucht, sich auf den Fall zu konzentrieren. Doch ohne Frühstück und vor allem ohne Kaffee fällt ihm das schwer.

»Ist was mit dir?«, erkundigt sich Jens. »Du warst gestern so schnell weg.«

»Nein, alles gut«, antwortet Skagen, und um schnell von dem Thema abzulenken, fragt er: »Kannst du mir die Aufnahme mit Marcel Walka zeigen?«

»Klar.« Jens schiebt ihm den Laptop hin und spielt die kurze Sequenz ab, in der Walka tatsächlich direkt am Haupteingang des Radisson Blu vorbeimarschiert.

»Wir sollten versuchen, Aufnahmen von anderen Überwachungskameras zu bekommen«, murmelt Skagen. »Vom Hotel zum Beispiel oder von den Geschäften und Banken in der Nähe. Vielleicht können wir mit deren Hilfe verfolgen, wohin Walka unterwegs war.«

»Das habe ich bereits veranlasst. Die Kollegen sind unterwegs und sammeln das Material ein. Könnest du mal prüfen, ob das LKA Berlin endlich die Erlaubnis zur Einsicht in die Akten erteilt hat? Wir bräuchten dringend mehr Informationen.«

Skagen checkt die Mails auf seinem Handy, doch leider ist nichts vom LKA eingegangen. Er schreibt eine erneute Anfrage mit der Bitte um schnellstmögliche Bearbeitung. Da fällt ihm Maja ein. Eigentlich hätte er sich gestern bei ihr melden wollen. Heimlich wirft er einen Blick in den Messenger. Zwei entgangene Anrufe und mehrere Textnachrichten von Maja, in denen sie schreibt, wie ihr Tag war und dass sie ihn vermisst. Er hat nichts davon mitbekommen. Wie sollte er das auch in der Abstellkammer? Mein Gott, was war gestern nur los mit ihm? Nachdenklich reibt er sich über den Bart. Zurückrufen kann er Maja jetzt nicht, sie ist wahrscheinlich genauso bei der Arbeit eingespannt wie er. Das würde er heute Abend tun. Schnell schreibt er ihr ein paar Zeilen und schickt sie ab, erst danach merkt er, dass Jens ihn anblickt.

»Was ist?«

»Ich muss mir dir reden!«

»Sofort?«

»Ja, komm mit nach draußen.«

Skagen verharrt kurz in seiner Haltung, dann nickt er. Es hat keinen Sinn, es länger hinauszuzögern. Er begleitet Jens in den Flur, wo dieser zu seiner Verwunderung jedoch nicht stehen bleibt. Also folgt er ihm die Treppe hinab bis hinaus auf die Straße. Aber auch hier scheint Jens noch nicht an seinem Ziel angelangt zu sein. Unbeirrt setzt er seinen Weg entlang des Präsidiums fort und biegt am Ende auf die Brücke ab, die über den Friedhof hinter dem Polizeihauptquartier führt. Auf halber Strecke hält er endlich an, genau neben der Bronzestatue, die dort traurig auf die Gräber hinabblickt. Sichtlich aufgewühlt greift er nach dem Geländer, lässt es aber im nächsten Moment wieder los und dreht sich zu Skagen um. Seine Lippen beben.

»Ich … ich …« Er bricht ab, vergräbt sein Gesicht in beiden Händen. »Entschuldige … ich will dich nicht vollheulen.«

Skagen tritt an seinen Freund heran, der begonnen hat, hektisch nach Luft zu schnappen, und berührt ihn am Oberarm. »Tief durchatmen. Ganz ruhig.«

Jens stößt einen gequälten Laut aus. Er legt den Kopf in den Nacken und holt mehrmals Luft, wobei er Tränen wegblinzelt, die sich in seinen Augen sammeln wollen. »Sorry, Mann!«

»Schon gut. Lass es raus.«

Jens nickt. Er blinzelt erneut, und nun rinnen ihm die Tränen ungehindert über die Wangen. »Ich … habe die Nacht kaum geschlafen. Musste immer wieder daran denken, wie Walka mir die Knarre an den Kopf hält. Und wie er sie … wegnimmt und Sobek erschießt. Oh Gott, Tom! Ich dachte … ich bin als Nächster dran!«

Skagen beißt sich auf die Zunge. Ja, das Gefühl kennt er. Aber davon kann er Jens nichts erzählen, selbst wenn er es wollte.

»Ich weiß, was du meinst«, sagt er und merkt, wie hohl es klingt.

Sein Freund weint derweil schweigend und mit hochgezogenen Schultern. Skagen überlegt, wie er ihm helfen kann, ohne Gefahr zu laufen, selbst in unsicheres Fahrwasser zu geraten. »Wirst du mit deiner Frau darüber sprechen?«, fragt er.

»Ich denke nicht. Das würde Alma nur beunruhigen. Und mir ist ja nichts passiert, oder?« Jens presst die Lippen aufeinander und blickt über den Friedhof.

Und ob dir etwas passiert ist, denkt Skagen. Ein solches Erlebnis geht nicht spurlos an einem vorbei. Das macht etwas mit dir. Selbst wenn man es scheinbar unbeschadet überstanden hat. »Du solltest mit der Therapeutin sprechen, die Øksnes gestern empfohlen hat. Das wird dir bestimmt guttun. Du darfst deine Sorgen nicht in dich hineinfressen.«

»Wirst du auch mit ihr reden?«

Skagen schüttelt den Kopf.

»Warum nicht?«

Verdammt, das ist ganz dünnes Eis.

»Weil …«, antwortet Skagen, bricht dann aber ab. Was soll er sagen? Dass er weit Schlimmeres erlebt hat? Dass er bereits dauerhaft in Behandlung ist und seit Jahren mit seinen eigenen Dämonen zu kämpfen hat? Seine Brust wird ihm eng. Jens hat nicht die geringste Ahnung, was er getan hat und dass er deswegen Albträume hat. Das Geheimnis um die Signe Merkur würde immer zwischen ihnen stehen. Nichts davon dürfte Jens je erfahren, sonst wäre Skagen seinen Job los. Einen Polizeibeamten mit PTBS will niemand als Kollegen haben. Keiner würde daran glauben, dass man sich im Ernstfall auf ihn verlassen kann. Dabei ist der Polizeiberuf sein Leben. Er hat schon einmal alles verloren. Ein zweites Mal würde er das nicht verkraften.

»Weißt du, Jens?«, meint Skagen schließlich. »Ich habe einen anderen Weg, mit solchen Dingen fertigzuwerden.«

»Und welchen?«

»Na, ich lass mich richtig volllaufen, wie man das als Skandinavier so macht!« Er lacht und bemerkt, wie ein amüsierter Ausdruck über Jens' Gesicht huscht. Geht doch. »Aber mal im Ernst. Denk über ein Gespräch mit der Therapeutin nach, okay?«

Jens nickt. »Mach ich.«

Skagen lächelt seinen Freund an. »Dann lass uns mal reingehen, hier draußen ist es arschkalt.« Bibbernd zieht er den Kragen seines Hemdes enger und steuert auf das Präsidium zu. Vor dem Eingang des Backsteingebäudes, über dem das Wappen der norwegischen Polizei prangt, ein stehender Löwe mit einer Axt in den Klauen, hört er Jens in seinem Rücken etwas sagen. Er dreht sich um, und im nächsten Moment hat sein Freund beide Arme um ihn geschlungen und drückt ihn fest an sich. Überrascht erwidert Skagen die Umarmung.

»Danke! Das habe ich gebraucht!« Jens lässt ihn los und

zwinkert ihm zu. Danach nähert er sich mit schwungvollen Schritten der Eingangstür.

Skagen sieht ihm hinterher. Die Umarmung hat ihn tief berührt. Vor allem, weil er sich jetzt noch mehr wie ein Heuchler vorkommt.

9

Sämtliche Spiegel sind nutzlos, wenn man nicht hineinschaut – nicht wahr, lieber Tom?

In eine gewisse Portion Selbsthass gehüllt betritt Skagen die Eingangshalle des Präsidiums. Er folgt Jens die Treppe hinauf, doch da dreht sein Freund sich mitten auf den Stufen um und läuft ihm entgegen, das Telefon in der Hand und einen gehetzten Ausdruck auf dem Gesicht.

»Was ist los?«, fragt Skagen alarmiert.

»Das war die Kriminaltechnik. Wir sollen ins Labor kommen. Es gibt ein Problem mit den Waffen aus dem Container!«

»Was für ein Problem?«

»Angeblich sind es Attrappen!«

»Wie bitte? Aber wie kann das sein? Wir haben den Container doch lückenlos überwacht!«

Jens zuckt mit den Schultern. »Ich weiß es auch nicht.«

Im nächsten Moment stößt Øksnes zu ihnen, seine Miene spiegelt tiefe Besorgnis wider. Gemeinsam eilen sie durch den langen Flur in den hinteren Gebäudeteil, in dem die Kriminaltechnik liegt. Am Eingang zur Untersuchungshalle erwartet sie eine KTU-Kollegin, die sie an den technischen Gerätschaften und Labortischen vorbei in einen Bereich führt, in dem die Kisten mit den Waffen säuberlich aufgereiht wurden. Die beschlagnahmten Geländewagen der Waffenschieber parken mit offenen Türen gegenüber, Techniker in weißen Overalls untersuchen sie auf kleinste Spuren.

»Verschafft euch selbst einen Eindruck«, sagt die Kollegin und zeigt auf die geöffneten Kisten.

Skagen streift sich Handschuhe über und nimmt ein G3 von Heckler & Koch heraus. Er dreht das Gewehr auf die Seite und betrachtet die Seriennummer. Sie ist klar lesbar. Wortlos reicht er die Waffe an Jens und Øksnes. Jens' Mimik macht deutlich, dass er ähnlich schnell begreift.

»Scheiße«, sagt er leise, und Øksnes steht da wie versteinert.

»Auf jeden Fall sind das nicht die Waffen, die in Rostock von Åsgards Söhnen verladen wurden«, konstatiert Skagen. »Bei den gestohlenen BKA- und Bundeswehrwaffen wurden die Seriennummern herausgeschliffen. Die hier tragen ihre noch.«

»Exakt!«, sagt die KTU-Kollegin. »Außerdem wurden die Läufe mit Blei ausgegossen und die Abzugsmechanismen sind unbrauchbar. Das sind irgendwelche Sammlerwaffen. Schrott!«

»Fuck!« Jens fährt sich durch die Haare. »Wie ist es den Kerlen gelungen, die Lieferung trotz unserer Überwachung auszutauschen?«

»Das Hafengelände in Rostock war schwer zu überwachen«, antwortet Skagen. »Schon möglich, dass uns etwas entgangen ist.«

»Fæn i helvete!«, stößt Øksnes aus und lässt das G3 in die Kiste zurückfallen. »Das darf nicht wahr sein! Das ist doch von Beginn an so geplant gewesen. Eine komplette Verarschenummer! Jemand muss der ÅS gesteckt haben, was wir vorhatten. Das ist die einzig mögliche Erklärung.«

»Du meinst, wir haben einen Maulwurf?«, fragt Jens.

Øksnes nickt grimmig. »Entweder bei uns oder auf eurer Seite in Deutschland.«

»Skanpol ist hundertprozentig sauber. Darauf kannst du dich verlassen, Erling«, beteuert Skagen. »Das hier muss an anderer Stelle durchgestochen worden sein.«

Øksnes sieht ihn scharf an. Glaubt er ihm etwa nicht?

Skagen will etwas sagen, doch der Ermittlungsleiter wendet sich ab. »So eine Scheiße!«, ruft er verärgert in die Halle, die er mit großen Schritten durchquert. »Und wir stehen da wie die letzten Deppen!«

Skagen und Jens laufen ihm hinterher.

»Wir müssen rausfinden, wo sich die richtigen Waffen befinden!«, ruft Jens.

Øksnes dreht sich um und hebt einen Finger. »Ich kann euch sagen, wo die sind. Ziemlich sicher in Händen von rechtsverdrehten Wichsern, die einen Terroranschlag planen!«

Jens lässt die Arme sinken. Skagen merkt, dass diese Sache an ihm nagt, während ihm plötzlich klar wird, warum die Typen der ÅS den Container einfach davonfahren ließen und in der Hafenhalle so getan haben, als träfen sie sich lediglich auf ein Glas Wodka. Sie wussten, dass die Waffen nicht echt sind. Sie haben sie reingelegt, wie Øksnes sagt. Panik erfasst ihn. Sie haben einen großen Fehler begangen und zugelassen, dass die Waffen in den Besitz von gewaltbereiten Terroristen gelangt sind. Eine Katastrophe!

»Ich will mit den festgenommenen Waffenschiebern reden!«, sagt Skagen und wirft einen Blick auf die Uhr. »Jetzt!«

Øksnes zuckt mit den Schultern. »Ich glaube zwar nicht, dass das viel bringt, aber ein Versuch ist wert. Vielleicht zeigt sich einer von denen ja kooperativ.«

»Du kannst mich mal, du Scheißbulle! Meine Bruderschaft hat gute Anwälte, und in null Komma nichts bin ich hier raus. Wart's ab. Ihr könnt uns einen heißen Furz beweisen. Waffen? Von was für Waffen sprichst du da? Wir haben keine gesehen. Wo sollen die denn gewesen sein?« Der festgenommene Verdächtige mit den tätowierten Armen streckt unschuldig beide Hände aus, was seine Handschellen klirren lässt.

»In einem Container auf dem Hafengelände«, erklärt Skagen. Er und Øksnes vernehmen den Mann seit einer Stunde in einem engen Verhörzimmer des Untersuchungsgefängnisses außerhalb von Stavanger.

»Da waren viele Container. So ist das am Hafen.« Der Kerl grinst.

Skagen mahlt mit den Kiefern. Damit hat der Typ natürlich recht. Sie haben weder die Männer der ÅS noch Walka oder Sobek bei dem Container beobachtet.

»Und warum haben Sie sich dann am Hafen getroffen?«, hakt er nach.

»Wir wollten mit unseren deutschen Brüdern ein Schwätzchen halten. Ist das verboten? Noch mal: Ich habe keine Ahnung, warum ich festgenommen wurde. Ich habe nichts verbrochen. Da waren keine Waffen – außer unsere eigenen vielleicht, aber dafür haben wir Lizenzen, das könnt ihr nachprüfen –, und es sollte auch kein Deal laufen. Ich weiß nicht, warum der eine Deutsche den anderen erschossen hat. Vielleicht wart ihr das ja selbst. Ich hab's schließlich nicht mitbekommen, weil mir jemand einen Sack über den Kopf gezogen hat. Vielleicht ist das eure Art, unliebsame Leute loszuwerden. So läuft das doch, oder? Ihr verkackt es und lasst andere dafür büßen.« Er lehnt sich vor und starrt Skagen an. »Ich glaube, ihr Bullen sitzt mächtig in der Scheiße. Ihr habt bei der Aktion einen von uns erschossen. Und ihr wisst, dass das nicht okay war. Das war ein verdammt guter Mann, der nur friedlich mit seinen Freunden am Tisch gesessen und Wodka getrunken hat, und ihr habt ihn abgeknallt wie ein Tier. Möge Odin ihn in Ehren an seiner Tafel aufnehmen.«

»Er ist mit dem Gabelstapler auf unsere Leute losgegangen und hat auf sie geschossen!«, entgegnet Skagen.

Der Verdächtige lehnt sich zurück und lächelt überlegen. »Ihr seid am Arsch.«

Skagen blickt auf die Unterarme des Mannes, auf denen diverse Narben von Eidschwüren prangen. Das Hakenkreuz aus den beiden Eihwaz-Runen ist auch dabei. Der Typ hat einen Hund getötet und sich dessen Asche in die Wunde gerieben. Denkt, er käme nach Walhalla, wenn er stirbt, und würde neben den Göttern sitzen. Der Kerl würde nicht mit ihnen reden. Nicht in diesem Leben.

Wortlos verständigt sich Skagen mit Øksnes, und sie verlassen das Vernehmungszimmer. Draußen im Flur kommen Jens und zwei weitere Kollegen auf sie zu, die die Befragung über Video im Nachbarraum verfolgt haben.

»Stimmt es denn, dass der Anwalt der ÅS die Kerle einfach rausholen kann?«, erkundigt sich Jens besorgt.

»Ich fürchte, so ist es. Wir haben nicht viel in der Hand, was diese Männer belastet«, entgegnet Øksnes niedergeschlagen. »Gut möglich, dass wir sie schon morgen laufen lassen müssen.«

»Verdammt!«, zischt Skagen. »Das ist unser Fehler. Wir haben nicht sauber gearbeitet.« Wütend ballt er seine Fäuste. Wenn er daran denkt, dass zwei Menschen sterben mussten, weil sie womöglich etwas übersehen haben! Zwei Menschen!

»Ich … muss nach draußen«, sagt er und geht an Jens vorbei. Er läuft die Treppe hinunter und bringt diverse Sicherheitsschleusen hinter sich, bevor er endlich draußen vor dem Gefängnis in der kalten Luft steht. Leider kann sie das brennende Gefühl nicht abkühlen, an der Misere mit schuld zu sein. Fluchend tritt Skagen in den Kies der Einfahrt. Wenn durch die Waffen jemand zu Schaden käme, würde er sich das nie verzeihen.

»Alles in Ordnung?«, fragt Jens hinter ihm.

»Nein!«

»Wir alle haben Fehler gemacht, Tom«, hört er Øksnes sagen, der ebenfalls ins Freie tritt. Die Hände tief in den Jackentaschen vergraben, blickt er hinauf in den blauen Herbsthimmel. »Es hätte jedem von uns auffallen können, dass Åsgards Sønner etwas im Schilde führen. Es hilft nicht, sich darüber zu ärgern. Genau das wollen die Typen doch. Stattdessen müssen wir uns darauf konzentrieren, den Schaden einzugrenzen. Ich habe gerade telefoniert. Polizeichef und Staatsanwalt geben uns Rückendeckung. Uns werden mehr Leute zugeteilt und die Antiterroreinheit wird uns zur Seite gestellt. Die Kollegen aus Oslo sind unterwegs. Und ich hoffe, du und Jens unterstützt uns hier weiterhin?«

»Natürlich. Ich werde unsere Chefin benachrichtigen, dass wir noch länger in Stavanger bleiben werden.«

Øksnes nickt zuversichtlich. »Unsere größte Chance, den Terroranschlag zu verhindern, ist, herausbekommen, wann und wo er stattfinden soll. Was ist das Ziel? Worauf haben es die bei der ÅS abgesehen?«

»Sie verehren den Attentäter Breivik. Und sie haben Maschinengewehre und andere vollautomatische Waffen. Was, wenn sie ein ähnliches Massaker wie das von Breivik planen?«, fragt Skagen und starrt Øksnes finster an.

Niemand erwidert etwas darauf. Wahrscheinlich, weil jeder

in seine eigenen Gedanken an den 22. Juli 2011 verstrickt ist. Schweigend gehen sie zum Polizeiwagen.

10

Um Matthias' ekelhaftes Lachen zu übertönen, hört Philipp über seine Kopfhörer laut Musik. Er wendet seinen Blick vom Selfiespektakel am Preikestolen ab und sieht hinüber zu Katharina. Doch sie sitzt nicht mehr auf dem Felsen in seiner Nähe. Suchend lässt er seinen Blick über die Landschaft gleiten und findet Katharina auf einem der schmalen Pfade oberhalb des Preikestolens, wo sie herumklettert und schließlich über die Kuppe verschwindet. Vielleicht hat man von dort eine bessere Aussicht, oder sie will Abstand zwischen sich und Christian bringen, was gut möglich wäre. Aber der ist nirgendwo zu entdecken. Nadine und Matthias sind allein, liegen ausgestreckt auf dem Plateau und dösen in der Sonne.

Und Franzi?

Die hat immer noch Spaß mit Lea.

Seufzend erhebt Philipp sich und macht sich an den Abstieg. Er würde unten auf Franzi warten. Vielleicht gibt es dort irgendwo einen Kaffee.

Der felsige Weg ist nach wie vor überfüllt, jede Menge Touristen strömen ihm entgegen. Aber Philipp nimmt sie kaum wahr, vor seinem inneren Auge schweben die Gesichter von damals an ihm vorbei. Darunter das von Heiko Arendt, jenem übergewichtigen Jungen, mit dem er befreundet war, bevor er Mitglied der In-Crowd wurde. Als sich ihm das Tor zu den Coolen geöffnet hat, hat er Heiko einfach fallen lassen. Philipp fühlt sich schäbig. Als Teenager tut man so einiges, wofür man sich später schämt.

Natürlich weiß er, warum Heiko nicht bei der Jubiläumsfeier ist, und Christian weiß das auch. Philipp hat Heiko in den letzten Jahren ein paarmal zufällig getroffen. Den Loser, der selbst von seinen Eltern gemieden wird. In den übelsten Spelunken auf St. Pauli hat er herumgehangen, ohne echte Freunde, ohne Geld und ohne Hoffnung. Das »Einmal Falkenstein, immer Falkenstein« gilt nicht für ihn. Verkrachte Existenzen wie er werden aus der ehrenwerten Gemeinschaft verstoßen. Nur ungern denkt Philipp an die unangenehme Begegnung mit Heiko zurück. Er hat sich mit Kumpels amüsieren wollen und den ehemaligen Schulkameraden einsam in der Ecke einer Kneipe sitzen und saufen sehen. Heiko hat ihm leidgetan, aber Philipp hat es nicht fertiggebracht, sich bei ihm zu entschuldigen. Ein elender Feigling ist er.

Und obendrein noch ein Pantoffelheld, der es nicht schafft, seine Wünsche bei seiner Frau durchzusetzen. Manchmal fragt er sich, wer hier die verkrachte Existenz ist.

Deprimiert stapft Philipp den Weg hinab. Franzi kann nichts dafür, sie ist total ahnungslos. Sie war niemals Mitglied der In-Crowd, hat nicht den blassesten Schimmer, was sie damals in dem Bootsschuppen an der Elbe getan haben. Dem langgestreckten Holzgebäude, in dem die Ruderboote der Schule untergebracht waren. Philipp hat ihr nie davon erzählt und es mit Gewalt verdrängt.

Die »In-Crowd«. Er und die anderen vier. Verwöhnte Teenager mit bunten Klamotten, albernen Frisuren und überheblichem Gehabe. Alkohol und Drogen. Aloha-Brause, die sie einander aus den Bauchnabeln geleckt haben in Anlehnung an den Film »Die Blechtrommel«, den sie bei Herrn Roth im Unterricht gesehen haben. Ein neues Bild taucht vor ihm auf. Die In-Crowd im Bootsschuppen. Sie stehen um einen Jungen herum und lachen ihn aus. Christian ist dabei besonders gehässig. In Philipp zieht sich bei dieser Erinnerung alles zusammen. Der Junge in der Mitte ist Heiko, und sein Blick, den er auf Philipp gerichtet hat, anklagend. »Du hast mich im Stich gelassen«, sagen seine Augen. »Du warst mein Freund. Warum bist du es auf einmal nicht mehr?«

Philipps Körper glüht vor Scham, und mit abgehackten Bewegungen stakst er den steinigen Wanderpfad hinab. Wenn die Lehrer damals gewusst hätten, was sie in dem Bootsschuppen getrieben haben, wären sie von der Schule geflogen. Viel schlimmer wäre jedoch gewesen, wenn ihre Eltern davon erfahren hätten. Dann hätten sie gewusst, wie verdorben ihre Kinder waren. Reiche, gelangweilte Kids. Der Einzige, der etwas davon geahnt hat, war Herr Roth. Er hat sie manchmal verfolgt und ausspioniert, wie ein Bluthund ist er hinter ihnen hergeschlichen, um sie auf frischer Tat zu ertappen. Doch sie waren schlauer als er und haben sich rechtzeitig aus dem Staub gemacht. Es war ein Spiel. Katz und Maus. Ein Riesenspaß. Nervenkitzel. Nur nicht für Heiko.

»Hallo, Philipp! Tolle Aussicht von dort oben, was?«

Philipp schreckt aus seinen Gedanken und murmelt eine halbwegs passende Antwort. Erst dann registriert er, wer ihn angesprochen hat. Es ist Wolfgang Roth.

»Ich trage sie übrigens wirklich gerne«, sagt der Lehrer.

»Was meinen Sie?«

»Na, Ihre Jacke. Ein tolles Unternehmen haben Sie da aufgebaut. Ich mag Ihr Nachhaltigkeitsversprechen und die Open Factories. Daran sollten sich andere in der Bekleidungsbranche ein Beispiel nehmen.«

»Danke. Das gehört zu meiner Firmenphilosophie.« Verlegen sieht Philipp nach vorn auf dem Weg.

»Wissen Sie, Philipp. Ich habe immer viel von Ihnen gehalten.«

»Tatsächlich?« So richtig kann Philipp das nicht glauben, schließlich waren seine Noten bei Herrn Roth nie gut.

»Na ja, vielleicht nicht unbedingt in Deutsch oder Geschichte«, sagt dieser auch direkt, »aber Sie hatten schon damals clevere Ideen und haben sie umgesetzt. Denken Sie nur an die AG ›Wie gründe ich meine eigene Firma‹.«

»Ja, stimmt!« Philipp lacht und entspannt sich ein wenig. »Damals hatte ich Batik-Shirts im großen Stil aus Thailand bestellt und sie an der Schule verkauft. Irgendwann lief jeder in meinen Outfits rum.«

»Und das tun sie heute noch! Zumindest die Hälfte der Lehrerschaft trägt Ihre BigNorth-Bekleidung. Wir sind mächtig stolz auf Sie.«

Wieder spürt Philipp, wie ihm das Blut in die Wangen schießt.

»Wirklich toll!«, fährt Herr Roth begeistert fort. »Deshalb liebe ich diese Jubiläumsfahrt auch so. Es ist spannend zu sehen, was aus unseren Schülern geworden ist.«

So kann nur ein Pädagoge reden, denkt Philipp. Einer mit Leib und Seele wie Roth. Es sei ihm gegönnt, dass er jedes Jahr diese teure Fahrt machen kann. Allen Querelen zum Trotz, die sie früher miteinander gehabt hatten, wünscht er Roth alles Gute.

Kurz darauf erreichen sie den Parkplatz, auf dem der Bus steht. Sie steigen ein, und einen Moment lang glaubt Philipp,

Herr Roth wollte neben ihm Platz nehmen, doch ganz der Lehrer lässt er sich vorn beim Busfahrer nieder. Als wäre er auf einer Klassenfahrt.

Schmunzelnd geht Philipp nach hinten durch und grüßt Sascha Böttcher, der neben CeeJay sitzt und ihm mit seiner Roboterhand zuwinkt. Hinter den beiden lässt er sich auf einen freien Platz fallen, lehnt erschöpft den Kopf gegen die Scheibe und schläft sofort ein.

Er wacht auf, weil ihn jemand an der Schulter rüttelt. Philipp klappt den Mund zu und blinzelt die Person an, die ihn so unsanft aus den Träumen befördert hat.

»Schatz, wir sind am Schiff. Kommst du?« Es ist Franzi. Neben ihr steht Lea und lächelt belustigt. »Du hast die komplette Fahrt über geschlafen.«

»War ja auch anstrengend.« Philipp stemmt sich aus dem Sitz und greift nach seinem Rucksack.

»Bist du sauer?«

»Nein. Wieso?« Er hat keine Lust auf eine Diskussion und schiebt sich mit einem unschuldigen Blick an Franzi und Lea vorbei aus dem Bus. Vor ihm ragt die Norsk Sol auf wie eine riesige schwarze Wand. Als sie das Schiff betreten, spürt Philipp jeden Muskel in seinen Beinen, und er sehnt sich nach einer Dusche und einem warmen Abendessen. Ohne Umwege begibt er sich zum Deck mit den Kabinen und schließt die Tür auf. Franzi folgt ihm.

»Was ist los?«, fragt sie.

»Nichts.«

»Klar«, sagt sie zynisch.

Philipp mustert sie vorwurfsvoll. »Ich dachte, wir gehen da zusammen rauf. Stattdessen lässt du dich von Lea in Beschlag nehmen.«

»Wir hatten uns viel zu erzählen, haben uns schließlich eine

Ewigkeit nicht gesehen. Was ist los mit dir? Du und deine Clique, ihr wart doch auch ständig beieinander.«

Ständig stimmt ja nun nicht. »Lass gut sein, ich will duschen.«

»Christian hat mich vorhin übrigens gefragt, ob du es mir immer noch so gut besorgen kannst wie früher oder ob er für dich einspringen soll.«

»Christian ist ein Arsch und war außerdem stockbesoffen! Schade, dass er nicht von der Klippe gefallen ist!«

Franzi guckt ihn an, dann breitet sich ein Lächeln auf ihren Lippen aus. Langsam kommt sie auf ihn zu und legt eine Hand in seinen Nacken. »Und?«, fragt sie mit einem tiefen Blick in seine Augen. »Kannst du es mir noch besorgen?« Ihre andere Hand greift ihm ungeniert in den Schritt und massiert sein Geschlecht, das sich bei ihrer Berührung sofort aufrichtet.

»Na?«, lockt sie. »Oder soll ich Christian fragen? Der wollte schon damals mit mir vögeln.«

Christian wollte alle vögeln, denkt Philipp abfällig. Er packt Franzi bei den Schultern und schiebt sie zum Bett. Mit einem vergnügten Aufschrei lässt sie sich darauf fallen und fummelt an ihrer Wanderhose herum, die sie im nächsten Moment bereits abgestreift hat. Philipp hilft ihr mit dem Slip und reißt das Ding einfach herunter.

Wieder quiekt Franzi und Philipp legt sich auf sie, dringt mit einem Ruck in sie ein. Hastig bewegt er sich in ihr, doch Christians hässliches Grinsen spukt ihm durch den Kopf.

»Besorgst du es ihr auch so richtig, Lippy?«, hallt seine Stimme durch Philipps Gedanken. »Spaß ist, was du daraus machst!«

Mit einem wütenden Schrei kommt Philipp und seine Verkrampfung löst sich endlich.

Draußen tutet die Norsk Sol tief und klangvoll, während sie langsam in den hereinbrechenden Abend hinausfahren.

11

Sie feiern an der Bar. Ausgiebig und mit viel Alkohol. Sehr viel Alkohol. Der Motor für jede Party mit Leuten, mit denen man eigentlich keine Zeit verbringen will.

Katharina Rabusch verzieht das Gesicht. Sie steht am Eingang zum Salon mit der Bar, der heute Abend eigens für das Abitreffen reserviert ist, und beobachtet das selbstverliebte Treiben ihrer ehemaligen Mitschüler. Sogar Philipp ist da, trinkt und redet mit den anderen. Ob Franzi ihn dazu zwingen musste? Katharina denkt an Philipps Blick heute auf dem Preikestolen. So düster …

Mit CeeJay scheint er sich gut zu verstehen. Er lacht sogar über dessen Witze. Außerdem sind die beiden die Einzigen, die sich länger mit Sascha unterhalten und ihn nicht nur wegen seiner Prothese ausfragen. Ihr einstiger Klassensprecher, der das Pech hatte, in Christians Fänge zu geraten. Ob Sascha ihm noch grollt, weil er seinetwegen eine Hand verloren hat? Sieht nicht so aus. Sascha wirkt, als hätte er seinen Frieden mit der Sache gemacht. Mit seinem Selbstbewusstsein und der ausgeglichenen Art sticht er aus der Masse dieser aufgeblasenen Angeber hervor. Dafür verdient er Katharinas Achtung, vom Falkensteiner Standesdünkel emanzipiert es sich nämlich nicht so leicht. Wie man am Rest der Anwesenden gut erkennen kann.

Auch für die Lehrer hat Katharina nichts als Verachtung übrig. Der Schulleiter mit seiner albernen Fliege und dem gestickten Schulwappen auf seinem Jackett, Frau Schaber mit ihrem übertrieben künstlerischen Gehabe, dabei ist sie an der Kunstakademie durchgefallen und hat deswegen auf Lehramt umgesattelt, und dann noch Herr Roth mit seinem Vertrauenslehrer-Helfersyndrom. Er steht da, die Hände vor dem Körper gefaltet wie ein Priester, der darauf hofft, dass einer der ehemaligen Schüler zu ihm kommt und ihm wie früher sein Herz ausschüttet.

Katharina lächelt wissend. Sie hat ein Gespür dafür, was anderen Leuten durch den Kopf geht. Das – und nicht etwa ihre Schulnoten oder das Abschlusszeugnis vom ehrenwerten Falkensteiner Internat – hat sie weit gebracht, bis in die Teppichetage einer großen Versicherungsanstalt. Es ist ihre Gabe, aus der Ferne zu beobachten und zielgenau die Schwächen der Menschen zu analysieren.

Die von Philipp ist seine gefühlte Minderwertigkeit gegenüber altem Geld, weil er aus einer unternehmerischen Emporkömmlingsfamilie stammt. Bei CeeJay ist es seine Identitätskrise als Chinese in Deutschland. Matthias ist besessen von seinem athletischen Aussehen, weil er Angst vorm Älterwerden hat. Und Nadine? Ja, Nadine ist nach wie vor die Femme fatale. Leider der billigen Art. Sie sehnt sich krampfhaft nach Zuneigung, weil ihr Charakter derart verdorben ist, dass es nur ihr greiser Ehemann mit ihr aushält. Der allerdings weiß nicht, dass Nadine sich mit seinem Geld regelmäßig woanders vergnügt. Und dann Christian. Der ist ein so tiefer Abgrund, dass Katharina nichts als Schwärze sieht, wenn sie ihn anblickt. Daher hält sie Abstand. Das hätte sie früher schon tun sollen, aber da war ihre Menschenkenntnis noch nicht so ausgeprägt. Außerdem hat sie sich von der Beliebtheit der In-Crowd blenden lassen.

Sie wendet sich ab und geht den Korridor entlang zu den Treppen. Der Boden ist mit dicken marineblauen Teppichen ausgelegt und dämpft ihre Schritte. Auf diese Weise gelangt sie unbemerkt zum Kabinendeck. Vor einer der Türen bleibt sie stehen und schaut sich um. Niemand da, der langgestreckte

Flur mit den unzähligen Türen wirkt regelrecht surreal. Wie bei »The Shining«, denkt sie und schüttelt sich. Die Bücher von Stephen King hat sie als Jugendliche verschlungen. Sie fand sie tausendmal besser als »Die Blechtrommel«. Man kann von Herrn King viel mehr über menschliche Abgründe lernen als von Herrn Grass. Zum Beispiel, wie es sich anfühlt, jeden Bezug zur Realität zu verlieren und sich in einer Welt des Wahnsinns zu verlieren.

Katharina holt eine Keycard aus ihrer Handtasche. Die Rezeptionistin im Nachtdienst hat ihren Arbeitsplatz öfter verlassen, um zu rauchen. Und wenn man verstanden hat, wie man Schlüsselkarten programmiert, ist es ein Kinderspiel. Katharina ist geschickt in solchen Dingen. Sie hat gleich mehrere dieser Karten mit Codes versehen, um in verschiedene Kabinen zu gelangen.

Sie will die Keycard gerade an das Schloss halten, da betritt jemand den Gang. Es ist Matthias. Er schwankt stark, was nicht am Seegang liegt, denn das Meer ist ruhig.

»Hey, Katharina, meine Süße. Weißt du, wo Christian ist? Wir suchen ihn schon die ganze Zeit.« Matthias stellt sich neben sie und hämmert mit der Faust gegen die Kabinentür. »He! Christian! Bist du da drinnen? Komm raus, oder willst du die Party verpassen?«

»Ich glaube, ich habe ihn vorhin auf dem Restaurantdeck gesehen, da hat er mit einer mir unbekannten Passagierin geflirtet«, entgegnet Katharina und verbirgt die Keycard unauffällig in ihrer Handfläche. »Eine niedliche Blondine, genau sein Typ. Scheint, als wären wir nicht mehr gut genug für ihn.«

»Dieser treulose Verräter!«, stößt Matthias empört aus, sein Alkoholatem streift ihre Wange. »Dem ziehe ich den Schwanz lang. Der kann sich doch nicht einfach ohne mich an die Schnitten ranmachen!« Mit glasigem Blick torkelt er davon.

Als er um die Ecke verschwunden ist, hält Katharina die Keycard ans elektronische Schloss, öffnet die Tür und schlüpft in die Kabine. Natürlich ist sie verlassen. Die Einrichtung entspricht der ihren auf der anderen Seite des Schiffes. Ein Bett, ein Tisch mit Stuhl, ein Spiegel, ein Fernseher, ein Telefon, ein gut ausgestattetes Bad und ein rundes Fenster zum Meer hinaus.

Katharina öffnet den in die Wand eingelassenen Schrank. Ein Koffer befindet sich darin. Sie zieht ihn heraus und begutachtet ihn. Leider muss sie feststellen, dass er mit einem Zahlenschloss gesichert ist. Enttäuscht stößt sie Luft aus und befördert den Koffer zurück in den Schrank. Danach durchsucht sie Christians Kleidung, die auf den Bügeln hängt. In einer Hosentasche entdeckt sie einen Blister mit Aufputschpillen. Deren Einnahme in Kombination mit dem Wodka erklärt, warum Christian sich heute auf dem Preikestolen so daneben benommen hat. Er war ja kaum zu bändigen gewesen. Hat die ganze Zeit versucht, Nadine zu küssen, doch die hat ihn nicht an sich herangelassen. Anscheinend hat sie ihre Prinzipien, was Katharina nicht von ihr gedacht hätte. Irgendwann ist Christian davongelaufen und die Felswand hinter dem Preikestolen hinaufgeklettert. Katharina ist ihm gefolgt. Oben auf dem zweiten Plateau hat sie ihn gefunden. Er saß am Abgrund auf einem Felsen und hat hinuntergestarrt, ohne sie zu bemerken. Sonst war da keine Menschenseele, nur ein einsames Zelt stand dort.

Katharina greift in eine Jacketttasche und zieht einen zusammengefalteten Zettel heraus. Darauf sind diverse Namen und Stichpunkte notiert. Sie selbst ist auch dabei.

Katharina runzelt die Stirn. »Noch immer die spaßfreie, trockene Möse. Würde sie gerne ficken, von hinten, und ihr dabei den Arsch versohlen. Mal sehen, ob sie dann eine Miene verzieht. Kalt wie ein Fisch, aber bestimmt geil bis auf die Knochen.« Und über Philipp: »Verklemmter Loser, der unter der Fuchtel seiner Frau steht. Franzi, das elitäre Arzttöchterchen. Ich hätte sie damals ins Bootshaus einladen sollen! Nur, um Philipp zu ärgern.« Katharina ballt wütend die Hand zur Faust. Zu Matthias und Nadine hat Christian auch ein paar höchst unschöne Dinge vermerkt. Das Ganze wirkt fast wie ein Spickzettel. Aber warum hat er das alles aufgeschrieben? Was hatte er damit vor?

Katharina zerknüllt den Zettel und steckt ihn ein. Danach setzt sie ihre Suche fort, lässt jedoch schnell unbefriedigt davon ab. Das, worauf sie aus ist, ist nicht hier. Vermutlich befindet es sich in dem Koffer. In weiser Voraussicht hat Christian es darin eingeschlossen. Sie würde sich Werkzeug besorgen müssen.

Sie öffnet die Tür einen Spalt und lugt hinaus in den Gang. Die Luft ist rein, und so verlässt sie die Kabine und eilt mit schnellen Schritten davon. Die Person, die hinter der Ecke lauert und sie beobachtet, fällt ihr dabei nicht auf.

12

Was für ein gespenstisch farbloser Morgen!

Nicht zum ersten Mal am heutigen Tag wünscht sich der Polizeibedienstete Per Myklebust, im Bett geblieben zu sein.

Unablässig schüttelt er den Kopf und wippt dabei in den Knien. Er muss in Bewegung bleiben, um sich nicht zu übergeben.

Vor nicht einmal einer Stunde ist der beginnende Tag noch beschaulich gewesen, und Per saß mit der ersten Tasse Kaffee in der Hand und den Berichten der Nachtschicht vor sich auf der Polizeiwache in Jørpeland. Aber dank des Anrufs, der kurz danach eingegangen ist, war es mit der Gemütlichkeit vorbei. Ein Selbstmörder am Preikestolen.

Schon wieder.

Doch diesmal ist alles anders. Der Körper des Toten ist nicht wie üblich an den Felsen unterhalb der Kanzel zerschellt, sondern auf ein Fischerboot geprallt, das gerade vorbeifuhr.

Das Ergebnis davon hat er gerade aus der Nähe betrachtet.

Für Myklebust ist klar: Von heute an würde er nicht mehr mit seinem eigenen Boot an der Felskanzel vorbeifahren, ohne den Blick nach oben zu richten und dabei den Kopf einzuziehen.

In seinem Magen rumort es, und er beginnt, an Deck des Schiffes auf und ab zu laufen. Der Kapitän ist mit seiner grauenvollen Fracht bis nach Forsand gefahren, wo er an der Mole festgemacht hat und der Kutter von der Polizei übernommen wurde. Nun sitzen der Kapitän und dessen Sohn an Land beim Rettungswagen und sind blass wie dieser verdammte Morgen.

Myklebust muss sich darum kümmern herauszufinden, wer der Tote ist.

Ausgerechnet er. Warum hat er vor zwei Wochen nur den Dienst getauscht? Fæn i helvete!

Nervös schüttelt er die Hände und bewegt sich auf die Leiche zu, mehr ein Haufen Kleidungsstücke, aus dem zerschmetterte Gliedmaßen herausragen, denn ein Körper mit menschlichen Formen. Das Blut hat sich zum Glück den kürzesten Weg gesucht und ist in einem breiten Strom über das

Speigatt abgeflossen. Aber der Rest. Myklebust würgt vor Ekel. Er wippt wieder in den Knien. Immer in Bewegung bleiben. Er beugt sich hinab und beginnt, den Toten zu durchsuchen. Dessen Kopf, geschweige denn das Gesicht, will er nicht genauer betrachten. Davon ist eh nicht viel übrig. Die kurzen blonden Haare und die Art der Kleidung sowie die Schuhe lassen darauf schließen, dass es sich um einen Mann handelt.

Mit den behandschuhten Händen fährt Myklebust in die Innentasche der Jacke und fördert einen Medikamentenblister zutage, der zur Hälfte leer ist. Hat der Mann die Pillen genommen, um sich auf den Sprung vorzubereiten? Das kommt öfter vor.

Des Weiteren findet Myklebust ein Zigarettenetui aus Silber und einen goldenen Stift, was beides bestimmt teuer war. Sonst nichts. Kein Handy, keine Brieftasche, kein Ausweis oder etwas anderes mit einem Namen darauf. Der Tote bleibt ein Unbekannter.

Myklebust richtet sich auf und wischt sich mit dem Ärmel den Schweiß von der Oberlippe. Danach schüttelt er die Beine aus. Immer schön bewegen, bewegen, bewegen.

Ein glänzender, münzgroßer Gegenstand am Revers des Toten fällt ihm auf. Er bückt sich und studiert ihn. Der Blut- und Fäkaliengeruch, der sich mit dem Fischgestank des Kutters vermischt, ist wirklich eine Herausforderung. Aber er wird sie meistern, solange er in Bewegung bleibt. Nickend und leise vor sich hin summend löst Myklebust den Gegenstand von der Jacke. Es ist ein Anstecker. Er liest, was darauf geschrieben steht: »Internat Hamburg Falkenstein – 20-jähriges Abiturjubiläum.«

Das ist Deutsch und muss von einer Schule aus Hamburg stammen. Das Wort »Jubiläum« kennt er auch. Nur, was »Abitur« bedeutet, weiß er nicht. Jedenfalls stammt der Mann aus Deutschland, so viel scheint schon mal klar.

Und das sagt ihm vor allem eins: nämlich, dass dies nicht sein Fall ist.

Erleichtert atmet Myklebust auf und entfernt sich von der Leiche. Er zieht die Gummihandschuhe aus und holt sein Telefon hervor. Als er die Nummer des Polizeihauptquartiers Rogaland in Stavanger gefunden hat, hebt er kurz den Blick und sieht hinüber zur Brücke, die sich in einem eleganten Bogen über den Lysefjord spannt. Sie würden Leute auf den Preikestolen schicken müssen, um nach Spuren zu suchen. Vielleicht steht unten auf dem Besucherparkplatz ein verlassenes Auto, oder jemandem auf dem Campingplatz daneben ist der Mann aufgefallen, irgendetwas, das ihnen Aufschluss über die Identität des Toten geben könnte. Darüber hinaus würde die Leiche fotografiert und in die Rechtsmedizin nach Oslo gebracht werden müssen.

Myklebust drückt den Wahlbutton und hebt das Handy ans Ohr. »Ja«, sagt er kurz darauf. »Per Myklebust von der Polizei Jørpeland. Ich habe hier einen Selbstmörder. Einen Ausländer. Vermutlich ein Deutscher. Ja, richtig. Das ist ein Fall für euch.«

Als er auflegt, merkt er, dass er vergessen hat, sich zu bewegen. Gerade noch rechtzeitig stürzt er zur Reling, bevor sein Mageninhalt mit einem Klatschen im Wasser landet.

13

Müde hält Skagen sich an der dritten Tasse Kaffee fest, während er im leeren Teamraum sitzt und darüber nachgrübelt, welche Aktion sie als Nächstes einleiten sollten. Wie könnten sie am schnellsten herausbekommen, was Åsgards Sønner mit den Waffen vorhaben?

Sollte er noch mal die ganze Kommunikation, die sie im Vorfeld des Waffendeals abgefangen haben, auf versteckte Hinweise untersuchen? Aber das sind sehr, sehr viele Nachrichten, und es wäre eine äußerst langatmige Arbeit. Vielleicht wäre es am besten, wenn er sich darauf konzentrierte, die Waffen selbst zu finden? Jens und Øksnes glauben, dass sie früher oder später im Hauptquartier der ÅS in Trondheim landen würden. Deshalb haben sie eine Observierung des Geländes im Industriegebiet in die Wege geleitet. Und dann wäre da noch der Flüchtige Marcel Walka, der nicht nur ein Mörder und eine Gefahr für die Allgemeinheit ist, sondern sicherlich auch Informationen über den Anschlag besitzt. Sie müssen ihn dringend finden! Obwohl sich in Skagen alles sträubt, einem Polizistenmörder Straferleichterung anzubieten, würde er versuchen, auf diese Weise etwas aus ihm herauszubekommen. Selbst wenn Walka ein vollwertiges Mitglied von Åsgards Söhnen ist und genauso den Runen-Eid geschworen hat wie der Typ gestern im Gefängnis.

Gereizt zerknüllt er ein Papier, auf dem er sich Notizen gemacht hat. Normalerweise fällt es ihm leicht, eine komplexe Ermittlung im Blick zu behalten und weitere Aktionen zu organisieren. Doch irgendetwas stört seine Konzentration. Ist es das Erlebnis in der Hafenhalle? Die Geisellage mit Jens und der damit verbundene Flashback? Ist er deshalb unkonzentriert und zerstreut?

Zum gefühlt 20. Mal öffnet Skagen sein Mailfach. Noch immer ist keine Antwort vom LKA eingegangen. Verflucht, was soll das? Warum lassen die Kollegen in Berlin sie so hängen? Er tastet nach seinem Handy. Sollte er diesen Gielow anrufen? Was dieser ihm bisher an Material über Walka und Sobek geschickt hat, ist ein Witz. Ein bisschen Druck auf ihn auszuüben könnte nicht schaden, auch wenn der Kerl ein sturer Bock mit einem höheren Dienstgrad ist. Grimmig entsperrt Skagen sein Telefon, doch im gleichen Moment fliegt die Tür auf und Jens stürmt herein. Sein Gesicht ist gerötet, und seine Augen glänzen aufgeregt.

»Wir haben Walka! Er wurde auf einigen der eingezogenen Überwachungsfilme gesichtet.«

»Wo?«

»Richtung Altstadt und Skagenkai.«

In Skagens Erinnerung tauchen die hübschen Holzhäuser auf und die Kaianlagen des alten Hafens, die seinen Namen tragen wie überhaupt viele Orte in dieser Stadt. Anfangs haben die norwegischen Kollegen Witze darüber gerissen, dass ihm sein Ruhm so sehr vorausgeeilt sein muss, dass sie in Stavanger schon eine Straße nach ihm benannt hätten.

»Am Skagenkai befinden sich viele Restaurants und die haben Kameras«, berichtet Jens. »Auf den Filmen kann man gut sehen, wie Walka auf der Hafenpromenade an ihnen vorbeigeht. Dann biegt er rechts in die Fußgängerzone ab, wo er noch ein paarmal auftaucht, bis er spurlos verschwindet, und zwar in einem Geschäft mit Outdoorbekleidung, aus dem er nicht wieder rauskommt. Wir haben die Angestellten befragt und ihnen die Aufnahmen gezeigt, aber sie haben nicht auf den Mann geachtet.«

»Schade«, konstatiert Skagen, wundert sich aber, dass ein

erfahrener Polizist wie Walka sich ausgerechnet in einen Bereich der Stadt begibt, von dem er weiß, dass er verstärkt von Kameras überwacht wird. Warum macht er das? Will er sie an der Nase herumführen? Eine falsche Fährte legen?

Ärger kocht in Skagen hoch. Dieser Scheißkerl!

»Sucht weiter nach ihm!«, stößt er wütend aus. »Wo kann er von dort aus hin? Hat er ein Auto gestohlen? Gibt es irgendwelche Meldungen aus diesem Bereich der Stadt? Geht solchen Hinweisen nach.« Er hält sein Handy hoch. »Und ich werde mir jetzt noch mal diesen Gielow vorknöpfen. Er ist Walkas direkter Vorgesetzter, er muss uns etwas über ihn sagen können. Verdeckte Ermittlung und geheime Akten hin oder her!«

Jens nickt und will den Raum verlassen, da klingelt Skagens Telefon.

»Warte, das ist Jette!«, ruft Skagen seinem Freund hinterher und nimmt das Gespräch an.

»Tom! Endlich! Warum gehst du nicht dran?« Seine Chefin klingt gestresst wie immer. Diese kurz angebundenen Sätze sind typisch für Jette Vestergaard. Skagen würde sich sehr wundern, wenn die Leiterin von Skanpol jemals anriefe und sich entspannt anhören würde.

»Ich verstehe nicht«, entgegnet er irritiert. »Hast du es denn schon mal bei mir probiert?«

»Ja! Nein. Egal. Das hier ist wichtig. Ich bin auf dem Weg nach Berlin und ...«

»Warum nach Berlin?«, unterbricht Skagen sie.

»Ich habe vorhin mit diesem Hauptkommissar Gielow telefoniert und, was soll ich sagen, der Kerl gefällt mir nicht mit seiner Attitüde. Es wirkt, als würde er uns mit Absicht vorenthalten, wonach wir gefragt haben. Er ist sauer, dass wir ihm die Operation zerschossen haben, und das ist seine Retourkutsche.«

»Was für ein Arschloch!«, rutscht es Skagen heraus. »Sorry, aber einer von Gielows Leuten hat einen Kollegen erschossen und ist höchstwahrscheinlich zur anderen Seite übergelaufen, und alles, was diesen Penner interessiert, ist seine billige Rache?«

»Deshalb kümmere ich mich jetzt auch darum«, sagt Jette. »Du erwähntest ein polizeiinternes Leck …«

»Du glaubst, das Leck befindet sich im LKA? Die wussten doch gar nichts von unserer geplanten Razzia.«

»Bist du dir da so sicher?«

Skagen stutzt. Gielow hat zwar behauptet, er hätte keine Ahnung von einer Skanpol-Operation gehabt, aber war das die Wahrheit?

»Nein«, bringt er zwischen zusammengebissenen Zähnen hervor. »Da bin ich mir nicht sicher!«

»Eben. Deshalb trete ich denen in Berlin mal ordentlich auf die Füße.«

»Danke, dass du das übernimmst.«

»Det var så lidt. Ach, und denkst du an den Bericht von der Razzia in der Hafenhalle? Den würde ich gerne lesen, bevor ich mich nachher mit Gielow treffe. Und den von Jens ebenfalls. Sag ihm, dass er ihn fertig machen soll.«

»Wird erledigt.«

»Bestens. Dann lese ich mich jetzt weiter in den Fall ein. Passt gut auf euch auf, Tom. Mein Gefühl sagt mir, dass da irgendwas läuft, das nicht ganz koscher ist!«

Das Gefühl hat Skagen mittlerweile auch, und mit jeder neuen Information wird das Kribbeln in seinem Bauch stärker. »Das rate ich dir ebenso, Jette. Lass dich von denen im LKA nicht verarschen.«

Seine Chefin lacht trocken auf. »Mit denen werde ich fertig, keine Sorge. Ich melde mich.«

Skagen nimmt das Telefon vom Ohr und kaut auf seiner Unterlippe. »Jette will unsere Berichte über den Verlauf der

Razzia. Hast du deinen schon geschrieben?« Er dreht sich zu Jens um.

»Gestern Abend im Hotel«, antwortet sein Freund. »Ich muss ihn aber erst noch einmal durchlesen, bevor ich ihn abschicke.«

Skagen mustert ihn. Was hat Jens über den Vorfall zu Protokoll gegeben? Speziell über die Geiselnahme und Skagens Reaktion darauf? In der Regel verfasst jeder Kollege seinen Bericht allein, ohne zu wissen, was die anderen schreiben, und natürlich ohne sich abzusprechen. Doch in diesem Fall hätte Skagen gerne gewusst, was in Jens' Bericht steht.

14

Philipp nippt am bitteren Tee. Er hat rasende Kopfschmerzen und wartet darauf, dass die Tabletten endlich helfen. Mit ihm haben sich fast alle Abiturjubilare beim spätesten Frühstückstermin eingefunden, der möglich ist. Kein Wunder nach der wilden Party gestern. Einigen hockt der Kater buchstäblich auf der Schulter und sie sehen echt fertig aus.

Um den Abend zu ertragen, hat Philipp ebenfalls ordentlich was gekippt. Mit ein paar Cocktails in der Blutbahn war die Anwesenheit der In-Crowd zu einem verschwommenen Hintergrundrauschen geworden, und er hat sich gut auf seine Unterhaltung mit CeeJay und Sascha konzentrieren können. Die zwei haben sich zu super Typen entwickelt. Besonders Sascha mit seinem interessanten Job als Orthobionik-Spezialist bei einem internationalen Orthopädie-Konzern in Göttingen. Währenddessen hatte Franzi ihren Spaß mit Lea auf der Tanzfläche.

Jetzt sitzt sie neben ihm und trinkt durstig ihren Orangensaft aus. Anschließend wischt sie sich den Mund mit der Serviette ab. »Bist du fertig, Schatz? Wir fahren gerade in den Hardangerfjord ein und ich möchte gern Fotos machen.«

»Kein Problem. Geh schon mal vor. Ich bleibe hier. Vielleicht bekomme ich noch was vom Frühstück runter«, entgegnet er.

Sie gibt ihm einen Kuss auf die Wange und bahnt sich ihren Weg an den Tischen vorbei zum Ausgang. Dabei winkt sie ihrer damaligen Zimmergenossin zu, die gerade mit dicken Augenringen den Frühstücksraum betritt. Lea entdeckt Philipp und steuert auf seinen Tisch zu.

»Darf ich?«

»Klar.« Philipp zeigt auf den Platz, der abgesehen von dem benutzten Glas noch frisch eingedeckt ist.

Mit einem angestrengten »Puh!« lässt sich Lea auf den Stuhl fallen und streicht sich eine schwarze Locke aus dem Gesicht. »Und dabei habe ich vorhin zwei Aspirin genommen.«

Die Bedienung nähert sich und fragt, was sie trinken will.

»Coffee, black!«, entgegnet sie und wendet sich an Philipp. »Was anderes kriege ich nicht runter.«

»Ich auch nicht. War ein bisschen heftig gestern.« Philipp grinst.

»Wenn jeder Abend so abläuft, kann ich hinterher direkt in

den Entzug.« Lea lacht laut auf und fasst sich mit schmerzverzerrter Miene an die Schläfen.

Die Bedienung kehrt zurück und schenkt ihr Kaffee ein. Als die Frau wieder geht, taucht Nadine bei ihnen am Tisch auf. Sie trägt eine knallenge High-Waist-Jeans zusammen mit einer rosafarbenen Rüschenbluse, die sich über ihrer vermutlich silikonunterfütterten Brust spannt. Mein Gott, denkt Philipp, ein solches Outfit war schon in den 80ern nicht schick.

»Moin. Wisst ihr, wo Christian ist?«

Philipp schüttelt den Kopf.

»Und du?«, fragt Nadine Lea.

»Nein, keine Ahnung.«

Nadine verzieht den Mund. »Wo kann er bloß sein? Ich habe ihn gestern auf der Wanderung das letzte Mal gesehen.«

»Vielleicht war er so besoffen von seinem Scheißwodka, dass er sich nach der Rückkehr direkt schlafen gelegt hat und immer noch pennt«, brummt Philipp. Er hat keine Lust auf das Thema Christian. Ohne ihn ist es viel schöner. Plötzlich tritt Matthias von hinten an Nadine heran und legt ihr beide Hände auf die Schultern.

»Ich war gerade vor seiner Kabine und habe so laut gegen die Tür gehämmert, dass ich damit sogar Tote geweckt hätte. Also wenn er da drin ist, ist er entweder taub oder …«

»Habt ihr versucht, ihn auf seinem Handy zu erreichen?«, erkundigt sich Philipp.

»Glaubst du, wir sind blöd!«, schnappt Nadine.

Philipp spürt eine sehr, sehr alte Wut in sich aufsteigen. Mit Nadine ist er nie richtig klargekommen. Sie hat schon damals in der Clique eine abstoßende Seite an sich gehabt, die er nicht tiefer ausloten wollte.

»Ich denke, wir sollten an der Rezeption fragen, ob sie in Christians Kabine nachsehen können«, schlägt Matthias vor.

Philipp winkt ab. »Ohne mich.«

Nadine rollt mit den Augen. »Toller Freund!«

»Freund, pah!«, entgegnet Philipp. »Das ist doch mal wieder typisch für unseren Mr. Very-Important, oder nicht? Ständig muss er im Mittelpunkt stehen, und wenn das nicht klappt, verkriecht er sich schmollend. Von mir aus soll der bleiben, wo er ist. Ich renne ihm nicht hinterher!«

Nadine stößt einen empörten Laut aus und zieht Matthias mit sich.

Als die beiden außer Hörweite sind, sagt Lea: »Christian ist ein dauerhafter Störfall! Lass dich nicht irremachen von denen.«

Eine halbe Stunde später hat sich Philipp allein auf das Außendeck zurückgezogen und genießt die frische Luft. Am Himmel hängt eine undefinierbare Schicht aus Wolken, die alle Farben wegzufiltern scheint. Eine fast mystisch gedämpfte Ruhe liegt über dem Schiff, das in gemächlichen Tempo durch den Fjord gleitet. Die Ufer sind weit entfernt und die höchsten Berggipfel mit Schnee bepudert. Die Landschaft wirkt wie eine Monochromaufnahme.

Philipp fröstelt und schließt den Reißverschluss seiner Jacke. Da entdeckt er Franzi. Sie steht mit ihrer Spiegelreflexkamera an der Reling und blickt aufs Wasser, ein verträumter Ausdruck liegt auf ihrem Gesicht. Er stellt sich neben sie und legt ihr eine Hand auf die Hüfte.

»Wundervoll, nicht wahr?«

»Ja«, haucht sie ehrfürchtig. »Die Norweger haben schon ein unverschämtes Glück, in diesem Land leben zu dürfen. Es ist traumhaft schön. Die schroffen Berge und überall Wasser. Wie viel Küstenlandschaft die hier haben und diese ganzen Häuser direkt am Fjord! Das sieht alles so romantisch aus.«

»Aber ein bisschen einsam ist es auch.«

»Stimmt.« Franzi hebt die Kamera und schießt mehrere Fotos von einer hübsch gestaffelten Bergkette in der Ferne. Meer und Berge, so weit das Auge reicht. Dazu die klare Luft. Philipp spürt, dass er Hamburg immer weniger vermisst. Vielleicht sollte er die Gelegenheit nutzen, um mit Franzi über einen etwaigen Umzug zu sprechen. Er braucht dringend eine Veränderung in seinem Leben. Er betrachtet Franzi von der Seite. Ihr Haar weht im Wind und sie sieht richtig entspannt aus. Er öffnet den Mund, um etwas zu sagen, doch hinter ihm erklingt plötzlich ein Ruf.

»He, Philipp!«

Genervt dreht er sich zu dem Störenfried um. Es ist Matthias, zum Glück ohne Nadine.

»Gut, dass ich dich finde!«, bringt der rothaarige Ex-Schulkamerad atemlos hervor. »Es geht um Christian. Er … hat gestern nach dem Ausflug gar nicht eingecheckt!«

»Was willst du damit sagen? Dass er nicht an Bord ist?« Innerlich jubiliert Philipp. Hat der Depp das Schiff verpasst? Wie großartig wäre das denn?

»Nadine und ich waren gerade an der Rezeption und haben rausgefunden, dass Christian nach dem Ausflug nicht auf das Schiff zurückgekehrt ist. Und jetzt fragen wir uns, wer ihm als Letztes begegnet ist. Wir sind uns mittlerweile sicher, dass er auf der Rückfahrt nicht mit im Bus war.«

»Seid ihr denn nicht zusammen vom Preikestolen hinuntergewandert?«

»Nein.« Matthias fährt sich über seinen roten Bart. Mit seinen Segelohren hat er etwas von Prinz Harry, fällt Philipp in diesem Moment zum ersten Mal auf. »Es gab einen kleinen Streit.«

»Einen Streit?«

»Ja, er wollte mit Nadine rummachen, aber sie hat sich geweigert. Er ist richtig aufdringlich geworden. Hat ihr ins

Ohr geflüstert, wie scharf er auf sie wäre und dass er sie f...« Franzis Anwesenheit scheint ihm unangenehm zu sein. »Na ja, dass er es mit ihr auf dem Felsen treiben will.«

»Und dann?«, fragt Philipp ungeduldig.

»Ist Christian einfach abgedampft.« Matthias hebt beide Hände.

»Wohin? Zum Wanderweg?«

»Keine Ahnung, wir wissen nur, dass er auf den Felsen hinter dem Preikestolen herumgeklettert ist.«

»Du meinst, er ist vielleicht noch dort?«, schaltet sich Franzi ein.

Matthias zuckt mit den Achseln. »Christian ist unberechenbar. Dem traue ich alles zu. Ihr wisst ja, wie er sein kann, wenn er nicht bekommt, was er will.«

Philipp nickt ernst. Hinter Matthias öffnet sich die Tür zum Außendeck, und Herr Roth und Frau Schaber treten heraus.

»Matthias, Philipp!«, sagt der Deutschlehrer mit besorgter Miene. »Haben Sie herausgefunden, wo Christian sein könnte?«

»Wir denken, dass er möglicherweise oben auf dem Preikestolen geblieben ist«, antwortet Matthias. »Niemand, den ich bisher gefragt habe, hat ihn im Bus gesehen.«

»Wir müssen jemanden hinschicken, um nach ihm zu suchen«, beschließt Herr Roth.

»Herrgott, das ist doch keine Klassenfahrt mit 15-Jährigen!«, stößt Philipp aus. »Christian ist erwachsen und sollte wissen, was er tut. Wenn er das Schiff verpasst hat, ist das sein Problem. Er wird eine Lösung finden, wie er zurück an Bord kommt. Da bin ich mir sicher.«

»Aber er reagiert ja nicht mal auf Anrufe«, wirft Matthias ein. »Dabei hatten wir die ganze Zeit Kontakt über Whatsapp und jetzt ist es auf einmal totenstill. Die Nachrichten kommen nicht mal mehr bei ihm an. Das ist doch merkwürdig, oder nicht?« Hilfesuchend wendet er sich an die beiden Lehrer, als wäre er noch deren Schüler.

Philipp stöhnt innerlich auf. Es kann nicht wahr sein, dass sie Babysitter für diesen Scheißkerl spielen sollen. Und er hat ganz bestimmt nicht vor, sich da einzumischen. Christian kann ihm gestohlen bleiben. »Ihr könnt ja zurückfahren, und ihn suchen, ich bleibe auf dem Schiff.«

Franzi scheint seiner Meinung zu sein, denn wie zur Bestätigung hakt sie sich bei ihm ein.

»Du hilfst uns nicht?« Matthias guckt ihn mit großen Augen an.

Philipp hat die Faxen dicke. Nur weil sie damals zusammen in einer Clique waren, muss er sich nicht verpflichtet fühlen, nach Christian zu suchen. Er zieht Franzi mit sich und steuert auf die Tür zu. Solange alle wegen dieses Arschlochs verrücktspielen, würde er in der Kabine ausharren und warten, bis sie merkten, dass Christian sie nur an der Nase herumführte. Wahrscheinlich hat er sich irgendwie, ohne einzuchecken, an Bord geschmuggelt und genießt in seinem Versteck den Trubel, den sein Verschwinden ausgelöst hat.

Philipp umfasst den Türgriff, da ist plötzlich Matthias bei ihm und packt ihn von hinten am Arm.

»Lass mich los, verdammt!« Philipp versucht, die Hand abzuschütteln, und funkelt ihn an. Er weiß, um was es geht, möchte damit aber nichts zu tun haben. Und wenn Matthias etwas davon vor Franzi ausplappert, würde er ihn umbringen!

Matthias scheint zu spüren, dass es Philipp ernst ist, und lässt mit einem mahnenden Blick von ihm ab.

»Was ist denn mit euch los?«, fragt Franzi, nachdem Philipp und sie das Innere des Schiffs betreten haben und nun die Fjord-Lounge durchqueren, in der es sich viele der Kreuzfahrtgäste bequem gemacht haben.

»Ach, nichts.«

»Nichts?«, wiederholt sie skeptisch. »Das glaube ich dir nicht.«

Philipp muss aufstoßen, sauer breitet sich der Geschmack in seinem Mund aus. Er hätte niemals einen Fuß auf dieses verdammte Schiff setzen sollen. Es war klar, dass die Vergangenheit ihn einholen würde. Aber bevor er Franzi davon erzählte ... spränge er lieber in das kalte Wasser des Fjords.

15

Per Myklebust wischt sich den Schweiß von der Stirn. Der Aufstieg zum Preikestolen ist beschwerlich, doch er kann die Kollegen aus Stavanger nicht mit dem Fall alleinlassen. Schließlich ist er als Erster auf dem Kutter gewesen und hat den Toten begutachtet. Jetzt so zu tun, als ginge ihn das alles nichts an, wäre unkollegial. Die Leiche dürfte mittlerweile kriminaltechnisch untersucht und abgelichtet worden sein. Wahrscheinlich ist sie auf dem Weg nach Oslo ins Rechtsmedizinische Institut. Dies ist das normale Prozedere, obwohl es ganz den Anschein macht, dass die Todesursache Selbstmord war. Trotzdem würde der Fall so lange als Tötungsdelikt behandelt werden, bis jedwede Fremdeinwirkung ausgeschlossen werden kann. Bis dahin hätten sie hoffentlich herausgefunden, wer der Tote ist.

Ein frischer Wind weht über die Klippe hinweg und verschafft Myklebust ein wenig Erleichterung, allerdings bewegt sich die starre weiße Wolkenschicht über ihren Köpfen kein Stück. Seltsames Wetter.

Neben ihm klettern zwei uniformierte Kollegen aus Stavanger über die Felsen, die hinter der Felskanzel in die Höhe ragen. Lise Haugland und Iver Ofori. Mit ihnen sind noch weitere Kollegen aus verschiedenen Abteilungen der Polizei und die Leute von der Bergrettung hier oben. Außerdem würde ein Helikopter sie unterstützen, sobald einer frei werden würde. Myklebust ist froh, dass sich Lise und Iver beim Klettern ähnlich ungeschickt vorwärtsbewegen wie er, doch schließlich erreichen sie das Plateau, das circa hundert Meter über dem Preikestolen liegt und von dem aus man auf den flachen Tisch der Kanzel hinabblickt.

Sie haben diesen Weg eingeschlagen, weil ein Kollege die Vermutung geäußert hat, dass der Mann sich womöglich nicht direkt vom Preikestolen gestürzt hat, sondern von einer viel steiler abfallenden Klippe ein Stück weiter im Westen gelegen. Denn es sei recht unwahrscheinlich, dass jemand mit einem Sprung vom Preikestolen das Wasser des Fjords erreiche beziehungsweise auf einem Boot dort unten lande. Das allein, so der Kollege, sei schon ein riesiger Zufall.

Myklebust muss an den Kapitän des Kutters und dessen Sohn denken. Die beiden waren ziemlich verstört wegen des Vorfalls. Das wäre er auch, wenn ihm das passiert wäre.

Lise und Iver halten an und verschnaufen. Myklebust schließt sich ihnen an und nimmt einen Schluck aus seiner Wasserflasche. Hier oben ist das Reich der Flechten und Moose, die sich an den windumtosten Granitblöcken festkrallen. Pfützen und kleinere Seen spiegeln das Weiß der Wolken wider, und in der Ferne erstreckt sich der stahlgraue Arm des Lysefjords. Im Westen entdeckt Myklebust die Brücke bei Forsand. Eine tolle Aussicht. Sicher hat der Selbstmörder keinen Sinn dafür gehabt.

»Vielleicht ist er von da vorne gesprungen«, sagt Lise und zeigt auf die Kante, von der aus es direkt in die Tiefe geht. Sie hat ihre Mütze abgenommen und ihr blondes Haar weht im Wind. Sie mag an die 50 sein, wirkt aber topfit. Ihr Kollege Iver Ofori ist bestimmt 20 Jahre jünger, ein schlaksiger Typ mit kurzem schwarzem Haar, Kinnbart und dunkler Haut.

Myklebust dreht sich in Richtung der Klippe, auf die Lise gezeigt hat, und kneift die Augen zusammen. Liegt dort nicht etwas? Ein blauer Farbklecks?

Er setzt sich in Bewegung, und die beiden Kollegen folgen ihm. Kurz darauf stehen sie an der Kante. Myklebust will nicht runtersehen, er fürchtet sich vor dem Abgrund. Es sind schließlich fast 700 Meter bis zur Wasseroberfläche!

Das flaue Gefühl von vorhin auf dem Kutter kehrt zurück, und schnell richtet er seinen Blick auf den blauen Gegenstand, der in einem Nest aus Heidekraut liegt. Es ist ein Rucksack. Myklebust streift sich Gummihandschuhe über und will ihn aufheben, doch Lise hält ihn davon ab.

»Warte. Zuerst ein paar Fotos.«

Myklebust tritt zurück und wartet ab, bis Iver den Fund mit seinem Smartphone aus verschiedenen Perspektiven festgehalten hat. Dann nickt Lise, und Myklebust greift nach dem Rucksack. Es ist ein modischer Fjällräven-Daypack, der nicht besonders schwer ist. Mit spitzen Fingern öffnet er das Hauptfach. Darin findet er einen grünen Pullover, zwei Flaschen Wasser, mehrere Schokoriegel, eine zermatschte Banane, ein halbgegessenes Sandwich und eine Schachtel Zigaretten.

»Da drüben ist noch etwas«, ruft Iver und deutet auf eine leere Wodkaflasche, die einige Schritte von ihnen entfernt in einer schmalen Felsspalte liegt. Er macht einige Aufnahmen davon. »Ob sie dem Toten gehört?«

»Wir nehmen sie auf jeden Fall mit.« Lise öffnet einen Beweismittelbeutel.

Myklebust untersucht derweil das kleine Seitenfach des Rucksacks und stößt einen Pfiff aus. Triumphierend holt er eine Brieftasche heraus. Lise und Iver kommen neugierig näher. Rasch klappt Myklebust die Brieftasche auf und zieht einen scheckkartengroßen Ausweis hervor. Verwirrt stutzt er. »Hä? Das verstehe ich nicht. Aus welchem Land ist das? China?«

»Da steht Macau. Das liegt in der Nähe von Hongkong«, sagt Lise.

»Der Name lautet César Eduardo De Lima, geboren am 3. April 1982 in Lissabon.« Myklebust hebt den Kopf. »Kapiere ich nicht. Ich dachte, der Selbstmörder ist ein Deutscher.«

»Laut der Anstecknadel scheint er auf einem Internat in Hamburg gewesen zu sein«, sinniert Lise. »Das bedeutet ja nicht unbedingt, dass er Deutscher sein muss. Vielleicht ist es eine internationale Schule.«

Myklebust zeigt auf das Passfoto. »Zumindest ist der Mann blond wie unser Toter.«

»Was ist noch in der Brieftasche?«, fragt Iver.

Myklebust zieht weitere Dinge heraus. Diverse Kreditkarten, die auf denselben Namen ausgestellt sind, ein wenig Bargeld in Norwegischen Kronen, Euro und Dollar. Und als Letztes eine Keycard von einem Schiff.

»Er scheint auf einer Kreuzfahrt unterwegs gewesen zu sein. Die Reederei kenne ich. LNC, Larsen Nordic Cruise. Da steht der Name des Schiffes: MS Norsk Sol.«

»Okay.« Lise nimmt ihr Funkgerät aus der Halterung an ihrem Gürtel. »Ich informiere den Kapitän, dass einer seiner Passagiere fehlt.«

16

Morsche Bretter, grellorange Rettungswesten und ein muffiger Geruch nach Flussschlamm – das sind Philipps Erinnerungen an den Bootsschuppen. Der grüne Algenbelag am Schwimmsteg, der im Rhythmus der Gezeiten mal im Wasser der Elbe schaukelt und mal auf dem grauen Schlick ruht. Und dann das Bootshaus selbst, langgestreckt und aus verwittertem Holz, das Dach in der Mitte durchhängend wie der Rücken eines alten Pferdes. Es gibt keine Fenster, Licht fällt nur hinein, wenn man die beiden Tore öffnet, durch die die Schüler des Internats die Ruder- und Segelboote herausholen. Mit geschlossenen Toren ist der Schuppen ein sehr dunkler Ort.

Seit Philipp die Schule verlassen hat, ist er nie wieder dort gewesen, obwohl er mit Franzi oft in Blankenese an der Elbe entlangspaziert. Doch bis zum Bootshaus sind sie nie gegangen. Es liegt am Rand des Rückhaltebeckens vom alten Wasserwerk hinter Gestrüpp verborgen. Schade, dass es bislang nicht von einer Sturmflut mit sich gerissen wurde.

Plötzlich klopft es von außen gegen die Kabinentür, und Philipp schreckt aus seinen Gedanken.

»Franzi? Bist du das?«, ruft er.

»Nein, hier ist Herr Dröhmer!«

Verdammt! Was will der Direktor von ihm? Hoffentlich dreht es sich nicht um Christian. Genervt stemmt Philipp sich vom Bett hoch und öffnet die Tür. An Herrn Dröhmers ernster Miene erkennt er, dass sein Wunsch nicht erhört wurde.

»Wir wissen, wo Christian ist.«

»Bitte lassen Sie mich damit in Ruhe«, entgegnet Philipp.

»Ich habe nichts mit ihm zu schaffen. Er ist nicht mein Freund!«

»Philipp«, sagt Dröhmer mit heller Aufregung in der Stimme. »Er ist tot!«

»Wie bitte?« Ungläubig starrt er den Direktor an. Christian tot? Das ist doch ein Trick.

»Er ist vom Preikestolen gesprungen ... heute Morgen ... und auf einem vorbeifahrenden Schiff aufgeschlagen.« Dröhmer schluckt, dabei hüpft seine alberne Fliege auf und ab. »Die norwegische Polizei hat vorhin den Kapitän der Norsk Sol angefunkt und ihn informiert.«

»Aber wie ...? Ich verstehe das nicht.« Philipp stützt sich an der Türfüllung ab, weil ihm schwindlig wird. Nicht, dass er großartig betroffen wäre, aber diese Nachricht überrascht ihn doch sehr. Sollte er Christian etwa los sein? Für immer? Würde er sich wieder durch Hamburg bewegen können, ohne Angst zu haben, ihm zu begegnen? Das wäre ja ...

»Sagten Sie, er ist gesprungen?«, fragt er nach. »Also Selbstmord?«

»Bisher deutet alles darauf hin. Es gibt sogar einen Abschiedsbrief. Den haben wir in seiner Kabine auf dem Bett gefunden. Unter anderem deshalb komme ich zu Ihnen.« Der Direktor sieht ihn aus wässrigen Augen an, und erst jetzt registriert Philipp, dass Dröhmers normalerweise sorgsam über die Halbglatze gekämmtes Haar ganz unordentlich ist.

»Wieso zu mir?«

»Nun ... weil der Brief an Sie gerichtet ist, Philipp. Ich denke, Sie sollten ihn lesen.«

Zusammen mit Herrn Dröhmer eilt Philipp durch das verworrene Labyrinth im Bauch des Schiffes. Mittlerweile ist ihm schlecht vor lauter Unbehagen. Warum zum Teufel hat Christian ihm einen Brief geschrieben? Was will er damit bezwecken? Ist es ein Geständnis? Scheiße! Selbst jetzt, da der verdammte Scheißkerl tot ist, fühlt Philipp sich von ihm bedroht.

Nervös kaut er auf seiner Unterlippe, als sie durch die schwere Stahltür auf die Brücke treten. Den Kapitän erkennt er sofort an seiner Uniform. Er ist ein hochgewachsener Deutscher mit grauen Haaren und durchdringendem Blick. Er tritt auf ihn zu und schüttelt ihm die Hand.

»Martin Teevs. Und Sie sind Philipp Jaeger?«

»Ja.«

»Folgen Sie mir.« Er winkt Philipp und Dröhmer in einen kleinen Raum, der an die Brücke grenzt und mit Technik vollgestopft ist. »Die Funkbude«, kommentiert er und tritt an einen Tisch, auf dem diverse Papiere liegen. »Wir haben vor einer halben Stunde die Kabine des Toten durchsucht und einen Abschiedsbrief gefunden. Zwar gibt es gewisse Unstimmigkeiten bezüglich der Identität, aber Ihr Veranstaltungsleiter Herr Dröhmer versicherte mir, dass der Mann auf dem Ausweisdokument der Vermisste Christian Landgraf ist.«

»Unstimmigkeiten? Ich verstehe nicht.« Philipp runzelt die Stirn.

»Nun, da mich die Polizei autorisiert hat, darf ich es Ihnen zeigen.« Der Kapitän zieht einen Ausdruck zwischen den Papieren hervor und reicht ihn Philipp. Darauf ist die Kopie eines Ausweises abgebildet. Das Foto passt, der Rest hingegen ist verwirrend.

»César Eduardo De Lima aus Macau?« Fragend sieht Philipp den Kapitän an. »Der Mann auf dem Bild ist eindeutig Christian Landgraf. Wie kann das sein?«

»Sie wissen also nichts darüber?«

»Nein. Wieso glauben Sie das?«, entgegnet Philipp verständnislos. »Wahrscheinlich ist das Ding gefälscht. Christian ist in Hamburg-Altona geboren, seinen Eltern gehört eine große Anwaltskanzlei. Das können Sie im Internet überprüfen. Hermann und Sybille Landgraf von Landgraf & Heisinger.«

»Es wäre gut, wenn Sie uns das aufschreiben, dann gebe ich die Namen an die Polizei weiter.« Der Kapitän drückt ihm Zettel und Stift in die Hand, und während Philipp die gefragten Angaben notiert, schwirrt ein Haufen Fragen durch seinen Kopf. Warum hatte Christian einen Pass aus Macau? Was hat er vor ihnen verborgen? Und was von seinen großspurigen Erzählungen über sein Leben war überhaupt wahr?

»Mehr weiß ich leider nicht über Christian.« Er hält Teevs den Zettel hin. »Da müssen Sie die Leute befragen, die ihn besser kennen.«

»Danke für Ihre Hilfe.« Der Kapitän steckt den Zettel in seine Tasche. »Ich weiß, Sie haben sicher Besseres vor und wollen Ihren Urlaub genießen.«

Ja, verdammt, denkt Philipp. Eigentlich will ich mit dem ganzen Scheiß nichts zu tun haben. »Was ist jetzt mit dem Brief?«, fragt er ungehalten.

Der Kapitän greift nach einem handschriftlichen Dokument und reicht es Philipp. Mit zitternden Fingern nimmt er es an sich und wendet sich zum Lesen ab.

Shit, denkt er, nachdem er die ersten Zeilen überflogen hat. Das ist nicht gut.

Mein Name ist Christian Landgraf, ich bin 39 Jahre alt, wohne in Hamburg und werde meinem Leben heute ein Ende setzen. Vermutlich werdet ihr euch freuen, dass ich nicht mehr da bin. Aber ich will euch wenigstens mitteilen, dass es mir leidtut. Ich hätte diese Welt viel früher verlassen sollen, hätte gar nicht erst geboren werden sollen. Dann wäre einigen Leuten viel Leid erspart geblieben. Wer auch immer diesen Brief findet, geben Sie ihn bitte an Herrn Philipp Jaeger, den Firmeninhaber von BigNorth aus Hamburg. Er weiß, was er bedeutet. Aloha, Lippy, du Brausekopp. Mal sehen, ob du genauso einen Arsch in der Hose hast wie ich!

Mit zusammengepressten Lippen lässt Philipp den Brief sinken. In ihm kocht die Wut hoch. Selbst aus seinem Grab verhöhnt dieser Mistkerl ihn noch! Als Philipp merkt, dass er eine Faust macht und dabei das Papier zerknittert, dreht er sich zu Dröhmer und dem Kapitän um. »Haben Sie das gelesen?«

»Ja«, erwidern beide unisono.

Philipp muss mehrmals aufstoßen und wischt sich fahrig über den Mund. Was soll er jetzt tun? Die Wahrheit zu sagen geht nicht.

»Es tut mir leid, Philipp«, sagt Herr Dröhmer. »Er war Ihr Freund.«

»Das war er nicht! Wie oft soll ich das noch sagen?«, blafft er. »Wir haben seit dem Abitur nichts miteinander zu tun gehabt und uns erst auf dem Schiff wiedergetroffen. Wir waren nie befreundet. Nie! Ich habe keinen Schimmer, warum er ausgerechnet mir diesen Brief geschrieben hat.«

Dröhmer legt die Stirn in Falten, als glaube er ihm nicht. Dennoch ist es die Wahrheit. Man kann durchaus zur selben Clique gehören, ohne miteinander befreundet zu sein. Damals gab es ganz andere Abhängigkeiten, die sie zusammengeschweißt haben.

Philipp gibt den Brief an den Kapitän zurück. »Ich wünsche, mit der Sache nicht länger belästigt zu werden. Es ist traurig, dass Christian sich das Leben genommen hat. Es scheint, als hätten ihn schlimme Dinge gequält, doch davon weiß ich nichts. Ich stand ihm in keinerlei Hinsicht nahe. Fragen Sie besser diejenigen aus dem Jahrgang, die tatsächlich mit ihm befreundet waren.« Er sieht Teevs an. »Brauchen Sie mich noch?«

»Nein, vielen Dank für Ihre Hilfe.« Der Kapitän macht eine Handbewegung zur Tür, und Philipp verlässt den Funkraum. Als er die Brücke hinter sich gelassen hat, beschleunigt er seinen Schritt. Er muss dringend in seine Kabine und darüber nachdenken, wie er vom Schiff verschwinden kann, bevor noch Dinge ans Tageslicht kämen, die besser im Dunkeln blieben.

»Hey, Lippy!«

Erschrocken zuckt er zusammen. Einen unheimlichen Moment lang glaubt er, dass Christian ihn gerufen hat. Aber das ist nicht möglich. Oder doch? Vielleicht ist er ja gar nicht tot und hat seinen Selbstmord nur inszeniert? Das würde zu seiner unvergleichlich grausamen Art passen. Langsam dreht Philipp sich um.

In der Nische zu den Toiletten entdeckt er einen Schatten.

»Wer ist da?«, ruft er mit zittriger Stimme.

Er hört ein leises Lachen als Antwort, und schließlich tritt eine Gestalt hinter der Ecke hervor. Es ist Matthias. Gefolgt von Nadine, seinem bonbonfarbenen Anhängsel. Sie sieht aus wie Pennywise der Clown – fehlt nur der rote Ballon.

»Was wollt ihr?«, fährt er die beiden an.

»Mit dir reden. Was sonst?« Matthias baut sich vor ihm auf, während Nadine ihn mit einem Blick bedenkt, der sich anfühlt, als würde sie ihn aufschlitzen. »Über den Brief von Christian.«

»Woher wisst ihr davon?« Philipps Herz pocht wie wild und in seinem Magen brodelt es gefährlich. Hatten sie den Brief etwa gelesen?

»So was spricht sich auf einem Schiff schnell herum.« Matthias nähert sich. »Sag, was steht drin?«

»Das geht euch nichts an.«

»Hat er sich wegen dem umgebracht, was damals im Bootshaus passiert ist?«, drängt Nadine.

»Keine Ahnung. Lasst mich in Ruhe.« Philipp will sich vorbeidrängen, doch Matthias versperrt ihm den Weg.

»Ich weiß, dass es wegen damals ist«, sagt er drohend.

Philipp sieht zu Matthias auf. »Glaubt ihr tatsächlich, Christian hat plötzlich sein Gewissen entdeckt und beschlossen, nicht länger damit leben zu können? Ausgerechnet jetzt?« Er stößt ein verächtliches Schnauben aus. »Nie und nimmer! Das ist alles Show. Er liebt es, im Mittelpunkt zu stehen. Er war schon immer ein Angeber und Sadist.«

»Du meinst, er ist nicht tot?«

»Ich kenne ihn«, antwortet Philipp. »Und ihr kennt ihn auch. Er würde sich niemals entschuldigen. Nie! Eher würde er sich ein Bein abhacken.«

»Wieso entschuldigen?«, fragt Matthias eindringlich. »Hat er sich denn in dem Brief für irgendetwas entschuldigt?«

Philipp presst die Lippen aufeinander. Mist! Er hat sich verplappert. »Nein, der Brief enthält nichts als vage Andeutungen, und am Ende sagt Christian, dass es ihm leidtut. Könnt ihr mich bitte endlich durchlassen?«

Matthias starrt auf ihn herab. »Ich hoffe, du hältst dich an unseren Pakt, Philipp. Solltest du das nicht tun, werde ich Franziska jedes einzelne Detail erzählen. Dann wird ihre ehrenwerte Familie nichts mehr mit dir zu tun haben wollen. Sie werden dich verstoßen.« Er schnippt mit den Fingern. »Einfach so, als wärst du ein Nichts. Und das nur, weil du als Jugendlicher ein paar dumme Sachen angestellt hast.«

»Das ist alles auf Christians Mist gewachsen, das wisst ihr!«, verteidigt sich Philipp. »Außerdem hängt ihr genauso mit drin wie ich, vergesst das nicht!«

»Keine Angst, das haben wir nicht vergessen, Lippy. Deswegen sind wir ja hier.«

»Und was ist mit Katharina?«

»Die nehmen wir uns noch vor, für sie gilt das Gleiche. Sie hat es damals ebenso geschworen.« Matthias tippt ihm mit dem Finger hart gegen die Brust. »Ich schwöre dir, wenn du was ausquatschst und wir deswegen untergehen, reißen wir dich mit in den Abgrund! Ich scheiße auf Franzi und eure Kinder. Ist mir egal, was aus ihnen wird!«

Philipp muss aufstoßen, das Brodeln in seinem Magen wird schlimmer und bringt plötzliche Übelkeit mit sich. Er muss weg! Erträgt die Menschen nicht mehr! Diese ganze Reise ist ein Albtraum.

Er dreht sich um, rennt durch den Gang zurück und sucht verzweifelt die Tür zum Außendeck. Als er sie findet, stürzt er ins Freie, wobei er mehrere Passagiere anrempelt. Ihre empörten Ausrufe ignorierend läuft er zur Reling, umfasst das kalte Metall und blickt hinaus auf den Fjord. Dunkel erheben sich die Berge zu beiden Seiten, rücken mit ihren bedrohlichen Felsmassen näher und näher an ihn heran. Während das Schiff unaufhaltsam in den immer enger werdenden Fjord hineinsteuert, weiß Philipp, dass er in der Falle sitzt.

17

Schmerzen helfen, denkt Skagen, und er rauft sich gewaltsam die Haare. Er zieht an ihnen, bis seine Kopfhaut brennt, was wiederum seine Müdigkeit vertreibt. Also, vertreiben soll. Schon seit Stunden brütet er zusammen mit Jens über dem Mailverkehr der ÅS. Die Kollegen von der Antiterroreinheit aus Oslo würden am frühen Abend eintreffen, und es wäre gut, wenn sie bis dahin wenigstens einen Ansatzpunkt hätten. Um auf andere Gedankengänge zu kommen, haben sie sich mit den Laptops in die Cafeteria des Präsidiums gesetzt. Neue Umgebung, neue Perspektiven, so sagt man doch. Leider hat der Ortswechsel bisher nichts gebracht.

Ein Gähnen zwängt Skagens Kiefer auseinander, und er schielt auf seine leere Tasse. Kaffee hat schon lange keine Wirkung mehr auf ihn, außer dass ihm allein bei dem Gedanken daran der Schweiß ausbricht. Er hält sich eine Hand vor den Mund, um möglichst leise zu gähnen. Vielleicht sollten sie mal kurz vor die Tür gehen und sich den Wind um die Nase wehen lassen. Könnte helfen.

Jens seufzt und kratzt sich ebenfalls am blonden Schopf.

»Hast du was?«, fragt Skagen ohne große Hoffnung.

»Möglich. Schau dir das mal an.« Jens dreht den Rechner um und zeigt auf ein paar Zeilen in einer Mail.

»Wir feiern den Geburtstag von Breivik. Ladet alle eure Brüder ein. Das wird eine fette Party. Ragnar Jotun aus Steinkjer wird auch dabei sein.« Mit gerunzelter Stirn blickt Skagen seinen Freund an. »Haben wir damals abgecheckt, wer dieser Ragnar Jotun sein könnte?«

»Ja, leider ohne Ergebnis. In ganz Norwegen gibt es niemanden mit diesem Namen im Personenregister und erst recht nicht in der Stadt Steinkjer.«

»Das liegt bei Trondheim, oder?«

Jens nickt. »Dort befindet sich das Hauptquartier von Åsgards Sønner Norge.«

»Vielleicht ist das ein Hinweis auf den Anschlagsort. Und Anders Breiviks Geburtstag ist das geplante Datum.«

»Möglich, allerdings ist der erst nächstes Jahr im Februar. In den Mails klingt es so, als würde der Anschlag in näherer Zukunft stattfinden und nicht erst in vier Monaten.«

»Das Gefühl hatte ich auch«, entgegnet Skagen. »Aber wenn der Name Ragnar Jotun in keinem offiziellen Melderegister auftaucht, dann muss es entweder ein Spitzname sein oder eine Art Codewort. Sonst hätten die bei der ÅS ihn nicht verwendet.«

»Sicher. Und ich weiß auch, dass die norwegischen Kollegen daran bereits herumgerätselt haben, dabei jedoch immer wieder in einer Sackgasse gelandet sind. Warte mal, ich suche den Bericht raus.« Jens tippt auf seiner Tastatur herum. »Hier.« Er deutet auf seinen Bildschirm, als Skagens Telefon auf dem Tisch vibriert.

»Mal wieder unsere Chefin«, sagt Skagen und schnappt sich das Gerät. Sein Herz pocht plötzlich schneller. Ruft Jette an, weil sie die Berichte über die Razzia gelesen hat? Hat sie etwas gefunden, was ihr nicht gefällt?

Mit einem zögerlichen »Hallo« nimmt er den Anruf entgegen.

»Tom! Nur kurz«, sagt Jette atemlos. »Bin mitten im Gespräch mit diesem Unsympathen Gielow und kann nicht lange sprechen. Aber bei mir ist eine wichtige Nachricht eingegangen, die will ich dir nicht vorenthalten. Es ist so: Jemand hat sich über dich beschwert wegen der Aktion in der Hafenhalle. Es wurde eine interne Ermittlung eingeleitet.«

»Wie bitte?«, fragt Skagen fassungslos. Eine Beschwerde gegen ihn? Warum?

»Ich wollte dich vorwarnen. Da kommt was auf dich zu.«

Mit Gewalt muss sich Skagen dazu zwingen, seinen Blick nicht auf Jens zu richten. Steckte sein Freund hinter der Beschwerde? Obwohl sich alles in ihm weigert, das zu glauben, spült Enttäuschung so kalt durch Skagen, dass er erschauert.

»Werde ich beurlaubt?«, fragt er tonlos.

»Nein, vorerst nicht.«

»Gut.« Er schluckt und spürt Jens' Blick auf sich. Verdammte Scheiße. Was läuft hier?

»Mach dir keine Sorgen«, sagt Jette in seinem Ohr. »Du weißt, dass das eine Standardprozedur ist. Vor allem, wenn bei einem Einsatz Personen durch Polizeiwaffen zu Schaden gekommen sind. Lass ihre Fragen über dich ergehen und bleib kooperativ. Dann ist die Sache bald vergessen.«

»Bestimmt!«, entgegnet er sarkastisch, weil er sich fühlt, als säße er bereits auf der Anklagebank.

»Ich bin auf deiner Seite, Tom.«

»Hm, klar.« Er legt auf und starrt auf das Handy. Innerlich am Boden zerstört. Ein Innenrevisionsverfahren! Gegen ihn!

»Was ist los?«, erkundigt sich Jens besorgt. »Habe ich das richtig verstanden?«

Skagen öffnet den Mund und will etwas sagen, doch ein Schatten fällt auf ihren Tisch und erspart ihm die Antwort. Langsam hebt er den Kopf und ist wenig überrascht, Erling Øksnes neben sich zu sehen. Bei ihm sind zwei weitere Personen, eine Frau und ein Mann, deren akkurat sitzende Anzüge Skagen signalisieren, dass die Interne bereits eingetroffen ist.

»Tom!«, sagt Øksnes ernst. »Das hier sind Ingrid Toft und Emre Ahmadi von der Stabsstelle Innenrevision Rogaland.«

»Erfreut«, entgegnet Skagen mit wenig überzeugender

Höflichkeit. Aus Erfahrung weiß er, dass bei jeder sorgsam geführten Untersuchung Fehler ans Licht gebracht werden. Das liegt in der Natur der Dinge. Irgendwo verläuft immer etwas nicht ganz astrein. Polizisten sind eben auch nur Menschen. Ob das die Vogelscheuchen von der Innenrevision auch wissen?

»Ingrid und Emre wollen mit uns über den Zugriff in der Hafenhalle sprechen«, erklärt Øksnes. »Als zweiter leitender Ermittler und Verbindungsbeamter zu Skanpol bist du ihr Ansprechpartner in Sachen internationaler Zusammenarbeit. Ich habe den beiden eine grobe Übersicht der Operation Nordvei gegeben und ihnen meinen sowie die Berichte der beteiligten Kollegen überlassen. Du bist der Erste, dem sie ein paar Fragen stellen wollen.«

»Was? Sofort?«

Øksnes nickt. Die zwei Vogelscheuchen verziehen keine Miene.

Scheiße. Skagen leckt sich über die Lippen. Er hätte gern ein bisschen Zeit gehabt, um sich darauf vorzubereiten. Notgedrungen antwortet er mit einem knappen »Ja«, fühlt sich dabei jedoch, als hätte er gerade zugestimmt, freiwillig einen Folterkeller zu betreten.

»Der kleine Teamraum am Ende des Flurs ist frei«, erklärt Øksnes in lockerem Tonfall. »Den könnt ihr benutzen.« Skagen hätte zu gern gewusst, was er über diese Angelegenheit denkt. Ist Øksnes ebenso irritiert wie er selbst, oder war Erling derjenige, der sich über ihn beschwert hat? Wer weiß, was in dessen Bericht stand.

Skagen erhebt sich und führt die Revisoren zum Besprechungsraum. Dort lassen sich Toft und Ahmadi nebeneinander am Tisch nieder und packen ihr Equipment aus.

»Haben Sie etwas dagegen, wenn wir das Gespräch aufzeichnen?«, fragt Toft.

Obwohl Skagen sich überrumpelt fühlt, stimmt er zu. Unauffällig wischt er sich die schweißfeuchten Hände an der Hose ab und setzt sich auf einen Stuhl den beiden gegenüber.

»Wir wollen Sie nicht lange von Ihren Ermittlungen abhalten«, fährt Toft in geschäftsmäßigem Ton fort. »Schließlich geht es um einen eventuellen terroristischen Anschlag aus dem rechtsradikalen Lager, ist das richtig?«

»Noch liegt die Betonung auf eventuell, aber ja, wir vermuten ein mögliches Attentat.«

Ingrid Toft macht sich Notizen auf ihrem Block. »Dann zuerst zu Ihren Daten. Sie sind?«

»Tom Skagen, Kriminaloberkommissar bei der Sondereinheit Skanpol in Hamburg und zweiter leitender Ermittler der Operation Nordvei, ausgestattet mit vollen polizeilichen Befugnissen und Waffentragelizenz für Norwegen, Deutschland und alle anderen skandinavischen EU-Mitgliedsstaaten.«

»Demnach auch mit voller Verantwortung?« Toft bedenkt ihn mit einem kühlen Blick.

»Natürlich«, antwortet Skagen selbstbewusst.

»Dann berichten Sie uns doch mal, wie der Zugriff in der Hafenhalle in Ihren Augen abgelaufen ist. Und lassen Sie bitte nichts aus.«

Ahmadi drückt auf das Aufnahmegerät, das vor ihm auf dem Tisch liegt, und in der nächsten halben Stunde ist Skagen damit beschäftigt, die Geschehnisse so präzise wie möglich wiederzugeben.

Als er geendet hat, ist er durstig und wünscht sich, er hätte etwas Wasser mitgebracht. Die beiden Revisoren tauschen sich flüsternd aus. Ihre undurchdringlichen Mienen verraten nicht das Geringste.

»Danke, für Ihre Aussage«, entgegnet Toft schließlich. »Wie es scheint, gibt es einige Widersprüche zu den Berichten Ihrer Kollegen.«

Skagen versucht, gelassen zu bleiben. Widersprüchliche Angaben sind normal in einer Stresssituation, in der jeder Beteiligte die Dinge ein wenig anders erlebt. Nur, warum ist das jetzt erwähnungswürdig?

Ingrid Toft zieht einen Ausdruck heran. »In diesem Bericht ist die Rede davon, dass der Waffenhändler Walka den Skanpol-Beamten Fram als Geisel genommen hat. Und dass Sie, Herr Skagen, diesen Walka mehrfach dazu aufgefordert haben, seine Waffe fallen zu lassen. Dabei sprachen Sie durchgehend deutsch. Ich gebe den Wortlaut gemäß Ihres Gedächtnisprotokolls wieder.«

Skagen hört sich an, was er vor Kurzem eigenhändig niedergeschrieben hat. Als Ingrid Toft zu Ende gelesen hat, hebt sie den Kopf. »Ist das korrekt?«

»Ja. Das ist mein Bericht.«

»Nun«, entgegnet sie, »in dem Protokoll eines Ihrer Kollegen steht, dass Sie etwas anderes zu Walka gesagt haben.«

Skagen runzelt die Stirn. »Was denn?«

»Ich zitiere auf Deutsch: ›Wenn du Julia erschießt, töte ich dich! Ich töte dich!‹ Dabei sollen Sie stark gezittert haben.«

Skagen wird eiskalt. »Da muss sich derjenige verhört haben«, entgegnet er schnell.

»Ich denke nicht, denn derjenige ist des Deutschen mächtig.« Toft starrt ihn eindringlich an. »Würden Sie uns erklären, was das zu bedeuten hat?«

In Skagens Kopf schwirrt alles durcheinander. Hat er das tatsächlich gesagt? Von wem stammt der Bericht? Von Jens? Von Øksnes? Wer zum Teufel hat ihn angeschwärzt?

»Herr Skagen?«

»Ja?«

»Wir wünschen eine Stellungnahme.«

»Natürlich.« Er reißt sich zusammen und bemüht sich um eine professionelle Haltung, obwohl sich sein Inneres in heller Aufruhr befindet. »Ich entsinne mich nicht, diese Worte geäußert zu haben. Mehr kann ich nicht dazu sagen.«

»Sind Sie sich sicher?«

»Ganz sicher!« Jeder einzelne Muskel in seinen Beinen ist angespannt, er ist bereit wegzurennen, während sich seine Fingernägel unter dem Tisch in seine Oberschenkel graben. Mit möglichst unbekümmerter Miene blickt er die Revisoren an. »War's das? Ich muss nämlich zurück an die Arbeit.«

»Sie dürfen gehen. Aber halten Sie sich bereit für weitere Fragen.«

»Kein Problem.« Skagen steht auf. Vielleicht einen Hauch zu schnell. Es ist ihm egal, er will hier nur noch raus.

»Es wäre schön, wenn Sie Ihren Kollegen von Skanpol, Jens Fram, als Nächstes zu uns schicken würden.«

Skagen nickt und verlässt den Raum. Mit zitternden Fingern holt er sein Telefon aus der Tasche und gibt Jens mit knappen Worten Bescheid, weicht dessen besorgten Fragen jedoch wohlweislich aus. Nicht, dass es hinterher heißt, er hätte sich mit ihm abgesprochen. Nein, so billig würden sie ihn nicht drankriegen. Er legt auf und läuft durch den Flur zu den Toiletten, wo er sich in einer der Kabinen einschließt und auf den Klodeckel sinken lässt. Gequält vergräbt er sein Gesicht in den Händen.

Wenn du Julia erschießt, töte ich dich!

Verliert er jetzt völlig den Verstand?

18

Ich scheiße auf Franzi und eure Kinder. Ist mir egal, was aus ihnen wird!

Wut mischt sich in Philipps wachsende Verzweiflung. Matthias war schon immer ein selbstgerechtes Arschloch! Jemand, der über Leichen geht, wenn er seine Reputation in Gefahr sieht.

Im kalten Wind stehend beobachtet Philipp das Anlegemanöver des Schiffes, auf dem er festsitzt wie eine Fliege auf dem Leimpapier. Er kann noch so sehr mit den Flügeln schlagen, er wird doch nicht wegkommen. Wegen Franzi. Immer ist es wegen Franzi.

Vor ihm liegt der kleine Ort Eidfjord – eine jämmerliche Ansammlung von Häusern im hintersten Einschnitt des Hardangerfjords, der bei diesem trüben Wetter nicht gerade einladend wirkt. Er spiegelt exakt seine Gemütslage wider. Kalt, unbehaglich … und erdrückend.

Als sich plötzlich eine Hand von hinten auf seinen Rücken legt, hätte er fast aufgeschrien, so sehr ist er mit der Trostlosigkeit in seinem Innern beschäftigt. Franzi mustert ihn besorgt.

»Ich suche dich schon die ganze Zeit. Warum gehst du nicht an dein Handy?«

Philipp antwortet nicht, presst lediglich seine Lippen zusammen.

»Was ist los mit dir? Ist es wegen Christian?« Franzis Miene wird säuerlich. »Rede endlich!«

Philipp stößt einen gereizten Laut aus und schlägt mit der Faust auf die Reling. »Dieser verdammte Scheißkerl! Er hat schon immer anderen das Leben schwergemacht. Ich traue ihm glatt zu, dass das Absicht war.«

»Du meinst seinen Sprung?«

»Ja, als ob er uns sagen will: ›Seht her, was bin ich doch für ein geiler Macker. Selbst mein Abgang ist eine große Show. Da könnt ihr Loser nicht mithalten.‹« Philipp blickt hinauf zu den steilen, düster wirkenden Berghängen, die sich förmlich über den Ort zu beugen scheinen, als wollten sie ihn verschlingen.

»Christian hatte ziemliche Probleme«, entgegnet Franzi. »Katharina hat mir vorhin einiges erzählt.«

Bei der Erwähnung von Katharina wird Philipp plötzlich unruhig. Ob Matthias und Nadine sie wie angekündigt in die Mangel genommen haben? Hoffentlich! Denn auch Katharina könnte vieles ausplaudern, das niemand wissen darf. Am allerwenigsten Franzi.

»Wusstest du, dass Christian pleite war?«, fragt seine Frau.

Philipp ist überrascht. »Er hat doch ständig mit seinem Vermögen geprahlt.«

»Das war gelogen. Der gute Herr war ja neben seinem Bankjob noch privat in der Anlageberatung tätig. Vor einem Jahr hat er ein paar wichtige Jobs vermasselt, wodurch mehrere seiner Kunden viel Geld verloren haben. Unangenehme Kunden.«

»Was meinst du damit?«

»Dass sie Christian nicht wohlgesonnen waren.« Franzi zuckt mit den Schultern. »So hat es Katharina zumindest ausgedrückt. Wenn du mehr wissen willst, frag sie.«

Philipp schürzt nachdenklich die Lippen. Dass jemand hinter Christian her war, würde die Sache mit dem gefälschten Pass erklären. Womöglich wollte er in Macau untertauchen. Aber eines versteht Philipp nicht: Warum ist Christian auf das

Schiff gekommen und hat es riskiert, gefunden zu werden? Oder war das von Anfang an so geplant: sein großer Abgang mit möglichst viel Publikum?

»Christian war noch nie gut darin, Konsequenzen zu tragen«, erklärt Philipp. »Mit seinem lässig weltmännischen Gehabe hat er versucht, über seine Fehler und Unzulänglichkeiten hinwegzutäuschen. Aber manche Fehltritte lassen sich nicht weglächeln.«

Franzi nickt. »Die Sache muss ihn so sehr unter Druck gesetzt haben, dass er keinen anderen Ausweg gesehen hat. Tja, irgendwann wissen die Menschen, wer du wirklich bist.« Sie berührt Philipp am Arm. »Mach dich deswegen nicht fertig. Das versaut uns nur den Urlaub.«

Er hebt die Brauen. »Du willst auf dem Schiff bleiben?«

»Natürlich! Ich lass mir doch von einem wie Christian nicht die Kreuzfahrt vermasseln. Dann bekäme er ja genau das, was er wollte, oder?«

Philipps Kehle wird eng. Insgeheim hat er gehofft, Franzi würden die Ereignisse derart mitnehmen, dass sie abreisen will. Doch stattdessen mimt sie die Mitleidslose. Halb entsetzt und halb verzweifelt blickt er hinüber zu der kleinen Ansammlung von Häusern am Arsch der Welt. Was würde er darum geben, von Bord zu gehen und heimzufahren. Oder einfach zu verschwinden zwischen den Bergen …

»Die meisten von uns bleiben übrigens an Bord«, erklärt Franzi. »Nur Frau Schaber und zwei andere überlegen, ob sie abreisen sollen. Der Kapitän sagt, er habe 700 zahlende Passagiere und deshalb setzt er die Reise wie geplant fort. Die Reederei hat offensichtlich keine Lust auf eine Klagewelle wegen Schadenersatz.« Sie hält inne, weil sie sein bedrücktes Schweigen bemerkt. »Was ist? Heulst du Christian etwa nach?«

Er hat gerade vor, ihr zu sagen, wie unsensibel er ihr Verhalten findet, da gesellt sich Lea Yosef zu ihnen mit Wanderoutfit und Tagesrucksack. »Hey, ihr beiden. Kommt ihr mit auf die Ausflugstour zum Hardangervidda-Nationalpark?«

»Also ich bin dabei!«, sagt Franzi und funkelt Philipp auffordernd an.

Er zögert. Nein, diesmal würde er nicht nachgeben. Sie würde ihn sowieso wieder links liegen lassen, wenn Lea dabei ist. »Ich bleibe hier«, erklärt er mit fester Stimme. »Ich fühle mich nicht gut.«

Lea wirkt, als könne sie seine Entscheidung nachvollziehen. Franzi hingegen scheint keinen Hauch von Verständnis aufzubringen, ihre Miene verfinstert sich.

»Lass ihn«, wirft Lea ein, bevor Franzi mit einem bösen Kommentar antworten kann. Philipp sieht, was in ihr vorgeht. Schließlich verzieht sie verächtlich das Gesicht und lässt ihn mit einem kühlen »Bis nachher, Schatz!« stehen.

Als die beiden verschwunden sind, hätte Philipp am liebsten über den Fjord gebrüllt.

Eine Stunde später hat sich sein Ärger über seine Frau gelegt, nicht jedoch das schleichende Gefühl, dass ihm allmählich die Kontrolle entgleitet.

Vorgebend zu lesen, hockt er in der Fjord-Lounge. Eine Kanne schwarzen Tees neben sich auf dem Tisch starrt er über den Rand eines Buches hinweg die Leute an. Er muss etwas tun. Muss die Zügel in der Hand behalten, sonst läuft er Gefahr, vom Sog der Vergangenheit verschluckt zu werden.

Seine Grübeleien führen ihn zum Preikestolen. Im Grunde ist die Klippe wie Christian. Sie steht stets im Mittelpunkt und wirkt dabei über alles erhaben. Er hätte keinen passenderen Ort für seinen Tod wählen können.

Philipp entlässt einen angestrengten Seufzer. *Mal sehen, ob du genauso einen Arsch in der Hose hast wie ich, Brausekopp!* Es ist, als hätte Christian es ihnen vorgemacht, wie man sich von seiner Schuld befreit. Nein, wie man sich ihr entzöge, ohne die Konsequenzen für seine Taten tragen zu müssen. Einfach springen und tschüss! Der feige Weg.

Zornig mahlt Philipp mit den Kiefern. Er entdeckt Katharina am Eingang zur Fjord-Lounge. Sie ist in eine Unterhaltung mit Herrn Dröhmer und Herrn Roth vertieft. Ihre Mienen sind ernst. Was die wohl zu bereden haben? Eilig klappt Philipp das Buch zu und begibt sich zu den Dreien hinüber.

»Hallo«, grüßt er. »Gibt es irgendwelche Neuigkeiten?«

Dröhmer blickt betreten drein. »Bis jetzt nicht. Aber wenn wir morgen in Bergen anlegen, kommt die Polizei an Bord.«

»Die Polizei?« Schlagartig beginnt Philipp zu schwitzen. »Warum das denn?«

»Sie wollen uns ein paar Fragen stellen.«

»Das verstehe ich nicht. Es war doch Selbstmord.«

»Nun, das ist wohl nicht sicher«, erklärt Herr Dröhmer. »Die Beamten wollen Christians Sachen abholen, um sie zu untersuchen.«

Zur Hölle, denkt Philipp. Was, wenn sie dabei etwas finden? Einen weiteren Brief, oder schlimmer noch, ein Geständnis? Seine Gedanken setzen zu einer plötzlichen Achterbahnfahrt an, steuern auf den großen Fall zu. Was soll er tun? Wie könnte er mögliche Hinweise finden und beseitigen?

Mit einem starren Lächeln entschuldigt er sich bei den Lehrern und zieht Katharina mit sich. In einer ruhigen Ecke lässt er sie los.

»He, was soll das?«, fragt sie und reibt sich den Arm.

»Sorry, ich muss mit dir reden. Ich brauche deine Hilfe!«

»Wobei denn?«

»Wir müssen in Christians Kabine nachsehen, ob da was ist, das uns belasten könnte, und zwar, bevor die Polizei morgen hier auftaucht!«

»Das ist doch albern«, wendet Katharina ein.

»Nein, ist es nicht«, zischt Philipp mit gepresster Stimme. Er rückt näher an Katharina heran. »Ich habe das Gefühl, da stimmt was nicht.«

»Und was soll das sein?«

»Christian ... Ich glaube, er macht sich einen Spaß aus der Sache.«

Sie verzieht das Gesicht. »Bist du bescheuert? Christian ist tot. Wie soll er sich einen Spaß draus machen?«

»Ich sag es dir: Ich denke, er hat seinen Tod vorgetäuscht, sich zurück auf das Schiff geschlichen und beobachtet uns. Er will, dass wir verrückt werden.«

Katharina tippt sich gegen die Stirn. »Uns beobachten? Was hast du denn genommen?«

Philipp lässt die Arme hängen. »Du hilfst mir also nicht?«

»Nein. Du solltest lieber darüber nachdenken, ob du unter Verfolgungswahn leidest.« Mit diesen Worten dreht sie sich um und geht in Richtung Lounge davon.

Philipp starrt ihr hinterher. »Danke für deine Hilfe«, flüstert er verbittert.

Philipp knabbert an seinen Fingernägeln herum, die Haut ist schon ganz blutig. Immer wieder fühlt es sich an, als stünde jemand hinter ihm. Doch jedes Mal, wenn er herumfährt, ist da niemand.

Er fixiert Christians Kabinentür, doch durchs bloße Anstarren würde sie nicht aufgehen. Er holt ein Stück Plastik aus seiner Hosentasche, das er zuvor aus einer Colaflasche ausgeschnitten hat. Das würde ihm als Türöffner dienen, ähnlich wie eine Scheckkarte. Die Anleitung dazu hat er im Internet gefunden.

Tief atmet er durch und schiebt das dünne Plastikstück über dem Schloss in den Türspalt, zieht es langsam herunter. Als er einen Widerstand spürt, drückt er fester, doch das Plastik rutscht ab und springt aus dem Spalt.

Mist! Philipp beißt sich auf die Lippen und fummelt das Plastik erneut in den Schlitz. Wieder stößt er auf den Widerstand, doch diesmal ist er vorsichtiger. Das Schloss gibt einen klackenden Laut von sich. Konzentriert macht Philipp weiter. Bewegt sich da etwas? Aber anstatt dass das Schloss sich öffnet, rutscht er mit seinen schweißnassen Fingern ab und schneidet sich fast am Rand des Plastiks. Fluchend schüttelt er den schmerzenden Daumen. Das muss doch gehen! Er greift das Plastik, das noch im Türspalt steckt, und schiebt es mit einem Ruck nach unten. In dem Moment piepst sein Telefon.

Er will es ignorieren, doch es piepst erneut. Ihm wird plötzlich bewusst, dass sein Handy ihn verraten könnte, und er holt es heraus. Dabei sieht er, dass er zwei SMS von einer unbekannten Nummer erhalten hat. Neugierig öffnet er die erste.

Eiseskälte kriecht von seiner Stirn hinab über seine Wangen, als er liest, von wem sie sind.

> *Hallo, Lippy. Ich bin's! Du wunderst dich sicher, wie ich dir aus dem Jenseits schreiben kann? Nun, das ist ganz einfach. Ich habe ein Handy an Bord versteckt. Nein, nicht in meiner Kabine, da brauchst du nicht zu suchen. Aber du solltest wissen, dass dieses Handy von jetzt an jeden Tag eine SMS an dich sendet. Ich habe die Nachrichten vorab verfasst und einen Timer programmiert.*

Keuchend sieht Philipp sich um. Was für ein widerwärtiges Spiel hat sich dieser Scheißkerl da ausgedacht? Seine Hände zittern so stark, dass er es kaum schafft, die zweite SMS zu öffnen.

Die nächste Nachricht wird morgen früh um acht an die norwegische Polizei gesendet, darin befindet sich ein Teil meines Geständnisses. Ich rate dir, dich darauf vorzubereiten. Sag allen schon mal goodbye. Ich warte auf der anderen Seite auf dich! ;-)

Philipp lässt das Handy sinken. Sein Herz rast, und er bekommt kaum Luft.

Morgen um acht?

Mein Gott!

Was würden Franzi und seine Kinder von ihm denken, wenn sie erführen, was er getan hat?

Die Worte seiner Frau drängen sich in sein Bewusstsein. *Tja, irgendwann wissen die Menschen, wer du wirklich bist.*

Hastig stolpert Philipp durch den Gang zu seiner Kabine. Zum ersten Mal in seinem Leben spürt er, was echte Angst bedeutet.

19

Was für ein Albtraum.

Den ganzen Tag hat Skagen es geschafft, dem Gerede über ihren Einsatz auf dem Hafengelände aus dem Weg zu gehen. Er hat sich in Arbeit gestürzt und sich nicht anmerken lassen, wie sehr ihn die Anwesenheit der Innenrevisoren belastet. Dabei hat er sich unablässig gefragt, wer derjenige war, der das mit Julia zu Protokoll gegeben hat. Dass er diesen Satz gesagt hat, steht außer Zweifel, denn niemand weiß etwas von Julia. Es hätte sich also keiner ausdenken können.

Skagen sieht auf die Uhr an der Wand des Büros, in das er sich zurückgezogen hat. Es ist kurz vor 20 Uhr und viele Kollegen sind nach Hause gegangen. Nur die Ermittlungsgruppe Nordvei befindet sich nach wie vor bei der Arbeit. Ebenso die vier Beamten der Antiterroreinheit, die gegen 17 Uhr im Präsidium eingetroffen sind und von Øksnes in die Sachlage eingewiesen wurden. Nun brüten die Jungs aus Oslo im großen Besprechungsraum über den Fallakten. Øksnes hat sich nichts anmerken lassen, und leider hat Skagen nicht herausfinden können, was der Ermittlungsleiter von dem Erscheinen der Innenrevision hält.

Niedergeschlagen schaltet er den Computer aus, schlüpft in seine Jacke und verlässt das Büro. Als er durch den stillen Flur läuft, merkt er, wie erschöpft er eigentlich ist. Seine Glieder schmerzen von der Anspannung und sein Schädel dröhnt. Was für ein furchtbarer Tag. Die Ereignisse muss er erst mal verdauen.

»Hej, Tom, warte!« Hinter ihm kommt Jens aus dem Besprechungsraum. Er trägt seine Jacke und den Rucksack mit seinen Sachen über der Schulter. »Ich mache auch Feierabend. Bist du auf dem Weg ins Hotel?«

Skagen seufzt innerlich. Was soll er seinem Freund sagen? Dass er seine Ruhe haben will? Dass er sich verraten fühlt?

»Ja, ich bin müde«, sagt er und steigt die Treppe hinab. Unten durchquert er die Eingangshalle und tritt durch die Tür in die feuchtkalte Dunkelheit. Fröstelnd zieht er den Reißverschluss seiner Jacke bis unters Kinn und setzt sich Richtung Innenstadt in Bewegung. Jens folgt ihm schweigend. Skagen kann es gar nicht erwarten, im Hotel die Tür zu seinem Zimmer zu schließen und sich ins Bett zu verkrümeln. Vielleicht ein Anruf bei Maja? Ein wenig Trost finden? Sie würde ihn verstehen. Sie kennt seine Ängste.

»Du, Tom ...«, sagt Jens neben ihm plötzlich.

Skagen reagiert nicht. Seine warmen Gedanken an Maja zerplatzen wie Feuerwerkskörper am Nachthimmel und hinterlassen nichts als Dunkelheit. Er ahnt, was nun folgen würde, und fährt innerlich seine Schutzschilde hoch.

»Wer ist Julia?« Jens dreht den Kopf und mustert ihn von der Seite.

Skagens Knie werden weich. Wie soll er reagieren? Die Wahrheit sagen? Dass Julia die Dritte Offizierin auf der Signe Merkur war, jenem Schiff, für das er in seinem vorherigen Leben als Seemann die Verantwortung trug, bis Piraten es überfallen und gekapert haben. *Let's have some fun,* waren die Worte des somalischen Anführers, bevor er sich an ihr vergriff. Und die wird Skagen niemals vergessen, genauso wenig wie Julias Schreie.

»Sie war eine Kollegin«, erklärt er mit trockenem Mund. »Sie wurde bei einer ähnlichen Geiselsituation getötet. Das ist passiert, bevor ich zu Skanpol kam.« Tief atmet er durch. Seine Antwort liegt nah genug an den tatsächlichen Ereignissen, um kein schlechtes Gewissen haben zu müssen.

»Okay«, antwortet Jens gedehnt. »Das tut mir leid. Warum hast du mir nichts davon erzählt?«

»Weil es niemanden etwas angeht.«

»Also auch mich nicht?«

Skagen möchte eine Erklärung nachschieben, doch sein Freund hebt eine Hand. »Du musst dich nicht entschuldigen, Tom. Ich möchte nur, dass du weißt, dass die Interne mich mit Fragen über dich gelöchert hat. Selbstverständlich habe ich denen nichts erzählt, was dich in Schwierigkeiten bringen könnte. Von mir haben sie das mit Julia jedenfalls nicht.«

Skagen stößt erleichtert seinen angehaltenen Atem aus. Tausend Tonnen Steine fallen ihm vom Herzen, gleichzeitig fühlt er sich mies. Wie hat er nur eine Sekunde annehmen können, dass sein Freund ihn verraten hätte?

Er presst die Lippen aufeinander und geht stumm weiter. Autos fahren an ihnen vorbei, deren Scheinwerfer ihre müden Augen blenden. Sie passieren den Bahnhof und erreichen das Hotel. Vor dem Eingang bleibt Skagen stehen. »Dass du nichts gesagt hast, ist …«

»Schwamm drüber.« Jens winkt ab.

»Ich bitte dich trotzdem, morgen Toft und Ahmadi zu erzählen, dass du den Satz über Julia auch gehört hast.« Skagen ist es ernst damit. »Ich möchte nicht, dass du meinetwegen Ärger bekommst.«

»Nein, Tom. Das werde ich nicht. Ich weiß, dass das, was dir über diese Julia rausgerutscht ist, weder mit dem Mord an Sobek noch mit dem Tod des Typen zu tun hat, der mit dem Gabelstapler auf die Kollegen losgegangen ist. Und auch nicht damit, dass wir bei der Razzia reingelegt wurden und die Waffen weg sind. Die Innenrevision erfährt von mir nichts und Jette genauso wenig!«

Skagen senkt den Blick. Jens soll nicht merken, dass er mit den Tränen kämpft.

»Schlaf dich aus.« Jens berührt ihn am Arm. »Und mach dir keine Sorgen.« Sein Freund nickt ihm zu und betritt das Hotel. Skagen sieht ihm hinterher, von Dankbarkeit überwältigt.

20

Philipp kippt den Drink runter – schon sein dritter – und muss sofort aufstoßen. Der saure Geschmack lässt ihn würgen. Er stellt das Glas auf der Bar ab und reibt sich über die Lippen. Angespannt sieht er sich um. Überall sind die vertrauten Gesichter seiner ehemaligen Klassenkameraden. Nur ab und zu verirrt sich ein fremder Passagier in ihre Party. Dann zuckt Philipp jedes Mal alarmiert zusammen, weil er denkt, es sei Christian in seiner Verkleidung als »César Eduardo De Lima aus Macau«.

Halb gereizt, halb verzweifelt reibt er sich über die Augen. Dieser Wichser! Warum macht er ausgerechnet ihm das Leben zur Hölle? Warum nicht den anderen aus der Clique? Nadine, Katharina oder Matthias? Weshalb er? Diese brennende Frage foltert ihn bereits den ganzen Abend. Davon wird er noch wahnsinnig!

Mit einem erschöpften Schnaufen stößt Philipp sich vom Tresen ab und schwankt in Richtung der Feiernden.

»Wo willst du hin?«

Die scharfe Stimme seiner Frau hält ihn zurück. Er torkelt und hebt einen Arm, mit dem er auf CeeJay und Sascha zeigt, die zusammen an einem Tisch stehen. »D-da rüber.«

»Du bist ja richtig betrunken, Schatz. Was ist bloß los mit dir?«

»N-nichts. Lass mich.«

Er will weitergehen, da piept sein Handy. Es dauert eine Weile, bis er es aus der Innentasche seines verdammten Jacketts gefischt hat, auf das Franzi heute Abend wieder mal bestanden hat. Scheiße, irgendwann wird er ihr sagen, dass er ihre ständige Bevormundung satt hat. Irgendwann …

Er blickt auf das Display und ihm wird schwindelig. Eine neue Nachricht von der unbekannten Nummer!

Er muss zur Bar zurück, um nicht umzufallen, taumelt darauf zu und klammert sich am Tresen fest. Nur mit Mühe sortiert er seine Finger und öffnet die SMS.

»Philipp! Was machst du da? Jetzt lass doch das Scheißtelefon! Wir sind im Urlaub. Vergiss einmal deine Firma!« Seine Frau will ihm das Handy wegnehmen, doch er schiebt sie grob von sich.

»Fick dich, Franzi! Wie oft soll ich dir noch sagen, dass du mich in Ruhe lassen sollst?«

»Aber …«

»Halt deine Klappe.« Er tritt näher an sie heran, damit niemand ihren Streit mitbekommt. »Ich hau jetzt ab und wehe, du folgst mir!«

Franzi starrt ihn an mit aufgerissenen Augen und offenem Mund. Geschieht ihr recht. Er ist es wirklich leid. Ohne ein weiteres Wort dreht er sich um und verlässt die Lounge. Als der Lärm der Feiernden hinter ihm leiser wird, verlangsamt er seine Schritte und wirft einen Blick über die Schulter. Franzi ist ihm nicht nachgelaufen. Gut!

Philipp verdrückt sich in eine stille Ecke im Flur und aktiviert den Handybildschirm. Darauf leuchtet nach wie vor die Nachricht wie eine unheilvolle Botschaft aus dem Jenseits. Er schluckt, irgendwie hat er geahnt, dass da noch etwas kommt. Deshalb hat er sich auch Mut angetrunken. Schließlich kennt er Christian. Dieser widerliche Sadist würde keine Gelegenheit auslassen, ihn zu quälen. Wahrscheinlich lauert er in einer der Ecken und beobachtet ihn.

Philipp hebt den Kopf, doch niemand ist zu sehen außer ein paar einsamen Zierpflanzen in ihren fest am Boden verankerten Kübeln. Sie sind genauso Gefangene wie er und wirken, als streckten sie hilfesuchend ihre Zweige nach ihm aus.

Mit Gewalt lenkt er seine Aufmerksamkeit zurück auf das Handy. Ihm wird übel, als er die Zeilen liest.

Hey, Lippy! Hast du schon die Hosen voll? Solltest du auch, denn morgen wird es ernst für dich, spätestens wenn die Bullen auftauchen. Aber ich bin großzügig, ich gebe dir eine Chance, deinem Untergang zu entgehen. Komm um 3.30 Uhr in den oberen Teil der Fjord-Lounge, bis dahin wird die Party vorbei sein. Nimm den regulären Eingang, dann gehst du die Treppe in der Lounge wieder nach unten. Dort wartet etwas auf dich. Ein Beweis für deine Taten. Du kennst ihn. Ich überlasse ihn dir. Du kannst frei entscheiden, was du damit machst. Noch ist es nicht zu spät, um Vergebung zu bitten. Ich hab's hinter mir und glaub mir, es fühlt sich richtig guuuut an. Wir sehen uns auf der anderen Seite, Christian ☺

Philipp schießt galliger Geschmack in den Mund, gefolgt von Mageninhalt. Hastig stürzt er zu einer der Pflanzen und spuckt in den Kübel. Schlagartig ist er nüchtern. Zitternd wischt er sich über die Lippen und richtet sich auf. Um 3.30 Uhr in der Fjord-Lounge – er ist bereit. Christian könnte was erleben!

Als Franzi gegen 2 Uhr die Kabine betritt, tut Philipp so, als schliefe er. Dabei schlägt sein Herz bis zum Hals. Er kann an nichts anderes denken als an das bevorstehende Treffen. Welchen Beweis Christian wohl meint? Er spürt, wie Franzi sich auf die Matratze setzt und ihn mustert. Mit Mühe hält er die Augen geschlossen und seine Züge entspannt. Sie soll sich jetzt hinlegen!

Doch sie steht wieder auf und geht um das Bett herum. Was hat sie vor? Philipp hört, wie sie leise etwas von seinem Nachttisch nimmt. Sein Handy? Was hat sie damit vor? Er wagt es, die Augen einen Spalt zu öffnen und in das dunkle Zimmer zu spähen. Franzis Schatten ragt neben ihm empor, in der Hand hält sie sein Telefon und scrollt. Ihr Gesicht wird dabei blau angestrahlt. Spioniert sie ihm hinterher? Erneut breitet sich Wut in ihm aus, und kurz ist er versucht, Franzi darauf anzusprechen. Aber das würde eine endlose Debatte auslösen und dazu führen, dass sie beide schlaflos wären. Dann wäre es unmöglich für ihn, die Kabine heimlich zu verlassen. Also schluckt er seinen Ärger herunter und stellt sich weiter schlafend.

Nachdem Franzi mit ihrer Schnüffelei fertig ist, legt sie sich endlich auf ihre Seite. Sie stößt einen gereizten Seufzer aus, was ihm signalisiert, dass sie nicht gefunden hat, wonach sie suchte. Das konnte sie auch nicht, weil er die Nachricht von Christian gelöscht hat. Eine gute Idee, wie sich nun herausgestellt hat.

Nach einer Weile hört er Franzi leise schnarchen und zählt die Minuten. Um Viertel nach drei steht er vorsichtig auf, schnappt sich seine Klamotten inklusive Jacke und Handy und verlässt die Kabine. Erst auf dem Flur zieht er sich vollständig an, um sicherzugehen, dass er Franzi nicht weckt. Danach schleicht er sich aus dem Kabinenkorridor zu den Treppen und sieht sich an jeder Biegung aufmerksam um. Er will von niemandem entdeckt werden.

Auf Deck 8 betritt er, wie in der SMS gefordert, um Punkt 3.30 Uhr die Fjord-Lounge. Obwohl alle physischen Spuren der Party beseitigt worden sind, riecht es noch nach Alkohol und Essen. Trotzdem hat das Reinigungsteam ganze Arbeit geleistet und kein Körnchen liegt auf dem Parkettboden. Morgen würde das Spiel von Neuem beginnen.

Philipp wendet sich nach rechts und steigt die innenliegende Treppe hinab, die beide Lounge-Bereiche miteinander verbindet. Unten hält er Ausschau. Wo ist Christian? Wo ist der Wichser? Die Hand in seiner Jackentasche umfasst fest ein Messer, das er vorhin vom Buffet geklaut hat. Damit würde er dem Scheißkerl zeigen, wer jetzt die Kontrolle übernähme!

Doch keine Menschenseele weit und breit. Was soll das? Hat Christian ihn verarscht?

Philipp hätte sich am liebsten vor die Stirn geschlagen, weil er einmal mehr so blöd gewesen ist, sich von Christian vorführen zu lassen. Sein Blick verfinstert sich, und er will schon kehrtmachen, da entdeckt er etwas auf einem der Tische. Einen Briefumschlag.

Langsam nähert er sich ihm und beäugt ihn misstrauisch. Sein verhasster Spitzname steht darauf: Lippy.

Nur widerwillig greift er danach und reißt den Umschlag auf. Darin steckt eine handgeschriebene Notiz. Philipp glaubt, Christians Handschrift aus dem Abschiedsbrief wiederzuerkennen.

Geh in das Treppenhaus neben dem Fitnessstudio. Steige zwei Stockwerke nach oben, dann öffnest du die einzige Tür dort. Mit der Karte aus diesem Umschlag. Der Beweis wartet auf dem Außendeck auf dich. So long ol' boy, Christian.

Philipp fischt die Keycard heraus und wiegt sie in der Hand. Diese alberne Schnitzeljagd ärgert ihn. Er sollte sich nicht darauf einlassen und in seine Kabine zurückkehren. Den ganzen Mist einfach ignorieren. Doch was ist, wenn sich der Beweis tatsächlich dort oben befindet? Dann könnte er von jemand anderem gefunden werden. Das darf er auf keinen Fall zulassen!

Philipp steckt den Brief in seine Tasche und begibt sich zu dem Treppenhaus, das sich als enge Stahlstiege herausstellt. Mit gezückten Messer steigt er die Stufen nach oben. Wie beschrieben, lässt sich die Tür im zweiten Stock mit der Karte öffnen, und Philipp tritt nach draußen in die kalte Nacht. Der Wind zerzaust seine Haare, und er ist froh, die Jacke angezogen zu haben.

Argwöhnisch sieht er sich um, doch es ist schwer, die Umgebung in der Dunkelheit zu erkennen. Am Mast hinter ihm hängen zwar ein paar Lampen, doch deren Licht reicht nicht aus, um das gesamte Deck zu beleuchten. Schließlich entdeckt er etwas, das nicht ins Bild passt. Einen Gegenstand, der rechter Hand an der Reling hängt und im Wind schaukelt.

»Hallo, Christian«, ruft er. »Bist du da? Zeig dich!«

Nirgendwo regt sich etwas. Die einzige Bewegung ist der weiße Rauch, der aus dem Schornstein der Norsk Sol in den Nachthimmel aufsteigt.

Okay, denkt Philipp, bleib ruhig. Er wagt sich vor und erreicht nach mehrmaligem Innehalten und Umhersondieren den Gegenstand. Es ist eine Stofftasche mit dem Logo der

Reederei, wie sie jeder Passagier als Werbegeschenk in seiner Kabine vorgefunden hat. Philipp greift hinein, doch er ertastet nur ein kleines raschelndes Tütchen darin. Vorsichtig zieht er es heraus und betrachtet es mit wachsender Verärgerung.

Aloha-Brause? Was zum Teufel …?

Unvermittelt erhält er einen Stoß von hinten, der ihn so hart mit dem Brustbein gegen die Reling schleudert, dass ihm die Luft wegbleibt.

»Das ist der Beweis!«, hört er jemanden zischen, während der Wind an ihm zerrt und ihn von Bord fegen will.

»Christian!«, ruft Philipp voller Angst. »Bitte, lass mich los!«

Doch der Angreifer kümmert sich nicht um sein Flehen. Er packt ihn an den Beinen und hebt ihn hoch. Philipp streckt die Arme aus, kann aber nicht verhindern, dass er kopfüber über das Geländer rutscht. Er bekommt das kalte Metall zu fassen und klammert sich daran fest, dabei verdrehen sich seine Handgelenke so schmerzhaft, dass er mit seiner Linken loslassen muss. Mit nur einer Hand hängt Philipp außen am Schiff. Den Blick auf den dunklen Fjord, dessen Wasser plötzlich viel lauter rauscht.

»Nein!«, schreit er und versucht, die Reling mit der Linken zu erreichen, doch der Angreifer schlägt auf seine Rechte ein. »Nein! Um Gottes willen! Was tust du?«

»Du hast es verdient! Genau wie die anderen.«

»Bitte nicht! Christian!« Philipp spürt, wie seine Finger den harten Schlägen nicht mehr standhalten und langsam abrutschen. »Bitte!«

»Die anderen sind auch noch dran! Das verspreche ich dir. Du wirst nicht alleine gehen.«

Sein letzter Finger löst sich, und dann ist da nichts mehr außer der Dunkelheit, durch die er fällt. Das Rauschen in seinen Ohren wird noch lauter. Philipp rudert wild mit den

Armen in der Luft, um zu verhindern, dass er sich im Fallen dreht. Doch es hilft nichts. Mit dem Gesicht voran prallt er auf dem Wasser auf. Es knackt in seinem Hals, und Philipp spürt seinen Körper nicht mehr. Ohne dass er etwas dagegen tun kann, sinkt er hinab in die eisige Kälte des Fjords.

21

Am nächsten Morgen spürt Skagen eine leichte Verspannung im Nacken, aber insgesamt fühlt er sich wesentlich besser als gestern. Frisch geduscht und mit einem anständigen Frühstück im Bauch sitzt er im Besprechungsraum und rätselt zusammen mit Jens und den Kollegen der Antiterroreinheit an der verborgenen Botschaft der ÅS herum. Dass »Ragnar Jotun aus Steinkjer« mehr zu bedeuten hat als ein bloßer Name, darüber sind sich alle einig.

Jens hat den Satz an ein Whiteboard geschrieben und steht mit gezücktem Stift bereit, jede Idee in diesem Brainstorming festzuhalten. Skagen ist froh, dass bisher noch keiner der Anwesenden ein Wort über die interne Ermittlung verloren hat. Vielleicht verliefe sie ja im Sande und die Revisoren sähen ein, dass er nicht die Schuld an der Panne trägt.

»Was sagen uns die einzelnen Bestandteile des Codes?«, fragt Jens.

»Mit ›Ragnar‹ könnte ›Ragnarök‹ gemeint sein«, wirft einer der Ermittler der Antiterrorgruppe ein. »Die Götterdämmerung als ultimatives Ereignis. Womöglich der Anschlag selbst.«

Jens nickt und schreibt den Stichpunkt auf.

»Die Jotun sind die älteste Sippe der Götter in der altnordischen Mythologie«, ergänzt ein anderer, »sie könnten für etwas Altes stehen. Oder einen sehr alten Menschen. Vielleicht das Opfer? Die Götterdämmerung für die Person, die sie umbringen wollen. Einen ehemaligen Politiker oder jemand anderes Einflussreiches.«

»Das ist gut«, entgegnet Jens. »Aber was bedeutet ›Steinkjer‹ in diesem Kontext?«

»Eventuell verbirgt sich dahinter der Ort des Anschlags?«, schaltet sich eine dritte Kollegin ein.

Skagen öffnet daraufhin im Internet eine Karte der Stadt und sucht nach potenziellen Plätzen, die für Attentäter interessant sein könnten. Doch da ist nichts, was sich mit Jotun, also etwas Altem, in Verbindung bringen lässt, außer zwei Pflegeheimen. Und auf die bezieht sich die Nachricht der ÅS wohl kaum. Oder? Gibt es ein Heim, in dem ein bekannter Politiker untergebracht ist? Doch warum sollten die bei der ÅS einen ehemaligen Parlamentarier umbringen wollen? Außerdem braucht man dafür keine Lastwagenladung automatischer Waffen und Handgranaten.

Skagen ist so sehr in seine Überlegungen vertieft, dass er das Klingeln seines Handys gar nicht wahrnimmt. Erst als Jens ihn darauf hinweist, greift er nach dem Gerät. Die Nummer seiner Chefin leuchtet auf dem Display. Skagen entschuldigt sich bei den Kollegen und verlässt den Raum, um auf dem Flur zu telefonieren.

»Guten Morgen, Jette«, begrüßt er sie.

»Wie bitte? Tom? Die Verbindung ist so schlecht. Und das mitten in Berlin. Manchmal hasse ich Deutschland!«

»Ich bin dran. Was gibt es denn?«

»Keine guten Entwicklungen, fürchte ich.«

»Etwa bei Gielow und dem LKA?«

»Nein, es geht um dich und die Interne. Ich habe gestern mehrere Telefonate mit dieser Ingrid Toft geführt.«

Skagen spürt, wie der neue Schwung des Morgens verpufft und sich die alte Unsicherheit wie Bleigewichte an seine Glieder hängt.

»Die Frau ist vielleicht ein Besen!«, stöhnt Jette genervt. »Toft wollte eine Aussage von mir, wie du als Mitarbeiter bist und ob es je Probleme gab. Außerdem hat sie mir ihren vorläufigen Bericht geschickt. Tom, keine Ahnung, was da läuft, aber sie haben sich voll auf dich eingeschossen.«

»Warum auf mich? Das verstehe ich nicht. Ich habe nichts falsch gemacht.«

»Das weiß ich. Beruhige dich.«

Skagen atmet tief durch und versucht, klar zu denken. »Und was passiert jetzt?«

»Nun, ich habe mich mit Erling Øksnes kurzgeschlossen und für dich eine andere Stelle ...«

»Du willst mich von dem Fall abziehen?!«, platzt es aus ihm heraus.

»Tom, hör mir erst mal zu: Es geht darum, dich zu schützen.«

»Mich schützen? Sicher! Du willst doch nur dich selbst und deine Abteilung schützen. Weißt du, wie das nach außen aussieht?« Skagen schluckt, sein Puls rast. Er rennt zu der Glasfront im Flur und will ein Fenster aufreißen, um frische Luft zu bekommen, doch es ist abgeschlossen. Fluchend lässt er die Hand sinken und beginnt, im Kreis zu laufen.

»Deine Vorwürfe sind nicht gerecht«, entgegnet Jette erstaunlich ruhig. »Obwohl ich deinen Ärger durchaus verstehe. Da ist etwas im Gange, was ich bislang nicht durchschaue, und alles, was ich will, ist, dass du als Ermittler keinen Schaden davonträgst. Du bist ein guter Polizist, und ich werde nicht zulassen, dass du von Toft und Ahmadi demontiert wirst. Deshalb nehme ich dich aus der Schusslinie.«

Skagen stößt abfällig Luft aus. »Wusste ich es doch.«

»Es ist der beste Weg, glaub mir.«

»Jette, das ist, als würdest du mich vor dem ganzen Team bloßstellen. Ich werde der Idiot sein, dem seine Chefin nicht vertraut. Der Blödmann, der den Kopf hinhalten muss.«

»Nein, so wird das nicht sein. Selbstverständlich hast du einen Grund, warum du die Ermittlung kurzfristig verlässt.«

»Kurzfristig?«

»Ja, ich beordere dich für ein paar Tage ab. Wegen eines anderen Falls, der die dringende Anwesenheit eines Skanpol-Beamten erfordert.«

Skagen runzelt die Stirn. »Gibt es denn einen solchen Fall oder hast du ihn erfunden?«

»Der Fall existiert, und er scheint ernst zu sein. Allerdings schätze ich ihn als nicht besonders aufwendig ein. Deshalb ist er perfekt für unser kleines taktisches Manöver. Ich wurde heute früh vonseiten der norwegischen Polizei um Amtshilfe ersucht.«

»Worum handelt es sich?«

»Um die Aufklärung zweier Selbstmorde von deutschen Touristen. Da gibt es einige Ungereimtheiten, die geklärt werden müssen. Übrigens ist das direkt bei dir in der Nähe, quasi nebenan. Eine Abteilung in Stavanger bearbeitet den Fall. Eine Beamtin namens Lise Haugland hat mich kontaktiert. Kennst du sie?«

»Nein.«

»Die beiden Personen, die sich das Leben genommen haben, stammen aus derselben Reisegruppe. Sie ist gerade auf einem Kreuzfahrtschiff in den Fjorden unterwegs. Und ...«

»Warte!«, unterbricht Skagen sie. »Sagtest du Schiff?«

»Genau, Tom. Herzlichen Glückwunsch. Das ist ein Novum, als erster Skanpol-Beamter darfst du eine Ermittlung auf einem Schiff leiten!«

Skagen schießt ein heißes Kribbeln durch den Leib. Von allen Orten dieser Welt muss Jette ihn ausgerechnet auf ein Schiff schicken. Und das auch noch, um ihn zu retten. Ironischer könnte ihm das Schicksal nicht in den Arsch treten.

»Wer sind die mutmaßlichen Selbstmörder?«, fragt er Jette, um sich von dem herankriechenden schwarzen Schatten der Panik abzulenken.

»Christian Landgraf und Philipp Jaeger, beide wohnhaft in Hamburg.«

22

Unglaublich! Obwohl zwei Passagiere gestorben sind, behält das Schiff unbeirrt seinen Kurs bei. Das ist schon eine interessante Erkenntnis über die Menschheit, denkt Katharina.

Sie hebt den Kopf und sieht nach draußen, wo die Fjordufer in einiger Entfernung an ihnen vorbeigleiten. Sie sitzt in der Panorama-Lounge und leistet Franzi Gesellschaft, die jetzt nicht allein sein darf. CeeJay und Lea sind auch bei ihr.

»Ich verstehe nicht, was passiert ist!«, stößt Franzi schluchzend aus. »Philipp kann nicht gesprungen sein. Er hatte nie Selbstmordgedanken oder Depressionen.«

»Zumindest keine, von denen du wusstest«, sagt Katharina und erntet dafür böse Blicke von den beiden anderen.

»Oh, mein armer Philipp! Warum? Warum hast du das gemacht! Ich glaube es einfach nicht.« Sie wirft beide Hände vors Gesicht und gibt einen gequälten Laut von sich.

»Hat er sich denn gestern irgendwie merkwürdig verhalten?«, erkundigt sich CeeJay und legt Franzi einen Arm um die Schultern.

»Ich habe ja nicht mal mitbekommen, dass er die Kabine verlassen hat!« Sie wischt sich mit einem Taschentuch über die Wangen. »Obwohl er schon ziemlich down war wegen der Sache mit Christian. Aber dass er sich deswegen etwas antut, das ist unvorstellbar.«

»Die meisten aus der Gruppe denken, dass sein Verschwinden mit Christian zu tun hat«, merkt Katharina an. »Und ich glaube auch, dass es kein Zufall ist. Weißt du, ob Philipp irgendetwas mit Christian besprochen hat? Am Tag, bevor ... Christian vom Preikestolen gesprungen ist.« Ihr kommt das Gespräch mit Philipp in den Sinn, in dem er ihr erzählt hat, dass Christian noch lebt und sich einen Spaß daraus macht. Erst jetzt wird ihr klar, wie sehr Philipp zu dem Zeitpunkt schon neben der Spur gewesen ist. Was auch immer ihn da hingebracht hat.

»Nicht, dass ich wüsste«, antwortet Franzi. »Die beiden haben seit dem Abi nichts mehr miteinander zu tun gehabt. Warum sollten sie sich ausgerechnet jetzt auf dem Schiff etwas Wichtiges zu sagen haben?«

»Vielleicht, weil es eine gute Gelegenheit gewesen wäre, nach all der Zeit ...«

CeeJay zieht skeptisch eine Braue hoch. »Was meinst du damit? Franzi sagt doch, dass sie nichts miteinander zu tun hatten.«

Katharina zuckt mit den Schultern. »Was weiß ich. Womöglich hatten sie ja heimlich Kontakt.«

Franzi stiert sie an. »Ich weiß alles über meinen Mann. Er hat mir nichts verheimlicht!«

»Na klar«, sagt Katharina zynisch.

»Sag mal, was willst du eigentlich?«, blafft Lea. »So einen Scheiß kann Franzi momentan nicht gebrauchen.«

»Die Wahrheit kann man nie gebrauchen«, entgegnet Katharina kühl. Sie entdeckt Matthias am Eingang zur Lounge. »Philipp ist nicht der Mr. Saubermann, für den du ihn gehalten hast, Franzi. Das war er nie. Wach endlich auf! Dann verstehst du vielleicht auch, warum er gesprungen ist.«

»Er ist nicht gesprungen!«, schreit Franzi, und einige der Anwesenden drehen die Köpfe in ihre Richtung.

Bevor es peinlich wird, steht Katharina auf und geht zu Matthias hinüber.

»Hör nicht auf sie, Franzi«, vernimmt sie Leas Stimme in ihrem Rücken. »Es wird schon wieder. Vielleicht finden sie Philipp. Ich bin sicher, er lebt noch.«

Blabla. Nichts davon entspricht der Wahrheit. Philipp war ein Arschloch genau wie Christian. Er hat damals mitgemacht und seinen Spaß gehabt. Im Bootshaus. Er hat seinen dicken Freund Heiko verraten, damit er selbst bei den Coolen aufgenommen wird. Der liebe Ich-habe-eine-weiße-Weste-und-führe-mein-Unternehmen-ethisch-Philipp. Sie alle hatten Spaß und sie alle hängen mit drin.

Apropos.

»Wo ist Nadine?«, will Katharina von Matthias wissen.

»In ihrer Kabine. Sie hat Angst.«

Sie stößt abfällig Luft aus. Anderen Leuten Angst machen, das hat Nadine drauf, aber selbst welche aushalten, das kann sie nicht. Plötzlich hört Katharina, wie das kleine Naivchen Lea am Tisch bei Franzi einen Geistesblitz äußert.

»Sagt mal, gibt es auf dem Schiff nicht überall Kameraüberwachung? Müsste darauf nicht zu sehen sein, wo Philipp hingegangen ist, als er eure Kabine verlassen hat?«

Selbst aus der Entfernung erkennt Katharina, dass in Franzis verheulten Augen Hoffnung aufblitzt.

»Klar doch«, sagt CeeJay, »hier sind viele Kameras. Nur leider keine auf den Gängen zu den Kabinen.«

»Aber bestimmt an den Türen zu den Außendecks.« Lea erhebt sich. »Ich hole jemanden von der Crew.« Sie läuft aus der Lounge.

»Wie selbstlos sie sich um Franzi kümmert … wirklich rührend«, flüstert Matthias sarkastisch.

Niemand ist selbstlos, denkt Katharina, mit Sicherheit hat Lea Hintergedanken. Sie hat gerade ihren Job als Beraterin bei einem Pharmakonzern verloren und eine Hypothek für ein sehr teures Penthouse in Tel Aviv abzubezahlen.

»Meinst du, sie finden etwas auf den Überwachungsvideos?«, fragt Matthias.

»Vielleicht.« Katharina funkelt ihn herausfordernd an, bis er den Blick abwendet. Ja, auch er hat damals mitgemacht im Bootshaus. Der gute Herr Vorstandsvorsitzende des elterlichen Firmenimperiums. Was mit ihm wohl geschähe, wenn herauskäme, was er getan hat? Seine Mutter ist bekannt dafür, Mitarbeiter nach Fehltritten knallhart auszusortieren. Ob sie bei ihrem Sprössling ebenso verfahren würde?

»Das Wichtigste ist«, sagt Matthias mit leiser Stimme, »dass wir die Klappe halten!« Er deutet in Richtung des Lounge-Eingangs, wo Lea zusammen mit einer blonden

Frau in marineblauer Uniform auftaucht. Sie muss eine der Schiffsoffizierinnen sein, denn ihre Ärmel zieren drei goldene Streifen. Sie steuert mit Lea den Tisch an, an dem Franzi und CeeJay sitzen, und begrüßt sie auf Englisch mit einem harten Ostakzent.

»Frau Zemanova kann uns mehr zu den Kameras sagen«, hört Katharina Lea aufgeregt erklären.

Die Schiffsoffizierin nickt. »Wir haben die Überwachung der letzten Tage gespeichert und sind dabei, die entsprechenden Zeitfenster zu sichten.«

Franzi springt auf. »Ich will sie sehen. Ich muss wissen, was mit Philipp passiert ist.«

»Das geht leider nicht, Frau Jaeger. Wie Ihnen vielleicht bekannt ist, wird es polizeiliche Ermittlungen geben. Die Beamten kommen in Bergen an Bord und werden die Filme sichten und Ihnen Fragen stellen. Natürlich informieren wir Sie, sollte etwas Relevantes gefunden werden. Aus diesem Grund bitte ich Sie, weiterhin auf dem Schiff zu bleiben, auch wenn ich verstehe, dass Sie abreisen wollen. Das muss alles sehr furchtbar für Sie sein.« Die Frau setzt einen mitfühlenden Ausdruck auf.

Franzi kullern Tränen über die Wangen. Was für ein lächerliches Theater. Wusste sie tatsächlich nichts von Philipps Machenschaften? Kaum zu glauben. Arme, arglose Franzi.

»Wenn's sein muss, bleibe ich hier«, entgegnet sie weinend. »Ich will wissen, was mit Philipp geschehen ist.«

»Ich soll Ihnen vom Kapitän ausrichten, dass ein Rettungstrupp im Fjord nach Ihrem Mann sucht«, berichtet die Offizierin. »Die Geschehnisse tun ihm sehr leid, und er versichert, dass er Sie in allem unterstützen wird. Sagen Sie einfach Bescheid, wenn Sie etwas brauchen.« Damit verabschiedet sich Frau Zemanova und verlässt die Lounge. Als sie an Katharina vorbeigehen will, hält diese sie auf.

»Entschuldigen Sie. Wir gehören zu der Gruppe der beiden … Verstorbenen. Wir hätten eine Frage.«

»Ja?« Die blonde Offizierin lächelt sie und Matthias höflich an. Sie ist relativ jung und auf eine niedliche Art hübsch.

»Kommt es öfter auf Schiffen vor, dass Leute Selbstmord begehen?«

Die Haltung der Offizierin versteift sich. »Auf diesem Schiff ist das noch nie passiert. Reicht Ihnen das als Antwort?«

»Eigentlich nicht«, entgegnet Katharina. »Allerdings ist es nachvollziehbar, dass Sie Ihre Reederei nicht in Verruf bringen wollen.«

Die Frau starrt sie unschlüssig an. »Ich verstehe, dass die Ereignisse Sie mitnehmen«, sagt sie. »Dennoch muss ich Sie bitten, die anderen Passagiere damit nicht zu behelligen.«

Katharina lacht auf. »Aber das Gerücht hat doch längst die Runde gemacht.«

»Welches Gerücht?«

»Dass dieses Schiff verflucht ist. Keine Angst, wir werden unsere Fahrt weiterhin genießen. Nicht wahr, Schatz?« Sie hakt sich bei Matthias ein. »Ist doch aufregend, so eine ›Suicide Cruise‹.«

23

Skagen sieht sich in der ungewohnten Umgebung des Großraumbüros der neuen Abteilung um, das sich im Erdgeschoss des Präsidiums befindet. Er hat einen Tisch zugewiesen bekommen, wo er die Unterlagen zu dem Fall durcharbeiten kann. Jette hat alle Weichen gestellt und Øksnes davon unterrichtet, dass Skagens Anwesenheit auf dem Kreuzfahrtschiff unabdingbar ist. Direkt darauf wurde er zu den Kollegen versetzt, die sich um die Selbstmorde kümmern: Lise Haugland und Iver Ofori.

Auf den ersten Blick scheinen beide sehr engagiert zu sein. Lise ist eine pragmatisch anpackende Mittfünfzigerin und Iver ein dynamischer Bursche mit interessiertem Leuchten in den Augen und einem jugendlichen Grinsen. Skagen ist sich sicher, dass die Zusammenarbeit mit ihnen gut funktionieren wird. Von Lise hat er erfahren, dass die Verstorbenen aus einer Gruppe von ehemaligen Abiturienten eines Hamburger Elite-Internats stammen.

Gerade betrachtet er das Foto einer Anstecknadel: »Internat Hamburg Falkenstein – 20-jähriges Abiturjubiläum«. Das war dann wohl der Jahrgang von 2001. Von dem Internat hat er noch nie etwas gehört, obwohl er schon seit 13 Jahren in Hamburg lebt und mit Maja zusammen in letzter Zeit häufiger am Falkensteiner Ufer spazieren gegangen ist, wenn sie bei ihm zu Besuch war. Um die vorbeifahrenden Containerschiffe zu beobachten und sich abzuhärten. Was bisher nur mäßig funktioniert hat. Trotzdem ist er Maja dafür dankbar, dass sie ihm helfen will, seine Angst vor dem Meer und großen Schiffen zu überwinden. Die Örtlichkeiten der Schule spielen für die Selbstmorde wahrscheinlich keine Rolle, das Kreuzfahrtschiff, mit dem die Abigruppe samt Lehrern unterwegs ist, dafür umso mehr. Die MS Norsk Sol, 136 Meter lang, Eisklasse 1 C, gebaut 2003 von der Rissa Fosen Werft bei Trondheim, 16.151 Bruttoregistertonnen und aktuell bemannt mit 700 Passagieren und 300 Crewmitgliedern. Insgesamt 1.000 Leute! Skagen hofft inständig, dass sie nicht jeden Einzelnen davon würden befragen müssen. Sonst hätte er dort mehrere Wochen lang zu tun und nicht bloß wenige Tage, wie Jette gesagt hat.

Die Norsk Sol hat heute früh gegen 4 Uhr in Eidfjord abgelegt und befindet sich derzeit auf dem Weg durch den Hardangerfjord nach Bergen. Dort wird sie bis zum Abend liegen, um den Gästen die Gelegenheit zu geben, Tagesausflüge zu unternehmen. Der Kapitän der Norsk Sol ist informiert und wird Skagen und seine zwei Kollegen in Bergen an Bord empfangen, von wo aus sie gegen 19 Uhr auslaufen und Kurs auf den Sognefjord nehmen werden. Die Reederei sieht bislang keinen Grund, dic Reise wegen der Vorkommnisse zu stoppen. Die Selbstmorde haben ihrer Ansicht nach nichts mit dem Schiff zu tun, und deshalb wird die Route planmäßig eingehalten bis zum Zielhafen in Kirkenes, wo es einen Bettenwechsel geben wird.

Um 14 Uhr würde der Flieger nach Bergen abheben. Also in guten drei Stunden, bis dahin müsste er die Sachen gepackt und seine Angst in den Griff bekommen haben.

»Alles klar mit dir?«

Lise Haugland tritt an den Schreibtisch heran.

»Entschuldige, ich war abgelenkt. Was hast du gesagt?« Er versucht, unbekümmert zu klingen. Lise soll nicht merken, wie sehr ihn die Aussicht, auf ein Schiff zu gehen, ängstigt.

»Ich wollte wissen, ob du noch etwas brauchst – mehr Informationen, Berichte, Fotos?«

Skagen überlegt. Die schrecklichen Bilder des Toten auf dem Fischkutter kennt er bereits und auch die von der berühmten Felsklippe, von der er gesprungen ist. »Gibt es schon einen gerichtsmedizinischen Befund zu …«, er sucht nach dem Namen auf dem Ausweis des Mannes, »… César Eduardo De Lima?«

»Eigentlich heißt er Christian Landgraf. Der Pass ist höchstwahrscheinlich eine Fälschung, das prüfen unsere Spezialisten momentan. Und nein, wir haben noch keinen Bericht von der Rechtsmedizin aus Oslo erhalten.«

Skagen nickt. »Und der zweite Tote? Dieser Philipp Jaeger?«

»Der ist bislang nicht gefunden worden.«

Skagen hebt die Brauen.

»Er soll von Bord gesprungen sein«, erklärt Lise. »Das Schiff ist einfach weitergefahren.«

»In der Regel drosselt man wegen eines Selbstmörders nur sein Tempo, wenn jemand den Sprung beobachtet hat«, erklärt Skagen, dessen Schwester gemäß der Skagen'schen Familientradition Kapitänin geworden ist, und zwar auf einem Kreuzfahrtdampfer. Daher weiß er einiges über diese Art der Seefahrt. »Dann werden eine MOB-Markierungsboje gesetzt und Rettungsmaßnahmen eingeleitet. Wann ist der Mann denn über Bord gegangen?«

»Leider weiß das keiner so wirklich, es wird vermutet, dass es nachts passiert ist.«

»Vielleicht ist er gar nicht gesprungen. Was genau stützt die Selbstmordtheorie? Es könnte ja auch ein Unfall gewesen sein. Oder der Mann versteckt sich. Das wäre nichts Neues. Kreuzfahrtschiffe sind ideal dafür geeignet, solche Dinge zu tun.«

»Was für Dinge?«

»Na, sich aus dem Staub zu machen, unterzutauchen. Oder um den perfekten Mord zu begehen. Sich ungeliebter Verpflichtungen zu entledigen.«

»Im Ernst?«

»Ja, absolut. Ermittlungen auf einem Schiff führen nur selten zu einem Ergebnis. Besonders bei vermissten Personen. Das liegt an der erschwerten Rechtslage auf See. Es kann aber durchaus Selbstmord gewesen sein. Auch das geschieht relativ oft auf Kreuzfahrten.«

Lise blickt nachdenklich drein. »Das gesamte Schiff ist nach dem verschwundenen Passagier abgesucht worden. Ohne Erfolg. Und anders als über die Reling kann er nicht von Bord gegangen sein, so wird es von der Crew zumindest angenommen. Außerdem heißt es, dass beide Männer Probleme gehabt hätten und dass die Suizide womöglich miteinander zusammenhängen. Inzwischen sind SAR-Teams zum Fjord unterwegs, zu Wasser und in der Luft. Ich denke jedoch, dass das nicht viel bringen wird. Der Fjord ist sehr kalt und die genaue geografische Position des Abgangs unbekannt. Selbst wenn der Mann den Sprung überlebt hat, kann er sich bei den Temperaturen nicht lange über Wasser gehalten haben. Schon tragisch. Ich würde gerne wissen, warum er das getan hat.«

Über Skagens Wangen kriecht Eiseskälte und seine Haut zieht sich zusammen. Er kennt einige Gründe, warum man von Bord springen will.

»Okay«, sagt er und räuspert sich. »Auf jeden Fall wird es eine Herausforderung, an Bord zu ermitteln. Darauf solltet ihr euch einstellen.« Und ich mich erst recht!

Bevor Lise antworten kann, tritt Iver Ofori durch die Tür und gesellt sich zu ihnen. »Wann wollen wir eigentlich packen?«

Lise deutet mit einem Kopfnicken auf Skagen. »Tom leitet jetzt die Ermittlung. Er entscheidet.«

»Ach, tut mir leid, dass ich Lise gefragt habe. Alte Gewohnheit.« Iver lächelt Skagen schüchtern an.

»Nicht schlimm. Ich muss mich selbst erst an meine neue

Aufgabe gewöhnen. Wir haben noch drei Stunden bis zu unserem Flug. Bis dahin würde ich mich gerne tiefer in die Akte einlesen. Ihr könnt aber schon nach Hause, um euch auf die Reise vorzubereiten.«

Lise nickt. »Mein Mann wird Augen machen, wenn er erfährt, dass wir auf einem Kreuzfahrtschiff ermitteln!«

Iver lacht. »Ich bin total gespannt. Es ist das erste Mal, dass ich auf so einen Kahn gehe!« Er sieht Skagen an. »Ich habe gehört, dass du mal als Erster Offizier zur See gefahren bist. Das sagte zumindest deine Chefin. Wie praktisch!«

»Ja, echt praktisch«, entgegnet er einsilbig und hält seine Hände unter dem Tisch fest, damit die beiden nicht merken, wir sehr sie zittern.

24

Maja wählt Toms Nummer, doch erneut nimmt er nicht ab. Enttäuscht legt sie das Telefon weg. Sie weiß, dass er wahrscheinlich gerade zu tun hat, aber sie haben seit einigen Tagen nicht mehr miteinander gesprochen, und auch seine Nachrichten an sie sind immer spärlicher geworden. Das ist kein gutes Zeichen.

Ihre letzte Info von ihm war, dass bei der Razzia etwas schiefgelaufen ist. Nur was das war, weiß sie nicht.

Maja überlegt, ob sie Jens anrufen sollte. Vielleicht könnte er ihre Sorgen zerstreuen, wenn sie Tom schon nicht erreicht. Allerdings ist Jens mit Sicherheit genauso eingespannt wie er. Und es würde ein wenig seltsam wirken, wenn sie sich an einen Kollegen wendete und nicht an Tom selbst.

Verdrossen knabbert sie an ihrer Unterlippe und blickt über den Schreibtisch, der mit Papierbergen angefüllt ist. Ihr Vorgesetzter Göran hat sie zum Berichteschreiben verdonnert und der Feierabend liegt in weiter Ferne. Umso sehnlicher wünscht sie sich, als kleine Aufmunterung Toms Stimme zu hören. Sie vermisst ihn. Eigentlich jeden Tag. Das letzte Mal haben sie vor drei Wochen in Hamburg Zeit miteinander verbracht. Das war schön und sie wollte gar nicht von ihm weg. Wie nach jedem ihrer Abschiede ist unklar, wann sie sich wiedersehen werden. Verdammt! Diese Fernbeziehung schlaucht sie mehr als gedacht. Wenn es wenigstens die Option gäbe, dass sie irgendwann in eine gemeinsame Wohnung ziehen würden, dann fiele es ihr leichter. Leider ist das nahezu aussichtslos. Tom als europäischer Beamter und sie als schwedische Polizeibedienstete. An so gut wie keinem Ort der Welt könnten sie beide eine Arbeit finden. Maja seufzt. Es ist nach wie vor ein unlösbares Problem. Sie sollte sich damit abfinden und sich darauf freuen, Tom überhaupt zu sehen.

Sie stützt ihr Kinn auf eine Faust und starrt auf das Handy, das nach wie vor schweigt. Jävla! Wenigstens zurückrufen könnte er mal!

»Na, wovon träumen wir gerade, Lövgren?«

Maja rollt mit den Augen. Ihr Vorgesetzter Göran Berg ist neben ihr aufgetaucht und blickt tadelnd auf den Haufen Papier hinab. Seit ein paar Monaten trägt er einen Bart, weil er denkt, dass ihn das härter wirken lässt. Außerdem glaubt sie, dass er Toms Look imitiert. Die Ähnlichkeit des Haarschnitts ist frappierend. Auch Görans Verhalten hat sich seit der Zusammenarbeit mit Tom im letzten Jahr leicht verändert. Nachdem er erlebt hat, wie man Leute führen kann, ohne dabei ständig einen auf dicke Hose zu machen.

»Bleib locker«, sagt sie gelassen. »Ich hänge die fünf Minuten Träumerei hinten dran.«

»Das will ich hoffen. Die Berichte möchte ich morgen auf meinem Tisch haben.«

»Dort werden sie auch liegen. Darf ich jetzt weiterarbeiten, oder willst du mir noch erklären, wie ich das Papier abzuheften habe?«

»Natürlich nicht.« Göran scheint kurz zu überlegen, dann stapft er mit breitbeinigen Schritten davon. Dabei sieht er aus wie Chuck Norris für Arme. Maja schüttelt den Kopf. Mann, Göran, so wird das nichts mit deinem neuen Image.

Sie bläst sich eine Strähne aus dem Gesicht und beginnt, auf der Tastatur zu tippen, dabei schielt sie erneut zum Handy hinüber.

Ihre Sorge um Tom und das Gefühl, etwas gehe bei ihm vor, rumort in ihr. Sie würde nachher noch einmal versuchen, ihn zu erreichen. Bis dahin wäre sie hoffentlich mit ihren Berichten fertig.

25

Wie eine Faust hämmert Skagens Herz von innen gegen seine Rippen. Das Taxi, in dem er, Lise und Iver sitzen, kurvt durch die engen Straßen der Bergener Innenstadt. Bald käme der Hafen in Sicht. Skagen versucht, seine Nervosität unter Kontrolle zu bringen. Bei einem PTBS-Betroffenen, der Angst vor Schiffen hat, nahezu ein Ding der Unmöglichkeit.

Am Flughafen in Bergen hat er einen Anruf von Jens bekommen, in dem ihm sein Freund erklärt hat, dass er ihn auf dem Laufenden halten wird – natürlich auch, was die interne Ermittlung angeht. Skagen ist ihm dankbar. Nichts hilft ihm im Moment mehr, als zu wissen, dass es Menschen gibt, die zu ihm halten.

Sie erreichen den Hafen, und Skagens Herz macht einen Satz. Krampfhaft bemüht er sich, nicht auf das Wasser zu gucken. Zumindest noch nicht. Später würde es sich nicht mehr verhindern lassen, wenn sie erst mal auf dem Fjord unterwegs wären.

Das Taxi hält, und sie steigen aus. Dabei konzentriert er sich auf das historische Hanseviertel mit seinen bunten Kontorhäusern. Dahinter erhebt sich der Hausberg Fløyet, an dessen bewaldeten Flanken sich tiefhängende Regenwolken verfangen haben. Die Straßen und Wege an den Kaianlagen glänzen nass, überall haben sich Pfützen gebildet. Bergen wird seinem Ruf als regenreichste Stadt Europas wirklich gerecht. Vorsichtig wagt Skagen einen ersten Blick in Richtung des Hafenbeckens. Am Ende der langgestreckten Mole liegt es.

Das Schiff.

Die Norsk Sol.

Schwarzer Rumpf mit weißen Aufbauten.

Erneut blitzen Bilder vor Skagens geistigem Auge auf. Blau auf Blau. Eine sonnenverbrannte Reling, um die seine Finger sich klammern. Sein Herz pocht hart.

Das Klingeln seines Handys lässt ihn unwillentlich zusammenschrecken. Rasch sieht er auf das Display. Es ist Maja. Seine süße, heilsame Maja. Wie gerne würde er jetzt mit ihr sprechen und seine Sorgen mit ihr teilen. Wie gut würde es ihm tun, ihre Stimme zu hören und ihre Anteilnahme zu spüren. Aber im Beisein seiner Kollegen ist ein solches Gespräch völlig undenkbar. Schweren Herzens lässt er es klingeln, bis das Gerät verstummt. Danach schickt er Maja eine kurze Nachricht, dass er sich später bei ihr melden würde.

»Wollen wir auf das Schiff?«, fragt Iver, und holt ihn zurück ins kalte Bergen. Auf dem Gesicht des jungen Kollegen leuchtet kindliche Begeisterung. Skagen kann sie nachvollziehen. Hätte er keine Angst vor dem Meer, würde ihn der Ermittlungsort auch faszinieren. Er erinnert sich gut daran, dass ihn der Anblick eines solchen Schiffes vor einigen Jahren ebenfalls mit Freude erfüllt hätte. Heute würde er am liebsten wegrennen. So weit, bis vom Meer nichts mehr zu sehen wäre.

Er würgt den metallischen Geschmack herunter, der sich auf seine Zunge gelegt hat, und setzt sich in Bewegung. Mit Knien aus Gallert folgt er Iver und Lise den Kai entlang, dabei hält er Abstand zu ihnen. Er braucht keine Zeugen für sein Elend.

Sie nähern sich dem Rumpf, der hoch aufragt. Eine Gangway ist an der Seite heruntergelassen und führt hoch zum Eingang. Einem schwarzen Loch im schwarzen Leib des Schiffes – dem Schlund zur Hölle.

Skagen setzt den ersten Fuß auf die Rampe. Die Gerüche des Hafens dringen durch sämtliche Poren in ihn ein, Schweröl, Tang und Salzwasser, dazu die Geräusche: das Knarren der Gangway, das Platschen der Wellen an der Mole und das dumpfe Rumoren irgendeines Generators im stählernen Körper des Schiffes …

Die Erinnerungen explodieren in seinem Kopf, und Skagen hat das Gefühl, als stürze er in einen tiefen Abgrund. Jede Faser seines Körpers rebelliert dagegen, an diesen Ort des Grauens zurückzukehren. Seine Muskeln versteifen sich, und er muss seine Füße zwingen weiterzugehen. Dabei spürt er seinen Atem rau durch die Kehle fließen und das Rasen seines Herzens in seiner Brust.

Ich.

Kann.

Nicht.

Skagen zittert unkontrollierbar und bleibt stehen. Seine Hand krallt sich an dem Geländer fest. Die uniformierten Silhouetten von Lise und Iver verschwimmen vor seinen Augen. Noch haben sie nichts bemerkt. Skagen versucht, das Schwindelgefühl wegzublinzeln. Es ist das erste Mal seit der Signe Merkur, dass er ein ähnlich großes Schiff betritt. Und das ohne jegliche Unterstützung.

»He, Tom! Alles klar?«, hört er jemanden durch den Nebel seiner Panik rufen. Er beißt die Zähne zusammen und fokussiert seinen Blick. Lise und Iver haben bereits das Loch in der schwarzen Bordwand erreicht und warten auf ihn.

»Ja!«, schafft er, mit einigermaßen klar klingender Stimme zu rufen. »Ich komme.« Es gelingt ihm, seine Füße zu überreden, einen Schritt nach dem anderen zu machen. Wenig später erreicht er den Eingang. Dahinter ist eine Art Hotellobby zu erkennen, in der ein Steward sie in Empfang nimmt.

»Einen wunderschönen Tag, die Herrschaften. Sie sind die Polizei aus Stavanger?«

Lise nickt. Skagen würgt den bitteren Geschmack der Panik herunter. Seine Reisetasche hat er auf den Boden fallen lassen und die Hände in seine Taschen gestopft.

»Gut, der Kapitän und die Erste Offizierin werden Sie im Konferenzraum begrüßen, den wir Ihnen für Ihre Arbeit bereitstellen. Meine Kollegin wird Sie hinführen. Lassen Sie Ihr Gepäck einfach hier. Ich werde veranlassen, dass es in Ihre Kammern gebracht wird.« Er winkt eine Frau in Uniform herbei, die ihnen freundlich zulächelt und sie durch die mit Teppich ausgelegten Gänge und Treppenhäuser führt. Überall hängen Bilder an den Wänden mit Motiven von Tieren und Pflanzen der Arktis. Die Räume sind mit hellen Möbeln im skandinavischen Design ausgestattet, und von irgendwo her dudelt leise Lounge-Musik. Skagens Inneres beruhigt sich ein wenig. Die Norsk Sol hat kaum Ähnlichkeit mit einem Containerschiff. Vielmehr wirkt sie wie ein Hotel. So sollte er sie vielleicht auch betrachten: als ein schwimmendes Hotel.

Sie erreichen einen Kubus aus Milchglaswänden, auf dem die Bezeichnung »Conference Room« steht. Die junge Frau weist auf die Tür, und sie treten ein. Drinnen warten ein Mann und eine Frau in der Uniform nautischer Offiziere. Obwohl Skagen sich auf den Anblick vorbereitet hat, fährt ein heftiger Stich durch seinen Leib. Ein großgewachsener Mann mit grauen Haaren und vier Streifen an seinen Ärmeln tritt auf ihn zu und streckt ihm eine Hand entgegen. Skagen schüttelt sie.

»Martin Teevs, ich bin der Kapitän der Norsk Sol.«

»Tom Skagen von Skanpol. Angenehm. Das sind meine Kollegen aus Stavanger, Lise Haugland und Iver Ofori.«

»Willkommen!« Der Kapitän weist auf die Offizierin neben sich. »Chief Mate und Security Managerin Dana Zemanova. Wir fahren jetzt bereits im sechsten Jahr zusammen auf der Norsk Sol und sind somit ein eingespieltes Team.«

Skagen begrüßt die Frau und kann dabei seinen Blick nicht von ihrer Uniform lassen. Es ist die gleiche wie seine damals. Ein Kloß bildet sich in seinem Hals. Wie sehr hat er diesen

Beruf geliebt! Er hat alles dafür gegeben, zur See zu fahren. Doch dieser Traum existiert nicht mehr. Da ist nur noch ein Trauma.

Der Kapitän nennt ihnen die wichtigsten Angaben zum Schiff und erklärt ihnen die Verhaltensregeln an Bord. »Ich entschuldige mich vorab dafür, dass es Einschränkungen geben wird. Die Reederei wünscht, dass Sie sich unter den Passagieren so unauffällig wie möglich bewegen, damit diese sich durch die Anwesenheit der Polizei nicht gestört fühlen. Wir haben ohnehin schon genug Probleme wegen dieser Gerüchte.«

»Was für Gerüchte?«, erkundigt sich Skagen.

»Dass sich die beiden Passagiere umgebracht hätten, weil das Schiff verflucht ist. An Bord nennt man uns schon die ›Suicide Cruise‹.«

Er weiß nicht, ob das ein Scherz sein soll, aber da weder der Kapitän noch die Erste Offizierin lachen, ist es wohl ernst gemeint.

»Deshalb meine dringliche Bitte«, sagt der Kapitän, »dass Sie sich bei Ihrer Tätigkeit an Bord bedeckt halten. Außerdem wünscht Herr Larsen, dass nichts von den jüngsten Ereignissen an die Presse gemeldet wird. Sollten Sie sich nicht daran halten, bin ich befugt, Sie aufzufordern, das Schiff zu verlassen. Ich hoffe, Sie verstehen das.«

»Natürlich«, antwortet Skagen, bevor Lise und Iver etwas anderes sagen können. An der Miene seiner norwegischen Polizeikollegin erkennt er, dass sie ziemlich irritiert ist. Im Gegensatz zu ihr weiß er, dass die Anordnung der Reederei stets zu beachten sind, denn selbst als Mitglieder einer Ermittlungsbehörde sie sind auf deren Kooperation angewiesen. Außerdem hat er bereits schmerzhaft erfahren müssen, welche Macht die Reederei über die Menschen an Bord hat und wie schnell die Lage eskalieren kann.

Schnell drängt er diese furchtbare Erinnerung beiseite und fragt den Kapitän nach der Route der Norsk Sol.

»Wir sind in Oslo gestartet. Erster Stopp war in Stavanger und der zweite in Eidfjord. Von Bergen aus geht es in den Sognefjord nach Flåm. Danach werden wir an der Küste entlang zum Geirangerfjord fahren, wo wir in Geiranger einen Liegetag haben werden, und anschließend nach Trondheim. Der weitere Verlauf der Reise führt uns über die Lofoten zum Nordkap und zu unserem Zielhafen Kirkenes. Ich drucke die Route gerne für Sie aus.«

»Das wäre nett.«

»Wünschen Sie eine Bordbesichtigung, damit Sie sich zurechtfinden?«

»Mir reichen die Deckspläne, danke.« Skagen winkt ab.

Lise und Iver zögern, doch dann nicken sie. »Wir würden uns das Schiff gerne ansehen.«

»In Ordnung.« Der Kapitän lächelt. »Dana wird die Führung übernehmen. Dieses Konferenzzimmer steht Ihnen so lange zu Verfügung, wie Sie an Bord sind.«

»Haben Sie vielen Dank«, erwidert Skagen. »Lässt es sich abschließen?«

»Selbstverständlich.«

»Wer hat alles einen Schlüssel?« Skagen muss das fragen, um sicherzustellen, ob die gesammelten Materialen und die technischen Geräte an diesem Ort vor dem Zugriff Unbefugter geschützt sind.

»Es gibt keine Schlüssel, das sind elektronische Kartenschlösser«, erklärt der Kapitän. Auf sein Zeichen hin drückt die Erste Offizierin jedem von ihnen eine Keycard in die Hand. »Damit kommen Sie auch in den Crewbereich.«

Nicht gerade das zuverlässigste System, denkt Skagen und steckt die Karte ein, aber besser als nichts.

»Okay«, sagt er zu seinen beiden Kollegen. »Während ihr

das Schiff erkundet, würde ich gerne mein Quartier beziehen. In einer Stunde treffen wir uns wieder hier und besprechen den Fall.«

»Hervorragend«, merkt die Erste Offizierin an. »Ich würde vorschlagen, dass wir das auch gleich als Zeitpunkt für die obligatorische Seenotrettungsübung notieren. Bringen Sie dazu bitte die Rettungswesten aus Ihren Kammern mit.«

Skagen kennt das. Diese Einweisungen sind für jeden an Bord Pflicht, für die Crew wie für die Passagiere.

»Gut«, sagt der Kapitän. »Ich hoffe, Sie kommen auf meinem Schiff zurecht und klären die Sache schnell auf. Das würde ich sehr begrüßen und ebenso der Reeder, Herr Larsen.« Teevs nickt in die Runde und verlässt den Raum.

Kurz darauf folgt Skagen der Schiffsstewardess durch die stählernen Eingeweide der Norsk Sol. Dabei graben sich seine Fingernägel tief in seine Handflächen, während seine Selbstkontrolle am letzten Faden hängt. Er weiß nicht, wie lange es ihm noch gelingen wird, sich zusammenzureißen, doch der Schmerz lenkt ab.

Sie treten durch eine unauffällige Tür, die wie fast alle mit einem elektronischen Schloss gesichert ist, und gelangen vom mondänen Passagierbereich in das nüchtern gestaltete Paralleluniversum der Crew. Dessen Optik erinnert schon eher an ein Containerschiff. Unverkleidete Korridore, die sich über die gesamte Schiffslänge erstrecken, damit die Angestellten möglichst schnell ihre Einsatzorte erreichen. Wo man hinsieht Metalltüren, vergitterte Lampen, offenliegende Rohre, Kabellage und über allem liegt der Geruch nach Putzmitteln und Öl. Kein Teppich, kein poliertes Messing und keine Designermöbel. Eine klare und gewollte Trennung in zwei Klassen.

Sie passieren die Crewmesse, in der die Besatzung speist. Am Boden angeflanschte Metalltische, Neonlicht, nirgendwo ein Fenster. Skagen ist sicher, dass kein Imagefilm der Welt zeigt, wie die technische Crew und die Serviceleute auf diesem Schiff hausen, die Filipinos, Chinesen und Indonesier mit ihren 14-Stunden-Schichten. Immerhin erhalten sie auf der Norsk Sol den norwegischen Mindestlohn für ihre harte Arbeit, da sie unter der norwegischen Flagge fährt.

In einem Flur mit unzähligen Türen steuert die Schiffsstewardess eine Kammer an und öffnet sie. Sie ist der reinste Albtraum. Innenliegend ohne Tageslicht und gerade mal acht Quadratmeter groß. Ein Crewquartier für vier Leute mit zwei kastenartigen Doppelbetten, einem Schrank und einer Toilette, die man sich mit der Nachbarkammer teilt. Skagen weiß, je mehr Unterkünfte es für die Crew auf einem Kreuzfahrtschiff gäbe, desto weniger Platz wäre für die zahlenden Passagiere vorhanden. Auf Containerfrachtern, wie er sie gefahren ist, existieren höhere Standards für die Besatzung, und die Kammern sind viel größer. Er schluckt und bekommt beinahe jetzt schon Erstickungsanfälle, bei dem Gedanken daran, in diesem Schuhkarton schlafen zu müssen.

»Entschuldigen Sie, das ist bestimmt nicht gerade nach Ihren Vorstellungen«, erklärt die Frau. »Aber sämtliche Kabinen im Passagierbereich sind belegt. Außerdem müssen Sie sich den Platz mit Ihrem männlichen Kollegen teilen. Ihre Kollegin wird nebenan untergebracht. Zum Essen benutzen Sie bitte die Crewmesse. Mehr Komfort können wir Ihnen leider nicht bieten.«

Unter seinem Hemd laufen Ströme von Schweiß über seine Haut. Skagen hat das Gefühl, gleich zu kollabieren. Verzweifelt überlegt er, was er sagen soll. Er hat nichts gegen Iver, im Gegenteil, er mag den jungen Kollegen, doch in seiner Situation ist es unmöglich für ihn, sich mit einem anderen Menschen die Unterkunft zu teilen. Nicht auf einem Schiff!

»Ich weiß, es gibt nicht viel Platz auf den Crewdecks, aber wäre es möglich, eine eigene Kammer zu bekommen?« Seine Stimme klingt wie ein Piepsen, und er hasst sich dafür. Er spürt, wie die Muskeln in seinen Beinen zu beben beginnen. Ein klares Warnzeichen für einen nahenden Nervenzusammenbruch. Er braucht dringend einen Ort, an dem er allein sein kann!

Die Frau betrachtet ihn aufmerksam. »Geht es Ihnen nicht gut?«

Skagen wischt sich über die Stirn und stellt fest, dass auch sie schweißnass ist. Das Vibrieren seiner Muskeln wird stärker. »Ich glaube, ich … müsste mal …« Er zeigt auf das winzige Bad.

»Oh, okay. Verstehe. Ich werde mich beim Crew Purser erkundigen, ob sich eine andere Unterbringungsmöglichkeit für Sie finden lässt.«

»Das ist wirklich nett, danke«, keucht er, während er darauf wartet, dass die Frau die Kammer verlässt. Als sie weg ist, verriegelt er die Tür und lässt sich an sie gelehnt zu Boden gleiten. Das Zittern in seinem Körper ist jetzt so stark, dass seine Zähne aufeinanderschlagen und er hyperventiliert. Ein mächtiges Schluchzen löst sich aus seiner Brust und kochend heiße Wellen der Panik schwappen über ihn hinweg, wälzen sich wie ein zerstörerischer Tsunami durch seine Gedanken.

Er öffnet den Mund, möchte schreien. Doch es ist Julia, die an seiner Stelle schreit, während sie von den somalischen Piraten vergewaltigt wird. Es ist der Zweite Offizier Alfred, der schreit, bevor eine Kugel seine Brust durchschlägt und er direkt vor Skagens Füßen zu Boden geht. Es ist der Schiffsingenieur Sam, der schreit, als er auf der Brücke getötet wird, damit die Verantwortlichen der Reederei seine Hinrichtung über das Satellitentelefon mitverfolgen können und endlich auf die Forderungen der Piraten eingehen. Es ist Xaashi, der schreit, weil er mit seinem Kopf auf dem stählernen Schiffsboden aufschlägt. All diese Schreie vereinen sich zu einer einzigen grässlichen Kakophonie, zu einem Tonband der Qual, Panik und Angst, das ohne Pause in seinem Hirn abläuft. Untermalt wird es von einer verzerrten Melodie, die neu ist und vollkommen fehl am Platz wirkt, weil sie so fröhlich klingt. Gehört sie zu seinen Erinnerungen? Skagen ist irritiert. Er blinzelt und kämpft sich durch die Bilder und Schreie zurück in die Wirklichkeit, befindet sich plötzlich wieder in der engen Kammer.

Julia, Alfred, Sam und Xaashi sind verschwunden. Ihre Schreie verstummt.

Hastig stemmt er sich auf die Beine und kramt sein Handy aus der Tasche, doch im selben Moment verstummt es und mit ihm die fröhliche Melodie. Noch immer zitternd sieht Skagen nach, wer es war.

Maja!

Mein Gott. Maja. Ihr Anruf hat ihn zurück in die Realität katapultiert. Danke! Er küsst das Display und will gerade das Gespräch annehmen, da fällt sein Blick auf die Uhrzeit. Mit Schrecken stellt er fest, dass es bereits 17 Uhr ist!

Scheiße, Lise und Iver warten auf ihn. Rasch taumelt er ins Bad, wo er sich Wasser ins Gesicht klatscht. Als er aufsieht, fährt er unwillkürlich zusammen. Himmel, ist dieser blasse, zu Tode erschrockene Typ im Spiegel etwa er?

Er streicht sich die Haare aus der Stirn und reibt sich über die Wangen. Reiß dich zusammen, Tom. Wenn du deine Polizeimarke behalten willst, musst du jetzt da rausgehen und deinen Job machen.

Wild entschlossen stößt er sich vom Waschbecken ab und kehrt in die Kammer zurück. Dort reißt er die Schranktüren auf, packt eine der Rettungswesten und verlässt die beängstigende Enge, die das Tor zu seiner Vergangenheit weit aufgestoßen hat.

26

»Keep cool und erledige einfach deinen Job«, sagt sich Skagen, »dann wird nichts passieren.« Er strafft seinen Körper und betritt mit der Rettungsweste im Arm den Konferenzraum.

Lise und Iver haben schon angefangen, das Equipment auszupacken. Darunter zwei Laptops, ein satellitengestütztes Kommunikationssystem mit autarkem Internet und ein kleiner Drucker. An einer Wand hat jemand die Fahrtroute der Norsk Sol, eine Liste mit den wichtigen Telefonnummern an Bord und die Deckspläne aufgehängt. Iver und Lise sind fleißig gewesen, darüber freut er sich. Mit einem entschuldigenden Lächeln für sein Zuspätkommen legt er die Rettungsweste zu den anderen auf den Boden und sucht sich einen Platz, um sich mit seinem Rechner einzurichten.

Noch liegt das Schiff fest vertäut am Kai in Bergen. Es ist kurz nach 17 Uhr, in zwei Stunden würde die Norsk Sol auslaufen. Ab diesem Moment gäbe es kein Zurück mehr für ihn.

Es klopft an der Tür und Iver ruft: »Herein!«

Dana Zemanova erscheint im Raum und lächelt. »Na, sind Sie bereit für die Übung?«

»Natürlich!« Iver strahlt. Er greift sich seine Rettungsweste und hält sie hoch.

»Gut, folgen Sie mir. Zu Ihrer Information: Unser Manöver läuft nach den Bestimmungen der SOLAS ab. Das ist eine UN-Konvention zur Schiffssicherheit, die nach dem Untergang der Titanic aufgesetzt wurde. Seitdem gab es ein paar Anpassungen, die letzte erst vor wenigen Monaten, als man die Erkenntnisse aus dem Unglück der Costa Concordia mit aufgenommen hat. Sie sehen also, jedes Schiffsunglück hat auch sein Gutes.«

»Aber wir werden doch nicht untergehen, oder?«, fragt Iver besorgt. »Ich meine, hier in den Fjorden.«

»Die Fjorde sind sehr tief. Der Sognefjord, den wir als Nächstes befahren, ist der tiefste in ganz Norwegen mit 1.308 Metern. Da kann ein Schiff wie die Norsk Sol locker sinken.«

»Waaas?« Iver reißt die Augen auf.

»Keine Angst.« Dana zwinkert ihm zu. »Das wird nicht geschehen. Wir verstehen unseren Job.«

Skagen beißt sich fest auf die Lippen. Dass es im Ernstfall und trotz aller Sicherheitsmaßnahmen nur ein Bruchteil der Passagiere heil von Bord schaffen würde, behält er für sich. 1.000 Leute zu evakuieren, und das auch noch geordnet, wenn das Schiff Schlagseite bekäme und zu sinken begänne – never ever. Auf einem Containerschiff mit maximal 30 Mann Besatzung wäre das schon realistischer.

Ergeben lässt er die Übung über sich ergehen und ist froh, die Rettungsweste wieder ausziehen zu können.

»Okay, danke für Ihre Aufmerksamkeit«, sagt Dana Zemanova mit einem Lächeln in Ivers Richtung. Der junge Kollege glüht förmlich vor Bewunderung für die Erste Offizierin. »Ich wünsche Ihnen einen guten Aufenthalt an Bord. Bei Fragen rufen Sie mich oder den Kapitän an. Wir haben unser Funktelefon immer dabei und unsere Nummern haben Sie ja.«

»Ich hätte da glatt eine Frage«, sagt Skagen. »Wurde auf diesem Schiff ein automatisches Man-Overboard-System installiert?«

»Ich weiß, dass das MOB-System auf vielen Schiffen Standard ist – oder es zumindest sein sollte –, aber wir haben leider keines«, erklärt Dana.

»Und sonstige Kameraüberwachung?«

»Wenn Sie damit auf eine mögliche Aufnahme vom Vermissten anspielen – ich habe Ihrem Kollegen sämtliche Dateien ausgehändigt«, sagt sie mit einem erneuten Blick auf Iver, der mit einem breiten Grinsen nickt. »Bisher sind wir aber noch nicht fündig geworden. Natürlich geben wir Ihnen Bescheid, sobald das der Fall ist.«

»Danke, das wäre gut.«

Dana Zemanova verabschiedet sich, und Skagen kehrt mit Lise und Iver in den Konferenzraum zurück. Dort erklärt er, dass er als Erstes mit der Frau des Vermissten reden möchte, Franziska Jaeger.

»Das können wir tun«, entgegnet Lise und legt ihre Rettungsweste neben der Tür ab. »Aber wollen wir uns nicht zuerst dieser Reisegruppe aus Hamburg vorstellen, zu der die beiden Toten gehörten? Damit sie wissen, wer wir sind.«

Skagen, dem es davor graut, heute noch vor 50 Leuten oder mehr zu sprechen, schüttelt den Kopf. »Darum kümmern wir uns morgen früh. Gibt es eine Teilnehmerliste des Abitreffens? Dann schicken wir den Beteiligten eine Nachricht zu, sich um 10 Uhr an geeigneter Stelle zu versammeln.«

Iver zeigt auf einen Zettel, der an der Glaswand hängt. »Ich habe die Leute aus der Gruppe markiert, die etwas mit den Verstorbenen zu tun hatten, und das Lehrpersonal.«

»Sehr gut. Hat eigentlich jemand die Angehörigen von Christian Landgraf informiert?«

»Ja, das war Lise.« Iver blickt seine Kollegin an.

»Ich habe mit dem Vater gesprochen«, erklärt sie. »Wenn ich ehrlich bin, wirkte er nicht sonderlich betroffen vom Tod seines Sohnes. Er und seine Frau führen eine große Kanzlei in Hamburg. Ich habe ein paar Informationen von ihm erhalten. Christian Landgraf hat als Investmentbanker bei einer Hamburger Privatbank gearbeitet und wenig Kontakt zu seinen Eltern und seinem jüngeren Bruder gehabt.

Er war wohl zeit seines Lebens ein Arschloch und Querulant. Guckt mich nicht so an. Ich gebe nur die Worte des Vaters wieder.«

»Nette Familie«, kommentiert Iver.

»Wusste der Vater, warum Christian einen gefälschten Pass aus Macau bei sich hatte?«, fragt Skagen.

»Darüber hat er nur gelacht und gemeint, dass sich sein verzogener Sohn vermutlich in einen Staat ohne Auslieferungsabkommen flüchten wollte. Vermutlich, weil er wie so oft Scheiße gebaut hätte. Mehr wollte er dazu nicht sagen. Familienangelegenheit.«

»Ah ja. Klingt trotzdem nach einer Sache, der wir nachgehen sollten.«

»Setze ich auf die Liste!« Iver notiert einige Worte auf einem Blatt Papier.

»Und wo sind die Aufzeichnungen von den Überwachungskameras?«

Iver schiebt eine Mappe über den Tisch, auf der eine mobile Festplatte liegt. »Darauf ist alles, was die Schiffsführung bisher an Material für uns gesammelt hat. Wie Dana vorhin gesagt hat, ist das Sicherheitsteam damit beschäftigt zu prüfen, ob Herr Jaeger auf den Aufnahmen zu sehen ist. Wenn die genaue Uhrzeit seines Verschwindens vorliegt, können sie die Schiffsposition zu diesem Zeitpunkt und damit den ungefähren Ort seines Überbordgehens errechnen. Leider ist es sehr viel Filmmaterial, weil es über hundert Kameras auf dem Schiff gibt.«

»Gut.« Skagen reibt die Handflächen aneinander. »Dann sprechen wir jetzt mit Frau Jaeger. Dazu würde ich gerne Lise als weibliche Unterstützung mitnehmen. Baust du inzwischen weiter unser Ad-hoc-Büro auf, Iver? Wir bräuchten auch noch eine Landkarte, auf der wir einzeichnen, wo die mutmaßlichen Selbstmorde stattgefunden haben.«

»Klar. Das übernehme ich.« Der junge Polizist hebt grinsend einen Finger. »Das ist eine gute Gelegenheit, um Dana anzurufen.«

»Übertreib's nicht, mein Lieber. Ich sehe ja, dass du dich in sie verguckt hast. Ich möchte keine Klagen hören, verstanden?« Lise bedenkt ihn mit einem strengen Blick, den Iver mit einem unschuldigen Schulterzucken abtut.

Danach machen sich Skagen und Lise auf den Weg zu Frau Jaegers Kabine. Unzählige verwinkelte Gänge und einige unfreiwillige Umwege später erreichen sie endlich die Tür.

»Wie ist dein Deutsch?«, fragt Skagen seine norwegische Kollegin.

»Ganz gut. Und das von Iver auch. Deshalb wurden wir mit diesem Fall betraut.«

»Bestens. Ich werde die Gespräche auf Deutsch führen, das macht es einfacher für die Betroffenen.«

»Sicher.« Lise rückt die Krawatte ihrer Uniform zurecht, und Skagen klopft an die Kabine.

Nichts regt sich. Erst nach einem zweiten Klopfen und einer gerufenen Erklärung, wer sie sind, hören sie drinnen Geräusche, und schließlich wird die Tür geöffnet. Vor ihnen steht eine Frau Ende 30 mit schmalem Körperbau und dunklen Locken. Sie trägt Jeans und T-Shirt.

»Sind Sie Franziska Jaeger?«, fragt Skagen.

»Nein, ich bin ihre Freundin, Lea Yosef. Was wollen Sie denn? Franzi ist ziemlich fertig.«

»Meine Kollegin, Frau Haugland, und ich würden ihr gerne ein paar Fragen zum potenziellen Selbstmord ihres Mannes stellen.«

»Philipp ist nicht gesprungen, verdammt!«, dringt es aus dem Innern der Kabine. Kurz darauf erscheint Frau Jaeger hinter ihrer Freundin. Auf ihrem verweinten Gesicht liegt ein verärgerter Ausdruck. »Wie oft soll ich das noch sagen? Er ist nicht gesprungen.«

»Was macht Sie darin so sicher?«

»Kommen Sie rein!« Frau Jaeger gibt Lea Yosef zu verstehen, dass sie die Polizisten eintreten lassen soll. Ein starker Geruch nach Körperausdünstungen und Kaffee empfängt sie. Skagen sieht sich um. Der Raum ist doppelt so groß wie seine Kammer drei Decks weiter unten und natürlich wesentlich besser ausgestattet. Trotzdem wäre er am liebsten direkt zum Fenster gegangen und hätte frische Luft reingelassen. Er weist auf das zerwühlte Bett. »Bitte setzen Sie sich.«

Die beiden Frauen lassen sich auf der Kante nieder. Franziska Jaeger reibt sich vorsichtig die Augen. Aber der Schaden ist bereits angerichtet. Ihre Mascara ist verschmiert.

»Wollen Sie sich vielleicht erst ein wenig frischmachen?«, fragt Skagen, dem bewusst ist, dass er Frau Jaeger mit seinem Besuch überrumpelt hat.

»Nein, schon gut«, sagt sie mit einem bekräftigenden Nicken. »Lassen Sie uns anfangen. Was wollen Sie wissen?«

Skagen setzt sich ihr gegenüber auf einen Stuhl, während sich Lise an die Wand lehnt und einen Stift zückt, um mitzuschreiben. »Beginnen wir damit, ob es Streit zwischen Ihnen und Ihrem Mann gegeben hat. Oder ob an dem Abend etwas vorgefallen ist, das ihn beunruhigt haben könnte.«

»Philipp und ich streiten nie. Er war auch nicht anders als sonst. Bis auf dass er ein wenig aufgebracht wirkte wegen der Sache mit Christian. Aber das hat uns alle ziemlich mitgenommen.«

»Hatte er dann vielleicht mit jemand anderem an Bord Ärger?«

»Nicht, dass ich wüsste.«

»Sind Sie sich sicher?«

»Hören Sie, mein Mann und ich hatten nie Geheimnisse

voreinander. Wir haben uns immer alles erzählt!«, entgegnet Frau Jaeger entrüstet, doch Skagen ist nicht überzeugt. Er hat schon viel erlebt. Und Unehrlichkeit zwischen Ehepartnern ist eines der häufigsten Phänomene. Er würde Personen aus dem Umfeld des Ehepaares befragen müssen, um zu erfahren, wie die Wahrheit aussieht.

»Hat Ihr Mann jemals davon gesprochen, sich das Leben zu nehmen?«

»Nein, verdammt! Wir waren glücklich! Wir haben zwei tolle Kinder und ein sorgenfreies Leben. Uns fehlt es an nichts. Philipp ist ein erfolgreicher, korrekter und sehr gerechter Mensch. Der Inhaber eines großen internationalen Unternehmens mit Tausenden von Mitarbeitern weltweit. Er ist nämlich der Gründer von BigNorth.«

»Ach, interessant!« Skagen hat in der Vergangenheit selbst Jacken dieser Bekleidungsmarke getragen. Auch wenn es ein wenig her ist. »Könnte die Firma der Grund sein, der ihn zu dieser Verzweiflungstat veranlasst hat? Ist Ihr Mann in eine wirtschaftliche Schieflage geraten?«

Frau Jaeger schüttelt vehement den Kopf. »Mit der Firma ist alles in Ordnung, glauben Sie mir. Ich kenne die Zahlen.«

»Tatsächlich?« Davon würde sich Skagen selbst überzeugen. Im Geiste macht er sich eine Notiz, beim Amtsgericht und Finanzamt Hamburg nachzufragen, ob eine etwaige Insolvenz vorliegt.

»Litt Ihr Mann an irgendeiner Krankheit? Hatte er Depressionen? Oder hat er zum Beispiel kürzlich eine Krebsdiagnose erhalten? Solche Ereignisse veranlassen manche Menschen dazu, ihr Leben vorzeitig zu beenden.«

Frau Jaeger hebt eine Hand. »Hören Sie auf damit!«

»Es tut mir leid, wenn ich Sie mit diesen Fragen aufwühle, aber wir müssen sichergehen, dass kein Fremdverschulden vorliegt.«

»Es ist ganz klar Fremdverschulden! Philipp wäre niemals gesprungen.«

»Sie glauben also, dass jemand nachgeholfen hat? Wer?«

»Nun … leider habe ich keinen konkreten Verdacht. Das ist es ja. Aber ich habe gesehen, wie Philipp eine SMS erhalten hat, das war so gegen 21 Uhr. Danach wirkte er irgendwie unruhig. Ich habe ihn gefragt, was los ist, doch er sagte nur, er sei müde, und ist gegangen. Ich selbst war mit Lea bis 2 Uhr morgens an der Bar. Als ich mich ins Bett legte, schlief Philipp bereits. Und …« In ihrem Blick flackert es. »Bitte halten Sie mich nicht für einen Kontrollfreak, aber ich habe Philipps Handy auf die SMS hin überprüft. Sie war nicht mehr da. Ich hatte mir die Uhrzeit gemerkt, doch es gab keine Nachricht. Philipp muss sie gelöscht haben.«

»Welchen Grund könnte er dafür gehabt haben?«

Sie hebt die Hände. »Das weiß ich nicht. Aber es gibt noch etwas, das Lea gestern Vormittag beobachtet hat.« Sie nickt ihrer Freundin auffordernd zu.

»Nun«, entgegnet diese. »Da waren Nadine und Matthias, sie haben sehr eindringlich auf Philipp eingeredet, und es hat so ausgesehen, als bedrohten sie ihn. Ich habe leider nicht verstanden, worüber sie gesprochen haben, aber Philipps Gesicht war aschfahl, und er ist danach förmlich vor ihnen weggelaufen.«

»Okay, das ist schon mal was.« Skagen lässt sich die vollen Namen der Personen geben und erkundigt sich, in welcher Beziehung sie zu Philipp standen.

»Sie haben in der Schule zu einer Clique gehört. Der sogenannten ›In-Crowd‹. Lächerlicher Name! Christian war der Anführer und Philipp Mitglied. Sie waren zu fünft. Wir anderen durften nicht rein, wir galten als zu uncool.« Frau Jaeger rollt mit den Augen.

»Franzi hat recht, die fünf waren ziemlich elitär drauf«,

bestätigt ihre Freundin. »Haben immer geheimnisvoll getan. Als wären sie ein exklusiver Club. Stattdessen haben sie ständig irgendwelchen Scheiß gebaut und wahllos Schüler gemobbt.«

»Ehrlich? Wen denn?« Frau Jaeger dreht sich überrascht zu Lea Yosef.

»Na, hast du nichts von Heiko und Melanie gehört?«

»Melanie? Wirklich?« Frau Jaeger wirkt plötzlich nachdenklich. Vermutlich hat ihr Mann ihr doch nicht alles erzählt. Skagen wechselt einen Blick mit Lise, die dasselbe zu denken scheint. Diese In-Clique würden sie sich morgen als Erstes vorknöpfen.

»Wo ist das Handy Ihres Mannes?«, fragt er Frau Jaeger. »Haben Sie es?«

»Nein. Das muss er mitgenommen haben.«

Also ist es genauso verschwunden wie das von Christian Landgraf, überlegt Skagen. Denn weder bei seiner Leiche noch in seiner Kabine ist ein Telefon gefunden worden. Zufall? Oder steckt mehr dahinter? Vielleicht eine dritte Person, wie Frau Jaeger es vermutet? Auch wenn Skagen diese Möglichkeit eher unwahrscheinlich erscheint, will er sie nicht außer Acht lassen. Er notiert sich Philipps Rufnummer, um seine Verbindungsdaten beim Provider anzufordern. »Wann haben Sie bemerkt, dass Ihr Mann nicht mehr da ist?«

»Morgens um halb acht. Da bin ich wach geworden und Philipp lag nicht neben mir im Bett.«

»Also ist er etwa zwischen 2.30 und 7.30 Uhr morgens verschwunden«, resümiert Skagen. Das bedeutet, dass sie die Suche auf den Videofilmen auf dieses Zeitfenster eingrenzen können. Darüber würde sich Dana Zemanova freuen.

»Oh Gott!« Frau Jaeger schlägt plötzlich die Hände vors

Gesicht und beginnt zu weinen. »Wie soll ich bloß unseren Kindern erklären, dass ihr Vater nicht mehr da ist? Das ist so furchtbar.«

Skagen spürt Mitleid mit ihr. Den Angehörigen mitteilen zu müssen, dass einer ihrer Liebsten verstorben ist, ist für ihn als Polizist einer der schwersten Gänge. Bevor die Beklemmung nach ihm greifen kann, verabschiedet er sich von den beiden Frauen und verlässt die Kabine.

Draußen stößt Lise einen tiefen Seufzer aus. »Die Arme. Diese Ungewissheit muss furchtbar sein!«

Skagen nickt, mehr bringt er nicht zustande.

Lise zieht einen Gegenstand aus ihrer Uniform und hält ihn hoch.

»Was ist das?«, fragt er gepresst.

»Die Keycard für die Kabine von Christian Landgraf. Dana hat sie uns gegeben. Sie hat die Tür nach seinem Tod versiegelt. Ich schlage vor, wir schauen uns dort mal um.«

»Gute Idee!« Dankbar folgt Skagen Lise zu den Steuerbordunterkünften. Sie brechen das Siegel auf und betreten die Kabine, deren Einrichtung identisch mit der von Frau Jaeger ist, nur spiegelverkehrt. Ausgestattet mit Handschuhen gehen sie die persönlichen Dinge von Christian Landgraf durch, werfen einen Blick ins Bad, ziehen Schubladen auf und gucken in den Mülleimer. Danach kontrollieren sie das Bett und befühlen die Kleidung, die auf einem Stuhl hängt. Als Lise den Schrank öffnet, stößt sie einen überraschten Pfiff aus. Skagen, der gerade Christians Kulturbeutel nach Medikamenten durchsucht, dreht sich um. Lise hat einen Hartschalenkoffer hervorgeholt und zeigt darauf.

»Das Schloss wurde aufgebrochen. Scheint, als wäre uns jemand zuvorgekommen.«

Skagen setzt zu einer Antwort an, als ein tiefes, dumpfes Tuten ihm das Wort abschneidet. Durch das Bullauge sieht er, wie sich das Schiff bewegt. Es ist 19 Uhr. Die Norsk Sol hat abgelegt.

»Na, dann Schiff ahoi!«, sagt Lise leise, während sich die Haken der Angst in Skagens Haut bohren.

27

Jens Fram spürt einen dumpfen Schmerz, ganz hinten in seinem Schädel. Er lehnt sich auf dem Stuhl zurück und reibt über seine brennenden Augen, mit denen er zu lange auf den Bildschirm gestarrt hat. Nachdem Tom heute Morgen abgezogen worden ist, hat Jens zusammen mit zwei anderen Kollegen an der Entschlüsselung der Nachricht von der ÅS weitergearbeitet. Leider sind sie kein Stück weitergekommen. Es ist, als hätten sie Dutzende Bretter vorm Kopf.

Es klopft an die Tür und Erling Øksnes streckt seinen Kopf herein. »Jens. Ich brauche dich. Die Interne will dich sprechen.«

»Schon wieder?« Jens stößt genervt Luft aus.

»Ich weiß«, beschwichtigt Øksnes, »wir haben Wichtigeres zu tun, aber so ist es nun einmal.«

Jens erhebt sich und folgt dem Ermittlungsleiter. Sie gehen zu dem kleinen Besprechungszimmer, in dem die Gespräche mit der Innenrevision stattfinden. Øksnes öffnet die Tür und gibt Jens zu verstehen, dass er während der Befragung anwesend sein wird.

Jens tritt ein und bleibt mitten im Raum stehen. »Können wir das schnell hinter uns bringen? Wir haben einen dringenden Fall zu lösen!«

»Natürlich«, entgegnet Ingrid Toft ruhig. »Wollen Sie sich nicht trotzdem setzen?«

»Nein!«

»In Ordnung. Ich mache Sie darauf aufmerksam, dass dieses Gespräch erneut aufgezeichnet wird.« Sie drückt das Aufnahmegerät. »Herr Fram, gibt es irgendwelche Hinweise darauf, dass Kommissar Tom Skagen Verbindungen ins rechte Milieu pflegt?«

Jens reißt die Augen auf. »Bitte, was?«

»Sie haben richtig verstanden. Wir möchten wissen, ob Ihr Kollege …?«

»Ein rechtes Arschloch ist?!«

Toft presst indigniert die Hände zusammen. »Ja.«

Fassungslos sieht Jens von ihr zu Emre Ahmadi und dann zu Øksnes. »Ist das euer Ernst?«

»Bitte antworte, Jens«, fordert Øksnes ihn auf.

»Glaubst du etwa diesen Scheiß, Erling?«

»Nein, trotzdem müssen wir darüber reden.«

»Darüber reden!«, stößt Jens abfällig aus. »Was ihr macht, ist die Vorverurteilung eines Kollegen, der nicht hier sein kann, um sich selbst zu verteidigen. Wie kommt ihr überhaupt auf die abstruse Idee, dass Tom zum rechten Spektrum gehört?«

»Es gibt einen Maulwurf in unseren Reihen«, sagt Øksnes.

»Ja, aber doch nicht Tom, Herrgott!«

»Können Sie das so genau ausschließen?«, fragt Ingrid Toft mit schmalen Lippen. »Wir hegen den Verdacht, dass Ihr Kollege dem Flüchtigen Marcel Walka während der Razzia eine geheime Botschaft übermittelt hat. Außerdem scheint er höchst nervös gewesen zu sein.«

Jens kommt aus dem Staunen nicht heraus. »Nervös? Das war jeder von uns! Es war ein Zugriff, bei dem die Gegenseite im Besitz von Waffen war. Da ist man immer bis aufs Äußerste angespannt. Und was für eine Botschaft soll Tom übermittelt haben? Ich habe nichts dergleichen gehört! Er war von Anfang bis Ende in meiner Nähe.«

»Es ist der eine Satz, der keinen Sinn ergibt: ›Wenn du Julia erschießt, töte ich dich!‹« Toft hebt beide Hände. »Julia? Wer ist Julia? Unter den beteiligten Kollegen befand sich keine Julia.«

Jens schüttelt den Kopf. »Das war keine verdeckte Nachricht.«

»Was sonst?«

Ertappt schließt Jens den Mund. Mist! Das ist ihm rausgerutscht. Diese Aussage widerspricht dem, was er zuvor zu Protokoll gegeben hat, nämlich, dass er Toms Satz nicht gehört hat. Was jetzt? Soll er den Revisoren erzählen, dass Julia eine ehemalige Kollegin von Tom war? Tun, worum sein Freund ihn gestern Abend gebeten hat? Die plötzliche Unsicherheit lässt Jens wanken. Muss er Toft und Ahmadi wirklich alles berichten? Er beißt sich auf die Lippe. Nein, er würde sein Wissen für sich behalten. Auf keinen Fall würde er etwas offenlegen, das seinen Freund tiefer in die Scheiße reitet.

»Tom ist ein ehrlicher und loyaler Kollege«, gibt Jens den Revisoren zu verstehen. »Und er hat ganz sicher keine Orientierung nach rechts, geschweige denn, dass er Informationen an Verbrecher durchsticht. Wenn Sie ihm wegen dieser Sache ein Disziplinarverfahren anhängen, dann müssen Sie das bei mir auch tun! Ich habe dasselbe Wissen über den Fall wie er und war sogar in Walkas Gewalt. Ich hätte dem Mann genauso gut eine Botschaft übermitteln können.«

Ingrid Toft zieht die Brauen zusammen. »Ist das wirklich Ihre Aussage zu dieser Angelegenheit, Herr Fram?«

»Ja, das ist sie! Und jetzt möchte ich bitte zurück an meine Ermittlung. Da geht es nämlich um echte Terroristen und nicht darum, hart arbeitenden Kollegen etwas anzuhängen!«

»Wie Sie wünschen.« Toft macht eine Geste Richtung Tür.

Mit schwelender Wut im Bauch rauscht Jens aus dem Raum, Øksnes auf den Fersen. Im Flur holt der Ermittlungsleiter ihn ein. »Jens, warte!«

Er fährt zu dem norwegischen Kollegen herum. »Was sollte das, Erling? Kannst du Tom nicht leiden?«

Øksnes hebt hilflos die Hände. »Doch, Tom ist ein wirklich guter Mann. Es war auch gar nicht meine Absicht, ihn in Verruf zu bringen. Sorry, ich wusste nicht, dass Toft und Ahmadi ihn so sehr im Visier haben. Ich dachte, es geht um den Maulwurf. Das ist schließlich unser aller Problem.«

»Ja, genau. Und deshalb sollten wir uns darauf konzentrieren, diesen Scheißkerl zu finden, anstatt die Leute, die auf unserer Seite spielen, solch schwachsinnigen Anschuldigungen auszusetzen.«

»Du hast natürlich recht.«

Jens lässt die Arme sinken und atmet tief durch. »Was jetzt?«

»Müssen wir abwarten, bis die Interne zu ihrem Ergebnis kommt.«

»Und Tom? Erhält er die Gelegenheit, sich dazu zu äußern?«

Øksnes zuckt mit den Schultern.

»Mann, Erling. Das kann nicht wahr sein. Du musst was tun!«

»In Ordnung. Inoffiziell gebe ich dir die Erlaubnis, Tom anzurufen. Warne ihn vor. Wir dürfen ihn nicht ins offene Messer laufen lassen. Aber das bleibt strickt unter uns, klar?«

Jens nickt. Endlich ein vernünftiges Wort.

28

Skagen ist speiübel, seit sich das Schiff in Bewegung gesetzt hat. Zudem dröhnt das dumpfe Geräusch des Antriebs, von dem die Norsk Sol langsam durch die Nacht geschoben wird, unablässig durch seinen Körper.

Zum Glück ist das Gefühl zu schwanken im Konferenzraum nicht ganz so schlimm, zumindest, wenn man auf seinem Stuhl sitzen bleibt. Er blickt vom Tisch auf die Landkarte, die Iver an die Glaswand gehängt hat. Der junge Kollege hat bereits alle relevanten Orte eingezeichnet. Natürlich gibt es keinerlei geografische Zusammenhänge zwischen den Selbstmorden außer dem Kurs der Norsk Sol.

Skagen reibt sich die Augen und schleppt sich erschöpft zur Tür, die er von außen zuzieht. Danach macht er sich nur widerwillig auf den Weg in die wenig einladenden Katakomben des Crewbereichs. Am Büro des Crew Pursers auf Deck 5 erkundigt er sich, ob es klappt, dass er eine eigene Kammer bekommt.

Ein dunkelhäutiger Bodybuildertyp mit eng sitzender Uniform und zurückgegelten Haaren lehnt sich in den Türrahmen und grinst ihn amüsiert an. »Der Herr Polizist will wohl ein größeres Zimmer, was? So wie die zahlenden Gäste auf den oberen Decks?«

»Nein, das ist nicht der Grund«, erklärt Skagen. Er ist müde und will sich nicht streiten.

»Erzähl mir keinen vom Pferd! Ich kenne Typen wie dich. Der Herr ist sich zu fein.«

Skagen beißt sich auf die Zunge. Am liebsten hätte er ihm erzählt, dass er in seiner Vergangenheit schon in viel kleineren

Quartieren gehaust hat, doch er beherrscht sich und erklärt ihm lediglich, dass er aufgrund seiner Ermittlungsarbeit Privatsphäre benötige.

»Privatsphäre!« Der Purser lacht lauthals. »Das ist echter Luxus, Blondchen. Warst wohl noch nie auf einem Schiff! Aber weißt du was? Ich habe ein gutes Herz – selbst für eine verweichlichte Landratte wie dich. Du darfst die Kammer mit dem Rettungszeug benutzen. Wir haben dir eine Matratze reingelegt. Die Toilette ist auf dem Gang. Hoffe, das ist dem Herrn genehm.«

»Danke für die Mühen. Wo ist die Kammer?«

Der Purser hebt seinen massigen Arm. »Den Hauptkorridor runter, dritter Abzweig steuerbord und die fünfte Tür links. Ach so, und die Tür hat kein Schloss, nur einen Riegel … damit musst du klarkommen.«

»Das werde ich, keine Sorge.« Skagen wendet sich ab und schleppt sich den Gang entlang. Nach dem beschriebenen Abzweig findet er schließlich eine Tür mit dem Rettungswesten-Symbol darauf. Er öffnet den Riegel und betrachtet mit einem Seufzen die Kammer. Auf der einen Seite hängen knallorange Westen und auf der anderen Sicherheitskleidung, Regenoveralls und Feuerschutzjacken. Sein Gepäck hat man bereits herbringen lassen, die Reisetasche steht auf der Matratze, die fast die gesamte freie Bodenfläche einnimmt. Es stinkt nach muffiger Kunstfaser und Gummi, und es gibt natürlich kein Fenster. Die vergitterte Lampe an der Decke spendet nur wenig einladendes Licht.

Skagen schließt die Tür. Sollte das Schiff sinken, schläft er wenigstens auf einem Bett aus Rettungswesten.

Er packt ein paar Sachen aus und lässt sich auf der Matratze nieder. Immerhin riecht das Bettzeug frischgewaschen. Er lehnt sich gegen das Regal mit den Westen und schließt die Augen. Da klingelt sein Telefon. Wahnsinn! Hat er hier drinnen tatsächlich Empfang! Er geht dran und freut sich, Jens' Stimme zu hören.

»Na, wie geht's?«, fragt er. »Kommt ihr voran?«

»Nicht wirklich. Marcel Walka ist noch immer auf der Flucht«, antwortet Jens. »Und seine norwegischen Kumpane von Åsgards Sønner wurden mittlerweile von deren Anwalt aus der U-Haft rausgeholt. Sie sind frei. Wir konnten nichts dagegen tun.«

»So eine Scheiße! Und Jette? Hat sie bei diesem Gielow etwas erwirken können?«

»Nein, der beharrt darauf, dass wir den offiziellen Weg einhalten. Jette meint, es kann dauern, bis sich das LKA dazu bequemt, uns die Freigabe für die Akte über die verdeckte Ermittlung zu erteilen. Angeblich müsse in den Berichten zuerst noch einiges geprüft werden.«

»Du meinst geschwärzt«, bringt Skagen sarkastisch hervor.

»So ist es vermutlich«, antwortet Jens. »Und mit der verschlüsselten Nachricht sind wir auch nicht weiter. Aber Øksnes und die Antiterroreinheit streben eine Razzia des ÅS-Hauptquartiers in Trondheim an. Wir warten noch auf die Freigabe von der Staatsanwaltschaft. Mit der Begründung eines Terrorverdachts dürften wir diese jedoch schnell erhalten.«

»Dann drücke ich euch die Daumen.« Skagen zögert. »Und was macht die Interne?«

Jens verfällt in Schweigen.

»Los. Sag es mir!«

Sein Freund räuspert sich. »Es sieht nicht gut aus. Diese Ingrid Toft denkt, dass du die undichte Stelle bist und bei der Geiselsituation deshalb so nervös warst. Sie glaubt, dass dein Satz mit Julia irgendein Code war, über den du dich mit Walka verständigt hast. Denn kurz darauf hat er Sobek erschossen und konnte fliehen.«

»Nicht dein Ernst?«, entfährt es Skagen. »Was ist das denn für ein Bullshit?«

»Tut mir leid. Aber ich kann dir sagen, dass Øksnes und Jette es genauso wenig verstehen. Sie werden alles versuchen, um die Interne davon zu überzeugen, dass du einer unserer besten und zuverlässigsten Kollegen bist. Könnte sein, dass du noch mal eine Aussage tätigen musst. Ich möchte nur, dass du Bescheid weißt und dich darauf vorbereiten kannst.«

Skagen presst die Lippen aufeinander. Der Gedanke, dass es in Stavanger Kollegen gibt, die glauben, er würde seine Polizeikameraden an Rechtsradikale ausliefern, quält ihn. Und dass er nichts zur seiner Verteidigung sagen kann, setzt ihm zusätzlich zu.

»So eine Scheiße, Jens! Und ich sitze auf diesem dämlichen Schiff fest!«

»Tom, ich ...«

»Du kannst nichts dafür. Danke dir für die Info. Ich muss Schluss machen. Wir hören uns.« Mit zusammengebissenen Zähnen legt er auf. Eine Druckwelle heftigen Zorns fegt über ihn hinweg und hätte ihn am liebsten laut aufschreien lassen. Warum hat er sich von Jette nur abschieben lassen? Das war ein Fehler. Jetzt steckt er auf dem Scheißkahn doppelt in Schwierigkeiten, während die in Stavanger in aller Ruhe über ihn urteilen können. Fuck!

Wütend stemmt er sich auf die Beine, stößt die Tür auf und rennt durch die ewig langen Korridore. Er entdeckt einen Zugang zum Passagierbereich und stürmt hindurch. Im nächsten Augenblick empfängt ihn diese völlig andere Welt aus seichter Lounge-Musik, gemusterten Teppichen und poliertem Messing. Von irgendwoher dringt geselliges Lachen an sein Ohr, vermutlich aus einer der Bars. Skagen stampft das Deck entlang und findet wie durch ein Wunder den Weg zum Konferenzraum. Ohne zu zögern schlüpft er in das darin herrschende Dunkel und hält kurz den Atem an, weil draußen jemand an der Glaswand vorbeiläuft. Direkt danach ist es wieder ruhig – bis auf den dumpfen Rhythmus der Maschinen, dem er ohnehin nicht entkommen kann.

Mit der Hand tastet er nach dem Lichtschalter, und als es hell wird, sieht er, dass alles noch so ist, wie sie es zurückgelassen haben. Er setzt sich an den Tisch und klappt sein Notebook auf. Je schneller er den Fall mit den Selbstmördern löste, desto eher könnte er das Schiff verlassen und zurück nach Stavanger. Er würde nicht zulassen, dass sie ihn als Verräter abstempelten.

29

Er ist froh, dass er diese Idee gehabt hat. Keiner der zahlreichen Gäste merkt, dass er nicht dazugehört. Und die Bullen sollen ruhig in Stavanger nach ihm suchen, bis sie schwarz werden. Diese Amateure!

Er nimmt einen Schluck von seinem Bier und grinst in sich hinein. Er ist aber auch ein Fuchs. Nein, eher ein Wolf. Das passt besser zu ihm.

Er beobachtet die Menschen um sich herum. Sie sind in Partylaune und saufen, was das Zeug hält. Am liebsten hätte er sich ebenfalls mehr als zwei Bier genehmigt, um zu feiern, dass er entkommen ist. Aber er muss wachsam bleiben, bis er Trondheim erreicht hat. Dann würde er sich mit seinen nordischen Brüdern vereinen und bei ihnen Zuflucht suchen, solange der Trubel um seine Person anhielte. Im Hauptquartier von Åsgard würde er sich einen Plan überlegen, wie er aus der Sache rauskäme. Der Onkel würde ihm bestimmt dabei helfen. Schließlich hat er getan, was der Onkel ihm befohlen hat. Er hat Sobek ausgeschaltet. Dieses Verräterschwein! Sobek hat nur so getan, als würde er im selben Team spielen, in Wahrheit wurde er eingeschleust. Er sollte sie bespitzeln und ihre Pläne an das BKA weitergeben. Fuck! So weit ist es schon gekommen, dass die Polizei die Polizei ausspioniert. Gute Nacht, Deutschland, du bist dem Untergang geweiht. Du bist ein kaputtes System, das nach einer starken Hand verlangt. Es ist höchste Zeit für einen Umsturz. Wir merzen die Verräter aus. Und den reichen Eliten wird es auch noch an den Kragen gehen, wenn Tag X erst da ist. Es ist alles vorbereitet. Mitten in Berlin wird es stattfinden! Aber davor wird es eine Generalprobe in Norwegen geben. Man begibt sich schließlich nicht untrainiert in einen Kampf.

Marcel Walkas Grinsen wird breiter. Er kann es nicht erwarten, das linke Ungeziefer mit dem Maschinengewehr niederzumähen. Zum Glück hat der Onkel rechtzeitig rausgefunden, dass Sobek sie unterminiert hat. Der Onkel hat schließlich Kontakte bei der Polizei, und da arbeiten gute Leute, die ihre Sache unterstützen. Waffenbrüder, die ebenfalls die Schnauze voll haben. Die Welt würde schon sehen, wie sie mit den zersetzenden Elementen umgingen, wenn der Umsturz käme. Dann gäbe es nur noch das Recht der Stärkeren, und die Stärkeren – das sind sie! Jahrelang haben sie sich darauf vorbereitet. In den Trainingscamps der norwegischen Brüder. Das Land ist so weitläufig, da bekommt keiner was mit.

Mann, wird das geil! Walka trinkt sein Bier aus und stellt die Flasche auf den Tresen. Doch anstatt sich auf das baldige Feuerwerk zu freuen, verfinstern sich seine Gedanken. Ein Schatten hat sich über ihr Vorhaben gelegt. Von ihrem Informanten aus Stavanger hat er erfahren, dass die Bullen irgendwie Wind von dem geplanten Anschlag in Norwegen bekommen und die Antiterroreinheit aufgefahren haben. Doch was den Ort und die Zeit des Attentats angeht, tappen sie nach wie vor im Dunkeln. Der Onkel weiß jedenfalls Bescheid und hat veranlasst, dass ihre norwegischen Waffenbrüder informiert werden. Im Hauptquartier in Trondheim wird man wachsam sein. Vielleicht werden sie den Plan ändern müssen. Aber verdammt noch mal, sie würden ihn durchziehen. Diese Säuberungsaktion würde stattfinden. Zum Glück hat ihr Ablenkungsmanöver mit der Waffenlieferung funktioniert. Sie haben den Container im Hafen von Rostock entladen und ihn stattdessen mit unbrauchbarem Schrott gefüllt, und die blöden Bullen sind darauf reingefallen. Jetzt haben sie die vollautomatischen Gewehre und die Granaten für den Anschlag. Ein Vorgeschmack auf Tag X.

Er erhebt sich vom Hocker und verlässt die Bar. Am Ausgang wendet er sein Gesicht ab, damit die Kameras es nicht erfassen. Inzwischen weiß er, wo die meisten davon hängen, und weicht ihnen geschickt aus. Draußen auf dem Flur ist kaum was los. Er ist müde und überlegt, sich in sein verborgenes Quartier zurückzuziehen. Dort würde er bis zum Frühstück bleiben. Die Gefahr, entdeckt zu werden, ist nachts am größten, weil in diesen Stunden so wenig los ist, dass einzelne Personen auffallen. Tagsüber hingegen kann er sich fast frei bewegen.

Er biegt um die Ecke und sieht einen Mann, der leicht angetrunken durch den Flur torkelt. Er hat blonde Haare und einen Bart und kommt ihm verrückterweise bekannt vor.

Walka erstarrt, als er ihn erkennt. Zur Hölle!

Hastig springt er zurück hinter die Ecke und späht in den Flur. Der Kerl schließt einen Raum mit gläsernen Wänden auf und verschwindet darin. Walka ist sich sicher: Es ist der Bulle aus der Hafenhalle, der mit der Waffe auf ihn gezielt hat. Dieser Wichser! Was macht der auf dem Schiff? Sind sie ihm etwa auf der Spur? Aber woher wissen sie, dass er hier ist? In Stavanger hat er die Bullen doch bewusst in die Irre geführt und ist durch ein Geschäft mit Outdoorklamotten und dessen Hinterräume geflohen, ohne dass irgendwelche Kameras ihn erfassen konnten. Zuvor hat er am Hafen ausgekundschaftet, dass dort ein Kreuzfahrtschiff lag, dessen Ladeluke unbewacht offenstand. Hat er eine Kamera übersehen? Wurde er gefilmt, wie er sich an Bord geschmuggelt hat?

Walkas Gedanken überschlagen sich. Er muss den Onkel verständigen. Er muss wissen, was der beschissene Bulle vorhat. Muss einen neuen Plan entwerfen. Und wenn er zu seinem Versteck gelangen will, muss er verdammt noch mal an diesem Scheißraum vorbei! Der andere Weg ist zu lang und mit zu vielen Kameras gespickt.

Er umklammert die Pistole in seiner Jackentasche und läuft los, mit raschen Schritten die Glaswand entlang. Seltsamerweise hat der Polizist das Licht im Innern des Raumes nicht angeschaltet. Egal, nicht sein Bier. Der Typ ist jedenfalls ein Feind, dem er nicht begegnen sollte. Besser wäre es, wenn er sich etwas überlegte, um ihn ganz loszuwerden. Dann gäbe es einen Scheißbullen weniger, der hinter ihm her ist.

Mit entschlossenen Schritten eilt Walka zum nächsten Treppenhaus, wo er sich zwei Stockwerke nach unten begibt, während ein Plan in seinem Kopf Gestalt annimmt.

30

Das Schiff.

Ein existenzieller Kosmos.

Abgeschnitten vom Rest der Welt. Im Rhythmus anderer Zeiten und Gesetzmäßigkeiten; derer an Bord und die der Natur. Inner- und außerhalb der stählernen Wände. Zwei pochende Herzen, die doch eins sind. Der Bug pflügt durch die Wellenkämme, schäumt das Wasser auf. Vielleicht spielen Tümmler in der Gischt, vielleicht begleiten Möwen dich. Doch meist bist du ganz allein und kein Ufer ist in Sicht.

Dann bist du da, wo du hinwillst.

Ganz bei dir.

Ganz in dir.

Ganz im Licht.

Skagen wacht auf. Papier klebt ihm an Stirn und Wange. Er legt die Blätter zurück auf den Konferenztisch. Dabei erinnert er sich daran, dass er einen Traum hatte. Einen sehr schönen sogar. Zumindest hat es sich so angefühlt. Er richtet sich auf und streckt seinen schmerzenden Rücken. Es ist nicht die erste Nacht, die er auf diese Weise verbringt, und es wird nicht die letzte sein.

Zum Glück ist seine Wut von gestern verraucht. Doch die Sorge, dass die Interne in Stavanger etwas über ihn entscheidet, das einen eklatanten Einfluss auf seine Laufbahn als Polizist haben würde, ist noch da. Vielleicht sollte er Jettes Anweisungen missachten und bei nächster Gelegenheit von Bord gehen und zurückfliegen. Lise und Iver würden die Ermittlung gut alleine bewältigen, dessen ist er sich sicher.

Er blickt auf die Uhr und springt erschrocken auf. Verflixt, fast acht! Er muss sich frische Klamotten anziehen und etwas zu essen organisieren. Hoffentlich sind seine Kollegen noch nicht auf dem Weg hierher. Als er die Tür öffnet, biegen die beiden gerade um die Ecke. Sie sehen ausgeschlafen aus, ganz im Gegensatz zu ihm. Skagen setzt ein entschuldigendes Lächeln auf und eilt an ihnen vorbei. »Fangt ruhig ohne mich an, ich bin gleich wieder da«, ruft er ihnen zu.

»Hast du etwa hier gepennt?«, fragt Lise verwundert, doch da ist er bereits weg.

Als er 20 Minuten später den Konferenzraum betritt, sitzen Lise und Iver am Tisch und haben Unterlagen und dampfende Tassen vor sich.

»Wo habt ihr den Kaffee her?«, fragt Skagen sehnsüchtig. Stark und mit Zucker, das ist es, was er jetzt braucht.

Iver zeigt auf eine silberne Kanne und einen Teller mit Keksen. Skagen stürzt sich darauf, schenkt sich eine Tasse ein und trinkt sie in einem Zug leer. Dann holt er die Tüte mit Lakritz hervor, die er sich am Flughafen gekauft hatte, öffnet sie und steckt sich hungrig gleich mehrere davon in den Mund.

»Ist das dein Frühstück?«, fragt Lise.

Skagen nickt kauend. Seine Kollegen gucken ihn an.

»Tom, du solltest besser auf dich Acht geben, ehrlich. Du bist richtig blass. Warst du überhaupt schon mal draußen an Deck?«

Skagen brummt eine Verneinung und gießt sich einen weiteren Kaffee ein, mit dem er sich vor seinen Computer setzt. Die Notizen, auf denen er geschlafen hat, schiebt er zur Seite. Erneut greift er in die Lakritztüte.

Missbilligend schüttelt Lise den Kopf. »Junge, du brauchst dringend frische Luft. Außerdem ist die Aussicht fantastisch. Wir sind im Sognefjord. Das musst du dir anschauen!«

Skagen ignoriert den Vorschlag. Solange er hier drinnen bleibt, gelingt es ihm vielleicht, sich selbst zu überlisten und so zu tun, als wäre er in einem Hotel. Bis jetzt funktioniert das ja ganz gut.

»Können wir anfangen?«, eröffnet er die Morgenbesprechung. »Der Bericht von der Rechtsmedizin aus Oslo bezüglich Christian Landgraf ist gekommen. Zu Philipp Jaeger gibt es noch immer nichts Neues. Er bleibt verschwunden. Der Hubschrauber, der gestern den oberen Teil des Hardangerfjords abgeflogen ist, hat nichts gefunden. Der Suchtrupp setzt heute seine Arbeit fort.« Er nimmt einen Ausdruck zur Hand. »Die Obduktion von Landgraf hat ergeben, dass sein Blut einen sehr hohen Alkoholgehalt aufweist, außerdem wurden Rückstände von chemischen Substanzen gefunden, die auf Aufputschpillen und andere Drogen hindeuten. Ebenso sind seine Nasenschleimhäute und seine Leber stark geschädigt.«

»Koks?«, fragt Lise.

»Ja. Das sagt der Befund seiner Haaranalyse. Landgraf scheint exzessiv Kokain und Alkohol konsumiert zu haben. Leider war sein Leichnam so schwer beschädigt, dass nicht festgestellt werden konnte, ob er schon vor dem Sprung Verletzungen aufwies. Bei einem Aufprall aus 600 Meter Höhe bleibt nicht viel heil.«

»Du meinst, er könnte Spuren von einem eventuellen Kampf oder von einem Stoß an sich gehabt haben?«

»Genau. Deshalb können wir ein Fremdverschulden noch immer nicht ausschließen. Leider hat die KTU in der abgelegenen Ecke oberhalb des Preikestolens keine brauchbaren Spuren einer anderen Person entdeckt.«

»Iver und ich haben uns vor Ort umgesehen, da war tatsächlich nichts. Wirkte alles unauffällig. Landgrafs Rucksack lag relativ ordentlich auf dem Felsen, und in einiger Entfernung haben wir eine leere Wodkaflasche gefunden.«

»Aus der hat er nachweislich getrunken, das ergeben die Fingerabdrücke an der Flasche und Landgrafs Mageninhalt«, bestätigt Skagen. »Kommen wir zu unserem wichtigsten Indiz: dem Abschiedsbrief.« Er hebt das entsprechende Blatt hoch, das in einer Klarsichthülle steckt. Es ist das Original, das in der Mappe von Frau Zemanova gelegen hat. Er liest den Brief, den er jetzt schon Dutzende Male durchgegangen ist, noch einmal laut vor und fügt im Anschluss hinzu: »Meiner Meinung nach bildet dieser Text die Verbindung zwischen den beiden Fällen. Für mich klingen Christian Landgrafs Worte, als fordere er Philipp Jaeger dazu auf, es ihm nachzumachen.«

»Du meinst, sich ebenfalls das Leben zu nehmen?«, überlegt Lise laut.

Skagen nickt.

»Dann muss da aber mehr zwischen den beiden gewesen sein. Denn ich würde nicht einfach von Bord springen, nur weil mir jemand einen Brief schreibt.«

»Ich auch nicht«, sagt Skagen. »Deshalb müssen wir die Gründe für beide Selbstmorde herausfinden.«

»Vielleicht hat das mit den Leuten zu tun, denen Christian Leid zugefügt haben soll«, schlägt Iver vor.

»Gut möglich. Mal sehen, was wir bei der Befragung der Abigruppe herausfinden. Und Frau Jaeger nehmen wir uns auch noch mal vor. Vielleicht hat sie uns nicht die volle Wahrheit gesagt.« Skagen steht auf und setzt den Punkt auf den Ermittlungsplan. »Iver, könntest du den Brief auf Fingerabdrücke untersuchen, bevor wir ihn zur KTU schicken?«

»Klar, wir haben ja alles für eine daktyloskopische Untersuchung dabei.« Er weist auf den Alukoffer, der neben dem Tisch steht. »Aber eine Frage hätte ich noch: Was ist eigentlich ein ›Brausekopp‹?«

Skagen zuckt mit den Schultern. »Vielleicht ein Spitzname.«

Es klopft an die Tür und Dana Zemanova streckt den Kopf herein. »Guten Morgen.«

»Guten Morgen!«, erwidert Iver strahlend.

»Entschuldigen Sie, dass ich störe«, Dana tritt ins Zimmer, »aber wir haben ihn gefunden.«

»Wen?«, fragt Skagen.

»Herrn Jaeger. Auf einem der Videos.«

Wenig später befinden sie sich in der Sicherheitszentrale des Schiffes, wo sämtliche Überwachungsmaßnahmen zusammenlaufen. Neben zahlreichen Bewegungssensoren gibt es über hundert Kameras an Bord. Keine leichte Aufgabe, deren Filme vollständig zu sichten. Dennoch ist es den beiden Security-Angestellten gelungen, Philipp Jaeger auf gleich zweien davon auszumachen.

Gemeinsam mit der Ersten Offizierin sehen sie sich die erste nur wenige Sekunden dauernde Sequenz an. Darin bewegt sich Philipp Jaeger um 3.27 Uhr bekleidet mit einer gelben Jacke durch das Treppenhaus von Deck 7 nach Deck 8. In der nächsten erscheint er in der leeren Fjord-Lounge, geht aufmerksam um sich schauend an der verwaisten Bar vorbei und verschwindet eine Sekunde später aus dem Bildausschnitt.

»Wo ist er hin?«, fragt Lise. »Nach draußen kommt er von dieser Ebene aus nicht, oder?« Sie blickt die Erste Offizierin an.

»Nein. Aber vielleicht hat er die Innentreppe nach unten in die zweite Panorama-Lounge genommen. Da gibt es einen Außenbereich, der direkt über der Brücke und den Nocken liegt. Ich glaube aber nicht, dass er von dort gesprungen ist. Das hätten wir auf der Brücke mitbekommen.«

»Ich verstehe auch nicht, warum er erst ein Stockwerk höher steigt, um anschließend über eine andere Treppe wieder nach unten zu gehen.« Ratlos kratzt sich Iver an der Stirn. »Das ergibt keinen Sinn.«

»Außer er hat jemanden gesucht«, wirft Lise ein. »Vielleicht wollte er sich mit einer Person treffen, mit der er sich über die SMS verabredet hat. Und in der gelöschten Nachricht auf seinem Handy stand genau das: Zeit und Ort.«

»Gut möglich«, bestätigt Skagen. »Doch warum taucht diese Person dann nicht auf den Überwachungsfilmen auf?«

Der Security-Mann schüttelt den Kopf. »Im Bereich der Innentreppe gibt es keine Kameras. Man kann die untere Lounge unbemerkt erreichen.«

»Schade. Und was befindet sich auf dieser Ebene noch?«

»Sauna und Fitnessraum.«

Nein, das kann es nicht sein, denkt Skagen und starrt auf die Deckspläne an der Wand. Schließlich zeigt er auf einen bestimmten Bereich. »Was ist mit dem Peildeck über der Fjord-Lounge?«

»Dazu hat nur die Crew Zutritt.«

»Kann man es trotzdem von der unteren Lounge aus erreichen?«

»Ja, im Gang neben dem Fitnesscenter befindet sich ein Treppenhaus. Das nach unten und oben führt. Mangels Zugangsrecht dürfte Herr Jaeger jedoch nicht über diesen Weg nach draußen gekommen sein. Das Treppenhaus ist ausschließlich für die Crew.«

»Kameras?«

Die Erste Offizierin überlegt. »Nicht im Treppenhaus, aber es existiert eine an den Aufbauten beim Radar. Die überblickt hauptsächlich die Peiltechnik, vielleicht erkennt man einen Teil des Decks.«

»Ich suche Ihnen die Aufnahme raus«, sagt der Security-Angestellte und spielt ihnen wenig später das Video vom Radarmast vor. Die Kamera hängt relativ hoch, aber hinter den Antennen ist ein Ausschnitt vom höchsten Deck des Schiffes zu sehen. Und tatsächlich bewegt sich dort in der Dunkelheit etwas.

»Halten Sie an!«, sagt Skagen und zeigt auf einen hellen Fleck am rechten Rand. »Da ist Philipp Jaeger in seiner gelben Jacke!«

Alle schauen auf den Monitor.

»Wie ist er dahingekommen?«, fragt die Erste Offizierin.

»Vielleicht hat derjenige, mit dem er sich treffen wollte, einen Schlüssel?«, schlägt Skagen vor.

Dana Zemanova runzelt nachdenklich die Stirn.

»Man kann leider nicht erkennen, ob Herr Jaeger springt«, konstatiert Iver. »Er verschwindet aus dem Bildausschnitt und taucht nicht wieder auf.«

»Aber dafür haben wir die Zeit seines Abgangs«, erklärt Skagen. »Ich würde sagen, wir notieren MOB Philipp Jaeger, 3.39 Uhr Bordzeit, Peildeck Backbordseite.«

Dana Zemanova hebt überrascht die Augenbrauen. »Waren Sie schon öfter auf Schiffen unterwegs, oder woher kennen Sie die Bezeichnungen?«

Skagen verflucht sich innerlich, weil er etwas preisgegeben hat, was er eigentlich unter Verschluss halten wollte. Alte Gewohnheiten lassen sich eben nur schwer abstellen.

»Tom ist unser Schiffsexperte«, erklärt Iver stolz. »Er war mal Erster Offizier, genau wie Sie.«

»Ach ja?«, fragt Dana interessiert. »Für wen sind Sie gefahren?«

»Reederei Merkur. Containerfrachter.«

»Wow, die ganz großen Dinger!«

»Ja«, entgegnet Skagen knapp.

»Und warum haben Sie den Job gewechselt?«

Da ist sie, die Frage, die er am meisten fürchtet. Skagen überlegt, was er darauf antworten soll. Oft benutzt er eine angeblich plötzlich aufgetretene Seekrankheit als Ausrede. Das ist so absurd, dass die meisten Leute die Erklärung glauben und aufhören zu fragen. Doch bei Dana würde das nicht funktionieren. Als erfahrene Nautikerin würde sie seine Notlüge durchschauen.

»Die Seezeiten waren mir irgendwann zu lang«, sagt er deshalb.

Dana nickt. »Tja, das ist der Nachteil an unserem Beruf. Die Wochen auf See, weit weg von der Familie. Das ist nicht ohne. Aber bei der Polizei kommen Sie auch recht viel rum, wie ich sehe.«

Skagen lächelt bestätigend und kehrt schnell zum vorherigen Thema zurück. »Informieren Sie den Kapitän über Jaegers MOB-Zeit. Er soll berechnen, wo das Schiff sich zu diesem Zeitpunkt befunden hat, und das Search-and-Rescue-Team darüber in Kenntnis setzen. Wir können hoffen, dass sie wenigstens seine Leiche finden.« Danach wendet er sich an den Sicherheitsangestellten und trägt ihm auf, die Videos rund um Jaegers Verschwinden auf Unregelmäßigkeiten oder auffällige Personen zu überprüfen. »Bitte geben Sie mir umgehend Bescheid, sollten Sie etwas finden.«

»Wird erledigt.«

Skagen bedankt sich bei dem Mann und verlässt zusammen mit den anderen die Sicherheitszentrale. Eigentlich wäre er jetzt gerne in seine Kammer hinabgestiegen und hätte seine Sachen gepackt. Die Norsk Sol legt in Kürze in Flåm an, wo er die Möglichkeit hätte, von Bord zu gehen. Aber im Auditorium des Science Centers wartet bereits der Abijahrgang des Internats darauf, von ihnen befragt zu werden. Das kann er Lise und Iver nicht allein überlassen.

31

»Überraschung! Ich bin gar nicht tot. Tadaaa!« Christian breitet die Arme aus und lässt ein dunkles Lachen erklingen. »Siehst du, mir ist nichts passiert.«

Katharina steht wie angewurzelt in der leeren Panorama-Lounge. Von draußen drückt Nebel gegen die Fenster, weiß und gespenstisch. Nicht mal das dumpfe Vibrieren des Schiffsantriebs ist zu vernehmen. Es wirkt, als gleite die Norsk Sol nicht durch einen von Norwegens Fjorden, sondern durchs einen leeren Raum, schwerelos, lautlos, tot …

Christian sitzt auf einem der Lounge-Sessel und hat die Beine lässig übereinander geschlagen. Auf seinem Gesicht liegt die für ihn typische Mischung aus mildem Spott und Bösartigkeit. Katharina kennt diesen Ausdruck sehr gut. Es ist der, mit dem Christian stets seinen Opfern gegenübertritt.

Katharina versucht, sich davon nicht beirren zu lassen. So schnell würde er sie nicht kleinkriegen. Schließlich sind sie aus demselben Holz geschnitzt. »Weißt du schon, was mit Philipp passiert ist?«, fragt sie ihn direkt.

»Philipp war schwach.« Christian macht eine abwertende Handbewegung. »Das zerbrechlichste Glied in unserer Gemeinschaft.« Er breitet die Arme zu beiden Seiten aus, lächelt mitleidig. »Jeder bekommt, was er verdient. Am Ende stehen wir alle vorm Richter, meine liebe Katharina.«

»Und du bist dieser Richter?«

Christian zwinkert ihr zu. »Du kannst es dir aussuchen. Entweder ich richte dich oder die Polizei. Denn die ist nicht auf dem Schiff, um eine Kaffeefahrt zu machen. Sie wollen Ergebnisse, Schuldige.«

»Ich bin nicht schuld an Philipps Tod!«

Christian wirft den Kopf zurück und lacht schallend. »Wie amüsant! Wirklich, ein sehr netter Versuch, oh du meine Chronistin.« Er springt vom Sessel auf und ist mit wenigen Schritten bei ihr. Und zwar so nah, dass sich ihre Nasenspitzen berühren. Seine Augen funkeln unheimlich. »Schluss mit den Lügen!«, zischt er. »Ich weiß, was ich getan habe. Und ich weiß, was du getan hast, Katharina. Niemand von uns ist ohne Schuld. Du solltest dich langsam dafür entschieden, wie du die Strafe dafür verbüßen willst. In meinen Armen oder im Knast!«

Er öffnet seinen Mund und drückt ihn auf den ihren. Katharina will Christian von sich stoßen, doch er saugt sich förmlich an ihr fest. Sie spürt seine Zähne, die sich tief in ihre Lippen graben, um sie nie wieder loszulassen. Verzweifelt wehrt sie sich, schlägt auf ihn ein, doch er hält sie mit eisernem Griff gefangen. Seine Zunge bohrt sich vorwärts. Hinab bis zu ihrem Kehlkopf, durch die Stimmritze und hinein in die Luftröhre. Im nächsten Moment beginnt Christian, ihr die Luft aus den Lungen zu saugen. Katharina reißt ihren Rachen auf, will schreien, doch es geht nicht. Christians Zunge verstopft ihren Hals.

Mit einem ersticken Keuchen fährt sie hoch und sieht sich hastig um. Was …? Wo …? Christian …? Sie erkennt, dass sie in ihrem Bett in der Kabine liegt, und atmet stoßartig aus. Mit schweißnassen Fingern wischt sie sich die Haare aus dem Gesicht und lässt sich zurück aufs Kissen fallen. Oh Mann, was für ein abgefuckter Traum!

Gereizt schlägt sie auf die Matratze. Seit wann hat sie so schwache Nerven, dass sie solche Albträume hat? Philipp hat sich das bloß zurechtfantasiert, dass Christian noch lebt. Der Scheißkerl ist tot. Und damit basta!

Sie wirft einen Blick auf die Uhr und flucht laut. Kurz vor zehn! In wenigen Minuten findet die Versammlung im Auditorium statt. Und sie sieht aus wie eine Vogelscheuche!

Eilig springt sie aus dem Bett und betritt das Bad. Als sie in den Spiegel guckt, entspannt sie sich. Ach, so schlimm ist es gar nicht. Und für ein paar Minuten Verspätung würde sie niemand killen.

Sie greift nach der Bürste und beginnt, sich den Albtraum aus den Haaren zu kämmen.

32

Skagen marschiert den Kollegen voran über das Entertainment-Deck in Richtung Auditorium. Die Norsk Sol hat ihre Maschinen getoppt und das Anlegemanöver beendet. Sie haben den beschaulichen Ort Flåm am Ende des Sognefjords erreicht. Im Vorbeigehen wagt Skagen einen Blick aus dem Fenster. Das Schiff läge bis 17 Uhr hier. Bis dahin könnte er einige der Befragungen durchgeführt, seinen Bericht geschrieben und den Fall sauber an Lise und Iver übergeben haben. Und er wäre noch heute bei Jens in Stavanger und hätte die Chance, sich vor der Internen zu rechtfertigen. Der Gedanke, dass die Revisoren gerade über ihn und seine Zukunft entschieden, macht ihn ganz kribbelig.

Sie erreichen das Auditorium, und er muss sich zwingen,

sich auf den Fall zu fokussieren. Gefolgt von den anderen betritt er den Raum, der Platz für etwa hundert Leute bietet. Im vorderen Bereich erhebt sich eine schmale Bühne und die Wände sind mit Fotos von Norwegens schönsten Sehenswürdigkeiten geschmückt. Skagen erkennt den Preikestolen, die stählerne Weltkugel am Nordkap und die schroffen Bergspitzen der Lofoten. Die Luftaufnahme einer kleinen Halbinsel, auf der eine lange Reihe von Steinstelen errichtet wurde, sagt ihm allerdings nichts. »1.000 Jahre Gulating« steht darunter. »Der älteste Thingplatz in Norwegen.«

Während Skagen sich weiter umsieht, unterbreitet Lise den Anwesenden von der Bühne aus das Anliegen der Polizei. Die meisten Gesichter sind ernst, aber es gibt auch gelangweilte und sogar genervte Reaktionen. Skagen macht sich bereit, nach Lise das Wort zu ergreifen, da geht die Tür auf und eine verspätete Person kommt herein.

»Entschuldigung«, sagt die attraktive Brünette und huscht zu einem Platz in der hintersten Reihe.

Skagen räuspert sich und beginnt mit seiner Erklärung. »Ich würde Sie gerne zu Christian Landgraf und Philipp Jaeger befragen. Dazu werden wir mit Ihnen kleine Vierergruppen bilden, die alphabetisch von uns einberufen werden. Die Gespräche werden im Konferenzraum auf Deck 8 stattfinden.«

»Äh, ich hätte eine Frage.« Ein Mann aus der mittleren Reihe hebt die Hand.

Skagen nickt ihm zu.

»Ist Philipp wirklich gesprungen?«

Als hätte jemand einen Stecker gezogen, herrscht schlagartig Stille im Auditorium.

»Nun, das ist noch nicht hundertprozentig sicher«, entgegnet Skagen. »Die Wahrscheinlichkeit, dass Herr Jaeger tot ist, ist jedoch leider sehr hoch.« Er hört ein leises Aufschluchzen von den hintersten Stühlen und bemerkt Frau Jaeger, die ihrer Freundin in die Arme sinkt. Ein paar Plätze vor ihr dreht sich ein rothaariger Krawattenträger mit Vollbart und Segelohren um und wirft ihr einen Blick zu, der keinen Hauch Mitleid in sich birgt. Die zwei Frauen neben ihm, eine Platinblonde und die attraktive Brünette, die eben zu spät gekommen ist, reagieren ähnlich unterkühlt.

»Die Befragung beginnt gleich im Anschluss«, fährt Skagen fort. »Meine Kollegin, Frau Haugland, wird Ihnen die jeweiligen Zeiten nennen.«

»Heißt das, wir müssen auf dem Schiff bleiben?«, ruft ein anderer Mann. »Was ist mit den Landausflügen? Die würde ich gerne mitmachen. Das ist schließlich mein Urlaub!«

Viele der Anwesenden raunen bestätigend.

Wie überaus mitfühlend und hilfsbereit, denkt Skagen, vermeidet es aber, seine Abneigung zu durchblicken zu lassen. Mit Nachdruck in der Stimme erklärt er, dass er es begrüßen würde, wenn die Leute sich wie geplant an Bord zur Verfügung hielten, er sie allerdings nicht dazu zwingen könne.

»Dann ist ja gut!«, ruft der Mann von den mittleren Plätzen. »Mit Christian, diesem Arschloch, habe ich sowieso nichts zu tun gehabt!«

»Aber vielleicht mit Herrn Jaeger!«, erwidert Skagen.

Der Typ zuckt mit den Schultern. »Nö. Nur, weil ich mit denen mal in einer Klasse war, heißt das nicht, dass ich weiß, warum zur Hölle die sich umgebracht haben. Scheiße, die beiden Idioten versauen uns noch die ganze Fahrt!«

Bevor Skagen etwas sagen kann, mischt sich der Direktor des Internats in den Disput ein. »Ich bitte doch höflichst um einen gemäßigten Umgangston, ja?«

Der Typ verdreht die Augen, hält jedoch den Mund. Die Autorität des Direktors wirkt offensichtlich nach wie vor.

»Das Schiff fährt trotzdem weiter, oder?«, fragt eine Frau.

Skagen nickt. »Die Reiseroute wird eingehalten.«

Auf vielen Gesichtern zeigt sich Erleichterung.

Einmal Falkenstein, immer Falkenstein – so funktioniert das also, denkt Skagen zynisch. Er hat in der vergangenen Nacht über die Schule recherchiert und dieses Motto auf deren Webseite gefunden. Anscheinend nur hohle Worte.

»Okay«, vermeldet er laut, »Frau Haugland vergibt jetzt die Zeitfenster für die Befragungen. Ich möchte Sie noch einmal darum bitten, uns zu unterstützen. Je schneller wir den Fall abschließen, desto eher können Sie in Ruhe Ihren Urlaub fortsetzen. Danke für Ihre Aufmerksamkeit!«

Die Leute springen förmlich auf und Unruhe entsteht, weil alle zur Tür drängen, wo Lise ihnen die Zettel mit ihren Zeiten aushändigt. Herr Dröhmer tritt an Skagen heran.

»Es tut mir leid, dass sich einige der Anwesenden so unkooperativ verhalten. Ich werde versuchen, sie zu mehr Entgegenkommen zu bewegen.«

»Das wäre hilfreich, danke.« Skagen schielt hinüber zu der Schlange an der Tür. Der Mann mit dem roten Vollbart, die platinblonde Frau und die Brünette warten an deren Ende. Ob das die sogenannte In-Crowd ist, von der Frau Jaeger erzählt hat? Wenn ja, dürften die drei sich gleich wundern, dass sie von der alphabetischen Reihenfolge ausgenommen sind und als Erstes in den Konferenzraum bestellt werden. Skagen will verhindern, dass sie Zeit haben, sich untereinander abzusprechen. Das Gefühl, dass hier etwas nicht stimmt, kitzelt seine Nervenenden.

33

Prinz Harry in unsympathisch, denkt Skagen, als er dem Mann mit dem roten Bart und den zwei Frauen gegenüber am Konferenztisch sitzt. Es wirkt, als gehörten die drei zusammen und doch auch wieder nicht. Da ist etwas an ihnen, das Skagen nicht zu fassen bekommt. Er hat seine Zweifel, dass es sich dabei um Freundschaft handelt.

Er liest sich die Personenangaben durch: Matthias Nossak, Vorstandsvorsitzender der in Hamburg ansässigen Alfred Nossak Verlagsgruppe. Dort wird das in Deutschland bekannteste Wochenmagazin herausgegeben. Nadine Valetta, Mitinhaberin der Valetta-Restaurantkette, und Katharina Rabusch, Versicherungsdetektivin. Ein sehr interessanter Beruf, dem seinen nicht unähnlich, findet Skagen.

Er lehnt sich vor und faltet die Hände. Lise, die neben ihm Platz genommen hat, führt Protokoll, während Iver das obere Außendeck nach Spuren von Philipp Jaeger und einer möglichen weiteren Person absucht. Leider gibt das Videomaterial dazu nicht mehr her. Darauf ist und bleibt Jaeger der alleinige Besucher auf dem Peildeck.

»Nachdem mir nun jeder von Ihnen erklärt hat, dass Sie nach dem Abitur weder mit Christian Landgraf noch mit Philipp Jaeger viel Kontakt hatten, möchte ich gerne von Ihnen wissen, wie Ihr Verhältnis während der Schulzeit zueinander war. Mir ist zu Ohren gekommen, Sie gehörten zu einer Art Clique.«

»Ist das von irgendeiner Relevanz?«, blafft Nossak. Sein Blick ist stahlhart. Er trägt immer noch die gemusterte Krawatte und wirkt bis zum Scheitel zugeknöpft. Warum um alles in der Welt zieht man sich im Urlaub auf einem Schiff so an? Will er die Respektsperson raushängen lassen?

»Sagen Sie es mir?«, fragt Skagen provokant zurück.

Die Kiefermuskeln des Rothaarigen spannen sich an vor Zorn, doch dann faltet er ruhig die Hände und antwortet: »Ich gehe nicht davon aus.«

»Gut.« Skagen wendet sich an die beiden Frauen, die unterschiedlicher nicht sein könnten, wobei er sich Mühe geben muss, Katharina Rabusch nicht zu lange anzustarren, so sehr ist er von ihren grünen Augen und dem scharf geschnittenen Gesicht fasziniert. »Sie waren zu Schulzeiten mit Landgraf und Jaeger in einer Clique?«

»Ja«, entgegnet die Platinblonde. »Und ich sage Ihnen eines: Wenn Sie mir deswegen etwas anhängen wollen, bekommen Sie es mit den Anwälten meines Mannes zu tun.«

»Was sollte ich Ihnen denn anhängen wollen?«, fragt Skagen unschuldig.

Nadine Valetta presst ihre rot geschminkten Lippen zusammen, und Herr Nossak atmet kontrolliert aus. Es scheint, als würde er gern etwas sagen wollen, doch er hält sich zurück.

»Ich möchte lediglich die Zusammenhänge verstehen«, fährt Skagen fort.

»Es gibt keinen Zusammenhang«, antwortet Nossak knapp. »Das sagte ich bereits.«

»Das sehe ich anders. Ein Mensch hat sich umgebracht und ein zweiter höchstwahrscheinlich auch. Beide gehörten zu Ihrer früheren Clique. Für mich besteht da eindeutig eine Verbindung.«

»Wahrscheinlich hatten Philipp und Christian was laufen, wovon wir nichts wussten«, murmelt Frau Valetta. »Davon ist doch auch in diesem Abschiedsbrief die Rede.«

»Sie kennen ihn?«

»Klar. Das hat sich doch herumgesprochen.«

»Haben Sie eine Ahnung, was dieser Brief bedeuten könnte?«

Frau Valetta wird zunehmend lauter. »Nein! Verdammt, warum sind wir überhaupt hier?«

Nossak hebt eine Hand. »Beruhige dich, Nadine. Der Herr von der Polizei will nur herausfinden, was passiert ist.«

»Wie standen Christian und Philipp zueinander?«, fragt Skagen.

»Na, sie haben sich gehasst!«, schießt es aus Frau Valetta heraus. »Schon immer.«

»Und warum waren sie dann zusammen in einer Clique?«

Sie zuckt übertrieben mit den Schultern, sodass die Ketten um ihren Hals klirren. Warum reagiert die Frau nur so heftig, wundert sich Skagen.

»Es war so eine Art Hassliebe«, erklärt Nossak anstelle von Valetta.

»Und Ihr Verhältnis zu Herrn Landgraf und Herrn Jaeger? Wie war das? Haben Sie einander auch gehasst?«

Herr Nossak schüttelt den Kopf. »Ich mochte Philipp, er war ein Machertyp, hat damals unheimlich viele Dinge für uns organisiert und die coolsten Schulpartys auf die Beine gestellt. Christian haben wir respektiert. Er war eine starke Persönlichkeit, ein bisschen zu draufgängerisch, trotzdem konnte man auf ihn zählen. Jeder in der Clique konnte das. Wenn man ihn zum Freund hatte, war man sicher.«

»Jep, Christian war cool«, bestätigt Frau Valetta.

Skagen verengt die Augen. »Was meinen Sie damit, dass man sicher war?«

»Na, wir waren die Topdogs.« Nossak fährt sich mit einer arroganten Geste an den Knoten seiner Krawatte und rückt sie zurecht. »Deswegen hat sich keiner an uns rangetraut. Auch bei uns am Internat gab es eine Hackordnung, doch neben Christian war man unantastbar.«

»Also waren Sie diejenigen, die Ihre Mitschüler drangsaliert haben? Die auf den Schwächeren rumgehackt haben? Eben die Topdogs?«

»Scheiße, so was haben wir nicht gemacht!«, fährt Nadine Valetta auf.

Skagen hebt die Brauen. »Tatsächlich? Haben Sie nie jemandem Leid zugefügt oder Ihre Position ausgenutzt?«

»Teufel, nein!« Sie dreht sich zu Nossak. »Sag dem endlich, dass wir mit der ganzen Sache nichts zu tun haben!«

Nossak seufzt aufgesetzt. »Hören Sie, Herr Skagen, natürlich war da mal das ein oder andere Vorkommnis in Sachen Mobbing, das zu leugnen, wäre unsinnig. Das gibt es an jeder Schule. Und bei uns war es nichts Schlimmes, nur harmlose Jugendstreiche, ein bisschen piesacken und ärgern, weiter nichts.«

»Und es könnte keinen im Abijahrgang geben, der sich wegen dieser *Streiche* an Christian oder Philipp rächen wollte?«

»Sicher nicht.« Nossak lacht grunzend. »Das wäre absolut albern, oder? Ich meine, 20 Jahre später? So etwas regelt man entweder sofort oder gar nicht mehr. Hab ich recht?«

Skagen starrt Nossak durchdringend an. Der Typ ist die Abgebrühtheit in Person. Dann wendet er seinen Kopf und sieht Katharina Rabusch an. »Und was ist mit Ihnen? Sie haben sich bisher noch gar nicht zu der Sache geäußert.«

Die attraktive Brünette erwidert seinen Blick gelassen und entgegnet: »Es stimmt, dass wir manchmal ein wenig gemein zu unseren Mitschülern waren. Aber wer sagt denn, dass man immer nett sein muss?« Sie lehnt sich vor und lächelt ihn wissend an. »Ich glaube, wir waren wie jede Schülerclique: gehässig, elitär und arrogant. Haben uns für die Besten gehalten und den Rest der Menschheit für unwürdig. Und bevor Sie es von jemand anderem hören, wir haben damals Drogen genommen. Nicht nur Haschisch, auch hartes Zeug. Das hat uns Christian besorgt und …«

»Katharina? Bist du verrückt? Was erzählst du da?«, platzt es aus Nadine Valetta heraus.

»Warum soll ich denn lügen?«, fragt Frau Rabusch vollkommen emotionslos. »Irgendeiner wird es der Polizei sowieso erzählen. Allein, um uns eins reinzuwürgen. Wir waren schließlich nicht die Beliebtesten an der Schule.«

Nossak räuspert sich. »Das waren harmlose Jugendsünden. Wir haben rumprobiert. Seitdem habe ich nie wieder Drogen genommen.«

Schon klar, der gute Herr Vorstandsvorsitzende ist um seine Reputation besorgt, denkt Skagen und zieht den Bericht der Rechtsmedizin heran. »Jedenfalls scheint es so, als hätte Christian Landgraf nie damit aufgehört. Er war hochgradig abhängig von Alkohol, Tabletten und harten Drogen – Koks, um genau zu sein. Das hat die Obduktion ergeben. Auch zum Zeitpunkt seines Todes stand er unter Einfluss. Haben Sie vielleicht beobachtet, wie er sich von der Gruppe entfernt hat? Er muss ja dort oben geblieben sein, während alle anderen auf das Schiff zurückgekehrt sind. Hat keiner gemerkt, dass er fehlt?«

»Nein, wir waren ehrlich gesagt ganz froh, dass er uns in Ruhe gelassen hat«, erklärt Nadine Valetta. »Er war an dem Tag ziemlich besoffen.«

»Ich habe gesehen, wie er auf den Felsen hinter dem Preikestolen herumgeklettert ist«, fügt Frau Rabusch hinzu. »Bestimmt wollte er damit angeben, wie mutig er ist, aber wir haben uns nicht darum gekümmert. Irgendwann war er weg.«

Ja, auf dem oberen Plateau, von dem er gesprungen ist, denkt Skagen. Allerdings erst am nächsten Morgen. Was hat er so lange dort gemacht? Ist er im Rausch eingeschlafen und irgendwann in der Nacht aufgewacht? Was hat er gedacht, als er plötzlich allein war? Oben auf dem Felsen in der Kälte? Mit der Erkenntnis, dass seine Schulfreunde ihn einfach zurückgelassen haben? Oder war das womöglich so geplant? Er wollte springen, hat vielleicht mehrere Anläufe gebraucht und es am nächsten Morgen schließlich geschafft? Der Abschiedsbrief, den er auf dem Schiff zurückgelassen hat, spräche zumindest für diese Absicht. Trotzdem, irgendetwas stört Skagen an dem Ablauf. Warum hat Christian den Brief nicht auf den Felsen abgelegt? Warum auf dem Schiff so weit weg vom Ort des Geschehens? Wollte er damit sichergehen, dass seine Nachricht auch gefunden würde, oder hat das noch einen anderen Grund?

»Wissen Sie vielleicht, was der Grund dafür war, dass Herr Landgraf sich das Leben genommen hat?«, fragt er die drei Ex-Abiturienten.

»Christian war pleite«, antwortet Katharina Rabusch. »Außerdem hat er eine sehr große Summe bei einer riskanten Spekulation an der Börse versemmelt. Leider war es das Geld zweier Privatkunden. Verständlicherweise waren diese hinterher nicht so gut auf ihn zu sprechen. Und was macht man, wenn man seine Rechnungen nicht bezahlen kann?« Sie hebt beide Hände.

»Wie hoch war die verlorene Summe?«, hakt Skagen nach.

»20 Millionen.«

»Was? So viel?«, stößt Nadine Valetta aus. »Scheiße, da wäre ich auch gesprungen!«

Frau Rabusch fixiert Skagen. »Sehen Sie? Da haben Sie Ihren Grund. Christian war ein Draufgänger. Ein Stern, der unweigerlich verglühen würde. Jemand, von dem man sich besser fernhielt. Und das habe ich nach dem Abitur getan.«

Skagen ist geneigt, ihr zu glauben, aber eine Sache ist da noch. »Jemand ist in Herrn Landgrafs Kabine eingebrochen? War das einer von Ihnen?«

Die Augen der Befragten weiten sich.

»Nein!«, behaupten sie unisono.

Diesmal glaubt Skagen ihnen nicht. Die Reaktion kam zu verzögert. Gerne hätte er Fingerabdrücke von den Dreien genommen für einen Abgleich. Doch es besteht kein haltbarer Verdacht gegen sie, und so muss er es sein lassen. Er wendet sich an Lise. »Hast du noch Fragen?«

»Ja, und zwar würde mich interessieren, warum Sie beide«, sie zeigt auf Nossak und Valetta, »Herrn Jaeger am Tag vor seinem Selbstmord bedroht haben.«

»Wir? Wer sagt das?« In Frau Valettas Stimme schwingt erneut deutliche Aggression mit.

»Eine Zeugin.« Lise mustert die Angesprochenen.

»Ach das«, entgegnet Nossak cool. »Wir hatten einen kleinen Disput mit Philipp. Kann sein, dass es ausgesehen hat, als würden wir ihm drohen. Fakt ist, dass es andersherum war.«

»Andersherum?«, fragt Lise.

»Ja, Philipp fand es nicht gut, dass wir von Christians Abschiedsbrief erfahren haben. Er schien nervlich etwas angeschlagen und hat dadurch ein paar Dinge zu uns gesagt, die nicht nett waren. Er wollte, dass wir das mit dem Brief für uns behalten.«

»Aha. Und warum erfahren wir erst jetzt davon?«

Nossak hebt die Schultern. »Hab eben nicht daran gedacht. Jetzt wissen Sie es ja, oder?«

Lise wendet sich auf Norwegisch an Skagen. »Die wollen uns doch verarschen, oder? Ich finde die höchst merkwürdig.«

»Geht mir auch so«, entgegnet er. »Aber mehr können wir vorerst nicht tun. Vielleicht ist die restliche Gruppe mitteilungsfreudiger.« Er schiebt demonstrativ die Papiere zusammen. »So, das Gespräch ist beendet«, sagt er auf Deutsch. »Ich bedanke mich für Ihre Hilfe. Sollte Ihnen noch etwas einfallen, melden Sie sich bitte.«

Die Befragten verlassen den Raum und Skagen gießt sich einen Kaffee ein. »Wo bleibt eigentlich Iver?«, fragt er.

»Ich weiß nicht. Vielleicht gibt Dana ihm gerade Navigationsunterricht?« antwortet Lise grinsend.

Skagen lacht und will nach einem Stück Lakritze greifen, als er eine Silhouette vor der Milchglaswand ausmacht. Im nächsten Moment öffnet sich die Tür und Frau Rabusch erscheint.

»Ah, das ging schnell«, begrüßt Skagen sie mit einem Schmunzeln. »Bitte, nehmen Sie Platz!«

34

Katharina lässt sich auf dem Stuhl gegenüber dem hübschen Polizisten nieder. Sie spürt, dass ihre Reize durchaus Einfluss auf ihn ausüben. Gut so!

»Bevor wir reden«, sagt sie betont kühl, »möchte ich eine Versicherung von Ihnen, dass das, was ich Ihnen sage, unter uns bleibt. Ich will nicht, dass jemand davon erfährt.«

Der Polizist lehnt sich vor. »Was die Zeugen im Einzelnen berichten, bleibt natürlich unter Verschluss.«

Ihr Blick bohrt sich tiefer in den seinen. Sie bemerkt ein winziges Zucken in seinem Augenwinkel. Macht sie ihn nervös? Bestens. Seine ältere Kollegin neben ihm bleibt ohne jegliche Regung. Bei Frauen hat Katharina es stets schwerer, Sympathiepunkte zu sammeln.

»Nun …« Sie rutscht auf dem Stuhl hin und her. »Ich hätte zuerst eine Frage. Sie ist ein wenig ungewöhnlich.«

»Nur zu.«

»Wäre es möglich, ein Foto von Christian zu sehen? Ich meine, von seiner … Leiche. Ich würde mich gerne vergewissern, dass er … es ist.«

Der Polizist sieht seine Kollegin an, die mit den Schultern zuckt. »Okay«, entgegnet er, »das ist in der Tat etwas off the record. Aber vielleicht können Sie uns damit helfen. Ich muss Sie allerdings warnen, der Anblick ist furchtbar.«

»In meiner Laufbahn als Versicherungsdetektivin habe ich schon viele schreckliche Dinge gesehen. Besonders in der Abteilung ›Selbstverletzung und Prämienerschleichung‹, falls Ihnen das etwas sagt.«

»Natürlich. Nicht selten ist die Polizei in solche Fälle involviert.« Er sucht in einer Mappe nach einem bestimmten Bild und zieht es heraus, hält es jedoch verdeckt. »Sind Sie sich wirklich sicher, Frau Rabusch?«

»Ja!«

Er dreht das Foto um und schiebt es über den Tisch. Katharina beugt sich vor und saugt scharf Luft ein. In der Tat hat der tote Körper, der da an Deck eines kleinen Kutters liegt, nichts Menschliches mehr an sich. Er ist nur noch ein unförmiger Haufen aus Klamotten und abstrus verrenkten Gliedmaßen. Aus einem Hosenbein ragt ein zersplitterter Knochen durch den Stoff, und am anderen Ende lugt ein Schopf blonder Haare aus der Kleidung. Der Schädel ist vollkommen zertrümmert, und um die Leiche herum hat sich sehr, sehr viel Blut verteilt. Katharina schluckt. Es fällt ihr schwer, Christian darin zu erkennen. Der Albtraum von letzter Nacht drängt sich ihr auf. Hatte Philipp recht? Ist das alles ein böser Streich?

»Wo ist Christian jetzt?«, fragt sie.

»Im Rechtsmedizinischen Institut von Oslo, und zwar so lange, bis wir die Freigabe erteilen. Dann gehen seine Überreste entweder ins Krematorium oder an seinen Heimatort zurück.« Der Polizist mustert sie besorgt. »Alles gut mit Ihnen?« Sein hübsches Gesicht steht im Kontrast zu Christians bis zur Unkenntlichkeit zerstörtem Antlitz, das sich auf ihrer Netzhaut eingebrannt hat.

»Jaja, alles in Ordnung.«

»Ist Ihnen irgendetwas Ungewöhnliches auf dem Foto aufgefallen?«

Katharina sieht noch mal hin. »Nein, soweit ich mich erinnern kann, trägt er dieselbe Kleidung wie an dem Tag, an dem wir auf den Preikestolen gestiegen sind. Und da ist auch der Anstecker an seiner Jacke. Der Rest ist eher … undeutlich.«

»Okay. Ich denke, dieses eine Foto reicht, oder?«

Katharina nickt und verfolgt, wie er nach der Aufnahme greift und sie in der Mappe verschwinden lässt. Es war nicht der Ekel, der sie so emotional hat reagieren lassen – dazu ist sie gar nicht in der Lage, schon als Kind hatte sie keinerlei Ekel empfunden –, es war vielmehr die Erinnerung an Christian aus ihrem Albtraum. Aber es war eben nur ein Traum. Und sie würde sich nun zusammenreißen und das Gespräch wieder unter ihre Kontrolle bringen.

Der Polizist faltet die Hände auf dem Tisch und blickt sie freundlich an. »Was wollen Sie uns erzählen?«

Sie verlagert ihr Gewicht auf dem Stuhl und räuspert sich, strahlt bewusst ihre wiedererlangte Aufgeräumtheit aus. »Es geht um Christian und Philipp. Auch wenn die beiden charakterlich unterschiedlich waren, waren sie auf ihre Weise notorische Selbstdarsteller und haben aktiv mit Blendwerk gearbeitet. Von Christian habe ich Ihnen ja erzählt, und Philipp war keinesfalls der Saubermann, für den ihn jeder hielt. Seine sogenannten Open Factories sind reine Vorzeigeobjekte und seine angeblich transparente Firmenpolitik ist ein Fake. Alles Ablenkungsmanöver. In seinen anderen Nähfabriken in Bangladesch und Mexiko geht es zu wie überall. Man munkelt sogar von Kinderarbeit. Philipp hat es schon immer verstanden, sich ein sauberes und sympathisches Image zu verpassen. Dass er sich für seine Kataloge in die tollsten Outdoor-Expeditionen reinretuschieren lässt, ist eines von vielen Beispielen dafür. Fragen Sie sich doch mal, wo er stattdessen war. Glauben Sie mir, man wird nicht Unternehmer mit zig Millionen Euro Umsatz im Jahr, wenn man nett ist. Und was seine Frau betrifft: Die hat nicht die geringste Ahnung. Philipp hat ihr etwas vorgespielt. Eigentlich war er genauso vom Ehrgeiz zerfressen wie Christian, darin waren die beiden einander sehr ähnlich. Darf ich einen Schluck Kaffee haben?«

»Natürlich.« Der Polizist schiebt ihr die Kanne hin, und sie gießt sich ein. Anschließend nimmt sie die Tasse in ihre Hände und blitzt ihn über den Rand hinweg an. Wieder wirkt es, als blinzele er nervös.

»Christian war ein Hasardeur«, konstatiert sie trocken. »Er hat alles mitgenommen, was ging. Damals in der Schule hat er den größten Blödsinn angestellt und die meisten Mädels flachgelegt. Er war nicht nur drogenabhängig, sondern außerdem sexbesessen, hat später viel Geld auf der Reeperbahn gelassen. Kennen Sie die ›Ritze‹?«

»Ich wohne in Hamburg«, antwortet der Polizist.

Katharina lacht bewusst aufreizend. »Dann wissen Sie ja, was ich meine. Dort war Christian jedenfalls Stammgast. Er stand auf runtergekommene Gestalten. In dem Punkt kann der gute Herr Vorstandsvorsitzende übrigens mithalten.«

»Sie meinen Herrn Nossak?«

»Matthias geht in der ›Ritze‹ ein und aus. Ein wenig diskreter versteht sich, denn seine Familie ist sehr darauf bedacht, mit ihrem Verlagshaus für Aufrichtigkeit und Integrität zu stehen. Folglich darf niemand wissen, welche gewissen Neigungen er hat.«

»Und Sie?«, fragt der Polizist. Auf seinen Lippen erscheint ein gewitztes Lächeln. »Ich frage mich schon die ganze Zeit, woher Sie die vielen Informationen haben, obwohl Sie behaupten, seit dem Abi nichts mehr mit Christian oder Philipp zu tun gehabt zu haben. Ist das eine Ihrer *gewissen Neigungen*? Leute zu durchleuchten?«

Katharina lächelt zurück. Innerlich fühlt sie sich ein wenig ertappt. Die Scharfsinnigkeit des Polizisten überrascht sie. Nicht schlecht, aber jetzt würde sie ihm mal demonstrieren, was sie draufhat. Sie stellt die Tasse auf den Tisch und lehnt sich vor. Dabei nimmt sie seine Körpersprache genau wahr. »Nun, das haben Sie richtig erkannt. Ich beschäftige mich schon von Berufs wegen viel mit Informationen und mit dem Beschaffen von solchen. Vor dem Abitreffen wollte ich wissen, mit wem ich es zu tun habe. Besonders die Freunde aus meiner damaligen Clique haben mich dabei interessiert. Detektivkrankheit, sozusagen.« Sie zwinkert ihm zu. »Aufgrund meiner Erfahrung ist es für mich ein Leichtes, das Profil eines Menschen zu erstellen. Von Ihnen zum Beispiel weiß ich, dass Sie in Hamburg wohnen und für eine internationale Polizeibehörde arbeiten. Sie haben mir vorhin auch Ihren Dienstgrad verraten. Kriminaloberkommissar, richtig? Das bringt uns zu der Besoldungsstufe A 10, die Ihren ungefähren Lebensstandard umreißt. Ich gehe mal davon aus, dass Sie mindestens drei Sprachen fließend sprechen. Eine davon stammt aus dem skandinavischen Raum. Sie haben sich vorhin darüber mit Ihrer Kollegin verständigt. Obwohl Sie Deutsch akzentfrei beherrschen, glaube ich dennoch, dass Sie gebürtiger Skandinavier sind.« Sie sieht, wie er die Brauen hebt, und zeigt auf die Tüte mit Lakritz. »Das sind Salzlakritz, die ganz fiese Sorte. Die mögen Deutsche in der Regel nicht.«

Der Polizist nickt anerkennend und sie fährt fort. »Sie haben Ihrem Beruf entsprechend einen gewissen Bildungsstand und sind taktisch geschult, das merkt man an Ihren Fragen. An Ihrer Kleidung und Ihrer gepflegten Erscheinung kann ich ablesen, dass Ihnen ein legeres und gleichzeitig seriöses Auftreten wichtig ist. Sie sind Rechtshänder und gestikulieren gerne, was zeigt, dass Sie auf ein kooperatives Miteinander Wert legen, aber Ihre Aussagen auch gerne unterstreichen. Sie tragen keinen Ehering, was heutzutage nicht viel heißen mag, deshalb weiß ich nicht, ob Sie liiert sind und Kinder haben oder ein Einzelgänger sind. Durch Ihren Beruf, der sicherlich einen hohen Reiseaufwand beinhaltet, tippe ich auf Letzteres. Temporäre Liaisons sind daher vermutlich eher Ihr Ding. Und bei Ihrem Aussehen dürften die Bewerberinnen Schlange stehen. Doch da ist noch mehr ... der Ausdruck in Ihren Augen. Ich meine nicht den alles durchdringenden Blick eines Polizisten. Da ist noch etwas, tiefer, zwischen den Ebenen. Etwas, das Ihre Entschlossenheit manipuliert. Dass Sie zögern lässt. Sie scheinen auf der Flucht zu sein. Was ist es? Versagensangst? Ein traumatisches Erlebnis?«

»Sehr interessant Ihre Analyse, aber ich glaube, das reicht jetzt«, unterbricht er sie plötzlich. Das hätte er viel eher tun sollen, das scheint er zu wissen, sie hat ihn zu sehr in ihren Bann gezogen. Der Gesichtsausdruck der Kollegin verrät jedenfalls eine gewisse Irritation über dieses kleine Intermezzo. Katharina beobachtet, wie der Polizist verlegen mit seinen Notizzetteln spielt. Sie ist sich sicher, dass sie einen wunden Punkt getroffen hat. Ob dies die Angst zu versagen war oder das Trauma, würde sie noch herausfinden müssen.

Sie macht eine gelassene Handbewegung in Richtung der

Polizeibeamten. »Entschuldigen Sie, dass ich so viel geredet habe. Ich wollte Ihnen damit nur deutlich machen, dass ich in der Lage bin, Menschen zu lesen und darüber viele Informationen über sie zu erhalten. Bei Christian und Philipp ist mir gleich aufgefallen, dass mit ihnen etwas nicht stimmte.«

»Und was?«, fragt der Polizist. Nun hat sie wieder seine volle Aufmerksamkeit.

»Das weiß ich leider nicht«, lügt sie. »Trotzdem fand ich, Sie sollten es wissen. Was Matthias und Nadine anbelangt, die sind viel zu dämlich, um Sie anzulügen, ohne sich dabei zu verraten. Das haben Sie sicher gemerkt. Schließlich haben Sie dafür ein Gespür. Ihnen ist natürlich klar, dass Matthias nach wie vor Drogen nimmt und Nadine Christian nicht cool gefunden hat. Sie hatte Angst vor ihm. Wie wir alle. Aber besser, man ist auf der Seite der Mächtigen als auf der Seite der Ohnmächtigen. Habe ich recht?«

»In gewisser Weise«, erwidert der Polizist reserviert. Wahrscheinlich fragt er sich, wie es passieren konnte, dass sie den Spieß in dieser Befragung so mühelos umgedreht hat. Tja, jahrelange Übung und Talent natürlich! Katharina lächelt in sich hinein.

Im nächsten Moment fliegt die Tür auf und sie wendet erschrocken den Kopf. Vollkommen außer Atem stolpert der dunkelhäutige Polizist zu ihnen herein. Er trägt einen Alukoffer in der Hand.

»Leute, ich hab was!«, ruft er aufgeregt und holt tief Luft, wobei er den Koffer auf den Boden plumpsen lässt. »Einer der Lehrer hat mich gerade angesprochen und gesagt, dass die beiden Suizide in den vergangenen Tagen nicht die ersten in dem Jahrgang wären.«

»Was meinst du damit, Iver?« Der Polizist, der Katharina gegenübersitzt, lehnt sich alarmiert vor. »Gibt es etwa einen weiteren Selbstmord?«

»Gott bewahre! Aber es hat schon vor Jahren jemanden gegeben, der sich das Leben genommen hat. Eine Frau, und es heißt, dass Christian Landgraf etwas mit ihrem Tod zu tun gehabt haben könnte.«

Der Blick des hübschen Polizisten wandert von seinem Kollegen zu ihr. In seinen Augen liegt jetzt Misstrauen. Sicher fragt er sich, warum sie ihm nichts davon erzählt hat. Nun, der Grund ist einfach: Sie wollte es nicht. Ihre Absicht war es, die Polizisten auszuhorchen, nicht, ihnen Informationen zu geben. Dummerweise hat der Auftritt des dunkelhäutigen Kollegen gerade alles zunichte gemacht, was sie vorher aufgebaut hat. Sie hatte den hübschen Polizisten am Haken. Nun würde sie erneut sehen müssen, wo sie bei ihm ansetzen kann. Doch erst mal ist Rückzug angesagt, bevor jemand unangenehme Fragen stellt. Sie steht auf und verabschiedet sich. Noch während sie die Tür hinter sich schließt, hört sie, wie der junge Kollege den Namen des Lehrers nennt, von dem er die Information mit dem Suizid hat. Wolfgang Roth.

Ausgerechnet!

Bestimmt würden sie den alten Sack gleich zu einer Befragung einbestellen. Schöne Scheiße!

35

»Sie haben abartige Sexspiele mit Brausepulver veranstaltet. Im Keller des Internats. Können Sie sich das vorstellen?« Herr Roth wischt sich empört mit einem Taschentuch den Schweiß von der Stirn, so sehr hat er sich in Rage geredet. »Ja, ich weiß, wir haben vorher im Unterricht ›Die Blechtrommel‹ durchgenommen. Aber muss man so etwas nachmachen? An unserer ehrenwerten Schule? So was gehört sich doch nicht!«

Skagen zieht eine Braue hoch.

»Und ich weiß, dass Christian Landgraf Drogen genommen hat. Ja, Koks! Ich kann es nur nicht beweisen. Er hat das Zeug zu gut versteckt.« Schwer atmend steckt der Lehrer das Taschentuch weg. Die fünf Schüler müssen ihm damals ziemlich zugesetzt haben. Skagen fragt sich jedoch, ob das, was Roth erzählt, irgendetwas mit den Selbstmorden auf dem Schiff zu tun hat. Es scheint ihm mehr, als säße ein verbitterter Mann vor ihm, der endlich die Chance erhält, alles loszuwerden, was er an der Schule erdulden muss. Er versteht ihn, doch Roth verschwendet damit leider ihre Zeit.

Er hebt eine Hand und unterbricht den Redefluss des Lehrers. »Entschuldigen Sie, können wir jetzt darüber sprechen, was Sie vorhin meinem Kollegen erzählt haben: dass es nicht der erste Selbstmord in dem Jahrgang war?«

Herr Roth sieht ihn konsterniert an. »Ich versuche, Ihnen gerade zu erklären, wie verkommen diese Clique war.«

»Das ist okay, ich denke, Ihre Schilderungen sind ausreichend.«

»Die haben noch viel mehr angestellt! Christian zum Beispiel ist schuld daran, dass ein Mitschüler seine Hand verloren hat. Sascha Böttcher, dem hat er großes Leid zugefügt.«

Bei dem Wort »Leid« stellen sich bei Skagen die Antennen auf. Er lehnt sich vor. »In Ordnung, erzählen Sie uns davon.«

»Christian hat Sascha dazu überredet, Silvesterböller zu sammeln und daraus eine Bombe zu basteln. Auf der Stube von Sascha haben sie das Schwarzpulver rausgekratzt und mit Zeitungspapier zu einem großen Böller zusammengerollt. Das Ding wollten sie dann im Vorgarten einer Villa im Treppenviertel hochgehen lassen, dort wohnte ein Mann, den Christian nicht leiden konnte, weil der ihn mal wegen versuchten Diebstahls angezeigt hat. Sascha sollte das Ding zünden. Leider war die Zündschnur aus dem falschen Material und viel zu kurz, obwohl Christian Sascha versichert hat, dass sie okay wäre. Der Böller ist losgegangen, als Sascha ihn noch in seiner Hand gehalten hat. Sie können sich bestimmt vorstellen, wie das ausgegangen ist!«

Skagen beißt sich auf die Lippen. Ja, das kann er.

»Sascha hatte großes Glück, dass es ihn nicht noch schlimmer erwischt hat. Er hat seine Augen rechtzeitig geschlossen und den Kopf abgewendet. Seine Hand musste jedoch amputiert werden. Trotzdem hat er sich erstaunlich tapfer durchgekämpft und sein Abitur mit guten Noten absolviert. Von seinen Eltern hatten wir den Auftrag, ihn von Christian fernzuhalten und in eine Parallelklasse zu versetzen.«

»Und Sie meinen, Christian hat deswegen Schuldgefühle empfunden und sich umgebracht?«, fragt Skagen, während Lise fleißig mitschreibt und Iver aufmerksam zuhört.

»Ich glaube, er muss von Schuld zerfressen gewesen sein«, antwortet Roth. »Sascha ist nur eines seiner Opfer, neben vielen weiteren Mitschülern.«

»Können Sie uns Namen nennen?«

»Heiko Arendt zum Beispiel. Der ist von einem Tag auf den anderen zum Klassenschlechtesten geworden. Ich war damals Vertrauenslehrer und habe versucht, aus ihm herauszubekommen, woran es lag, doch Heiko behauptete immer, dass er einfach keinen Bock mehr auf Lernen hätte. Für mich war klar, dass er eine Depression entwickelt hat. Ich weiß, dass die In-Crowd ihn oft wegen seines Übergewichts gehänselt hat. Heiko zog sich daraufhin zurück und mied seine Mitschüler. Seine Eltern sind auch nicht zu ihm durchgedrungen. Er hat das Abi mit Ach und Krach bestanden und ist danach leider auf die schiefe Bahn geraten. Ich ärgere mich bis heute, dass ich ihm nicht helfen konnte. Meiner Meinung nach hat er diesen mentalen Absturz Christian zu verdanken. Genau wie die arme Melanie.«

»Wer ist Melanie?«

»Sie hieß mit Nachnamen Klozius. Sie können sich ja vorstellen, was ihre Mitschüler daraus gemacht haben.«

Skagen nickt in der Hoffnung, dass Roth bald zum Punkt kommt, sonst würde er ihn erneut unterbrechen müssen.

»Melanie war nicht gerade die beste Schülerin des Jahrgangs, und sie war auch ein bisschen einsam, glaube ich. Sie war es, die sich später umgebracht hat.«

An dieser Stelle hebt Lise den Kopf. »Warum?«

»Ich weiß es nicht genau, habe aber eine Vermutung. Sie hat nach dem Abitur in Hamburg studiert. Hatte ein Zimmer in einem Studentenwohnheim. Ich habe sie mal zufällig getroffen, da hat sie mir ein wenig erzählt. Zum Beispiel, dass sie noch immer Albträume von ihrer Zeit auf dem Internat hat. Sie wollte mir nicht verraten, was sie damit meinte, doch ich weiß es auch so.«

»Und was?«, hakt Skagen nach.

»Dass es Christian war, vor dem sie Angst hatte.«

»Was macht Sie dessen so sicher?«

»Ich glaube, er hat sie drangsaliert, wie er das bei vielen Schülern getan hat. Er hat eine Atmosphäre der Angst am Internat verbreitet und Mädchen wie Jungen unter Druck gesetzt, nichts zu erzählen.« Roths Gesicht verfinstert sich. »Christian war als Schüler ein gerissenes kleines Arschloch und später ist aus ihm ein gewissenloses großes Arschloch geworden. Er hat Leute manipuliert, gedemütigt und ihnen wehgetan. Er war ein Sadist.«

»Gibt es dafür irgendwelche Beweise?«

»Ich wünschte, ich hätte welche. Aber ist das inzwischen nicht egal? Christian hat sich umgebracht. Das ist ein Schuldeingeständnis.«

Möglich, denkt Skagen. Ganz davon überzeugt ist er allerdings nicht. Solch egomanische Charaktere wie Christian brachten sich selten aufgrund von Schuldgefühlen um. Dann schon eher wegen 20 Millionen Euro Schulden, wie Frau Rabusch es gesagt hat. »Und was ist mit Philipp?«, fragt er. »Wissen Sie, was sein Grund für den Suizid gewesen sein könnte?«

Roth verzieht den Mund. »Der war nicht besser, hat ebenfalls gemobbt.«

»Befindet sich eines dieser Mobbingopfer auf dem Schiff? Heiko Arendt oder Sascha Böttcher?«, will Skagen wissen.

»Nur Sascha. Heiko ist zu kaputt, um solch eine Reise anzutreten. Endstation Alkoholsucht.«

»Verstehe. Können Sie uns noch mehr sagen?«

Roth nickt eifrig. »Jede Menge!«

»Ich meine über Melanie Klozius und ihren Suizid.«

»Nur, dass ich glaube, dass Christian etwas damit zu tun hatte.«

»Okay, danke, das hat uns sehr geholfen.« Skagen gibt dem Lehrer die Hand und entlässt ihn. Danach lehnt er sich in seinem Stuhl zurück und stößt laut Luft aus. Was für nette Zeitgenossen! Je mehr über dieses Internat ans Licht kommt, desto mehr entwickelt es sich zu einer Schule des Grauens. Er weiß gar nicht, ob er überhaupt noch etwas darüber erfahren will.

36

Neugier ist der Katze Tod!

Wie gut, dass sie keine Katze ist und Neugier zu ihrem Beruf gehört. Genau wie bei dem Polizisten. Dass er neugierig auf sie war, das war nicht zu übersehen.

Katharina lächelt leise, während sie im Gang in der Nähe des Konferenzraumes steht und vorgibt, auf ihr Handy zu blicken. In Wahrheit behält sie die Milchglastür im Auge. Sie will wissen, was Herr Roth dahinter treibt. Dieser verdammte Schnüffler! Er hat seine Nase schon immer in anderer Leute Angelegenheiten gesteckt. Hat ihnen damals ständig hinterherspioniert. Er muss gewittert haben, dass sie im Bootshaus Dinge getrieben haben, wofür sie von der Schule hätten fliegen können. Roth war stets erpicht darauf, sein kleines bisschen Macht gegen sie auszuspielen. Aber Christian und die anderen waren nicht blöd und haben ihn ausgetrickst. Nur einmal, da hat er sie erwischt. Bei der Sache mit der Brause im Keller. Das war zugegebenermaßen ein wenig peinlich. Zum Glück hat sich der Ärger, den sie hinterher bekommen haben, in Grenzen gehalten. Dennoch ist Roth ein arglistiger Kettenhund. Er will ihnen eins auswischen, das hat seine ganze Körpersprache ihr vorhin verraten, als er den Konferenzraum betreten hat. Wahrscheinlich hat er die Häme nicht vergessen, die sie damals im Unterricht über ihn ausgeschüttet haben. Das waren harmlose Schülerstreiche. Als Lehrer sollte man da eigentlich drüber stehen, oder?

Der hübsche Polizist würde ihn sowieso nicht ernst nehmen, wenn er merkt, was für alte Kamellen Roth ihm auftischte. Obwohl ... Katharina wippt nervös auf den Fußballen. Ihr ehemaliger Deutschlehrer ist jetzt schon sehr lange dort drin. Was er wohl über sie und die Clique erzählt? Am liebsten hätte sie direkt an der Tür gelauscht, doch dabei wäre ihre Silhouette durch die Milchglaswände zu sehen gewesen.

Plötzlich wird von innen die Klinke heruntergedrückt und einen Moment später tritt Roth auf den Flur. Katharina versteckt sich hinter einer Ecke. Kurz kann sie an Roth vorbei den Polizisten und dessen Kollegen im Raum sehen, dann schließt der Lehrer die Tür. Ohne sie zu bemerken, schlurft er an ihr vorüber. Voller Verachtung betrachtet Katharina seine hängenden Schultern, seinen Bauchansatz und die lächerlichen Outdoorklamotten. BigNorth. Das versteht sie nicht. Warum trägt er die Marke von Philipp, wenn er ihn nie leiden konnte?

Sie beobachtet, wie Roth auf den Restaurantbereich zusteuert. Das Kuchenbuffet lockt mit diversen Süßspeisen für den nachmittäglichen Kaffee. Roth nimmt sich drei Stücken Torte, setzt sich an einen Tisch und beginnt, die cremige Masse in sich hineinzuschaufeln.

Angewidert wendet Katharina sich ab.

Neugier ist der Katze Tod!

Und Sahnetorte auch.

Ungeduldig blickt sie zur Tür des Konferenzraums hinüber. Nichts regt sich dahinter. Nur unverständliches Gemurmel dringt nach draußen. Es ist zwecklos, so bekommt sie nichts heraus. Sie sollte die Zeit sinnvoller nutzen und sich einen neuen Plan einfallen lassen. Katharina stößt sich von der Ecke ab und geht zu den Treppen. Innerlich ist sie froh, ihrem Gespür gefolgt und vorletzte Nacht ein zweites Mal in Christians Kabine eingedrungen zu sein. Sie hat den Koffer aufgebrochen und gefunden, wonach sie gesucht hat. Natürlich hat sie bei ihren Einbrüchen Gummihandschuhe getragen, die Polizei wird folglich keine Spuren von ihr finden. Dafür hat sie jetzt Christians Laptop. Sie hat ihn sich angesehen, auf ihm befinden sich gewisse Dateien, die äußerst kompromittierend sind. Christian hat ihr gegenüber immer behauptet, sie gelöscht zu haben. Das war offensichtlich gelogen, er hat jede einzelne behalten. Er muss etwas damit geplant haben, das passt auch zu dem Zettel mit den unerfreulichen Notizen über seine sogenannten damaligen Freunde. In Katharinas Bauch rumort es. Was hat das Arschloch vorgehabt? Wollte er die damaligen Ereignisse öffentlich machen? Hier auf dem Schiff? Mit dem ganzen Jahrgang als Publikum? Das sähe ihm ähnlich. Sein eigenes großes Jubiläum zu feiern und sie alle mit reinzureiten. Sie schüttelt sich bei dem Gedanken an das Foto von seiner Leiche. Zum Glück würde nun niemand mehr diese Dateien zu Gesicht bekommen.

Nachdem Katharina ihre Kabine betreten hat, schließt sie sich ein und lehnt sich einen Moment lang mit dem Rücken an die Tür. Kurz befällt sie die Furcht, sie könnte die Kontrolle verlieren. Das mit dem Computer in Christians Kabine ist knapp gewesen. Sehr knapp. Sie würde Acht geben müssen, dass eine solche Situation nicht wieder vorkam. Sie stößt sich ab und öffnet den Schrank. Darin steht ihr Alukoffer, der mit zwei großen Vorhängeschlössern gesichert ist.

Sie holt Christians Notebook heraus und schaltet es an – das Passwort zu knacken, war für sie wie ein Spaziergang im Park. Sie tippt auf das Touchpad und öffnet den Ordner mit der Bezeichnung »Bootshaus-Sessions«. Bestimmt 20 Dateien tauchen auf mit Namen, von denen sie einige kennt und andere nicht. Dahinter verbergen sich grobkörnige Filmaufnahmen, die Christian mit einer sauteuren Digitalkamera gemacht hat, einer der ersten, die damals frisch auf den Markt gekommen sind. Er war total vernarrt in dieses Gerät. Besser wäre es gewesen, er hätte die Kamera nie besessen, dann gäbe es diese Aufnahmen nicht und somit keine Beweise.

Kurz schwebt Katharinas Finger über der Tastatur, schließlich klickt sie das Video mit dem Namen »Heiko« an. Das Innere des Bootshauses erscheint auf dem Bildschirm, und sie hört einen ihr wohlbekannten Laut aus dem Lautsprecher dringen. Es ist Nadines widerlich gackerndes Lachen.

Am Ende des Videos starrt Katharina eine Weile auf den Bildschirm. Sie atmet tief durch und klickt das nächste an. Nach dem vierten Film klappt sie den Laptop zu und schließt ihn wieder im Koffer ein. Es würde eine Weile dauern, alle Aufnahmen anzusehen. Jetzt muss sie sich erst mal um den hübschen Polizisten kümmern. Bei dem Gedanken an ihn läuft ein warmes Kribbeln durch ihren Körper. Er ist ein wirklich attraktiver Typ mit seinen halblangen blonden Haaren, dem Bart und der sportlich schlanken Figur. Genau nach ihrem Geschmack. Sie hat schon weit hässlichere Männer angebaggert, um an Informationen zu gelangen. Bei dem hier würde es glatt Spaß machen. Sie steht vom Bett auf und wirft einen Blick in den Spiegel. Ja, ihre grünen Augen und ihre sportliche Figur haben durchaus Wirkung auf ihn gezeigt. Sie würde ein leichtes Spiel haben.

Wo wohl seine Kabine liegt?

37

Lakritz hilft beim Nachdenken, das hat sein Großvater immer gesagt.

Skagen steckt sich ein Stück der tiefschwarzen Süßigkeit in den Mund und sinniert über die Begegnung mit Katharina Rabusch. Was für eine mysteriöse Frau. Nach wie vor hat er das Gefühl, dass sie etwas verbirgt. Nur was?

Er sieht auf die Uhr und sein Puls beschleunigt sich. Die Norsk Sol liegt nur noch zwei Stunden in Fråm. Er hat nicht mehr viel Zeit, um seine Sachen zu packen und von Bord zu gehen. Vielleicht sollte er Lise und Iver jetzt gleich beichten, dass er vorhat, die Ermittlung an sie abzugeben. Nur, damit sie nachher nicht zu überrascht sind. Unschlüssig spielt er mit dem nächsten Stück Lakritz. Ist das richtig? Kann er die zwei hier alleine lassen? Er sollte vorher noch mal Jens anrufen und ihn nach dem Stand der Dinge fragen. Vielleicht ist alles schon zu spät und die Interne hat längst ihr Urteil über ihn gefällt. Tom Skagen, der Nazi-Maulwurf. Vielleicht klingelt gleich sein Telefon und Jette ist dran, um ihm mitzuteilen, dass er bei Skanpol seinen Hut nehmen könnte. Ach, verflixt! Dieses Gedankenkarussell macht ihn verrückt! Er steckt die Lakritze in den Mund und kaut. Das Einzige, was hilft, ist Arbeit. Und bevor er Lise und Iver verlässt, würde er für sie noch einige Telefonate führen. Besonders die mit den deutschen Behörden.

Er greift nach seinem Handy und lässt sich mit dem Amtsgericht Hamburg verbinden, das ihm mitteilt, dass für Big-North kein Insolvenzantrag vorliegt. Als Nächstes ruft er den diensthabenden Staatsanwalt an und bittet ihn darum, einen Antrag auf Einsicht in die Verbindungsdaten von Philipps und Christians Nummern zu stellen.

Nachdem Skagen weitere Gespräche erledigt hat, gibt er gegenüber Iver und Lise eine kleine Zusammenfassung. Leider bringt er es noch immer nicht übers Herz, die beiden über seine Pläne zu informieren, und erkundigt sich stattdessen nach den Ergebnissen von Ivers Suche nach Fingerabdrücken.

»Ich habe keinen einzigen brauchbaren Print gefunden. Weder auf dem Deck, wo Philipp Jaeger verschwunden ist, noch auf dem aufgebrochenen Koffer in Landgrafs Kabine. Und der Abschiedsbrief ist komplett clean.«

»Wie bitte?« Skagen hebt die Brauen.

»Tja, Landgraf hat beim Schreiben wohl Handschuhe getragen.«

»Warum denn das?«, fragt Lise.

Iver zuckt mit den Achseln.

»Okay, danke. Sorge dafür, dass der Brief schnellstmöglich zur Kriminaltechnik nach Stavanger geschickt wird«, weist Skagen den jungen Kollegen an. »Er soll auf DNA-Spuren untersucht werden. Und wir benötigen einen Schriftvergleich.«

»Wird erledigt!«

»Gut.« Skagen steht auf. Er muss jetzt wirklich seine Sachen packen. Er setzt zu einer Erklärung an, bricht dann aber ab. Er weiß, dass er Lise und Iver enttäuschen wird. »Ähm, ich gehe mal und versuche jemanden zu finden, der verifizieren kann, was Herr Roth eben ausgesagt hat. Derweil führt ihr bitte die nächste Gruppenbefragung durch, okay?«

»Aye, aye, Käpt'n!« Iver tippt sich an eine imaginäre Mütze.

Mit wachsendem schlechtem Gewissen verlässt Skagen den Konferenzraum. Draußen warten vier Personen der Abigruppe auf ihren Einlass. Er nickt ihnen zu und verdrückt sich mit großen Schritten in Richtung der Restaurants. Als er bei den Zierpflanzen um die Ecke biegt, hinter denen sich die Tür zum Crewbereich befindet, stößt er mit jemandem zusammen, der ihm ebenso schwungvoll entgegenkommt.

»Hoppla! Entschuldigung!«

»Nein. Ich muss mich entschuldigen«, sagt Katharina Rabusch. In ihren Augen funkelt es amüsiert. »Was ist denn mit Ihnen los? Haben Sie einen Geist gesehen?«

Skagen räuspert sich. »Gut, dass ich Sie treffe. Ich würde gern noch mal mit Ihnen sprechen. Über Herrn Roth.«

»Ach, hat er seine Schauermärchen zum Besten gegeben?« Ihr Blick vertieft sich, und Skagen wird heiß unter seinem Hemd. Er tritt einen Schritt zurück, um die Distanz zwischen sich und Frau Rabusch zu vergrößern.

»Schauermärchen?«, fragt er.

Katharina Rabusch streicht eine ihrer brünetten Strähnen zurück. »Herr Roth ist jemand, der gerne übertreibt. Er ist ein desillusionierter alter Mann, der erkennen musste, dass er nicht in der Lage ist, jedem Schüler zu helfen. Und dass nicht alle Schüler nett sind. Wir haben ihn damals im Unterricht nicht ernst genommen und deswegen gehänselt. Das hat er doch sicher erzählt und sich als Opfer hingestellt, oder?«

»Er sagte zumindest, dass jeder aus Ihrer Clique ›verkommen‹ wäre.«

Frau Rabusch lacht schallend auf. »Mein Gott, wirklich? Wie theatralisch! Hören Sie, Herr Skagen, oder darf ich Tom sagen?«

»Wir bleiben bei Herr Skagen.«

»Na gut. Ich verrate Ihnen noch eine Sache über Herrn Roth, und danach möchte ich mich nicht weiter über ihn äußern. Der gute Mann ist verrückt. Gaga. Das war er schon damals. Da hat er uns krankhaft hinterherspioniert und uns sogar in unserer Freizeit aufgelauert. Heute würde man es schlicht Stalking nennen. Finden Sie das in Ordnung? Verhält sich so ein Erwachsener gegenüber Jugendlichen, wenn er klar bei Verstand ist?«

»Vermutlich nicht.«

»Roth hat sich in alles hineingesteigert. Er hat Wahnvorstellungen entwickelt. War sogar in therapeutischer Behandlung. Hat er Ihnen das erzählt?«

»Nein«, antwortet Skagen überrascht.

»Sehen Sie!« Katharina Rabusch wirft die Hände hoch. »Der Mann ist total durch. Man kann nicht glauben, was er sagt. Herr Dröhmer beschäftigt ihn nur deshalb weiter, weil er Mitleid mit ihm hat. Aber ich wette, dass er drei Kreuze macht, wenn Roth endlich in Rente geht.«

»Okay. Danke für diese Information.«

Frau Rabusch nickt ernst. Dann hellt sich ihre Miene auf. »Was haben Sie heute nach Feierabend vor?«

»Ich habe keinen Feierabend«, entgegnet Skagen.

»Ach, wie schade. Ich mag Sie.« Sie schließt die Lücke zwischen ihnen und umfasst seinen Unterarm. Ein geübter Griff, wie er bemerkt. Doch bevor er sich von ihr befreien kann, beugt sie sich vor und streift seine Wange mit ihren Lippen. »Du riechst gut, Herr Skagen«, flüstert sie in sein Ohr. »712 – das ist meine Kabine. Falls du doch mal Feierabend hast.«

Er will zurücktreten und ihr ein paar Takte erzählen, da hört er eine Stimme hinter sich.

»Ah, da sind Sie!«

Schnell befreit er sich aus Frau Rabuschs Griff und dreht sich um. Im Gang steht Kapitän Teevs. Na super!

»Herr Kapitän, was gibt's?« Genervt streicht Skagen sich die Haare hinters Ohr. Aus dem Augenwinkel nimmt er wahr, wie Katharina Rabusch verstohlen lächelt.

»Ich würde gern mit Ihnen sprechen«, bedeutet Teevs. »Allein!«

»Frau Rabusch wollte ohnehin gerade gehen.« Skagen wirft ihr einen bestimmenden Blick zu.

Mit einem kühlen »Die Herren« verabschiedet sie sich und stolziert aufreizend langsam davon. Als sie weg ist, atmet er auf.

»Was gibt es?«, fragt er den Kapitän.

»Ich habe Nachricht von dem Rettungstrupp, der nach Herrn Jaeger sucht. Es wurde etwas gefunden.«

Skagens Puls schnellt in die Höhe. »Seine Leiche?«

»Nein, das hier.« Der Kapitän hält ein Foto hoch. Darauf ist ein nasses Kleidungsstück zu sehen, das auf den Felsen am Fjordufer liegt. Es ist knallgelb.

Die Jacke von Philipp Jaeger.

38

Franziska Jaeger wirkt wie erstarrt, als Skagen sie benachrichtigt, dass die Jacke ihres Mannes aus dem Fjord gefischt wurde. Vielleicht hat sie inzwischen auch so viel geweint, dass sie vollkommen erschöpft ist. Ihrer Freundin, Lea Yosef, sieht man den Schock dagegen deutlich an. Sie sitzt neben Frau Jaeger auf dem zerwühlten Bett und ringt um Fassung.

»Er ist nicht gesprungen«, wiederholt Franziska Jaeger gebetsmühlenartig. »Er – ist – nicht – gesprungen.«

»Aber das ist doch seine Jacke, oder nicht?« Skagen zeigt auf das Foto.

»Ja, er hat es trotzdem nicht getan!«

»Ihr Mann ist auf dem Video zu sehen. Er geht an Deck und kommt nicht wieder zurück, Frau Jaeger.« Skagen bedenkt sie mit einem prüfenden Blick. Er weiß, dass viele Angehörige das Offensichtliche nicht wahrhaben wollen.

»Nein. Er ist niemals gesprungen!«

Leise atmet er durch. Frau Jaeger steckt eindeutig in der Schockphase, in der sie den Tod ihres Mannes leugnet. Natürlich wäre es theoretisch möglich, dass Philipp nur die Jacke über Bord geworfen hat und sich seither versteckt hält, obwohl die Crew das ganze Schiff nach ihm abgesucht hat. Oder gibt es da noch diese eine andere Möglichkeit? Die, an der Frau Jaeger so vehement festhält, nämlich, dass jemand nachgeholfen haben könnte. Skagen muss an den Abschiedsbrief ohne Fingerabdrücke denken, an die unsympathische Clique und alle sonstigen Ungereimtheiten. Hat Frau Jaeger vielleicht recht? Er bemerkt, dass sie hektisch nach Luft zu schnappen beginnt. Sie ist in keiner guten Verfassung, scheint einem Kollaps nah zu sein.

»Ich gebe dem Schiffsarzt Bescheid«, sagt er. »Der wird Ihnen ein Mittel zur Beruhigung verabreichen. Für Sie besteht selbstverständlich immer die Option, die Reise abzubrechen und zurück nach Hamburg zu fliegen. Ihre Aussage haben wir, und für alles Weitere würden wir Sie telefonisch kontaktieren.«

»Nein, ich bleibe! Ich will wissen, was mit Philipp geschehen ist. Warum versucht eigentlich jeder, mich von diesem Schiff runterzubekommen?«

Skagen runzelt die Stirn. »Wie meinen Sie das?«

»Der Kapitän war vorhin bei mir und hat mir Geld geboten, damit ich die Norsk Sol verlasse. Er hat gesagt, ich erhalte 100.000 Euro, wenn ich abreise und über den Vorfall absolutes Schweigen bewahre. Das ist doch ... eine Frechheit! Unmoralisch!«

In der Tat, das ist es, denkt Skagen, dennoch gängige Praxis, das weiß er von seiner Schwester, der Kreuzfahrtkapitänin. Jährlich verschwinden an die 20 Menschen spurlos von Kreuzfahrtschiffen, und oft kommen die Angehörigen nicht zu ihrem Recht. Zum einen, weil strafrechtliche Ermittlungen in der Seefahrt eine komplizierte Angelegenheit sind wegen der unterschiedlichen und sich ständig verschiebenden Hoheitsgebiete. Zum anderen fürchten die Reedereien schlechte Publicity und setzen daher auf Vertuschungstaktik. Sie wollen verhindern, dass ihre Schiffe als Unglücksschiffe abgestempelt werden. Bei rund 800 Millionen Dollar Baukosten für solch einen Kahn ist das verständlich. Verwerflich ist es trotzdem. Vor allem, wenn nicht hundertprozentig klar ist, was überhaupt passiert ist.

»Ich spreche mit dem Kapitän.« Skagen erhebt sich. »Und es tut mir leid, dass man Ihnen das zumutet. Selbstverständlich bleiben Sie an Bord, solange Sie wünschen. Wir melden uns, wenn es Neuigkeiten gibt.«

Frau Jaeger sackt gegen ihre Freundin und beginnt, leise zu schluchzen.

»Danke«, entgegnet Lea Yosef.

Skagen nickt den Frauen zu und verlässt die Kabine, bevor das verdichtete Konzentrat aus Trauer und Verzweiflung in seine Poren eindringen kann.

Draußen im Flur bleibt er stehen. Er ist wütend und betroffen. Was erlaubt Teevs sich? Obwohl er die Gründe der Reederei teilweise nachvollziehen kann, schämt er sich für deren

Handeln. Er holt sein Handy raus und wählt die Nummer des Kapitäns.

»Teevs hier!«

»Skagen, ich möchte mit Ihnen über Frau Jaeger sprechen.«

»Wenn Sie das Geldangebot meinen, kann ich Ihnen versichern, dass es nicht meine Idee war. Die Reederei hat mir aufgetragen, Frau Jaeger diesen Vorschlag zu unterbreiten. Ich persönlich hätte es lieber nicht getan.«

»Das ist mir klar, ich finde es trotzdem pietätlos und übergriffig. Hätten Sie nicht wenigstens ein paar Tage warten können?«

»An Bord wird bereits viel zu viel über den Vorfall geredet. Die Norsk Sol steht kurz davor, in Verruf zu geraten. Die Reederei will das Thema so schnell wie möglich vom Tisch haben und hat deshalb Maßnahmen ergriffen. Wenn es nach Herrn Larsen ginge, würde er die gesamte deutsche Reisegruppe darum bitten, das Schiff zu verlassen. Leider würde auch das negatives Aufsehen erregen. Bei Ihnen und Ihrem Ermittlungsteam liegt der Fall anders. Bislang ist Herr Larsen sehr daran interessiert, dass die Angelegenheit sauber aufgeklärt wird, aber das kann sich rasch ändern. In diesem Fall müssten Sie Ihre Sachen schneller packen, als Ihnen lieb ist.«

»Mir ist bewusst, was eine Reederei darf und was nicht, Kapitän. Ich bin selbst zur See gefahren. Daher weiß ich auch, dass dies ein norwegisches Schiff ist und wir uns in norwegischen Gewässern befinden. Es gilt also das Recht des Königreichs Norwegen. Mich als Skanpol-Beamten können Sie runterschmeißen, die norwegische Polizei jedoch nicht.«

Schweigen kommt als Antwort, dann ein: »Sie sind Containerschiffe gefahren, das hat mir Frau Zemanova erzählt. Deshalb mögen Sie eine gewisse Ahnung vom Geschäft haben, aber Sie wissen nicht, wie es auf Kreuzfahrtschiffen zugeht. Bei uns gelten andere Regeln. Halten Sie sich zurück und bleiben Sie in Ihrem Kompetenzbereich. Haben Sie meinen Standpunkt und den von Herrn Larsen verstanden?«

»Klar und deutlich!« Wütend legt Skagen auf. Kapitäne sind harte Knochen, das hat er in seiner Zeit auf See gelernt, und der hier scheint besonders unnachgiebig zu sein. Doch so schnell würde er nicht klein beigeben.

Er sieht auf die Uhr. Mist! Noch 45 Minuten und die Norsk Sol würde ablegen. Das wird verdammt eng! Er hastet den Kabinengang entlang zum Treppenhaus, wo er den Weg nach unten zum Crewbereich einschlägt. Kurz drauf bleibt er stehen.

»Scheiße«, stößt er tonlos aus und rennt die Treppe wieder nach oben. Er kann jetzt nicht gehen. Nicht, solange der Verdacht im Raum steht, dass Philipp Jaeger und Christian Landgraf sich vielleicht gar nicht selbst umgebracht haben.

Im Konferenzraum sind Lise und Iver nach wie vor damit beschäftigt, die Befragung durchzuführen. Sechs überraschte Augenpaare blicken ihn an, als er unvermittelt zur Tür hereinstürmt. Er entschuldigt sich, schnappt sich die Liste mit den Telefonnummern der Jubiläumsfahrtteilnehmer und eilt damit nach draußen auf den Gang. Dort sucht er sich den Kontakt des Internatsdirektors heraus. Er muss dringend mit jemandem reden, der sowohl die Schüler als auch die Lehrerschaft kennt!

»Nun ja«, entgegnet Herr Dröhmer wenig später mit nervtötender Langsamkeit. Sie haben sich in der Fjord-Lounge getroffen und Skagen hat ihm seine erste Frage gestellt. Der Direktor rührt nebenher klirrend in seiner Tasse, was Skagen fast wahnsinnig macht. Langsam legt der ältere Herr den Löffel weg und nippt mit einer gezierten Bewegung am Tee. Skagen muss sich auf die Zunge beißen, um nicht etwas Unbedachtes zu äußern. Nach einer gefühlten Ewigkeit stellt Dröhmer die Tasse ab und beginnt endlich zu reden.

»Es stimmt, dass die fünf aus der besagten Clique recht wild waren. Ich erinnere mich, dass es damals einige Gespräche mit ihnen und ihren Eltern gab. Aber es war nichts, was gerechtfertigt hätte, sie vom Internat zu verweisen.«

»Sie hätten es dennoch gern getan, oder?«, fragt Skagen provokant.

Herr Dröhmer presst die Lippen aufeinander und schweigt beredt, während Skagen das gestickte Wappen auf seinem Jackett betrachtet.

»Die Eltern bezahlen für die Unterbringung der Kinder auf Ihrem Internat«, merkt er kurz an. »Es ist also eine Privatschule, die darauf angewiesen ist, dass die nicht unerheblichen Gebühren fließen.«

»Natürlich«, entgegnet Dröhmer. »Aber wir müssen auch darauf achten, dass unser Ruf untadelig bleibt. Deshalb sage ich Ihnen, dass diese fünf Schüler nicht so schlimm waren, wie Herr Roth es darstellt. Im Übrigen liegen unsere Gebühren nicht höher als bei anderen Privatschulen mit vergleichbarem Renommee.«

»Stimmt es denn, dass Herr Roth psychisch krank war?«

»Woher haben Sie denn das?« Dröhmer setzt eine strenge Miene auf – ganz der Lehrer, der herausfinden will, wer der ungezogene Schüler war, der sich verplappert hat. Doch so läuft das nicht.

»Ich hätte gern eine Antwort«, drängt Skagen.

»Wenn's unbedingt sein muss! Herr Roth litt über einen kurzen Zeitraum an einer depressiven Episode, die seine Belastbarkeit sehr eingeschränkt hat. Aber ich kann sagen, dass er allen Grund dafür gehabt hat. Er musste mit einem schweren Schicksalsschlag zurechtkommen.« Dröhmer zögert. »Ich spreche nicht gerne hinter dem Rücken über meine Kollegen, doch da Sie explizit danach fragen, habe ich keine Alternative. Ich bitte Sie nur, es ihm gegenüber nicht zu erwähnen.«

Skagen nickt. »Natürlich.«

»Gut.« Dröhmer atmet sichtlich auf. »Herr Roth hat seine kleine Tochter bei einem tragischen Unfall verloren. Danach ging es ihm einige Monate schlecht, und er war in therapeutischer Behandlung. Seitdem ist eine lange Zeit vergangen, und er ist längst wieder vollkommen hergestellt. Wolfgang ist ein wertvoller und geschätzter Kollege.«

»Was ist passiert?«

»Seine Tochter Alina – sie war damals sechs – ist beim Spielen am Ufer der Elbe in den Fluss gefallen und ertrunken. Wolfgang hat ihren Tod nicht verkraftet und sich schwere Vorwürfe gemacht.«

Skagen notiert sich ein paar Stichpunkte und sieht den Direktor wieder an. »Ich hege den Verdacht, dass die Suizide von Christian und Philipp etwas mit der Zeit auf dem Internat zu tun haben könnten. Fällt Ihnen irgendetwas ein, das damit zusammenhängen könnte? Ein damaliges Ereignis? Vielleicht schweres Mobbing von Mitschülern durch die Clique?«

»Wovon reden Sie?« Der Direktor hebt die Brauen. »Es gab kein schweres Mobbing.«

»Aber …«

»Herr Skagen, wir kümmern uns um unsere Schüler. Sehr gut sogar. Dafür haben wir an einer privaten Schule sehr viel mehr Möglichkeiten als an einer staatlichen. Wir haben Vertrauenslehrer, eine Schulpsychologin, Schülerhelfer und einen Kummerkasten. Sollte sich einer unserer Eleven an unserer Einrichtung nicht wohlfühlen, dann nimmt er eines dieser Angebote in Anspruch. Danach tun wir unser Bestes, um seine Sorgen schnellstens abzustellen. Auf jeder Ebene. Und Mobbing wird im Keim erstickt!«

Skagen runzelt skeptisch die Stirn. »Mir sind da andere Dinge zu Ohren gekommen.«

»Was? Von wem?« Wieder ist da diese Missbilligung in

Dröhmers Augen. Oder ist es die panische Angst, dass die polierte Fassade seiner wundervollen Schule einen Kratzer abbekommen könnte?

»Herr Dröhmer, das werde ich Ihnen nicht sagen. Alle Aussagen stehen zunächst unter dem Schutz der Vertraulichkeit wie die Ihre ja auch. Ich versichere Ihnen jedoch, dass es sich dabei um mehr als eine Person handelt. Ich frage Sie daher noch einmal: Gab es im Abiturjahrgang 2001 schwere Mobbingvorfälle? Oder irgendwelche anderen Probleme dieser Art mit der besagten Clique?«

»Nein, ganz gewiss nicht!«

Skagen ist mit der Antwort nicht zufrieden und will nachsetzen. Die Sturheit des Direktors bringt ihn auf die Palme, doch in diesem Moment ertönt das durchdringende Signalhorn des Schiffes über ihren Köpfen. Der Ton vibriert regelrecht vom Boden in Skagens Glieder hinein und verursacht bei ihm Übelkeit und ein lautes Rauschen in seinen Ohren. Draußen gleiten die wolkenbehangenen Berghänge des Fjordufers langsam an den Panoramafenstern vorbei. Die Norsk Sol hat abgelegt! Verflucht! Seine Chance, vom Schiff zu gelangen, ist vertan!

Ohne auf den fragenden Blick des Direktors zu achten, springt Skagen vom Sessel auf und verlässt fluchtartig die Lounge.

39

Der Bulle wirkt nervös und angeschlagen. Keine Ahnung, was er hat. Jedenfalls verhält er sich merkwürdig.

Marcel Walka folgt ihm, hält jedoch Abstand, obwohl das gar nicht nötig ist, denn der Polizist achtet auf nichts und niemanden. Er taumelt durch die Gänge, wobei er sich immer wieder an den Kopf fasst, als wäre er seekrank. Oder er ist besoffen, das wäre nicht sonderlich überraschend. Viele Bullen hängen an der Flasche. So beschissen, wie der Job mittlerweile geworden ist.

Walka stoppt abrupt, weil auch der Polizist stehen geblieben ist. Der Typ stützt sich an der Wand ab und sieht aus, als wüsste er nicht mehr, wo er ist. In seinen Augen liegt etwas Gehetztes, Fiebriges. Mann, der ist echt fertig.

Walka zieht sich hinter eine der großen Zierpflanzen zurück, um unentdeckt zu bleiben.

Plötzlich läuft der Bulle los und verschwindet auf einer Toilette im Gang. Walka schleicht sich zu der Tür und lauscht. Drinnen hört er eindeutige Würgegeräusche.

Was für ein Weichei! Es ist kaum Seegang auf dem Fjord, wie kann es dem da so schlecht gehen? Na, egal. Dadurch wäre es umso leichter, ihn loszuwerden.

Der Bulle müsste definitiv verschwinden, hier ist nur Platz für einen von ihnen. Und Walka will auf dem Schiff bleiben. Er hat kurz darüber nachgedacht, in Flåm die Norsk Sol zu verlassen. Doch das war das letzte Pupskaff mitten im Nirgendwo! Wie hätte er von dort wegkommen sollen, ohne aufzufallen? Ein deutscher Tourist ohne großes Gepäck, der per Anhalter fuhr? Und das, während landesweit sein Gesicht in den Nachrichten ausgestrahlt wird. Das hat ihm sein Åsgard-Kontakt aus Trondheim mitgeteilt. Die norwegische Polizei ist mit der Suche nach ihm an die Öffentlichkeit gegangen. Verdammt! Er hat gehofft, dass sie sich damit mehr Zeit lassen würden. Dadurch haben sie ihm die Möglichkeit geraubt, in dem Scheißdorf auszusteigen und sich ein Auto zu stehlen. Er wäre sofort aufgeflogen. Das Schiff ist nach wie vor der sicherste Weg, um nach Trondheim zu gelangen. Er muss nur vorsichtig sein und darf sich von der Crew nicht erwischen lassen. Er hat ein gutes Versteck gefunden und hinterlässt keine Spuren. Außerdem hat er sein Aussehen verändert. Hat sich den Bart und die Haare abrasiert. Im Bordshop hat er sich eine Baseballmütze und eine Jacke gekauft. Klassisches Touristenoutfit – mit dem kleinen Unterschied, dass er unter seiner Jacke eine Waffe verbirgt.

Genau wie der Bulle eine in seinem Gürtelholster trägt. Der Idiot tritt gerade aus der Toilette in den Gang und wirkt noch blasser als zuvor. Als hätte er den Klabautermann gesehen.

Mittlerweile hat Walka durch belauschte Gespräche erfahren, warum die Ermittler an Bord sind. Es hat zwei Selbstmorde gegeben, die untersucht werden. Sein Pech, dass ausgerechnet der Scheißkerl aus Stavanger für deren Aufklärung abgestellt worden ist. Er würde jedenfalls nicht warten, bis er wie ein Kaninchen in der Falle hockte. Er würde handeln.

Er verfolgt den Bullen bis zu dem Glaskubus, in dem das provisorische Hauptquartier der Polizisten untergebracht ist. Vor der Tür hält der Kerl hält inne. Er schwankt leicht und reibt sich mit einer angestrengten Geste über die Augen. Dann strafft er seine Haltung und betritt den Raum, in dem diese blonde Politesse und der Afrikaner sitzen. Dass so einer zur Polizei darf! Man sollte diesen verdammten Multikulti-Scheiß verbieten!

Walka beobachtet den Glaskubus noch eine Weile, doch es geschieht nichts weiter, also macht er sich auf den Weg zurück zu den Lounges, um mit der Masse der Touristen zu verschmelzen. Dabei kommt ihm eine Frau entgegen, die ihm schon mehrmals aufgefallen ist. Zum einen, weil sie sich überraschend oft in der Nähe des Polizisten aufhält, und zum anderen, weil sie ziemlich geil aussieht. Mit ihrer schlanken Figur, der knallengen Jeans und der brünetten Mähne. Sie geht an ihm vorbei, ohne ihn eines Blickes zu würdigen. Ein Hauch ihres Parfüms bleibt in der Luft hängen.

Walka kann nicht anders, als ihr hinterherzustarren. Was für ein Weib! Aber er ist nicht hier, um sich was zum Ficken aufzureißen. Dafür wird genug Zeit sein, sobald er in Sicherheit ist. Jetzt gilt es, die Füße stillzuhalten und so zu tun, als genieße er wie ein regulärer Passagier vornehm und gesittet die Aussicht auf die Fjorde. Und heute Nacht würde er einen kleinen Ausflug machen. Zur Kabine des Bullen.

40

Am Buffet in der Crewmesse gibt es philippinisches Chickencurry und norwegischen Lachs mit Salzkartoffeln. Von seiner Zeit auf See kennt Skagen den wilden Essensmix, der auf Schiffen angeboten wird, da die Crews meist international sind. Jeder soll sich an Bord ein bisschen wie zu Hause fühlen.

Er sitzt mit Lise und Iver beim Abendessen und tauscht sich leise mit ihnen über die Ergebnisse der Befragungen aus. Zwar schwirrt ihm wegen seines Anfalls nach wie vor der Kopf, aber wenigstens ist die Übelkeit verflogen. Hungrig isst er einen Löffel Chickencurry, während er Ivers Bericht lauscht.

»Ich wollte von Sascha Böttcher wissen – das ist er Mann, der bei dem Böllerunfall seine Hand verloren hat –, ob er einen Hass gegen Christian Landgraf hegt«, erklärt der Kollege. »Er hat mir erzählt, dass er seit Langem darüber hinweg ist und Christian sogar dankbar dafür ist.«

»Dankbar?« Skagen hebt skeptisch die Brauen.

»Ja, er meinte, sonst wäre er nie in seinem Traumjob gelandet, mit dem er so vielen Menschen helfen kann, die sich in einer ähnlichen Situation wie er befinden. Er ist Ingenieur für Orthobionik. Seine eigene Prothese ist übrigens echt cool, hätte nicht gedacht, wie viel in diesem Bereich inzwischen möglich ist.«

»Was hat er über die Clique erzählt?«

»Nicht viel. Er war kein Mitglied dieser In-Crowd, und daher beschränkt sich sein Wissen auf Hörensagen. An die Sache mit diesem Heiko erinnert er sich jedoch. Da muss irgendetwas Schlimmes vorgefallen sein, denn Heiko hat sich mitten im Schuljahr rapide verändert, er hat kaum noch etwas mit seinen Klassenkameraden gemacht und sich auch nicht mehr zum Lachen bringen lassen, obwohl er eigentlich immer ein lustiger Kerl gewesen ist. Heiko hat nie darüber gesprochen, deshalb weiß keiner, warum er sich so verhalten hat. Was Roth über Melanie gesagt hat, hat Böttcher nicht bestätigt. Er glaubt nicht, dass Christian etwas mit ihrem Tod zu tun hat. Es ging damals das Gerücht um, Melanie sei von ihrem Vater missbraucht worden und habe das nie verkraftet. Deshalb hätte sie sich das Leben genommen.«

»Ich glaube, wenn wir mit den Befragungen fertig sind, haben wir hundert verschiedene Versionen«, stöhnt Lise.

Skagen nickt. »Durchaus möglich. Dennoch müssen wir versuchen, Übereinstimmungen zu finden.« Einmal mehr ärgert er sich über den mangelnden Willen des Schuldirektors, über alte Mobbingfälle zu sprechen.

»Dann ist eine Übereinstimmung schon mal«, fährt Iver fort, »dass Christian Landgraf von keinem seiner Mitschüler gemocht wurde. Fast jeder hatte eine Abneigung gegen ihn oder sogar Angst vor ihm. Bei Philipp war die Lage anders. Ein paar seiner früheren Klassenkameraden haben ihn sehr geschätzt. Allerdings ist einigen von ihnen aufgefallen, dass es mit seiner Freundschaft zu Heiko von heute auf morgen vorbei war. Viele glauben, dass es mit der Clique zu tun hat, und denken, dass Mobbing dahintersteckte.«

»Der Überzeugung bin ich inzwischen auch.« Skagen nimmt noch einen Löffel von seinem Curry. »Übrigens sucht der Rettungstrupp weiter mit Tauchern im Hardangerfjord nach Philipps Leiche. Ich glaube jedoch nicht, dass sie sie finden werden. In dem kalten und vor allem tiefen Wasser kommt nichts so schnell wieder hoch.«

Lise macht ein betroffenes Gesicht. »Arme Frau Jaeger, es muss schlimm sein, nicht mal den Leichnam des eigenen Mannes zurückzubekommen. Sie kann sich überhaupt nicht von ihm verabschieden. Da steht er mitten in der Nacht auf und springt vom Schiff. Ist einfach weg. Ohne ein Wort. Wie furchtbar.«

»Ich weiß nicht«, wendet Iver ein. »Irgendwie habe ich das dumpfe Gefühl, Philipp könnte unabsichtlich über Bord gegangen sein.«

Skagen sieht Iver aufmerksam an. »Du meinst, weil Frau Jaeger darauf beharrt, dass er nicht gesprungen ist?«

»Genau. Und wegen einiger anderer Ungereimtheiten. Zum Beispiel finde ich es seltsam, dass keine Fingerabdrücke auf dem Abschiedsbrief sind. Und die Worte darin klingen fast wie eine an Philipp gerichtete Drohung. Dazu diese angebliche mysteriöse SMS, die Philipp erhalten haben soll. Warum sollte er die löschen, wenn er vorhat, sich umzubringen?«

»Vielleicht hat er es zu dem Zeitpunkt noch gar nicht geplant«, wirft Lise ein.

»Oder in der SMS stand etwas, das ihn weiter in die Enge getrieben und ihm scheinbar keinen anderen Ausweg mehr gelassen hat«, fügt Iver hinzu. »Wenn das der Fall wäre, dann ...«

»... wäre es kein Selbstmord auf freiwilliger Basis, sondern ein erzwungener«, konstatiert Skagen. Er ist froh, nicht der Einzige mit dem Gefühl zu sein, dass hier etwas nicht stimmt.

Eine Weile schweigen alle nachdenklich, schließlich fährt Skagen fort: »Wir müssen herausfinden, was Philipp in die Enge getrieben haben könnte. Leider dauert es noch, bis wir die Verbindungsnachweise der betroffenen Nummern erhalten werden. Die Mühlen der deutschen Bürokratie mahlen langsam.«

Iver und Lise nicken.

»Jedenfalls ist die Sache komplizierter, als ich dachte«, äußert Iver nach einer erneuten Pause. »So eindeutig scheint mir das Ganze nicht zu sein. Zumindest nicht bei Philipp.«

Dem kann Skagen nur zustimmen. Leider bedeutet es, dass sie auf diesem Schiff ausharren müssen und er dem Ermittlungsprozess der Internen länger fernbleibt, als ihm lieb ist. Obendrauf die Aussicht auf weitere Nächte in dieser furchtbaren Kammer. Er schiebt den Rest seines Currys von sich. Der Appetit ist ihm vergangen. Niedergeschlagen lehnt er sich zurück, und sein Blick trifft den des Pursers am Nachbartisch. Der Quartiermeister wirft ihm ein gehässiges Grinsen zu. Skagen versucht, ihn zu ignorieren. Er würde den Teufel tun und sich offen über den Mann ärgern.

Er steht auf und nimmt das Tablett mit dem Geschirr mit. »Ich gehe in meine Kammer. Wir sehen uns morgen um acht. Schlaft gut.«

»Du auch, Tom.«

Er schiebt das Tablett in das Gestell. Hinter sich hört er Iver Lise fragen, ob Dana Zemanova ebenfalls Feierabend habe oder ob Erste Offizierinnen ununterbrochen im Dienst seien.

Skagen lächelt müde und schleppt sich zu seiner Unterkunft. Mitten zwischen den Rettungswesten lässt er sich auf die Matratze fallen. Vielleicht klappt es ja heute mit dem Schlaf. Er lehnt sich mit einer Weste als Polsterung gegen das Regal und versucht, nicht auf den ewigen dumpfen Puls der Maschine zu hören. Mittlerweile hat er seine Sachen ein wenig ausgebreitet, gemütlich würde diese Rumpelkammer trotzdem nicht werden.

Er holt sein Telefon aus der Tasche. Zuerst Jens! Er muss dringend wissen, wie es in Stavanger aussieht.

Leider geht sein Freund nicht dran. Besorgt lässt Skagen das Handy sinken und beißt sich auf die Lippe. Ist das Henkersbeil gefallen? Nimmt Jens deswegen nicht ab? Mit einem wachsenden Kloß im Hals schließt Skagen die Augen. Hoffentlich ist das alles bald vorbei. Egal wie.

Es hämmert gegen die Tür.

»Na, wie geht's uns da drinnen? Braucht der Herr etwas vom Zimmerservice?«

Skagen erkennt die Stimme des Pursers.

»Arschloch!«, murmelt er vor sich hin und verhält sich still.

Wieder poltert es und gehässiges Lachen ertönt. Unvermittelt wird Skagen in seine Erinnerungen an die Signe Merkur zurückkatapultiert, in denen er in eine ähnliche Kammer eingesperrt war. Ungehindert laufen die Bilder vor ihm ab.

Er und drei weitere unglückselige Menschen. Durst und Hunger. Der Gestank ihres eigenen Drecks. Furcht am ganzen Leib. Die Elektrokabel und das Pochen der Brandwunden auf seiner Brust nach den Folterungen. Dazu die Hitze und das Wimmern seiner Kameraden. Aber am schlimmsten ist das Gefühl, dass der Tod unter ihnen sitzt, während das bösartige Lachen der somalischen Piraten durch die Stahltür dringt.

Mit der Angst wächst der Druck in Skagens Kopf. Dazu der Takt der Motorengeräusche mit dem unermüdlichen Arbeiten der Kolben und dem dumpfen Vibrieren der Antriebswelle. Der Druck erreicht seine Schädeldecke, presst dagegen, will raus.

Erneut hämmert es gegen die Tür.

»Na, Herr Polizist? Alles klar? Oder weinen Sie sich in den Schlaf?«

Skagen beißt die Zähne zusammen. Realität und Wachtraum sind kaum voneinander zu unterscheiden. Trotzdem würde er ruhig bleiben, er würde die Kontrolle über sich behalten!

»Ey, du schwanzlose Pussy. Hast du Angst?«

Skagen hält sich die Hände auf die Ohren.

Wieder das Hämmern. Er spürt das Dröhnen am ganzen Körper. Es nimmt kein Ende.

Bumm! Bumm! Bumm!

Er. Kann. Nicht. Mehr. Verzweifelt springt er auf die Füße und reißt die Tür auf. Der Purser und noch ein weiterer Mann stehen feixend im Gang.

»Da isser ja! Was ist, willst du dich beschweren?«

Skagen schlägt mit geballter Faust zu. Aber er zielt nicht auf das Gesicht des Pursers, sondern auf die Wand neben dessen Ohr. Stechender Schmerz schießt durch seinen Arm, doch er steht so sehr unter dem Einfluss des Adrenalins, dass er ihn ignoriert.

»Verpiss dich, du Arschloch!«, zischt er.

Der Purser nimmt beide Hände hoch. »Wow. Nicht so hitzig!« Mit einem unschuldigen Grinsen nimmt er Abstand. »Du verstehst wohl keinen Spaß, was?«

Skagen sagt nichts, starrt den Kerl nur an.

Der Purser starrt zurück. Skagen weiß, wenn er auf ihn losginge, wäre er morgen auf dem Weg zurück nach Deutschland. Samt einer Anzeige wegen Körperverletzung im Gepäck.

Der dröhnende Puls des Schiffes wummert durch seine Adern und hält die Erinnerungen an die Signe Merkur wach. Einen Moment ist Skagen versucht, dem Impuls nachzugeben. Es zu riskieren, von Bord geworfen zu werden. Dann könnte er dieses Scheißschiff endlich verlassen.

Doch was würden Jette und Jens dazu sagen?

Sie würden ihn endgültig als unzurechnungsfähig abstempeln, und auch die Innenrevisoren würden ihre Schlüsse ziehen.

Skagen stößt seine angehaltene Luft aus.

»Lasst mich in Ruhe, sonst …« Mehr sagt er nicht und geht zurück in die Kammer, zieht die Tür mit einem lauten Knall hinter sich zu.

Draußen herrscht Stille. Einen Moment später ertönt ein Lachen. »Und was sonst, hä? Was sonst?«

Es poltert gegen die Tür.

Skagen lässt sich auf die Matratze sinken und vergräbt seinen Kopf unter der Decke. Er wäre jetzt gerne bei Maja.

Das Hämmern ertönt noch einige Male, selbst mitten in der Nacht. Der Purser scheint es sich zur Aufgabe gemacht zu haben, ihm seine Anwesenheit an Bord zur Hölle zu machen. Jedes Mal, wenn Skagen wegdämmert, weckt ihn der nächste Schlag. Die reine Folter.

Skagen atmet bewusst tief ein und aus. Er muss sich beruhigen, seinen Puls runterbekommen. Doch anstatt ruhiger wird sein Atmen immer heftiger. Es hilft nichts. Er muss raus.

Er klemmt sich Decke und Kissen unter den Arm und eilt in den Passagierbereich, wo er sich zu orientieren versucht. In welcher Richtung liegt noch mal der Konferenzraum? Suchend läuft er an den Kabinen vorbei und über das Restaurantdeck. Um diese Zeit sitzt dort natürlich niemand mehr. Schließlich erkennt er den Eingang zur Business-Abteilung und findet den Glaskubus. Im Innern legt er seine Waffe auf den Tisch und sich selbst auf den Boden. Er deckt sich zu und schließt die Augen. Wenigstens hier herrscht Ruhe.

Leider pocht nun seine Hand vor sich hin. Hoffentlich hat er sich nichts gebrochen. Vielleicht sollte er zum Schiffsarzt gehen. Allerdings nicht mitten in der Nacht, das würde er morgen erledigen, falls es bis dahin nicht besser geworden ist.

Erschöpft schließt er die Augen, doch der Schlaf will ihn nicht in seine Welt eintreten lassen. Mit einem gequälten Seufzen holt Skagen sein Handy heraus. Es ist 4.30 Uhr. Er lässt das Telefon sinken und hält es mit beiden Händen auf seiner Brust fest. Im Geiste stellt er sich Maja vor. Maja, die es stets schafft, ihn zu beruhigen. Es tut gut, an sie zu denken, und ein Lächeln umspielt seine Mundwinkel.

»Ich bin bei dir, Tom«, hört er ihre sanfte Stimme. »Du kannst dich deiner Angst stellen. Ich helfe dir. Lass dich nicht von ihr auffressen. Du bist stärker als das, was auf der Signe Merkur passiert ist. Stärker als dein damaliges Ich. Du bist ein neuer Tom.«

Ein neuer Tom?

Das möchte er gerne glauben, aber da ist dieser Zweifel in ihm.

Wie soll er jemals ein neuer Tom werden, wenn das, was in der Vergangenheit mit ihm geschehen ist, niemals verschwinden wird?

Wenn dieses verdammte Schiff immer in ihm sein wird? Die Signe Merkur. Deren ganze 347 Meter und die Tausenden Tonnen Gewicht, die ihn permanent nach unten ziehen auf den Grund seines inneren Meeres.

»Indem du dich an die Reling stellst und es hinausschreist, Tom! Deine Angst, schrei ihr ins Gesicht. Ich werde dich dabei begleiten, werde an deiner Seite sein. Immer. Ich werde dich nicht loslassen.«

Skagen ist unsicher. Die Vorstellung, raus an Deck zu gehen, jagt ihm eine Heidenangst ein.

Aber es könnte tatsächlich funktionieren. Wie in einer Konfrontationstherapie. Seine Angst rauszubrüllen, sie dem Wind, den Wellen und dem Meer entgegenzuschmettern. Der Signe Merkur einen vor den Bug zu geben!

Ja. Vielleicht ist es an der Zeit. Vielleicht wurde er genau aus diesem Grund auf die Norsk Sol geschickt. Nicht von Jette, sondern vom Schicksal. So wie das Schicksal ihn und Maja letztes Jahr überraschend wieder zusammengeführt hat. Vielleicht ist das Schicksal ja doch gar nicht so ein Arschloch.

Skagen zögert. Schließlich stemmt er sich hoch, zieht seine Jacke an und verlässt den Konferenzraum. Entschlossen es zu wagen, sucht er sich seinen Weg durch das schlafende Schiff.

An der Tür zum Außendeck hält er inne. Draußen liegt silberner Mondschimmer auf den Silhouetten der Berge. Er hat keine Ahnung, wo die Norsk Sol sich gerade befindet. Ob im Sognefjord oder bereits im Geirangerfjord. Das spielt auch keine Rolle, denn das, was in diesem Moment zählt, ist, ob er den Mut aufbringen kann, sich an die Reling zu stellen.

»Na los. Du schaffst es«, sagt Maja in ihm.

Skagen ignoriert das wiederaufflammende Pochen in seiner rechten Hand und streckt den Arm aus. Die Tür hat einen Bewegungssensor und öffnet sich mit einem leisen Schaben. Kühle Luft strömt ihm entgegen und ein Hauch von Feuchtigkeit, der Duft der See.

Doch anstatt mutig hinauszugehen, ist Skagen von einer zentnerschweren Last wie festgenagelt. Seine Füße weigern sich, auch nur einen Zentimeter zurückzulegen. Er schluckt, atmet tief durch und befiehlt seinen Erinnerungen, sich zu verziehen. Jetzt ist er dran! Es gelingt ihm, einen Fuß über die Schwelle zu setzen. Dann den zweiten Fuß. Es fühlt sich gut an, und er macht noch einen Schritt und noch einen, bis er schließlich draußen steht. Sanft greift der Wind in seine Haare und umschmeichelt sein Gesicht. Er schließt die Augen und holt tief Luft. Das ewige Dröhnen der Maschinen in seinen Ohren ist verschwunden, und die Verkrampfung in seinen Muskeln löst sich. Das Schiff befindet sich auf geruhsamer Fahrt und gleitet beinahe lautlos durch den Fjord. Über ihm erstreckt sich der Sternenhimmel und der Mond schwebt vor ihm wie ein beobachtendes Auge.

Skagen steht auf dem Deck des Schiffes und lässt sich von ihm mitnehmen.

Tief atmet er durch. Er ist ganz allein mit sich und der Norsk Sol, die Reling vor sich. Ein weißes Gitter. Wie auf der Signe Merkur.

In seiner Erinnerung spürt Skagen das heiße Metall unter seinen Fingern, die spröde gewordene Farbe. Hört die Rufe der Piraten hinter sich. Er will springen.

Aber dieses Schiff ist nicht die Signe Merkur.

Er drängt die aufkommende Panik zurück. Maja ist bei ihm, sie hilft ihm. Sie lächelt und ist stolz, dass er es so weit geschafft hat.

Und ich schaffe es noch weiter, sagt er sich und geht die entscheidenden letzten Schritte. Das Geländer der Reling ist zum Greifen nah. Dahinter liegt der Fjord, der sich stahlgrau aus der zurückweichenden Nacht schält.

Skagen hebt beide Hände. Sie zittern. Er streckt sie aus und legt sie vorsichtig auf das Metall. In Erwartung einer körperlichen Abwehrreaktion saugt er scharf Luft ein. Doch es geschieht nichts. Die Reling fühlt sich kühl und glatt an.

»Siehst du?«, fragt er Maja. »Hier stehe ich nun.«

»Ja, wie wundervoll, Tom!«

Mutig geworden verlagert er seinen Schwerpunkt und lehnt sich gegen die Streben. Die Schiffswand fällt tief ab, auf dem Wasser sind kleine Schaumkronen zu erkennen. Kurz wird ihm schwindelig, doch auch das hält er aus.

Sein Herz schlägt hart in seiner Brust – aber nicht vor Furcht, wie er feststellt, sondern vor unbändiger Freude!

»Siehst du?«, wiederholt er. »Hier stehe ich!«

Er holt tief Luft und brüllt so laut er kann über das Wasser: »Hier stehe ich!«

Ungerührt blickt das Wasser zu ihm hoch, als wollte es sagen: »Ich wusste, dass du eines Tages wieder zu mir findest. Willkommen zurück, Tom.«

Skagen ist überwältigt. Vor lauter Freude laufen ihm Tränen über die Wangen. Er sieht von der Reling eines Schiffes hinab aufs Wasser. Das ist mehr, als er zu hoffen gewagt hat. Das ist der Wahnsinn!

Ich muss Maja davon erzählen!

Er lässt die Reling los, um sein Handy aus der Tasche zu ziehen, da spürt er eine Berührung in seinem Rücken. Jemand packt ihn von hinten, hebt ihn an und stößt ihn nach vorne.

»Nein!«, schreit er und versucht, sich irgendwo festzuhalten, doch seine Finger gleiten ab und im nächsten Moment befindet er sich im freien Fall. Das graue Wasser des Fjords rast auf ihn zu und verschluckt ihn in einer steinharten Umarmung. Die Luft wird aus seinen Lungen gepresst, und als er hektisch einatmet, dringt das Wasser wie ein kalter Schock in seine Luftröhre.

»Willkommen zurück, Tom«, sagt es. »Ich habe dich vermisst.«

41

Geirangerfjord – der Traum aller Norwegenreisenden. Katharina weiß gar nicht warum, es ist nichts weiter als ein enges Tal mit Wasser drin und einem überfüllten kleinen Ort am Ende. Total überbewertet.

Sie steht neben Matthias und Nadine an der Reling und betrachtet die vorbeiziehenden Felshänge. Die Norsk Sol bewegt sich im Schneckentempo voran, und obwohl das Wetter wenig einladend ist, befinden sich die meisten Passagiere auf den Außendecks. Sie wollen nichts von der Aussicht verpassen, die auf Katharina mit den tiefhängenden Wolken eher bedrückend wirkt.

Matthias scheint nervös zu sein. Er räuspert sich ständig und tänzelt an der Reling auf und ab wie eine Ballerina an der

Stange. Fehlt nur der rosa Tüllrock. Nadine verhält sich ähnlich, sie knabbert an ihrer Unterlippe und trommelt mit ihren lackierten Fingernägeln auf dem Geländer herum.

»Könnt ihr aufhören, so herumzuhampeln? Das macht mich kirre«, mahnt Katharina.

Sofort halten die beiden inne. Wenn sie von den Filmen wüssten, die Katharina auf Christians Computer gefunden hat, würden sie wahrscheinlich einen Anfall bekommen. Erst recht, weil sie sie damit in der Hand hat, ganz besonders den Herrn Vorstandsvorsitzenden Nossak. Aber Matthias und Nadine haben nicht die geringste Ahnung davon, und das ist gut. Zumindest für den Moment.

Katharina muss die Nerven behalten. Es herrscht viel Unruhe auf dem Schiff. Die Polizei hat den Jahrgang aufgescheucht. Die meisten haben kein anderes Thema mehr als Christian und Philipp und die arme, arme Franzi. Jeder beäugt jeden und fragt sich, was sein Gegenüber wissen könnte.

»Was ist, wenn sie gar nicht gesprungen sind?«, fragt Nadine mit Blick auf einen der unzähligen Wasserfälle, die als weißer Dunststreifen die blanken Felswände herunterrauschen. »Ich meine, wenn da jemand nachge…«

»Schhht!«, unterbricht Matthias sie. »Halt deinen Mund!«

»Was, wenn es so ist?«

»Dann …«, Matthias sondiert die Umgebung auf etwaige Mithörer und senkt seine Stimme, »… dann hältst du trotzdem die Klappe.«

»Aber …«

»Schht!« Wütend funkelt er sie an. »Nicht hier und nicht jetzt! Später. Auf dem Ausflug, wenn wir unter uns sind. Auf dem Schiff ist zu viel los. Denk an die verdammte Polizei!«

»Ihr wollt an dem Ausflug teilnehmen?« Nadine reißt ungläubig die Augen auf.

»Natürlich, wieso nicht?«

»Christian und Philipp sind tot!«

»Ja, und? Tu doch nicht so, als würde dich das groß tangieren. Alle anderen aus der Gruppe sind auch noch auf dem Schiff. Kaum jemand interessiert es, was mit den beiden ist. Und sag nicht, dass du plötzlich Mitleid hast.«

Sie schließt den Mund.

Katharina verfolgt das Gespräch interessiert. Während Nadine ängstlich wirkt, liegt auf Matthias' Gesicht eine eher anders gelagerte Nervosität. Ist es gespannte Erwartung? Weiß er etwas, das sie nicht weiß?

»Ich glaube, ich will nach Hause«, jammert Nadine.

»Das kannst du auch. Nachdem wir in Kirkenes angekommen sind«, entgegnet Matthias.

»Was? So lange soll ich noch auf dem Schiff bleiben? Niemals!«

»Du wirst tun, was ich sage, denn wir wollen keine Aufmerksamkeit erregen. Hast du das verstanden?«

»Wir haben gar nichts gemacht!«

Matthias schüttelt gereizt den Kopf. »Bist du so doof oder tust du nur so? Natürlich haben wir nichts mit Christians und Philipps Tod zu tun. Aber es hat vielleicht etwas mit uns zu tun. Mit den Sachen, die wir damals in der Schule getan haben. Kapierst du das, du blöde Kuh?«

»Ich will aber nicht hierblieben!«

Matthias packt sie am Arm. »Du wirst die Reise nicht abbrechen, und du wirst Katharina und mich auf den Ausflug begleiten. Dabei werden wir alles besprechen. Bleib cool, klar?«

»Ihr seid krank, dass euch das so kalt lässt! Echt psycho!«, zischt Nadine.

Matthias lacht laut auf. »Das musst du gerade sagen!«

»Fick dich, Arschloch! Ich hätte nie …« Sie bricht mitten im Satz ab.

»Was hättest du nie?«, fragt Matthias drohend.

Nadine sagt nichts mehr. Sie winkt ab und geht davon. Kurz darauf ist sie im Inneren des Schiffs verschwunden.

Matthias stößt einen abfälligen Laut aus. Als er sich zu Katharina umwendet, liegt ein kalter Ausdruck in seinen Augen.

»Keine Angst«, sagt er tonlos, »die kriege ich in den Griff.«

42

Als Lise am Morgen um Punkt acht den Konferenzraum betritt, fallen ihr zwei Dinge auf. Erstens: Die Tür steht einen Spalt offen. Und zweitens: Auf dem Boden liegt Bettzeug.

Nanu? Hat Tom mal wieder nicht in seiner Kabine übernachtet? Mitleidig verzieht sie das Gesicht. Der Arme scheint an schlimmen Schlafstörungen zu leiden, was bei Polizisten nicht unbedingt ungewöhnlich ist. Dass er allerdings vergisst, die Tür abzuschließen, grenzt an Verantwortungslosigkeit. Schließlich haben sie sich darauf geeinigt, den Raum immer unzugänglich zu halten.

Lise sieht sich um. Alles scheint so zu sein, wie sie es zurückgelassen haben. Aber ob wirklich niemand herumgeschnüffelt hat, und sei es einfach aus Neugier, lässt sich nur schwer erkennen.

Auf dem Boden entdeckt sie eine angebrochene Wasserflasche und daneben eine leere Pillenpackung. Lise hebt sie auf. Schmerzmittel. Stirnrunzelnd legt sie den Blister auf den Tisch.

Iver kommt herein. »Hoppla, was ist denn los? Wo ist unser Schwede?«

»Nicht da. Es scheint so, als hätte er hier auf dem Boden geschlafen.«

»Warum? Er hat doch eine Kabine?«

»Vielleicht wollte er noch arbeiten.« Lise zuckt mit den Schultern. Sie räumt das Bettzeug zur Seite und setzt sich an den Tisch. »Fragen wir ihn, wenn er auftaucht.«

Iver bleibt einen Moment lang nachdenklich stehen und nimmt dann neben ihr Platz. Gemeinsam bereiten sie die ersten Befragungen des Tages vor. Die verbleibenden fünf Gruppen mit den Buchstaben R bis Z und das Lehrpersonal. Rabusch, Nossak und Valetta streichen sie von der Liste, obwohl Tom gestern geäußert hat, dass er sich die drei ein weiteres Mal einzeln vorknöpfen will. Nun, das kann er tun, während sie die anderen Leute befragen, sofern er sich langsam mal blicken lässt. Vielleicht ist er in seine Kammer gegangen und dort eingeschlafen? Wer die Nächte durchmacht, ist am Morgen natürlich hundemüde, das findet sie nachvollziehbar. Wenn es bis Viertel vor neun noch keine Spur von Tom gäbe, würde sie ihn anrufen und wecken.

»Wo ist denn die Kopie des Abschiedsbriefs hin?«, fragt Iver.

»Hängt bei den restlichen Materialien an der Wand.«

»Nein, da ist eine Lücke.« Er durchsucht die Papiere und richtet sich auf. »Nichts! So ein Mist. Ich wollte mir den Brief doch noch mal ansehen. Und das Original ist in der Post.«

»Hm, merkwürdig. Vielleicht hat Tom den mitgenommen,

oder …«, Lise verengt die Augen, »… es war jemand Unbefugtes.«

»Wie meinst du das?«

»Als ich eben reinkam, war die Tür unverschlossen.« Lise erhebt sich. »Ich hole Tom. Da stimmt was nicht. Er würde doch nicht einfach so den Raum offen lassen!«

»Ich begleite dich.«

»Nein, du bleibst hier. Falls schon jemand von den Gruppen zur Befragung eintrifft.«

Iver nickt und lässt sich auf einen Stuhl sinken. »Okay. Bis gleich.«

Auf kürzestem Weg eilt Lise in den Crewbereich. Mittlerweile sind ihr die verwinkelten Katakomben recht vertraut. Als sie bei den Kabinen für die Schiffsbesatzung anlangt, wo auch sie und Iver untergekommen sind, wird ihr bewusst, dass sie gar nicht genau weiß, wo Tom eigentlich schläft. Er hat ihnen nur von einer Kammer weiter hinten im Schiff erzählt. Sie überlegt, bei wem sie sich danach erkundigen kann. War da nicht dieser Typ mit dem aufgepumpten Bizeps und den zurückgegelten Haaren? Der Quartiermeister oder wie sich das auf dem Schiff schimpft? Der hat sein Büro im Hauptkorridor.

Lise marschiert zurück und klopft an eine Tür mit der Aufschrift »Crew Purser«.

Eine tiefe Stimme ruft sie herein.

»Entschuldigen Sie, ich suche die Kabine von Kommissar Skagen.«

Der Typ hebt eine Braue und ein gehässiges Grinsen zeigt sich auf seinem Gesicht. »Warten Sie, ich bringe Sie hin.« Er stemmt seine übertriebene Muskelmasse aus dem quietschenden Stuhl und tritt an Lise vorbei in den Korridor. Sie folgt ihm im Kielwasser seiner Aftershavewolke bis zu einer Stahltür, auf der das Rettungswestensymbol prangt.

»Bitte!«, sagt der Purser. »Das Quartier von Herrn Skagen.«

»Ist das Ihr Ernst?«

»Der Herr Kommissar wollte eine eigene Kabine und die hat er bekommen. Sie können einfach reingehen, es gibt kein Schloss. Grüßen Sie ihn von mir.« Er wirft ihr einen spöttischen Blick zu und verschwindet.

Was für ein Arsch!

Lise klopft, was einen metallischen Laut verursacht. »Tom? Bist du da drin?«

Keine Antwort.

Sie hämmert erneut dagegen – nichts geschieht.

Unschlüssig umfasst sie den Riegel. Soll sie wirklich …? Damit dringt sie schließlich in seine Privatsphäre ein. Doch dann öffnet sie beherzt die schwere Tür und blickt in das Dunkel dahinter.

»Tom? Schläfst du noch?« Sie tastet nach dem Lichtschalter und betätigt ihn. »Oh Gott!«

Sie steht vor einer engen Kammer, die bis oben hin mit muffigen Rettungswesten vollgestopft ist. Auf dem Boden liegt eine Matratze, darauf befinden sich ein paar von Toms Kleidungsstücken und seine Tasche.

In diesem Loch hat er geschlafen?!

Kein Wunder, dass er ins Konferenzzimmer ausgewichen ist. Das hätte sie auch gemacht.

Wütend tritt Lise in den Flur. Auf diese Weise bringt man doch keinen Polizeibeamten unter! Frechheit! Sie würde sich beim Kapitän beschweren. Warum hat Tom denn nichts gesagt? Der Junge ist wirklich zu zurückhaltend.

Sie holt das Telefon aus der Tasche und wählt seine Nummer. Nach sechsmaligem Klingeln meldet sich die Mobilbox. Sie versucht es erneut. Dasselbe Ergebnis. Mist!

Lise läuft zur Crewmesse, vielleicht frühstückt Tom gerade. Aber auch hier ist keine Spur von ihm, und jeder, den sie nach ihm fragt, schüttelt den Kopf. Sie versucht es erneut auf seinem Telefon und wie zuvor ertönt nur seine Stimme vom Band. Wo steckt er?

Rasch wählt sie Ivers Nummer.

»Ist Tom inzwischen bei dir aufgetaucht?«, fragt sie ohne Umschweife.

»Nein. Was ist los? Du klingst aufgebracht.«

»Ich bin sogar stinksauer, allerdings nicht auf Tom. Wenn du wüsstest, wie die ihn einquartiert haben! Jetzt müssen wir ihn aber erst einmal finden. Er geht nicht ans Telefon.«

»Vielleicht hat er schon irgendwo mit einer Befragung begonnen und will nicht gestört werden.«

»Sonst hat er uns doch immer über alles informiert. Warum ist er plötzlich so unzuverlässig? Das passt nicht zu ihm.«

Iver stößt einen zustimmenden Laut aus. »Meinst du, ihm ist etwas passiert?«

Lise wollte diesen Gedanken nicht aussprechen, das Gefühl hat sich jedoch längst bei ihr eingeschlichen. »Ja«, sagt sie schließlich. »Ich glaube, ihm ist etwas passiert!«

43

Eine halbe Stunde später steht Lise im Kontrollraum der Security und sichtet zusammen mit der Ersten Offizierin die Überwachungsfilme. Die Norsk Sol ist mittlerweile in dem engen Fjord bei Geiranger vor Anker gegangen. Viele der Passagiere würden nun das Schiff verlassen, um trotz des trüben Wetters an den Landausflügen zum Gletscher oder dem Trollstigen teilzunehmen. Niemand von ihnen ahnt etwas von dem, was hier an Bord los ist. Und so richtig weiß Lise auch nicht, was geschieht. Der Fall wird immer unübersichtlicher und … bedrohlicher.

Sie entdecken Tom auf einem der Filme, die in der Nähe des Konferenzraumes aufgenommen wurden. Leider gibt es keine direkte Überwachung des Raumes, sonst wäre es einfacher gewesen, ihn zu finden.

Gebannt verfolgt Lise, wie Tom mit seinem Bettzeug unterm Arm an der Kamera neben dem Ausgang zum Außendeck vorbeiläuft. Das war um 4.20 Uhr.

»Der Arme wirkt ganz schön fertig«, bemerkt sie. »Aber bei *der* Unterkunft hätte ich auch das Weite gesucht.« Sie bedenkt Dana Zemanova mit einem vorwurfsvollen Blick.

»Tut mir leid«, sagt die Erste Offizierin. »Der Kapitän und ich wussten nicht, dass der Purser ihn dort untergebracht hat. Das hat er ohne unsere Anweisung getan. Keine Ahnung, welchen Grund er dafür hatte.«

Das würde Lise den Mann später auf jeden Fall fragen, im Moment gibt es Wichtigeres. Sie schaut auf den Monitor, wo der Film im Schnelldurchgang läuft. Nichts tut sich mehr, nachdem Tom im Flur zu sehen war. Kein Mensch weit und breit.

Dann taucht Tom aus der anderen Richtung wieder auf und hält genau unter der Kamera an. Sein Gesicht ist nicht zu erkennen, doch sein Verhalten wirkt unschlüssig.

»Jetzt betritt er das Außendeck«, kommentiert Dana Zemanova. »Dort ist leider nur eine einzige Kamera angebracht.«

Sofort sucht der Security-Angestellte die Datei raus und klickt sich zum entsprechenden Zeitpunkt durch. Tatsächlich erscheint Tom kurz darauf als Schatten an Deck. Auf halbem Weg zur Reling bleibt er stehen, wirkt erneut zögerlich. Lise fällt auf, dass er seinen rechten Arm in einer merkwürdigen Haltung vor seine Brust gepresst hält.

»Was macht er da?« Natürlich erhält sie keine Antwort, denn keiner weiß es. Stattdessen setzt sich Tom in Bewegung und nähert sich langsam der Reling. Leider verschwindet er im nächsten Augenblick aus dem Bildausschnitt.

»Verdammt! Gibt es eine andere Möglichkeit zu verfolgen, wo er hin ist?«

»Nein. Da ist ein toter Winkel.«

Lise flucht erneut, und der Security-Typ lässt das Video schneller laufen. Selbst eine Stunde, nachdem Tom dort entlanggegangen ist, wird auf dem Außendeck keine Bewegung mehr eingefangen.

»Das darf doch nicht wahr sein! Wo ist er?«

Der Security-Mann kehrt zu der Aufzeichnung der Kamera an der Tür zurück, spult ebenfalls vor. Kein Tom erscheint.

Lise läuft es eiskalt den Rücken hinunter. Im nächsten Moment rennt sie aus dem Raum, eilt durch die verschiedenen Korridore und erreicht schließlich die Stelle, an der Tom auf dem Außendeck gestanden hat. Wind zerzaust ihre Haare und feiner Nieselregen legt sich auf ihr Gesicht. Vor ihr ragen die dunklen Berghänge von Geiranger in den wolkenverhangenen Himmel auf.

»Tom?«, ruft sie und beginnt, das feuchte Deck nach ihm abzusuchen. »Tom? Wo bist du?«

Niemand antwortet. Natürlich nicht. Denn hier ist keiner.

Lise wischt sich ihr Haar aus den Augen und stellt sich an die Reling. Sie sieht nach unten. In ihr zieht sich alles zusammen, es ist ein langer Weg bis zum Wasser.

Ist Tom gesprungen? Wie Philipp Jaeger? Oder wurde er gestoßen? So oder so fällt es Lise schwer, sich vorzustellen, dass Tom aus Versehen über Bord gegangen ist. Er ist ein erfahrener Seemann!

Ihre Finger umklammern das eisige Metall. Verdammt!

In ihrem Rücken nähern sich Schritte und sie dreht sich um. Iver und Dana treten an sie heran, Sorge steht in ihren Mienen zu lesen.

Lise weiß nicht, was sie sagen soll. Sie kennt Tom kaum, aber in der kurzen Zeit, in der sie mit ihm zusammengearbeitet hat, ist er ihr mit seiner ruhigen, besonnenen Art nicht besonders suizidgefährdet vorgekommen. Aber was weiß sie schon. Jeder Mensch hat seine Geheimnisse.

»Vielleicht ist er ja doch noch auf dem Schiff«, sagt Iver hoffnungsvoll. Dieser ewige Optimist! Lise lächelt traurig.

»In jedem Fall lassen wir eine Suchaktion durchführen«, sagt Dana Zemanova und holt ihr Telefon hervor. »Ich verständige die Crew.«

Nach eineinhalb Stunden konzentrierter Suche ist es endgültig klar: Der schwedische Kollege ist nicht mehr an Bord.

Lise hat einen Kloß im Hals und ist kurz davor, in Tränen auszubrechen. Auch Dana und Iver wirken betrübt. Zu dritt stehen sie an der Tür zum Außendeck. Draußen die Stelle, an der Tom zum letzten Mal gesehen worden ist.

»Ich kann das nicht glauben«, sagt sie. »Warum sollte er sich umbringen?«

»Einem Menschen kannst du eben nur bis vor die Stirn gucken«, entgegnet Iver und legt mitfühlend einen Arm um ihre Schultern.

»Aber …« Lise stößt einen angestrengten Seufzer aus. »Was, wenn es so ist, wie wir bei Philipp und Christian befürchten?«

»Was meinen Sie damit?«, fragt die Erste Offizierin aufmerksam. Sie weiß noch nichts von den Vermutungen, die sie gestern beim Abendessen angestellt haben. Und das soll vorerst auch so bleiben. Sie können jetzt keine Panik gebrauchen.

Lise wirft Iver einen vielsagenden Blick zu, und er nickt wissend. Sie würden später darüber reden.

Aber egal, was herauskäme – Tom ist weg. Womöglich tot. Heiß quellen Tränen aus Lises Augen. Schnell wischt sie sie weg. Sie muss Haltung bewahren, schließlich ist sie ab sofort die leitende Ermittlerin. »Es hilft nichts«, sagt sie mit fester Stimme. »Ich muss sein Verschwinden den Kollegen in Stavanger melden.«

Mit schwerem Herzen wählt sie die Nummer ihres Vorgesetzten, während Dana Zemanova sich auf den Weg zur Brücke macht, um den Kapitän darüber zu informieren, dass es einen weiteren MOB in Form eines möglichen Suizids gegeben hat.

44

»Gibst du mir mal den Ketchup?«, fragt Maja und streckt Jokke eine Hand entgegen. Ihr Streifenkollege reicht ihr die Flasche. Sie sitzen in einem kleinen Restaurant am Klaipedaplats in Karlskrona bei einem frühen Mittagessen. Ihr Chef Göran ist mit von der Partie und erzählt davon, wie er es anstellen will, befördert zu werden.

Maja ignoriert sein Geprahle geflissentlich und beißt in ihr Krabbenbrötchen, nachdem sie es in Ketchup ertränkt hat. Jokke kaut auf einem Focaccia mit Schinken herum und zwinkert ihr verschwörerisch zu. Göran scheint davon nichts mitzubekommen, er ist ganz und gar in die Ausführungen seiner zukünftigen Pläne vertieft.

»Wenn ich die Abteilung übernehme, wird dort ein anderer Wind wehen, das sage ich euch. Das war vorher viel zu lasch.«

»Klar, Göran. Unbedingt«, stimmt Maja ironisch zu, doch Göran nimmt ihre Antwort ernst und nickt beflissen. Sein Gesicht ist feuerrot, so sehr ereifert er sich.

Jokke grinst, dabei fällt ihm eine Tomate vom Focaccia, die mit einem Platschen auf seiner Uniform landet. »Jävla!« Mit einer Serviette wischt er die Mayonnaise weg.

»Dann brauche ich natürlich einen Nachfolger«, erklärt Göran. »Es muss jemand sein, der Durchsetzungsvermögen hat, weißt du, Maja? So wie ich!«

Maja kann sich ein Grinsen kaum verkneifen. Wie sie Göran kennt, gibt es für ihn niemanden, der an seine Leistungen herankommt. Einen gleichwertigen Nachfolger zu finden, wäre also ein Ding der Unmöglichkeit.

»Ich hatte da an dich gedacht, Maja!«

Maja kullern fast die Augen aus dem Kopf. Sie würgt den Bissen ihres Brötchens herunter und ringt nach Luft. »Mich?«

»Ja.«

»Bist du irre?«

»Wieso, das ist doch …«

In diesem Moment klingelt Majas Handy. Sie schielt auf das Display und ist verwirrt, weil die Nummer von Toms Freund Jens Fram angezeigt wird. Sie entschuldigt sich und geht dran. »Maja Lövgren.«

»Maja! Gut, dass ich dich erwische. Kannst du sprechen?« Jens klingt aufgebracht und niedergeschlagen zugleich. Das löst in Maja sofortige Alarmbereitschaft aus.

»Was ist los?«, fragt sie mit klopfendem Herzen. Ihre beiden Kollegen sehen sie fragend an. »Ist etwas mit Tom?«

»Ich weiß nicht, wie ich es sagen soll«, stammelt Jens, »aber … Tom ist … über Bord gegangen!«

»Wie bitte? Über Bord? Wie meinst du das? Ist er etwa auf einem Schiff?«

»Weißt du nichts davon?«

»Nein«, antwortet Maja außer sich. »Wie zur Hölle kommt Tom auf ein Schiff? Ich dachte, er ermittelt in Stavanger.«

»Das hat er auch, bis er von Jette wegen eines anderen Falls auf ein Kreuzfahrtschiff abkommandiert wurde. Hat er dir nichts davon erzählt?«

»Himmel, nein! Was ist jetzt mit Tom? Er ist über Bord gegangen, sagst du? Ist er … wieder in Sicherheit? Habt ihr ihn …?«

»Nein, haben wir nicht, Maja. Er ist weg. Zumindest lassen das die Videoaufnahmen vom Schiff vermuten. Es scheint, als wäre er gesprungen.«

»Wie bitte? Gesprungen?!« Maja hält es nicht länger auf ihrem Stuhl. Göran und Jokke starren sie erschrocken an.

»Ich fürchte, so ist es.« Jens klingt, als würde er gleich weinen. »Tut mir leid, Maja.«

»Aber ... warum ...?«

»Ich weiß auch nicht, warum er das gemacht hat. Vielleicht liegt es an der internen Ermittlung, die hier in Stavanger gegen ihn läuft. Das hat ihn ziemlich mitgenommen.«

»Was für eine interne Ermittlung? Scheiße, wovon sprichst du, Jens? Was ist bei euch los?«

Jens erzählt ihr, was in den letzten Tagen passiert ist, und Majas Herz wird immer schwerer. Als er geendet hat, weiß sie nicht, was sie sagen soll. Jette hat Tom mit ihrer sicher gut gemeinten Maßnahme mitten in eine Katastrophe hineinmanövriert. Das konnte sie nicht ahnen, das konnte keiner.

Maja spürt ein Zittern, das sich in ihrem Körper ausbreitet, und sie muss sich zwingen, ihre Stimme klar klingen zu lassen. »Hat man ... ich meine, sucht man nach ihm?«

»Ja, ich denke schon. So genau weiß ich es nicht. Ich habe die Informationen auch nur aus dritter Hand.«

Maja ist wie erstarrt. Ihr wird plötzlich bewusst, dass sie Tom nie wiedersehen wird. Denn Tom ist ... weg. Für immer. Tot!

Tränen schießen ihr in die Augen und sie krümmt sich. »Nein, nein, nein«, wimmert sie vor sich hin. »Nein, nein, nein.« Ohne ihre Kollegen zu beachten, rennt sie aus dem Restaurant. Sie braucht frische Luft! Hastig atmet sie ein und aus, doch der Horror, der sich durch Jens' Nachricht in ihr manifestiert hat, hält sie gnadenlos gefangen. Das kann nicht sein. Was Jens sagt, stimmt nicht. Tom ist noch da. Er lebt. Er ist nicht gesprungen. Nicht tot.

In ihrem Innern weiß sie längst, dass das sehr gut sein kann. Sie kennt seine Vergangenheit, seine Ängste, seine Qualen. Er war auf einem Schiff, und das ganz ohne Hilfe. Mein Gott, wieso hat er ihr nichts gesagt?

Maja spürt eine sanfte Berührung an ihrem Rücken. Es

ist Göran, der sie mitfühlend ansieht. Jokke steht neben ihm, und auch seine Miene spiegelt Besorgnis wider.

»Was ist passiert?«, fragt ihr Chef.

»Tom. Er ist … Ihm ist etwas zugestoßen!«

»Gott, ist er etwa …?« Jokkes Augen werden groß, doch er spricht den Satz nicht zu Ende. Maja weiß, dass er Tom seit dem Fall im letzten Sommer sehr mag.

»Ich … Es ist nicht sicher.« Sie schluchzt verzweifelt auf. »Aber ich denke schon. Göran, ich muss sofort nach Norwegen!« Ratlos verzieht sie das Gesicht. »Nur wie?«

»Das kriegen wir hin«, wirft Göran ruhig ein. »Wir bringen dich erst mal nach Hause, und dann überlegen wir, wie wir dich am schnellsten nach Norwegen bekommen.«

Zum Glück liegt ihre Wohnung nicht weit entfernt, und Maja lässt sich von ihren Kollegen begleiten, wobei ihr Tränen über die Wangen laufen.

45

»Ich bitte Sie, wie kann denn so etwas passieren? Das ist einer Ihrer Leute! Durchlaufen Sie bei der Polizei keine psychologischen Tests? Warum schicken Sie mir eine solch instabile Person auf mein Schiff? Das ist unverantwortlich!« Der Kapitän ist vollkommen außer sich. Lise kann es ihm nicht verdenken. Sie ist ähnlich aufgewühlt, und deshalb lässt sie ihn toben. »Ich fasse es nicht! Jetzt sind es schon drei Selbstmorde! Das darf nicht wahr sein! Ich will gar nicht wissen, was die Reederei dazu sagt. Ich muss Herrn Larsen umgehend informieren.«

»Das ist Ihr gutes Recht«, entgegnet Lise. »Es wäre allerdings schön, wenn Sie vorher die Suche nach Herr Skagen im Fjord veranlassen würden.«

»Das hat Frau Zemanova bereits getan. Wir haben dank der Kameraaufzeichnung eine recht genaue Position des MOB. Ein Hubschrauber ist angefordert. Es wird jedoch eine Weile dauern, bis er die Stelle im Fjord erreicht. Die Maschine war gerade bei dem Einsatz, wo sie im Hardangerfjord nach dem anderen Passagier gesucht hat.«

»Philipp Jaeger«, ergänzt Lise.

»Richtig. Sein Verschwinden ist inzwischen zwei Tage her. Ich denke, die Chance, ihn lebend zu bergen, ist gleich null. War Ihr Kollege ein guter Schwimmer?«

Lise zuckt mit den Schultern. »Er war Seemann wie Sie.«

Schweigend presst der Kapitän seine Lippen aufeinander. Vielleicht berührt ihn das Schicksal eines ehemaligen Seefahrerkameraden, oder er fürchtet nur um den Ruf der Norsk Sol.

»Auf meinem Schiff sterben zu viele Menschen«, sagt er schließlich. »Ich will, dass es aufhört, verstehen Sie? Entweder Sie handeln jetzt, oder die Reederei wird eigene Maßnahmen ergreifen. Und eine Sache noch: Über den Abgang Ihres Kommissars werden Sie absolutes Stillschweigen bewahren. Es reicht schon, dass über die beiden anderen Suizide geredet wird!«

Also gilt seine Sorge ausschließlich dem Schiff, denkt Lise. Am liebsten hätte sie dem Kapitän ihre Meinung gegeigt, doch bevor ihr der Kragen platzt, verlässt sie schnell die Brücke.

Unten im Konferenzzimmer tritt sie wütend gegen den Mülleimer neben der Tür.

Iver guckt sie besorgt an. »Lass mich raten, der Kapitän zeigt sich wenig kooperativ?«

»Der Kapitän ist ein sturer Bock!« Gereizt rennt Lise durch den Raum. »Penner!« Nach drei Runden um den Tisch lässt sie sich auf einen Stuhl fallen und vergräbt das Gesicht in den Händen. »Iver, was sollen wir machen? Ich fühle mich hilflos. Der arme Tom! Was ist bloß mit ihm passiert?«

»Was du vorhin erwähnt hast – dass es so gewesen sein könnte wie bei Philipp und Christian …«, sagt Iver und zögert. Schließlich spricht er weiter. »Das glaube ich nicht. An der Tür zum Außendeck ist eine Kamera, wir hätten doch gesehen, wenn dort jemand außer Tom rausgegangen wäre.«

»Vielleicht war derjenige schon draußen und hat auf ihn gewartet?«

Iver zieht skeptisch die Stirn in Falten. »Mitten in der Nacht bei eiskalten Temperaturen? Außerdem wusste er doch gar nicht, dass Tom dort auftauchen wird.«

»Was, wenn er ihn beobachtet hat?«

»Dann müssten wir ihn doch auf den Videos sehen.«

Lise schweigt nachdenklich. Mit beiden Händen wischt sie sich über die Wangen und holt ihr Handy heraus. »Wie auch immer es gewesen ist, wir brauchen mehr Leute. Ich werde mit Stavanger telefonieren.«

»Das wird den Kapitän nicht gerade erfreuen.«

»Weißt du, wie scheißegal der Typ mir ist?« Lise wählt. Unvermittelt hält sie inne. »Iver, besorgst du bitte die Videoaufnahmen von Tom? Ich will sie noch mal durchgehen.«

»Lise. Darauf ist nichts!«

»Kann sein, dass du recht hast. Aber ich will mir später nicht vorwerfen müssen, dass ich doch etwas übersehen habe.«

46

»Matthias hat sie doch nicht alle! Warum will er, dass wir so tun, als wäre nichts geschehen?« Nadine ist immer noch wütend. Katharina, sie und die anderen von der Ausflugsgruppe steigen gerade aus dem Bus, der sie bis zum Sommerskiresort Stryn gebracht hat. Von dort aus führt sie ihr Weg zu Fuß auf den Tystigbreen, wie der Reiseleiter auf der Fahrt erzählt hat. Obwohl das Wetter hier oben auf dem Gletscher besser ist als unten im Fjord, hat Katharina wenig Lust auf die anstrengende Wanderung. Trotzdem hat Matthias recht, am besten sie täten, als gingen sie die Ereignisse der letzten Tage nichts an.

»Ich lasse mir von dem nicht vorschreiben, was ich zu tun habe!«, zischt Nadine, wohl in der Hoffnung, in Katharina eine Verbündete zu finden. Aber da hat sie sich geschnitten.

»Was, wenn er auch hinter uns her ist?« Nadine lässt nicht locker. Matthias ist nicht in ihrer Nähe, er befindet sich ein Stück hinter ihnen in der Gruppe, die auf die Gletscherführer wartet.

»Wen meinst du damit?«, fragt Katharina stirnrunzelnd.

»Na, den Kerl, der Christian und Philipp auf dem Gewissen hat. Vielleicht sind wir als Nächstes dran.«

Katharina lacht. »Die beiden haben sich selber auf dem Gewissen, Nadine! Was glaubst du denn?«

»*Ich* glaube allmählich, dass es einer auf sie abgesehen hatte! Wegen früher. Du weißt genau, was ich meine!«

Natürlich weiß ich das, denkt Katharina, sagt allerdings nichts.

»Glaub mir, jemand an Bord will sich rächen. An uns.«

»Es reicht, Nadine! Das ist kompletter Blödsinn. Du müsstest dich selbst reden hören, du klingst total paranoid!«

»Besser paranoid als tot. Ich will nämlich nicht die Nächste sein. Und deshalb werde ich nachher von Bord gehen und zurück nach Deutschland fliegen. Ihr könnt gerne ohne mich weiterfahren. Ich mache da nicht mit.«

Katharina dreht sich zu ihr hin. »Du glaubst, du bist die Nächste? Spinnst du total? Wer soll sich denn an dir rächen? Überleg doch mal – niemand von denen, die wir damals in den Bootsschuppen gelockt haben, ist mit auf der Kreuzfahrt. Wer soll das denn sein?«

Nadine presst die Lippen aufeinander und nickt in eine bestimmte Richtung.

»Was? Etwa Matthias?« Katharina kann es nicht fassen. Nadine hat eindeutig einen Knall!

»Schhht! Verdammt, red leiser. Siehst du nicht, wie er guckt?«

»Hast du vergessen, dass er auch dabei war? Er hängt mit drin.«

»Eben drum«, raunt Nadine bedeutungsvoll. »Matthias ist Vorstandsvorsitzender in der Verlagsgesellschaft seiner Mutter, und das nur durch ihre Gnade. Sie legt großen Wert auf ein vertrauenswürdiges Image ihres Nachrichtenmagazins. Mensch, stell dir vor, was passiert, wenn die Sachen rauskommen. Matthias kann einpacken. Seine Mutter wird ihn vom Thron stoßen und in die Verdammnis schicken.«

»Ist das nicht ein bisschen theatralisch?«

»Nein, gar nicht. Er würde alles verlieren. Seinen Ruf, sein Geld, seinen Lebensstandard, und jeder würde mit dem Finger auf ihn zeigen. Die Geschichte würde augenblicklich durch die Medien gehen, sofern seine Mutter es nicht zu verhindern wüsste. Ich bleibe dabei, Matthias hat von uns eindeutig am meisten zu verlieren. Außerdem habe ich beobachtet, dass er Philipp am Abend vor seinem Tod eine SMS geschickt hat.«

»Ach ja?«, fragt Katharina skeptisch. »Und was soll das beweisen? Oder hast du etwa gelesen, was drinstand?«

»Nein, Quatsch. Aber es ging zwischen den beiden ein paarmal hin und her. Philipp ist dann abgehauen. Und am nächsten Tag war er tot.«

Katharina schüttelt den Kopf.

»Du musst mir nicht glauben, ist deine Sache«, sagt Nadine abgeklärt. »Ich weiß jedenfalls, was ich gesehen habe. Und bevor ich das Schiff verlasse, werde ich der Polizei einen Hinweis geben. Du solltest besser auch verschwinden. Es könnte hässlich werden.«

»Das wirst du nicht tun, Nadine! Du reißt jeden von uns mit rein! Bist du nicht ganz bei Verstand?«

Plötzlich taucht Matthias neben ihnen auf. »Worüber redet ihr?«

Nadine erschrickt. »Über das Wetter«, antwortet sie schnell und setzt eine unschuldige Miene auf, doch Katharina ist klar, dass Matthias nicht darauf reinfallen wird. Er ist nicht blöd. Wenn er das Gespräch nicht ohnehin belauscht hat. Besser, sie hielte künftig Abstand von Nadine, damit er nicht denkt, sie würden gemeinsame Pläne schmieden.

»Ich habe das Wort Polizei gehört«, sagt Matthias. »Soweit ich weiß, hat die nichts mit dem Wetter zu tun. Also noch mal: Worüber habt ihr gesprochen?«

Ein bunter Bulli fährt vor und unterbricht ihre Unterhaltung. Zwei athletisch gebaute Männer springen heraus und stellen sich ihnen als Gletscherführer vor. Danach folgt eine allgemeine Einweisung in die Sicherheit bei der Wanderung und schließlich wird das Equipment verteilt. Eine Art Klettergeschirr für jeden, mit dem man sich später in die Seilschaft einklinken soll. Sicherer geht es nicht.

Katharina verschafft sich einen Überblick über die Anwesenden. Eine Reihe von Leuten aus ihrem Jahrgang sind mit von der Partie, ebenso die meisten Lehrer. Es scheint, als wollten sie der bedrückenden Stimmung auf dem Schiff entfliehen.

Noch unangeleint setzen sie sich in Bewegung und marschieren über felsige Wege und Pfade und wenig später auf altem, harschigem Schnee, der bei jedem Schritt knirscht. Während des Aufstiegs lässt sich Katharina zurückfallen, sodass sie die Gruppe gut im Blick hat. Matthias und Nadine gehen ihr voraus, wobei Nadine offensichtlich darauf achtet, ihm nicht zu nahe zu kommen. Allerdings scheint Matthias es darauf abgesehen zu haben, sie zu bedrängen, denn er bleibt hartnäckig an ihrer Seite. Ab und zu redet er auf sie ein, aber Katharina versteht nicht, was er sagt.

Irgendwann legen sie eine Pause ein. Vollkommen aus der Puste lässt sich Katharina auf einen der Felsen sinken, die aus dem blendend weißen Schneefeld ragen; grobes Geröll, das die Gletscherführer als Mittelmoräne bezeichnen. Denn das Eis ist ständig in Bewegung, trägt den Berg zu allen Seiten ab und transportiert das Geröll auf seinem Rücken ins Tal. Dabei platzt es an manchen Stellen auf und tiefe Spalten entstehen. An einigen von diesen eisblauen Abgründen sind sie schon vorbeimarschiert oder über sie hinweggesprungen, natürlich sicher angeleint. Für die Pause durften sie sich vom Seil losmachen, um nicht eng aufeinanderzuhocken.

Katharina nimmt einen Schluck aus ihrer Flasche und genießt die Aussicht über das wolkenverhangene Tal zu ihren Füßen. Hier oben scheint tatsächlich die Sonne, während unten im Fjord die Wolken festhängen. Ihr Blick fällt auf Nadine, die ein wenig abseits steht und den zerklüfteten Rücken des Gletschers betrachtet, in dem sich mehrere große Spalten im Eis auftun. Ihre blauschimmernde Farbe hat eine magische Anziehungskraft, findet Katharina. Sie sieht zu der

Gruppe um Matthias. Der unterhält sich gerade mit CeeJay und Sascha, äugt aber immer wieder zu Nadine hinüber. Da alle während des Ausflugs Sonnenbrillen tragen, fällt es Katharina schwer zu lesen, was in ihnen vorgeht. Die Augen eines Menschen verraten ihr am meisten über sein Innenleben. Das war auch bei dem hübschen Polizisten der Fall. Sie hat sofort durchschaut, wie verletzlich er hinter seiner Fassade aus bemühtem Ernst war. Der Mann hat definitiv ein dunkles Geheimnis. Leider hat er ihrem Charme widerstanden.

Schlecht gelaunt widmet sie ihre Aufmerksamkeit wieder Nadine, die noch immer reglos dasteht und auf den Gletscher starrt. Katharina erhebt sich und schlendert zu ihr hinüber, wohl wissend, dass Matthias jeden ihrer Schritte beobachtet.

»Na, denkst du darüber nach, wie du nachher am besten vom Schiff kommst?«, fragt sie, als sie Nadine erreicht.

Diese schreckt zusammen. Sie wirkt erschöpft und ihr Gesicht ist von Anspannung geprägt. Zu gerne hätte Katharina in ihren Augen gelesen.

»Nadine?«

Die Angesprochene sagt nichts.

»Hey, Leute. Die Pause ist gleich zu Ende!«, ruft einer der Gletscherführer hinter ihnen. »Packt eure Sachen ein und klinkt euch ins Seil ein.«

»Was ist los?«, raunt Katharina ihr zu, doch Nadine schüttelt nur den Kopf und starrt stumm auf den Gletscher. Plötzlich öffnet sie den Mund. »Wir sind schuld«, sagt sie leise. »Wir haben sie umgebracht.«

Sie scheint allmählich die Nerven zu verlieren, denkt Katharina, trotzdem läuft ihr eine Gänsehaut über den verschwitzten Rücken.

»Wir haben es nicht verdient zu leben. Eigentlich müssten wir tot sein.« Nadine stößt einen gequälten Laut aus. »Jedenfalls werde ich nicht ins Gefängnis gehen.«

»Gefängnis? Was redest du da?« Katharina bewegt sich einen Schritt auf sie zu.

»Lass mich! Du bist genauso ein Monster wie die anderen!«, faucht Nadine. »Du hast mitgemacht. Du trägst mit Schuld daran. Aber glaub mir, mich wird niemand einsperren … oder mich auslachen. Mich wird man nicht durch die Medien hetzen. Mich nicht, hörst du?«

»Nadine, beruhige dich.«

»Ich hasse euch. Und ich wünschte, ich wäre euch nie begegnet!«

Bevor Katharina reagieren kann, rennt Nadine los.

»Warte!«, brüllt sie ihr nach. »Pass auf die Spalte auf!«

Jetzt gucken alle zu ihnen hinüber und beobachten, wie Nadine aufs Eis hinausläuft. Katharina zögert, dann sprintet sie hinterher. »Nadine! Tu es nicht!«

Sie holt auf, aber nicht schnell genug. Nadine erreicht die Spalte und ist im nächsten Moment mit einem Schrei darin verschwunden.

»Fuck!«, hört Katharina einen der Gletscherführer rufen. »Bleiben Sie sofort stehen, um Himmels willen!«

In ihrem Rücken nähern sich eilige Schritte. Katharina lässt sich auf die Knie sinken und kriecht zum Rand der Spalte. Sie muss es sehen!

Lautes Rauschen dringt vom Grund zu ihr herauf. »Nadine?«, ruft sie in das weiter unten dunkler werdende Blau, doch ihre ehemalige Schulkameradin ist nirgendwo zu entdecken. Stattdessen tost unten in der Tiefe das Wasser.

»Oh Gott! Sie ist in den unterirdischen Gletscherfluss gefallen!«, ruft der Bergsteiger neben ihr. »Kommen Sie da weg, das ist zu gefährlich. Sonst stürzen Sie selbst noch ab!«

Katharina robbt vom Rand fort und kauert sich in den Schnee. Während sie so tut, als würde sie vom Schock überrollt, spürt sie eine Hand auf ihrem Rücken.

»He, Katharina.« Es ist Matthias. Der Schreck ist ihm deutlich anzusehen. Aber ist der echt? Oder auch nur gespielt? »Wie furchtbar! Warum hat Nadine das gemacht?«

Katharina zuckt in vorgetäuschter Sprachlosigkeit mit den Schultern.

Matthias lässt sich neben ihr in den Schnee sinken, nimmt seine Sonnenbrille ab und starrt fassungslos zu der Spalte hinüber. »Oh Gott«, sagt er gepresst. »Oh Gott!« Danach verbirgt er sein Gesicht in beiden Händen.

Jetzt sieht sie es.

Es ist ein wirklich gutes Schauspiel.

47

Lise reibt sich die müden Augen. Es ist anstrengend, pausenlos auf den Bildschirm zu starren, in der Angst, das kleinste Detail zu verpassen. Und eigentlich weiß sie auch nicht, ob es überhaupt sinnvoll ist, was sie tut. Denn bisher ist es so, wie Iver gesagt hat. Sie haben nicht den geringsten Hinweis in den Videos gefunden, dass Tom auf dem Deck in Gesellschaft war. Ist er also tatsächlich gesprungen?

Erschöpft lehnt Lise sich zurück und kämpft mit den Tränen. Wie kann man sich nur für solch einen Schritt entscheiden? Wie furchtbar muss es einem da gehen? Hatte Tom solch schwerwiegende Probleme, und haben sie es bloß nicht bemerkt?

»Alles klar mit dir?«, erkundigt sich Iver.

»Ich fühle mich irgendwie schuldig.«

»Ich weiß, was du meinst. Aber du musst dir keine Vorwürfe machen, Lise. Du kannst nichts dafür. Es war nämlich kein Mensch, der dabei seine Hand im Spiel hatte.«

Lise blickt Iver verständnislos an.

»Na, es war das Schiff! Ist doch klar. Es ist verflucht. Ein böser Spuk ist schuld!«

»Ein Spuk?«

Iver nickt mit todernster Miene.

»Nein, nein. Das ist unmöglich, mein Lieber. Ein Fluch klaut keine Abschiedsbriefe oder bricht Koffer auf. Das ist real.«

Iver schüttelt unbeirrt den Kopf. »Lise, da steckt etwas Übernatürliches dahinter. Ganz bestimmt. Die Energie auf diesem Schiff ist nicht gut.«

Bevor Lise antworten kann, bemerkt sie eine Bewegung in dem Überwachungsfilm. Sie spult zurück. »Da!« Sie deutet auf den Bildschirm. »Schau mal. Da ist dein böser Spuk!«

Iver beugt sich vor, während Lise die Sequenz erneut abspielt. »Hmm.« Er reibt sich das Kinn. »Ich sehe da einen schwachen Schatten auf dem Boden, nachdem Tom an der Kamera vorbeigegangen ist. Könnte auch ein Fehler in der Aufnahme sein.«

Lise ist nicht überzeugt. Sie klickt sich durch die einzelnen Standbilder. »Schau, jetzt ist es deutlicher zu erkennen. Erst ist der Teppich im Flur bei dem Ausgang heller und dann eine Nuance dunkler. Das ist kein Fehler, da geht jemand lang. Ich bin sicher, dass man der Kamera ausweichen kann, wenn man sie kennt. Vielleicht sollten wir das selbst mal ausprobieren, ich warte im Überwachungsraum, und du …«

In dem Moment klingelt das Telefon. Lise nimmt ab. Es ist der Kapitän, der äußerst ernst klingt. Sofort stellen sich ihre Nackenhaare auf.

»Haben Sie Tom gefunden?«, fragt sie in heller Aufregung.

»Nein, Frau Haugland, nichts von Herrn Skagen«, antwortet Teevs. »Dafür haben wir den nächsten toten Passagier! Den vierten.«

»Den vierten?«, fragt Lise überrascht. Sie bemerkt, wie Iver eine bedeutungsvolle Miene aufsetzt und seine Lippen die Worte »böser Spuk« formen. Unterdessen redet der Kapitän weiter.

»Es ist oben auf dem Gletscher passiert«, erklärt er. »Eine Frau ist in eine Spalte gesprungen. Es war Selbstmord. Schon wieder!«

Angst kriecht Lises Beine hinauf. Hat Iver recht? Ist es ein Spuk? Eine böse Macht, die sich auf dem Schiff eingenistet hat und sich nach und nach ihre Opfer holt? »Wer ist es?«, hört sie sich fragen.

Es folgt Blätterrascheln, dann sagt Teevs: »Nadine Valetta.«

»Und es war ganz sicher Suizid?« Lise schüttelt sich, doch sich kann nicht verhindern, dass sich die Panik ungehindert an sie heranschleicht.

»Ja, das ist sicher«, entgegnet Kapitän Teevs. »Die komplette Wandergruppe hat gesehen, wie sie gesprungen ist.«

Lieber Gott, denkt sie und spürt ein heißes Brennen im Nacken. Die Panik hat zugepackt.

48

Maja zeigt dem Grenzbeamten am Schalter ihren Pass. Mit einem Nicken lässt er sie passieren, und sie tritt auf eine Milchglastür zu, die sich automatisch öffnet. Dahinter werden ein Gang und eine Treppe sichtbar sowie Menschen, die zielstrebig darauf zuströmen. Maja ignoriert die Schilder für die Gepäckannahme und steuert direkt auf den Ausgang zu. Sie ist nur mit Handgepäck unterwegs, hat in aller Eile das Nötigste gepackt. Jokke und Göran haben ihr dabei geholfen und verhindert, dass sie in ihrer Uniform zum Flughafen nach Malmö fährt.

Jetzt trägt sie Freizeitkleidung mit einer dicken Jacke, denn seit Jens' Anruf in Karlskrona friert sie fürchterlich. Den ganzen Flug über hat sie versucht, nicht zu sehr an Tom zu denken und daran, dass er womöglich nicht mehr da ist. Sonst wäre sie im Flieger zusammengebrochen.

Sie erreicht die Ankunftshalle und entdeckt Jens. Er wartet ein Stück abseits neben einer Säule auf sie, und es wirkt, als schwebe eine dichte Wolke aus Trauer um ihn, die seine Umgebung davon abhält, ihm zu nahe zu kommen. Majas Herz wird noch schwerer, als es ohnehin schon ist. Sie ist nicht darauf vorbereitet, ihren Kummer im Gesicht eines anderen zu sehen. Tränen steigen in ihr auf.

Sie geht auf Jens zu, der sie wortlos in den Arm nimmt. Konnte sie sich vorhin bei Jokke und Göran noch beherrschen, brechen nun sämtlichen Dämme.

Schluchzend drückt sie sich an Jens' Schulter. »Warum, Jens? Warum musste das passieren?«

Toms Freund und Kollege hält sie fest und streicht ihr über den Rücken. So stehen sie eine Weile da, während zahlreiche

Reisende an ihnen vorbeiströmen. Es ist, als wäre nur für sie die Zeit stehen geblieben.

Als Maja sich beruhigt hat, löst sie sich von Jens. In seinen Augen schimmern ebenfalls Tränen.

»Hallo«, sagt sie mit belegter Stimme und lächelt ein wenig verunglückt.

»Hallo, Maja. Gut, dass du da bist. Allerdings hätte ich dich gern unter schöneren Umständen wiedergetroffen.«

Sie nickt. »Ich dich auch.« Müde wischt sie sich über die Wangen.

»Bist du bereit, gleich in den Heli zu steigen?«, fragt Jens. »Wir können aber auch erst etwas essen.«

»Ich glaube, ich kriege nichts runter. Wir können also sofort los.«

Jens bedeutet ihr, ihm zu folgen, und marschiert voran durch die Katakomben des Flughafens. Er führt sie zu einem Aufzug, mit dem sie eine Etage höher fahren, wo sie weitere endlose Gänge durchschreiten. Maja hat längst die Orientierung verloren, registriert aber ein Schild, auf dem »Helicopter Terminal« steht.

Sie erreichen einen Check-in, und Jens spricht mit einem der Angestellten hinter dem Schalter. Dieser schickt sie zu einer kleinen Security-Schleuse, an der Jens seinen Rucksack und seine Dienstwaffe vorzeigen muss und Maja ihr Handgepäck samt Ausweis. Danach dürfen sie passieren.

Draußen auf dem Rollfeld lässt die kalte Luft Maja zittern. Jens legt ihr fürsorglich einen Arm um die Schulter und begleitet sie zu dem Helikopter der norwegischen Polizei, der auf einem weißmarkierten Landeplatz wartet. Pilot und Copilot empfangen sie und versehen sie mit Kopfhörern. Kurz nachdem Sicherheitsgurte und Türen geschlossen sind, dröhnen die Motoren, und die Rotorblätter beginnen, sich zu bewegen.

Als die Maschine abhebt, wird Maja in ihren Sitz gedrückt, und schnell wird der Flughafen mit seinen Gebäuden unter ihnen kleiner. Über dem Meer dreht der Helikopter ab und nimmt Kurs nach Norden.

»Die Flugzeit bis zum Zielpunkt beträgt zweieinhalb Stunden. Wegen des schlechten Wetters müssen wir an der Küste entlangfliegen. Heute hängen zu viele Wolken über den Bergen. Vor Ort werden wir direkt auf dem Schiff landen. Dort erwarten euch die Kollegen.«

»Verstanden«, sagt Jens über Funk und an Maja gerichtet: »Ich bin bei dir. Und werde dich nicht allein lassen.« Er drückt kurz ihre Hand.

»Danke.« Sie lächelt und wendet ihr Gesicht ab, damit er ihre Trauer nicht sehen muss. Sie sieht aus dem Fenster. Unter ihnen liegen die zerklüftete Küste Südnorwegens und das stahlgraue Meer. Trotz gefütterter Jacke erschauert Maja bei dem Gedanken daran, dass Tom irgendwo dort unten im kalten Wasser liegt. Am Ende hat er sein nasses Seemannsgrab doch gefunden. Aber ob es das ist, was er wirklich wollte, darin ist sie sich nicht sicher.

49

Lise atmet tief durch. Sie muss ihre Angst in den Griff bekommen, die ihr wie eine lodernde Fackel im Nacken sitzt und ihn versengt. Sie ist mit Iver zu der Eingangsluke an der Rezeption gegangen und wartet darauf, die Ausflügler vom Gletscher in Empfang zu nehmen. Dabei wirft ihr Iver ununterbrochen besorgte Blicke zu. Auch er weiß, dass der Fall langsam zu groß für sie beide wird. Erst recht, seit Tom fort ist. Ihr Vorgesetzter hat ihnen die Verstärkung zugesagt, die sie vorhin angefordert hat. Leider verfügt Geiranger über keine eigene Polizeistation, und deshalb müssen die Kollegen aus Ålesund anreisen. Eine Fahrt von mindestens drei Stunden.

Lise hört gedämpfte Stimmen und Schritte draußen auf der Gangway, und kurz darauf betreten die ersten Ausflügler das Schiff. Die Leute wirken blass und aufgelöst. Einige von ihnen scheinen kurz vor einem Nervenzusammenbruch stehen. Ihnen empfiehlt Lise, sich an den Schiffsarzt zu wenden, während Iver die Mitglieder der Abigruppe herausfiltert, die er darum bittet, sich in der unteren Panorama-Lounge zu einer Befragung einzufinden. Die meisten fügen sich, doch nicht alle. Darunter Frau Rabusch und Herr Nossak, der ungehalten reagiert.

»Tut mir leid«, wehrt er ab. »Frau Rabusch und ich sehen uns nicht in der Lage, irgendwelche Aussagen zu machen. Wir waren gerade Zeuge eines sehr schrecklichen Vorfalls und benötigen Ruhe.«

Lise hebt eine Hand. »Das verstehe ich, aber ich möchte Sie darauf hinweisen, dass eine möglichst baldige Aussage aus ermittlungstechnischer Sicht immer die beste ist.«

»Das ist mir egal!«, entgegnet Nossak. »Es geht einfach nicht. Respektieren Sie das gefälligst!«

»Natürlich. Ich bitte Sie trotzdem, vorerst in Ihren Kabinen zu bleiben.«

»Warum?«

Lise überlegt, was sie sagen soll. Es ist offensichtlich, dass der böse Geist an Bord, wer oder was auch immer das sein mag, es auf die Mitglieder der Clique abgesehen hat. »Nun«, sie senkt die Stimme. »Es gibt Grund zur Annahme, dass Frau Rabusch und Sie sich in Gefahr befinden.«

»Was? In Gefahr?« Herr Nossak stößt ungläubig Luft aus. »Befürchten Sie etwa, wir würden uns das Leben nehmen? So wie die anderen? Ich versichere Ihnen, das haben wir nicht vor. Nicht wahr, Katharina?«

Frau Rabusch, die mit bleichem Gesicht neben ihm steht, nickt mechanisch. Lise mustert erst sie, dann Nossak. Sie scheinen nicht zu kapieren, dass es ihre frühere Clique ist, die sich auf unheilvolle Weise verkleinert. Lise will die beiden nicht beunruhigen, trotzdem muss sie sie wenigstens warnen.

»Ich kann Sie nicht zwingen, in Ihren Kabinen zu bleiben, aber seien Sie bitte vorsichtig. Das ist mein Rat«, sagt sie eindringlich.

Nossak quittiert ihren Hinweis mit einem abfälligen Schnauben und zieht Frau Rabusch mit sich. Kurz darauf sind sie verschwunden.

»Schöne Scheiße«, flüstert Iver.

Lise nickt, während das Brennen in ihrem Nacken leise kichert.

»Lise?«

»Ja?« Sie erwacht aus ihrer Starre und hebt den Kopf. Sie hat über Nadine Valetta nachgedacht. Die Bergwacht kümmert sich um die Suche nach ihrer Leiche, oben auf dem Gletscher. Doch die Eisspalte ist ziemlich tief, und an ihrem Grund strömt ein unterirdischer Schmelzwasserfluss dahin, beides macht es unwahrscheinlich, dass sie je gefunden wird. Vielleicht würde der Körper irgendwann unten aus dem Gletschertor in den See gespült werden, wenn er nicht in einer unterirdischen Gabelung hängen bliebe oder gar festfror. Lise schaudert es. Was für ein grauenvoller Tod, in einem dunklen Eistunnel zu ertrinken. Mitgerissen zu werden, keine Luft mehr zu bekommen, Panik in jeder Faser des Körpers zu spüren. Man ist ja nicht sofort tot, wenn man dort unten ankommt … Ihre Gedanken wandern zu Tom. Auch er ist ertrunken. Im kalten Fjord. Allein.

»Lise!«

»Ja, was?«

Iver zeigt auf einen Mann mit asiatischen Zügen, der neben ihm steht. »Herr Cho Jun Bergmann möchte eine Aussage zu Protokoll geben.«

»Äh ja, okay.« Lise reißt sich zusammen und gibt dem Mann zu verstehen, dass er mitkommen soll.

Als sie wenig später am Tisch im Konferenzraum Platz nehmen, fühlt sich Lise wieder etwas zuversichtlicher. Sie würde das Ganze hier schon meistern. »Bitte.« Sie lächelt ihm ermunternd zu. »Wir hören.«

»Ich will das unbedingt loswerden«, erklärt Herr Bergmann nervös. »Bevor wir das Schiff verlassen. Das wollen im Übrigen die meisten von uns.«

»Verstehe. Das wäre auch mein Vorschlag an Sie als Gruppe: gemeinsam von Bord zu gehen.«

Herr Bergmann nickt. Lise erinnert sich an ihn, er hat bei seiner ersten Befragung nicht viel Relevantes über Christian Landgraf und Philipp Jaeger zu erzählen gewusst, außer dass er der Zimmergenosse von Philipp gewesen ist und sie sich immer gut verstanden haben. Sie wundert sich ein wenig darüber, warum Herr Bergmann in Anbetracht dessen, dass sein ehemaliger Schulfreund sich umgebracht hat, überhaupt an dem Ausflug auf den Gletscher teilgenommen hat. Er kannte Philipp wesentlich besser als der Großteil seiner Mitschüler, müsste er da nicht viel betroffener sein? Lise zieht einen Block und einen Stift heran. Diese Abigruppe ist doch nicht ganz dicht!

»Sie haben also beobachtet, wie Frau Valetta in die Eisspalte gesprungen ist?«, beginnt sie.

»Ja, Nadine wirkte vom Beginn des Ausflugs an schon seltsam. Sie hat kaum gesprochen, außer mit Matthias und Katharina. Sonst ist sie eher aufgedreht und schwatzhaft, müssen Sie wissen. Nadine steht gerne im Mittelpunkt.« Herr Bergmann senkt verlegen den Blick. »Ich möchte nicht schlecht über sie reden, jetzt, da sie ... Es ist kein Geheimnis, dass ich sie nicht mochte und viele andere auch nicht. Das hilft Ihnen vermutlich nicht weiter, oder?«

»Doch, doch, erzählen Sie bitte und lassen Sie nichts aus. Jedes Detail könnte wichtig sein.«

»In Ordnung.« Herr Bergmann holt tief Luft. Er ist ein gutaussehender Typ mit seinen fein geschnittenen Zügen und dem schicken Haarschnitt. Lise bemerkt einen Ehering an seinem Finger und erinnert sich, dass er bei der ersten Befragung kurz von seinem Ehemann berichtet hat.

»Auf dem Gletscher haben wir Pause gemacht«, beginnt er. »Ich stand mit Matthias und Sascha zusammen, und wir haben uns unterhalten. Da hat plötzlich Nadines Handy gepiept. Zuerst habe ich mich gewundert, dass da oben so guter Empfang ist, aber hier in Norwegen hat man fast überall volle Balken.«

Bei der Erwähnung einer möglichen Nachricht wird Lise hellhörig. Schließlich hat auch Philipp am Abend vor seinem Selbstmord eine ominöse SMS erhalten.

»Haben Sie mitbekommen, was in der SMS stand?«

»Nein, Nadine ist einige Schritte von uns fortgegangen, um sie zu lesen. Darüber habe ich mich gewundert. Es war deutlich zu erkennen, dass sie über den Inhalt erschrocken war. Danach hat sie das Handy weggesteckt und auf den Gletscher gestarrt. Da waren viele Spalten ... Gott!« Er wirft beide Hände vors Gesicht. »Ich hätte nie gedacht, dass sie das tut! Schrecklich!«

Lise kann sein Entsetzen nachvollziehen. Bis jetzt wirkte jede seiner Regung echt. »Was geschah vor dem Sprung?«, fragt sie behutsam. »Ist Frau Valetta einfach auf die Spalte zugegangen?«

»Nein, vorher hat sie kurz mit Katharina geredet. Ich habe allerdings nicht verstanden, worüber. Und auf einmal ist Nadine losgelaufen, direkt auf die Spalte zu und ...« Er stockt wieder und ringt nach Luft. »Das Bild werde ich nie vergessen!«

Lise legt dem völlig verstörten Herrn Bergmann eine Hand auf den Arm. »Tut mir leid, dass Sie das erleben mussten. Ist es trotzdem in Ordnung, wenn ich meine Fragen fortsetze, oder möchten Sie sich zurückziehen und vielleicht Ihren Mann anrufen ...?«

»Nein, nein. Schon gut. Fragen Sie.«

»Gut. Was ist mit Katharina Rabusch? Wie hat sie reagiert?«

»Sie ... ist hinterhergerannt und hat in die Spalte gesehen. Der Gletscherführer hat sie dort weggeholt.«

»Also könnte Frau Valetta wegen etwas gesprungen sein, das Frau Rabusch zu ihr gesagt hat?«

Herr Bergmann reißt überrascht die Augen auf. »Sie glauben, es lag an Katharina?« Er schüttelt den Kopf. »Das kann ich mir nicht vorstellen!«

Ich schon, denkt Lise, die in ihrem Polizeiberuf schon fast alles erlebt hat.

»Gibt es noch etwas, das Sie uns erzählen wollen?«, fragt sie.

Herr Bergmann überlegt, dann verneint er, woraufhin sich Lise bei ihm bedankt. Sie notiert sich noch etwas und entlässt ihn. Als er die Tür hinter sich geschlossen hat, öffnet sie eine Wasserflasche und trinkt durstig. Das Brennen in ihrem Nacken hat sich in ihre Kehle verlagert. Aber das Gefühl, dem Geheimnis langsam auf die Spur zu kommen, ist nun deutlich stärker. Das Wasser rinnt kühl ihren wunden Hals hinab und es ist eine Wohltat. Gierig trinkt sie weiter. Dabei streift ihr Blick eine der Aufnahmen, die an der Wand hängen. Sie zeigt Christian Landgrafs aufgebrochenen Koffer.

Erschrocken stößt Lise Luft aus. Sprudel strömt durch ihre Nase und sie muss husten. »Verdammt!«

Iver guckt, als wisse er nicht, ob er lachen dürfe.

»Scheiße!«, flucht Lise und wischt sich über das Gesicht.

»Was ist?«

»Wir haben vergessen, Frau Valettas Kabine zu durchsuchen. Wir müssen sichergehen, dass dort nicht jemand eingebrochen hat wie bei Herrn Landgraf!«

Sie springt auf und eilt aus dem Raum. Iver folgt ihr auf den Fersen.

»Keine Einbruchsspuren«, konstatiert Iver wenig später mit Blick auf die Tür. Er macht ein paar Fotos.

»Die gab's bei Herrn Landgraf auch nicht«, sagt Lise skeptisch.

»Aber der Koffer war aufgebrochen.«

»Stimmt. Dann wollen wir mal sehen.« Lise zieht sich Handschuhe über, hält die Keycard vor das Schloss und betritt Nadine Valettas Kabine. Der Raum wirkt aufgeräumt, was grundsätzlich ein gutes Zeichen ist. Womöglich hat sich bisher niemand durch die Sachen gewühlt. Das Bett ist gemacht, und alles andere steht oder hängt ordentlich an seinem Platz. So scheint es zumindest.

Lise und Iver gehen die Dinge sorgfältig durch. Dann öffnen sie den Schrank und befühlen die Kleidung, dabei entdeckt Iver eine gemusterte Krawatte.

»Na, die gehört bestimmt nicht Frau Valetta!«, sagt Lise.

Iver riecht an der Krawatte. »Aftershave. Wer die wohl vergessen hat?«

»Das kann ich dir sagen.«

»Ja?«

»Du warst nicht dabei, aber Herr Nossak hat sie getragen, als wir ihn das erste Mal befragt haben.«

»Okay …« Iver legt die Krawatte auf den Tisch. Danach setzen sie ihre Suche fort und betreten das Bad, wo sie einen überdimensionierten Schminkkoffer finden. Lise klappt den Deckel auf und stößt einen Pfiff aus.

»Oha!« Iver hebt die Brauen.

Zwischen diversen Schmuckstücken, Ringen und Ketten mit dicken Klunkersteinen liegen Kondome.

Iver nimmt sie heraus und untersucht sie. »Eins fehlt.« Er hält die Packung hoch. »Da fällt mir ein, sollten wir nicht herausfinden, ob Frau Valetta Angehörige hat, um sie zu verständigen?«

»Darum kümmern wir uns, wenn die Kollegen aus Ålesund eintreffen. Zuerst bringen wir die Durchsuchung zu Ende. Schau mal in den Mülleimer.«

Iver schlängelt sich unter das Waschbecken und holt einen kleinen Mülleimer hervor. Er öffnet den Deckel.

»Bingo!« Zwischen mit Schminke verschmierten Wattepads und Make-up-Tüchern liegt ein Kondom. Iver fischt es heraus. »Es ist gebraucht!«

»Warte!« Lise hält ihm einen Beweismittelbeutel hin, und Iver lässt das Kondom hineinfallen. »Allem Anschein hat Frau Valetta also kürzlich Geschlechtsverkehr gehabt. Und mir fällt es nicht schwer zu erraten, mit wem.«

»Herrn Nossak?«

Lise schnalzt mit der Zunge. »Korrekt!«

»Was ist denn das hier?« Iver bringt ein zusammengeknülltes buntes Stück Papier aus dem Mülleimer zum Vorschein und entfaltet es.

Beide runzeln die Stirn.

»Aloha-Brause?«

50

Das Prickeln unter ihrer Haut will einfach nicht nachlassen.

Aufgeregt blickt Katharina aus dem Bullaugenfenster ihrer Kabine. Wieder einer weniger von ihrer Clique. Einer weniger, der über damals Bescheid weiß und damit an die Öffentlichkeit gehen könnte. Gut. Jetzt sind nur noch sie und Matthias übrig. Dennoch ist seine Bestürzung vorhin nicht echt gewesen. Genauso wie ihr eigener Schock. Doch was bedeutet das? Katharina ist misstrauisch. Sie kennt Matthias. Er ist kein Mann, der die Dinge auf sich zukommen lässt. Er behält gerne die Kontrolle. So wie sie selbst.

Ihre Gedanken kehren zurück zu Nadine. Was hat sie damit gemeint, als sie gesagt hat, dass sie alle schuld seien und jemanden umgebracht hätten? Die einzige Person, auf die Nadine angespielt haben könnte, ist Melanie.

Melanie »das Klo« Klozius!

Die ehemalige Klassenkameradin, die sich mit 22 das Leben genommen hat. In ihrer Studentenbude an einem Heizungsrohr erhängt. Drei Jahre nach dem Abitur und dreieinhalb, nachdem sie bei ihnen im Bootsschuppen war. Angeblich – das hat Katharina hinterher gehört – hat Melanies Vater sie jahrelang missbraucht, deshalb hat ihre Mutter sie auf das Internat geschickt. Dort sollte sie sicher sein vor ihm. Falkenstein ist voll von solchen verkorksten Individuen. Dysfunktionale Kinder aus dysfunktionalen Familien. Menschen, die durch zu viel Wohlstand korrumpiert wurden und sozial unterbelichtet sind. Reicher Abschaum, der seine kleinen Monster auf ein Elite-Internat schickt, damit sie gedrillt werden, um in der Gesellschaft eine gute Figur zu machen. Innerlich sind sie jedoch so verwest, dass schon in der Grundschule jede Hilfe zu spät kommt.

Katharina verzieht das Gesicht. Ihre Eltern hatten nicht so viel Geld. Sie haben eisern gespart, um ihr den Aufenthalt in Falkenstein zu ermöglichen. Sie wollten, dass sie es einmal besser hat, und dachten, sie tun ihr mit dem Besuch der Schule etwas Gutes. Von wegen. Sie war von Anfang an eine Außenseiterin. Die wirklich Wohlhabenden riechen es, wenn du dich für dein Auskommen zu sehr anstrengen musst, und lassen dich nicht in ihre Kreise. Christian war da anders. Er schiss auf seine Eltern und deren gesellschaftliche Stellung. Er war ein Rebell. Und er hatte ein Herz für die Outsider. Allerdings nur für die mit dem gewissen Etwas. So wie Katharina und die restlichen der Clique. Für Schwächlinge hatte er nichts übrig. Und deshalb lockten sie Melanie eines Tages in den Bootsschuppen ...

Trotzdem war Melanie keines ihrer Opfer. Sie war ein Opfer der verkommenen Gesellschaft, der sie entsprungen ist. Von ihrer Mutter, die zugelassen hat, dass der notgeile Vater sich an ihr vergeht, und die weggesehen hat, um ihren eigenen Lebensstandard nicht zu gefährden oder den Ruf der Familie zu schützen oder was es sonst für Gründe gibt. Melanie war ein Opfer ihres Vaters, der nie dafür bestraft worden ist, dass er sie missbraucht hat, und der ihrer wieder habhaft werden konnte, nachdem sie das Internat verlassen hat ... Aber von all dem wusste die In-Crowd zu dieser Zeit nichts. Hätten sie sich sonst anders entschieden? Hätte Christian Melanie dann in Ruhe gelassen?

Katharina weiß es nicht. Sie holt Christians Laptop aus ihrem Koffer und schaltet ihn an. Kurz darauf tauchen die Dateien der Bootshaus-Sessions vor ihr auf. Die von Heiko und ein paar anderen hat sie sich bereits angesehen. Jetzt wäre Melanie dran. Vielleicht fände sie etwas, das erklärte, warum Nadine solche Angst hatte.

Gerade, als Katharina das Video abspielen will, piept ihr Telefon. Sie fischt es vom Nachttisch und wirft einen Blick darauf. Eine SMS von Matthias. Schnell öffnet sie die Nachricht.

> *Katharina! Wir dürfen nichts sagen! Hörst du? Wenn die Polizei dich befragen sollte, dann weißt du nicht, warum Nadine das getan hat! Verstanden. Und lösch diese Nachricht sofort!!!*

Ja, ja, du Arsch!

Katharina antwortet Matthias, dass er sich ins Knie ficken soll, und löscht die SMS. Sie wirft das Handy aufs Bett und starrt erneut durch das Bullauge nach draußen. Dieser verdammte Kontrollfreak! Glaubt er, dass er ihr Befehle erteilen könnte? Das hat er schon bei Nadine versucht. Aber mit ihr würde das nicht funktionieren!

Wütend klickt sie das Video auf dem Computer an.

51

Melanie

Sie ist ein schüchternes Mauerblümchen. Strohiges dunkelblondes Haar, das sie ständig zu einem Pferdeschwanz zusammengebunden hat. Jeden Tag! Nie trägt sie Schminke und erst recht keine auffälligen Klamotten. Es ist, als würde sie mit dem Hintergrund verschmelzen, oder besser, gleich unsichtbar werden wollen. Bei lauten Geräuschen zuckt sie zusammen, und beim Sportunterricht fehlt sie meist.

Natürlich ist sie durch dieses Verhalten ein rotes Tuch für Christian. Wer sich derart defensiv verhält, zieht seine Aufmerksamkeit auf sich.

Melanie teilt sich mit einem ebenso zurückhaltenden Mädchen das Zimmer, welches Christian jedoch in Ruhe lässt, denn es ist optisch recht passabel und außerdem gut in Mathe. Davor hat Christian Respekt.

Glück gehabt, denkt Katharina, und überprüft, ob die Kamera richtig steht. Sie haben sich heimlich aus dem Internat geschlichen und im Bootshaus Kerzen angezündet. Mit zwei alten Matratzen, Decken und Kissen haben sie es sich gemütlich gemacht. Die Stimmung ist erwartungsvoll und ein bisschen überdreht. Alles ist vorbereitet, und der Ausguck für heute wurde bestimmt. Diesmal ist Philipp an der Reihe. Er soll ihnen die Lehrer vom Hals halten. Keiner darf spitzkriegen, was sie hier treiben.

Katharina richtet die Linse der Kamera auf Christian. Er hat sich einen provisorischen Umhang umgelegt und trägt einen Melonenhut auf dem Kopf. Damit wirkt er wie ein weißer

Voodoopriester. Katharina schaudert. Sie versteht sich nach wie vor als Beobachterin, während sich der Rest der Clique meistens aktiv an den Sessions beteiligt. Christian nennt sie »seine Chronistin«. Ihre kühle Distanziertheit törnt ihn an, das weiß sie. Er liebt es, von ihr beobachtet zu werden. Deshalb lässt er jede Sitzung von ihr filmen. Er findet es geil, sich selbst durch ihre Augen bei seinen Taten zuzusehen. Mit Sicherheit wichst er sich einen, wenn er die Aufnahmen hinterher anguckt. Aber das stört Katharina nicht. Es gibt ohnehin nur wenige Dinge, die sie schockieren können. Das liegt an ihrem nicht vorhandenen Ekelgefühl, das ihr schon als Kind fehlte. Daher weiß sie, dass sie viele Dinge nicht so empfindet wie die meisten Menschen. Und das gefällt ihr. Sie mag es, anders zu sein. Und sie mag es, in der In-Crowd zu sein, obwohl Christian ihr manchmal Angst einjagt.

Angst bringt allerdings auch ein aufregendes Kribbeln mit sich, oder?

Unter seinem Umhang ist Christian nackt, das weiß Katharina. Gleich wird es zur Sache gehen. Mit Melanie.

»Die wird wahrscheinlich richtig geil sein«, sagt Matthias. »Das sind solche Mädchen immer. Tun erst so, als könnten sie kein Wässerchen trüben, und dann gehen die ab wie Schmidts Katze. Fire walk with me, sag ich nur!« Er schiebt ein dreckiges Lachen hinterher und macht ein paar typische Tanzbewegungen, mit denen er den Zwerg aus »Twin Peaks« imitiert.

Sie stellen oft Szenen aus Filmen nach. Genau wie mit der Aloha-Brause, die sie sich gegenseitig aus dem Bauchnabel geleckt haben. Vorher haben sie sie mit Spucke zum Schäumen gebracht, ganz wie der kleine Oskar in der »Blechtrommel«. Nadine, Philipp und Matthias fanden das zuerst ekelig, doch nachdem Christian es mit Katharina vorgemacht hat, taten es alle. Nadine ging schließlich noch einen Schritt weiter, sie streute sich Brausepulver auf ihre Brüste und ihre Vulva und ließ es Philipp ablecken. Philipp fand das derart erregend, dass er rot anlief und direkt in seine Hose abgespritzt hat. Seitdem hat er den Spitznamen »Brausekopp« weg. Leider war das der Moment, in dem Herr Roth sie erwischt hat. Im Keller des Internats. Voll peinlich. Danach sind sie in das Bootshaus umgezogen und haben fortan eine Wache aufgestellt.

Die Aloha-Brause macht auch jetzt die Runde. Jeder nimmt eine gute Portion und stößt anschließend erregte Seufzer aus. Diesmal ist nicht nur Brause in den Tütchen. Christian hat etwas darunter gemischt. Doch Katharina verzichtet auf den Koks-Trip und konzentriert sich lieber auf die Kamera. Daran hat sie mehr Spaß.

Während sie warten, steigt die Spannung. Katharina beobachtet, wie sich Christian unter seinem Mantel mehrfach das steife Glied reibt. Wenn Nadine hier wäre, würde sie es für ihn tun. Sie ist Christians Assistentin, eine Art Priesterin. Aber sie hat heute die Aufgabe, Melanie herzubringen.

Es dauert nicht lange, bis es draußen leise klopft. Matthias öffnet das Tor und lässt Nadine und Melanie eintreten. Letztere hält den Blick gesenkt und wirkt, als wolle sie gleich im Boden versinken.

»Hallo, meine Schöne«, begrüßt Christian sie mit seiner netten Stimme, die er bewusst einsetzt.

Die Angesprochene sieht auf.

»Deine große Stunde ist gekommen!« Christian hebt einen Arm. »Nadine hat dich auserwählt. Sie sagt, du könntest ein wertvolles Mitglied unserer Clique werden. Wir mögen Außenseiter, weißt du? Wir sind selbst welche.«

Melanie wirkt nicht überzeugt. Sie scheint von Natur aus misstrauisch zu sein. Katharina richtet die laufende Kamera auf sie, zoomt ihr Gesicht heran. In Melanies Augen schimmert der Zweifel. Sie hätte besser auf ihre inneren Warnmechanismen hören sollen.

In ihrem Rücken schließt Matthias unbemerkt das Tor – sie haben extra die Scharniere geölt, damit sie nicht quietschen. Danach legt er einen Riegel vor und drückt das Vorhängeschloss zu. Nun kann keiner mehr rein. Oder raus.

Derweil ist Christian hinter Melanie getreten und hat ihr feierlich beide Hände auf die Schultern gelegt. Sein provisorischer Umhang gleitet auf und gibt die Sicht auf seinen nackten Körper frei. Melanie registriert es nicht und steht ahnungslos da.

»Ich mag dich, Melanie. Wirklich. Ich habe dich beobachtet und mir gedacht, dass du eine verborgene Schönheit bist. Niemand sonst erkennt es, das ist schade. Meine Freunde hier haben gelacht, als ich ihnen davon erzählt habe, aber das sind alles Dummköpfe. Die haben keinen Geschmack. Ich hingegen will dich gerne näher kennenlernen. Und vielleicht nehmen wir dich danach in unseren Club auf.« Während Christian sie einlullt, lässt sich Melanie von ihm über den staubigen Boden bis zu der mit Kissen und Decken dekorierten Matratze führen. Ihrem Opferaltar!

Als sie die Matratze bemerkt, erstarrt sie und wird steif wie ein Brett.

»Was ist?«, fragt Christian sanft.

Nadine ist an seine Seite getreten, bereit, ihm zu assistieren. Ihre Miene wirkt mitfühlend, als wollte sie Melanie beistehen. »Was ist los?«, fragt sie. »Hast du Angst? Das brauchst du nicht. Wenn du erst mal bei uns aufgenommen wurdest, musst du nie wieder Angst haben. Wir werden dich beschützen. Versprochen. Einer für alle, alle für einen.« Nadine streicht ihr fürsorglich über die Wange.

Katharina beobachtet, wie sich Matthias unauffällig neben Melanie in Stellung bringt.

»Du bist sicher bei uns«, haucht Christian in ihr Ohr. Seine Augen glänzen, weil er high ist vom Koks. »Ich habe mich nämlich in dich verliebt, meine hübsche unnahbare Melanie.« Mit einem Nicken gibt er den beiden anderen das vereinbarte Zeichen, und sie stoßen Melanie auf die Matratze. Rasch beginnen sie, sie auszuziehen, was Melanie seltsam stumm über sich ergehen lässt. Ihr Blick hängt starr an den dunklen Dachbalken. Als sie nackt daliegt, hockt sich Matthias hin und führt ihre Hände über dem Kopf zusammen, während Nadine ihre Beine spreizt. Christian leckt sich begierig über die Lippen. Er wirft den Umhang ab und tritt nackt vor die Matratze, massiert noch einmal sein Glied.

»Ich danke dir für dieses Opfer. Heil dir Satan!«, sagt er und geht schließlich zwischen Melanies Beinen auf die Knie.

Katharina verfolgt das Geschehen gebannt auf dem kleinen Monitor der Kamera, die alles einfängt. Auch die stille Angst in Melanies Augen.

Als der Film zu Ende ist, lehnt Katharina sich zurück. Wenn irgendjemand dieses Video in die Finger bekäme, wären sie dran. Sie selbst ist zwar nie auf den Aufnahmen zu sehen, da sie sich stets hinter der Kamera aufgehalten hat, aber sie zweifelt nicht daran, dass Matthias sie verraten oder jemand sie an der Stimme erkennen würde. Die Verjährungsfristen für ihre Vergehen sind bislang nicht abgelaufen. Katharina hat sich informiert. Selbst wenn Melanie sie nicht mehr persönlich anzeigen kann, wäre der Film Anklage genug. Philipp wäre für die Tat an ihr allerdings raus. Er hat ja nur Schmiere gestanden. Und Philipp ist eh tot, so wie Christian und Nadine auch. Es gibt nur noch Matthias … und sie selbst. Würde sie eine mildere Strafe erwarten, weil sie lediglich Zuschauerin war? Wenn sie unter Tränen aussagte, dass Christian sie gezwungen hätte, alles zu filmen, dann bestimmt. Und die Opferrolle glaubhaft spielen, das kann sie.

Katharina bemerkt eine zweite Datei mit dem Namen »Melanie«. Zuerst hat sie angenommen, es wäre der vorangegangene Film, in zwei Teile geschnitten, aber den hat sie ja gerade zu Ende gesehen. Was verbirgt sich also hinter dieser anderen Datei? Katharina erinnert sich nicht daran, dass sie Melanie zweimal ins Bootshaus geholt hätten. Hat Christian etwa seine eigenen Filme gedreht? Ohne den Rest der Clique? Oder ist es eine Kopie?

Unbewusst kennt Katharina die Antwort bereits, und ein nervöses Kribbeln breitet sich in ihrem Bauch aus. Mit zitternden Fingern klickt sie das Video an. Ihre Augen werden immer größer, als sie begreift, was sich vor ihr auf dem Bildschirm abspielt.

Ein kleines Zimmer. Eine typische Studentenbude. Schlicht ausgestattet mit Bett, Stuhl und einem Schreibtisch mit altmodisch klotzigem Computermonitor darauf. Daneben befindet sich ein Regal mit Romanen und Fachbüchern darin, und an der Wand hängt ein Poster von Pearl Jam. Melanie hat Pearl Jam gehört, sie war verknallt in Eddie Vedder. Kaum hat Katharina das gedacht, erscheint Melanie im Bild. Sie wird von einer Person zum Bett geführt. Katharina erkennt sie sofort. Es ist Christian!

Gebannt verfolgt sie, wie er Melanie dazu zwingt, sich auf das Bett zu setzen. Danach öffnet er seine Hose und holt seinen Schwanz heraus. Er massiert ihn eine Weile, damit er schön hart ist, und gibt Melanie schließlich den Befehl, den Mund zu öffnen. Während sie ihn oral befriedigen muss, stöhnt Christian laut auf und legt den Kopf in den Nacken. »Du bist noch genau so eine geile Hure wie früher!«, seufzt er. »Melanie, meine Pornogöttin!«

Plötzlich kichert es hinter der Kamera, und Katharina horcht auf. Ist da eine weitere Person Zimmer? Sie spult zurück und lässt den Ausschnitt erneut laufen. Diesmal ist es ganz deutlich zu vernehmen. Ein unterdrücktes Kichern. Und Katharina weiß auch, von wem es stammt.

Entsetzt lehnt sie sich zurück. Also haben sie nach dem Abi mit ihren Sessions weitergemacht! Nur dass sich Christian dafür eine andere Beobachterin gesucht hat.

Als Katharinas Blick auf das eingeblendete Datum fällt, läuft es ihr eiskalt über den Rücken. Plötzlich versteht sie, was Nadine damit gemeint hat, dass sie schuld wären am Tod einer Person.

Der Film wurde wenige Tage vor Melanies Tod aufgenommen!

52

Es ist kalt.

Sehr kalt.

Er fühlt nichts außer Kälte.

Doch, da ist noch etwas.

Ein trockener Schmerz auf seiner Wange.

Er will die Augen öffnen, aber es geht nicht. Ein Zittern durchläuft sein Körper. Dann spürt er einen erneuten Stich, diesmal in seiner rechten Hand. Hastig reißt er die Lider auf.

Er liegt bäuchlings auf einem großen Stein, der sich hart in seine Wange bohrt. Nur langsam kann er den Kopf heben, weil seine verkrampften Nackenmuskeln sich dagegen wehren, die Bewegung auszuführen. Sein ganzer Körper ist wie gelähmt.

Was ist passiert?

Verwirrt blinzelt er, schiebt die Arme unter seinen Brustkorb und drückt sich mühevoll hoch. Das Stechen in seiner lädierten Hand schießt bis in seine Schulter. Verflucht! Was ist das?

Stöhnend bringt er sich in eine sitzende Position. Er zittert fürchterlich, seine Zähne schlagen aufeinander, und auf seiner Zunge liegt ein salziger Geschmack. Er zieht die Knie an und schlingt die Arme darum. Er muss sich irgendwie wärmen, denn alles an ihm ist nass – seine Hose, seine Schuhe, das Hemd und das Sweatshirt, das er sich angezogen hat, bevor er die Kammer verlassen hat. Da! Der Hauch einer Erinnerung kehrt zurück … und trifft ihn wie eine Faust in den Magen!

Keuchend stößt er Luft aus, während ihm der Sturz bewusst wird. 20 Meter in die Tiefe, danach der harte Aufschlag auf dem Wasser, den er in jedem seiner Knochen spürt, und die eisige Kälte, die ihn empfangen hat. Sein Kampf ums Überleben. Die vollgesogene Jacke, die ihn in die Tiefe gezogen hat, aus der er sich herauswinden konnte. Die dunkle Schiffswand, die fast lautlos an ihm vorbeiglitt und in unerreichbare Ferne rückte. Der unterirdische Sog der Schraube an seinen Beinen, das salzige Wasser, das ihm in den Mund schwappte. Seine Rufe, die niemand hörte, während die Kälte des Fjords unbarmherzig an seinen Gliedern zerrte.

Aber er hat es geschafft, an Land zu kommen. Lebend.

Skagen erinnert sich daran, wie rasend er war, dass ihn jemand hinterrücks über Bord gestoßen hat. Die Wut ist regelrecht in ihm explodiert. Was für ein Scheißkerl! Wie kann er es wagen, ihn zu packen und über die Reling zu werfen? Und das ausgerechnet in dieser emotionalen Situation!

Der Moment, in dem er endlich seine Angst überwunden hat.

Die Wut hat ihm Energie verliehen, und so ist er geschwommen und geschwommen. Er hat nicht aufgegeben, obwohl seine Muskeln müde wurden und das eisige Wasser das Leben förmlich aus ihm herausgesaugt hat.

Doch Tom Skagen wollte leben.

Diese überraschende Erkenntnis hat ihn wie ein Stromschlag getroffen. Wie oft hat er sich gewünscht zu sterben? Wie oft war das Leben eine Qual für ihn – oder besser gesagt der Fluch des Überlebens? Wie oft hat er sich nach einem Ende gesehnt? Dem Ende seiner Schuld.

Er weiß es nicht, aber in jenem Moment ist es ihm klar geworden: Er will leben.

Irgendwie muss er das Ufer erreicht haben und an Land gekrochen sein, wo er das Bewusstsein verloren hat.

Und jetzt hockt er auf einem Felsen am Fjord. Ein nasses Häufchen Elend. Ein Überlebender. Wieder einmal.

Skagen hustet einen Rest des Fjordwassers aus seinen Lungen und sieht sich um. Über den Bergen am gegenüberliegenden Ufer hängen dichte Wolken, sie fressen sich die bewaldeten Hänge hinab bis zum Wasser, das die Farbe von Zinn hat. Hier auf seiner Seite des Fjords liegen große Findlinge am Ufer, und hinter ihm steigt der felsige Hang steil nach oben, wo er im weißen Dunst verschwindet. Überall Nadelbäume und Totholz, nirgendwo ist etwas zu erkennen, das von Menschenhand geschaffen wurde. Kein Haus, keine Straße, kein Steg. Nicht einmal ein Strommast.

Und auch kein Boot.

Über den breiten Fjord ans andere Ufer zu schwimmen, ist unmöglich, es wäre viel zu weit. Erst recht in seinem angeschlagenen Zustand. Ein Wunder, dass er es überhaupt hierher geschafft hat.

In der Ferne entdeckt Skagen ein einsames Kreuzfahrtschiff, das sich träge seinen Weg durch den Fjord bahnt. Es ist viele Kilometer weit weg. Er könnte sich die Seele aus dem Leib brüllen, und niemand würde ihn hören. Ein Signalfeuer würde er auch nicht zum Brennen bringen, ihm fehlen die Streichhölzer. Er greift in seine Hosentasche, aber sein Handy ist nicht mehr da. Vermutlich liegt es irgendwo im Fjord. Es wäre ohnehin kaputt. Was hat er noch? Er tastet sich ab und lässt danach entmutigt die Arme hängen.

Nichts.

Schöne Scheiße.

Skagen sieht auf seine Armbanduhr. Sie ist hinüber.

Wütend nimmt er das Ding ab und schleudert es ins Wasser. »Du wolltest die Uhr haben, dann nimm sie, du beschissener Scheißfjord!« Er springt auf. »Aber mich kriegst du nicht! Hörst du? Mich nicht. Verflucht!«

Ihm wird bewusst, dass er dringend mit seinen Kollegen Kontakt aufnehmen oder den Kapitän der Norsk Sol auf irgendeine Weise darüber informieren muss, dass sich auf seinem Schiff ein Mörder befindet. Eine Person, die andere über Bord stößt und wahrscheinlich auch hinter den vermeintlichen Selbstmorden steckt. Mein Gott, denkt Skagen. Wenn der Täter noch nicht einmal davor zurückschreckt, sich eines Polizisten zu entledigen, bedeutet das, dass Lise und Iver ebenfalls in Gefahr sind! Er könnte sie ähnlich aus dem Weg schaffen wollen, um anschließend in aller Ruhe den Rest der Clique zu beseitigen, auf die er es augenscheinlich abgesehen hat. Er würde nicht früher aufhören, bis er seine Todesliste abgearbeitet hätte. Und danach? Was täte eine Person, die mehrere Menschenleben kaltblütig ausgelöscht und ihr Ziel erreicht hat? Die danach vollkommen leer ist? Solche Täter reagieren oft unberechenbar. Würde er sich ebenfalls umbringen? Und würde er womöglich weitere Menschen mit sich in den Tod reißen?

Skagen wird mulmig zumute. Er muss dringend etwas unternehmen. Muss jemanden finden, der ein Telefon hat oder wenigstens ein Boot, mit dem er Hilfe holen kann.

Suchend blickt er beide Seiten des Ufers entlang. Rechter Hand scheint es vielversprechender, einen Weg zu finden. Er würde am Wasser entlanglaufen, bis er auf eine Siedlung, eine Straße oder irgendetwas anderes treffen würde. Den Hang hinauf und über das Fjell zu wandern, ergäbe keinen Sinn, das wäre viel zu kräftezehrend, außerdem liegt dort vermutlich Schnee.

Bleibt nur das Ufer. Entschlossen marschiert Skagen los. Eine Windbö, die vom Wasser herüberweht, packt ihn und lässt ihn in seiner klammen Kleidung bibbern, doch die Bewegung bringt schnell Wärme in seinen Körper, und er kommt gut voran.

Bald wird das Gelände unwegsamer und das Ufer steil und glattgehobelt, sodass er gezwungen ist, sich weiter oberhalb am Hang durchzuschlagen. Sein anfänglicher Elan wird gebremst, als er über glitschige Felsen und Wurzeln klettern muss und immer wieder im Matsch versinkt oder sich die Schienbeine an Steinbrocken anschlägt. Zu allem Überfluss rieseln von den dünnen Birken, an deren Stämmen er sich festklammert, jedes Mal eisige Tropfen auf ihn herab. Verbissen arbeitet er sich voran. In ihm lodert der unbedingte Wille, denjenigen zu stellen, der ihm das angetan hat. Diese Angelegenheit ist nun eine persönliche!

Als er ein kleines Rinnsal erreicht, stillt er seinen Durst und kühlt die lädierte Hand. Anschließend studiert er das Terrain. Die Bäume verstellen ihm die Sicht auf den Fjord. Wenn dort jetzt ein Boot vorbeiführe, würden ihn die Menschen darauf nicht bemerken. Vielleicht ist es doch keine gute Idee, sich durch die Büsche zu kämpfen. Ein Stück höher gelegen wäre es besser. Nur, wie käme er dort hin? Am Hang über ihm türmen sich große Felsbrocken auf.

Es nützt nichts, er muss hier weitergehen. Skagen setzt die mühsame Kletterei fort und erreicht schließlich eine freie Fläche. Leider wird ihm schnell klar, warum die Aussicht von dieser Position aus besser ist. Vor ihm liegt eine steile abgehobelte Felswand, die wie eine Rutsche zum Fjord hinabfällt. Der glatte Granit bietet nirgendwo Halt.

»Scheiße! Verdammt!«

Dort gibt es kein Durchkommen.

Er blickt über den Fjord, auf dem sich das große Kreuzfahrtschiff langsam nähert. Vielleicht doch wieder runter? Widerwillig kehrt Skagen um und müht sich über die Felsen. Denselben beschwerlichen Weg zurück zu müssen, verdüstert seine Laune. Außerdem fühlt er sich zunehmend ausgelaugt, und zu den Schmerzen in der Hand gesellt sich jetzt auch noch ein hohles Nagen im Bauch. Aber weit und breit gibt es nichts, womit er seinen Hunger stillen könnte, nur Birkenrinde und Rentiermoos. Und die paar Molte- und Krähenbeeren, die er findet, genügen nicht.

Nach der Hälfte der Strecke dringt unvermittelt ein Geräusch an sein Ohr, und er bleibt stehen. Es ist ein Brummen wie von einem Bootsmotor. Von dem Kreuzfahrtschiff kann das nicht stammen, das ist viel zu weit entfernt. Es muss sich also ein anderes Gefährt übers Wasser nähern!

Skagens Puls beschleunigt sich. Ist das die Rettung? Dummerweise befindet er sich nach wie vor in dem Wäldchen und wird von den Birken verdeckt.

Hastig schlittert er die Felsen hinab und hangelt sich an den Stämmen entlang. Jeden neuen blauen Fleck, jede Prellung nimmt er mit zusammengebissenen Zähnen in Kauf, denn im

Augenblick zählt nur eines: Er muss es rechtzeitig ans Ufer schaffen, um auf sich aufmerksam zu machen.

Als er endlich das Gestrüpp hinter sich gelassen hat, fährt das Motorboot keine 50 Meter entfernt an ihm vorbei. Es ist ein kleines Zodiac-Schlauchboot mit Außenbordmotor. Ein Mann mit olivfarbener Jacke und blauer Wollmütze sitzt am Steuer.

Skagen reißt die Arme hoch und schreit so laut er kann: »Hilfe! Hier! Ich brauche Hilfe!«

Das Boot setzt seinen Weg fort, als würde der Mann darin ihn nicht sehen. Sich die Seele aus dem Leib brüllend springt Skagen auf und ab und rudert mit dem Armen.

»Hilfe! Hier drüben! HILFE!«

Das Boot fährt weiter. Verdammt! Vermutlich übertönt der Motor seine Rufe.

Skagen steckt sich zwei Finger in den Mund und pfeift mehrmals. Die gellenden Töne hallen über das Wasser, was den Bootsführer endlich aufhorchen lässt. Er dreht den Kopf, und Skagen beginnt wieder zu winken.

»Hier! Hallo!«

Der Mann scheint ihn entdeckt zu haben, denn er drosselt die Geschwindigkeit und wendet in großem Bogen. Anschließend steuert er auf ihn zu.

Skagen hätte am liebsten vor Freude geschrien. Er ist gerettet! Gott sei Dank, er ist gerettet!

Das graue Zodiac nähert sich dem Ufer, wird langsamer und Skagen kann das hagere Gesicht des Mannes erkennen. Es ist unrasiert, und die Augen liegen tief in den Höhlen. Skagen hebt eine Hand.

»Gut, dass Sie da sind«, ruft er ihm entgegen. »Ich brauche dringend Hilfe. Haben Sie ein Telefon?«

Der Mann nickt und legt an. Er wirft Skagen ein Seil zu, das dieser an einem Felsen festmacht. Dann springt der Mann an Land und kommt auf ihn zu. Seine rechte Hand steckt in der Jackentasche. Doch was er kurz darauf hervorzieht, ist nicht etwa ein Handy.

Verblüfft schaut Skagen auf den Gegenstand. Etwas läuft gewaltig falsch. Warum hat der Mann eine Pistole? Und warum richtet er sie auf ihn?

Noch bevor Skagen eine Antwort darauf erhält, drückt der Mann ab.

53

Die Norsk Sol gleitet ungerührt durch den Fjord, setzt ihre Fahrt fort, trotz der schrecklichen Ereignisse. Unglaublich!

Lise ist vollkommen fertig. Die Panik nagt an ihrer Verfassung, doch sie muss durchhalten. Wenigstens ist die Verstärkung aus Ålesund eingetroffen. Die Kollegen haben das Schiff gerade noch rechtzeitig vor dem Ablegen erreicht und erwarten nun, dass sie in den Fall eingearbeitet werden. Es sind drei Männer und eine Frau, die ihr mit ernsten Mienen am Konferenztisch gegenübersitzen. Als Lise mit ihren Ausführungen beim Tod des Kollegen Skagen anlangt, muss sie kurz innehalten und warten, bis der Kloß im Hals sie weitersprechen lässt.

»Es könnte sein«, sagt sie gepresst, »dass jemand bei ihm war. Wir haben ein Video, auf dem ein Schatten zu erkennen ist. Zumindest glauben wir das.« Sie wirft Iver einen Blick zu, der sagt, dass er seine Theorie mit dem bösen Spuk besser für sich behalten soll, und schiebt den Laptop über den Tisch. Stirnrunzelnd betrachten die neuen Kollegen die Sequenz.

»Kann man denn überhaupt ungesehen an der Kamera vorbeigelangen?«, fragt die Frau. Sie hat sehr lange dunkle Haare und heißt Sara.

»Wir haben es ausprobiert. Es geht tatsächlich.«

Sara nickt.

»Und vier Selbstmorde in so kurzer Zeit, das ist höchst ungewöhnlich«, entgegnet einer der Männer. Thorstein ist sein Name. »Und ziemlich unwahrscheinlich.«

»In der Tat. Deshalb halten wir es mittlerweile für möglich, dass jemand nachgeholfen hat. Jemand, der es auf die Mitglieder dieser Clique abgesehen hat, von der ich euch erzählt habe. Zwei davon sind noch auf dem Schiff. Matthias Nossak und Katharina Rabusch. Leider weigern sie sich, mit uns zusammenzuarbeiten. Ich habe sie jedoch vor der Gefahr gewarnt.«

»Und wie passt der Skanpol-Kollege da rein?«

»Ich nehmen an, dass Tom für den etwaigen Täter zur Bedrohung wurde«, antwortet Lise.

»Wenn das so ist, dann sind wir das jetzt auch für ihn: eine Bedrohung!«, stellt Thorstein fest. Er ist ein regelrechter Hüne. Blond mit Bart und breiten Schultern.

»Korrekt!«, bestätigt Lise. »Ich schlage vor, dass wir Nossak und Rabusch im nächsten Hafen zu ihrem eigenen Schutz von Bord bringen. Das wäre in Trondheim. Bis dahin sollten wir ihre Kabinen bewachen. Ich würde gerne noch einmal versuchen, mit ihnen zu reden. Herr Nossak hatte vermutlich sexuellen Kontakt zu Nadine Valetta, der letzten Person aus der Clique, die sich umgebracht hat – oben auf dem Gletscher.«

Die Kollegen verziehen die Gesichter. Der Fall mutet für sie absurd und befremdlich an. Und dass nun auch ein Polizist Opfer des potenziellen Mörders geworden ist, verbessert die Lage nicht gerade.

Lise teilt die Bewachung für Nossak und Rabusch ein. Je ein Beamter soll stets vor den Kabinen stehen und die beiden begleiten, falls sie sich auf dem Schiff bewegen. Alle vier Stunden würde gewechselt werden. Für Lise steht eine erneute Befragung von Matthias Nossak auf dem Plan.

Als sie sich erheben, klingelt ihr Handy. Es ist eine ihr unbekannte Nummer aus Deutschland. Sie nimmt das Gespräch an, weil sie denkt, es könnte sich um einen Angehörigen von Tom handeln. Stattdessen ist es seine Chefin.

»Jette Vestergaard. Ich wollte mich erkundigen, ob es etwas Neues von Tom gibt.«

»Ich fürchte nicht.« Lise spürt erneut den Kloß in ihrem Hals. »Er ist immer noch verschwunden.«

Schweigen am anderen Ende. Dann ein »Das ist schlimm.«

»Ja«, antwortet Lise. »Es nimmt uns alle ziemlich mit.« Sie erzählt Jette von ihrem Verdacht, dass Tom vielleicht gar nicht selbst gesprungen ist, sondern jemand anders dafür verantwortlich sein könnte. Doch für Jette scheint das keinen großen Unterschied zu machen.

»So oder so, er ist tot, nicht wahr?«, konstatiert sie mit harter Stimme.

»Ja, das stimmt vermutlich. Aber wir suchen natürlich nach ihm. Der Helikopter müsste bald bei der Stelle eintreffen. Das Wetter ist leider sehr schlecht, und die Wolken hängen tief, was die Suche erschwert. Ich hoffe, wir finden ihn trotzdem.«

»Das hoffe ich auch. Seine Leiche würde wenigstens Gewissheit liefern … für seine Angehörigen.«

Dass die Frau in der Lage ist, das Schreckliche so deutlich auszusprechen, irritiert Lise.

»Apropos Angehörige«, fährt Jette fort. »Ich schicke euch einen Skanpol-Beamten aufs Schiff. Jens Fram, er ist Norweger und wird euch unterstützen. Toms Lebensgefährtin begleitet ihn. Ihr Name ist Maja Lövgren. Ihre Anwesenheit ist von meiner Seite her autorisiert, und ich hoffe, dass es für euch ebenfalls okay ist. Ich würde selbst kommen, aber ein wichtiger Fall hält mich hier in Berlin fest.«

»Selbstverständlich. Ich frage mich nur, was der Kapitän dazu sagen wird. Er ist nicht gerade kooperativ, wenn es um Polizisten auf seinem Schiff geht.«

»Den Kapitän habe ich bereits verständigt und die Reederei ebenso. Die haben das Vorgehen genehmigt.« Jette stößt einen abfälligen Laut aus. »War gar nicht so leicht, sie davon zu überzeugen. Schlechte Publicity, haben sie es genannt. Aber denen habe ich Feuer unterm Hintern gemacht und gesagt, was das erst für eine schlechte Publicity wäre, wenn bekannt würde, dass sie den Angehörigen der Verstorbenen den Zutritt zum Ort des Geschehens verweigern. Das hat sie schnell umgestimmt.«

Lise kann sich ein triumphierendes Lächeln nicht verkneifen. In Jette Vestergaard hat Kapitän Teevs vermutlich eine ebenbürtige Gegnerin gefunden.

»Fram und Lövgren reisen mit dem Hubschrauber von Stavanger an«, sagt Toms Chefin. »Die Genehmigung für die Landung auf dem Schiff wurde erteilt. Ich bitte euch, die beiden in Empfang zu nehmen.«

»Alles klar.«

»Gut, danke. Und ich hoffe, ihr kriegt diesen Mistkerl! Das Schwein gehört hinter Schloss und Riegel – bevor ich noch etwas anderes mit ihm anstelle!« Damit legt Jette Vestergaard auf.

Iver, der das Gespräch mitgehört hat, sieht Lise vielsagend an. »Toughe Frau!«

Lise nickt und prüft, ob ihre Waffe im Gürtelholster richtig sitzt. »Ich werde jetzt Herrn Nossak auf den Zahn fühlen. Ein zweites Mal kommt der mir nicht so leicht davon!«

54

Skagen spürt es. Ja, wirklich! Bisher dachte er, das wäre eine Erfindung aus Filmen oder Büchern. Aber er hat sie tatsächlich gespürt. Die Kugel, die an seiner Wange vorbeigeflogen ist. Ein heißer und gleichzeitig kalter Lufthauch, der ihn gestreift hat.

Wahnsinn!

Noch immer verharrt er vollkommen paralysiert.

Ein erneuter Knall lässt ihn aufschrecken, und die Botschaft erreicht sein Hirn. Der Typ will ihn umlegen!

Wie in Zeitlupe macht Skagen kehrt und läuft los. Hinter ihm ertönt ein weiterer Schuss. Der Kerl scheint ein sehr schlechter Schütze zu sein, denn Skagen spürt nirgendwo Schmerzen. Vielleicht steht er aber auch nur so unter Strom, dass das Adrenalin alle Empfindungen erstickt und sein Körper auf Überleben umschaltet.

Skagen stolpert über einen Ast und verliert das Gleichgewicht. Mit dem Knie prallt er gegen einen Felsen und stöhnt auf.

Wenigstens weiß er jetzt, dass er doch Schmerzen fühlt. Mit aller Kraft stößt er sich ab und sprintet den Hang hinauf, steuert in direkter Line auf den Wald zu, von dem er sich Deckung erhofft. Ohne zu wissen, wo sich der Angreifer befindet, rennt er, so schnell er kann. Die Panik im Rücken. Und einen erneuten Schuss in den Ohren.

Wieder hat der Kerl nicht getroffen. Skagen vernimmt ein lautes Fluchen hinter sich am Hang und ahnt, dass der Typ ihm auf den Fersen ist.

Er krallt sich an den Felsen fest und springt die Bergflanke hinauf wie ein Affe. Die ersten Bäume sind nicht mehr weit entfernt, und endlich erreicht er ihre schützende Umarmung. Hinter einem dicken Stamm wagt er es zum ersten Mal, sich umzudrehen. Der Fremde klettert den Hang hinauf, die Waffe in einer Hand, die tiefliegenden Augen auf den Waldrand gerichtet. Sein Gesichtsausdruck wirkt seltsam starr und unheimlich. Wer ist der Typ?

Darüber muss er später nachdenken, jetzt braucht er ein gutes Versteck. Oder eine Waffe, die es mit einer Pistole aufnehmen kann. Nur was? Ein Ast? Ein Stein? Vergiss es, das funktioniert nicht!

Hastig blickt Skagen sich um. Große moosbewachsene Felsen und Bäume. Vielleicht fände er zwischen den Steinen einen Spalt, in dem er sich verkriechen könnte. So leise wie möglich schleicht er tiefer in den Wald, dabei tritt er auf einen Ast, der mit einem lauten Knacken zerbricht.

Augenblicklich ertönt ein neuer Knall. Es ist unmöglich, dass der Typ ihn sehen kann, dennoch feuert er blind zwei weitere Kugeln ab. Skagen duckt sich und sucht verzweifelt nach Schutz. Er entdeckt zwei Felsen, die am Boden eine

Lücke bilden. Hinter ihm knirscht es. Der Verfolger kommt näher.

Auf Händen und Füßen erklimmt Skagen den Hang und erreicht die kleine Höhle. Er zögert. Wenn er dort hineinkröche und der Typ ihn fände, säße er in der Falle. Besser wäre es, er würde ihn glauben lassen, er befände sich darin, und hockte in Wirklichkeit hinter dem Felsen mit einem Stein in der Hand, den er gegen den Kopf des Angreifers schleudern könnte. Seine einzige reelle Chance, den Kerl außer Gefecht zu setzen.

Skagen dreht sich um, die Gestalt des Mannes bewegt sich als dunkler Schemen zwischen den Bäumen hindurch. Er hebt einen Ast auf und schlägt damit gegen den Felsen. Der Kerl hält inne und horcht, dann klettert er in Richtung des Geräusches hangaufwärts. Er hat den Weg zu den beiden Felsen eingeschlagen.

Skagen kriecht um die Granitbrocken herum, sucht sich zwei Steine in handlicher Größe und wartet. Es dauert eine Weile, bis sich sein Atem so weit beruhigt hat, dass er das Knacken der Schritte seines Verfolgers hören kann und schließlich auch dessen angestrengtes Keuchen. Skagen spannt sich an. Es ist zu früh für einen Blick um den Felsen herum, er muss den richtigen Moment abwarten. Mit etwas Glück wirft er besser, als der Typ schießt.

Es knirscht und raschelt auf der Rückseite der Granitbrocken, doch mit einem Mal wird es still. Der Kerl scheint stehen geblieben zu sein. Befindet er sich jetzt hinter dem Felsen oder nicht?

Skagen beißt die Zähne zusammen. Schweiß läuft ihm von der Stirn in seine Augen, und seine Muskeln brennen vor Übermüdung. Vorsichtig verlagert er sein Gewicht, vergewissert sich, dass er einen guten Stand hat, um entweder anzugreifen oder zu fliehen.

Noch immer tut sich nichts auf der anderen Seite.

Was zum Teufel treibt der Scheißkerl?

Die Ungewissheit bringt Skagens Herz zum Galoppieren. Langsam werden die Steine in seinen Händen zu schweren Gewichten.

Da hört er plötzlich eine Stimme. Der Typ spricht mit jemandem. Auf Deutsch!

Skagen ist überrascht und auch wieder nicht. Eigentlich ist es glasklar. Natürlich hat der Mann dort hinter den Felsen etwas mit den Geschehnissen auf dem Schiff zu tun. Entweder ist er selbst der Mörder oder ein Komplize. Skagen tippt eher auf Letzteres, denn wie sollte der Mörder so schnell von der Norsk Sol herunter- und hierhergekommen sein?

Er hält den Atem an und belauscht das Gespräch.

»Ja, er ist es. Kein Zweifel. Natürlich, ich werde ihn ausschalten. Das schaffe ich, keine Sorge. Bleibst du auf dem Schiff? Okay, ich melde mich. Bis dann.«

Danach breitet sich gespannte Stille zwischen den Bäumen aus.

Skagen spürt seine Kräfte schwinden. Der Schweiß auf seiner Haut ist eiskalt, und er entwickelt das dringende Bedürfnis, sich hinzulegen. Er muss sofort handeln!

Er sieht sich um. Von hier aus käme er weiter den Hang hinauf, aber wo brächte ihn das hin? Nur nach oben auf das Fjell, wenn er es überhaupt erreichte, so erschöpft, wie er ist.

Unschlüssig starrt er in den Wald. Die Steine in seinen Händen wiegen mittlerweile Tonnen. Denk nach, Tom!

Doch auch das fällt ihm schwer. Seine Knie wollen sich beugen, die Last seines Körpers auf dem Boden absetzen. Skagen kämpft dagegen an und drückt sie durch. Der Typ verhält sich nach wie vor still. Es ist, als lauere er darauf, dass Skagen den ersten Schritt macht … und sich verrät. Ein Jäger mit der Waffe im Anschlag. Und der Hase in der Grube.

Plötzlich knackt es auf der anderen Seite. Skagen spannt sich an, umfasst die Steine fester. Der Typ hat seine Warteposition aufgegeben und geht um die Felsen herum.

55

Energisch klopft Lise gegen die Kabinentür. »Herr Nossak! Lassen Sie uns rein!«

»Und was, wenn nicht?«, dringt es gereizt nach draußen.

»Dann machen Sie sich tatverdächtig.«

Lise hört laute Schritte und im nächsten Moment wird die Tür aufgerissen.

»Tatverdächtig? Haben Sie völlig den Verstand verloren? Ich glaube, ich nehme mir einen Anwalt, Ihre Belästigungen gehen mir langsam zu weit.«

»Das ist Ihr gutes Recht, Herr Nossak. Aber vorher wollen wir mit Ihnen über Frau Valetta reden. Lassen Sie uns rein?«

»Was soll der andere Polizist?«

»Der Kollege ist zu Ihrem Schutz da. Wie ich vorhin schon zu bedenken gab, glauben wir, dass Sie und Frau Rabusch in Gefahr sind.« Lise sieht ihn auffordernd an. »Sind Sie jetzt so vernünftig und lassen uns rein, damit wir uns unterhalten können?«

Herr Nossak stiert finster zurück, schließlich gibt er den Weg in die Kabine frei. »Bitte. Ich habe nichts zu verbergen. Überzeugen Sie sich selbst.«

Lise tritt zusammen mit Thorstein ein, wodurch der kleine Raum wegen der Körpergröße des Kollegen gleich noch enger wirkt. Sie stellen sich an die Wand, während Nossak nicht genau zu wissen scheint, ob er sich auf das Bett setzen oder stehen bleiben soll. Er entscheidet sich fürs Stehen, vermutlich, um nicht den Eindruck zu erwecken, als gäbe er nach.

»Was wollen Sie?«, fragt er.

»Nun ...« Lise hält eine Beweismitteltüte hoch. »Ich würde gerne wissen, ob das Ihre Krawatte ist?«

Über Nossaks Gesicht huscht ein Erkennen, schließlich nickt er mit zusammengepressten Lippen. »Wo haben Sie die her?«

»Können Sie sich das nicht denken?«

»Mein Gott, Nadine und ich hatten ein bisschen Spaß. Was ist schon dabei?«

»Frau Valetta ist verheiratet.«

»Ach, geht die Polizei jetzt gegen Ehebruch vor?«

Lise schüttelt den Kopf. »Uns ist egal, ob Sie oder Frau Valetta irgendjemanden hintergehen. Fakt ist, dass Sie vor Nadines Suizid Geschlechtsverkehr mit ihr hatten. Könnte der Sex dazu beigetragen haben, dass sie gesprungen ist? Hat sie ein schlechtes Gewissen gegenüber ihrem Ehemann bekommen?«

Nossak stößt einen abfälligen Laut aus. »Ganz sicher nicht!«

»Was könnte dann der Grund für ihren Sprung in die Gletscherspalte gewesen sein?«

»Woher soll ich das wissen?«

»Wo waren Sie in der Nacht, als Philipp Jaeger starb, zwischen 3 und 4 Uhr morgens?«

»Glauben Sie etwa, ich hätte etwas mit seinem Tod zu tun? Das ist vollkommen lächerlich.«

»Ich hätte gern eine Antwort!«, fordert Lise, die Drohungen dieses Typen kümmern sie nicht.

»Ich war im Bett, mit Frau Valetta!«

»Tja, die können wir als Zeugin leider nicht befragen. Zu dumm. Und was ist mit letzter Nacht, als unser Kollege verschwunden ist?«

»Ihr Kollege?« Nossak zieht irritiert die Augenbrauen zusammen.

»Herr Skagen. Der mit dem Bart.«

»Ach, der. Was ist mit ihm?«

»Er ist über Bord gegangen.«

Nossak stößt ein Lachen aus. »Wie tragisch! Aber nicht mein Problem. Und es ist eine Frechheit, dass Sie mich beschuldigen, etwas damit zu tun zu haben. Ich werde Sie wegen Verleumdung verklagen!«

Lise knirscht mit den Zähnen. Dass Nossak sich über Toms Verschwinden lustig macht, ist das Letzte. Am liebsten würde sie diesen arroganten Wichser an der Gurgel packen und ihn schütteln. Keinen Funken Mitgefühl im Leib! Nicht mal für die Frau, mit der er kurz vor ihrem Tod zusammen war! Vermutlich ist er mehr um seinen Ruf besorgt als um das Wohlergehen seiner Mitmenschen.

»Wir werden Sie überprüfen«, sagt Lise eiskalt. »Glauben Sie nicht, dass Sie so einfach davonkommen, nur weil Sie uns drohen. Thorstein wird auf Sie aufpassen, und in Trondheim gehen Sie mit uns von Bord. Bis dahin bleiben Sie in Ihrer Kabine.«

Nossak schüttelt den Kopf. »Das ist Freiheitsberaubung!«

»Wenn wir einen Haftbefehl gegen Sie erwirken, dann nicht mehr! Wollen Sie das? Mit Ihrer dünnen Alibilage wäre das kein Problem.«

»Zum Teufel! Haben Sie schon mal darüber nachgedacht, wer es außer mir noch sein könnte, der Philipp und die anderen auf dem Gewissen hat?«

»Ich warne Sie«, sagt Lise scharf. »Wenn das ein Ablenkungsmanöver ist ...«

»Ist es nicht. Haben Sie zum Beispiel Katharina Rabusch überprüft? Sie hat auf Nadine eingeredet, kurz bevor sie gesprungen ist. Sie war die Letzte, mit der sie gesprochen hat. Wer weiß, was sie zu Nadine gesagt hat. Womit sie versucht hat, sie einzuschüchtern! Außerdem habe ich beobachtet, dass Katharina mit Philipp gestritten hat – am Abend vor seinem Tod. Und sie hat Ihrem Kollegen nachgestellt, diesem Kommissar Skagen. Bestimmt, um Informationen über die Ermittlung zu erhalten oder um seine Schwachstellen herauszufinden. Ich kenne Katharina, sie manipuliert und spielt Leute gegeneinander aus, wo sie nur kann.«

An dieser Stelle wird Lise hellhörig. Ist es Frau Rabusch, die hinter den vermeintlichen Selbstmorden steckt? Hat sie im Konferenzraum herumgeschnüffelt und die Kopie des Abschiedsbriefs entwendet? Welchen Grund sollte sie dafür haben?

»Was ist? Glauben Sie mir nicht?«, fragt Nossak.

»Mir ist einfach nicht klar, warum Frau Rabusch das tun sollte.«

Nossak wirft ihr einen eindringlichen Blick zu. »Weil sie schon immer eine eiskalt berechnende Person war.«

»Tut mir leid, das reicht mir nicht. Ich denke, Sie werden in Trondheim alle von Bord gehen, der ganze Jahrgang, und dann unterziehen wir jeden Einzelnen von ihnen noch einmal einer Befragung!«

»Ach, fahren Sie doch zur Hölle.« Nossak wirft beide Hände in die Luft. »Von mir erfahren Sie nichts mehr!«

»Das werden wir ja sehen. Packen Sie schon mal Ihren Koffer, morgen früh verlassen Sie das Schiff.«

»Fick dich, Fotze!«

»Nein, ficken Sie sich!« Damit verlässt Lise die Kabine. Thorstein folgt ihr.

Draußen hebt der Kollege fragend die Brauen.

»Entschuldige. Das musste raus«, sagt sie und stößt wütend Luft aus.

Thorstein zuckt nur mit seinen massigen Schultern, und Lise instruiert ihn, sie über jeden Schritt von Nossak zu informieren. Danach macht sie sich auf den Weg zur Unterkunft von Frau Rabusch. Vor deren Tür schiebt die dunkelhaarige Kollegin Wache.

Nachdem sie sich kurz mit Sara verständigt hat, klopft Lise an. Niemand antwortet.

»Frau Rabusch!« Lise pocht erneut gegen die Tür. »Machen Sie auf, sonst verschaffen wir uns Zutritt!«

Aus der Kabine dringt kein Laut.

»Aber sie ist doch drin, oder?«, erkundigt sich Lise.

Sara nickt.

Ein ungutes Gefühl steigt in ihr auf. Was, wenn Herr Nossak recht hat und Katharina Rabusch hinter alldem steckt? Jetzt, wo sich das Netz langsam um sie herum zuzieht, was bliebe ihr da noch für ein Ausweg …?

»Mist!« Lise rüttelt an der Klinke.

»Soll ich einen Schlüssel besorgen?«, fragt Sara.

»Nein, einen Schlüssel habe ich immer dabei!« Im nächsten Moment holt sie Schwung und tritt mit einem Krachen die Tür ein. Das Zimmer liegt verlassen da. Das Fenster steht sperrangelweit offen. Lise rennt zu dem Bullauge und blickt nach draußen. Tief unter ihr spritzt Gischt auf. Es sind bestimmt zehn Meter bis zum Wasser.

Verflucht! Sie zieht den Kopf wieder ins Innere. Sie sind zu spät gekommen. Katharina Rabusch ist in den Fjord gesprungen. Sie ist das nächste Opfer.

56

Skagen lauscht auf die Schritte seines Verfolgers. Dabei vergisst er fast zu atmen. Wie lange braucht der Kerl denn für den kurzen Weg um den Felsen herum? Skagens Finger umkrallen die Steine.

Unvermittelt dringt ein Geräusch an seine Ohren. Schnell wird es lauter und überlagert alles andere.

Ein Hubschrauber!

Skagen beißt die Zähne aufeinander. Verflucht, das könnte seine Rettung sein. Doch es ist unmöglich, sich bemerkbar zu machen, solange dieser Scheißkerl es auf ihn abgesehen hat.

Er versucht, sich nicht auf das dröhnende Knattern der Rotoren zu konzentrieren, sondern auf das verhaltene Knacken von Ästen unter Schuhsohlen. Der Typ kann jeden

Moment auftauchen, und dann würden sie einander gegenüberstehen. Aug in Aug. Er muss bereit sein.

Der Hubschrauber entfernt sich und wird leiser. Skagen lauscht, aber da ist nichts außer plötzlicher Stille.

Was zum Teu…?

Im nächsten Moment erscheint eine Hand am Felsen. Skagen hebt den Arm und schleudert einen Stein in den Wald, es poltert und knackt. Der Typ blickt in die Richtung. Skagen nutzt den Moment der Ablenkung und schnellt hinter dem Felsen hervor. Er holt aus und schleudert den zweiten Stein in Richtung seines Angreifers.

Doch der Kerl erfasst die Lage und dreht den Kopf zur Seite.

Der Stein verfehlt sein Ziel … und fällt wirkungslos auf den Waldboden.

Skagen lässt die Arme hängen und starrt fassungslos auf die Waffe, die der Mann anhebt.

Das war's. Bis hierhin bist du gekommen. Immerhin.

Bist du bescheuert? Steh nicht dämlich herum, sondern lauf! Der Typ trifft eh nicht!

Skagen zögert nicht lange und befolgt den Rat seines inneren Ichs. Er stolpert los. Im selben Moment ertönt ein Schuss.

Tatsächlich … er verfehlt sein Ziel.

Der Kerl kann überhaupt nicht mit der Waffe umgehen, weshalb klar ist, dass er ein totaler Laie sein muss. Wie oft hat er inzwischen abgedrückt? Sechs, sieben Mal?

Skagen überlegt fieberhaft, während er im Zickzack den dicht bewachsenen Geröllhang hinaufspringt, verfolgt vom lauten Fluchen des Fremden. Was für ein Pistolenmodell hat er? Eine Halbautomatik mit zehn oder fünfzehn Schuss?

Wieder knallt es. Dann gleich ein zweites Mal. Skagen duckt sich zur Seite. Damit dürften es entweder noch zwei oder sieben Patronen sein! Seine Chancen erhöhen sich.

Ohne zu wissen, wo er die Kraft hernimmt, bewegt er sich den Hang hinauf. Das Geröll ist tückisch und eine Gefahr für seine Knöchel. Wenn er sich den Fuß verdrehte, wäre er geliefert. Der Typ würde wohl kaum vorbeischießen, wenn er ihm die Pistole direkt auf die Stirn drückte.

Skagen stößt sich das Schienbein an und gerät ins Straucheln. Doch er bekommt rechtzeitig einen Tannenzweig zu fassen und bewahrt sich davor, rückwärts den Hang hinunterzustürzen. Das kostet ihn allerdings wertvolle Meter seines Vorsprungs. Sein Verfolger hat aufgeholt. Der Kerl hebt die Waffe und schießt. Neben Skagen spritzen Gesteinssplitter auf und schneiden ihm in die Wange.

Scheiße, verdammt!

Er rennt wieder los. Jetzt befinden sich entweder sechs oder nur noch eine Patrone im Magazin.

Skagen spürt, dass ihm langsam die Puste ausgeht. Seine Glieder sind schwer wie Sandsäcke und schreien nach einer Pause. Er stolpert erneut, rappelt sich auf und schleppt sich auf allen vieren vorwärts. Schließlich erreicht er den Waldrand und bleibt abrupt stehen.

Das darf nicht wahr sein!

Erschüttert blickt er auf die vor ihm liegende Felsrutsche, an der er vorhin schon einmal gescheitert war, nur viel weiter unten. Wo kann er hin? Gibt es einen anderen Weg nach oben? In diesem Augenblick tritt sein Verfolger zwischen den Baumstämmen hervor. Er hält die Waffe auf Skagen gerichtet und ist genauso außer Atem wie er. Wenn der Kerl in diesem Zustand schösse, würde er niemals treffen. Außer er käme näher.

Der Typ scheint das mittlerweile kapiert zu haben. Die Pistole fest mit beiden Händen umklammert, bewegt er sich auf ihn zu und schließt langsam die Lücke zwischen ihnen. Skagen hebt die Hände.

»Was wollen Sie?«, ruft er.

»Sie erschießen. Was sonst?«

»Warum?«

»Halten Sie den Mund!«, fährt ihn der Mann an, dessen tiefliegende Augen erschöpft und desillusioniert wirken. »Bleiben Sie einfach stehen, dann haben wir es gleich hinter uns!«

»Sie sind nur ein Komplize, habe ich recht? Der wahre Täter sitzt an Bord und lässt Sie hier die Drecksarbeit erledigen. Sie müssen das nicht tun, wissen Sie?«

»Ich sagte, Schnauze halten!« Seine Stimme klingt rau, und er hustet heftig, dabei zittert die Waffe.

Ein oder sechs Schuss?

Skagen versucht, das Pistolenmodell zu erkennen, doch es gelingt ihm nicht. Im Hintergrund hört er ein lautes Tuten. Es stammt von dem Kreuzfahrtschiff. Es ist näher gekommen.

Ohne den Mann aus den Augen zu lassen, verlagert er sein Gewicht und macht sich bereit, auf ihn zuzuspringen. Etwas anderes als eine Flucht nach vorn bleibt ihm nicht übrig.

»Wie ist Ihr Name?«

»Geht Sie nichts an.«

»Und Ihr Komplize auf dem Schiff? Wer ist das?«

»Fuck. Halt die Fresse!« Der Mann ist nun keine vier Meter mehr entfernt. »Ich knall dich jetzt einfach ab und gut.«

»Dann tu es endlich! Aber ziel diesmal besser. Du bist ein lausiger Schütze.« Skagen stemmt seinen Fuß in die Erde, hebt die Hände und … hört einen Schuss.

Die Augen zusammengepresst wartet er auf den Schock, der sich in seinem Körper ausbreitet, doch er bleibt aus. Schnell öffnet er die Lider. Das Gesicht des Typen ist wutverzerrt.

»Verfluchte Wichse!« Er zielt erneut auf Skagen und drückt ab.

Klick!

Skagen könnte hysterisch lachen vor Glück. Nur zehn Patronen! Und keine davon hat ihn getroffen!

Ohne lange zu überlegen, setzt er zu einem Hechtsprung an, will den Mann zu Boden reißen, aber der weicht zur Seite. Skagen bekommt einen Arm zu fassen, doch dabei verliert der Mann das Gleichgewicht und kippt nach hinten. Skagen kann nicht verhindern, dass er von ihm mitgezogen wird, und im nächsten Moment befinden sie sich im freien Fall.

57

Katharina hört das Dröhnen des Schiffshorns und spürt, wie die Maschine gestoppt wird. Auch das Signal, das wiederholt draußen auf dem Flur über die Lautsprecher gesendet wird, zeigt ihr, dass ihre Taktik aufgeht.

Trotzdem wartet sie noch etwas länger, sicher ist sicher. Erst dann öffnet sie den Schrank, späht durch den Spalt in die Kabine. Niemand da, also schiebt sie leise die Tür auf und kriecht heraus. Das große Bullauge ist geschlossen worden. Es wäre ein Leichtes gewesen, dort hindurchzuklettern und zu springen.

Doch das hat sie nicht getan.

Katharina blickt hinaus. Auf dem Wasser kreuzen mehrere rote Boote umher. Das Mann-über-Bord-Manöver ist offenbar im vollen Gange. Perfekt, so sind alle mit der Suche nach ihr beschäftigt und abgelenkt.

Sie erstarrt, weil vor ihrer Kabine schnelle Schritte ertönen. Aber sie entfernen sich, und es ist wieder still. Katharina öffnet die Tür. Der Flur ist leer. Keine Polizei mehr, die auf sie aufpasst und jeden ihrer Schritte überwacht.

Sie beißt sich auf die Lippen und sieht auf die Pistole in ihrer Hand. Noch steht der kleine Hebel auf »gesichert«. Sie weiß, wie man damit umgehen muss, bei ihrem Beruf ist das besser so.

Sie lässt die Waffe in der Tasche ihres BigNorth-Anoraks verschwinden. Auf ihrem Kopf trägt sie eine Strickmütze, um ihre Haare darunter zu verbergen. Unweigerlich muss sie an Philipp denken. Ob seine Leiche jemals gefunden wird? Oder wird der Fjord ihn für immer bei sich behalten?

Ein leichtes Zittern erfasst ihre Hände. Tief holt sie Luft. Mit Bedacht tritt sie in den Flur und wandert betont gelassen bis zum Ende des Ganges. Sie läuft am Treppenhaus vorbei und zur anderen Seite des Schiffes mit den Steuerbordkabinen. An der Ecke hält sie an und lugt darum herum. Nicht weit von ihr entfernt steht ein hünenhafter Polizist im Korridor. Er bewacht eine Kabine.

Verdammt! Katharina hat gehofft, dass es die Frau ist, die dort aufpasst. Mit ihr wäre sie wesentlich leichter fertiggeworden. Vielleicht sogar, ohne die Waffe zu benutzen. Aber so bleibt ihr keine andere Wahl. Sie musste an Matthias herankommen.

Spätestens dann müsste sie sowieso von ihrer Pistole Gebrauch machen.

58

Maja kann ihre Tränen kaum noch zurückhalten, als sie aus dem Hubschrauber steigt.

Sie sind auf dem Schiff gelandet – jenem Ort, an dem Tom entschieden hat, dass er nicht mehr leben möchte. Alles ist so surreal.

Wie in Trance reicht sie der blonden Polizistin, die sie in Empfang nimmt, die Hand.

»Hallo, ich bin Lise Haugland. Gut, dass ihr da seid.« Die Frau begrüßt auch Jens.

Maja steht verloren im Regen. Weiß nicht, was sie machen soll. Um sie herum sind viele fremde Menschen, Passagiere, die die Landung des Hubschraubers beobachtet haben. Viele von ihnen haben das Spektakel mit ihren Handys gefilmt und tun es noch. Maja wendet das Gesicht ab.

»Was ist denn hier los?«, hört sie Jens fragen. Er zeigt auf die Rettungsboote, die das Kreuzfahrtschiff umkreisen. »Suchen die etwa nach Tom?« Er muss schreien, um den Lärm des Hubschraubers zu übertönen, der in diesem Moment abhebt und in die Richtung davonfliegt, aus der sie gekommen sind. Kurze Zeit später ist er zwischen Regenschleiern über dem Fjord verschwunden.

»Nein, die Boote suchen nach einer Frau, die vor Kurzem von Bord gesprungen ist. Wir vermuten einen Suizid. Sie hat … Oh, das tut mir leid. Ich wollte vor euch nicht davon sprechen.« Lise entschuldigt sich bei Maja, der nun die Tränen über die Wange rollen. »Ich bringe dich zu Toms Kammer, okay?«

Maja nickt und lässt sich von Lise in das Innere des Schiffs führen. Jens folgt ihnen schweigend. Lise scheint sich gut auszukennen, souverän findet sie den richtigen Weg durch die verwirrenden Gänge und unzähligen Treppenhäuser. Schon bald betreten sie einen schmucklosen Bereich mit einem langen Korridor, der einmal längs durchs Schiff verläuft. Dort treffen sie auf einen großen Bodybuildertypen, den Lise am Arm packt und mit den Worten »Jetzt kannst du dich gleich entschuldigen« mitschleift.

Als sie vor eine Kammer Halt machen, neben der das Symbol für Rettungswesten prangt, runzelt Maja die Stirn.

Lise öffnet die schwere Tür und zeigt auf einen vollgestopften Raum mit einer Matratze auf dem Boden. Maja erkennt einige von Toms Sachen und ist schockiert. Wortlos steht sie da und kann es nicht fassen.

»Das war seine Kabine?«, entfährt es Jens entsetzt und spricht damit aus, was Maja denkt.

Lise sieht den großen Typen an, der verlegen dreinblickt.

»Also …« Er räuspert sich. »Es war ein Scherz.«

»Ein Scherz!«, blafft Maja ihn an. Sie weiß, wie sehr Tom in diesem Raum gelitten haben muss. Wie sehr er ihn an das erinnert haben muss, was ihm auf der Signe Merkur passiert ist. »Was für ein verdammter Scherz soll das gewesen ein?«

»Wir … wir dachten …«

»Ihr habt gar nichts gedacht! Ihr Hohlköpfe!«, fährt Lise ihn an. »Und jetzt entschuldige dich gefälligst bei der Frau, die gerade ihren Liebsten verloren hat!«

»Äh … tut mir leid. Ehrlich.«

»Oh Mann, verschwinde bloß, bevor ich mich vergesse!« Lise schickt den Typen weg, der sich mit hängenden Schultern davontrollt. Maja betritt unterdessen den beklemmenden Raum und hebt ein Hemd von Tom auf. Sie drückt es an ihre Brust. In ihr will alles platzen, schreien, ihre ganze Wut und Trauer rauslassen. Doch nichts passiert, nur stumme Tränen fließen.

Jens legt einen Arm um sie. »Wir müssen seine Angehörigen verständigen. Soll ich mich darum kümmern?«

Maja nimmt das Angebot dankbar an. Sie fühlt sich nicht dazu in der Lage, Toms Seefahrerfamilie davon zu erzählen, dass sie ihren Sohn nun doch an das Meer verloren hat.

»Ich würde gerne zu der Stelle, wo es passiert ist«, sagt sie leise, noch immer Toms Hemd umklammernd.

Lise nickt mitfühlend. »Ich bringe dich hin. Komm mit, Schatz.« Die ältere Polizistin streckt ihre Hand aus und Maja ergreift sie. Der Druck ist warm und tröstlich.

59

Skagen prallt mit der Schulter auf, überschlägt sich und landet auf dem Rücken. Der Mann rauscht an ihm vorbei, mit dem Kopf voran, während Skagen über den glattgehobelten Fels rutscht. Er versucht, die Fersen in den Boden zu stemmen, nur leider ist da nichts, was ihm Halt geben könnte. Der Berg ist glitschig vom Regen und schlüpfrig wie eine Wasserrutsche. Wenn er unten am Ufer auf einen Stein schlüge, wäre es das.

Skagen nimmt wahr, dass der Mann unter ihm über einen Absatz schlittert, auf dem ein wenig Gras und kleine Sträucher wachsen. Verzweifelt greift der Kerl nach den Pflanzen und bekommt eine Wurzel zu fassen. Seine Abwärtsbewegung wird dadurch aber nicht gestoppt und er rutscht über die Kante.

Skagen sieht nur noch dessen Hände, wie sie sich an der Wurzel festklammern. Als er den Absatz erreicht, streckt er die Beine aus und rammt seine Füße in das bisschen Erde. Ein Ruck geht durch seinen Körper, doch im Gegensatz zu dem Mann gelingt es ihm, einen Halt zu finden. Atemlos verharrt er, mit dem Rücken auf der glitschigen Felsrutsche, und prüft mit den Schuhen, ob der Flecken Vegetation, auf dem er nun balanciert, ihn trägt.

»Hilfe!«, schreit der Mann unter ihm. »Helfen Sie mir!«

Skagen beugt sich vorsichtig vor. Der Kerl hängt noch immer an der Wurzel, seine Beine baumeln in der Luft. Darunter erwarten ihn mehrere Meter freier Fall, dann wieder glatter Fels und schließlich der Fjord. Einen Sturz aus der Höhe würde er nicht überleben.

»Halten Sie sich fest! Ich bin gleich bei Ihnen!«, ruft Skagen und verschafft sich einen sicheren Tritt. Er geht in die Knie und versucht, die Hand des Mannes zu greifen. Doch er erreicht sie nicht. Verflixt! Was soll er tun? Skagen verlagert sein Gewicht, in der Hoffnung, dass das Grasbüschel, auf dem er steht, nicht nachgibt und wegrutscht. Er tastet hinter sich und entdeckt einen kleinen Spalt, in den er seine Finger klemmt, anschließend streckt er ein Bein nach unten. Er hat keine Ahnung, wie er den Mann hochziehen soll, ohne selber einen vernünftigen Halt zu haben, trotzdem muss er es wagen.

»Packen Sie meinen Fuß!«, ruft er.

»Ich … kann nicht. Er ist zu weit weg!«

Skagen beißt sich auf die Lippen, versucht, noch näher an den Mann heranzukommen. »Halten Sie sich an meiner Hose fest!«

»Es … geht … nicht.« Der Mann gibt sich alle Mühe, erreicht aber nicht einmal Skagens Schuhsohle. Die Finger seiner anderen Hand, mit denen er sich an der Wurzel festklammert, sind ganz weiß. Und plötzlich sind sie verschwunden. Skagen hört ein Schaben und einen Schrei, gefolgt von zwei dumpfen Aufschlägen.

Nein, denkt er erschrocken. Bitte nicht! Er reckt den Hals. Doch von seiner Position aus ist es unmöglich, etwas zu erkennen. »Hallo? Hören Sie mich?«

Keine Reaktion.

Vorsichtig schiebt er sich herum, kriecht bäuchlings zur Kante und lugt nach unten. Fast 20 Meter unter ihm liegt der Mann mit verdrehtem Körper halb im Wasser und halb auf dem glatten Stein am Ufer. Eine rote Spur verläuft über die Felsoberfläche.

»Hallo?«, brüllt Skagen. Natürlich erhält er keine Antwort. Atemlos lehnt er sich zurück gegen den feuchten Fels. Die Erschöpfung ist übermächtig. Er schließt die Augen.

Scheiße verdammt. Er kann nicht mehr. Aber irgendwie muss er hier wegkommen.

Er blickt sich um. Keine Chance, nach oben zu klettern. Die Felsen sind zu glatt. Das Gleiche rechts und links von ihm. Und unten? Der Absatz, auf dem er sich befindet, ist wie eine kleine Schanze. Die Felsrutsche darunter endet direkt im Fjord, der an dieser Stelle recht tief wirkt. Wenn er sich im Gegensatz zu dem Mann mit einem kräftigen Sprung abstieße, gelänge es ihm vielleicht, das Wasser zu erreichen und einzutauchen. Oder er bliebe einfach hier sitzen in der Hoffnung, dass ihn jemand fände. Sein Blick wandert zu dem Kreuzfahrtschiff in der dunstigen Ferne. Es ist viel zu weit weg, als dass jemand von dort ihn bemerken könnte. Er studiert erneut das schwarze Wasser.

Du hast den Fall von Bord überlebt, also wirst du auch diesen Sprung schaffen!

Wankend stemmt Skagen sich auf die Beine, balanciert auf dem schmalen Stück Gras. Er vermeidet es, auf den Toten zu blicken, und streckt die Arme seitlich aus. Mit dem linken Bein sucht er hinter sich eine gute Position, um sich abzustoßen.

Er atmet tief ein, holt Schwung und springt mit aller Kraft ab. Ein Schrei löst sich aus seiner Kehle und hallt heiser durch den Regen über das Wasser. Im nächsten Moment packt ihn die Schwerkraft und zieht ihn nach unten. Mit fest zusammengepressten Lidern lässt Skagen es geschehen. Er will nicht sehen, ob er es vielleicht nicht schafft. Innerlich macht er sich bereit, neben dem Mann aufzuschlagen.

Eine Sekunde später spürt er den Aufprall, und die plötzliche Kälte des Wassers. Er taucht tiefer und tiefer. Zum Glück verbirgt sich nirgendwo ein Stein unter der Oberfläche.

Skagen reißt die Augen auf, sucht das Licht. Mit hektischen Zügen arbeitet er sich hinauf und bringt seinen Kopf über Wasser. Hustend spuckt er aus und ringt nach Luft. Erleichterung durchströmt ihn. Er hat es geschafft!

Nach einem kurzen Moment der Orientierung schwimmt er zum Ufer und stemmt sich auf die glatten Felsen. Mit den Armen um seinen zitternden Leib geschlungen schleppt er sich zu dem reglos daliegenden Mann. Dort angekommen beugt er sich hinab und tastet nach dem Puls. Da ist nichts mehr.

Skagen hustet und spuckt Fjordwasser aus. Er spürt die Erschöpfung an seinen Gliedern zerren. Er braucht dringend Wärme und muss sich ausruhen.

Vorher muss er allerdings unbedingt wissen, wer der Kerl ist.

Mit klammen Fingern durchsucht er die Taschen des Toten. Wo ist das Handy, mit dem er telefoniert hat? Doch Skagen kann es nicht finden. Er späht die Felsrutsche hinauf. Liegt es dort oben? Wenn dem so wäre, könnte er es vergessen.

Er wischt sich über das Gesicht. Blut klebt an seinen Händen. Es stammt von dem Schnitt auf seiner Wange, den er den miesen Schießkünsten seines Verfolgers zu verdanken hat. Ansonsten hat er Glück gehabt und nichts außer ein paar Schürfwunden und Prellungen davongetragen. Für den Kerl ist es deutlich schlimmer ausgegangen.

Skagen setzt die Durchsuchung der Jacke fort und entdeckt neben einem Klappmesser eine Brieftasche. Schnell öffnet er sie. Es ist nicht viel drin, nur ein bisschen Geld, eine Bankkarte und ein Ausweis. Skagen liest die Personendaten und stutzt.

Heiko Arendt, 39 Jahre alt, wohnhaft in Hamburg-Altona.

Die Erkenntnis lässt seine Haut prickeln.

Heiko Arendt?

Das ist doch eines der mutmaßlichen Mobbingopfer dieser Clique. Also ist es wohl wirklich so, wie er und Iver vermutet haben. Aber wer ist Heikos Komplize an Bord der Norsk Sol, mit dem er telefoniert hat? Mit wem hat er sich zusammengetan, um sich an der In-Crowd zu rächen?

Ruckartig hebt Skagen den Kopf.

In der Ferne ist noch immer das Kreuzfahrtschiff auf dem Fjord zu erkennen. Es scheint Halt gemacht zu haben.

Ich muss dorthin, denkt er, ich muss meine Kollegen warnen. Auf dem Schiff werde ich Hilfe finden.

Er steckt die Brieftasche ein und stolpert das rutschige Ufer entlang. Irgendwo dort hinter der Biegung muss das Boot von Heiko Arendt liegen.

60

Heiko

Philipp hat ihn mitgebracht. Es ist nach 22 Uhr. Wieder haben sie im Bootshaus Kerzen angezündet. Es ist November und kalt geworden, deshalb haben sie sich in Decken gewickelt. Christian hat sich mittlerweile einen schwarzen, mit rotem Stoff gefütterten Umgang genäht. Zusammen mit dem Melonenhut auf seinem Kopf lässt ihn seine Aufmachung nun endgültig aussehen wie ein Voodoopriester aus der Dunkelwelt.

Philipp hat Heiko gesagt, dass er eine Aufnahmeprüfung bestehen muss, um Teil der In-Crowd zu werden. Natürlich hat Heiko sofort zugestimmt. Jeder will in die In-Crowd.

Katharina legt sich die Decke um die Schultern, um nicht zu frieren, denn es zieht kühl durch die Ritzen in den Schuppen. Draußen in der Dunkelheit fließt irgendwo träge die Elbe dahin.

Philipp schiebt Heiko vor sich her durch die Tür und schließt sie. Das Vorhängeschloss schnappt leise zu. Heiko steht im Schein der Kerzen und lächelt schüchtern. Sein Pullover spannt sich über seinen fetten Wanst. Darunter trägt er einen gestreiften Pyjama.

Echt jetzt?

Katharina rümpft die Nase und bemerkt, wie Nadine dasselbe tut. Sie grinsen einander an, was mehr einem gehässigen Zähnefletschen gleicht, und warten darauf, dass Christian das Wort ergreift. Er thront auf einem alten Klappstuhl und wirkt geheimnisvoll. Seine Augenhöhlen liegen tief in den Schatten.

Keiner bewegt sich, alle sind gespannt. Plötzlich springt Christian auf und stakst mit seinen dünnen Beinen auf Heiko zu, während sich Nadine ebenfalls erhebt und ihn lüstern anlächelt. Sie hat mit Abstand am meisten Spaß an den Sessions, die sie hier abhalten, das sieht man ihr deutlich an.

Christian baut sich vor seinem Delinquenten auf. Heiko muss den Kopf in seinen Fettnacken legen, um ihm ins Gesicht zu blicken. Christian hat zur Feier des Tages sehr viel Kajal aufgetragen, mit langen Strichen, die Wimpern darstellen sollen, rund um das eine Auge. Es ist unschwer zu erraten, auf welchen Film er damit anspielt.

Heiko ahnt nicht das Geringste. Er grinst dümmlich, weil Christian und Nadine begonnen haben, wie zwei Schamanen um ihn herumzutanzen. Sie wackeln mit ihren Köpfen, wedeln mit den Armen durch die Luft und singen irgendeinen Blödsinn, von dem sie denken, er klinge indianisch oder so was. Der totale Quatsch, dennoch macht es Eindruck auf Heiko.

Nadine nimmt ihn schließlich bei der Hand und führt ihn zur Matratze. Sie trägt einen engen Minirock und übertrieben dicke Schminke, sodass sie beinahe etwas Clowneskes an sich hat. Katharina kann sie nicht leiden, sie misstraut ihr zutiefst. Aber da Christian sie akzeptiert, tut sie es auch.

Philipp hat seinen Part vorerst erledigt. Er hat Heiko zu ihnen gelockt. Das ist sein Beitrag, um ein festes Mitglied der In-Crowd zu werden. Zuvor ist er nur ein Anwärter gewesen, einer, der Schmiere stand und andere Hilfsaufgaben erledigte, was Christian weidlich ausgenutzt hat. Jetzt tritt Philipp in den Hintergrund und beobachtet die Szene. In seinen Augen liegt ein neugieriges Glänzen.

Heiko steht weiterhin grinsend in ihrer Mitte. Er denkt nach wie vor, dass die Show dazu dient, ihn in der Clique aufzunehmen. Wie sehr er sich irrt.

Nadine bleibt vor der Matratze stehen und lässt ihn los.

»Runter mit den Klamotten«, sagt sie mit verführerischer Stimme.

Heiko, der mit Sicherheit noch Jungfrau ist, reißt ungläubig die Augen auf. »Was?«

»Na, willst du etwa angezogen Sex haben?«

»Wie?! Sex?« Seine Stimme überschlägt sich und springt mehrere Oktaven höher.

Nadine streicht ihm lächelnd über die Wange. »Süßer, das haben wir alle getan. Katharina, Matthias, Lippy, Christian und ich. Und nun bist du dran. Komm.«

Katharina hält die Kamera auf Heiko gerichtet, während Nadine sich wie eine Schlangenkönigin vor ihm auf und ab bewegt und beginnt, ihn langsam von seiner Kleidung zu befreien. Als er nur noch in Unterhose dasteht, ist überdeutlich, dass er eine Erektion hat.

Philipp grinst aus seinem zwielichtigen Winkel heraus, und Katharina lacht amüsiert auf.

Dieser Feinrippschlüpfer!

»Na, was ist?«, haucht Nadine. »Traust du dich, Süßer? Zieh dich ganz aus.«

In Heikos Gesicht steht Lüsternheit geschrieben, aber auch Skepsis.

»Nadine ist meine Torwächterin«, erklärt Christian – das nächste Filmzitat. Er legt von hinten beide Hände auf Heikos rundliche Schultern. »Du musst deinen Schlüssel in ihr Schloss stecken, wenn du rein willst. Sei unbesorgt, es ist schön warm und feucht da drinnen.« Er haucht Heiko gegen die Wange und leckt ihm über das Ohr. Schaudernd zuckt Heiko zusammen.

Nadine greift nach seinen Fingern und führt sie unter ihrem Minirock zwischen ihre Beine. Heikos Blick wird starr und sein Mund klappt auf, er sieht aus wie ein fetter Fisch, der nach

Luft schnappt. Im nächsten Moment macht Nadine einen Schritt zur Seite, und Christian stößt Heiko nach vorn auf die Matratze. Er nickt Philipp zu, der nun vortreten muss, um zu beweisen, dass er würdig ist, in die In-Crowd aufgenommen zu werden.

Christian drückt Heiko bäuchlings auf die Matratze und reißt ihm die Unterhose herunter. Heiko hält still, er scheint tatsächlich noch zu glauben, dass er mit Nadine Sex haben wird. Als der erste Schlag auf seinem nackten Hintern landet, kichert er. Nadine beugt sich vor und steckt ihm einen Tennisball zwischen die Zähne. Heiko stößt würgende Geräusche aus und Tränen treten in seine Augen. Er windet sich, doch er hat keine Chance, auf die Beine zu kommen, da Christian ihn in die Matratze presst. Weitere Schläge prasseln auf seinen fetten Hintern, der bereits voller roter Striemen ist. Auf Philipps Gesicht liegt ein verbissen konzentrierter Ausdruck, während er immer wieder seinen Gürtel auf Heiko niedersausen lässt. Der heult mittlerweile Rotz und Wasser. Nadine und Christian lachen diabolisch und putschen sich und Philipp mit Anfeuerungsrufen auf.

»Sieh mal, wie das schwabbelt!« Christian lässt seine flache Hand auf das gerötete Fleisch klatschen und betrachtet die Wellen, die das Fett unter der Haut schlägt. Katharina erkennt, dass er höchst erregt ist.

»Wie ein rosa Schweinchen. Oink, oink, oink!«, kreischt Nadine und schlägt mit der Faust auf Heikos Rücken. Sie dreschen auf ihn ein, bis das erste Blut fließt und sein Körper plötzlich erschlafft. Heiko ist ohnmächtig geworden.

Christian und Nadine lassen von ihm ab. Aber es ist nicht vorbei, das weiß Katharina. Sie filmt, wie Christian einen Gegenstand aus einer Tüte holt. Es ist ein Gummidildo. Dann verteilt er Gel darauf. Sein Blick ist konzentriert, nicht so irre wie sonst. Er genießt, was sie tun. Langsam schlendert er auf

Heiko zu, drückt dessen Pobacken auseinander und rammt ihm den Dildo in den Arsch. Katharina hält drauf, zoomt ganz nah heran. Danach macht sie eine Totale: Heiko mit dem Dildo im Arsch. Nadine kichert bei dem Anblick. Christian hingegen richtet sich mit einer Grimasse des Triumphs auf und wendet sich an Philipp.

»Ey, Digga, das war geil! Ab heute bist du ein vollwertiges Mitglied der In-Crowd. Glückwunsch, Lippy!« Er schlingt einen Arm um Philipps Nacken und zerrt ihn zu sich, flüstert ihm ein paar Worte ins Ohr, die nur er hören kann, und stößt ihn von sich. Philipp taumelt rückwärts und prallt gegen eines der Ruderboote, die auf Holzgestellen ruhen. Sein Gesicht liegt im Dunkeln, und Katharina kann nicht einschätzen, was in ihm vorgeht. Sie muss an ihren eigenen Aufnahmeritus in die Clique denken ...

Heiko ist reglos auf der Matratze liegen geblieben. Nadine zieht den Dildo heraus, fühlt seinen Puls.

»Der hält ein Nickerchen«, sagt sie und stolziert auf Christian zu, der mittlerweile die Blechdose geöffnet hat, die sie oben zwischen den Balken des Bootshauses versteckt halten, damit Herr Roth oder die anderen Lehrer ihn nicht finden. Darin befindet sich ihr Vorrat an Aloha-Brause. Dutzende kleiner Tütchen mit dem vertrauten Motiv. Allerdings ist wie immer nicht nur Brause in ihnen. Christian ist da sehr großzügig.

Er nimmt eine Tüte, steckt seinen Finger hinein und leckt das Pulver ab. Dann grinst er breit. Nachdem er noch zwei weitere Portionen von seinem Finger gelutscht hat, reicht er die Tüte an Nadine. Während die anderen sich am Koks bedienen, hebt er die Arme und beginnt, sich mit in den Nacken gelegtem Kopf um sich selbst zu drehen. Dabei summt er die Melodie von »White Rabbit« vor sich hin. Eine Anspielung auf den Film »Platoon«.

Nadine tut es ihm gleich, reibt sich von dem Zeug etwas auf ihr Zahnfleisch und drückt Philipp die Brause in die Hand. Als die drei tanzend in ihrem Rausch versinken, schaltet Katharina die Kamera aus. Sie bleibt als Einzige nüchtern. Und natürlich Matthias, der draußen in seinem Versteckt hockt und Wache hält.

Sie sieht hinüber zu Heiko, der sich nach wie vor nicht rührt. Die Striemen auf seinem Hintern leuchten knallrot. Er wird höllische Schmerzen haben, aber die seelische Pein wird weitaus größer sein.

61

Katharina wartet an der Ecke zum Korridor mit den Kabinen. Der Polizist vor Matthias' Tür hat sich leider keinen Deut bewegt. Außer ihr ist niemand in den Gängen unterwegs. Wahrscheinlich befinden sich die restlichen Passagiere an Deck, wo sie neugierig die Suche nach der vermeintlich über Bord gegangenen Person verfolgen.

Katharina wagt es kaum, sich zu bewegen, damit der Polizist sie nicht bemerkt. Sie muss etwas tun, muss zu Matthias! Unschlüssig umfasst sie die Pistole in der Jackentasche.

Sie denkt an das stummgeschaltete Handy, an die SMS, die sie vorhin erhalten hat, und in ihr bauen sich Angst und Wut auf. Angst um sich selbst und Wut auf Christian, der verantwortlich dafür ist, dass das alles überhaupt geschieht. Dieser sadistische Penner!

Sie versucht, ihren Atem zu beruhigen.

Matthias ist in seiner Kabine. Er ist der Letzte, der noch übrig ist. Und natürlich sie selbst.

Vorsichtig äugt Katharina um die Ecke und beobachtet den hünenhaften Polizisten vor der Tür. Was für ein Kerl! Sie hasst es, zu improvisieren, aber sie wird ihn niederschießen müssen. Sicher trägt er eine schusssichere Weste unter seiner Uniform, also würde sie versuchen, ihn an einer ungeschützten Stelle zu treffen. Was auch immer nötig ist, um an Matthias heranzukommen.

Sie schiebt ihre Bedenken beiseite und setzt ein unbekümmertes Gesicht auf – sie ist eine Passagierin, die es müde ist, die Aktion draußen auf dem Fjord zu verfolgen, und die zu ihrer Kabine zurückwill. Der Polizist kennt sie nicht, das ist ihr Vorteil.

Sie geht los, hält die Keycard offen in ihrer Linken, sodass sie ihm gleich auffällt. Ihre Rechte mit der Waffe hält sie in der Jackentasche verborgen.

Zielstrebig bewegt sie sich auf den Mann zu, der sie mindestens um einen Kopf überragt. Er hat seine Daumen in seinen Gürtel gehakt und blickt sie an.

Katharina lächelt. Er mustert sie, entdeckt die Karte in ihrer Hand und lächelt höflich zurück.

»Ich will nur in meine Kabine. Brrr, ist das nass draußen.« Sie schüttelt sich, als sei ihr kalt. Als sie auf der Höhe des Polizisten ist, zieht sie die Pistole und drückt ab.

Seine Augen weiten sich vor Überraschung.

Aber er hätte es wissen können. Denn Katharina hat etwas

getan, das sie sonst selten macht. Einen Fehler. Sie hat behauptet, es wäre nass draußen. Ihre Jacke ist jedoch komplett trocken.

Er hatte also seine Chance.

62

Skagen erreicht das Zodiac-Schlauchboot und schickt einen stillen Dank gen Himmel, dass es nach wie vor dort am Ufer liegt. Schnell löst er das Tau und springt in das Boot. Er überprüft den Choke des Außenbordmotors, stellt ihn in den Leerlauf und zieht am Starterseil. Seine Muskeln protestieren, versteifen sich mehr und mehr. Ich brauche Wärme, denkt er. Wärme …

Er zieht erneut, und der Außenborder springt an. Bevor er losfährt, studiert Skagen die Fjordoberfläche. Unter dem Wasser verbergen sich womöglich Felsen, bei denen die Gefahr besteht, dass er sich bei Kontakt mit ihnen die Schraube zerstört. Er müsste aufpassen, dass er sie nicht rammte. Vorsichtig bedient er den Gashebel und steuert das Zodiac vom Ufer weg.

Etwas weiter draußen kann er den Motor endlich aufdrehen und mit voller Geschwindigkeit fahren. Gischt spritzt ins

Boot, in dem sich das Wasser sammelt, während er direkt auf das Kreuzfahrtschiff zusteuert, das mitten im Fjord liegt. Je mehr Strecke er zurücklegt, desto vertrauter erscheinen ihm Rumpf und Aufbauten. Ist das etwa die Norsk Sol? Aber warum ist sie noch hier?

Als Skagen die kleinen roten Boote erkennt, die kreuz und quer im Wasser herumfahren, begreift er: Dort läuft ein Mann-über-Bord-Manöver. Aber wen suchen sie? Etwa ihn? Hoffentlich, denn sonst bedeutete es, dass noch jemand vom Schiff verschwunden ist. Womöglich einer seiner Kollegen?

Skagen dreht den Motor auf Maximalgeschwindigkeit, was riskant ist, da der Bug des Zodiacs sich dadurch weit aus dem Wasser hebt und hart auf die Wellen trifft. Skagen könnte kentern, aber es muss es wagen!

Endlich nähert er sich einem der roten Rettungsboote und winkt dem Mann am Steuer zu. Der wird langsamer, sodass Skagen längsseits gehen kann.

»Hallo! Was gibt's?«, ruft der Mann ihm entgegen, dann bemerkt er das Blut auf Skagens Gesicht. »Oh, Sie sind verletzt!«

»Ich brauche Hilfe. Ich bin der Kommissar, der letzte Nacht über Bord gegangen ist.«

Die Augen des Mannes weiten sich. »Himmel! Das ist ja ein Ding!« Er macht eine winkende Bewegung mit dem Arm. »Folgen Sie mir mit Ihrem Boot, ich bringe Sie aufs Schiff.«

»Danke, aber wollen Sie nicht vorher Ihre Kollegen anfunken, um das MOB-Manöver einzustellen? Sie haben mich ja jetzt gefunden.«

Der Mann schüttelt den Kopf. »Wir suchen gar nicht nach Ihnen. Also, das haben wir, doch das ist einige Stunden her. Inzwischen wird eine weitere Person vermisst. Vermutlich ein erneuter Selbstmord.«

»Du liebe Güte! Von wem?«

»Eine Deutsche. Katharina Rabusch heißt die Frau. Sie gehört zu dieser Gruppe, aus der auch die anderen Selbstmörder stammen.« Der Mann schimpft laut. »Dieses Schiff ist wirklich verflucht! Ich glaube, für die nächste Fahrt heuere ich woanders an.«

63

Der große Polizist bricht getroffen zusammen. Katharina hat auf seine Leiste gezielt. Die wurde nicht von der schusssicheren Weste geschützt. Sie richtet die Waffe auf seine Stirn, doch der Mann liegt ohnehin schon reglos auf dem Boden. Er ist ausgeschaltet, und sie hat freie Bahn auf Matthias' Kabine.

Sie drückt die Klinke herunter. Leider abgeschlossen.

»Matthias! Mach auf!«

Zuerst bekommt sie keine Antwort, dann hört sie seine Stimme. »Vergiss es!«

»Mach auf, verdammt noch mal!«

»Ich bin doch nicht irre! Hast du da gerade auf den Polizisten geschossen? Ist er tot?«

»Ja! Und jetzt öffne mir, verflucht!«

Sie vernimmt ein Rumoren, etwas poltert zu Boden. Will Matthias etwa durch das Bullauge fliehen, so wie sie es vorhin vorgetäuscht hat?

»He, hier! Hilfe! Ich werde angegriffen!«, hört sie ihn plötzlich rufen.

Katharina richtet die Waffe auf das Schloss und drückt zweimal ab. Es zerbirst, und sie hat endlich Zugang. Mit dem Fuß tritt sie die Tür auf, doch in der Kabine ist niemand zu sehen, nur das Bullauge steht offen. Draußen fahren immer noch die kleinen Boote auf dem Wasser herum. Ist Matthias gesprungen, um sich von ihnen retten zu lassen? Katharina hebt die Brauen. Ist er so verzweifelt?

Ein leises Geräusch dringt von rechts an ihr Ohr. Ein gedämpftes Flüstern. Matthias muss sich ins Bad gerettet haben und will Hilfe über das Handy rufen. Das kann er vergessen!

Katharina eilt zum Bad und baut sich davor auf. Ihr Herz klopft. Sie bräuchte nur durch das dünne Holz zu schießen, um ihn zu treffen. In dem engen Raum hätte Matthias keine Möglichkeit, sich Deckung zu suchen.

Sie hebt die Pistole, zielt auf Bauchhöhe. Sie hat noch ein paar Kugeln im Magazin, die würde sie jetzt durch die Tür jagen. Von drinnen hört sie ein Wimmern. Heult Matthias etwa? Sonst markiert er immer den harten Macker.

Abscheu lodert in Katharina auf. Dieses verdammte Weichei!

Sie kneift ein Auge zusammen und peilt über den Pistolenlauf. Ihre Zunge klemmt zwischen ihren Lippen, dennoch bringt sie es nicht fertig, den Finger zu krümmen. Dabei wäre es so einfach. Ein minimales Zucken der Handmuskeln, und es wäre erledigt. Ein, zwei, drei Mal. Fertig. So wie eben bei dem Polizisten.

Sie stellt sich stabiler hin, zielt erneut. Schickt ihre ganze Entschlossenheit in ihren rechten Zeigefinger. Der biegt sich langsam, übt Druck auf den Abzug aus. Sie spürt den Widerstand. Im Bad heult Matthias wie ein kleines Kind.

»Waffe fallen lassen!«

Katharina erstarrt. Wer hat das gesagt? Sie wagt es kaum, sich zu bewegen. Aus dem Augenwinkel erkennt sie, dass jemand in der Kabine steht. Es ist der dunkelhäutige Polizist, und er zielt mit seiner Pistole auf sie. Schweiß läuft ihre Schläfe hinunter. Wie in Zeitlupe rinnt ein Tropfen bis in ihren Kragen hinab. Was soll sie tun? Sie muss Matthias ausschalten. Er darf nicht überleben.

»Schön langsam die Waffe sinken lassen, Frau Rabusch. Tun Sie sich und mir den Gefallen, ja?«

Katharinas Gedanken rasen. Der Drang, sich blitzschnell umzudrehen und auf den Polizisten zu feuern, ist übermächtig. Verfluchte Scheiße, warum musste er ihr in die Quere kommen? Hat Matthias ihn angerufen? Dieser Penner!

Ihre Arme beginnen zu zittern, die Waffe in ihren Händen wird schwerer und schwerer. Das bittere Gefühl, dass sie die Kontrolle verloren hat und einer Niederlage nah ist, breitet sich in ihr aus. Nein, eigentlich ist das nicht richtig, die Kontrolle hat sie schon vorher verloren. Als die SMS kam. Das hier ist nur das schmutzige Finale all dessen, was zuvor passiert ist.

Ihr Finger am Abzug verkrampft sich.

Wenn sie eine falsche Bewegung macht, würde der Polizist auf sie schießen. Der Lauf ihrer Pistole bebt, bewegt sich in immer größer werdenden Kreisen. Lange kann sie die Waffe nicht mehr halten. Katharina muss sich eingestehen, dass sie am Ende ist. Das Finale wird ohne sie stattfinden.

Sie dreht sich zu dem Polizisten um.

64

Skagen tritt durch eine Ladeluke in der Schiffswand an Bord, die für solche Notfälle von der Crew benutzt wird. Ein Signal schallt durch den Gang. Von seiner Zeit auf See ist es ihm bestens bekannt. Code Alpha – es wird dringend ein Arzt benötigt.

»Aber doch nicht für mich?«, fragt er den Mann, der ihn eben mit seinem Boot aufgegabelt und hierhergebracht hat. Ein eingehender Funkspruch verhindert eine Antwort.

»Es hat eine Schießerei gegeben!«, erklärt der Bootsführer, nachdem er der Stimme aus dem Funkgerät gelauscht hat. »Ein Polizist wurde verletzt.«

»Wer?«, fragt Skagen alarmiert.

»Tut mir leid, sie haben keinen Namen genannt.« Der Bootsführer guckt besorgt. »Allerdings scheint die Situation unter Kontrolle zu sein. Die Frau, die geschossen hat, wurde festgenommen. Sie hat den Sprung über Bord nur vorgetäuscht und soll beinahe einen ihrer Mitreisenden erschossen haben.«

Eine Frau, überlegt Skagen. Meint er damit Katharina Rabusch? Wenn ja, wen wollte sie erschießen? Matthias Nossak? Eines der letzten Mitglieder der Clique? Ist Katharina Rabusch Heiko Arendts Komplizin an Bord?

In Skagens Hirn findet eine regelrechte Achterbahnfahrt statt, als er ein Puzzleteil mit dem anderen verbindet. Rabusch als Täterin. Ja, damit ergibt alles einen Sinn.

Er wendet sich an den Bootsführer: »Können Sie mich mit der Brücke verbinden? Ich habe mein Telefon verloren.«

»Wollen Sie nicht zuerst auf die medizinische Station? Die Wunde in Ihrem Gesicht sieht übel aus.«

»Dafür haben wir keine Zeit.«

Der Mann nickt, und kurz darauf hat Skagen das Bordtelefon am Ohr und Dana Zemanova in der Leitung.

»Herr Skagen?«, ruft sie vollkommen überrascht. »Das glaube ich nicht! Gott sei Dank, dass Ihnen nichts passiert ist!«

Er beschreibt seine unerfreulichen Erlebnisse der vergangenen Stunden, worauf die Erste Offizierin mit einem wütenden Fluch auf Tschechisch reagiert.

»Dieser Scheißkerl! Das nehme ich persönlich! Das hier ist auch mein Schiff«, sagt sie aufgebracht. »Und Sie meinen tatsächlich, hinter all dem steht ein Racheplan, an dem diese Frau Rabusch beteiligt ist?«

»Ich denke sogar, dass sie federführend ist. Ich muss dringend mit ihr reden. Wo wird sie festgehalten?«

»Auf der Krankenstation, sie hatte bei ihrer Festnahme einen Nervenzusammenbruch und war kaum ansprechbar. Unser Doc hat sie unter Beobachtung. Aber als Erstes sollten Sie mit Ihren Kollegen reden.«

»Wieso?«

»Es wurde eine außerplanmäßige Routenänderung beschlossen. Der Kapitän hat angeordnet, dass Sie von Bord gehen. Damit meine ich die Polizei *und* den Abijahrgang. Im nächsten Hafen.«

»Und welcher ist das?«

»Ålesund.« Dana Zemanova räuspert sich. »Es tut mir leid, das ist gewiss nicht mein Wunsch. Ich finde es richtig, dass Sie auf dem Schiff sind, denn die Dinge sind komplett aus dem Ruder gelaufen. Damit können wir als Besatzung, meiner Meinung nach, nicht alleine zurechtkommen. Aber Teevs und der Reeder Herr Larsen fordern, dass jeder, der mit dem Fall zu tun hat, die Norsk Sol in Ålesund verlässt. Das ist beschlossene Sache.«

»Verstehe«, sagt Skagen. »Ist ehrlich gesagt auch das einzig Vernünftige. Solange wir uns an Bord befinden, ist die Lage nur schwer zu kontrollieren.«

Dana stößt laut Luft aus. »Dass das ausgerechnet auf meinem Schiff passieren muss! Was für ein Albtraum!«

»Die Norsk Sol kann nichts dafür«, entgegnet Skagen in dem Wissen, dass Seeleute, so rational sie ihr Schiff auch führen mögen, trotz allem sehr abergläubische Menschen sind. Aus diesem Grund läuft man nicht gerne freitags oder sonntags aus, und der Name des Schiffes darf nicht auf A enden. Und um den Teufel auszutricksen und ihn von einem abzulenken, bekommt jeder an Bord einen Spitznamen. Seiner war »Skägg« – Bart. Leider hat der Teufel ihn auf der Signe Merkur trotzdem gefunden.

»Das würde ich gerne glauben«, antwortet Dana niedergeschlagen. »Für mich ist die Norsk Sol verflucht. Ein Selbstmordschiff.« Sie seufzt erneut. »Wir setzen die Fahrt übrigens jetzt fort. Die Rettungsboote wurden aufgenommen, und der neue Kurs wurde bestätigt.«

»Wie lange brauchen wir bis Ålesund?«

»Circa drei Stunden. Aber es gibt eine Sturmwarnung für die mittelnorwegische Küste. Mal sehen, wie schlimm es wird.«

»Danke für die Informationen, Chief Mate.«

»Nichts zu danken.«

Skagen will den Telefonhörer zurück in die Wandhalterung neben der Ladeluke hängen, die mittlerweile geschlossen wurde, da schreckt ihn ein lauter Aufschrei auf. Er fährt herum, und seine Kinnlade klappt herunter. Das kann doch nicht sein …!

Im nächsten Moment fliegt ihm Maja in die Arme.

»Tom! Mein Gott, Tom!« Sie presst sich an ihn, sodass ihm die Luft wegbleibt.

»Aua«, stöhnt er.

Maja löst sich von ihm. »Oh, tut mir leid.« Sie blickt in sein Gesicht, das vollkommen blutverschmiert sein dürfte. »Du brauchst einen Arzt!«

Skagen lächelt. »Mir geht es gut. Ist nur eine Schnittwunde.« Er entdeckt Lise, die glücklich lächelnd hinter Maja steht, und neben ihr wartet noch jemand, der ähnlich erleichtert wirkt.

»Jens!«, ruft Skagen überrascht. »Du auch? Was zum Teufel führt euch hierher?«

»Nicht der Teufel, Tom«, sagt Jens. »Du, bist es. Du.«

65

Als Skagen mit einer Decke um die Schultern und einem großen Pflaster auf der Wange den Konferenzraum betritt, springt ihm die nächste Person entgegen und umarmt ihn stürmisch.

»Oh, Tom, was bin ich froh! Wahnsinn!« Iver lacht mit Tränen der Erleichterung in den Augen, und Skagen freut sich ebenfalls, den jungen Kollegen wiederzusehen. Die restlichen Gesichter in dem Raum sind ihm allerdings unbekannt, deshalb stellt er sich, Jens und Maja rasch vor. Gemeinsam setzen sie sich an den großen Tisch, und Skagen berichtet von seinem unfreiwilligen Landausflug, aber auch, welche Schlussfolgerungen er daraus gezogen hat.

»Du glaubst also, es ist Frau Rabusch?«, fragt Iver.

»Sie ergäbe von den möglichen Verdächtigen am meisten Sinn, oder?« Skagen blickt in die Runde. »Ganz besonders nachdem sie versucht hat, Matthias Nossak zu erschießen. Sie hat sich mit Heiko Arendt zusammengetan, um sich an den anderen Mitgliedern der Clique zu rächen.«

»Aber wofür?«

»Wir wissen, dass Arendt von der In-Crowd massiv gemobbt wurde. Wer weiß, was noch alles vorgefallen ist.«

»Warum sollte Frau Rabusch gemobbt worden sein? Sie war doch selbst Mitglied der Clique.«

»Das muss nicht viel heißen«, entgegnet Skagen. »Jeder von uns hat bestimmt selbst erlebt, wie schnell man als Jugendlicher aus solch einer Gruppe fliegen kann.«

»Da hast du recht«, sagt Iver nachdenklich.

»Nun gut.« Skagen erhebt sich, dabei spürt er jeden einzelnen seiner gequälten Muskeln. »Bevor wir mit Frau Rabusch über ihr Motiv sprechen, hätte ich gerne ihr Handy. Ich muss wissen, ob sie mit Heiko Arendt telefoniert hat, während ich an Land mit ihm zu tun hatte. Wo ist es?«

»Dort!« Iver zeigt auf einen Klarsichtbeutel mit einem Smartphone darin.

Skagen zieht sich Handschuhe über und holt es heraus. Schnell lässt er das Gerät wieder sinken. »Wir brauchen ihren Fingerabdruck zum Entsperren. Welches ist die Tatwaffe?«

Iver schiebt den nächsten Klarsichtbeutel über den Tisch, und Skagen studiert die Pistole. Eine Walther, neueres Modell. »Woher hat sie die?«

Lise und Iver zucken synchron mit den Schultern.

»Okay, dann gehen wir jetzt zu ihr!« Skagen will sich auf den Weg zur Krankenstation machen, da fällt ihm etwas ein.

»Wo ist eigentlich meine Waffe? Ich hatte sie hier auf den Tisch gelegt, bevor ich … bevor ich von Bord gestoßen wurde.«

Lises Augenbrauen ziehen sich irritiert zusammen. »Da lag keine Waffe. Allerdings stand die Tür offen, als ich ankam. Vielleicht hat jemand sie mitgehen lassen, genau wie die Kopie des Abschiedsbriefs von Christian Landgraf. Die ist auch weg. Zum Glück hat Iver das Original rechtzeitig mit der Post nach Stavanger geschickt.«

»Aber wer …?« Skagen unterbricht sich selbst. Natürlich kommt nur eine Person infrage, die Pistole und den Brief gestohlen zu haben. Katharina Rabusch!

Angestrengt knetet er seine Nasenwurzel. Seine Dienstwaffe in Besitz einer Mörderin, das ist gar nicht gut. Aber wo hat Frau Rabusch sie versteckt? Und warum sollte sie seine Pistole stehlen, wenn sie selbst eine hatte? Wollte sie sich ein Back-up verschaffen?

»Folgt mir!«, ruft er Lise und Iver zu. »Wir holen uns jetzt ein paar Antworten von Frau Rabusch.«

In der Krankenstation ist es still. Vor der Tür zum separaten Krankenzimmer steht einer der Polizeikollegen aus Ålesund und hält Wache. Er grüßt Skagen und die anderen beiden und lässt sie eintreten. Zuvor hat der Schiffsarzt ihnen grünes Licht für eine Befragung gegeben. Frau Rabusch sei nach ihrem Nervenzusammenbruch nun ansprechbar.

Im Krankenzimmer sieht Skagen sich um. Es gibt kein Fenster, dafür drei Betten, die durch einen Vorhang voneinander abgetrennt sind. Katharina Rabusch sitzt auf dem vorderen Bett mit dem Rücken zu ihnen und blickt gegen die Abtrennung. Sie rührt sich nicht, obwohl sie gehört haben muss, dass jemand eingetreten ist.

»Frau Rabusch. Wir möchten gerne mit Ihnen sprechen.« Skagen zieht sich einen Stuhl heran und setzt sich ihr gegenüber hin. Lise zückt ihren Block und Iver beobachtet das Gespräch.

»Und was, wenn ich nicht will?«, entgegnet Katharina Rabusch matt. Das lebhafte Funkeln ist aus ihren grünen Augen verschwunden. Skagen kann schwer einschätzen, ob ihre Erschöpfung nur vorgetäuscht oder tatsächlich echt ist. Dafür ist ihm die Frau bisher zu kühl und berechnend erschienen.

»Leider können wir Sie nicht in Ruhe lassen«, antwortet er, ohne auf ihre Aussage einzugehen. »Sie sind unsere Hauptverdächtige, da haben wir einige Fragen an Sie. Fangen wir damit an, woher Sie die Waffe haben.«

»Durch meinen Beruf. Ich habe eine Lizenz und trage sie regelmäßig.«

»Und wozu brauchen Sie die auf dem Schiff? Sie hätten die Pistole nicht mit auf die Reise nehmen müssen.«

»Sie haben Ihre Waffe doch auch überall mit dabei, oder?«

»Nun, das ist etwas anderes. Sie …«

»Das finde ich nicht. Und mehr werde ich dazu nicht sagen.«

»Okay.« Skagen holt ihr Handy heraus. »Würden Sie das bitte für uns entsperren?«

Sie blickt auf das Telefon. »Warum?«

»Fragen Sie nicht, tun Sie es.«

Zögernd nimmt Sie das Gerät und drückt ihren Zeigefinger auf den kleinen Scanner auf der Rückseite. Danach gibt sie es Skagen zurück. Der öffnet die Liste mit ihren Kontakten, kann aber keinen Heiko Arendt finden. Er wechselt in die Anrufliste, aber auch da: kein Telefonat, das zu dem Zeitraum passt, in dem Heiko das Gespräch geführt hat, während er hinter Skagen her war. Ob Frau Rabusch alles gelöscht hat?

»Haben Sie gefunden, wonach Sie gesucht haben?«, fragt sie. Es klingt wenig angriffslustig, eher erschöpft.

»Nein. Was ist mit Heiko Arendt?«

Irritiert legt sie die Stirn in Falten. »Was soll mit dem sein?«

»Warum haben Sie sich mit ihm zusammengetan?«

»Mit Heiko? Wozu denn das? Außerdem ist der überhaupt nicht hier.«

»Doch, das ist er!«

Ihr Gesicht nimmt einen noch verwirrteren Zug an. Kapiert sie wirklich nicht, oder ist auch das nur Show?

Skagen lehnt sich vor. »Also, ich erkläre Ihnen das mal. Heiko Arendt ist in Norwegen – beziehungsweise, er war es. Weil Sie sich mit ihm zusammengetan haben, um sich an den anderen Mitgliedern Ihrer früheren Clique zu rächen. Die Verhöhnten und Gemobbten von damals zahlen es ihren Peinigern heim – Sie auf dem Schiff und Heiko an Land. Hat er Christian Landgraf vom Preikestolen in den Tod gestoßen? Während Sie Philipp Jaeger und mich von Bord geschubst haben?«

Entgeistert schüttelt sie den Kopf. »Sie haben ja einen Knall!«

»Habe ich?«

Sie springt vom Bett auf und macht einen Schritt auf ihn zu. Dabei tippt sie sich gegen die Schläfe. »Sie spinnen! Ich bin hier das Opfer! Ich wurde dazu gezwungen, Matthias anzugreifen. Ich sollte ihn umbringen!«

Skagen hebt die Brauen, und an Lises Reaktion erkennt er, dass sie genauso überrascht von dieser Aussage ist wie er.

»Wer hat Sie gezwungen?«, fragt er. »Heiko Arendt?«

»Nein! Was haben Sie denn ständig mit Heiko?«

Skagen erklärt ihr, was an Land geschehen und dass Arendt tot ist. Katharina Rabuschs Miene verrät keinerlei Regung. Sie scheint kein Mitgefühl für den verstorbenen Schulkameraden zu haben.

»Ich weiß nicht, warum Heiko hier war«, sagt sie schließlich. »Aber er war es ganz sicher nicht, der mir die SMS geschickt hat.«

»Eine SMS?«, fragt Skagen.

»Ich habe eine Nachricht erhalten, als ich in meiner Kabine war.« Frau Rabusch wischt sich über das Gesicht. »Sie kam von einer unbekannten Nummer. Die SMS ist auf meinem Handy, ich habe sie nicht gelöscht.«

Skagen scrollt durch die Nachrichten und öffnet die letzte. Er liest sie laut vor.

Hallo, Katharina! Du wunderst dich sicher, dass ich dir schreibe. Dachtest, ich sei tot. Nun, das bin ich auch. Zumindest für die Bullen. Aber für euch bin ich noch am Leben. Ich stehe quasi direkt hinter euch und beobachte euch. Bei jedem Schritt. Dabei habe ich gesehen, wie du versucht hast, mich auszuspionieren, bist in meine Kabine eingebrochen. Warum? Weil du dich schuldig fühlst? Ja, so ist es, nicht wahr? Du spürst die Schuld. Wie ein Stein liegt sie auf deinen Schultern. Ich werde dich davon erlösen, indem ich der Öffentlichkeit davon erzähle. Von allem, was damals passiert ist. Aloha, liebe Katharina. Philipp musste gehen, Nadine musste gehen, und bald bist du dran. Ich stehe hinter dir und habe eine Waffe, mit der ich auf dich ziele. Irgendwann werde ich abdrücken. Die Kugel wird dich wie aus dem Nichts treffen. Es gibt nur eine Sache, die du tun kannst, um dich von meiner Todesliste freizukaufen: bringe Matthias um. Dann werde ich dich verschonen. Katharina, dann wirst du frei sein. Frei von Schuld. Wäre das nicht schön? Beste Grüße aus dem Schatten, dein Christian

»Landgraf?« Iver reißt überrascht die Augen auf. »Er lebt?«

»Unmöglich, wir haben seine Leiche gesehen«, sagt Lise. »Also zumindest dachte ich, dass es seine Leiche war. Die war ja recht … zerstört.« Sie wirft Skagen einen verunsicherten Blick zu, der sagt: Haben wir einen Fehler gemacht und der Tote vom Preikestolen ist gar nicht Christian Landgraf?

Skagen war nicht dabei und kann dazu nichts zu sagen, aber ein DNA-Abgleich dürfte diese Frage schnell klären.

»Ich rufe in der Rechtsmedizin an«, sagt er. »Leiht mir jemand sein Handy?«

Ivar steckt ihm seins zu und Skagen zieht sich damit in den Flur zurück. Kurze Zeit später hat er den verantwortlichen Obduzenten aus Oslo am Apparat.

»Ein DNA-Abgleich ist bislang nicht erfolgt«, antwortet dieser auf seine Frage. »Erstens haben wir gar keine Referenzproben erhalten und zweitens gab es keine Indikation. Sollte sich das geändert haben, können wir das selbstverständlich nachholen, aber dafür brauchen wir Vergleichsmaterial.«

»Das senden wir Ihnen zu, sobald wir in Ålesund sind«, erklärt Skagen. Er bedankt sich bei dem Mann und legt auf. Scheiße, denkt er mit mahlenden Kiefern. Einfach so anzunehmen, der Tote sei Christian Landgraf, ohne die Leiche hundertprozentig identifiziert zu haben, war ein grober Schnitzer. Er muss an Frau Rabuschs Aussage zu dem Foto mit seiner Leiche denken. Sie hat ihn nicht eindeutig erkannt. Das ist ja auch kaum möglich. Was, wenn Christian tatsächlich noch lebt und er es die ganze Zeit war, der die Clique dezimiert hat? Aber was ist damals vorgefallen, dass er deswegen Menschen tötet? Welches dunkle Geheimnis will er schützen? Und warum tritt er erst jetzt in Aktion? Warum ist Landgraf das Problem nicht schon eher angegangen? Und weshalb gemeinsam mit Heiko Arendt – seinem damaligen

Opfer? Das ist doch ein Widerspruch. Wieso arbeiten Täter und Opfer plötzlich zusammen?

Weil es vielleicht gar nicht Christian Landgraf ist, meldet sich Skagens Unterbewusstsein zu Wort. Es gibt einen Grund, warum die einzelnen Bausteine zusammen kein klares Bild ergeben. Vielleicht steckt doch Frau Rabusch dahinter, und sie führt sie mit dieser SMS in die Irre. Sie kann sich die Nachricht von einem Zweithandy selbst zugeschickt haben, um sich zu entlasten.

Er öffnet die Tür und betritt die Krankenstation, wo er Iver und Lise zuflüstert, was er von dem Obduzenten erfahren hat. Ihre Gesichter sprechen Bände. Diesen Fehler bekämen sie von ihren Vorgesetzten sicher um die Ohren gehauen. Aber daran dürfen sie erst einmal nicht denken, sie müssen die Sache klären, und zwar schnell. Denn sollten weder Frau Rabusch noch Christian Landgraf als Täter infrage kommen, läuft der echte Mörder nach wie vor frei auf dem Schiff herum!

Skagen wendet sich an Katharina Rabusch, die sich wieder auf das Bett gesetzt hat. »Sie haben sich die SMS selbst geschickt, nicht wahr?«

»Wie bitte? Nein!«

Skagen verzieht seinen Mund zu einem sarkastischen Lächeln. »Sparen Sie sich das Theater, wir haben Sie durchschaut. Es ist Ihr Plan gewesen. Sie wollten Rache!«

»So ein Quatsch! Warum sollte ich mich rächen wollen? Die anderen haben mir nichts getan.«

»Sicher?«

Frau Rabusch starrt ihn an. »Ich sage jetzt gar nichts mehr!«

»Okay, wie Sie wollen: Katharina Rabusch, ich verhafte Sie wegen des Verdachtes auf zweifachen Mord an Christian Landgraf und Philipp Jaeger, wegen des Verdachts auf Anstiftung zum Suizid von Nadine Valetta und versuchten Mordes an Matthias Nossak, einem Polizeibeamten und an mir!« Er dreht sich zu Iver um. »Leg ihr Handschellen an. Sobald wir in Ålesund sind, bringt ihr sie in die Untersuchungshaft!«

»Nein! Keine Handschellen!« Katharina Rabusch richtet sich auf und starrt sie aus weit aufgerissenen Augen an. »Bitte! Ich war es nicht. Das müssen Sie mir glauben.«

Skagen mustert sie. Ihre Nasenflügel sind geweitet, die Haut darum herum ist weiß und ihre Lippen beben. So sieht echte Angst aus, denkt er.

»Selbstverständlich wird ein Kollege vor der Tür stehen und Sie bewachen«, erklärt er. »Iver, die Handschellen!«

»Nein, nein, nein!« Frau Rabusch springt mit beiden Beinen auf das Bett und klammert sich am Rahmen fest. »Bitte nicht! Wenn Sie mich hier einsperren, wird er mich kriegen. Ich gehöre schließlich zu denen, die er tot sehen will.«

Skagen fixiert sie. »Wer? Sagen Sie es uns endlich!«

»Ich weiß es nicht!«, antwortet sie schrill. »Verdammt noch mal, ich weiß es nicht!«

»Wissen Sie denn vielleicht, warum er Ihren Tod will? Was ist damals passiert? Verraten Sie uns wenigstens das. Nur so können wir herausfinden, wer sich dahinter verbirgt, und Sie vor ihm beschützen.«

Gequält verzieht sie das Gesicht, während ihr Blick im Raum hin und her huscht, als suche sie nach einem Ausweg. »Wenn ich es Ihnen erzähle, versprechen Sie mir dann, mir keine Handschellen anzulegen?«

Skagen schüttelt den Kopf. »Das kann ich Ihnen nicht versprechen, aber sollte das, was Sie aussagen, Sie entlasten, werde ich darüber nachdenken.«

Katharina Rabusch stiert an ihm vorbei, wie besessen kaut sie auf ihrer Lippe herum.

»Frau Rabusch?«

Als Skagen schon denkt, sie würde ihm nicht mehr antworten, öffnet sie plötzlich den Mund und beginnt, mit belegter Stimme zu erzählen. Von damals. Dem Internat und dem Bootshaus an der Elbe, in dem sie als In-Crowd ihre Riten abgehalten haben, von den Drogen, die sie in den Aloha-Brausetüten versteckt haben, und von Heiko Arendt und Melanie Klozius. Von den Drohungen gegen die beiden. Von Christian, dem Sadisten, von Philipp, dem Mitläufer, und von Matthias sowie Nadine, in denen zwei grausame Seelen wohnen. Sie alle haben sich dazu verführen lassen, auf die dunkle Seite zu wechseln. Sie alle haben es genossen ... und sich schuldig gemacht.

Als Frau Rabusch am Ende anlangt, herrscht im Krankenzimmer bedrückende Stille. Skagen ist betroffen von dem, was er gerade gehört hat, und hofft, dass Lise wenigstens einen Teil davon mitgeschrieben hat.

»Und Sie?«, fragt er Katharina Rabusch behutsam. »Was war Ihre Rolle in der Clique? Haben Sie bei alldem mitgemacht?«

Sie windet sich. »Ich ... ich habe nur gefilmt. Das war meine Aufgabe. Christian liebte es, bei seinen Taten beobachtet zu werden und sich die Videos hinterher anzusehen.«

»Existieren diese Aufnahmen noch?«

»Nicht, dass ich wüsste. Es kann sein, dass Christian sie aufgehoben hat.«

Skagen nickt und gibt Iver ein Zeichen, die Handschellen wieder einzustecken, was dieser auch tut. »Wir lassen Sie gleich in Ruhe. Vorher möchte ich von Ihnen wissen, wen Sie noch für verdächtig halten. Wer von Ihren ehemaligen Schulkameraden hätte einen Grund, Rachegefühle gegen Sie und Ihre Clique zu hegen? Befindet sich eine Person auf dem Schiff, die von Ihnen gemobbt wurde – abgesehen von Heiko Arendt?«

Frau Rabusch hebt die Schultern. »Ich hätte schwören können, dass Matthias etwas damit zu tun hat, aber dadurch, dass ich ihn beseitigen sollte, ist er wohl raus. Und von den anderen ist niemand mit an Bord.«

»Sind Sie sicher?«

»Ganz sicher. Tut mir leid. Ich wünschte, ich hätte eine Idee …« Plötzlich schnellt ihr Kopf hoch. »Doch! Da ist jemand! Sascha Böttcher. Der hat durch Christian seine Hand verloren. Allerdings wüsste ich nicht, was der Rest von uns ihm getan haben sollte, dass er uns umbringen will.«

»Sascha Böttcher, ist das der mit der Handprothese?«

»Ja, fragen Sie mal den.« In ihren Augen blitzt die alte Vitalität wieder auf.

Skagen bedankt sich bei ihr und verabschiedet sich mit dem Versprechen, dass der Polizist vor der Tür auf sie aufpassen würde. Frau Rabusch antwortet mit einem skeptischen Nicken und streckt anschließend ihre Beine auf dem Bett aus.

Zusammen mit Lise und Iver verlässt Skagen das Krankenzimmer. Draußen auf dem Flur flucht er laut.

»Was ist los?«, fragt Lise. »Die Befragung ist doch recht erfolgreich verlaufen.«

»Erfolgreich? Auf dem Schiff rennt ein Irrer rum, der nach und nach Menschenleben auslöscht. Und jetzt hat er auch noch meine Waffe!«

66

Obwohl es Skagen drängt, sofort loszulaufen und die Ermittlung weiter voranzutreiben, schreit sein Körper nach einer Pause – und nach trockener Kleidung. Außerdem sind da noch die Stimmen seiner Kollegen, die an seine Vernunft appellieren. Also gibt er dem Drängen nach, und als er endlich frische Klamotten am Leib trägt, fühlt er sich deutlich wohler. Schnell schlüpft er in ein zusätzliches Sweatshirt, um die Kälte zu vertreiben, die ihm seit der Begegnung mit dem Fjord in den Knochen hängt. Neben ihm steht Maja, die ihn in seine Kammer mit den Rettungswesten begleitet hat.

»Das hier«, sagt sie und deutet auf die Matratze, »geht gar nicht!«

»Ich dachte, ich könnte es aushalten«, entgegnet Skagen, doch Maja betrachtet ihn skeptisch.

Er tritt an sie heran und legt eine Hand an ihre Wange. »Ich wollte dich anrufen.«

»Schon gut, ich … das ist nicht schlimm. Ich bin deswegen nicht sauer.«

»Warte. Ich wollte dich anrufen, als ich draußen an Deck war. Bevor ich gestoßen wurde. Da habe ich es nämlich geschafft, mich meiner Angst zu stellen. Ich habe an der Reling gestanden und das erste Mal seit Jahren von einem Schiff aus auf das Wasser geblickt. Ich habe es ausgehalten, und es war … okay. Ja, tatsächlich, es war okay.«

In Majas Augen sammeln sich Tränen. »Das ist schön, Tom. Ich freue mich wirklich für dich.« Sie nimmt sein Gesicht in beide Hände und küsst ihn. »Ich bin so erleichtert, dass ich dich nicht verloren habe.«

Skagen lässt sich in ihre Umarmung fallen, und es tut gut, nach all den Strapazen ihren warmen Körper zu spüren. Von Beginn an hat Majas Nähe eine heilsame Wirkung auf ihn gehabt, und er ist froh, sie in seinem Leben zu haben. Maja ist das helle Licht, auf das er immer zusteuern kann, egal wie aufgewühlt seine innere See gerade ist.

»Ich würde niemals springen«, flüstert er ihr ins Ohr, weil ihm klar ist, dass es das war, wovor sie sich gefürchtet hatte. Sie weiß, dass er sich damals auf der Signe Merkur fast das Leben mit einem Sprung von Bord genommen hätte, weil er die furchtbaren Ereignisse auf dem Schiff nicht mehr ausgehalten hat.

»Versprichst du mir das?« Ihr warmer Atem streift seine Wange.

»Ich verspreche es dir. Ich bleibe bei dir.«

Er hört, wie sie leise zu weinen beginnt. »Ich dachte, ich hätte dich für immer verloren.«

»Es tut mir leid.« Er streicht ihr über die Haare, wiegt sie sanft in seinen Armen. »Ich hätte dir sagen müssen, wo ich bin. Dass ich auf ein Schiff gehe.«

Sie nickt an seiner Schulter und weint leise weiter. Als sie sich beruhigt hat, küsst Skagen sie auf die Lippen und lässt sie los. Maja lächelt gelöst.

»Göran und Jokke werden sich freuen, dass du wohlauf bist. Sie haben sich schreckliche Sorgen gemacht. Göran hat mir sofort freigegeben und geholfen, den Flug zu buchen. Er kann doch ein ganz netter Kerl sein.« Sie lacht, und Skagen stimmt mit ein. Dann drängt sich der Fall mit aller Gewalt zurück in sein Bewusstsein. Er entschuldigt sich bei Maja und deutet auf das Handy, das er sich von Iver geliehen hat. »Ich muss wieder an die Arbeit.«

»Klar. Aber ich möchte nur ungern hierbleiben.« Sie zeigt auf die Rettungswesten. »Das ist nicht gerade anheimelnd.«

»Du kannst im Konferenzraum warten, bis wir in Ålesund sind.«

»Wenn es geht, würde ich gerne ein paar Tage mit dir zusammen dort verbringen. Ich möchte in deiner Nähe sein.«

Er lächelt. »Das möchte ich auch. Ich denke, Jens und ich werden eine Zeit lang in Ålesund unterkommen müssen, um die Leute zu vernehmen. Im Hotelzimmer wird sicher genug Platz für dich sein.« Er zwinkert ihr zu und wählt eine Nummer. Wenig später hat er eine vertraute Stimme am Apparat. Es ist seine finnische Skanpol-Kollegin Kaisa Baumann.

»Moin, Kaisa!«

»Mann, Tom! Dass du heilgeblieben bist nach der Aktion! Ich bin so erleichtert!«

»Hat Jens dich angerufen?«

»Ja, und er hat mir berichtet, in was für einem Schlamassel ihr steckt. Reichlich unübersichtlich die Lage bei euch.«

»Das kannst du wohl sagen. Ich habe eine Bitte, trotz der späten Stunde. Bist du schon zu Hause?«

»Ja, aber egal. Mein Mann ist eh noch nicht da, und ich langweile mich zusammen mit Netflix.«

»Prima. Könntest du in die Wohnung eines gewissen Christian Landgraf fahren? Ich gebe dir die Adresse.«

»Und was willst du, dass ich dort tue?«

»Herr Landgraf ist in ein Verbrechen hier an Bord verwickelt, ob als Täter oder Opfer ist nicht klar. Auf jeden Fall geht es um einen sorgfältig geplanten Racheakt, dem bereits mehrere Menschen zum Opfer gefallen sind. Ich möchte, dass du nach alten Filmdateien suchst. Aus den Jahren 2000 und 2001. Vielleicht hat Landgraf einen Computer oder mobile Festplatten in seiner Wohnung. Nimm alles mit, was du diesbezüglich finden kannst, und durchforste es.«

»Und der Durchsuchungsbeschluss?«

»Den beantrage ich gleich. Keine Sorge, den werden wir bekommen.«

»In Ordnung, ich fahre hin.«

»Super, vielen Dank.«

»Kein Ding, Tom, und pass auf dich auf, hörst du? Jag mir nicht noch mal so einen Schreck ein!«

Lächelnd legt Skagen auf. Er will sich gerade Maja zuwenden, da spürt er unter seinen Füßen eine Bewegung, die sein Lächeln gefrieren lässt. Die Sturmwarnung, denkt er. Der Wetterumschwung bringt stärkeren Seegang mit sich. Ein gefährliches Schlingern dreht seinen Magen um.

Maja bemerkt die Veränderung sofort. »Was ist los?«

»Das Schiff ...«, sagt er mit trockenem Mund und spürt erneut das Rollen unter seinen Füßen. Schweiß bricht ihm unter dem Sweatshirt aus.

Raus. Er muss raus aus dieser Kammer. Sie ist einfach zu eng.

Maja legt ihm eine Hand auf die Wange. »Du schaffst das, Tom. Ihr werdet den Täter rechtzeitig vorm Anlegen fassen.«

Er schließt kurz die Augen und nickt.

Ja, sie würden es schaffen. Sie *müssen* es schaffen!

67

Das Schiff bewegt sich immer stärker, und der Wind pfeift so laut um die Aufbauten, dass man es drinnen hören kann. Da kommt ganz schön was auf uns zu, denkt Skagen und sucht mit einer Hand an der Wand Halt. Zum Glück ist der Seegang bisher recht gleichmäßig, denn der Wind trifft von vorn auf das Schiff und die Norsk Sol nimmt die Wellenkämme frontal.

Vor ihm liegt das Auditorium, das mit den Leuten aus dem Abijahrgang angefüllt ist. Einige sind blass und klammern sich an Brechtüten fest.

Lise hat veranlasst, dass sich jeder einzelne der ehemaligen Internatsschüler und deren Lehrer hier einfindet. Jetzt steht sie hinter dem Rednerpult auf der kleinen Bühne und bereitet sich auf die Anordnung vor, die sie gleich erlassen wird.

Skagen stellt sich neben Jens, den sie als Verstärkung in die Ermittlung mit eingebunden haben, und beobachtet die Reaktionen der Anwesenden. Dabei behält er diesen Sascha Böttcher, der neben seinem asiatischstämmigen Schulkameraden sitzt und recht entspannt wirkt, fest im Auge. Iver hat unterdessen einen neuen Auftrag erhalten. Er soll nicht nur in Landgrafs Kabine eine DNA-Probe sicherstellen, sondern auch in Böttchers Unterkunft nach Skagens Waffe suchen.

Auf dem Podium strafft Lise ihre Haltung und eröffnet das Gespräch: »Meine Damen und Herren, ich bitte um Ihre Aufmerksamkeit. Wir haben Sie zusammengerufen, weil es mehrere Dinge gibt, über die wir Sie informieren wollen.« Sie tauscht einen Blick mit dem Internatsdirektor, der in der ersten Reihe neben den Lehrern Platz genommen hat. »Sie alle werden ausnahmslos in Ålesund von Bord gehen. Es tut mir leid, dass Ihr Urlaub an dieser Stelle zu Ende ist, aber dabei handelt es sich um eine polizeiliche Anordnung!«

»Was?«, ruft einer der ehemaligen Schüler. Skagen erinnert sich daran, dass er schon beim letzten Mal Stunk gemacht hat. »Können Sie uns überhaupt dazu zwingen?«

»Ja, das kann ich. Sollten Sie dieser Anordnung nicht Folge leisten, werden wir entsprechende Maßnahmen einleiten. Sie werden auf das Polizeirevier in Ålesund gebracht, wo wir Ihre Aussage aufnehmen werden.«

»Jeder von uns hat doch schon mit Ihnen gesprochen. Reicht das nicht? Mit den Todesfällen haben wir nichts zu tun. Das ist lächerlich!«

»Tut mir leid, das ist die Vorgehensweise.«

Während Lise redet, späht Skagen hinüber zu Sascha Böttcher und dessen Mitschüler. Wenn es nicht Christian Landgraf war, dann hat einer dieser Menschen dort ihn letzte Nacht von Bord gestoßen, ebenso wie Philipp Jaeger. War es der Aufrührer, der sich eben so laut beschwert hat? Der zeigt sich besonders empathielos. Aber passt das? Der Täter verhielt sich bisher ziemlich clever. Seine Taten sind bis ins letzte Detail durchdacht. Er würde sich nicht dermaßen plump verraten, indem er aufbegehrt wie ein Teenager. Wer also ist es? Sascha Böttcher? Weil er wegen Christian seine Hand verloren hat?

Das Telefon in Skagens Hosentasche vibriert, er holt es hervor. Es ist Iver. »Ja?«, fragt er leise, nachdem er das Gespräch angenommen hat.

»In der Kabine von Sascha Böttcher ist nichts. Keine Waffe, keine verdächtigen Dinge. Nur eine zweite Hand.«

»Eine zweite Hand?«

»Ja, eine Prothese.«

Skagen versteht und ordnet an, dass Iver zu ihnen ins Auditorium kommen soll. Er legt auf und schickt als stumme Botschaft ein Kopfschütteln zu Jens hinüber. Danach lässt er seinen Blick weiter über die versammelten Ex-Abiturienten schweifen. Die Stimmung scheint inzwischen von besorgt zu verängstigt gekippt zu sein. Die Situation darf auf keinen Fall eskalieren. Eine Panik unter den Passagieren wäre eine Katastrophe. Der Täter könnte sich in die Enge gedrängt fühlen und Amok laufen. Purer Zündstoff bei vielen Menschen auf engem Raum.

Erneut mustert Skagen den Mann mit der Handprothese, den Einzigen aus der Gruppe, von dem sie ein mögliches Motiv kennen. Er trägt bloß ein Hemd und eine Jeans. Wo sollte er da eine Waffe verbergen? Sicher, vielleicht hat er sie woanders als in seiner Kabine versteckt, aber zumindest käme er nicht an sie ran, solange er hier im Auditorium unter ihrer Beobachtung stünde.

»Dürfen wir jetzt gehen und unsere Koffer packen?«, fragt eine Frau ungeduldig.

»Nein. Erst kurz bevor das Schiff anlegt, lassen wir Sie zurück in Ihre Kabinen. Zu Ihrer eigenen Sicherheit«, erklärt Lise.

»Wie soll ich denn so schnell meine ganzen Sachen zusammensammeln und verstauen? Das können Sie nicht machen!«

»Doch, können wir«, entgegnet Lise mit fester Stimme.

Neben dem Podium öffnet sich eine Tür und Iver betritt den Raum. Er stellt sich neben Skagen und fragt leise, ob es einen Fortschritt gibt.

»Nichts«, antwortet Skagen.

Lise ist unterdessen am Ende ihrer Ansprache angelangt und bittet alle Anwesenden, die Anrufverläufe des heutigen Tages auf ihrem Handy zu öffnen und sie einzeln vorzuzeigen. »Das geschieht natürlich auf freiwilliger Basis«, ergänzt sie, weil schon wieder Protest aufbrandet. Die Aktion könnte ihnen gute Ergebnisse bringen, selbst wenn sie nichts Verdächtiges auf den Handys finden. Vermutlich werden sich einige weigern. Diese kämen dann in den Kreis der Verdächtigen. Und prompt beschweren sich tatsächlich ein paar Leute. Fünf Männer und eine Frau, darunter natürlich der Aufrührer von eben. Skagen schickt Iver zwischen die Stuhlreihen, um sich deren Namen zu notieren. Unterdessen überprüfen Lise und Jens die Handys der Freiwilligen.

Sascha Böttcher übernimmt Skagen persönlich. Er ist auf jede mögliche Reaktion vorbereitet, als er ihn nach seinen Telefonverbindungen fragt. Aber Böttcher zeigt keinerlei nervöses Verhalten. Seine Roboterhand liegt entspannt in seinem Schoß, während er bereitwillig das entsperrte Telefon vorzeigt. Skagen sieht es sich an. Leider befindet sich nichts Verdachterregendes in der Anrufliste. Sein Frustrationslevel ist am Anschlag. Natürlich kann Böttcher den Verlauf manipuliert haben, oder er hat für die geheimen Telefonate ein zweites Handy benutzt. Das zu überprüfen, würde allerdings viel zu lange dauern, und auf einen Verbindungsnachweis würden sie ewig warten.

Er gibt Böttcher das Gerät zurück und will sich an den Mann mit den asiatischen Zügen neben ihm wenden.

»Worum geht es hier eigentlich? Denken Sie, ich habe etwas damit zu tun?«, erkundigt sich Böttcher leise.

»Womit zu tun?«, stellt Skagen eine Gegenfrage.

»Na, es dreht sich doch alles um die In-Crowd, nicht wahr?«

»Sie meinen Christian Landgraf, Philipp Jaeger und Co?«

»Genau.« In Böttchers Augen schimmert ein merkwürdiger Ausdruck. Abscheu? Schadenfreude?

»Wissen Sie etwas darüber?«, fragt Skagen.

»Nein. Aber ich weiß, was für abgrundtief widerliche Leute sie waren und noch immer sind. Sie haben als Jugendliche ihre Mitschüler gequält und gemobbt. Mich selbst hat es auch erwischt. Ich bin auf Christians Schmeicheleien reingefallen und musste dafür bezahlen.« Böttcher hebt seine Prothese.

»Deshalb hegen Sie Rachegefühle gegen diese fünf?«

Böttcher schüttelt den Kopf. »Ich nicht, und das habe ich Ihrem Kollegen schon bei der ersten Befragung erzählt. Aber vielleicht andere.«

»Wer?«

Böttcher zuckt mit den Schultern. »Da kommen viele infrage. Beinahe jeder wurde von denen drangsaliert, und die Lehrerschaft hat weggeguckt. Weil das Kinder einflussreicher Eltern waren, die viel Geld an das Internat gespendet haben. Ihre Eltern waren als Kinder auch schon auf der Schule. Das ist ein einziger verfaulter Sumpf.«

Der Asiate neben Böttcher nickt bestätigend.

»Und warum sind Sie dann auf dem Schiff?«, erkundigt sich Skagen. »Ich habe mir sagen lassen, dass einige der Mobbingopfer nicht an der Feier teilnehmen. Warum Sie? Sie hätten zu Hause bleiben können. Warum treten Sie Ihren früheren Peinigern erneut gegenüber?«

Böttcher lehnt sich vor und senkt die Stimme. »Weil wir, CeeJay und ich, darüber hinweg sind. Und weil wir ihnen die Stirn bieten wollen.« Er hebt erneut seine Prothese. »Die hat mich stärker gemacht. Das wollte ich ihnen zeigen. Ich wollte den Fünfen aus der Clique beweisen, dass sie mich nicht kleingekriegt haben, so wie andere, deren Leben sie zerstört haben.«

»Wie Heiko Arendt?«

Böttcher verzieht den Mund. »Wissen Sie, ich fand es immer schlimm, dass Christian, Philipp, Matthias und die beiden anderen einfach weitergelebt haben, ohne sich jemals zu entschuldigen zu müssen und ohne überhaupt ein Schuldbewusstsein zu entwickeln. Ich wollte wissen, was für Menschen das heute sind, ihnen mit einem Lächeln entgegentreten und sagen: ›Na, wie geht es euch? Fühlt ihr euch gut mit euren Lügenkonstrukten und euren verkommenen Seelen?‹ Christian, das Großmaul, hat sich an der Börse verzockt und steckte in argen Schwierigkeiten. Und Philipp, dieser Möchtegern-Saubermann mit seiner Klamottenfirma und der Vorzeigefamilie – die pure Heuchelei. Ich gebe zu, dass es mich sehr befriedigt hat, zu sehen, wie kreuzunglücklich alle aus der Clique sind. Das hat sich für mich wie die Gerechtigkeit des Schicksals angefühlt. Von denen hat doch nie jemand eine Strafe für sein Verhalten erhalten. Keiner von ihnen musste je mit Konsequenzen rechnen.«

»Und dass drei von diesen fünf Cliquenmitgliedern jetzt tot sind, darüber freuen Sie sich auch?«, erkundigt sich Skagen.

Böttcher lehnt sich zurück und verschränkt die Arme. »Dazu sage ich nichts.«

Skagen richtet sich auf. »Danke für die Information. Es wäre schön gewesen, wenn Sie das schon beim ersten Mal zu Protokoll gegeben hätten. Vielleicht wäre dann einer von den Dreien heute noch am Leben.«

Böttchers Miene bleibt versteinert. Verärgert wendet Skagen sich ab und geht zurück zu Jens, der an der Wand mit den Panoramabildern mit Norwegens schönsten Sehenswürdigkeiten lehnt und ihn beobachtet hat.

»Hast du was?«, fragt sein Freund.

»Nein!« Skagen ballt seine Fäuste. Warum fühlt es sich ständig so an, als drehten sie sich im Kreis? Frustriert starrt er auf die großformatigen Fotos hinter Jens. Der Preikestolen wirkt auf ihn wie Hohn, dergestalt, dass sie den Fall noch nicht gelöst haben. Das Nordkap, die Lofoten und das Polarlicht über Tromsø hingegen wie weit entfernte Orte, die völlig erhaben sind über so banale Dinge wie Bösartigkeit und Verbrechen. Einzig das Gulating muntert Skagen ein wenig auf. Steht es doch für die Institution der Rechtsprechung und das Bedürfnis der Menschen nach einer solchen. Der älteste Thingplatz Norwegens, markiert durch eine lange Reihe von Steinstelen, erschaffen vom Künstler und Bildhauer *Bård Breivik* – so sagt es zumindest die Bildunterschrift.

Als Skagen diese gelesen hat, setzt sein Herz unvermittelt einen Schlag aus. Das Innere des Auditoriums verschwimmt vor seinen Augen und die Halle am Containerhafen von Stavanger taucht auf. Mit einem Mal befindet er sich mitten in dem Fall um Åsgards Sønner und den Waffendeal.

Breivik?!

Kann das sein?

Fassungslos schüttelt Skagen den Kopf. In seinen Gedanken rast alles durcheinander. Die Clique, Böttchers Aussage, die Steinstelen, das Thing, Breivik. Unvermittelt packt er Jens am Arm. »Du musst sofort mitkommen!«

68

Draußen vor dem Auditorium berichtet Skagen Jens von seiner plötzlichen Erkenntnis, die er eben beim Betrachten des Fotos von Gulating hatte und die ihn schlagartig zurück in den Nordvei-Fall mit den gestohlenen Waffen katapultiert hat.

»Ragnar Jotun aus Steinkjer, Jens! Damit ist das älteste Thing Norwegens gemeint. Gulating. Geschnittene Steine. Steinkjer! Verstehst du?«

Jens verzieht das Gesicht. »Nein, das war mir zu schnell. Noch mal von vorn bitte.«

Skagen holt Ivers Smartphone heraus, gibt etwas bei Google ein und öffnet kurz darauf die offizielle Webseite. »›Gulating, der Ort des ältesten Things in Norwegen‹«, liest er laut vor. »›Der Thingplatz liegt auf einer kleinen Halbinsel 100 Kilometer nördlich von Bergen im Gulafjord und ist ein modern gestaltetes Monument, an dem ganzjährig Open-Air-Veranstaltungen stattfinden. Das Monument besteht aus einer Reihe geschnittener Steinstelen aus Granit.‹ Steinstelen! Kapierst du jetzt? Das sind die geschnittenen Steine, die in der verschlüsselten Botschaft der ÅS mit Steinkjer gemeint sind. Und Ragnar Jotun steht für einen sehr alten Ort, so wie wir es bereits vermutet haben. Nämlich für das Thing! Jens, das passt alles! Und dann der Name des Künstlers, der das Monument erschaffen hat: Bård Breivik.«

»Aber warum sollten sich Åsgards Sønner auf diesen Breivik beziehen und nicht auf den Attentäter? Das ergibt doch keinen Sinn, selbst wenn alles andere stimmen könnte.«

Rasch überfliegt Skagen, was das Internet über Bård Breivik bereithält: Geboren am 23. November 1948 in Bergen, gestorben am 10. Januar 2016 in Oslo. Ein Bildhauer und Konzeptkünstler mit umfassendem Lebenswerk, allerdings kann Skagen nirgendwo eine Verbindung zum Attentäter Breivik entdecken. Im Gegenteil, Bård Breivik hat mit rechter Ideologie rein gar nichts zu tun. Und miteinander verwandt sind die beiden Männer auch nicht.

Skagen seufzt. Befindet er sich mit seinem Geistesblitz auf dem Holzweg, wie Jens sagt? Seine Augen kehren zu den Daten zurück und bleiben am 23. November hängen.

»In der Mail der ÅS stand doch etwas von einer ›Geburtstagsfeier für Breivik‹, oder nicht? Nur Breivik, sonst nichts, kein Vorname.«

»So ist es.«

Skagen wechselt zu der Seite mit dem Gulating und findet einen Veranstaltungskalender. Er ruft den 23. November auf und saugt scharf Luft ein. Dann zeigt er Jens den Eintrag.

»Verdammt«, stößt sein Freund aus. »Ich glaube, du hast recht, Tom!«

Beide starren auf den Bildschirm. Am 23. November, dem Geburtstag des Künstlers Bård Breivik, soll am Gulating das alljährliche Wintercamp einer sozialdemokratischen Jugendorganisation stattfinden. Mit Vorträgen von Politikern, NGOs und vielen Freizeitaktivitäten.

»Oh Gott, sie planen eine Wiederholung von Utøya!«, flüstert Jens fassungslos.

»Sogar exakt wie Utøya. Siehst du?« Skagen zeigt auf die Landkarte. »Gulating liegt auf einer Halbinsel. Es existieren kaum Fluchtmöglichkeiten. Und mit den Maschinengewehren würden sie ein ähnliches Massaker anrichten.«

»Der 23. November ist in vier Wochen! Wir müssen die Veranstalter warnen! Ich rufe Øksnes an.« Jens tippt auf seinem Handy herum und hat wenig später den Ermittlungsleiter des Nordvei-Falls dran. Er stellt auf laut, damit Skagen mithören kann, legt aber einen Finger an seine Lippen, was bedeutet, dass sein Freund still sein soll.

Øksnes klingt ebenso überrascht wie Jens, als er begreift, dass sie das Rätsel um die verschlüsselte Botschaft gelöst haben.

»Das ist ja … Ich fasse es nicht! Gute Arbeit, Jens. Ich werde sofort veranlassen, dass die geplanten Razzien vorgezogen werden. Jetzt haben wir endlich die Bestätigung.«

»Hoffentlich finden wir die Waffen«, sagt Jens.

»Die Zeichen dafür stehen gut. Erinnerst du dich an unsere Köderinformation? Dass wir eine Razzia im Hauptquartier planen? Der Maulwurf in unseren Reihen hat sie geschluckt und brühwarm an die ÅS weitergegeben. Damit haben wir sie aufgeschreckt. Wir beobachten das Hauptquartier in Trondheim und haben mitbekommen, dass dort in letzter Zeit sehr viel Verkehr herrscht. Ein Großteil der Fahrzeuge, die da ein- und ausfahren – hauptsächlich teure Geländewagen –, haben ein und dasselbe Ziel. Einen Bauernhof in der Nähe von Snåsa, das liegt nördlich von Trondheim nur ein paar Kilometer von der schwedischen Grenze entfernt. Wir gehen stark davon aus, dass sie dort ihr neues Waffenlager einrichten. Die von der ÅS denken wohl, dass sie das Zeug im Falle einer Razzia schnell über die grüne Grenze schaffen können.«

»Das ergibt Sinn. Wann kann die Razzia frühestens stattfinden?«

»In zwei Tagen, denke ich.«

»Und der Maulwurf in Stavanger, der die Informationen an die ÅS durchgestochen hat? Hat der sich mittlerweile verraten?«

»Leider nicht«, entgegnet Øksnes. »Er verhält sich weiter unauffällig.«

»Okay, halte mich auf dem Laufenden.«

»Klar. Bis dann. Und danke noch mal. Das war brillant!«

Jens legt auf. »Hast du alles mitbekommen? Aber sag bloß niemandem, dass du davon weißt. Weiterer Ärger mit der Internen ist das Letzte, was wir brauchen können. Øksnes hat eine kleine inoffizielle Taskforce gebildet, zu der eine Handvoll vertrauenswürdiger Kollegen gehört. Damit will er den Maulwurf von den wichtigen Informationen abschneiden. Was wir hier besprechen, unterliegt also strikter Geheimhaltung.«

»Von mir erfährt keiner was«, verspricht Skagen ernst. »Aber wenn die Interne herausfindet, dass du mit mir darüber geredet hast, rollt auch dein Kopf, das ist dir klar, oder?«

Jens macht eine wegwerfende Geste. »Dann lass ihn rollen. Du bist mein Freund, und die Interne kann mich mal. Und wenn wir den Maulwurf erst enttarnt haben, wird dich das ein für alle Mal entlasten.«

Skagen nickt dankbar. »Was ist mit dem zu Åsgards Söhnen übergelaufenen verdeckten Ermittler aus Deutschland? Habt ihr von dem eine Spur?«

»Marcel Walka? Leider nicht. Es ist, als hätte er sich in Luft aufgelöst. Wahrscheinlich hat er Stavanger längst verlassen. Deshalb haben wir die Fahndung nach ihm inzwischen landesweit ausgeschrieben, während Jette in Berlin am Chef des deutschen Ablegers von Åsgard dran ist, dem berüchtigten ›Onkel‹. Sie hat auf dem Arbeitsrechner von Walkas getöteten Partner, Peter Sobek, eine Liste mit Namen gefunden und glaubt, dass er nicht nur ein verdeckter Ermittler des LKA war, sondern außerdem ein V-Mann des BKA, der sich in das Milieu der Rechten innerhalb der Polizei einschleusen sollte. Deshalb hat Walka Sobek höchstwahrscheinlich auch erschossen. Er galt für Walka als Verräter. Jette hat bezüglich Peter Sobek eine Anfrage an das BKA und andere Landeskriminalämter gestellt. Mal sehen, bei wem der im Sold stand. Jedenfalls arbeitet sie jetzt die Namen auf der Liste ab, in der Hoffnung, dass einer von ihnen sie zum Onkel führt.«

Skagen schüttelt den Kopf. »Du liebe Güte, wer da wen infiltriert, kann man inzwischen gar nicht mehr sagen, was?«

»Die Polizeibehörden in Deutschland und ebenso die in Norwegen haben ein großes Problem mit rechtsgerichtetem Gedankengut unter Kollegen. Es gibt längst Unterwanderungen. Das ist die traurige Wahrheit.« Jens senkt den Blick.

Auch Skagen ist es ein mächtiger Dorn im Auge, dass die Polizei durch das Zutun rechter Kräfte immer häufiger in Verruf gerät. Rassisten, Faschisten und Menschen, die die Demokratie unterminieren wollen, haben im Polizeidienst nichts verloren!

»Danke, Jens, dass du mir das alles erzählst«, sagt er.

»Da nich' für.« Auf dem Gesicht seines Freundes erscheint ein knappes Lächeln. »Und wie geht es jetzt auf dem Schiff weiter?«

Skagen reibt die Hände aneinander. »Ich fürchte, uns läuft die Zeit davon. Die Situation ist verfahren. Einerseits dürfen wir den Täter nicht aufscheuchen – wer weiß, was er anrichtet, er hat immerhin meine Waffe –, andererseits könnte er uns durch die Finger schlüpfen, wenn die Abigruppe in Ålesund das Schiff verlässt.«

Jens schürzt die Lippen. »Irgendwelche Anhaltspunkte, wo wir ansetzen können?«

»Wir sollten noch mal sämtliches Material durchgehen, solange Lise und Iver die Gruppe im Auditorium unter Beobachtung halten. Ich würde gerne einen Blick auf die Passagierliste werfen. Wer weiß …«

»Gute Idee. Dann an die Arbeit! Woah!« Eine Welle packt das Schiff, und Jens muss sich an der Wand abstützen, während Skagen die Bewegung instinktiv mit den Beinen ausgleicht.

»Hast noch immer Seebeine, was?«, fragt Jens amüsiert.

Skagen nickt stumm. Alte Gewohnheiten legt man nicht ab.

69

Walka ballt seine Faust und legt sie auf das Mahagonigeländer. Der Flur vor ihm auf Deck 8 bewegt sich auf und ab, als sei er zum Leben erwacht. Der Seegang ist heftiger geworden, und die Passagiere müssen sich an allem festhalten, was sie zu fassen kriegen. Einige sehen recht grün um die Nase aus, Walka hingegen macht das Geschaukel nichts aus. Er ist seefest. Was er allerdings weniger verträgt, ist die Tatsache, dass an Bord zu viel Unruhe herrscht. Aber nicht etwa wegen des Wetters.

Inzwischen treiben sich noch weitere uniformierte Arschlöcher auf dem Schiff herum. Einer von denen wurde angeschossen und vorhin mit dem Hubschrauber weggeflogen. Walka hat von den Hintergründen nichts mitbekommen, deshalb versucht er, durch das Belauschen von Gesprächen an Informationen zu gelangen. Was die Passagiere jedoch erzählen, ist nicht besonders hilfreich, allenfalls Halbwissen, wenn nicht gar kompletter Blödsinn. Die Bandbreite reicht von einer lebensmüden Selbstmordgruppe bis hin zu einem verfluchten Schiff, das seine Opfer frisst.

Um an stichhaltigere Aussagen zu gelangen, hat Walka sich in der Nähe des Konferenzraums positioniert, in dem sich das Hauptquartier der Polizisten befindet. Das ist riskant, da inzwischen nicht nur der bärtige Typ aus Stavanger mit an Bord ist, dieser Skagen, sondern auch noch der zweite Bulle. Der, den Walka in der Hafenhalle als Geisel genommen hat. Scheiße verdammt! Ausgerechnet die beiden! Sie würden ihn sofort erkennen. Walka hat sich den Ersten von ihnen vorknöpfen und ihn irgendwie beseitigen wollen. Aber ein anderer kam ihm zuvor und hat es für ihn erledigt. Eigentlich ganz schön, so hat er sich nicht selbst die Hände schmutzig machen müssen. Doch dann war dieser Skagen-Arsch wieder aufgetaucht. Wie auch immer er das angestellt hat. Der Typ muss hundert Schutzengel haben. Die beiden Bullen jetzt auf einmal loszuwerden, war so gut wie unmöglich.

Die Tür zum Konferenzzimmer öffnet sich, und ein uniformierter Polizist tritt heraus. Walka dreht sich leicht zur Seite, erhascht aber trotzdem einen Blick ins Innere. Dort sitzen eine blonde Frau in Zivil und dieser Afrikaner. Wo sind die anderen? Der Uniformierte, der den Raum verlassen hat, geht an ihm vorbei, ohne ihn zu beachten. Trotzdem wendet sich Walka ab und tut so, als blicke er aus dem Fenster auf das Außendeck. Das Wetter wird zunehmend stürmischer. Regen prasselt gegen die Scheibe und der Wind tost. Vorhin informierte der Kapitän sie in einer Durchsage, dass die Außenbereiche bis auf Weiteres gesperrt seien, da es durch den Sturm zu gefährlich sei, sich dort aufzuhalten. Dass niemand an die frische Luft darf und es draußen dunkel ist, scheint bei einigen Passagieren die Seekrankheit zu verstärken. Immer mehr hängen mit Kotztüten herum.

Jemand stößt Walka von hinten an, und er fährt angriffsbereit herum, die Hand in der Tasche um seine Waffe gelegt. Doch es ist nur ein Rentnerehepaar mit den gleichen Freizeitanzügen. Partnerlook – der Untergang des Abendlandes.

»Huch, entschuldigen Sie, ich habe die Balance verloren.« Die Frau lacht ihn mit ihren Dritten an. Sie scheint Spaß zu haben. »Das schaukelt ziemlich, was?«

Walka nickt lediglich. Er hat keine Lust auf ein Gespräch. Die Frau offensichtlich schon.

»Ist vielleicht ganz gut, wenn wir in Ålesund alle von Bord gehen!«, plappert sie.

Walka ist irritiert. Seines Wissens hält das Schiff gar nicht in Ålesund.

»Wie meinen Sie das?«

»Oh, haben Sie das nicht mitbekommen? Wir legen einen außerplanmäßigen Stopp ein. Und es machen Gerüchte die Runde, dass es womöglich das vorzeitige Ende dieser Reise sein könnte. An Bord hat ein Verbrechen stattgefunden. Deswegen ist die Polizei auch hier. Wirklich schade, aber wie gesagt, ist wohl besser so. Wer weiß, wen der Fluch sonst noch treffen wird. Außerdem erhalten wir sicher einen Gutschein als Entschädigung.«

»Wann erreichen wir Ålesund?«

»Vermutlich in zweieinhalb Stunden, das hat die Crew uns so gesagt.«

Was? In zweieinhalb Stunden?!

Walkas Gedanken rasen. Er muss seine Brüder von Åsgard anrufen. Jemand muss ihn abholen. Verdammt! Was für eine beschissene Kacke ist das schon wieder? Während das Rentnerehepaar davonwankt, reißt er sein Telefon aus der Tasche. Kurz darauf hat er den Onkel dran, dem er hastig die Lage erklärt. Der Onkel ist nicht erfreut. Überhaupt nicht. Er scheint miserable Laune zu haben.

»Was ist los?«, wagt Walka es zu fragen.

»Die scheiß Norweger planen eine Razzia im Åsgard-Hauptquartier in Trondheim. Ist vielleicht gar nicht verkehrt, dass du da nicht aufschlägst und in Ålesund an Land musst.«

»Aber wo soll ich denn hin? Ich kenne mich in der Gegend null aus.«

»Ich werde mich darum kümmern. Jemand wird dich kontaktieren und einen Treffpunkt mit dir vereinbaren. Zuerst müssen wir jedoch verhindern, dass die Norweger an die Waffen gelangen. Der Container ist nämlich in Trondheim.«

»Scheiße.«

»Na, so schlimm ist die Lage auch wieder nicht. Wir haben schließlich unseren Informanten bei der Polizei in Stavanger. Der hat uns vorgewarnt. Wir transferieren gerade die Waffen unauffällig in ein anderes Versteck auf einen Bauernhof bei Snåsa in der Nähe der schwedischen Grenze. Wusstest du, dass dort im Zweiten Weltkrieg mal eine Hochburg der Nationalsozialisten war?«

»Nein.«

»Na, dann weißt du es jetzt. Ist doch passend, oder?« Der Onkel lacht.

»Der Anschlag findet trotzdem am 23. statt, oder?«, versichert sich Walka.

»Wie geplant. Ist ja nicht mehr lange hin, noch vier Wochen.«

»Gut, dann werden die Schafe endlich aufwachen!«

»Richtig, Marcel, das werden sie.« Der Onkel räuspert sich. »Hör mal, ich muss mich hier in Berlin ein bisschen rarmachen. Eine Polizistenschlampe aus Hamburg ist hinter mir her. Wird ein wenig ungemütlich. Ruf mich besser erst mal nicht mehr an, hörst du? Und verhalte dich weiterhin unauffällig. Jemand wird sich in Ålesund um dich kümmern.«

»In Ordnung.«

»Gut«, sagt der Onkel zufrieden. »Wir hören uns. Deutschland erwache!«

»Deutschland erwache!«

Walka legt auf. Er hat leise gesprochen, damit niemand mithören konnte. Obwohl in seiner Nähe ohnehin keine Sau ist. Er steckt das Telefon weg, dabei befühlt seine andere Hand die Pistole in seiner Jackentasche. Dass er an dieser bedeutenden Aktion teilhaben darf, erfüllt ihn mit Stolz. Er würde dabei sein, wenn die Brüder die neue Weltordnung ausriefen und alle nach ihrer Pfeife tanzen müssten. Endlich ginge es diesen linksversifften Asylantenfreunden, Multikulti-Hippies, Regenbogenschwuchteln und den jüdischen Bonzen an den Kragen. Endlich würde Deutschland befreit werden.

Irgendjemand muss es ja tun.

Deutschland erwache!

70

Skagen und Jens betreten das Konferenzzimmer und finden Maja dort allein vor. Etwas verloren hockt sie am Tisch.

»Da seid ihr ja«, ruft sie.

»Hej, Maja.« Skagen lächelt sie mit einem warmen Gefühl im Bauch an. Es ist schön, dass sie auf dem Schiff ist. Sie sehen sich viel zu selten. »Wo sind die anderen?«

»Wieder im Auditorium.«

Skagen streift mit der Hand liebevoll ihre Schulter, setzt sich an den Tisch und fährt seinen Rechner hoch, während Jens sich die Passagierliste vornimmt. Rasch checkt Skagen seine Mails, und tatsächlich liegt im Posteingang eine gute Nachricht: Die angeforderten Verbindungsnachweise von Christian Landgraf und Philipp Jaeger sind eingetroffen.

Skagen druckt die Anruflisten aus. »Maja, würdest du uns helfen?«

»Darf ich denn? Ich bin ja nur inoffiziell hier.«

Er wechselt einen Blick mit Jens, der mit den Schultern zuckt. »Ich denke schon. Wir brauchen im Moment jede Kraft.«

»Was soll ich tun?«

Skagen legt ihr den Stapel Papier hin. »Bitte geh die Telefonverbindungen von Philipp Jaeger und Christian Landgraf durch und schau, ob du eine dieser Nummern darauf findest.« Er gibt ihr einen Zettel, auf dem die Kontakte sämtlicher Teilnehmer der Jubiläumsreise stehen, inklusive der Lehrer. »Oder ob Nummern auftauchen, die dir irgendwie merkwürdig vorkommen. Besonders für den Abend, an dem Philipp Jaeger starb, und den Tag vor Landgrafs Tod. Die Daten und Zeiten stehen hier. Und überprüfe auch, ob die Nummer darunter ist, von der die SMS an Katharina Rabusch geschickt wurde.« Er reicht ihr einen zweiten Zettel mit einer Excel-Tabelle, die Iver in seiner sorgfältigen Art angelegt hat.

Maja macht sich sogleich mit einem Textmarker an die Arbeit, und Skagen überlegt, was er als Nächstes tun kann. Sollte er mehr über Heiko Arendt herausfinden? Vielleicht erführe er auf diesem Weg etwas über den Haupttäter? Doch dann schüttelt er den Kopf. Dafür müsste er erneut jeden Ehemaligen des Internats befragen, und das würde eindeutig zu lange dauern. Bis dahin hätten sie Ålesund erreicht und alle inklusive des Täters würden das Schiff verlassen. Nein, das darf nicht geschehen. Der Mörder darf nicht entkommen!

Er setzt sich an den Tisch und nimmt sich die Liste der ehemaligen Abiturienten vor.

»Was hast du vor?«, fragt Jens.

»Ich überlege, mit wem aus dem Jahrgang sich Heiko zusammengetan haben könnte, wenn es sich dabei nicht um Christian oder Sascha Böttcher handelt.«

»Du glaubst also, dass Christian Landgraf tot ist und jemand anders hinter diesem perfiden Plan steckt?«

Skagen ist unsicher. »Ich weiß es nicht. Es ist beides möglich. Also sollten wir nach wie vor beides in Betracht ziehen. Aber ich möchte den Fokus gerne verstärkt auf weitere mögliche Komplizen legen. Er oder sie muss ein kluger Kopf sein. Betrachtet man die fingierten Selbstmorde, die mysteriösen SMS-Nachrichten und all die falschen Fährten, glaube ich nicht, dass ein schwerer Alkoholiker wie Heiko Arendt dazu in der Lage wäre, so etwas allein auszuhecken.«

»Und wie willst du das anhand dieser Liste erkennen? Da steht ja kein IQ hinter den jeweiligen Namen.«

Skagen nickt. Sie bräuchten eine Person, die ihnen Details über die einzelnen Schüler erzählte. Jemanden, der das Wissen geballt in sich trüge, damit sie nicht wieder die gesamte Gruppe befragen müssten. Vielleicht einen der Lehrer oder einen Mitschüler, der bereit wäre, die Wahrheit zu sagen. Wer könnte das sein? Franziska Jaeger? Sie hat keinen Grund, Informationen zurückzuhalten. Sie ist allein daran interessiert, den Tod ihres Mannes aufzuklären. Ob sie dazu in der Lage ist, mit ihnen zu sprechen? Zusätzlich würde Skagen sich noch einen Lehrer herbestellen, der sich mit der Clique und dem Rest der Schülerschaft auskennt … Und das wäre schon mal nicht der Direktor, der ja offensichtlich nicht über etwaige Missstände an seiner Schule reden will.

Skagen greift zum Telefon und ruft Lise im Auditorium an. »Würdest du bitte Frau Jaeger und Herrn Roth zu mir in den Konferenzraum schicken? Ich brauche die beiden als Zeugen.«

»Soll einer von uns sie begleiten?«

»Ich denke, das ist sicherer.« Skagen legt auf. In dem Moment vernimmt er einen Ausruf von Maja.

»Kommt mal her und schaut euch das an. Ich habe ein paar Matches!«

Skagen und Jens blicken über ihre Schulter auf die Listen.

»Von dieser Rufnummer wurden mehrere SMS an Philipp geschickt, am Abend vor seinem Tod«, erklärt Maja. »Es ist dieselbe Nummer wie bei der Nachricht von Frau Rabusch.«

»Sehr gut. Das ist schon mal was. Und bei Christian? Taucht dort auch diese Nummer auf?«

»Nein.«

»Okay, ich checke mal, wem sie gehören könnte.« Jens zückt sein Handy. Kurz darauf flucht er. »Mist! Der Empfang hier drin wird immer schlechter. Ich gehe auf den Flur. Bis gleich.« Er verlässt den Raum und schließt die Tür.

»Hm, das sind bestimmt die SMS, die Philipp laut Aussage seiner Frau gelöscht hat«, murmelt Skagen nachdenklich vor sich hin. »Wenn wir jetzt noch herausbekämen, was da drinstand, dann …« Er verstummt, weil sein Telefon klingelt. Kaisa! Hastig nimmt er den Anruf entgegen.

»Hast du in Landgrafs Wohnung etwas gefunden?«, fragt er ohne Umschweife.

»In der Tat!«, antwortet seine finnische Kollegin. »Ich habe ja schon viel gesehen, aber das toppt alles!«

»Was ist es?«

»Videoaufnahmen. Auf diversen externen Festplatten. Davon gibt es einen ganzen Schrank voll.«

»Was für Videos?«

»Schlimme Sachen, Tom. Wirklich schlimme Sachen!«

71

Ungeduldig wartet Skagen darauf, dass Kaisa die Videodateien über ein gesichertes Onlinetool an ihn versendet.

»Es ist eine große Datenmenge«, sagt sie am Telefon, »deshalb wird es eine Weile dauern.«

»Wie viele Filme sind es?«

»Hunderte! Aber ich schicke dir nur die aus den Jahren 2000 und 2001. Der Typ scheint krank gewesen zu sein. Ein Sadist. Widerwärtig!« Kaisa unterstreicht ihre Aussage mit einem angeekelten Laut. »Er hat ein riesiges Archiv angelegt. Die Dateien tragen die Namen seiner Opfer. Die, die ich euch schicke, sind in einem Ordner mit der Bezeichnung ›Bootshaus-Sessions‹ gespeichert. So, warte ... jetzt müsstest du die Zip-Dateien haben.«

»Danke.« Skagen entpackt die Ordner.

»Kann ich die Wohnung jetzt verlassen? Ich fühle mich hier echt unwohl!«

»Natürlich.« Er klickt den ersten Film an, der den Namen »Heiko« trägt. Sofort erkennt Skagen, wer die Menschen sind, die darauf zu sehen sind. Auch wenn die Leute inzwischen 20 Jahre älter sind, ist es leicht, sie eindeutig zu identifizieren. Es sind die Mitglieder der In-Crowd: Christian Landgraf, Matthias Nossak, Nadine Valetta und Philipp Jaeger. Einzig Katharina Rabusch taucht nicht auf. Sie steht vermutlich hinter der Kamera, wie sie es gesagt hat.

»Ich denke, ich habe, wonach wir gesucht haben«, sagt Skagen zu Kaisa. »Versiegele die Wohnung und schick morgen ein KTU-Team durch.«

»Wird gemacht. Und ihr? Was läuft bei euch?«

Skagen wirft einen Blick zu Maja hinüber. »Uns bleiben weniger als zwei Stunden, um den Täter zu finden.«

»Na dann, viel Erfolg. Unter Druck arbeitet es sich doch immer noch am besten, oder?«

Skagen verabschiedet sich mit einem Grinsen und richtet seine Aufmerksamkeit auf die Filme. Als er Heikos Video zu Ende gesehen hat, lehnt er sich zurück. Maja scheint ebenso schockiert wie er.

»Mein Gott«, flüstert sie. »Der arme Junge.«

»Kein Wunder, dass er danach abgerutscht ist«, entgegnet Skagen.

»Hat er denn nie ein einziges Wort gesagt?«

»Wohl nicht. Das hat uns zumindest sein Lehrer erzählt.« Skagen überfliegt die Namen der anderen Dateien und wählt als Nächstes die mit dem Titel »Melanie« aus. Diese Aufnahme ist noch furchtbarer als die davor und weit schlimmer, als es in Frau Rabuschs Aussage geklungen hat. Hat sie doch überhaupt nichts davon erwähnt, dass auch Vergewaltigungen stattgefunden haben. Vermutlich hatte sie Angst, als Mittäterin bestraft zu werden. Sie konnte ja nicht ahnen, dass die Polizei an die Filme gelangen würde.

Dass die Todesfälle auf dem Schiff Bestandteile eines Rachefeldzugs des Täters an seinen früheren Peinigern sind, wird immer eindeutiger. Melanie Klozius hat Selbstmord begangen, sie kann sich also nicht mit Heiko Arendt zusammengetan haben. Ist es Christian Landgraf? Hat er sich nach seinem vermeintlichen Suizid tatsächlich unter falschem Namen an Bord geschmuggelt? Aber wer ist dann der Tote vom Preikestolen? Sie brauchen dringend einen DNA-Abgleich, um das zu verifizieren. Nach dem, was Christian Heiko angetan hat, kann sich Skagen sehr schwer vorstellen, dass die beiden sich zusammengetan und einen Plan ausgeheckt haben.

Er geht die Namen der Filme durch, vergleicht sie mit der Liste der Teilnehmer der Abifahrt in der Hoffnung, eine Übereinstimmung zu entdecken. Doch die gibt es nicht. Bleibt noch die Möglichkeit, dass der Täter ein mögliches Mobbingopfer aus einem anderen Jahrgang des Internats ist, das ebenfalls die Reise auf der Norsk Sol angetreten hat. Doch wie soll Skagen jetzt an die Schülerlisten von damals kommen?

Er will gerade nach dem Handy greifen, da fällt ihm der Name »Alina« ins Auge. Er löst etwas in ihm aus, auch wenn er nicht sagen kann, was. Von dem 2001er-Jahrgang heißt jedenfalls keiner so. Er klickt den Film an ... und erstarrt.

Vor ihm auf dem Bildschirm ist ein kleines Mädchen von vielleicht fünf, sechs Jahren zu sehen. Es trägt eine geblümte Jacke und liegt auf einer Matratze in einem dunklen Schuppen, welcher derselbe ist wie in den Filmen zuvor. Das Bootshaus. Die Augen des Kindes sind geschlossen, sein Mund steht halb offen. Erbrochenes klebt an Alinas Lippen und auf dem Kissen. Neben dem Mädchen liegen eine leere Zigarrenschachtel und mehrere bunte Tütchen, die allesamt aufgerissen sind. Aloha-Brause!

»Oh mein Gott!«, entfährt es Skagen.

»Was ist? Ist das Kind tot?« Maja blickt ebenfalls erschrocken auf den Monitor.

»Keine Ahnung, aber es hat die Brause zu sich genommen.« Skagen zeigt auf die Tütchen.

»Ja, und?«

»In den Tüten war keine Brause, also nicht nur. Das weiß ich von einem Zeugenbericht. Darin war Brausepulver vermischt mit Koks!«

»Ach du Scheiße! Und das Kind hat alles gegessen?«

»Scheint so.« Skagen starrt auf den Bildschirm, auf dem nun Christian Landgraf zu sehen ist, seine jüngere Version. Er scheint allein zu sein, niemand sonst taucht vor der Kamera auf. Landgraf geht auf das Kind zu, streichelt es am Kopf. Es macht nicht den Eindruck, als wolle er dem Mädchen helfen, denn er beginnt, es auszuziehen. Als es nackt vor ihm liegt, streichelt er es weiter, auch an Stellen, deren Berührung in Skagen kalte Wut aufsteigen lassen. Ihm wird schlecht. Das Kind regt sich nicht. Entweder ist es längst an der Überdosis gestorben oder es befindet sich im Koma. Als Landgraf mit seinen widerwärtigen Handlungen fertig ist, sucht er die Kleidung des Mädchens zusammen und verschwindet damit aus dem Kameraausschnitt. Skagen zwingt sich, die reglose Alina im Auge zu behalten, doch er hält es nicht lange aus und spult vor. Nach ungefähr fünf Minuten kehrt Landgraf zurück und hebt das Mädchen hoch. Er trägt es aus dem Bild, dann geschieht lange nichts. Skagen spult erneut vor bis zur nächsten Bewegung. Es ist Landgraf, der alleine zurückkehrt. Er stellt zwei Ruder in eine Ecke und räumt auf, beseitigt die Spuren. Die Brausetüten lässt er in seiner Tasche verschwinden. Dabei sagt er kein einziges Wort.

Skagen glaubt mittlerweile, dass Christian zu diesem Zeitpunkt allein im Bootshaus war. Und dass die restlichen vier Mitglieder der In-Crowd womöglich gar nichts davon wussten, dass es diese Aufnahme mit Alina gibt. Sie wurde nicht inszeniert wie es bei Heiko und Melanie der Fall war. Ist der Film ein Zufallsprodukt?

Der Bildschirm wird schwarz, doch Skagen starrt weiterhin darauf.

»Dieses Schwein!«, stößt Maja neben ihm aus und reißt ihn aus seiner Starre. »Wessen Kind ist das?« In ihren Augen schimmern Tränen.

Skagen zuckt mit den Schultern. »Alina«, sagt er. »Leider ohne Nachnamen. Irgendwo habe ich das schon mal gehört. Nur wo?« Plötzlich leuchtet die Erkenntnis so grell auf wie ein Flutlicht in sein Hirn, und er begreift, wer Alina ist. Hastig springt er auf und späht durch die Tür auf den Flur. Doch von Frau Jaeger und Herrn Roth keine Spur. Ebenso wenig von Jens. Er ruft ein paarmal nach seinem Freund, bekommt aber keine Antwort.

»Tom?«, hört er Maja hinter sich fragen. »Was ist los? Sprich mit mir!«

Adrenalin pumpt durch seine Glieder. Im nächsten Moment hat Skagen das Telefon in der Hand und wählt Lises Nummer.

»Sind Frau Jaeger und Herr Roth noch bei dir?«, fragt er atemlos.

»Nein, ich dachte, sie wären bei dir. Sie sind vor bestimmt 20 Minuten losgegangen.«

»Wer von den Beamten hat sie begleitet?«

»Sara, die Kollegin aus Ålesund.«

»Scheiße!«

»Was ist?«

Skagen will Lise gerade aufklären, dass er den Täter identifiziert hat, als er eine Veränderung unter seinen Füßen spürt. Das regelmäßige Auf und Ab der Norsk Sol verwandelt sich mit einem Mal in eine rollende Bewegung von schräg vorn. Womöglich steht eine Kursänderung nach Backbord an und der Wind hat das Schiff ergriffen oder … Unvermittelt gibt es einen Ruck, und das Schiff bekommt Schlagseite. Beinahe wäre einer der Laptops vom Tisch gerutscht, doch Skagen kann ihn gerade noch festhalten. Dafür muss er das Handy loslassen, das auf dem Boden landet und von nachfolgenden Papieren begraben wird.

»Was zum Teufel ist los?«, fragt Maja und klammert sich an der Tischkante fest. »Ist das normal?«

Skagen antwortet nicht.

»Tom? Was hast du? Sag doch was.«

»Ich glaube …«, schafft er es, mit trockener Kehle zu antworten, »der Täter ist auf der Brücke. Und er hat das Schiff unter seine Kontrolle gebracht!«

72

Während Maja zu begreifen versucht, was Skagen gerade gesagt hat, spult dieser innerlich ihre Optionen ab. Rasch hebt er das Handy vom Boden auf und wählt die Nummer des Kapitäns, um sich zu vergewissern, dass es nicht doch Teevs selbst war, der den Kurs auf diese dilettantische Weise geändert hat. Möglich wäre es zumindest. Skagens Hand zittert, als er das Telefon ans Ohr hebt. Es klingelt ewig. Keine Reaktion. Schnell wählt Skagen Dana Zemanovas Nummer, leider nimmt auch dort niemand ab.

Kalte Schauer jagen über seinen Rücken. »Wir …« Er schluckt und beginnt von vorn. »Maja, ruf bitte sofort die Polizei in Ålesund an, ich kann hier vom Konferenzraum aus keinen offiziellen Notruf absetzen, das ist nur von der Brücke aus möglich. Aber solange ich nicht weiß, was dort los ist, müssen wir es auf anderem Wege versuchen. Gib die Information an die Kollegen raus, dass das Schiff höchstwahrscheinlich gekapert wurde. Von einem bewaffneten Mann. Erzähl ihnen alles, was du weißt. Sie sollen Hilfe schicken, die Küstenwache informieren. Und vergiss nicht, ihnen das Rufzeichen des Schiffes zu nennen, damit ist es möglich, unsere genaue Position zu ermitteln.«

Ohne Vorwarnung wird die Rollbewegung stärker. Die Norsk Sol stellt sich langsam, aber sicher quer zu den Wellen. Kein gutes Zeichen, denkt Skagen und wischt sich den Schweiß von der Stirn. Er spürt Majas Blick auf sich.

»Ich gehe auf die Brücke!«

»Warte, Tom. Ich begleite dich«, sagt Maja.

»Nein, auf keinen Fall. Du bist nicht im Dienst. Ich kann das nicht verantworten!«

»Aber du darfst nicht alleine gehen!«

»Ich nehme Jens mit und informiere die Kollegen. Keine Sorge.«

In Majas Augen entdeckt er Zweifel. Sie will etwas sagen, doch er kommt ihr zuvor.

»Ich schaffe das«, schwört er mit fester Stimme. »Versprochen!« Dann verlässt er den Konferenzraum.

Draußen vor der Tür ruft er nach Jens, aber sein Freund ist wie vom Erdboden verschluckt. Wo steckt er? Zum Teufel! Er hat jetzt keine Zeit, nach ihm zu suchen, er muss auf die Brücke!

Skagen eilt den Flur entlang. Dabei unterrichtet er Lise übers Telefon, was er vermutet und was er vorhat. Sie soll Iver zu ihm schicken und sicherstellen, dass Matthias Nossak und Katharina Rabusch weiter bewacht werden. Denn der Täter hat es bestimmt nach wie vor auf sie abgesehen. Lise selbst soll aufpassen, dass im Auditorium niemandem etwas passiert.

Auf seinem Weg durch die Gänge dringt plötzlich ein Signal aus den Lautsprechern. Code Alpha. Ein Arzt wird benötigt! Schon wieder. Hoffentlich nicht auf der Brücke!

Gruppen von besorgten Passagieren strömen Skagen entgegen. Sie reden laut durcheinander.

»Was ist passiert?«, fragt er.

»Ein Deck unter uns hat jemand eine Polizistin niedergeschossen!«, antwortet eine junge Frau im Vorbeilaufen.

Skagen knirscht mit den Zähnen. Er ahnt, dass dafür seine Waffe verantwortlich ist. Mit zunehmender Wut im Bauch rennt er los und muss sich durch mehrere Ansammlungen von aufgeschreckten Menschen hindurchdrängen. Völlig außer Atem erreicht er endlich Deck 7, wo sich der Zugang zur Brücke befindet. Als er an der geschlossenen Tür anlangt und durch das runde Sichtfenster späht, dringt ein Keuchen aus seiner Kehle. Die Scheibe beschlägt, und sein Körper verkrampft sich. Beim nächsten Atemzug hat Skagen nicht mehr die Brücke der Norsk Sol vor Augen, sondern die der Signe Merkur. Dem Schiff, das sein Herz und seine Seele für immer verfinstert hat.

Auf dem Boden neben den Steuerkonsolen liegen zwei Personen. Blutlachen breiten sich aus. Eine dritte Person sitzt mit dem Rücken an die hintere Brückenwand gelehnt. Ihr Gesicht ist bleich, ihr Bauch blutüberströmt. Es ist eine Frau.

Julia!

*

Zuerst holen sie sich den Schiffsingenieur Sam, um ihn zu foltern. Als sie ihn in die Kammer zurückbringen zur restlichen Schiffsbesatzung, bricht er blutend und zitternd vor ihnen zusammen. Liegt zusammengekrümmt auf dem Boden und heult. Der Gestank nach Urin und Angst steigt ihnen in die Nase.

Anschließend zerren die somalischen Piraten Tom Skagen auf die Beine, den Ersten Offizier der Signe Merkur, und nehmen ihn mit. Sie fesseln ihn an einen Stuhl und quälen ihn mit Elektroschocks, bis er sich fast die Zunge abbeißt und sein Herz unkontrolliert rast. Danach werfen sie ihn zurück in die stickige Kammer, wo er in seinem eigenen Gestank liegen bleibt. Aus Frust, dass die Reederei trotz der Folterungen nicht auf ihre Forderungen eingeht, erschießen die Piraten vor den Augen der Gefangenen und ohne Vorwarnung Alfred, den Zweiten Offizier.

Ein sinnloser Akt der Gewalt.

Alfreds Blut spritzt dabei auf Toms Kleidung, und er schreit auf. Die Piraten lachen über seine Furcht und sagen, dass sie von nun an jede Stunde jemanden von der Crew töten werden, damit sie ihr Lösegeld bekommen. Die Angst wird zu einem alles erstickenden Gefühl, das wie ein schwarzer Schatten mitten unter ihnen hockt. Jeder in der Kammer beäugt die anderen und fragt sich, wer von ihnen der Nächste sein wird.

Als die Piraten nach einer Stunde wiederkommen und ihre Blicke über die Eingesperrten gleiten lassen, nutzt Tom die offenstehende Tür zur Flucht. Doch seine Freiheit währt nur kurz, die Somalier fangen ihn ein und schlagen ihn nieder. Er ist bis zur Reling gekommen und hat unschlüssig auf das Meer gestarrt. Wohin hätte er auch fliehen sollen auf einem Schiff mitten im Golf von Aden?

Als Strafe für Toms Ungehorsam greifen sich die Piraten Julia, die Dritte Offizierin. Sie vergewaltigen sie. Haben ihren Spaß. Julias Schreie dringen minutenlang zu ihnen durch die Tür, bis sie abrupt verstummen. Das ist der Moment, in dem Tom fast wahnsinnig wird vor Hilflosigkeit. Ein bohrender Schmerz nistet sich in seinem Brustkorb ein, von dem er ahnt, dass er ihn nie mehr loswerden wird. Diese dumpfe, trostlose Schwere, die sich wie ein Anker um seinen Hals legt und sich anfühlt, als würde sie ihn tiefer und tiefer bis auf den Grund des Meeres hinabziehen.

Doch der Albtraum ist mit Julias Martyrium noch lange nicht zu Ende. Die Piraten holen sich den Schiffsingenieur Sam, der von den Folterungen mit den Elektroschocks schwer gezeichnet ist. Sie richten ihn auf der Brücke hin – live dabei am Satellitentelefon die Reederei. Aber die Verantwortlichen zu Hause im sicheren Europa wollen nach wie vor nicht mit den Somaliern verhandeln. Sie bleiben hart.

Die Piraten auch. Es ist ein Spiel, das keiner gewinnen kann.

Nun, da die anderen aus der Crew fort sind, hockt Tom allein in der Kammer mit nichts als dem schwarzen Angstschatten neben sich und dem Geruch nach Blut, Urin und saurem Schweiß. Er weiß, dass er als Nächstes an der Reihe ist. Sein ganzer Körper bebt vor Furcht, und er verfällt in einen Heulkrampf, bei dem er zwischen den Schluchzern kaum Luft bekommt. Verzweifelt hadert er mit seinem Schicksal, das ihn auf dieses Schiff geführt hat. Verdammte Signe Merkur, verteufelt sollst du sein! Er wünscht sich, er wäre einfach über die Reling gesprungen. In die erlösende Umarmung des Meeres. Nichts mehr spüren, nichts mehr hören, nichts mehr wissen. Er wünscht sich, er wäre weit weg von der Hölle, die sich auf diesem Schiff für ihn aufgetan hat.

Dann öffnet sich die Tür zu seinem Gefängnis und einer der Piraten wird zu ihm hineingestoßen. Es ist ein junger Mann, dünn und dunkelhäutig, kaum älter als 16 oder 17. Toms Herzschlag setzt aus. Das ist doch eine der Bestien, die Julia aus der Kammer gezerrt und vergewaltigt haben. Obwohl sie längst verstummt sind, hört er noch immer ihre verzweifelten Schreie.

Der Junge blickt ihn mit großen Augen an und kriecht so weit wie möglich von ihm weg.

Tom starrt ihn an.

»Du hast Julia getötet!« Der Druck in ihm ist übermächtig. Der Kerl hat Julia umgebracht! Seine Freundin und Kameradin.

Der Junge schüttelt den Kopf und antwortet etwas in einer für Tom unverständlichen Sprache. Er kann wohl kein Englisch. Dass er ihn nicht versteht, macht Tom rasend.

»Du Monster hast Julia vergewaltigt und getötet! Warum?« Tom steht auf und geht ein paar drohende Schritte auf den Somalier zu. »Ich habe dich was gefragt!« Tränen rinnen über seine geschundenen Wangen, und er schluchzt laut auf. »Sie ist tot! Wie alle anderen auch. Ihr Tiere habt sie umgebracht.«

Trauer und Angst schnüren ihm den Hals zu. Alfred, Julia, Sam. Er würde sie nie wiedersehen. Sie sind tot. Kaltblütig ermordet von Bestien wie dieser, die vor ihm kauert.

»Warum?«, heult Tom. »Warum habt ihr das getan?«

Der Junge antwortet nicht.

Da zerreißt etwas in Tom. Er hört es förmlich in seinem Innern schnappen, und kurz darauf wird ein giftiges Brennen freigesetzt, das sich bis in den letzten Winkel seines Körpers ergießt. Es überrollt den kläglichen Rest seines Menschseins und verwandelt ihn in etwas anderes, Rohes, Gewalttätiges. Der schwarze Schatten, der eben noch neben ihm hockte, springt auf ihn über und verschluckt ihn endgültig.

»Warum?!«, schreit er wie von Sinnen und reißt den Jungen auf die Beine. Der Somalier wiegt fast nichts. »Zum Teufel! Warum?« Tom schüttelt ihn.

Der Junge schweigt, was Toms Wut überkochen lässt. Mit einem wilden Schrei schleudert er den Somalier gegen die Stahlwand. »Du hast Julia getötet! Du Mörder!«

Der Somalier schlägt mit dem Schädel gegen eine Kante und sackt in sich zusammen. Tom stiert auf ihn hinab. Schwer atmend und glühend vor Hass. Die Fäuste geballt und die Kiefermuskeln knallhart.

Plötzlich breitet sich Blut um den Kopf des Jungen aus. Eine rote Kapuze auf dem blaugestrichenen Stahl. Tom blinzelt und bemerkt eine tiefe Wunde über dem Ohr des Somaliers. Schlagartig erlischt das Brennen in seiner Brust und betäubende Nüchternheit beschwert seine Glieder. Der schwarze Schatten lässt von ihm ab und gleitet zurück in die Ecke, von wo aus er lauernd und fragend zu ihm herüberäugt.

Hastig kniet Tom sich hin und fühlt nach dem Puls des Jungen. Er lebt, aber aus der Wunde quillt unablässig Blut.

Hilfesuchend blickt er sich um – und der Schreck fährt ihm in die Knochen.

Hinter ihm lehnt der Anführer der Piraten in der Tür. Der Mann, der ihn gefoltert und gequält hat. Amüsiert schaut er auf ihn hinab. Hat er die ganze Zeit zugesehen? Hat er sich an seiner Angst ergötzt?

»Hilfe!«, krächzt Tom. Seine Kehle ist wie ausgedörrt. »Der Junge braucht Hilfe. Er ist schwer verletzt.«

Der Pirat sagt nichts.

»Hörst du nicht?«, schreit Tom. »Er braucht einen Arzt! Schnell.«

»No doctor for him! Keinen Arzt!«

»Aber er ist einer von euch!«

Der Pirat grinst. »Nein, *du* bist jetzt einer von uns!«

»Was?!« Vollkommen verwirrt starrt Tom den Kerl an, der sich sein Maschinengewehr lässig über die Schulter gehängt hat.

»There is no difference between you and me anymore.« Das Grinsen des Somaliers wird breiter und entblößt eine Zahnlücke. Ihm fehlen zwei der unteren Schneidezähne. »Zwischen dir und mir gibt es keinen Unterschied mehr, weißer Mann. Wir sind beide Monster. Mörder.«

Damit geht er auf den Jungen zu. Nimmt in einer fließenden Bewegung das Gewehr von der Schulter und feuert zwei Schüsse ab. Der Körper des Jungen zuckt und bleibt reglos liegen. Immer mehr Blut breitet sich unter ihm aus.

Nein! Tom presst sich beide Hände auf die tauben Ohren. Nein!

Der Pirat wirft ihm einen abfälligen Blick zu und sperrt ihn zusammen mit dem toten Jungen ein. Einen endlos erscheinenden Tag hockt Tom neben der Leiche, den Geruch nach Blut und Tod in der Nase.

Dabei erschießen sie fast alle der Piraten, bis auf zwei, die mit ihrem Dingi fliehen können. Einer von ihnen ist der Anführer.

Als Tom aus der Kammer geholt wird, ist er dehydriert und befindet sich in einer Art katatonischer Schockstarre. Er ist nicht in der Lage auszusagen. Erst später kann er den Behörden erzählen, was auf dem Schiff passiert ist. Den Part mit dem Jungen verschweigt er allerdings und lässt die Ermittlungsbeamten in dem Glauben, der Somalier wäre Opfer seiner eigenen Landsleute geworden. Die Schuld, die er dabei empfindet, ist so groß und so schwer wie der Atlantik mit seinen stahlgrauen Massen. Er weiß, dass es falsch ist zu lügen, aber es ist für ihn unmöglich, die Wahrheit auszusprechen.

Nach ein paar Wochen – Tom befindet sich wieder zu Hause bei seiner Familie auf Amrum und erholt sich von den furchtbaren Ereignissen auf See – erfährt er, warum der junge Somalier zusammen mit ihm eingesperrt worden ist. Er hat versucht, die Geiselnahme zu beenden, ist jedoch gescheitert und anschließend von seinen Landsleuten festgesetzt worden. Der Junge hat den gefangenen Crewmitgliedern der Signe Merkur helfen wollen, auch Julia. Mit ihrer Vergewaltigung und Ermordung hatte er nichts zu tun …

Sein Name war Xaashi.

Und der von Tom Skagen fortan »Mörder«.

*

Nein, denkt der Teil von Skagen, der sich von dem alten Tom distanzieren will. Jenem Tom mit dem schwarzen Schatten in der Seele. Verzweifelt klammert er sich mit dem letzten Rest seines Verstandes an der Wirklichkeit fest, der andere Tom, der gerne ein neuer sein will.

Nein, wiederholt er, fest entschlossen, sich diesmal nicht mit nach unten ziehen zu lassen in den finsteren Tiefseegraben seiner Erinnerungen. Nein, das, was er da sieht, ist nicht die Signe Merkur. *Er* ist nicht auf der Signe Merkur. Und das dort auf der Brücke ist nicht Julia.

Julia ist tot.

Die Person ist … auch eine Frau. Sie ist kleiner und etwas fülliger als es Julia war.

Skagen blinzelt, und die überlagernden Bilder der Signe Merkur werden durchscheinender.

Es ist …

Er schüttelt den Kopf.

Dana!

Dana Zemanova, die Erste Offizierin der Norsk Sol! Eines Kreuzfahrtschiffs in Norwegens Fjorden und nicht des schweren Containerfrachters vor der Küste Somalias.

Um Himmels willen, denkt Skagen. Dana ist verletzt, sie presst beide Hände auf ihren Bauch, wo ein riesiger roter Fleck auf dem weißen Uniformhemd prangt. Vor der Steuerkonsole liegen zwei Männer auf dem Boden. Einen davon identifiziert Skagen als Kapitän Teevs, der andere trägt die Uniform des Zweiten Offiziers. Beide sind blutüberströmt und rühren sich nicht, während draußen die Hölle tobt und das Schiff schwer mit der See zu kämpfen hat. Auch die Konsolen sind mit blutigen Abdrücken übersät.

Skagen keucht. Die Bilder seiner Erinnerung wirbeln immer noch um ihn herum wie böse Geister, die nur darauf warten, sich seiner zu bemächtigen. Er muss sich am Türrahmen abstützen, um die Rollbewegung des Schiffes auszugleichen, was seine Konzentration zusätzlich fordert. Angestrengt reibt er sich über die Augen. Vor ihm taucht das Bild der unbesetzten Steuerkonsolen auf und er fragt sich, wer das Schiff fährt. Der Autopilot? Oder der Mann, der das Massaker auf dem Kommandodeck angerichtet hat?

Skagen späht durch das Bullauge. Er nimmt eine Bewegung wahr. Eine Person tritt in sein Blickfeld. Sie geht zu der großen Glasfront der Brücke, gegen die unablässig Dunkelheit und Regen klatschen.

Es ist der Mörder.

Wolfgang Roth, der Lehrer.

Er wirkt ruhig, hat beide Hände gegen die Scheibe gelegt und guckt nach draußen. In einer davon hält er die Pistole.

Bei dem Anblick seiner Dienstwaffe mahlt Skagen mit den Kiefern. Er muss etwas unternehmen. Er muss Roth stoppen!

Doch die Angst aus der Vergangenheit hält ihn fest. Wie mit Klebstoff übergossen steht er da, gefangen in seinem persönlichen Albtraum, der sich gerade zu wiederholen droht.

Wo bleibt Iver, kullert die Frage einsam durch seinen Kopf. Der Kollege sollte längst hier sein.

Eine Welle packt das Schiff und wirft es auf die Seite. Skagen wird gegen die Wand geschleudert. Um sich abzufangen, benutzt er seine lädierte Hand, dabei löst sich unwillentlich ein Schrei aus seiner Kehle. Lauter als gedacht hallt er durch den Gang vor der Brücke. Verdammt, denkt Skagen, jetzt hat er sich verraten. Roth wird ihn entdecken und ... Bevor er diesen Gedanken zu Ende bringen kann, setzt jenseits der geschlossenen Tür ein leises, aber eindringliches Piepen ein.

Skagen wird kalt. Er kennt das Signal.

Kollisionsalarm!

Die Norsk Sol fährt direkt auf ein Hindernis zu.

73

Jens hat gerade das Handy am Ohr, als sich das Schiff durch den schweren Seegang gefährlich auf die Seite legt und die Gischt bis zu den Panoramafenstern hochspritzt. Bis eben hat er mit dem Provider der unbekannten Handynummer über die Herausgabe der Kundendaten diskutiert, aber der Mann von der Hotline will ihm einfach nicht glauben, dass er ein Polizist ist.

Das Schiff sackt unvermittelt ab, in der Lounge fällt eine Frau um und rutscht quer durch den Raum. Ein paar Tische und Sessel folgen ihr. Jens muss sich an der Wand abstützen, um das Gleichgewicht zu halten, dabei beendet er aus Versehen das Gespräch. Die Passagiere, die sich mit ihm in der Lounge aufhalten, schreien und klammern sich an ihren Sesseln fest. Einige helfen der Frau wieder hoch, während sich gleichzeitig die träge Masse des Schiffs langsam wieder aufrichtet, allerdings nur, um sich kurz darauf erneut schief in ein Wellental zu legen.

Jens hat den Eindruck, dass die Passagiere sich ebenfalls zu fragen scheinen, was los ist, denn sie werfen einander besorgte Blicke zu. Sie scheinen zu spüren, dass es ein Problem mit dem Schiff oder dessen Steuerung gibt, so auch Jens.

Er eilt zurück Richtung Konferenzraum, wobei er sich mehrmals verläuft und einmal ebenfalls fast hinfällt wegen des Seegangs. Als er endlich an der Glastür anlangt, ist sie verschlossen. Er pocht dagegen. »Tom? Maja?«

Niemand antwortet. Was ist passiert? Wo sind die beiden?

Hastig wählt Jens Toms Nummer, doch er erinnert sich, dass der ja jetzt ein anderes Handy hat, weil sein altes im

Fjord versunken ist. Jens flucht. Dummerweise kennt er die neue Nummer nicht.

Das Schiff legt sich schief, und Jens stützt sich an der Glaswand ab. Er wartet, bis sich die Norsk Sol aufrichtet, und nimmt seine Beine in die Hand. Er muss zu Lise ins Auditorium. Vielleicht sind Tom und Maja dort.

Doch er kommt nicht weit. Ein Mann stolpert aus einem Seitengang und gerät ihm in die Quere.

»Vorsicht!«, brüllt Jens und schiebt den Mann zur Seite.

Der fängt sich und dreht sich zu ihm um.

Wie vom Donner gerührt starrt Jens den Kerl an.

Im nächsten Moment ziehen beide gleichzeitig ihre Waffen und richten sie aufeinander.

»Pistole runter!«, ruft Jens. »Sonst schieße ich!«

»Vergiss es!«, antwortet der Kerl und funkelt ihn herausfordernd an. »Wir werden sehen, wer zuerst schießt. Diesmal kann niemand dich retten. Du bist ganz allein.«

»Und du hast keine Geisel, hinter der du dich verstecken kannst!«, stößt Jens hervor.

»Die brauche ich auch nicht«, knurrt Marcel Walka und entblößt seine Zähne, dabei zielt er grinsend auf Jens' Brust.

74

Der Alarm piepst und wird in Skagens Ohren zu einem schrillen Countdown.

Die Norsk Sol befindet sich auf Kollisionskurs. Und es ist nur eine Frage der Zeit, bis sie mit einem anderen Schiff oder – schlimmer noch – der Steilküste des Fjordufers zusammenstößt und vielleicht sogar sinkt.

Ihm bleiben vielleicht 10 bis 15 Minuten, je nachdem, wie der ECDIS-Alarm eingestellt ist.

Skagen starrt auf das Zahlenschloss, das die Tür zur Brücke sichert. Der neue Tom in ihm weiß, dass er in Aktion treten muss, aber der alte hat zu große Angst und ist unfähig, auch nur den Arm zu heben. Als wären sämtliche Nervenbahnen mit Blei angefüllt. Inklusive seines Gehirns, das am Trauma festklebt, schwer und unverrückbar.

Er versucht es erneut. Muss eigentlich nichts weiter als den Code eingeben, den Dana Zemanova ihm zu Beginn der Ermittlung gegeben hat, doch es funktioniert nicht. Sein Körper gehorcht ihm nicht.

Der Mann drinnen auf der Brücke hat inzwischen die Hände von der Fensterfront genommen und sich zu ihm umgedreht, weil er den Schrei gehört hat. Durch das kleine Bullauge sehen sie einander an. Roth reagiert als Erster und läuft zielstrebig auf ihn zu. Wenn er es schafft, den Zugang zur Brücke von innen zu verriegeln, sind sie verloren. Denn er verfügt über einen simplen, dennoch sehr wirksamen Mechanismus, den man von innen unter die Klinke klemmt. Eine Sicherheitsvorkehrung gegen die Angriffe von Piraten und Terroristen, mit der man die Brücke in eine Art Panic Room verwandeln kann, um die Kontrolle über das Schiff zu behalten. In diesem Fall jedoch würde ein offensichtlich Verrückter das Ruder übernehmen.

Skagen beobachtet, wie Roth mit wutverzerrter Miene auf ihn zustürmt. Er hat beide Arme ausgestreckt und zielt mit der Pistole auf das Bullauge. Er schießt. Die Kugel prallt mit einem lauten Knall von innen gegen das kleine Fenster und trübt es ein. Sicherheitsglas. Dennoch zuckt Skagen zusammen, und in diesem Moment löst sich seine Starre. Mit fliegenden Fingern tippt er den Code ein, stößt die Tür auf, macht einen Satz nach vorn. Roth zielt erneut auf ihn, sein Gesicht ist voller Hass. Ein zweiter Knall hallt über die Brücke und Skagen springt zur Seite. Er sieht sich nach dem Riegel um, dem Westindian Key, und entdeckt das stabile Stück Holz in einer Halterung an der Wand. Er stürzt darauf zu, reißt es an sich und steckt es gerade noch rechtzeitig in den Spalt, bevor die Tür zufallen kann. Er weiß nicht, ob Iver den Code kennt. Deshalb muss er den Eingang offen halten. Roth schießt erneut, und diesmal spürt Skagen, dass sein Glück ihn verlassen hat. Ein betäubender Schlag in seiner Schulter legt die Funktion seines rechten Armes lahm. Er versucht, die Verletzung zu ignorieren, schnellt herum und rennt hinüber zur Steuerkonsole, wo er einen Blick auf das Radar wirft.

Was er darauf erkennt, lässt seinen Mut sinken. Das Fjordufer mit seiner langgestreckten Landzunge verschmilzt auf dem Bildschirm zu einem giftgrünen Klumpen.

Die Norsk Sol steuert geradewegs darauf zu.

Skagen will das Hauptruder bedienen, um den Kurs zu ändern, doch zeitverzögert explodiert plötzlich der Schmerz in seiner Schulter. Er gerät ins Straucheln und will sich an der Konsole festklammern, aber er rutscht ab und geht direkt neben dem leblosen Kapitän zu Boden. Vor seinem inneren

Auge blitzt der grüne Klumpen auf dem Radarbild auf. Das Schiff! Er muss das Schiff retten!

Doch sein Körper streikt und bleibt einfach liegen. Skagen schafft es lediglich, sein Kinn zu senken und an sich hinunterzusehen. Ein dunkler Fleck hat sich über seinem Schlüsselbein gebildet. Sein rechter Arm ist immer noch taub.

Scheiße, der Kerl hat ihn schlimmer erwischt als gedacht.

Er hebt den Kopf. Roth steht vor ihm und hält die Waffe auf seine Brust gerichtet. »Nicht bewegen!«

Skagen blickt in die Mündung seiner eigenen Waffe. Ein schwarzer Punkt, der sein Leben in sich aufsaugen wird. Hart beißt er die Zähne aufeinander, um nicht vor Frust und Schmerz aufzuschreien. Er wendet sich ab. Der Kapitän neben ihm liegt reglos da, sein Gesicht ist nur noch eine starre Maske.

»Sie sind wahnsinnig!«, knurrt Skagen. »Sie haben den Kapitän erschossen und das Schiff auf Kollisionskurs gebracht!«

Roth zuckt mit den Achseln. »Wir werden ohnehin alle sterben.«

»Wir ... wir müssen den Kurs ändern.«

»Wir werden gar nichts, außer warten, bis es vorbei ist.«

»Selbst wenn Sie jeden einzelnen Menschen auf dem Schiff umbringen, macht das Ihre Tochter nicht wieder lebendig.«

Roth schweigt, seine Lippen ein schmaler Strich.

»Würde Ihre Tochter das wollen? Alina? Was würde sie dazu sagen, wenn Sie Hunderte unschuldiger Menschen mit in den Tod reißen?«

»Halten Sie die Schnauze. Sie haben keine Ahnung!«, schleudert der Lehrer ihm hasserfüllt entgegen.

Skagen schielt zu Dana Zemanova hinüber. Sie ist noch am Leben, scheint jedoch so schwer verletzt zu sein, dass sie sich nicht bewegen kann. Der Blutfleck auf ihrem Bauch ist größer geworden, und ihre Augen flehen um Hilfe. Skagen weiß, sie würde sterben, wenn nicht bald Hilfe käme. So wie sie alle sterben würden, wenn er den Kurs des Schiffes nicht änderte.

Eine neue Schmerzwelle droht, ihm die Besinnung zu rauben. Er atmet gepresst durch die Zähne, versucht, sein Gehirn weiter mit Sauerstoff zu versorgen, obwohl sein Verstand sich dazu entschlossen hat, sich zurückzuziehen. Eine zweite Signe Merkur wollen weder der alte noch der neue Tom ertragen.

»Seien Sie vernünftig«, keucht er. Er darf nicht aufgeben. »Es sind Kinder an Bord. Wollen Sie deren Mörder sein? Damit wären Sie nicht besser als Christian Landgraf und der Rest der Clique. Denen geben Sie schließlich die Schuld an Alinas Tod, oder nicht?«

Roth schweigt zunächst verbissen. Dann scheint sich seine Haltung zu lockern. Er verlagert sein Gewicht von einem Bein aufs andere. »Liefern Sie mir Rabusch und Nossak, und ich gebe das Schiff in Ihre Hände.«

Skagen blinzelt, es fällt ihm schwer, sich auf den Mann zu konzentrieren. Am Rande seines Blickfeldes sammelt sich dunkler Nebel, der seine Umgebung auslöschen wird, wenn er nicht gegen ihn ankämpft. »Das geht nicht, und das wissen Sie.«

»Ihre Entscheidung. Sie können das Schiff retten. Liefern Sie mir Rabusch und Nossak, und alles ist gut. Sie haben es verdient, zu sterben. Wenn sie tot sind, gebe ich die Brücke und damit auch die Passagiere frei!«

Skagen schüttelt den Kopf. »Die beiden haben mit dem Tod Ihrer Tochter nichts zu tun. Auch Philipp Jaeger und Nadine Valetta nicht. Sie haben die Falschen umgebracht, Roth! Unschuldige Menschen.«

»Woher wollen Sie das wissen? Von denen ist jeder schuldig. Ich kenne diese verkommenen Subjekte. Sie haben schon sehr früh damit begonnen, anderen Leid zuzufügen. Meine Tochter ist nur eines ihrer Opfer.«

Skagen zögert. Soll er Roth von dem Film mit Alina erzählen? In der Verfassung, in der sich der Lehrer befindet, wäre das gefährlich und könnte die Lage weiter eskalieren lassen.

Deshalb entscheidet er sich erst mal dafür, Alinas wirkliches Schicksal zu verschweigen und das Schiff zu retten. Die Zeit läuft ihnen davon. »Bitte erlauben Sie mir, den Kurs zu ändern. Danach reden wir in Ruhe über alles, okay?«

»Ach was, reden! Ich will nicht mehr reden, ich habe genug davon. Ihre Kollegen, die damals den Tod meiner Tochter untersucht haben, wollten auch nicht auf mich hören. Ich habe mir den Mund fusselig geredet. Niemand hat mir geglaubt.«

»Was geglaubt?«

»Dass diese Clique meine Tochter umgebracht hat. Damals hatte ich noch keine Beweise, die habe ich erst später gefunden, als ich vor zwei Jahren Einsicht in die Ermittlungsakte beantragt habe.« Roth seufzt enttäuscht auf. »Ich habe es gewusst. Ich habe es von Anfang an gewusst. Die Clique war schuld!«

Skagen weiß, dass Roth recht hat, aber eben lediglich in Bezug auf Christian. Er sieht unauffällig zur Tür hinüber. Wann taucht dort endlich Unterstützung auf? Die Crew muss längst mitbekommen haben, dass etwas nicht stimmt, allein schon wegen des Alarms. Oder hat Roth die komplette Brückenbesatzung weggesperrt? So wie die Piraten damals auf der Signe Merkur.

»In der Akte fand ich den Beweis«, erzählt Roth mit monotoner Stimme. »Aber davon wollte die Polizei nichts wissen. Warum, weiß ich nicht. Vermutlich haben die Eltern der verzogenen Blagen interveniert. So läuft es doch immer.« Frustriert starrt er auf Skagen hinab. »Die Reichen kommen davon – und unsereins bleibt mit seinem Leid zurück.«

»Und dann ... haben Sie sich mit Heiko Arendt zusammengetan?«, fragt Skagen, ohne die Tür aus den Augen zu lassen.

»Heiko ist auch jemand, dem nie Gerechtigkeit widerfahren ist. Er war ein Opfer der In-Crowd. Sie haben ihn gedemütigt und vergewaltigt, im Bootsschuppen des Internats. Er hat es mir Jahre später anvertraut, als ich ihn noch einmal getroffen habe. Der Arme konnte erst darüber sprechen, als er sich selbst so weit erniedrigt hatte, dass eine zusätzliche Demütigung keinen Unterschied gemacht hätte. Die In-Crowd hat ihn erpresst, sie würde ein Video von seiner Vergewaltigung an seine Eltern schicken. Diese fünf sadistischen Arschlöcher haben die Leben anderer Menschen zerstört, ohne mit der Wimper zu zucken. Das von Heiko, das von Melanie, das meiner Tochter, meins und das meiner Frau. Meine Frau hat mich später verlassen, weil ich mit Alinas Tod nicht klarkam, und meine Freunde haben mir den Rücken gekehrt, weil ich für ihren Geschmack zu sehr trauerte. Ich habe alles verloren bis auf meine Arbeit! Diese Scheißkids haben unsere Leben auf dem Gewissen.«

»Falsch. Das von Heiko haben Sie auf dem Gewissen, Herr Roth. Nachdem Sie ihn auf mich gehetzt haben. Er ist bei der Jagd nach mir einen Felsabhang hinuntergestürzt. Sein Tod ist Ihre Schuld.«

Roth schweigt betroffen. »Heiko war ein guter Junge.«

»Sie hätten ihn nicht für Ihre Rache instrumentalisieren dürfen.«

Roth nickt. »Das stimmt. Jetzt ist es allerdings zu spät, um zu bereuen, nicht wahr?« Er lässt die Schultern sacken, hält die Waffe jedoch weiterhin auf Skagen gerichtet. »Versuchen Sie nicht, mich aufzuhalten. Sie haben keine Chance, dafür sind Sie zu schwer verletzt. Das ist offensichtlich. Finden Sie sich lieber damit ab, dass es unabwendbar ist. Hier ist es für uns zu Ende.«

Sie starren einander an.

In Skagen kocht die Wut. Nein, verdammt! Dies ist nicht das Ende. Er will nicht sterben, weil dieser Kerl das so bestimmt hat. Er ist nicht auf dieses Schiff gekommen, um sich töten zu lassen für eine Sache, mit der er nichts zu tun hat. Auch sein Trauma hat er nicht mühevoll überwunden, um jetzt auf einem Schiff zu sterben!

Skagens Atem geht schneller, während sich die Wut tiefer in seine Brust frisst. Am liebsten hätte er sich schreiend auf den Lehrer geworfen, aber er würde nicht schnell genug auf die Beine kommen. Er muss versuchen, Roth mit Fragen abzulenken. Vielleicht käme dann ja endlich jemand durch diese verfluchte Tür!

»Wie haben Sie das angestellt, dass die Todesfälle wie Selbstmorde aussahen?«, fragt Skagen beherrscht.

Roth lacht trocken. Dabei bleibt seine Miene jedoch ernst. In seinen Augen liegt kein Wahnsinn, nur Nüchternheit. Was Skagen weitaus beängstigender findet, denn es signalisiert, dass der Mann mit seinem Leben abgeschlossen hat.

»Ich habe mit Heiko alles gut vorbereitet, ein ganzes Jahr lang«, erklärt Roth. »Danach war es ein Kinderspiel – bis Sie mir mit Ihren Ermittlungen dazwischengegrätscht sind.«

»Wie haben Sie Christian Landgraf dazu gekriegt, von der Klippe zu springen?«

»Christian hat es uns einfach gemacht. Er ist auf einen Felsvorsprung hinter dem Preikestolen geklettert. Heiko ist ihm gefolgt. Da oben hält sich kaum jemand auf, sie waren allein. Heiko hatte vorher zwei Zelte aufgebaut, um unsere Aktion zu tarnen und vor etwaigen Blicken zu schützen. Er hat Christian mit der Waffe gezwungen, sich in das eine Zelt zu legen. Danach hat er ihm ein Schlafmittel verabreicht. Christian war zu dem Zeitpunkt bereits so besoffen, dass er sofort eingeschlafen ist. Wie geplant hat Heiko ihn am nächsten Morgen von der Klippe geworfen. Es sollte wie Selbstmord aussehen, was ja auch geklappt hat. Und für den Fall, dass es Fragen gegeben hätte, hätte ich durch meinen Aufenthalt auf dem Schiff ein perfektes Alibi gehabt.«

»Und der Abschiedsbrief?«

»Der ist nicht von Christian. Heiko hat seine Handschrift gefälscht. Das kann er gut.«

»Konnte. Er ist tot.«

Roth nickt. »Ja, richtig.«

»Was war mit Philipp Jaeger?«

»Den habe ich mit gefälschten SMS-Nachrichten von Christian in die Enge getrieben. Ich habe ihm suggeriert, dass Christian noch lebt und ihn in der Nacht auf dem Peildeck sprechen will. Nun, Christian ist nicht aufgetaucht, dafür habe ich Philipp über die Reling gestoßen.«

»So wie mich auch.«

»Exakt. Bei Ihnen hatte ich dann bereits eine gewisse Übung. Philipp hat sich von außen an der Reling festgehalten, aber er hat losgelassen, als ich auf seine Finger geschlagen habe.«

Skagen schluckt. Wie lapidar Roth darüber redet. Dabei hat er einen Mann kaltblütig über Bord gestoßen und dessen Frau und Kinder ohne Gewissheit zurückgelassen. Diese Familie wird ihren Angehörigen wahrscheinlich niemals beerdigen können, weil er für immer im Fjord bleiben wird. Skagen erschrickt jedes Mal aufs Neue, wie nüchtern manche Täter von ihren Verbrechen erzählen, als ginge es um die Inhaltsangabe eines Buches. Mit zusammengebissenen Zähnen denkt er an das Radar. Welche Galgenfrist bleibt ihnen noch bis zur Kollision? Wann landen sie alle im kalten Wasser des Fjords? Dass die Kurskorrektur gelingt, wird von Sekunde zu Sekunde unwahrscheinlicher. Verzweiflung mischt sich in seine Wut. »Und Nadine Valetta?«, bringt er mit Mühe beherrscht hervor. Obwohl jeder Augenblick zählt, muss er Zeit schinden. Jemand muss kommen und ihm helfen. Allein schafft er es nicht.

»Das gleiche Spiel wie mit Philipp«, antwortet Roth kalt. »Ich habe Nadine mit angeblichen Nachrichten von Christian traktiert, sodass sie von selbst in die Gletscherspalte gesprungen ist. Das war eigentlich gar nicht geplant. Ich hatte sie wie Philipp nachts vom Schiff stoßen wollen.«

Skagens Sicht verschwimmt, der Schmerz ist zu einem Reißen geworden, das sich durch seinen Oberkörper zieht. Jetzt nicht ohnmächtig werden. Frag weiter. Egal was. »Was … was war das für ein Beweis, den Sie in der Akte über den Tod Ihrer Tochter gefunden haben? Der, der Sie zu der Clique geführt hat.«

»Na, endlich fragen Sie danach. Dachte schon, Sie tun es gar nicht mehr. Dabei ist das doch das Wichtigste, oder?« Roth legt den Kopf schief. »Es waren die Brausetüten. Lustig, nicht?«

»Die Aloha-Brause?«, keucht Skagen.

»Genau. Die Leiche meiner Tochter wurde erst ein Jahr später im Schlick der Elbe gefunden. Bis zur Unkenntlichkeit verwest.« Roths Adamsapfel ruckt auf und ab, Tränen treten in seine Augen. »Natürlich war da nichts mehr nachzuweisen, weder Verletzungen noch irgendwelche Substanzen, die man ihr verabreicht hat. Alinas Jacke ist allerdings viel früher entdeckt worden, auch ihre Hose und ihre Unterwäsche, schon zwei Wochen nach ihrem Verschwinden. Die Arschlöcher von der Clique müssen Alina ausgezogen haben, bevor sie sie in die Elbe geworfen haben. Mein kleines Mädchen.« Roth schluchzt. »In ihrer Jackentasche steckte etwas. Eine aufgeweichte Tüte Aloha-Brause. Sie war leer. Niemand bei der Polizei hat sie untersucht. Ich weiß, dass da Drogen drin waren. Die Clique hat ihr Zeug in den Tütchen versteckt.

Leider wurde mir der Fund der Brausetüte damals nicht mitgeteilt, so habe ich erst davon erfahren, als ich Akteneinsicht beantragt habe. Ich hätte der Polizei sofort sagen können, wer die Schuldigen sind.«

»Das haben Sie doch sicher getan, nachdem Sie es herausgefunden haben.«

Roth verzieht das Gesicht. »Niemand wollte mir glauben. Sie verwiesen darauf, dass allein die Existenz der Brausetüte kein Beweis sei. Damals ist keine toxikologische Untersuchung gemacht worden. Ich glaube, die wollten einfach nur ihre Unfähigkeit vertuschen. Deshalb musste ich es selbst in die Hand nehmen. Verstehen Sie das? Wissen Sie, wie schlimm es ist, wenn die Mörder Ihres Kindes frei herumlaufen? Wenn niemand daran interessiert ist, dass sie ihre gerechte Strafe erhalten? Wenn diese Arschlöcher einfach weitermachen mit ihrem Leben, während ihre Opfer vor die Hunde gehen?«

»Dafür gibt es die Polizei, Herr Roth. Dafür sind wir da«, sagt Skagen, obwohl er Roths Emotion in gewisser Weise nachvollziehen kann. »Ich verspreche Ihnen, dass ich die Kollegen in Hamburg dazu bringe, den Fall noch einmal aufzurollen. Es gibt keine Verjährungsfrist für Mord. Die Ermittlungen können fortgeführt werden, dabei werden auch Herr Nossak und Frau Rabusch ausgiebig befragt werden.« Es ist eine Notlüge. Er weiß, dass höchstwahrscheinlich niemand außer Christian für den Tod von Alina verantwortlich ist und dass es vermutlich ein Unfall war, zumindest dass Alina die Drogen genommen hat. Ob sie schon tot war, als Christian sie in die Elbe geworfen hat, oder nur im Delirium war und im Nachhinein ertrunken ist, wird man heute nicht mehr feststellen können. Außerdem ist Christian Landgraf tot, und gegen Tote wird in Deutschland nicht ermittelt. Es ist also eine doppelte Notlüge. Doch Skagen muss versuchen, den Lehrer irgendwie zum Aufgeben zu bringen.

Roth scheint über das nachzudenken, was er gesagt hat, dann schüttelt er den Kopf. »Nein, ich will nicht auf ein Gerichtsverfahren warten, das vielleicht nie stattfindet. Ich will, dass sie jetzt bestraft werden. Diese verkommenen Menschen verdienen den Tod!«

Eine Welle lässt das Schiff erbeben. Die Norsk Sol kippt nach Backbord und zittert im Seegang wie ein lebendiges Wesen. Durch die Schlagseite gerät Roth ins Wanken und rudert mit den Armen, um die Balance zu halten. Das ist seine Chance.

Skagen verlagert unauffällig sein Gewicht, schiebt seinen gesunden Arm unter seinen Körper. Anschließend mobilisiert er all seine Kräfte und stemmt sich in die Höhe. Ihm wird kurz schwarz vor Augen, doch er schafft es, genug Energie aufzubringen, um sich auf seinen Widersacher zu stürzen. Ein Schuss löst sich und legt sich als hohes Pfeifen auf Skagens Trommelfelle. Er klammert sich an Roths Kleidung fest, reißt ihn mit zu Boden. Der Lehrer schreit und schlägt mit dem Griff der Pistole um sich. Ein Hieb trifft Skagen an der Schläfe und ein zweiter schickt ihn in den dunklen Nebel.

75

Jens starrt Marcel Walka an, den Mann, der ihn vor ein paar Tagen als Geisel genommen hat. Und plötzlich ist das Gefühl, einem Menschen ausgeliefert zu sein, wieder da und erschüttert ihn von Neuem.

Um ein Pokerface bemüht, lässt er Walka keine Sekunde unbeobachtet. Ihm ist klar, dass der Kerl abdrücken würde. Das hat er schon einmal getan und den Kollegen Sobek vor ihren Augen kaltblütig erschossen. Wenigstens ist momentan niemand in ihrer Nähe, sodass kein unbeteiligter Dritter in die Situation hineingeraten und sie verkomplizieren könnte. Und da ist noch etwas, das Jens Sorgen bereitet. Das Schiff legt sich immer heftiger von einer Seite auf die andere. Das ist doch nicht normal, oder?

Wie aufs Stichwort erfasst eine Welle den Rumpf und versetzt ihn in eine schraubende Bewegung. Jens muss sich konzentrieren, um nicht das Gleichgewicht zu verlieren. Auch sein Gegenüber hat einige Probleme, doch insgesamt scheint Walka recht seefest zu sein. Er hat sich mit einem Fuß gegen die Wand gestemmt. Diese Unterstützung hat Jens nicht, er steht mitten im Gang.

»Na, was ist, Bulle? Angst?«

»Warum redest du so?«, fragt Jens zurück. »Du bist selbst Polizist.«

»All cops are bastards, schon mal gehört?«, stößt Walka abfällig aus. »Außerdem: Die Polizei ist längst ein in seinen Befugnissen beschnittener, vom Staat bewusst geschwächter Haufen, der sich auf der Straße bespucken lassen muss. Von irgendwelchen Kanaken!«

»Und ihr verbessert die Polizei, indem ihr sie mit eurem rechten Gedankengut unterminiert und eure Befugnisse missbraucht?«

»Missbrauchen! Pah! Wir machen von unserem *Recht* Gebrauch. Dem Recht, wie es eine Instanz braucht, um die öffentliche Sicherheit und Ordnung zu wahren. Wir müssen die Stärkeren sein. Präsenz zeigen, Schutz bieten. Der Ausländerpöbel soll Angst vor uns haben. Damit sie gar nicht erst zu uns kommen.«

»Indem ihr zu dem widerwärtigsten Mittel greift, das es gibt? Einem Terroranschlag? Wirklich?«

»Das ist Notwehr, weil die Verantwortlichen die Sache verkackt haben. Sie haben es zugelassen, dass das Kanakenpack sich bei uns einnistet, dass sich die linksversifften Gutmenschen mit ihrer Willkommenskultur ausbreiten. Die falschen Zeichen wurden gesetzt. Das müssen wir rückgängig machen. Wir werden eine neue Ordnung ausrufen. Eine, die Sicherheit für die deutschen Bürger garantiert und die euch zahnlose und gleichgeschaltete Marionetten-Bullen entsorgt und gegen volkstreue Männer austauscht. Wir wissen, worum es geht.«

»Das wird euch nicht gelingen.«

Walka lacht. »Träum weiter. Wir haben euch längst im Griff. Polizei, Bundeswehr, Justiz. Ihr seid unterwandert, wir werden immer mehr. Bald werden wir in der Überzahl sein. Ihr könnt uns nicht aufhalten. Wir werden euch Weicheiern und Asylantenfreunden in den Arsch treten! Wenn wir erst an der Macht sind, werdet ihr am Galgen hängen.«

Eine erneute Welle packt die Norsk Sol und erschüttert sie noch heftiger. Jens dreht sich der Magen um, während er sich bemüht, auf den Beinen zu bleiben. Walka, der ein Geländer zur Unterstützung hat, ist da im Vorteil. Unbeirrt hält er seine Waffe auf Jens gerichtet, während sein Grinsen breiter wird.

»Warum hast du in der Hafenhalle deinen Kollegen erschossen?«, wirft Jens ihm entgegen.

»Sobek war ein Spitzel. Er wollte unsere Sache verraten. Das konnte ich nicht zulassen.«

»Hat der Onkel dir den Befehl dazu gegeben? Wenn ja, bekommst du mildernde Umstände, solltest du dich jetzt ergeben. Du kannst sagen, dass du unter Druck gesetzt wurdest.«

Walka lacht. »Ernsthaft? Du probierst es auf diese plumpe Tour? Gib dir mehr Mühe. Das kannst du besser!«

Jens schluckt, Übelkeit schwappt in seinem Magen.

»Das Schaukeln irritiert dich, nicht wahr?« Walka schmunzelt belustigt. »Ich find's geil. Ist wie im Vergnügungspark! Hui!« Spielerisch beugt er die Knie und gleicht das Schwanken aus.

Jens muss würgen. Er hält seine Waffe krampfhaft fest und auf Walka gerichtet. Plötzlich geht ein Vibrieren durch den Rumpf, und die Norsk Sol bäumt sich auf. Jens wird von den Füßen gerissen und prallt mit der Schulter gegen die Wand. Dabei verliert er seine Waffe, die über den Teppich rutscht. Jens folgt ihr mit ausgesteckter Hand.

Walka klammert sich am Geländer fest. Er schwankt, aber der Lauf seiner Pistole zeigt weiterhin auf Jens, der vergeblich nach seiner Waffe greift. Ein böses Lächeln teilt seine Lippen, als er erkennt, dass sein Gegner ungeschützt vor ihm liegt.

76

Maja wird gegen eine Säule vor dem Bordcafé geschleudert, aber sie kann sich mit beiden Händen abfangen und auf den Beinen halten. Das Schiff bockt auf den Wellen wie ein Rodeopferd, das seinen Reiter abwerfen will.

Wo, zum Teufel, geht es zur Brücke? Auf dem Decksplan, den sie sich im Treppenhaus angesehen hat, hieß es, geradeaus. Hier im Restaurantbereich ist jedoch nichts, was auch nur annähernd den Zugang zum Kommandodeck darstellen könnte. Vielleicht hat sie es falsch abgespeichert. Sie macht kehrt und biegt bei der nächsten Gelegenheit ab. Da kein Mensch ihr in dem verwirrenden Labyrinth aus Läden und Restaurants entgegenkommt, kann sie niemanden fragen. Vermutlich hängen alle kotzend über dem Klo. Sie erreicht ein Treppenhaus und guckt auf den Plan. Verdammt, sie hat sich in der Etage geirrt!

So schnell wie die Schiffsbewegungen es zulassen, läuft sie die Stufen hinauf, dabei muss sie sich am Geländer festklammern, um nicht zu stürzen.

Oben wendet sie sich dem Korridor zu, der nun endlich zur Brücke führen soll. Aber auch hier keine Menschenseele. Die Leere ist geradezu unheimlich.

Sich an den Wänden abstützend wankt Maja auf das Ende des Ganges zu, wo eine schwere Stahltür einen Spalt offen steht. Sie runzelt die Stirn. Ist das ein Stück Holz, das dort klemmt?

Sie bewegt sich darauf zu. »Authorised personnel only«, steht neben dem Raum auf einem Schild. Hoffentlich findet sie Tom bald. Oder wenigstens jemanden, der ihr erklären kann, was es mit dem enervierenden Piepton auf sich hat.

Sie will durch das runde Sichtfenster auf die Brücke spähen, stellt jedoch fest, dass es beschädigt und blind ist. Maja überlegt, was sie tun soll. Das beständige Piepen und dass niemand darauf zu reagieren scheint, irritiert sie zutiefst. Was ist mit Tom? Warum hört sie keine Stimmen auf der Brücke? Ist da überhaupt jemand?

Zitternd legt sie ihre Hände gegen die Stahltür und drückt sie vorsichtig auf. Ihr Körper verkrampft sich, als sie endlich erkennen kann, was auf der anderen Seite los ist.

Blut überall!

Mehrere Menschen liegen reglos auf dem Boden. Einer davon ist unverkennbar der Kapitän, und der Mann neben ihm gehört ebenfalls zur Crew, da er eine Uniform trägt. Aber was ist mit der Person in dem grauen Sweatshirt?

Ein Schock durchfährt sie.

Tom!

Schreiend stößt Maja die Tür ganz auf und rennt auf Tom zu, kniet sich neben ihn und legt ihm eine Hand auf den Rücken. Erst jetzt bemerkt sie eine Bewegung schräg hinter sich. Ein Mann tritt aus einem angrenzenden Raum und hält seine Waffe auf sie gerichtet.

Sie kennt ihn nicht, weiß jedoch instinktiv, dass er der Mörder ist.

Langsam hebt sie die Hände. »Bitte nicht schießen!«, sagt sie auf Deutsch.

»Aufstehen!« Der Mann zuckt mit der Pistole. »Los!«

»Ich …«

»Hoch mit dir!«

Maja tut, wie ihr befohlen, auch wenn sie sich keinen Zentimeter von Tom wegbewegen will. Er ist verwundet, Blut klebt an seiner Schulter und an seinem Kopf, seine Augen sind geschlossen. Er liegt auf dem Bauch, sodass sie nicht sehen kann, ob er noch atmet.

»Mach die Tür zu!«

Bei dem harten Klang der Stimme zuckt Maja zusammen. »Bitte! Nicht schießen«, wiederholt sie und streckt ihre Arme aus. Sie hat Mühe, die Balance zu halten.

»Beweg deinen Arsch! Oder willst du eine Kugel in den Schädel?«

»Nein, nein. Ich gehe!« Sie wendet sich von Tom ab und setzt sich wankend in Bewegung. Sollte sie die Gelegenheit nutzen und wegrennen? Nein, dann würde sie Tom mit dem Verrückten alleine lassen. Außerdem sitzt da an der Wand zu ihrer Rechten noch eine vierte Person, die sie vorhin gar nicht bemerkt hat. Es ist eine Frau, und sie blutet aus einer Wunde am Bauch. Aber sie lebt, denn sie verfolgt Majas Weg mit ihren Augen. Aus ihrem Blick spricht Verzweiflung.

Mit voller Breitseite nimmt das Schiff die nächste Welle, und beinahe wäre Maja gestürzt, doch sie schafft es, bis zum Brückenausgang zu stolpern.

»Jetzt schließ die verdammte Tür!«, brüllt der Kerl über das Tosen des Sturmes und das enervierende Piepen hinweg. »Ich will nicht noch mehr Besucher!«

Maja stützt sich an der Stahlwand ab und greift mit zitternder Hand nach dem Holz, das im Spalt klemmt. Sie spürt die Erschütterungen, die durch das Schiff gehen.

»Los, schneller. Sonst schieße ich dir in den Rücken.«

Sie umfasst das Holz und zieht es weg. Mit einem dumpfen Laut fällt die Tür zu.

»Verriegeln!«

»Wie denn?«, fragt Maja nach. »Hier ist nichts.«

»Das Holz. Klemm es unter die Klinke!«

Maja tut, wie ihr geheißen, und als sie das Holzstück in die gewünschte Position gebracht hat, muss sie plötzlich an den Germanwings-Piloten denken, der sich im Cockpit eingesperrt und das Flugzeug mit all seinen Passagieren und der

Crew gegen einen Berg geflogen hat. Wie Eiswasser sickert die Angst in ihre Glieder; greift mit kalten Fingern nach ihrem Herzen und ihrer Lunge und drückt zu.

Genau das hat der Kerl vor: Er will jeden Menschen auf diesem Schiff sterben lassen.

Maja versucht, trotz des wachsenden Drucks auf ihren Brustkorb Luft zu holen. Die Panik ist ganz nah. Sie muss sich in den Griff bekommen. Sie MUSS einfach! Denn sie ist die Einzige, die die Chance hat, etwas gegen diesen Irren zu unternehmen.

Langsam dreht sie sich zu dem Mann um, zu dessen Füßen Tom liegt. Nach wie vor regt er sich nicht. Ihr Herz verkrampft sich. Hoffentlich lebt er noch. Bitte. Wenn nicht, dann …

Sie zwingt ihre Konzentration zurück auf den Mistkerl, der Tom das angetan hat. Er hat sich auf einer der Konsolen abgestützt und sieht auf den Bildschirm des Radars, auf dem ein großer grüner Fleck leuchtet.

Vorsichtig setzt Maja einen Fuß vor den anderen. Wenn sie nah genug an den Kerl herankäme, könnte sie ihn vielleicht überwältigen. Da sie in Zivil ist, weiß er nicht, dass sie Polizistin ist und für solche Situationen ausgebildet wurde. Das ist ihr Vorteil.

Doch er nimmt ihre Bewegungen wahr und hebt die Waffe. »Stehen bleiben!«

Maja flucht innerlich. Sie ist noch zu weit weg, um einen Angriff zu wagen. Trotzdem muss sie irgendetwas tun! Sie rudert mit den Armen und tut so, als würde sie die Balance verlieren, dabei stolpert sie nach vorn und erreicht das Steuerpult, an dem sich der Mann festklammert. Tom liegt keine drei Schritte von ihr entfernt neben dem toten Kapitän. Seine Lider sind geschlossen und seine Haut aschfahl. Maja treten Tränen in die Augen. Sollte er tatsächlich tot sein?

Plötzlich hört sie einen Laut. Es ist ein Stöhnen.

»Tom!« Maja rennt zu ihm hin.

Der Kerl vor ihr stößt ein wütendes »Stopp! Stehen bleiben!« aus. Aber Maja ignoriert es und fasst Tom an den Schultern. Er hustet und will sich auf den Rücken drehen. Sie hilft ihm dabei. Als er es geschafft hat, bemerkt sie eine Schusswunde neben seinem Hals kurz über seinem Schlüsselbein.

»Oh Gott, Tom!«

»Alles gut. Bin noch da«, ächzt er auf Schwedisch und lächelt schwach. »Wie kommst du hierher?«

»Ich ... wollte nachsehen, wo du bleibst. Dann habe ich den Alarm gehört. Tom, der Kerl hat das Schiff in seine Gewalt gebracht und will uns alle umbringen!«

»Was redet ihr da?«, brüllt der Mann. »Aufhören! Sonst schieße ich!«

Tom verzieht das Gesicht zu einer Grimasse und rollt mit den Augen, als hätte er Schmerzen. Sein Kopf zuckt immer wieder in eine Richtung.

»Was ist? Tom, was hast du?« Panisch starrt Maja ihn an.

»Schhht«, macht er kaum hörbar und sein Blick wandert zu ihr. Er murmelt etwas, zumindest bewegen sich seine blassen Lippen.

»Ich verstehe dich nicht. Was sagst du?« Sie beugt sich tiefer zu ihm hinab.

Tom stöhnt leise: »Er steht direkt hinter dir!«

77

Skagen erkennt an Majas Mimik, dass sie kurz überlegt. Dann begreift sie und nickt ihm kaum merklich zu. Mit dem Kopf ruckt er erneut leicht nach rechts.

Roth steht auf dieser Seite hinter ihr. Er hat die Pistole in der Hand, doch sie ist nicht mehr auf Majas Rücken, sondern auf Skagen gerichtet. Es ist riskant, dennoch eine Chance. In Majas klaren blauen Augen erkennt Skagen Liebe, Vertrauen und … Entschlossenheit.

Er bewegt noch einmal den Kopf. Im nächsten Moment stemmt Maja sich hoch, wirbelt herum und wirft sich mit der Schulter gegen Roth. Den Arm mit der Waffe drückt sie dabei mit beiden Händen nach oben. Skagen will ihr helfen, kämpft jedoch gegen die Schmerzen an, die seinen Körper lähmen. Nur mit Mühe schafft er es auf die Beine, gerät ins Taumeln und rudert mit dem linken Arm, während der rechte schlaff nach unten hängt. Ein Schuss löst sich aus der Waffe und schlägt in die Decke der Brücke ein. Skagen zuckt zusammen und blickt hastig zur großen Frontscheibe hinüber. Sollte diese von einer Kugel zerstört werden, würden Gischt und Regen einen Kurzschluss auslösen, der sämtliche Geräte lahmlegte.

Ein Schrei lässt seine Aufmerksamkeit zurück auf die Kämpfenden springen, die am Boden um die Pistole ringen. Wieder löst sich ein Schuss. Diesmal prallt die Kugel von der Stahlwand neben Dana Zemanova ab und irrt als Querschläger über die Brücke. Roth brüllt rasend vor Zorn und versucht, Maja abzuschütteln.

»Tom!«, ruft sie. »Hilf mir!«

Skagen beißt die Zähne zusammen, die reißenden Schmerzen drohen, ihn zurück in die Ohnmacht zu schicken. Ihm wird schwindelig und er bringt all seine Willenskraft auf, um seine Füßen voreinander zu setzen. Doch schließlich erreicht er die beiden und lässt sich mit seinem ganzen Gewicht auf Roth fallen. Dabei überdehnt er aus Versehen Majas Arm.

Sie brüllt auf und muss Roth loslassen, während Skagen seinen Ellenbogen gegen den Unterkiefer des Lehrers rammt. Roth gibt einen erstickten Laut von sich und sein Kopf prallt auf den Boden. Maja schnellt über Skagen hinweg und bekommt die Pistole zu fassen. Roth wehrt sich, aber er scheint von dem Schlag gegen sein Kinn benebelt zu sein. Seine Bewegungen wirken träge und unkontrolliert. Maja entreißt ihm die Waffe, springt auf und richtet den Lauf auf seine Stirn.

Doch Roth setzt sich zur Wehr und schlägt auf Skagen ein, der noch immer auf seiner Brust liegt und ihn auf den Boden drückt. Wütend schreit Skagen auf. Er ist nicht bereit, noch mehr Schmerzen zu ertragen. Er holt mit dem gesunden Arm aus, doch bevor er seinen Ellenbogen erneut auf Roth niedersausen lassen kann, hat Maja den Lehrer mit dem Knauf der Pistole bewusstlos geschlagen.

»Gut gemacht!«, keucht Skagen und quält sich auf die Knie. Der Raum um ihn herum schaukelt und dreht sich. Ihm ist speiübel. Der Schmerz wütet in seiner Schulter wie das rotierende Blatt einer Kreissäge. Mit Majas Unterstützung gelingt es ihm, sich auf die Beine zu stemmen und sich an der Steuerkonsole festzuhalten.

Roth liegt auf dem Rücken, bewusstlos. Blut sickert aus einer Platzwunde an seiner Stirn.

Das unablässige Piepen des Kollisionsalarms in den Ohren stößt sich Skagen von der Konsole ab und torkelt zum Radar hinüber. Der giftgrüne Fleck auf dem Bildschirm hat sich vergrößert. Schnell stellt er den Radius vom 6-Meilen- in den 3-Meilen-Bereich, um besser abschätzen zu können, wie weit das Kap weg ist. Knapp drei Seemeilen! Noch ist es nicht zu spät, um ein Ausweichmanöver einzuleiten. Allerdings liegt das Schiff mittlerweile quer zu den Wellen, was die Sache deutlich erschwert.

»Ich muss den Kurs ändern! Pass du auf Roth auf«, ruft er Maja zu und schleppt sich zu dem Sessel, auf dem beim Navigieren normalerweise der Erste Offizier Platz nimmt. Auch wenn er mit diesem Schiff nicht vertraut ist, sind die Instrumente ihm doch bekannt. Er prüft das Conning Display, auf dem die relevanten Manövrierdaten angezeigt werden. Die Maschine macht dreiviertel Kraft voraus. Das ist viel zu schnell! Mit dem linken Arm tastet er nach hinten, um den Maschinentelegrafen zu bedienen, da neigt sich die Norsk Sol so stark zur Seite, dass er gegen die Konsole geworfen wird. Roter Nebel breitet sich vor seinen Augen aus und ihm bleibt die Luft weg. Ein Alarmlicht fängt an zu blinken. Der Antrieb. Etwas stimmt damit nicht. Im nächsten Moment erstirbt das gleichmäßige Dröhnen der Maschine unter Skagens Füßen.

»Was ist passiert?«, ruft Maja zu ihm hinüber.

»Die Maschine!«, keucht Skagen. »Sie ist ausgefallen. Ohne sie sind wir manövrierunfähig.«

»Scheiße! Und was jetzt?«

»Wir müssen das verdammte Ding wieder in Gang bekommen.«

Skagen blickt auf das Radar. Auch wenn die Norsk Sol nun ohne Antrieb ist, hat sie trotzdem eine gewisse Restfahrt und steuert weiterhin ungebremst auf das Kap zu. Verflucht! Wo ist das Bordtelefon? Er entdeckt das schwarze Gerät schräg vor sich, reißt den Hörer an sich und wählt die Nummer des Maschinenraums, die auf einem kleinen Vermerk neben dem Telefon hängt.

»He! Was zum Teufel ist da oben bei euch los!«, brüllt ein Mann durch den Hörer, bevor Skagen überhaupt etwas sagen kann. »Der Notstopp hat ausgelöst! Wir hatten durch die heftige Krängung einen Schmierölminimumalarm und ohne das Zeug läuft keine Maschine! Bringt schleunigst euren Kurs in Ordnung!«

»Sind gerade dabei, Mann! Mit wem spreche ich?«, ruft Skagen.

»Mit dem Chief Engineer! Was soll die blöde Frage? Wer sind Sie? Ich will mit dem Alten reden! Sofort!«

»Der Kapitän und sämtliche Offiziere auf der Brücke sind außer Gefecht gesetzt oder tot! Ich bin momentan der Einzige hier, der weiß, wie man ein Schiff steuert. Ich brauche sofort jemanden auf der Brücke, der mich unterstützt. Und wir benötigen dringend die Maschine. Verstanden? Und zwar auf voll zurück. Wir fahren auf Land zu!«

Der Mann antwortet mit einem verblüfften Schweigen. Dann zischt er ein: »Ich bin unterwegs!«, durch die Leitung und legt auf.

Skagen hängt den Hörer zurück in die Halterung und atmet tief durch. Konzentriere dich. Hör auf dein Bauchgefühl. Es ist noch nichts verloren.

Als er erneut auf das Radar blickt, ist ihre Lage nicht aussichtsreicher geworden, lediglich die Restfahrt hat sich ein wenig verringert. Vermutlich aufgrund der Wellen und des Windes, die sich auf der Steuerbordseite der Norsk Sol abarbeiten, sie dadurch allerdings auch immer weiter in Richtung des Kaps drücken.

Skagen will aufstehen, weil er in dieser prekären Situation unmöglich sitzen bleiben kann, aber die Schmerzen zwingen ihn zurück in den Sessel. »Maja«, keucht er. »Du musst mir helfen! Sperr Roth in die Funkbude und übernimm die Peilung. Ich erkläre dir, wie das geht.«

Skagen hört, wie Maja versucht, den bewusstlosen Roth in die kleine Kammer zu ziehen. Doch sie schafft es nicht allein. »Lass ihn!«, ruft er. »Komm lieber und hilf mir.«

Plötzlich ertönt ein Poltern. »Was war das?«, fragt Maja.

»Ich glaube, da ist jemand an der Tür! Das sind bestimmt die Leute von der Crew. Öffne ihnen!«

Maja lässt von Roth ab und läuft hinüber zum Brückenausgang. Skagen konzentriert sich auf die Instrumente vor ihm. Da legt sich von hinten plötzlich ein Arm um seinen Hals und drückt ihm die Luft ab.

78

»Schön auf dem Boden bleiben, Bulle!«

Jens sieht nach oben. Er kniet auf allen vieren auf dem Teppich, seine Waffe liegt nur zwei Armlängen von ihm entfernt.

»Denk nicht mal dran!« Walka macht einen Schritt auf ihn zu, kehrt aber gleich darauf wieder zur Wand zurück, weil er dort bei dem Seegang einen besseren Halt hat.

»Wollen Sie mich erschießen? Hier?«

»Wenn's sein muss.« Walka bleckt die Zähne. »Du gehst mir mächtig auf den Sack! Außerdem bist du ein Vaterlandsverräter!«

»Ich bin Norweger.«

»Dann verrätst du eben Norwegen. Meine nordischen Brüder würden sich freuen, wenn es einen weniger von euch gäbe.«

Jens schielt zu seiner Pistole hinüber. Er würde es nicht schaffen, sie schnell genug zu erreichen. Allerdings schaukelt das Schiff so stark, da wäre ein Schuss von Walka, selbst aus dieser kurzen Distanz, womöglich ungenau. Sollte er es darauf ankommen lassen? Jens bricht der Schweiß aus. Im Kopf befindet er sich wieder in der Geiselsituation in der Hafenhalle. Doch diesmal ist kein Tom da, der ihn daraus befreien könnte. Ihm wird übel.

Walka scheint unschlüssig. Er hätte Jens längst erschießen können. So, wie er Sobek hingerichtet hat. Aber ihm ist mit Sicherheit klar, dass das Aufsehen erregen würde. Bis sie Ålesund erreichten, hätte Walka keine Möglichkeit, von Bord zu gehen, und wäre auf dem Schiff gefangen. Würde er es riskieren, von der ganzen Crew gejagt und überwältigt zu werden?

Jens überlegt. Wenn er sich zur Seite warf, um seine Waffe zu schnappen, und sich abrollte, wäre es schwer für Walka, ihn zu treffen. Andersherum jedoch auch.

Mit einem Mal schreit jemand in ihrer Nähe auf. Es ist eine Passagierin, die durch die Gänge wankt. Mit offenem Mund starrt sie Walka und die Waffe in seiner Hand an.

Scheiße, hoffentlich kommt er nicht auf die Idee, sie als Geisel zu nehmen.

Doch die Frau reagiert schnell. Sie dreht sich um und stolpert mit hastigen Schritten davon.

Walka stößt einen Fluch aus.

Jens ebenfalls. Er hat die Chance verpasst, Walkas Ablenkung zu nutzen, um nach seiner Pistole zu greifen. Außerdem steht Walka jetzt unter Zugzwang. Die Frau würde sicher die Crew alarmieren.

Walka wirkt, als überlege er fieberhaft. Verstohlen sieht Jens zu seiner Pistole hinüber. Er könnte es schaffen. *Muss* es schaffen!

Ohne weiter zu zögern, streckt er die Arme aus und wirft sich auf die Seite. Er hört einen Schuss. Walka hat tatsächlich abgedrückt. Jens' Finger bekommen den Griff seiner Waffe zu fassen, doch im nächsten Moment gleiten sie davon ab. Dann ein zweiter Knall, der seine ohnehin schon schmerzenden Trommelfelle noch einmal traumatisiert.

Jens spürt keinen Schmerz, daher muss auch der zweite Schuss danebengegangen sein. Rasch windet er sich über den schwankenden Boden vorwärts, um ein möglichst schwer zu treffendes Ziel abzugeben. Seine Hände umfassen die Pistole, auf der all sein Fokus liegt. Er braucht dieses Ding! Diese verdammte Scheißwaffe!

Als er endlich damit herumschnellt und auf Walka zielt, weiten sich überrascht seine Augen.

Walka liegt auf dem Boden. Er hält sich ein Bein, scheint starke Schmerzen haben. Eine Person läuft herbei, kickt seine Waffe weg und kniet sich auf seinen Rücken. Es ist Lise Haugland.

»Das war knapp«, sagt sie und zückt die Handschellen.

79

Skagen keucht, er bekommt keine Luft mehr. Geschweige denn, dass er die Möglichkeit hätte, um Hilfe zu rufen.

»Maja!«, dröhnt es durch sein Hirn. »Maja!«

Er windet sich auf dem Sitz, doch der Arm um seinen Hals drückt ihm unbarmherzig die Luft ab.

»Es ist deine Schuld, wenn sie davonkommen!«, zischt eine wutverzerrte Stimme von hinten ins Ohr. Es ist Roth. »Du hast alles zerstört. Meinen ganzen Plan. Deshalb nehme ich dich mit mir. Du und ich, wir werden beide sterben.«

»Maja«, brüllt Skagens Hirn weiter, »wo bist du?«

Plötzlich hört er lautes Gepolter. Dumpfe Schritte ertönen und Männerstimmen rufen durcheinander. Jemand zerrt an dem Arm um seinen Hals, und Roth stößt hysterische Flüche aus. Es gibt einen Schlag und mit einem Mal kann Skagen wieder atmen. Hastig saugt er Luft ein und fährt sich mit der Hand an die Kehle.

»Das war knapp«, krächzt er.

»Verdammt!«, schreit ein Mann in seinem Rücken. »Was machen Sie hier?«

Skagen wendet den Kopf und muss husten. Roth liegt auf dem Boden, während Maja mit der Waffe auf ihn zielt und ihn auf Schwedisch beschimpft. Zwei fremde Männer treten neben Skagens Sessel und versperren ihm die Sicht. Einer trägt einen Overall und der andere eine Uniform, die ihn als Dritten Offizier ausweist. Ihre Gesichter sind blass vor Schock.

»Mein Gott!«, stößt der Dritte Offizier aus, als er auf die Toten hinabblickt. »Der Kapitän!« Er stürzt zu Teevs und kniet sich neben ihn. Als er Dana Zemanova bemerkt, kriecht er auf sie zu. »Dana! Was ist mit dir?«

»Was zur Hölle haben Sie getan? Waren Sie das?«, herrscht der Mann im Overall Skagen an und will ihn packen.

»He, mal langsam!« Maja zuckt mit der Pistole. »Lassen Sie ihn los!«

Der Overallmann hebt beide Hände. »Jaja, schon gut. Vorsicht mit der Waffe.«

»Ich bin Polizist«, keucht Skagen. »Ich habe den Mann gestoppt, der das Schiff in seine Gewalt gebracht hatte. Es ist der, den Sie eben bewusstlos geschlagen haben. Und das ist meine Kollegin, Frau Lövgren. Und wer sind Sie?«

»Ich bin der Chief Engineer und das ist unser Dritter!« Der Mann im Overall zeigt auf den Offizier, der inzwischen einen Erste-Hilfe-Koffer geholt hat und damit Dana erstversorgt.

»Gut.« Skagen richtet sich im Sessel auf. »Wir haben nicht viel Zeit für Erklärungen. Wir fahren auf ein Hindernis zu.«

»Dann raus aus dem Sessel! Der Dritte übernimmt!«

»Äh, ich … kann das nicht!«, kommt es von dem Offizier, der neben Dana kniet. »Ich bin nicht lange auf dem Posten und habe noch nie am Steuer gesessen. Ich fürchte, ich bin dafür nicht geeignet.«

»Okay«, erwidert Skagen. Er erinnert sich gut an seine eigene Ausbildung und die Zeit, als er ein frischer »Dritter« ohne große Ahnung von der Praxis war. »Ist nicht schlimm. Ich war mal Chief Mate und weiß, was zu tun ist. Trotzdem: Ich brauche Sie!« Skagen winkt ihn heran. »Sie müssen die Peilung übernehmen.«

»J-ja. Aber jemand muss sich um Dana kümmern. Sie verblutet!«

»Das macht meine Kollegin, Maja. Und Sie gehen ans Radar. Los jetzt! Wir haben nicht viel Zeit. Hören Sie nicht den Kollisionsalarm? Ich möchte Peilung und Abstand vom Kap, auf das wir zufahren, und zwar jede Minute, verstanden?«

»Alles klar!« Der Dritte eilt zum Radar. Der grüne Fleck darauf treibt die restliche Farbe aus seinem Gesicht.

»Und Sie«, Skagen wendet sich an den Chief Engineer, »bringen die verdammte Maschine zum Laufen, auf voll zurück. Sonst war es das!«

»Aye!« Der Leitende Ingenieur nimmt den Hörer des Telefons ab und befiehlt dem Zweiten Ingenieur im Maschinenraum, den Antrieb sofort vom Notfahrstand aus zu starten.

»Kap recht voraus. 9 Kabel!«, ertönt die Stimme des Dritten Offiziers.

Nur noch 9 Kabel? Um Himmels willen, denkt Skagen. Sie haben zu viel Zeit mit Reden verloren und sind nicht einmal mehr eine Seemeile von der Steilküste entfernt. Das wird knapp. Im nächsten Moment hört er ein lautes Zischen, dem heftige Vibrationen folgten. Die Maschine. Endlich!

Als das gleichmäßige Stampfen des Antriebs unter ihren Füßen zu spüren ist, kommandiert Skagen den Chief an das Handruder. »Hart Steuerbord! Jetzt!«

»Ruder liegt Steuerbord!«, antwortet der Chief.

»Kap recht voraus, 8 Kabel!«, meldet der Dritte Offizier, und Skagen blickt auf das Conning Display. Verdammt, selbst mit der Maschine auf voll zurück laufen sie mit über 6 Koten voraus. Das Schiff ist noch immer viel zu schnell.

»Kap recht voraus, 7 Kabel!«

Knapp 1.300 Meter! Skagen bricht der Schweiß aus, der Schmerz in seinem rechten Arm ist höllisch. Was soll er tun? Das Schiff reagiert nicht schnell genug auf die Manöver. Die Norsk Sol steuert weiter unbeirrt auf das Kap zu. Wie soll er sie bremsen? Seine linke Hand umklammert die Armlehne, während seine rechte nutzlos in seinem Schoß liegt. In ein paar Minuten würden sie auf die Steilküste laufen und bei diesem

Wetter mit Sicherheit Schlagseite erleiden. Da der Fjord an dieser Stelle sehr tief ist, würde die Norsk Sol wie ein Stein sinken.

»Chief Mate! Was machen wir jetzt?« Der Leitende Ingenieur rüttelt ihn von hinten an der Schulter, was Skagen aufschreien lässt.

Erschrocken entschuldigt sich der Mann.

»Schon gut«, keucht Skagen und beißt sich auf die Lippen. Er ist genauso ratlos wie der Chief Engineer. Er hat alles versucht, was in dieser Lage möglich ist. Ihm fällt nichts mehr ein, er ist vollkommen ausgelaugt und leer …

»Kap recht voraus, 6 Kabel!«, ruft der Dritte Offizier.

Angestrengt denkt Skagen nach. Wie soll er das Schiff abbremsen? Es ist viel zu schnell und das Kap nur etwas über einen Kilometer weit weg. Das reicht nicht aus für eine vollständige Wende. Sie sind geliefert. Vielleicht sollten sie Generalalarm auslösen und die Passagiere für eine Evakuierung zusammenrufen. Das wäre allerdings eine echte Herausforderung. Bei den Wellen könnten sie die Rettungsboote nur schwer zu Wasser lassen und … Plötzlich kommt ihm eine Eingebung. Er erinnert sich an den kleinen Containerfrachter, auf dem er zu Beginn seiner Karriere angeheuert hatte. Damals sind sie zu schnell in einen Hafen eingelaufen, und der Kapitän hat auf ein besonderes Manöver zurückgegriffen.

»Fishtailing!«, platzt es aus ihm raus.

»Fishtailing? Was soll das sein?«, fragt der Leitende Ingenieur skeptisch.

Da mischt sich der Dritte Offizier ein. »Das kenne ich. Mit dem Hin- und Herlegen des Ruderblatts können wir die Fahrt aufstoppen. Das müsste funktionieren! Gute Idee!«

Skagen erteilt dem Chief Engineer am Ruderstand das Kommando: »Hart Backbord!« Danach beobachtet er den Ruderlagenanzeiger. Als die Nadel ganz an Backbord angelangt ist, gibt er den nächsten Befehl: »Ruder hart Steuerbord!«

Der Chief führt ihn aus, und die Nadel auf dem Ruderlagenanzeiger wandert nach Steuerbord. Zu langsam für Skagens Bauchgefühl. Immerhin spielt die Maschine mit und läuft stabil auf voll zurück. Hoffentlich bleibt das so.

»Hart Backbord!«, befiehlt Skagen, als die Nadel am Anschlag ist, und der Chief reagiert.

»Kap recht voraus, 5 Kabel!«, meldet der Dritte Offizier.

Scheiße, denkt Skagen. Das kann doch nicht wahr sein! Warum werden wir nicht langsamer?

»Hart Steuerbord!«, ruft er und merkt, wie seine linke Hand sich immer fester in die Lehne krallt.

Der Chief legt das Ruder rüber, aber dieses Mal lässt Skagen das Schiff etwas weiter nach rechts andrehen, bevor er das Kommando zum Gegenruder zur Backbordseite gibt.

»Kap halben Strich an Backbord. 4 Kabel!«

Skagen prüft die Geschwindigkeit. 4 Knoten. So langsam greift die Maschine und das Fishtailing zeigt Wirkung. Die Norsk Sol wird tatsächlich langsamer!

»Hart Steuerbord!«, ruft er, ohne Ruderlagenanzeiger und Conning Display aus den Augen zu lassen.

Noch knapp 3 Knoten.

Sie verlieren Geschwindigkeit, das ist gut. Doch gleichzeitig bereitet diese Tatsache Skagen neue Sorgen. Umso langsamer sie würden, desto eher gelangten sie an den Punkt, an dem sie wegen mangelnden Vortriebs keine Ruderwirkung mehr hätten. Das wäre die kritische Phase.

»Kap 1 Strich an Backbord, 3 Kabel.«

Ja! Das Schiff dreht langsam nach Steuerbord weg. Aber verflucht! Nur noch 500 Meter bis zum Kap. Das sind vier Schiffslängen. Skagen verkrampft sich auf dem Sitz.

2 Knoten.

»Maschinen stopp!«, stößt er schließlich krächzender als beabsichtigt aus.

Der Chief greift zum Telefon und gibt den Befehl an den Notfahrstand im Maschinenraum weiter. Danach wendet er sich an Skagen: »Maschine ist gestoppt!«

»Gut, und jetzt Maschine halbe voraus. Ruder hart Steuerbord liegen lassen. Schnell! Wir brauchen Druck auf dem Ruder, um manövrierfähig zu bleiben.«

Der Chief wiederholt das Kommando in den Telefonhörer, und kurz darauf hören sie das Zischen der anlaufenden Maschine.

»Kap 2 Strich an Backbord, 3 Kabel«, kommt es vom Dritten.

Skagens Blick klebt am Conning Display. Jetzt gilt es, sie müssen an Fahrt aufnehmen und hoffen, dass Wind und Wellen sie nicht zurück in Richtung Kap drücken.

1 Knoten.

Bitte, fleht Skagen, alles nur keinen Stillstand. Aber die Maschine greift nicht. Die Ruderwirkung liegt bei nahezu null.

Immer noch 1 Knoten.

Er blickt hinüber zum Radar, wo er sehen kann, wie sich die Norsk Sol ganz langsam nach Steuerbord dreht. Ja, bitte! Mach weiter so. Dreh dich weg vom Kap!

Plötzlich spürt Skagen ein Zittern, das durch ihn hindurchgeht, und zuerst denkt er, es käme vom Schiff. Doch dann wird ihm klar, dass es sein Körper ist, der unkontrolliert zu beben begonnen hat. Seine Kleidung ist durchnässt von kaltem Schweiß und vom Blut. Er ringt nach Luft. Der schwarze Nebel zieht sich zusammen, will ihn packen und mit sich reißen. Rasch stützt er sich auf der Armlehne ab und schüttelt den Kopf. Nicht jetzt. Er muss wach bleiben. Bitte, bleib wach!

»Kap 4 Strich an Backbord. 4 Kabel!«

Die Worte des Dritten dringen kaum zu ihm vor. Skagen spürt ein heißes Glühen in seiner Brust und kühle Hände auf seinen Wangen.

Bitte, denkt er. Es muss klappen.

»Tom!« Es ist Majas Stimme. »Tom, bleib bei mir!«

Er öffnet die Augen und sieht sie verschwommen vor sich.

»Kap 6 Strich an Backbord. 5 Kabel!«

5 Kabel? 6 Strich? Ist das gut?

Kurz darauf stößt der Dritte einen Jubelruf aus: »Kap 7 Strich an Backbord. 6 Kabel! Wir haben es geschafft! Wir fahren an der Landzunge vorbei! Wir sind gerettet!«

Auf Skagens Gesicht breitet sich ein Lächeln aus. Die Norsk Sol ist gerettet? 1.000 Menschen in Sicherheit?

Ein aggressiver Aufschrei reißt ihn aus seinem Dämmerzustand. Mit einem Mal ist er wieder hellwach. Er registriert wie Roth den Dritten Offizier zur Seite stößt und auf den Ausgang zur Brückennock zuläuft.

»Haltet ihn auf!«, schreit Maja. Doch im nächsten Moment hat Roth die Tür zur äußeren Verlängerung der Navigationsplattform geöffnet und stolpert hinaus in den Sturm. Maja folgt ihm und verschwindet auf der Nock. Skagen kann nicht erkennen, was draußen geschieht. Es herrscht ein Wetter wie beim Weltenende.

»Maja, sei vorsichtig!«, ruft er ihr hinterher. »Maja?«

Sie antwortet nicht. Eine Welle aus eiskaltem Schüttelfrost erfasst ihn. Seine Zähne schlagen aufeinander. Er kann nicht mehr.

»Maja …«

Keine Antwort, nur das Schaukeln des Schiffes und die Gischt, die von außen gegen die Scheiben schlägt. Ob eine Windbö Maja erwischt und sie über Bord gefegt hat?

»Verdammt! Nun steht doch nicht so herum. Seht nach!«, brüllt Skagen die beiden Männer an. Der Dritte Offizier löst sich aus seiner Starre und rennt zur offenen Tür.

Wenn Maja etwas passiert ist, dann ist mir alles egal, denkt Skagen. Dann springe ich hinterher!

Er dreht sich in dem Kapitänssessel um, will sich hochstemmen, aber das letzte bisschen Kraft verlässt ihn. Sein Körper kapituliert mit einem heftigen Zitteranfall.

»Maja«, dringt es aus seinem Mund. Doch er vernimmt nichts außer dem Sturm. Unter ihm reitet die Norsk Sol brav die Wellen ab und entfernt sich immer weiter vom Ufer.

Maja ...

Der Dritte kommt wieder rein, ist vollkommen durchnässt. Seine Haare kleben ihm an der Stirn. Hinter ihm taucht Maja auf. Sie ist ebenfalls nass bis auf die Haut, aber unversehrt!

Sie schließen die Tür und sperren das Tosen des Sturmes aus.

Schwer atmend schleppt sich Maja an Skagens Seite und keucht: »Roth ist gesprungen. Ich konnte ihn nicht aufhalten.«

Skagen nickt. Seine Sicht verschwimmt. Schnell streicht er über den Trackball des Radargerätes und markiert routinemäßig ein Echo auf der anderen Seite des Fjords. Danach wendet er sich an den Dritten. »Übernehmen Sie. Ich ... brauche eine Pause. Maschine halbe voraus. Schiff dreht nach Steuerbord. Kurs Ålesund Reede. Ein Entgegenkommer an Backbord.« Das ist bestimmt die Küstenwache, denkt er. Und: Ich kann es also doch noch.

»Geht klar«, antwortet der Dritte. »Halbe Fahrt voraus. Mann, das haben Sie gut gemacht, Chief Mate. Das war Wahnsinn! Ganz große Klasse!«

Skagen lächelt still vor sich hin, dann überkommt ihn der schwarze Nebel. Er nimmt noch wahr, dass Maja ihn mit ihren klaren blauen Augen anblickt, bevor sein Bewusstsein abschaltet und er hinüber in eine Welt ohne Schmerzen gleitet.

*

Da ist er nun, der neue Tom. Er sitzt auf der Brücke der Norsk Sol und blickt den alten Tom an, der im grellen Licht der afrikanischen Sonne auf dem Deck der Signe Merkur steht, das Geländer der Reling fest im Griff und den schwarzen Schatten der Angst im Nacken, der seine Arme nach dem alten Tom ausstreckt, um ihn zu verschlingen. Der neue Tom hat Verständnis für den alten und für das, was er getan hat, dennoch möchte er sich von ihm trennen. Am liebsten für immer. Er will ihn auf der Signe Merkur davonfahren lassen, bis zum Horizont und noch weiter. Er soll kleiner und kleiner werden, so wie er da an Deck steht, der alte Tom. Er möchte die Schuld mit ihm mitschicken, über das Meer und hinein in die Vergessenheit. Die ganze Signe Merkur mit ihren 347 Metern und 151.000 Bruttoregistertonnen.

Doch er weiß, dass das nie passieren wird. Denn er ist, wer er ist. Tom Skagen. Ob nun alt oder neu oder was auch immer. Seine Schuld lässt sich nicht auslöschen, sie kann nur weniger wiegen. Vielleicht. Irgendwann. Mit der Zeit.

80

Der dunkle Nebel lichtet sich, und als Skagen die Augen aufschlägt, glaubt er zu schweben. Nein, es fühlt sich so an, als wiege ihn etwas sanft auf und ab. Es ist ein Boot, das auf den

Wellen schaukelt. Er ruht sich darauf aus und guckt zum Himmel hinauf. Alles um ihn herum ist weiß, hell und friedlich. Er spürt Geborgenheit – da ist keine Angst mehr.

Er blinzelt und registriert nur langsam, dass es kein Boot ist, auf dem er liegt, sondern ein Bett. Das wiederum steht in einem Raum, der von weißen Vorhängen begrenzt wird. Und das Helle über ihm ist nicht die Sonne, die durch Nebelschwaden scheint, sondern eine Lampe.

Skagen dreht den Kopf und erkennt, dass in seinem Handrücken ein Infusionsschlauch steckt, der zu einem Ständer neben dem Bett hinaufführt. Kochsalzlösung, kann er dort lesen. Aha?

Er blickt an sich hinunter und stellt fest, dass er einen Verband um Brust und Schulter trägt. Jedoch spürt er kaum Schmerzen, weshalb er darauf tippt, dass man ihm ein Medikament verabreicht hat. Verhaltenes Murmeln, das er zuvor für das leise Plätschern der Wellen gehalten hat, dringt von jenseits des Vorhangs an seine Ohren. Er hebt den gesunden Arm und räuspert sich.

Sofort wird der weiße Stoff zur Seite geschoben, und das Gesicht eines älteren Mannes in weißem Arztkittel erscheint. Skagen kennt ihn nicht, dafür jedoch den jungen Polizisten, der neben ihm steht.

»Er ist wach!«, ruft Iver und läuft auf ihn zu.

Hinter ihm erscheint Lise, ein müdes, aber erleichtertes Lächeln auf den Lippen. »Tom. Wie geht es dir? Wir hatten solche Angst um dich!«

»Ich ...« Skagen räuspert sich erneut. »Ich hatte auch Angst. Große sogar.«

»Trotzdem hast du uns alle gerettet, Mann«, ruft Iver begeistert aus. »Du bist unser Held! Ohne dich wäre das Schiff gesunken!«

»Ach was ... das war ich nicht allein. Da waren noch andere

auf der Brücke, die mir geholfen haben. Maja …« Er hustet und zuckt zusammen, weil ein Stechen durch seine Brust fährt. »Wo ist sie?«

»Maja holt Kaffee, zusammen mit Jens. Es ist ziemlich früh am Morgen, musst du wissen. Und du bist im Hospital von Ålesund. Die Norsk Sol hat vor ein paar Stunden sicher angelegt, dank deiner Hilfe.«

»Ich bin ohnmächtig geworden.«

»Sie haben wegen der Schusswunde viel Blut verloren«, klinkt der Arzt sich ein. »Aber Sie hatten Glück, die Kugel ist über Ihrem Schlüsselbein in den Halsbereich eingetreten und hinten wieder heraus. Sie ging glatt durch und hat keine wichtigen Blutgefäße oder Knochen verletzt. Lediglich das Muskelgewebe ist betroffen und eine Sehne wurde durchtrennt, aber die brauchen Sie nicht zwingend.« Der Mann zwinkert ihm zu. »Die Armschlinge sollten Sie jedoch mindestens vier Wochen tragen und so früh wie möglich mit der Reha beginnen. Ihre rechte Hand ist lediglich verstaucht, nicht gebrochen. Der Rest sind Prellungen und Schürfwunden. Wenn Ihre Werte morgen früh okay sind, dürfen Sie das Krankenhaus verlassen.«

»Okay, danke«, entgegnet Skagen heiser. »Und was ist mit den anderen? Mit Dana? Hat sie es geschafft?«

Ivers Miene verdüstert sich. »Sie ist in der Nacht über sechs Stunden lang operiert worden. Jetzt liegt sie im künstlichen Koma. Noch können die Ärzte nicht viel sagen.« Er wirft einen Blick auf den Mann im Kittel.

»Zumindest haben wir die Blutungen gestoppt«, fährt der Arzt fort. »Die nächsten Stunden sind entscheidend.«

Skagen seufzt bedrückt. »Und die beiden Kollegen aus Ålesund?«

»Sara hat eine Schussverletzung am Arm. Sie wurde von Roth niedergeschossen, als sie ihn und Frau Jaeger zu uns in den Konferenzraum geleiten sollte«, erklärt Lise. »Und Thorstein hat seinen Steckschuss in der Leiste Frau Rabusch zu verdanken. Aber sie werden ihre Verletzungen überstehen, denn sie haben rechtzeitig ärztliche Hilfe bekommen.«

Der Arzt nickt, und große Erleichterung durchströmt Skagen, gleichzeitig hat er auch ein schlechtes Gewissen. Schließlich stammen einige der Kugeln aus seiner Heckler & Koch. Auch jene, die den Kapitän und den Zweiten Offizier der Norsk Sol getötet haben. Wenn er die Waffe nicht so leichtsinnig im Konferenzraum abgelegt hätte, wären diese Menschen vielleicht noch am Leben. Genau wie Alfred, Julia, Sam und Xaashi damals auf der Signe Merkur. Das alles wäre nicht passiert, wenn er die sich nähernden Dingis der somalischen Piraten auf dem Radar erkannt hätte.

Was für Auswirkungen unser Handeln doch auf unsere Mitmenschen haben kann, denkt Skagen, selbst wenn es zuerst harmlos und banal erscheint. Sein unbedachter Umgang mit seiner Pistole würde ein Nachspiel haben, das weiß er. Es gäbe eine erneute interne Ermittlung, die klären würde, inwiefern er fahrlässig gehandelt hat. Er seufzt innerlich. Manchmal richteten Dienstwaffen mehr Unheil an, als sie verhinderten. Und manchmal sind es gar nicht Waffen, die schrecklichen Schaden anrichten, sondern die Handlungen von Menschen. So wie bei den Mitgliedern der In-Crowd. Sie haben mit ihren Taten Dinge ausgelöst, die eine größere Tragweite hatten, als sie sich damals hatten vorstellen können. Sie haben viele Leben beeinflusst und auch zerstört. In diesem Punkt muss Skagen Roth zustimmen. Doch das berechtigte den Lehrer trotzdem nicht, sich als Rächer aufzuschwingen und Selbstjustiz zu üben.

»Was ist mit den Leuten aus dem Abijahrgang?«, fragt er. »Habt ihr sie vom Schiff geholt? Wir brauchen ihre Zeugenaussagen. Zumindest die von Nossak und Rabusch. Die sollen sich zu den Filmen äußern. Ich würde gern wissen, ob sie etwas von der Aufnahme mit Alina wissen.«

»Mach dir keine Sorgen, Tom«, antwortet Lise. »Wir haben alles in die Wege geleitet. Die Abigruppe ist hier in Ålesund untergebracht, und wir werden in einem Hotel bleiben, bis die Lage geklärt ist …«

»Gut, ich würde gerne mithelf…«

Lise legt ihm eine Hand auf den Arm. »Es ist vorbei, Tom. Du kannst dich entspannen. Wir haben die Sache im Griff. Ruh dich aus und werd gesund, ja?«

Skagen klappt den Mund zu. Es fällt ihm schwer zu akzeptieren, dass die Nachermittlung wahrscheinlich ohne ihn stattfindet, weil er im Krankenhaus festsitzt. Gefühlt steht er immer noch auf der Brücke der Norsk Sol und versucht, Roth davon zu überzeugen, dass er aufgeben soll.

Er möchte etwas sagen, doch da geht die Tür auf, und Jens und Maja betreten das Zimmer, die Hände voll mit Pappbechern. Als Maja bemerkt, dass er wach ist, stellt sie den Kaffee ab und umarmt ihn stürmisch.

Skagen kommen die Tränen vor Schmerz und Freude.

81

Am Mittag des nächsten Tages sitzt Skagen in seinem Krankenhausbett und wartet darauf, dass Maja zurückkehrt. Sie ist in die Stadt gefahren, um neue Kleidung für ihn zu besorgen. Die wenigen Sachen, die er dabeihatte, sind entweder nass, mit Erde beschmutzt oder voller Blut.

Die Visite war vor einer halben Stunde und der behandelnde Arzt hat gesagt, dass er mit seinem Zustand zufrieden sei und ihm grünes Licht für seine Entlassung gebe. Allerdings nur, wenn er sich schone. Außerdem solle er den Verband täglich wechseln und die Drainage prüfen lassen. Die Fäden könnten in einer Woche gezogen werden. Bis dahin dürfe er sich jeden Tag ein bisschen bewegen, nicht zu viel. Und keine Arbeit!

Skagen seufzt. Vorhin hat Jette ihn angerufen und wegen seiner Krankschreibung vom Dienst freigestellt. Ihre Anordnung lautete, nach Hamburg zurückzukehren und sich auszukurieren. Dabei wäre er gerne hiergeblieben und hätte die Kollegen unterstützt. Vor allem, weil auch der Nordvei-Fall noch nicht abgeschlossen ist. Jens hat ihm berichtet, was mit Marcel Walka geschehen ist, der nach der Behandlung seiner Schusswunde zur U-Haft ins Gefängnis von Ålesund überstellt wurde. Jens hat ihn dort einer ersten Befragung unterzogen und ihm sogar Straferleichterung in Aussicht gestellt, sollte er verraten, wer der Onkel ist. Doch Walka hat das Angebot nicht interessiert. Er meinte, er würde lieber für lange Zeit in den Knast gehen, als seine Brüder ans Messer zu liefern. Skagen hätte sich diesen Mistkerl am liebsten selbst vorgenommen, aber das würde Jette niemals zulassen.

Eine untergründige Nervosität kribbelt in seinen Gliedern. Wenn er an den Nordvei-Fall denkt, wird ihm mulmig zumute. Die Razzien bei Åsgards Sønner Norge in Trondheim und Snåsa sind für heute Vormittag um elf angesetzt und vermutlich gerade in vollem Gange. Skagen hat dabei weniger Angst davor, dass sie die Waffen nicht finden könnten, sondern sorgt sich um seinen Freund Jens. Hoffentlich ginge alles gut und keiner würde verletzt werden oder Schlimmeres. Åsgards Sønner sind schließlich bis an die Zähne bewaffnet und zu allem bereit.

Auf dem Beistelltisch klingelt das Handy, das Maja ihm dagelassen hat, und schnell nimmt er ab. Leider ist es nicht Jens mit seinem Bericht über die Razzia, sondern Jette.

»Und wie sieht es aus? Darfst du raus?«, fragt sie.

»Ja.«

»Das ist schön. Dann machst du dich heute noch auf den Weg nach Hamburg?«

Skagen presst die Lippen aufeinander. »Ich kümmere mich um einen Flug.«

»In Ordnung. Bist du bereit für ein paar Neuigkeiten zum Nordvei-Fall? Jens ist ja gerade nicht zu erreichen wegen der Razzia.«

»Klar«, entgegnet Skagen erfreut, dass Jette ihn einbindet. »Aber was sagt die Interne dazu? Darfst du mich überhaupt mit Informationen versorgen?«

»Hat man dir das denn nicht mitgeteilt?«

»Was?«

»Die Interne hat dich entlastet, Tom. Øksnes und zwei seiner engsten Vertrauten haben den Maulwurf in ihren Reihen hochgenommen. Guter Mann übrigens, dieser Øksnes. Er hat alles getan, um dich da rauszuhauen. Dadurch musste die Interne zwangsläufig zugeben, dass du keine Schuld an dem unglücklichen Verlauf des Zugriffs am Containerhafen trägst.«

»Ach ja?« Skagen atmet erleichtert auf. »Und wer ist es?«

»Einer der Männer aus der Ermittlungsgruppe. Den Namen darf ich dir nicht verraten, da du betroffen bist. Nur so viel: Er war immer nah an euch dran.«

»Fuck!«

»Was ist? Du klingst nicht besonders glücklich über diese Nachricht.«

»Es macht mich einfach wütend, dass wir diese Arschlöcher unter unseren Leuten haben. Und dass dieser spezielle Scheißkerl zwei Menschenleben auf dem Gewissen hat.«

»Und dafür wird er seine Strafe erhalten, glaub mir, Tom. Mir war immer klar, dass sie dir nichts anhängen können.«

Dass Jette das denkt, ist schön, aber Skagen ist sich da nie so sicher gewesen. Außerdem – und davon hat Jette nicht die geringste Ahnung – ist in der Hafenhalle etwas mit ihm passiert. Er hatte einen Blackout und hat Dinge geäußert, die ihm hinterher nicht mehr bewusst waren. Das bereitet ihm Sorgen, denn es könnte seine Dienstfähigkeit nach wie vor infrage stellen.

»Ich habe vorhin übrigens einen Anruf vom BKA erhalten«, sagt Jette in seine Gedanken hinein. »Peter Sobek war Beamter beim Bundeskriminalamt. Sein Führungsoffizier hat mir einiges über ihn erzählt. Er wurde vom BKA als verdeckter Ermittler beim LKA Berlin eingeschleust, um die polizeiinterne rechte Bewegung im Auge zu behalten und sich dort gegebenenfalls einzuklinken. Sobek hat so getan, als wäre er ein Gleichgesinnter, und hat sich bei Åsgard aufnehmen lassen. Er hat doch tatsächlich dieses gruselige Aufnahmeritual über sich ergehen lassen, das mit den Runen, die man sich ins eigene Fleisch schneiden und mit der Asche eines toten Hundes bestreuen muss. Ekelhaft. Allein das verdient unseren Respekt. Danach hat Sobek Marcel Walka und Åsgards Söhne in Deutschland und Norwegen ausspioniert. Leider ist Sobek nie bis zum Onkel vorgedrungen. Die Identität des Anführers von Åsgard wurde vor ihm geheim gehalten. Wir werden also noch länger brauchen, um den Kerl zu schnappen.« Jette stößt einen grimmigen Fluch aus. »In puncto Onkel haben wir also das Nachsehen.«

»Es ist nur so ein Gefühl«, Skagen reibt sich nachdenklich den Bart, »aber hast du mal diesen Hauptkommissar Gielow ins Visier genommen? Walkas und Sobeks Vorgesetzten? Der hat sich im gesamten Verlauf der Ermittlung nicht besonders kooperativ gezeigt.«

»Was glaubst du? Diesen Penner habe ich mir gleich als Erstes vorgeknöpft und seinen Hintergrund gründlich durchleuchtet. Der Typ ist sauber wie der Lebenslauf von Greta Thunberg. Zumindest äußerlich.«

»Ziemlich verdächtig, findest du nicht?«

»Und wie. Leider ist an den nicht dranzukommen. Aber keine Sorge, ich lasse nicht locker. Irgendwann kriegen wir diesen ›Onkel‹!«

»Vielleicht kann ich dich ja von Hamburg aus unterstützen.«

»Tom, du bist raus! Du musst gesund werden. Ich kann keine angeschlagenen Polizisten in meiner Abteilung arbeiten lassen. Ich brauche dich fit!«

»Ich soll rumsitzen, während die anderen Kollegen ihren Arsch hinhalten?«

»Ich verstehe dich ja, Tom. Trotzdem kannst du voll und ganz zufrieden mit dir sein. Du hast den entscheidenden Hinweis auf den Anschlagsort geliefert *und* du hast vor nicht mal 36 Stunden ein Schiff mit Hunderten von Leuten darauf gerettet. Du bist ein Held.«

»Und was, wenn ich kein Held sein will?«

»Das ist deine Sache. Auf jeden Fall hast du hervorragende Arbeit geleistet. Du bist ein sehr guter Polizist. Und darauf solltest du stolz sein! Versuch's wenigstens. Wir alle bei Skanpol sind es, nur, dass du es weißt.«

»Okay«, sagt er und bedankt sich bei Jette für ihr Vertrauen. Danach verabschiedet er sich mit dem Versprechen, mit dem nächsten Flug nach Hamburg zurückzukommen. Das Telefon im Schoß starrt er die Wand an. Hat Jette recht? Kann er stolz auf sich sein? Objektiv betrachtet ja. Er ist auf ein Schiff gegangen – trotz seines Traumas. Er hat es geschafft, seiner Angst ins Gesicht zu blicken und sie ein Stück weit zu überwinden. Doch da ist auch dieses nagende Stechen in ihm. Dieser letzte kleine Haken, der an seiner Haut zerrt und den er niemals loswerden wird. Er weiß, dass er ein Schiff gerettet hat, und das ist gut. Aber er hat auch ein anderes ins Unglück geführt. Kann die Norsk Sol die schlimmen Dinge ausgleichen, die auf der Signe Merkur passiert sind? Darf sich der neue Tom als Held fühlen, während der alte sich schämt? Darf man seine Taten gegeneinander aufrechnen?

»Hej, Tom!«

Erschrocken hebt er den Kopf und sieht Maja in der Tür stehen.

»Alles gut mit dir?« Sie setzt sich zu ihm aufs Bett und stellt eine Einkaufstüte ab. »Musst du länger im Krankenhaus bleiben?«

»Nein, ich darf raus«, brummt er.

»Na, das ist doch super, oder?«

»Ja.«

»Prima!« Maja lächelt. »Los, lass uns packen!«

»Warte.« Er greift sich das Telefon, das noch in seinem Schoß liegt, und wählt eine Nummer. Kurz darauf hat er Lise am Apparat.

»Hej, Tom. Was für eine Überraschung!«, sagt ihre freundliche Stimme.

»Ich wollte mich verabschieden. Ich muss zurück nach Hamburg.«

»Schade, ich dachte, wir sehen uns vor deiner Heimreise mal auf dem Präsidium für eine kleine Abschiedsparty.«

»Meine Chefin will, dass ich den nächsten Flug nehme. Ich soll mich erholen.«

»Da hat sie recht!« Lise lacht herzlich. »Ich soll dir von Iver alles Gute ausrichten. Er fährt nachher ins Krankenhaus und besucht Dana. Sie ist über den Berg und wird es schaffen.«

»Das ist gut. Grüß Iver zurück.« Skagen zögert. »Lise, es gibt da eine Sache, die ich dich gerne fragen würde. Es geht um Frau Rabusch und Herrn Nossak. Habt ihr sie zu dem Video mit Alina Roth befragt?«

»Ja, gleich heute Morgen.«

»Und was haben sie gesagt?«

Lise schweigt einen Moment. »Sie waren geschockt und aufgewühlt. Sie beteuern, dass sie nichts davon gewusst haben. Frau Rabusch meint, dass sei ein Alleingang von Christian gewesen. Bei so etwas hätte sie niemals mitgemacht. Alina sei schließlich ein Kind gewesen. Damit hätte er eine klare Grenze überschritten.«

Skagen ist skeptisch. Die Schüler, die von der In-Crowd drangsaliert, vergewaltigt und gedemütigt wurde, waren Jugendliche; so groß war der Altersunterschied von ihnen zu einem Kind nicht. »Sind die beiden glaubwürdig?«

»Ich denke schon. Ihre Betroffenheit wirkte echt. Und Katharina Rabusch hat auch freiwillig berichtet, warum sie damals bei den Handlungen im Bootshaus mitgemacht hat. Für sie war es der Reiz, Grenzen auszutesten, obwohl sie für sich immer klare Regeln hatte, zum Beispiel, dass sie niemals Kinder anrühren würde. Bei anderen Grausamkeiten war sie weniger zimperlich. Das hat sie zugegeben. Für Christian war es wohl ein einziges Machtspielchen und für Herrn Nossak und Frau Valetta das Ausleben ihrer perversen und sadistischen Neigungen. Allein Philipp war nach ihrer Auffassung eher ein Mitläufer. Obwohl er seinen Freund Heiko dafür geopfert hat, um in die Clique aufgenommen zu werden. Er hat anscheinend schon immer den Drang gehabt, zur Elite gehören zu wollen. Schlechtes Selbstbewusstsein, nennt Frau Rabusch das. Nichtsdestotrotz, so beschreibt sie, haben sich damals fünf Menschen mit gewissen Verhaltensstörungen gefunden und eine ungesunde Dynamik entwickelt. Aber keiner von ihnen wäre auf die Idee gekommen, dass sich ausgerechnet Herr Roth rächen wollte.«

»Tja, bei wem vermutet man so was schon«, entgegnet Skagen.

»Du hast recht.« Lise seufzt, als wären ihr die Verbrechen ihrer Mitmenschen manchmal zu viel. »Wir werden den Fall an euch übergeben, sobald wir mit allem durch sind. Deine Chefin weiß Bescheid.«

»Gut. Es war mir eine Freude, mit euch zusammenzuarbeiten, Lise.«

»Ebenso. Mach's gut. Und meld dich mal. Du bist jederzeit bei uns zu Hause in Stavanger willkommen.«

»Danke, das weiß ich sehr zu schätzen. Viel Erfolg noch.« Mit einem warmen Gefühl im Bauch legt er auf. Er wirft Maja einen Blick zu und atmet durch. Ja, jetzt ist er bereit, die Heimreise anzutreten.

Kurz darauf stehen sie im Flur vor dem Schwesternzimmer und erklären der verantwortlichen Krankenpflegerin, dass der Patient Skagen nun kein Patient mehr ist. Mit einem strahlenden Lächeln verabschiedet ihn die Schwester und wünscht ihm gute Genesung. Auf ihrem Gesicht liegt ein seltsam bewundernder Ausdruck, der für Skagen schwer zu deuten ist.

Gemeinsam mit Maja geht er zum Fahrstuhl und wartet, da beginnt Majas Handy zu klingeln. Sie zieht es hervor und drückt es ihm ohne einen Kommentar in die Hand. »Es ist für dich.«

»Wer?«

»Jens!«

Mit klopfendem Herzen nimmt er den Anruf an und lauscht dem Bericht seines Freundes. Danach lässt er das Handy sinken.

»Und?«, fragt Maja besorgt.

»Sie haben die Waffen! Und die Drahtzieher! Jens sagt, sie hätten auf dem Hof bei Snåsa genug belastendes Material beschlagnahmt, um die Verantwortlichen für längere Zeit hinter Gitter zu bringen. Es ist geschafft!« Skagen stößt erleichtert Luft aus. Das Bangen um seine Kollegen hat endlich ein Ende, und eine zentnerschwere Last fällt von ihm ab. Der Anschlag wurde vereitelt und eine weitere rechte Gruppierung hat einen schweren Schlag erlitten. Die von der ÅS würden bluten, in Norwegen wie in Deutschland. Und vielleicht würden die Ermittler bald auch an die Hintermänner auf deutscher Seite gelangen. Auf jeden Fall gibt es ein paar weniger rechtsgesinnte Kräfte in den Reihen der Polizei, und das ist gut!

»Herzlichen Glückwunsch, Tom!« Maja drückt sich an ihn. »Ich bin stolz auf euch. Das war eine großartige Leistung.«

Skagen erwidert die Umarmung unbeholfen mit seinem gesunden Arm und küsst sie zärtlich.

»Ich bin froh, dass ich dich habe«, flüstert er anschließend.

»Das bin ich auch, Tom.« Liebevoll streicht sie ihm über die Wange und hält seinen Blick fest. Dann öffnen sich die Fahrstuhltüren und sie treten ein.

»Ich würde so gerne mit dir nach Hamburg fliegen, aber ich fürchte, ich muss zurück nach Karlskrona«, entgegnet Maja traurig. »Göran hat mir zwar Sonderurlaub gegeben, aber ich will sein Entgegenkommen nicht überstrapazieren. Ich besuche dich, sobald ich frei hab, ja?«

»Gegenvorschlag: Ich fahre zu dir, wenn ich in Hamburg alles geregelt habe. Ich darf schließlich nicht arbeiten. Und wo ich meine Krankheitstage verbringe, muss Jette ja nicht wissen.« Er lässt die Augenbrauen tanzen und Maja lacht vergnügt auf.

Sie erreichen das Erdgeschoss und verlassen den Aufzug. In der Eingangshalle hält Maja abrupt inne.

»Was ist?«, fragt Skagen.

»Es gibt etwas, vor dem ich dich warnen sollte.« Maja deutet nach draußen. »Und zwar vor dem da!«

Vor dem Ausgang warten unzählige Leute. Anscheinend Journalisten, denn viele halten Mikrofone und Kameras in den Händen. Erwartungsvoll behalten sie die Glastür im Auge, vor der Sicherheitsleute sie davon abhalten, das Krankenhaus zu betreten.

»Du bist der Held der Stunde, Tom. Der Polizist, der das Schiff gerettet hat.« Maja lächelt.

»Nicht dein Ernst?«

»Doch. Sie warten auf dich.«

Skagen ist baff. Ihm schwindet der Mut, denn damit hat er nicht gerechnet. Er mag es nicht, im Mittelpunkt zu stehen. Natürlich hat er schon oft Pressekonferenzen abgehalten, aber das hier ist eine vollkommen andere Situation. Die da draußen wollen nicht über den Fall reden, sondern ihn als Helden feiern.

Panik erfasst ihn und er dreht sich gehetzt um. Diese vielen Fragen nach ihm und seinem heldenhaften Handeln, nein, das würde er nicht verkraften. Sein Herz rast und er atmet keuchend.

Maja erkennt seine Lage und fasst ihn am Arm. »Bleib ruhig, Tom. Wir finden einen anderen Ausgang. Warte kurz auf mich.« Sie spricht mit einer Dame hinter der Glasscheibe der Information. Skagen hat immer größere Probleme, Luft zu bekommen. Ihm wird schwindelig, und er muss sich auf einen Stuhl an der Wand setzen.

Maja kehrt zurück. Ihre Miene nimmt einen besorgten Ausdruck an. »Du bist ja kreidebleich. Soll ich einen Arzt holen?«

»Nein, nicht nötig. Ich will nur weg. Bitte!«

»Okay, ich weiß, wo es langgeht. Die Dame an der Information hat uns ein Taxi gerufen. Es wird auf uns am Hinterausgang warten.«

Keine fünf Minuten später sitzen sie in dem Wagen und passieren unbemerkt das Krankenhaus. Die Journalisten harren weiterhin vor dem Haupteingang aus. Sie werden vergeblich auf ihren Helden warten.

Skagen richtet seinen Blick auf die regennasse Straße. Der Weg zum Flughafen von Ålesund führt durch die Stadt, vorbei an den Kaianlagen. Dort kommt die Norsk Sol in Sicht, ihr weiß-schwarzer Körper ragt hoch über den Hausdächern auf. Sie wirkt stolz und erhaben, so als wäre nichts geschehen. Bald würde sie ablegen. Und die neuen Passagiere würden nichts von dem Drama ahnen, das sich auf dem Schiff abgespielt hat, auch nicht von Skagens eigenem.

Sein wild schlagendes Herz hat sich mittlerweile beruhigt. Es gerät nicht mehr in Aufruhr, wenn er ein Schiff sieht. Das ist ein gutes Zeichen. Ja, das ist es in der Tat. Nach all den Jahren, die seit der Signe Merkur vergangen sind, ist er endlich in der Lage, das Meer zu betrachten, ohne dabei von der Angst überrollt zu werden.

Die Häuserzeilen verdecken die Sicht, und die Norsk Sol verschwindet. Skagens Hand wandert zu Majas und drückt sie. Sanft erwidert Maja die Berührung. Auf ihrem Gesicht liegt ein glückliches Lächeln.

Wenn er bloß auch so glücklich und befreit wie sie sein könnte.

Doch da ist dieser letzte kleine Haken in seiner Haut, der an ihm zieht und zieht und zieht …

Der alte Tom würde nie ganz verschwinden, so sehr er sich das auch wünscht. Doch er würde dafür sorgen, dass Maja ihm nie begegnete. Dem wahren alten Tom.

Skagen spürt, wie sie sich neben ihm regt und ihren Kopf auf seine gesunde Schulter legt. Ihre Hand drückt die seine, warm und vertraut.

Draußen fällt der Regen und benetzt die Scheiben des Taxis. An der nächsten Kurve biegt es ab und taucht in das Straßennetz von Ålesund ab. Im Hintergrund liegt der Fjord. Grau, kalt und ewig.

ENDE

DANKSAGUNG

Da man ja ein Buch nie ganz alleine schreibt, möchte ich mich bei allen bedanken, die mir auch bei diesem wieder zur Seite gestanden haben, sei es mit ihrem Fachwissen, ihren kreativen Ideen oder ihrer moralischen Unterstützung, wenn es mal nicht so lief. Die immer erreichbar waren, wenn ich etwas wissen wollte. Die sich das Leid einer Autorin anhörten, ohne mit der Wimper zu zucken, und mir danach ein warmes Essen hinstellten. Die die Geschichte immer und immer wieder mit mir durchkauten und sie trotzdem noch einmal geduldig testlasen. Die mir in schweren Zeiten sagten: Gib niemals auf. Und die hinterher mit mir darauf anstießen, dass es geschafft ist. Ihr seid die Besten! Ohne euch ginge es nicht.

Dementsprechend möchte ich mich bedanken bei meinen Testleserinnen und Testlesern Sabine Sommer (auch für die wundervollen Abende, an denen wir zusammensitzen und klönen), Ella Dälken (für die Gespräche von Autorin zu Autorin besonders in der Frühphase des Buchs und das Ideen-Ping-Pong), Christine Pieper (für das leckere Phở-Rezept), Barbara Pieper (dafür, dass du einfach da bist, wenn ich dich brauche), Ulrich Zielinski (für das Last-Minute-Testlesen). Danke für eure Ratschläge und Kritik. Ein ganz großes Dankeschön geht an 1. Offz. Sabine Schröder und ihren Mann Kapt. Bernd Ströh, die mir in allen Belangen der Seefahrt zur Seite gestanden haben, nicht nur fachlich, sondern auch dramaturgisch. Ganz große Klasse! Durch euch ist Tom Skagen erst zu einem richtigen Seemann geworden. Des Weiteren bedanke ich mich bei meinem Autorenkollegen Bernhard Stäber, der mir als Wahlnorweger einiges über seine Heimat hoch im Norden erzählt hat. Und Klara Strand Halsne für ihre Expertise in der norwegischen Sprache.

Last but not least danke ich allen beim Gmeiner-Verlag, die an diesem Buch mitgearbeitet haben und immer alles dafür geben, dass es nicht nur gut, sondern besser wird. Ihr seid das großartige Team in meinem Rücken. Allen voran meine Lektorin Katja Ernst. Eine dickköpfige Autorin braucht manchmal eine noch viel beharrlichere Lektorin. ;-)

Herzliche Grüße aus Kopenhagen
Ihre Anne Nørdby